中國古典文學名家選集

查慎行選集

聶世美　選注

圖書在版編目(CIP)數據

查慎行選集 /（清）查慎行著；聶世美選注. 一上海：上海古籍出版社，2019.3(2021.8重印)
（中國古典文學名家選集）
ISBN 978-7-5325-9154-1

Ⅰ.①查… Ⅱ.①查… ②聶… Ⅲ.①古典詩歌—詩集—中國—清代②詞（文學）—作品集—中國—清代 Ⅳ.①I222.749②I222.849

中國版本圖書館 CIP 數據核字(2019)第 048830 號

中國古典文學名家選集
查慎行選集
［清］查慎行 著
聶世美 選注
上海古籍出版社出版發行
（上海瑞金二路 272 號 郵政編碼 200020）
（1）網址：www.guji.com.cn
（2）E-mail：guji1@guji.com.cn
（3）易文網網址：www.ewen.co
江陰市機關印刷服務有限公司印刷
開本 890×1240 1/32 印張 15.625 插頁 5 字數 435,000
2019 年 3 月第 2 版 2021 年 8 月第 2 次印刷
印數：2,101—2,900
ISBN 978-7-5325-9154-1
I·3363 定價：59.00 元
如有質量問題，請與承印公司聯繫

出版説明

上海古籍出版社及其前身中華書局上海編輯所一向重視中國古典文學的普及工作，早在二十世紀六十年代，在出版《中國古典文學作品選讀》等基礎性普及讀物的同時，又出版了兼顧普及與研究的中級選本。該系列選本首批出版的是周汝昌先生選注的《楊萬里選集》和朱東潤先生選注的《陸游選集》。

一九七九年，時值百廢俱舉，書業重興，我社爲滿足研究者及愛好者的迫切需要，修訂重印了上述兩書，并進而約請王汝弼、聶石樵、周振甫、陳新、杜維沫、王水照等先生選輯白居易、杜甫、李商隱、歐陽修、蘇軾等唐宋文學名家的作品，略依前書體例，加以注釋。該套選本規模在此期間得以壯大，叢書漸成氣候，初名"古典文學名家選集"。此後，王達津、郁賢皓、孫昌武等先生先後參與到選注工作中來，叢書陸續收入王維、孟浩然、李白、韓愈、柳宗元、杜牧、黄庭堅、辛棄疾等唐宋文學名家的選本近十種，且新增了清代如陳維崧、朱彝尊、查慎行等重要作家的作品選集，品種因而更加豐富，并最終定名爲"中國古典文學名家選集"。

本叢書的初創與興起得到學界和讀者的支持。叢書作品的選注者多是長期從事古典文學研究的名家，功力扎實，勤勉嚴謹，選輯精當，注釋、箋評深淺適宜，選本既有對古典文學名家生平、作品特色的總論,又或附有關名家生平簡譜或相關研究成果,所以推出伊始即深受讀者喜愛,很快成爲一些研究者的重要參考用書,在海内外頗獲好評。至上世紀九十年代,本叢書品種蔚然成林,在業界同類型選集作品中以其特色鮮明而著稱:既可供研究者案頭參閲,也可作爲古典文學愛好者品評賞鑒的優秀版本。由於初版早已售罄,部分品種雖有重印,但印數有限,不成規模,應讀者呼籲,今特予改版,重新排印,并稍加修訂。此叢書將以全新的面貌展現在讀者面前。

上海古籍出版社

二〇一二年十二月

前　言

在崇唐尊宋、超元越明的有清詩壇，查慎行是一位有着重要影響與特殊地位的作家。這位"平生作詩不下萬首"的大詩人，詩風逼視蘇軾與陸游，無論就其作品的數量或質量言，俱臻上乘。與一味摹古的同時代其他詩人比，"夏重視彼，猶孤鳳獨鶴，翱翔於百鳥雞群中，可謂横絶一時者矣"(黄宗炎《敬業堂詩集序》)。不祇趙甌北(翼)對他推崇備至，説他"才氣開展，工力純熟"，列之於古代十大詩人之列，便是愛挑剔的四庫館臣，也特别指出了他對於清代詩歌的突出貢獻："得宋人之長而不染其敝，數十年來，固當爲慎行屈一指也。"

一

查慎行(一六五〇—一七二七)，原名嗣璉，字夏重，浙江海寧人。後因故改名，字悔餘，號他山，又號查田。晚年於家鄉袁(一作"園")花里龍尾山查家橋築初白庵以居，取蘇軾"僧卧一庵初白頭"詩意，故又號初白老人。據查繼佐《國壽録》卷三云："余姓自晚周有延者封於查，以地爲氏，歷代多顯族，居歙。國初稍遷，至六十餘支。吾千十遷海寧之園花里，生蕃衍，多沐國恩，十傳至秉彝爲言官。"是海寧之查本由安徽之婺源遷播，大約因國亂兵燹，遂一支分流，各據一丘。海寧查氏始祖仁齋公均寶，乃查氏得姓之第六十七世孫，凡十一傳而至慎行。查秉彝乃慎行父崧繼之高祖，明嘉靖戊戌（一五三八）進士，由黄州推官歷户科左給事中，終順天府尹。秉彝從祖東谷公查焕，明弘治庚戌（一四九〇）進士，由部曹歷任山東布政司參議。海寧之查自焕始，遂歷代科第後先相望，連綿不斷。秉彝生三子：長志文，字鳴周，號岐峯，官廬州府同知，是乃慎行之高祖。志文生子八，其幼子允揆，字舜佐，號仍素，以文學贈兵部主事，是乃慎行之曾祖。允揆生子二，次大緯，字公度，由明經仕武庫主事，贈禮部侍郎，是乃慎行之祖。大緯復生子三，長崧繼（一六二六—一六七八），字柱青，國變後改名遺，字逸遠，號學圃，以布衣終身。此即慎行之父。其叔父有二：一嵋繼，號眉石公，早夭。一嶓繼，字我野，號介軒，官監利丞，贈文林郎。查氏雖代懋勛績，襲纓駢組，"里中推爲望族"，然至其父祖輩，"三世皆負才未顯於時"（沈廷芳《翰林院編修查先生行狀》），稍顯遲暮衰微之狀。但旋即復興："入本朝，前輩則黄門勉齋（培繼）伯，同輩則翰林荆州（嗣韓）兄，後輩則少詹聲山（昇）侄，皆以名進士通籍，門風稍稍復振。"（《敬業堂文集》卷下《族侄言思孝廉哀辭》）而且，自康熙庚辰（一七〇〇）後，慎行及其弟嗣瑮、嗣庭先後高中進士，聯鑣翰苑，尤稱一時門第之盛。

查慎行秉性穎異，"齠齡失學"，三十歲前一直蝸居鄉里，侍親讀書。十八歲時娶同邑陸嘉淑女爲妻。陸氏是王士禛的好朋友，明末清初的老詩人。愛惜人才，處事曠達。據《清稗類鈔·婚姻類》載："射山（陸嘉淑）欲爲其女與寡嫂之女擇婿於邑中，得查慎行、許汝霖二人，皆貧而好學。查竟（因貧）不能娶。而射山適悼亡，欲遠行，佯謂其女曰：'我與汝至舅家。'遂同乘小舟，至婿門。不拘於禮法，曰：'皆不須此（指備六禮），今是吉日，我特送女來。'

遂成婚。"可見婚事辦得相當草率。婚後，查慎行曾就讀於武林吴山，師從慈溪葉伯寅學爲帖括之文。查氏兄弟四人（四弟謹過繼給叔父嵋繼），均負逸才，然"早稟庭誥，不習舉業"，"性之所好，尤在吟詠。"（《敬業堂文集》卷中《仲弟德尹詩序》）對新入主中原的清朝統治者公然取冷淡的不合作的態度。

查慎行的母親是一位才女，浙江仁和人。她是河南巡撫鍾化民的孫女，名韞（一作"藴"），字眉令。"工詩古文詞，著集若干卷。病亟時，自以風雅流傳，非女士所宜，悉焚去。先大父（慎行）默識追録六十餘首，題曰《梅花樓詩存》。"（查岐昌《贈通議大夫十一世學圃公配鍾淑人傳》）鍾氏病卒於康熙壬子（一六七二）三月，時隔六年，查崧繼也因中暑卒於歸舟。由於崧繼在世時，廣交好施，愛好雲游，"出門則歸無定期，視家如傳舍"，如今一死，使原本拮据的家庭經濟愈加貧困。查慎行不得不告别蝸居了三十年的家鄉，入幕從軍，由湖北追隨邑人、貴州巡撫楊雍建遠征雲貴，討伐吴三桂殘部，開始了他三年艱苦卓絶的戎馬生涯。

二

康熙己未（一六七九）夏，查慎行雖父孝在身，仍取道南京，與從兄查容爲伴，溯江而上，由漢口而荆州，然後獨自隨軍長途跋涉，由湖南武陵、桃源、辰州而至銅仁、沅州，並於次年歲尾抵達貴陽，開始了他一生中最富傳奇色彩的軍旅生活。

始於康熙十二年（一六七三）的"三藩之亂"持續了八年之久，摇撼了半壁江山，曾給清政府帶來很大麻煩。然就祖國統一、社會安定言，叛亂無疑是反動的。慎行從軍南下時，吴三桂雖已患"中風"、"噎膈"死去，而其孫世璠繼位於貴陽，整個西南仍呈一片戰伐混亂之象。當時，清軍雖在戰場上節節勝利，但依然面臨掃除吴三桂殘部、穩定整個西南的重任。查慎行以一介文弱書生,短衣挾策,含辛茹苦,隨軍轉戰千里,這是很需要有勇氣與毅力的。其《長假後告墓文》云:"男不幸早失怙恃。年二十三,吾母見背;又六年,吾父下世。家徒壁立,無以自存,不得已,依人遠幕。時吾父之喪服方小祥,含凄靦面,幾不齒於人數。"爲謀生擇食,連父孝竟難終守,可見從軍出於萬不得已。但亦爲建功立業,博取功名。其《游燕不果乃作楚行》詩云:"不是彈箏客,誰爲擊楫歌? 也知田舍好,壯志恐蹉跎。"又云:"虎頭分少封侯骨,投筆聊從萬里軍。"(《留别仲弟德尹二首》)又云:"恐喪丈夫勇,一笑起跨驢。雖無司馬才,肯戀終軍繻。"(《將有南昌之行示兒建》)他不願過"門户餘生終碌碌"的庸人生活,纔决計仿效班超的飛肉逐食,終軍的請受長纓。

三年艱苦的軍旅生涯,接連不斷的激烈戰鬥,兵戈紛擾下滿目瘡痍的悲慘現實,不僅使查慎行經受了血與火的嚴峻考驗,而且開闊了他的生活視野,使他對廣大人民的不幸遭遇有了更直接深切的體驗。因而,詩才横溢,寫出了大量表現戰争酷烈,反映民生疾苦,以及描繪祖國西南邊區風物民俗、奇山異水的優秀篇章。這些詩作在《敬業堂詩集》中流光溢彩,極大地豐富和提高了其思想與文學價值。趙翼於《甌北詩話》評論他這一時期的詩作道:

當其少年,隨黔撫楊雍建南行,其時吴逆方死,餘孽尚存,官軍恢復黔滇,兵戈殺戮之慘,民苗流離之狀,皆所目擊,故出手即帶慷慨沉雄之氣,不落小家。

諸如《初冬登南郡城樓》:

牢落城南賣餅家,空傳形勝控三巴。天寒落日千群馬,葉盡疏林萬點鴉。沙市人來穿故壘,渚宫烟暝動悲笳。累累新冢荒郊遍,還有遺骸半未遮。

氣象開闊,景觀蕭瑟,筆力沉雄,激越蒼涼,形象生動地表現了南郡一帶的衰敗破落景象。而諸如"尸陁林下烏争肉,瘦棘花邊鬼傍燈"(《北溶驛》)、"雪填土窟埋屍淺,冰裂刀痕迸血新"(《度油榨關》)、"草木連天人骨白,關山滿眼夕陽紅"(《九日同赤松上人登黔靈山最高頂四首》)、"桃源衹隔孤城外,流下辰陽戰血紅"(《武陵送春》)等,更是對戰伐頻仍,生靈塗炭的實録。在這類作品中,較爲突出的如《麻陽運船行》:

麻陽縣西催轉粟,人少山空聞鬼哭。一家丁壯盡從軍,老稚扶攜出茅屋。朝行派米暮催船,吏胥點名還索錢。轆轤轉絙出井底,西望提溪如到天。麻陽至提溪,相去三百里。一里四五灘,灘灘響流水。一灘高五尺,積勢殊未已。南行之衆三萬餘,樵爨軍裝必由此。小船裝載纔數石,船大裝多行不得。百夫并力上一灘,邪許聲中骨應折。前頭又見奔濤瀉,未到先愁淚流血。脂膏已盡正輸租,皮骨僅存猶應役。君不見一軍坐食萬民勞,民氣難蘇士氣驕。虎符昨調思南戍,多少揚麾白日逃。

詩歌承繼了唐代新樂府的現實主義精神,無論就反映現實的深度與廣度言,在同時代的詩人中是並不多見的。

康熙辛酉(一六八一)十一月,"王師進圍雲南城……賊不能抗,吴世璠自殺。詔戮其屍,傳首京師。僞相國方光琛等伏誅,餘黨悉降,雲南平。"(蔣良騏《東華録》卷十二)持續多年的"三藩之亂"終於結束了,查慎行於次年五月踏上了歸途。但詩人却並未實現其建功立業的夙願。據沈廷芳《翰林院編修查先生行狀》云:"同邑楊侍郎雍建開府貴州,入幕府。時吴三桂餘孽未殄,豺虎塞途,决機命將轉戰崖箐間。凡兵謀,先生多預焉。歷三載,貴州平,欲論功以聞於朝,固辭。"這是什麽緣故呢?"飛書草檄非吾事,悔著征人短後衣。"(《銅仁書懷寄德尹潤木兩弟四首》)"冷官未了從軍志,歧路尤餘話别緣。"(《平越遇雷玉衡索留别之句口占贈之》)"捉刀未了生涯事,祗是羞乘下澤車。"(《秋懷詩》之十六)"我來幕下,翁留輦下,總非始願。幾時共,情話田園,對窗燈一盞。"(《徵招·得外舅陸先生都下書》)細玩上述詩意詞旨,初白"固辭"論功,怕還是不得志的表現。

三

康熙壬戌(一六八二)九月,查慎行水陸并行,返歸海寧,與季弟潤木"局促里居",時將一載。閑時無非與親朋故友登山臨水,賞花飲酒,集會賦詩,以遣時日。海寧位於浙江東南隅,依海傍山,風景絶秀,歷來是人文薈萃之地。但是,由於堤防多年失修,這裏一直水旱交替,災情嚴重,加之官府頻頻催租逼税,人民生活極其貧困。查慎行原來準備"桑下種蔬","貧士學圃",過安静的田園生活,奈何懶惰既久,"力不任菑畬",遂"倦羽辭巢",未及仲弟德尹回來晤面,便匆匆南下杭州,經富春、歙州,由景德鎮渡鄱陽湖,赴南昌投靠其由兵科給事中出巡江西饒九南道按察副使的堂伯父查培繼。在得到他的資助後,於次年四月北上京師,入太學坐監,作了祭酒王士禛的學生,並就此"角逐名場,奔走衣食",過了近十五年的游幕生活。其間,他曾八次入京,四次落第,嘗盡了功名失意,落魄窮途的痛苦與酸辛。而這便構成了查慎行在這段時期詩文創作的主調。

由於查慎行與朱彝尊"幸託中表稱兄弟"(《曝書亭集序》),而竹垞五年前即應了己未(一六七九)博學鴻詞科試,供職清華,得授翰林院檢討。在一系列文酒聚會、詩文酬答中,初白因此得以廣交遍識在京的顯宦名士,並由於竹垞的"獎挹"而"聲名漸起",最終名聞禁中(參鄧之誠《清詩記事初編》卷七)。康熙丙寅(一六八六)冬,一個偶然的機會,初白結識了武英殿大學士加太子太師明珠父子。據其《人海集序》云:"故人吴漢槎(兆騫)歿後二月,有以不肖姓名達於明相國左右者(案,或即顧貞觀),遂延致門館,令子若孫受業。"這樣,查慎行便作了納蘭性德的弟弟揆敘的館師,而使自己的政治命運、一生榮辱與納蘭氏無形間連在了一起,這是他始所未曾料及的。

在權相明珠家授館一年,查慎行的岳丈陸射山患了重病,他不得不中斷館業,"買舟扶侍旋里"。一年後,射山謝世,慎行重返京師,不時與新交故舊聚會於竹垞寓所。就在這一年的八月,他首次卷進政治漩渦,被牽連進了名聞一時的《長生殿》事件(詳章培恒《洪昇年譜》),被革去國學生籍,逐出京門。對此,查慎行十分悲憤。其《竿木集序》云:"飲酒得罪,古亦有之。好事生風,旁加指斥,其擊而去之者,意雖不在蘇子美,而子美亦不免焉。"其《送趙秋谷宫坊罷官歸益都四首》之一更云:"竿木逢場一笑成,酒徒作計太憨生。荆高市上重相見,摇手休呼舊姓名。"正因無端卷進黨争,横受打擊,查慎行遂廢棄舊名,改用今稱。

康熙庚午(一六九〇)春,初白與好友姜宸英一起,應了因有受賄嫌疑而乞歸的刑部尚書徐乾學的邀請,附船南歸洞庭東山,在乾學所主持的《一統志》書局幫忙。在政治上,乾學原與謙和下士、"輕財好施"的明珠結盟,以對抗"怙權貪縱"的保和殿大學士加太子太傅索額圖。但隨着皇太子胤礽的失寵被廢,索額圖失勢獲罪,

"死於幽所"。徐、明復由結盟而分裂：明珠與尚書科爾坤、余國柱、佛倫等一黨，徐氏則與高士奇等爲盟，"時有南北黨之目，互相抨擊。"(《清史稿》卷二七一)處於滿漢黨争的形勢下，查慎行既無意亦無資格加入，便取兩不得罪的方針。然而，因門客間的互相排擠，他在書局祇呆了三個月便打道回府了。但書局的工作，無疑對他的地理知識的增長大有裨益，他後來撰成《蘇詩補注》，其關於地理方面的考覈最稱精良，向爲世人所推崇矚目。而這方面的知識，正得益於同在《一統志》書局的著名地理學家顧祖禹。

罷歸東山，查慎行在家呆了一年，種花弄草之間，心境却未得清閑。"乾坤直似蝸廬窄，懷抱除非醉始開。"(《嘐城孫愷似編修欲行善於其鄉竟遭吏議》)他充分領略了人世行路之難。"回看宦海波濤闊，轉羨風帆到岸人。"(《沈稼村太史招飲耿巖草堂》)他不甘心終老山林，却又無緣青雲直上。失路愁苦之際，他"衰年漸欲信浮屠"，曾一度由此而生遁迹空門之想。這時，他接到了當年游學京師結識的老朋友九江知府朱儼的邀請，"既爲輯《廬山志》，復遂廬山之游"(《湓城集序》)，於康熙壬申(一六九二)杏花飛紅之際，由蕪湖、銅仁下九江入朱幕半年。朱儼居九江二十三年，爲官"清廉慈惠"，他是原工部尚書朱之弼的兒子，父子兩人均與初白交誼深篤，終始不渝。初白因二度留戀朱幕，詩酒酬答，頗極綢繆。爾後，復與儼結成兒女親家。

康熙三十二年(一六九三)秋，查慎行第四次應順天鄉試，得中舉人，座主爲翰林院侍讀徐倬及編修彭殿元。他一鼓作氣再應考官會試，所惜未得朱衣點頭。"下第情懷刀箭傷"，他又一次嘗到了失望的苦味，辭别衆人，出都南歸，準備"早收心力事耕桑"(《下第南歸留别同年》)。其後，他縱情於山水之間，曾偕座主徐清溪、表兄朱竹垞、同學許霜巖相邀共游了越州、汴梁、閩中，又先後四度往返京都“奔走衣食”。“余生久落魄,場屋困刖趾”(《酬同年張聲百秦中見懷之作》)姑且不説,“八口恆告饑,憂來難自廣”(《希文將南歸次淵明田居詩韵》之二),“老夫不任耕,病婦兼廢桑。本務既兩失,衣單食秕糠。莽蒼無所之,況需三月粻”,境遇確實可憐可悲。就在這貧病交加的艱難困苦中,他的賢妻陸氏於四十九歲便早早離開了人世。“十年客都邑,萬事皆眼見。”世道維艱,人情淡薄,這予查慎行留下了刻骨銘心的痛感。儘管如此,他還是在康熙壬午(一七〇二)春天完成了《蘇詩補注》五十卷,成了蘇東坡的第一功臣。這年夏天,慎行長子克建任直隸束鹿(今保定市)縣令,迫於生活煎熬,過了八月十五,他便“將挈諸孫”,全家十口一起擁到了克建任所。誰知,就在他走投無路之際,康熙竟投來青睞,生活的轉機遂即開始。

四

康熙四十一年(一七〇二)十月,查慎行終於時來運轉。因了相國張玉書、直隸巡撫李光地(此從《國朝先正事略》説)的推薦,他被巡狩德州的康熙帝看中,召試行在賦詩,又詔隨入都進南書房,與學生愷功一起奉旨每月入房辦事。次年正月,又正式入直南書房。同年四月初,又與從弟查嗣珣共赴殿試,七月傳臚,賜二甲二名進士,改翰林院庶吉士。座主爲禮部尚書陳廷敬及禮部右侍郎許汝霖。次年冬,他復奉旨特授編修,直内廷。爾後,頗受寵信,接連三年扈駕出古北口。南書房是皇帝的秘書班子,屬清要之職,雖無實權,却接近皇帝,並能借此廣通聲氣,交接權貴,向爲時人所羨慕。“屢下南宫第,俄聞秘閣開。一經雖舊習,六論本非材。不敢他途進,終漸特召來。平生無夢想,今日到蓬萊。”(《二十八日召試南書房》)因爲實現畢生追求的“夢想”,查慎行欣喜萬分,不僅淡忘了半世經歷的苦難,且對未來充滿憧憬與美好的遐想。故這一時期所作詩文,充滿了對皇帝老子的感恩不盡之情。比如:"恩波先沛三春雨,瑞雪都忘十月寒。"(《赴召紀恩詩》其一)又如:"臣一介微賤,遭逢盛事,千載一時,舞蹈謳吟,自不能已。譬諸秋蟲春鳥,生載覆之内,亦知鳴天地之恩。"(《南書房敬觀宸翰恭紀序》)爲此他表示:"葵藿有心知向日,願從瑶島結孤根。"(《十五日保和殿引見欽授翰林院庶吉士恭紀》)"從此酬知須努力,勉承鞭策赴王程。"(《初七日太和殿傳臚恭紀》)顯然,這是查慎行一生中最爲春風得意的歲月。據《清史列傳·文苑傳》:

> 時慎行族子昇,以諭德侍直内廷且久,宫監輒呼慎行爲"老查"以别之。上幸海子,捕魚賜群臣,命賦詩。慎行有云:"笠檐蓑袂平生夢,臣本烟波一釣徒。"俄,宫監傳"烟波釣徒查翰林",時以比"春城寒食"韓翃,傳爲佳話。會比歲西巡,凡幽岨之區,甌脱之境,爲從古詩人所未歷,慎行悉以五七言發之。每奏一篇,上未嘗不動色稱善。又嘗隨駕木蘭,褎衣襜服行山谷間,上望而笑曰:"行者必慎行也。"其風度如此。

有關查慎行供奉七年,受寵禁中,爲人所艷稱一時的這段玉堂佳話,清人之筆記史乘如《槐塘詩話》等均有所載。

然而,查慎行畢竟是封建時代較爲正直的知識分子,他雖然嚮往功名,力圖光宗耀祖,支撑門户,却無法改變自己"久抱違時性,兼無媚俗姿"的秉性(《將出都門述懷一百韵》)。據全祖望《查慎行墓表》云:

> 南書房於侍從爲最親望之者,如峨眉天半。顧其積習,

以附樞要爲窟穴，以深交中貴人探索消息爲聲氣，以忮忌互相排擠爲輸力，書卷文字反束之高閣，苟非其人，即不能相容。而先生疏落，一意先人，顧不能委曲周旋，同事於是忌者。

查慎行的滿腔熱情很快在這勾心鬬角、黨争傾軋中冷却下來："偶向清池閑照影，被人猜有羨魚心。"（《池上雙鶴》）他不由憤憤然了。"家貧未免思游宦，及至成名累有官。"（《除夕與德尹信庵守歲二首》）他感到厭煩、懊悔了。"此身直願依蒲藻，長在烟波浩淼中。"（《五月初九日直廬感恩紀事恭賦七律四首》之四）他終於想命駕歸返了。康熙丙戌（一七〇六）十月，查慎行正式乞假返里，以朝廷所賜一百二十兩銀子於龍尾山西阡買下墓地，葬了雙親，懷萌引退之志，就此在家呆了一年多。隔年春天，他假滿入都，却被"宦者進讒"，"奉旨暫停入直"，被調離内廷去武英殿修纂《佩文韵府》。前後四年，一直被調來調去，未有着落處所。這位"性不諧俗，當時有文愎公"之號（鄧之誠《清詩紀事初編》）的詩人，飽諳仕途險惡與官場黑暗，昔日美夢，化爲烏有。其《殘冬展假病榻消寒》詩十六首，便是其切身感受的歷史紀録。前三首云：

卧看星回晷景移，流光冉冉與衰期。人言宦海藏身易，自笑生涯見事遲。夜似小年寒漸信，病非一日老方知。惟餘蒪菜思歸興，早在秋風未起時。

憶昨公車待詔來，微名忽忝廁鄒枚。主恩不似優俳畜，士氣原於教養培。身作紅雲長傍日，心如白雪漸成灰。依稀一覺游仙夢，初自蓬山絶頂回。

茫茫大地託根孤，衹道烟霄是坦途。短袖曾陪如意舞，長眉難畫入時圖。移燈見蝎寧防毒,誤筆成蠅肯被污?竊喜退飛猶有路,的應決計莫躊躕!

詩中抒發了作者鬱結心頭的懣憤與不平,怒斥了誣陷者的蠅污之卑、蛇蝎之心,慨嘆蛾眉見妒,疾患纏身,悔恨見事太遲,抽身欠早,流露出一種失意悲觀的低徊情緒。不過,詩人最終表示:"不畏群嗤不受憐,孤行一意久彌堅。"堅持:"性存薑桂何妨辣,味到芩連不取甘。"可謂孤芳自賞,傲骨嶙峋。

繁重的修書任務極大地損害了查慎行的健康。自康熙辛卯(一七一一)十二月始,詩人於老眼昏花的同時,兩臂先後中風而難以動彈。奉旨在京調養一段時間後,他不顧學生揆叙的一再挽留,於六十四歲那年秋天乞休歸里,冒雨出都南下。"七年供奉入乾清,三載編摩在武英。兩臂痛風雙眼暗,枉將實事换虚名。"(《自題癸未以後詩藁四首》之一)詩人的内心充滿了難以名狀的苦澀與悲哀,回到了皇上賜匾御書的"敬業堂"。

五

查慎行於康熙五十二年(一七一三)八月返回海寧故里,擺脱官場桎梏,得歸大自然的懷抱。在這十四年的晚年生活中,他既充分享受了田園山水之樂,同時也不時爲窮病所困擾。如《糴米》詩云:

官罷無祠禄,家貧斗石艱。致炊誰巧手?欲乞我慚顔。懸釜三秋後,傾囊一飽間。瓶罌防鼠竊,莫笑老夫慳。

此外,他不僅雙臂中風,一度左足又染風疾,長卧不起,"臀疽連發”,痛苦不堪。自嘆:“枯松形伴影,宿草鬼爲鄰。”(《枕上呻吟二首》)除却窮病的摧殘折磨,慎行還經受了喪子亡婿的沉重打擊。可縱然如此,初白老人並不後悔。就在他告歸三月之後,又有一大批官員遭清洗,紛紛被淘汰出局。“幸收麋鹿迹,終莫負山林。”(《半月以來坊局史館前後輩削籍者凡二十一人偶閱邸抄慨然》)查慎行反爲自己的選擇而感慶幸。

查慎行生來羸瘦,弱不勝衣,却年登耆壽。他一生遠涉江湖,崎嶇貴竹,窮甌脱之境,探荒遐幽岨,臨無諸之故墟,歷尉佗之遺迹,游踪之廣,爲歷代著名詩人所難企及。終老林下後,他與親友許汝霖、楊中訥、陳勛等在家鄉登山臨水,詩文酬唱,共聚爲“娱老會”、“五老會”。六十六歲仍作閩中之游,六十八歲復作粵中之游,至七十高齡,還應白近薇中丞之邀,在女婿李暘谷鼓勵下,赴江西南昌主持《江西通志》的修纂工作,並再次上了廬山。

然而,就在他吟唱“平生耻共人争路,况有林巒慰勝情”(《靈渠行》)之際,一場飛來横禍使他受到牽連而鋃鐺入獄。雍正四年(一七二六)十一月,慎行的三弟、禮部侍郎查嗣庭主試江西,因爲出了“維民所止”的試題,被認爲是“取雍正二字去其首也”,顯露了“心懷怨望,譏刺時事”之意,遂被投入大獄。抄家時,據説不僅抄得“科場關節及科場作弊書信”,還抄得二本日記,充滿了“悖亂荒唐,怨誹捏造”之語,被雍正皇帝認爲是“實共工驩兜之流也”。而查慎行因家長失教罪名連坐,全家十餘口被逮入都詣刑部獄,在“甕天三尺”的牢房關了足足四個月。最後,因爲雍正考慮到不能做得太絶,在潤木病歿獄中且被“戮尸梟示”後,方對這位“每飯不忘君”的杜甫一流詩人實行寬大處理,釋放回籍,而改判他的二弟嗣瑮、侄基等流放三千里。一弟慘死,一弟流放,查慎行泣血吞聲,悲慟萬分。“雷霆雨露皆天澤,感到難言淚暗揮。”(《正月初十日出獄後感恩恭紀》)正道出了他在文網高張時代淒苦難言的隱衷。

"平生内省能無疚,此禍相連亦有因。"(《丁未立春》)雍正帝殘害查嗣庭的真正原因並非在於他的"狼顧之相"或"心術不端",而是因爲他違背聖心,"向來趨附隆科多",成了清天子政治上的隱患。隆科多是國舅佟國維之子,是康熙病危時唯一在場的顧命大臣,是諸皇子争權、而皇冠最終落到四阿哥頭上這一"斧聲燭影"好戲中最爲知情的關鍵人物。正因爲如此,雍正親政後,諸皇子一一被翦除,隆科多遂亦遭殺身之禍。嗣庭不諳内裏,引攀龍鳳,無疑引火燒身,自取滅亡。而查慎行的擔驚受怕大吃苦頭,亦是因爲雍正没有忘記他是權相明珠之子揆敘的恩師。而揆敘在諸皇子争權立黨、搶摘皇冠的争鬭中,是八阿哥胤禩而不是他四阿哥胤禛的有力助手,故此雍正恨之入骨。揆敘死了五年之後,巧取帝位、快意恩仇的雍正奪其官削其謚不算,還要在其墓碑上鐫下"不忠不孝陰險柔佞揆敘之墓"這十二個大字。查慎行一生與康熙朝終始,和揆敘過從甚密,無論他怎麽標榜:"橐筆曾經侍兩宫,可憐無過亦無功。未應奢望《儒林傳》,或脱名於黨部中。"(《自題癸未以後詩藁四首》)也没有用,他最終還是作了黨争的犧牲。出獄南歸兩月之後,一代詩人再難經受骨肉播遷、門祚凋零的凄涼與痛苦,懷着"我本愛蓮人,無端落泥沙"的遺憾,魂飛碧落,恨銜黄土。

查慎行賦性平和澹泊,傾畢生精力於文字生涯,除參與編纂《佩文韵府》等大型官書,完成《周易玩辭集解》十卷、《人海記》二卷、《補注東坡編年詩》五十卷外,尚存《敬業堂文集》三卷、《餘波詞》二卷及《敬業堂詩集》五十四卷(包括《續集》與《補遺》)。詩人存詩六千,結集五十,雖失之瑣碎,却足以證明其"無時無地不以詩

爲事矣”(《四庫全書總目提要》)。

查詩的内容十分豐富,舉凡亂離兵革,饑荒焚掠,山川風光,民情風物,行旅舟次,吊古懷人,感時詠物,悼亡驚離,聽琴題畫等,長吟低諷,無不入詩。他自言:“我從田間來,疾苦粗能知。”(《憫農詩和朱恆齋比部》)集中如《白楊堤晚泊》、《晚泊安鄉縣六韻》、《麻陽運船行》、《養蠶行》、《原蠶行》、《閘口觀罾魚者》、《魚苗船》、《淮浦冬漁行》、《吴江田家》、《麥無秋行》、《苦旱行》、《飛蝗行》、《海塘行》、《鴉拾粒行》、《賑饑謡》等,或寫重税榨取,横徵暴斂;或寫貪官污吏,魚肉百姓;或寫天災人禍,民不如鼠。這些作品是對康熙朝文治武功、太平盛世的有力鞭笞和無情嘲諷,是查詩中最具人民性的精華。

在藝術上,查詩工於比喻,長於形容,善於言情,精於議論。雖滿腹書史,却造語平淡,多用白描。既得宋人之長,復免宋詩之病。其洗煉工整,生動傳神的作品,顯示了他豐富的人生閲歷,深厚的藝術素養,具有與衆不同的特殊魅力。集中名聯佳句,一如斷綫之珠璣,俯拾皆是,令人目不暇接。

與陸游一樣,查慎行最擅七律。如《京口和韜荒兄》:

> 江樹江雲晻晲斜,戍樓吹角又吹笳。舳艫轉粟三千里,燈火沿流一萬家。北府山川餘霸氣,南徐風土雜驚沙。傷心蔓草斜陽岸,獨對遥天數落鴉。

骨力雄健,沉鬱蒼涼。他如《從監利至荆州途中作》、《寒夜次潘岷源韻》、《晚抵晏城次壁間韻》、《楊花同恆齋賦》、《過鳳陽城外》、《淮北聞雁》、《池河驛》、《南陵早發》、《渡漳河》、《重陽密雲道中》等,或精嚴俊爽,機調流快,或筆健氣暢,情景交融。而諸如“人來小雨初晴後,秋在垂楊未老間"(《從監利至荆州途中》)、"一雁下投天盡處,萬山浮動雨來初"(《登寶婺樓》)、"一軒傍水看雲起,萬木無聲待雨來"(《五月二十五日喜雨》)、"雨腥雙袖弓刀血,風静諸山草木兵"(《送秦望兄東歸》)等詩句,尤不勝枚舉。與其七律相比,查慎行的五律在學杜上頗爲用心。如《赤壁》、《雪夜泊胥門與蒙泉抵足卧》、《立秋夜彭澤舟中》、《荆州雜詩六首》、《韶州風度樓》、《螺山文丞相祠》、《泗上亭》等,均不乏杜詩韵味。

查慎行的七絶頗爲出色,大都白描勾勒,景觀鮮明,意藴含蓄,氣韵流鬯。讀其《雞冠寨》、《青草湖》、《永安寺》、《泊頭鎮見杏花》、《大清橋》、《早過淇縣》、《曉過鴛湖》、《松林寺》、《琉璃河次湯西崖壁間韵》、《淮安上船》、《月下渡揚子江次西崖韵》、《上巳前一日發桂林》等代表作,其師王漁洋當俯首下心,把臂入林。

查慎行的古體亦很有特色,明顯受蘇軾、白居易影響較深。尤其是七古,筆酣墨飽,元氣淋漓,氣暢辭新,無往不雋。如《洪武銅炮歌》、《送王兔庵學博赴安順》、《水西行》、《中秋夜洞庭對月歌》、《畢鐵嵐僉事將督學貴州》、《夾馬營》、《洪武御碑歌》、《五老峯觀海綿歌》、《夷門行》、《朱仙鎮岳忠武祠》、《董文敏臨米天馬賦》、《十月朔五更鷹窠頂觀日出》及《清遠峽飛來寺》等,均爲上乘之作。王士禛曾序其詩集云:

> 余謂以近體論,劍南奇創之才,夏重或遜其雄;夏重綿至之思,劍南亦未之過,當與古人争勝毫釐。若五七言古體,劍南不甚留意,而夏重麗藻絡繹,宫商抗墜,往往有陳後山、元遺山風。

而四庫館臣們則道:

今觀慎行近體，實出劍南，但游善寫景，慎行善抒情；游善隸事，慎行善運意：故長短互形。士禛所評良允。至於後山古體，悉出苦思，而不以變化爲長；遺山古體，具有健氣，而不以靈敏見巧，與慎行殊不相似。核其淵源，大抵得諸蘇詩爲多。觀其積一生之力，補注蘇詩，其得力之處可見矣。

查慎行似無系統的文學理論，其有關詩文創作的主張大都片言隻語，散見於詩文集中。現捃拾彙聚，分析歸納，大致可得下列數端：

（一）受其師黄宗羲、岳丈陸射山、同學鄭梁等人影響，在挾唐持宋、各立門户以相矜詡的清初詩壇，他不贊成唐宋之争，亦未飲沈拾唾，走貌襲神離、一味擬古的老路，而主張博取衆長。其《得川疊前韵從余問詩法戲答之》云："唐音宋派何須問，大抵詩情在寂寥。"又云："惟詩亦云然，衆美視斟酌。神功須力到，佳境豈意度。人皆信手成，孰肯苦心作。"（《答錢玉友》）並於《酬别許暘谷》詩中批評道："方今儕輩盛稱詩，萬口雷同和浮響。或模漢魏或唐宋，分道揚鑣胡不廣？何曾入室溯源流，未免窺樊借依傍。"

（二）提倡功力學問，注重學有所本。除《答錢玉友》中所云外，其《趙功千瀌舫小藁序》道："蓋詩之爲道，雖發於性情，而授受淵源，必推自學之貴有本也。"而《題樓敬思夢洗三甌圖》也稱："文章豈必關神授，知有工夫在洗磨。"爲此，他反對浮泛之響："力欲追正始，旁喧厭淫哇。"他喜愛白描，反對掉書袋："詩成亦用白描法，免得人譏獺祭魚。"（《答東木與楚望》）他羞愧少作，微詞西崑："回思少作雕蟲比，轉悔餘波綺麗爲。""平生怕拾楊劉唾，甘讓西崑號作家。"（《自題癸未以後詩藁》之四）每每追求"熟處求生"、生中見熟的詩境："詩貪老境甘如蔗，醉覺香醪味似糖。"（《雨中同竹垞兄過恆齋飲次竹垞韵》）"自笑年來詩境熟，每從熟處欲求生。"（《涿州

過渡》)

（三）前承漁洋，下啓袁枚，力主氣雄韵暢，空靈淡脱，抒寫情性。其《過嶠老與之論詩》云："物理與天機，静觀皆情性。"又據查爲仁《蓮坡詩話》第三十六條稱：

> 家伯初白老人嘗教余律詩，謂："詩之厚，在意不在辭；詩之雄，在氣不在直；詩之靈，在空不在巧；詩之淡，在脱不在易。"須辨毫髮疑似之間。

識此，則初白老人論詩之祈向可知。

毋庸置疑，初白雖於清初詩壇鶴立鷄群，"横絶一時"，無論"南施北宋"，抑或稍後的趙翼、袁枚、蔣士銓、厲鶚等，均難與之争勝比肩，但若與超一流的大詩人錢（謙益）、吴（偉業）、朱（彝尊）、王（士禛）比，則稍顯遜色。對此，朱庭珍《筱園詩話》卷上有着極公允中肯的評論：

> 查初白詩宗蘇陸，以白描爲主，氣求條暢，詞貴清新，工於比喻，善於形容，意婉而能曲達，筆超而能空行，入深出淺，時見巧妙，卓然成一家言。惟氣剽則嫌易盡，意露則嫌無味，詞旨清倩則嫌味不厚，局陣寬展則嫌旨不深。古人所謂骨重神寒者，苦未能焉。且投贈公卿，動爲連章，尤好長篇，急於求知，冗繁皆不暇烹煉，雖多中年以前之作，究自累詩品，爲白璧一瑕矣。

也正因爲如此，今人周劭先生於《敬業堂詩集·前言》中不無遺憾地指出："不論他學問功力多麽深厚，而才力自薄，則是無可諱言的。欲求如顧炎武之硬語盤空而無往不雋,吴偉業之長歌當哭而音節瀏亮,那種大氣磅礴、黄鐘大吕的開創之音,在下一代詩人的身上是無迹可尋的。”

七

查慎行的詞名遠遠比不上他詩名的卓著,留下的詞作也不多,僅有《餘波詞》上下兩卷,通共衹二百三十餘闋。其《餘波詞·序》云:

> 余少不喜填詞,丁巳秋,朱竹垞表兄寄示《江湖載酒集》,偶效矉焉。已而偕從兄韜荒楚游,舟中多暇,遍閲唐宋諸家集,始知詞出於詩,要歸於雅,遂稍稍究心。自己未迄癸亥,五年中得長短句凡百四十餘闋。

丁巳爲康熙十六年(一六七七),初白時年二十八歲,尚蝸居鄉里。竹垞時年已四十九歲,正當萍飄南北,依人作幕,落魄侘傺之際。《江湖載酒集》爲竹垞一生詞作之精萃所在,所作或沉鬱蒼涼,慨然其情;或流動明麗,清乎其景。其《解佩令·自題詞集》云:“老去填詞,一半是空中傳恨。”又云:“不師秦七(觀),不師黄九(庭堅),倚新聲、玉田(張炎)差近。”將其詞旨及其詞學淵源交代得十分清楚。

在清代詞史上,朱彝尊有着“起衰振絶”的重要地位,他是浙西詞派的宗主,也是最有成就的代表作家。“浙爲詞藪”(蔣景祁《刻〈瑶華集〉述》),這一詞派從形成、發展到衰落,前後經歷了百餘年的時間。這些詞作家最爲推崇的作手是宋代的姜夔和張炎,他們最爲傾慕和追求的藝術風格是典雅醇厚,清空婉約。竹垞曾以“同郡年家子”署稱的《静惕堂詞序》云:“數十年來,浙西填詞者,家白石而户玉田，春容大雅，風氣之變，實由先生。"序文雖贊賞曹溶，但從中可見姜夔和張炎對於"浙派填詞者"的巨大影響。作爲"浙派詞人"之一的查慎行，他再三地"次張玉田韻"、"用玉田舊韻"，亦決非偶然。加上他自己"遍閲唐宋諸家集，始知詞出於詩，要歸於雅"的揣摹體會，我們也可以清楚地知道初白詞風的淵源所自及其風格特徵。當然，這衹是就其詞創作的主要傾向而言，並非説他每一首詞作都是走白石、玉田的路子。

不過，查慎行在詞作上的成就終究未能大獲成功，未能躋身於大家之列。這可從以下二點獲得印證。其一，竹垞曾對初白的詞作予以提示輔導，寄給他自己的作品以爲示範，但對於初白的作品却一直未予首肯、重視。《餘波詞・序》有云："甲子夏攜（詞作"凡百四十餘闋"）至京師，就正於竹垞，留案頭許加評定。旋失原稿，已四十年矣。曩刻拙集時，頗以爲闕事。"原本想讓竹垞"評定"優劣，予以指導的，結果，非但未能如願，相反，還讓他毫不經意留心地給弄丢了原稿。而這一丢就是"四十年"，直到雍正癸卯（一七二三），方纔意外地由其姪子及門人沈廷芳兄弟完璧歸趙。對於《敬業堂詩集》，竹垞雖少有評語，却是和撰叙一起作了圈點的；而何以對初白的詞作漫不經心、興趣不大呢？主要原因當然是未合其胃口趣味。其二，從清代、近代乃至當代的一些詞學批評家的評論來看，凡言及"浙派詞"者，均未曾提及《餘波詞》，也未給予其較高的地位。以詞選言，如葉恭綽所編《全清詞鈔》，入選作家凡三千一百九十六人，總計選詞八千二百六十多首，而於《餘波詞》，却一共衹選了三首。較之陳維崧入選三十五首，朱彝尊入選二十二首，簡直難以同日而語。

然而，初白畢竟是詩壇大家，其詞作雖然未能入之化境，臻於極至，却也不乏佳構，可時見上乘之作。比如《瑞鶴仙・秋柳》、《臺城路・秋聲》、《海天闊處・螢》、《翠樓吟・蟬》等詠物詞，並未以姜、張爲止境，也未墮某些格律派詞人之窠臼，或偏尚體物，或流於餖飣，而是在窮形盡相、描摹入神的同時，別有感情寄託，别標意内言外之旨，並非純粹的爲詠物而詠物。而抒寫羈旅鄉思、征途風光的一些詞作，如《臨江仙・平望驛》、《玉漏遲・夜過毘陵》、《殢人嬌・丹陽道上》、《浪淘沙・繁昌舊縣》、《點絳唇・雨後泊李陽湖》、《臨江仙・漢陽立秋》、《臨江仙・銅仁郡閣雨望》以及《金縷曲・客窗初夏觸景思鄉》等，均景觀鮮明，活脱生新，如繪如畫，很有幾分《敬業堂詩集》中白描勾勒、傳神入態之風神韻味。而他的某些弔古傷今、言志抒懷的詞作如《水龍吟・登北固山》、《賀新涼・壬辰重陽前二日張日容招集城南陶然亭》、《河瀆神・桃花夫人廟》、《賀新涼・秋晚獨上荆州城樓》等，氣韻沉雄，豪邁颯爽，機調明快，鬱勃蒼涼，很有稼軒詞的氣概與風采，這與稼軒詞風在清前期詞壇再度活躍的文學動向亦正相契合。

應該説，初白的詞作雖然受竹垞熏染，受白石、玉田的影響很深，走的是一條既非雄豪亦非婉約的雅致清空的中間道路，但他畢竟是一代名家，出手不凡，亦不甘人後。"遍閲唐宋諸家"詞集的結果，使他並未將竹垞、白石、玉田的創作原則視爲唯一的美學價值取向。在詞的創作上，他重視的是情深氣暢，注重一個"雅"字。他慣用的手法還是白描，特别是一些羈旅行役之作。因此，《餘波詞》較少隸事用典，較少使用令人目眩眼花的替字、代字。除少量作品(如《曲游春・白櫻桃下偶題》、《掃花游・清明後一日再游枉山》等)外，既不過分注重結構上的綿密精巧，也不著意追求字面的華麗富贍。這使他的詞作，一方面形象生動，清新暢達，一方面失之淺露單薄，缺少蘊藉含蓄，故難臻至境，未足稱得詞壇大家。竹垞留之案頭，長期未置評語，看來亦是這個原因。

八

查慎行的文留傳下來的亦不多，中華書局據古杭姚氏景瀛校刊印行的《四部備要》本《敬業堂文集》凡二册三卷，收文九十九篇。另附别集，收文二十三篇，共計一百二十二篇。清陳敬璋《敬業堂文集·跋》云：

> 右《敬業堂文集》二册，爲查太史初白公著。公一生精力注意於詩，而文不多作，大半出自應酬，復不自收拾，所存絶少。是篇約百首，不類不次。蓋公之孫巖門舅氏所搜訪而彙録者。其後爲花溪倪氏（敏修）所得，傳録涉園張氏（漚舫），而原本旋毁於火。兔牀吴丈（騫）從涉園假以録之，再録於王君紫溪（簡可），而吴氏本復毁。今又從王氏本録之。

由此可知，初白文章的流傳不多，如其詞作一樣，一是因爲確没有"多作"，二是因爲縱有所著，也未能珍愛寶惜，"不自收拾"，遂散佚了不少。要不是其長孫查岐昌的"搜訪彙録"，我們今天連這百多篇文也無從見識。

從遺留下的這些文章看，其内容大致可分三類：一爲序跋，二爲墓表誌銘，三爲書賦雜記。而這三類中又以前二類占了絶大部分。陳敬璋説這些文章"大半出自應酬"，當非虚言。就序跋文而言，多半作於晚年德高望重之時。其《沈房仲詩序》有云："我自歸田後，里中有學爲詩者，謬推識途老馬，往往以所作過問。"這些文章，或追溯源流，或品評得失，或回顧經歷，或陳述交誼，清微婉約，温雅篤實，理明詞暢，如話家常，非飽經滄桑，博覽力學者所難言之。尤可注意者，初白對於文學理論和詩歌創作的某些見解，每每見之於這類文字之中,是研究和探討初白文學思想、文學創作的珍貴資料。

初白所作的墓表志銘文章有二類,一類是哀悼至親好友的,如《翰林院編修晚研楊先生墓志銘》、《翰林院檢討亡甥陳元之墓志銘》及《祭房師汪東山先生文》等。另一類則是難辭朋友之託的應酬文章,如《皇清誥封一品太夫人于母張太君墓誌銘》等。這些哀輓憑吊的文字,大多平易質樸,情感真摯,紆徐委備,如泣如訴。人世滄桑,喜怒哀樂,盡遣於楮墨之間。初白寫這類文章,十分注意通過具體事實和某些生活細節來表現墓主生前的品格,不徒以虛言炫世,不作諛墓文字。因此,令人讀了感到可親可信,可悲可嘆。諸如《亡婿李暘谷墓誌銘》、《先室陸孺人行略》等,因爲都是至親,所述均親眼目睹,親身經歷,親身感受,無限深情,凝聚筆端,故催人淚下,有着强烈的藝術感染力量。

初白的書賦雜記類文章在集中也占一定比例。他的賦文不多,僅僅留下二篇,一爲《御賜砥石山緑硯賦》,一爲《吏部廳藤花賦》。就賦之類別言,二文既不屬辭賦,亦不屬駢賦、律賦,而是屬於表現形式相對自由一些的文賦。文中既有散句,亦有駢句;既講究字面的典雅清麗,却不刻意追求句子的綺靡精工;既旁采遠徵,以見其洽聞彊識,又不一味餖飣堆垛,使文章殆同類書。初白的雜記文章如《自怡園記》、《竅軒記》、《種草花説》等,一般寫來深遠閒淡,委婉不迫,意與言會,言隨意遣,斂華而就實,神清而氣遠。使人感到,其圓融温潤的風格離歐(陽修)、曾(鞏)爲近。

陳敬璋《敬業堂文集跋》稱:“縱横排界,發揚蹈厲者,才人之文也。俯仰揖讓,舂容大雅者,儒者之文也。公原本經術,發爲文章,主於理明詞暢,深得歐、曾法度,與其雕琢曼詞以炫世者,相距遠矣。”而初白文集流播的有功之臣清人姚景瀛則評價説:“先生應制之文，鏘金戛玉，上媲《雅》、《頌》，而碑版序傳記事之作，亦銜華佩實，雅近道園，工力足以相副。其時如查浦、聲山，載筆西清，各盡所長，而論次才名，未之能先。”不管説他的文章似歐、曾，還是像虞集，有一點是可以肯定的，即初白一生雖然“文不多作”，但所作温潤縝密，舂容大雅，無愧一代作手。可惜的是，這文名是星星月亮，終爲似太陽一般的詩名遮蓋了。

這本選集共入選查詩二百六十六首，詞二十四闋，文十篇，分别約占其詩集的百分之五，詞集的百分之十及文集的百分之九。就詩而言，選注時注意兼顧其不同體裁和風格，亦充分考慮到其所反映的不同内容。同時，在側重選取其前期作品時，亦注意遴選初白其他各個時期的代表作品，盡可能反映查詩的總體風貌和藝術特徵。由於查詩向無選本或注本，不管是選目還是注釋，均一無依傍。篳路藍縷，再加上學殖淺薄，書中的謬誤和紕漏自屬難免。在此，敬祈海内方家和廣大讀者不吝指正。並借此機會，向關心此書並給予許多幫助的李學穎先生、陳振鵬先生，上海圖書館古籍部的陳先行先生、王翠蘭女士、夏穎女士及辛勞操持家務、使我免於沉淪世俗大海的内子陳駪女士，表示衷心的感謝，並向此書的責任編輯朱懷春同志深致謝忱。

聶世美

一九九七年十一月十一日

目　　録

前言 …… 1

詩選

京口和韜荒兄 …… 1
登金陵報恩寺塔二十四韻 …… 3
蕪湖關 …… 8
漢口 …… 9
沔陽道中喜雨 …… 11
玉沙即事二首（選其二） …… 12
從監利至荆州途中作 …… 13
初冬登南郡城樓 …… 14
寒夜次潘岷源韻 …… 16
荆州雜詩六首（選其一、三） …… 17
洪武銅炮歌 …… 18
白楊堤晚泊 …… 22
晚泊安鄉縣六韻 …… 24
三閭祠 …… 25
武陵送春 …… 26
海螺峯歌 …… 28

北溶驛 …………………………………………………… 30
午日沅州道中 ……………………………………………… 31
雞冠寨 …………………………………………………… 32
初入黔境土人皆居懸崖峭壁間緣梯上下與猿猱無異睹
　之心惻而作是詩 ………………………………………… 32
早發齊天坡 ……………………………………………… 33
大雨泊黄蠟關江水暴漲黎明解纜諸灘盡失矣………… 34
麻陽田家二首（選其一） ………………………………… 35
連下銅鼓魚梁龍門諸灘 ………………………………… 36
天擎洞歌 ………………………………………………… 38
麻陽運船行 ……………………………………………… 40
飛雲巖 …………………………………………………… 42
度油榨關 ………………………………………………… 44
黎峨道中二首 …………………………………………… 45
黔陽雜詩四首（選其一） ………………………………… 47
送王兔庵學博赴安順 …………………………………… 48
諸葛武侯祠 ……………………………………………… 52
老僕東歸寄慰德尹兼示潤木 …………………………… 53
水西行 …………………………………………………… 60
母豬洞觀瀑 ……………………………………………… 71
青草湖 …………………………………………………… 73
中秋夜洞庭對月歌 ……………………………………… 73
赤壁 ……………………………………………………… 75
發儀真 …………………………………………………… 76
梁溪秋晚 ………………………………………………… 76
養蠶行 …………………………………………………… 77
麥無秋行 ………………………………………………… 79

次谷兄自粵西扶先伯父櫬歸里二首 …………………… 80
雨中過董静思山居 ………………………………… 82
輓吕晚村徵君 ……………………………………… 83
淳安謁海忠介祠 …………………………………… 84
青溪口號八首（選其三、七）………………………… 86
郯城道中 …………………………………………… 87
晚抵晏城次壁間韻 ………………………………… 88
松林寺 ……………………………………………… 89
同吴六皆陳叔毅湯西崖宿摩訶庵 ………………… 90
卧佛寺 ……………………………………………… 91
白鸚鵡次魏環極先生原韻 ………………………… 92
送少詹王阮亭先生祭告南海 ……………………… 93
人日和朱大司空作 ………………………………… 98
叠舊韻送研溪南歸三首（選其一） ……………… 99
畢鐵嵐僉事將督學貴州枉問黔中風土短章奉答兼以送行 ……………………………………………… 100
酬别鄭寒村 ……………………………………… 104
永安寺頻婆花下 ………………………………… 108
飛蝗行和少司馬楊公 …………………………… 108
武陵楊長蒼重來都下感舊有贈 ………………… 110
王甥漢皋南歸詩以示别二首（選其二）………… 111
北城寒食有懷南郊舊遊寄呈朱大司空並索玉友荆州和二首（選其一）………………………………… 112
送宋牧仲提刑山東 ……………………………… 113
送周青士南歸 …………………………………… 115
舟夜書所見 ……………………………………… 117
亂鴉……………………………………………… 117

泊頭鎮見杏花 …… 118
夾馬營…… 119
閘口觀罾魚者 …… 122
入牐…… 123
自雄縣至白溝河感遼宋舊事慨然作 …… 127
曉過平原…… 128
次韻送梁藥亭庶常請假歸南海 …… 128
牽牛花十二韻同竹垞兄賦 …… 130
初冬拜朱大司空墓感賦 …… 131
善果寺…… 132
夜飲槐樹斜街花下酬别竹垞水村 …… 133
琉璃河次湯西厓壁間韻 …… 134
清明新城道中 …… 135
冉家橋…… 136
大清橋…… 136
羊流店…… 137
新泰城南望蒙山 …… 138
月下渡揚子江次西溟韻 …… 139
吴門喜遇田間先生 …… 140
曉發胥口…… 142
微香閣次敬可韻 …… 142
山樓曉起…… 143
食橘二首（選其一）…… 144
雪後曉渡太湖 …… 145
雪夜泊胥門與蒙泉抵足卧 …… 145
初夏園居十二絶句（選其四）…… 146
橘薪…… 147

舟曉次德尹韻二首（選其一）…… 148
長水塘夜泊 …… 148
夾浦橋阻風 …… 149
曉渡西氿回望宜興縣郭 …… 150
荻港人家杏花 …… 151
大風至劉婆磯 …… 151
雨中過銅陵 …… 156
三江口苦雨 …… 157
楊花同恆齋賦 …… 157
江州雜詠四首（選其一）…… 158
石鐘山 …… 161
魚苗船 …… 163
曉吟 …… 163
蟬蜕和灌園韻 …… 164
立秋夜彭澤舟中 …… 165
秋暑 …… 167
洪武御碑歌 …… 167
五老峯觀海綿歌 …… 172
自題廬山紀遊集後 …… 175
早過大通驛 …… 178
留守瞿相國春暉園 …… 179
拂水山莊三首（選其三）…… 180
瓜洲大觀樓張見陽郡丞屬題 …… 182
鷹坊歌同實君愷功作 …… 183
大雨行 …… 189
大冉橋聞雁 …… 191
大風出西直門至自怡園愷功方擁爐讀史 …… 191

重過臨清感舊 …………………………………… 192
登寶婺樓…………………………………………… 194
嚴灘早發…………………………………………… 195
敝裘二首…………………………………………… 196
夜宿邵埭…………………………………………… 198
淮浦冬漁行 ……………………………………… 199
邳州道中行 ……………………………………… 201
雪後風日晴暖 …………………………………… 202
爲翁景文題畫 …………………………………… 203
渡漳河……………………………………………… 203
曹操疑冢…………………………………………… 204
鄴中詠古四首（選其一）……………………………… 205
湯陰縣北村家 …………………………………… 207
入大名界紀冰雹之異 …………………………… 208
夷門行……………………………………………… 211
汴梁雜詩八首（選其一、二、四） ……………………… 214
朱仙鎮岳忠武祠 ………………………………… 219
留別吴梅梁表兄 ………………………………… 223
歸德道中二首（選其二）……………………………… 224
望碭山……………………………………………… 226
過鳳陽城外二首（選其一）…………………………… 228
池河驛……………………………………………… 229
董文敏臨米天馬賦卷子真蹟余弟德尹以十二金購自賣骨董某家鑒微上人貽書張峤老謂爲遠客攫去足值五十金峤老作長歌紀其語至呼弟爲惡客且云此公詩歌妙絶特削其名氏正欲寄元激之使戰語託滑稽其實乃深忌之也時德尹已北去戲次原韻即效峤老體并示鑒公 ………… 230

塘西舟中喜晴得六言律詩一首 …… 237
連日風雨山行頗有寒色 …… 238
紅林橋 …… 239
南陵早發 …… 240
晚晴登安慶城樓 …… 241
皖城早發却寄姚君山別峯兄弟 …… 242
花洋鎮阻風望小孤山借東坡慈湖峽五首韵（選其三） …… 243
渡高淳湖 …… 244
九龍山下人家 …… 245
秦郵道中即目 …… 245
舟經寶應居民被水者多結茅於堤上故廬漂没不可問矣 …… 246
二月杪南歸涿州道中遇雪十八韻 …… 247
棗强道中喜晴 …… 250
黄河打魚詞 …… 250
冬曉語溪舟中 …… 251
二月十六夜自長水塘乘月放舟二鼓抵嘉興城下 …… 252
寒食鍾復周秀才家看海棠和锺飛濤 …… 253
清明日南湖泛舟 …… 254
晚次汝步乘月抵蘭溪城下 …… 254
篁步 …… 255
和竹垞沙溪鋪 …… 256
和竹垞御茶園歌 …… 257
小箬驛榕樹 …… 262
七月十五夜泊埂程 …… 263
大小米灘 …… 264
度仙霞關題天雨庵壁 …… 264

曉晴發清湖鎮舟中望江郎山 …………………………… 266
山陰道中喜雨 …………………………………………… 266
池上看雨…………………………………………………… 267
曉過南湖…………………………………………………… 268
除夜平原旅舍夢亡妻 …………………………………… 269
得川叠前韻從余問詩法戲答之 ………………………… 270
二十八日召試南書房 …………………………………… 271
冬雪十二韻 ……………………………………………… 272
行過青石梁 ……………………………………………… 274
賦夜光木…………………………………………………… 274
連日恩賜鮮魚恭紀 ……………………………………… 275
七夕喀喇火屯雨後作 …………………………………… 277
春分禁中雨 ……………………………………………… 278
池上雙鶴…………………………………………………… 278
恩賜哆囉雨衣恭紀 ……………………………………… 279
苑中聞鶯…………………………………………………… 281
移寓城南道院納凉 ……………………………………… 281
詠金絲桃應皇太子令 …………………………………… 282
烏喇帶秋分日作前夕大雷雨昨日微雪故詩中紀之 ……… 284
度達陰嶺看紅葉 ………………………………………… 284
淮北聞雁…………………………………………………… 285
夜泊京口…………………………………………………… 286
奉謁侍讀秦公於寄暢園敬呈五章（選其二）…………… 287
虎丘花信樓與馬素村别 ………………………………… 288
池河驛……………………………………………………… 289
臨淮縣渡河 ……………………………………………… 290
大雪暮抵開封湯西崖前輩留飲學署二首（選其二）……… 291

渡黄河……………………………………………………………………………… 292
早過淇縣……………………………………………………………………………… 293
鄴下雜詠四首（選其二）…………………………………………………………… 294
鴉拾粒行……………………………………………………………………………… 295
七月十四夜寓樓對月 ……………………………………………………………… 295
初遊城南陶然亭 …………………………………………………………………… 296
武英殿後老桑 ……………………………………………………………………… 297
庭樹聞蟬……………………………………………………………………………… 298
聽琴工吴觀心彈欸乃作歌贈之 …………………………………………………… 299
題同年張蒿陸落葉詩卷後 ………………………………………………………… 302
謝院長惠西洋蒲桃酒 ……………………………………………………………… 303
送同年唐益功出宰德清十八韻 …………………………………………………… 305
暴雨…………………………………………………………………………………… 308
重陽密雲道中 ……………………………………………………………………… 309
再爲樹存題王麓臺宫詹所畫蘇齋圖 ……………………………………………… 310
羅浮五色蝶院長屬賦 ……………………………………………………………… 314
自怡園荷花四首 …………………………………………………………………… 315
殘冬展假病榻消寒聊當呻吟語無倫次録存十六首
（選其一、二）………………………………………………………………………… 318
從刺蘼園步至陶然亭 ……………………………………………………………… 319
和張日容嘲薜荔二十韻 …………………………………………………………… 320
雄縣早發……………………………………………………………………………… 324
曉過德州感舊 ……………………………………………………………………… 325
過仲家淺望魚臺諸山 ……………………………………………………………… 326
泗上亭………………………………………………………………………………… 326
雨泊淮關……………………………………………………………………………… 327
淮陰侯廟下作 ……………………………………………………………………… 328

過露筋祠下 …… 330
夜宿常州城外 …… 331
梁溪道中 …… 332
十月朔五更鷹窠頂觀日出 …… 333
曉過鴛湖 …… 336
武夷采茶辭四首（選其一） …… 337
李婿暘谷追送於滕王閣下臨發歸舟二章留別（選其一） …… 338
晚渡鄱陽湖夜泊瑞洪 …… 339
蠶麥嘆 …… 340
八月初四日放舟至硤石 …… 342
螺山文丞相祠 …… 342
韶州風度樓 …… 344
舟中即目 …… 345
清遠峽飛來寺 …… 346
過前輩梁藥亭故居 …… 348
花田詠古 …… 349
桂江舟行口號十首（選其二、七） …… 351
上巳前一日發桂林 …… 352
樓敬思朱襲遠追送於大瀜江賦三言古詩爲別 …… 352
過郴江口有感於杜工部事 …… 354
自湘東驛遵陸至蘆溪 …… 356
元宵家宴 …… 357
禱雨辭 …… 357
賑饑謡 …… 362
元夕招諸弟小飲二首（選其二） …… 363
罌粟花 …… 363

七月十九日海災紀事五首（選其一、二、五）…… 365
早發嘉興…… 367
雨後曉發…… 367

詞選

瑞鶴仙 秋柳…… 369
臺城路 秋聲…… 370
惜紅衣 金魚…… 372
海天闊處 螢…… 373
翠樓吟 蟬…… 374
玉蝴蝶 雪…… 376
臨江仙 平望驛…… 377
玉漏遲 夜過毘陵…… 378
殢人嬌 丹陽道上…… 380
水龍吟 登北固山…… 381
浪淘沙 繁昌舊縣…… 383
點絳唇 雨後泊李陽湖…… 384
臨江仙 漢陽立秋…… 385
河瀆神 桃花夫人廟…… 386
武陵春 泛小舟渡沅江尋梅…… 388
南浦 次張玉田《春水》韻…… 389
滿庭芳 從住灘步行渡朱洪溪…… 390
南柯子 初入麻陽溪…… 391
臨江仙 銅仁郡閣雨望…… 392
點絳唇 冬杪發銅仁，晚宿松樹坪…… 393
點絳唇 雷雨初過，小軒睡覺，歸思忽生…… 394
金縷曲 客窗初夏觸景思鄉…… 395

賀新涼 壬辰重陽前二日,張日容招集城南陶然亭 …………………… 396
臨江仙 西湖秋泛 ………………………………………………… 398

文選

吏部廳藤花賦 …………………………………………………… 400
種草花説……………………………………………………………… 406
自怡園記……………………………………………………………… 409
竂軒記………………………………………………………………… 416
曝書亭集序 …………………………………………………………… 420
秋影樓詩集序 ………………………………………………………… 430
自吟亭詩稿序 ………………………………………………………… 435
仲弟德尹詩序 ………………………………………………………… 439
王方若詩集序 ………………………………………………………… 443
先室陸孺人行略 ……………………………………………………… 447

詩選

京口和韜荒兄〔一〕

江樹江雲睥睨斜〔二〕，戍樓吹角又吹笳〔三〕。舳艫轉粟三千里〔四〕，燈火沿流一萬家。北府山川餘霸氣〔五〕，南徐風土雜驚沙〔六〕。傷心蔓草斜陽岸〔七〕，獨對遥天數落鴉〔八〕。

〔一〕京口：即今鎮江市。《元和郡縣志》卷二五："建安十四年(二〇九)，孫權自吴徙理丹徒，號曰京城。十六年遷都建業，以此置京口鎮。"　韜荒：作者族兄查容。《海寧州志稿》卷二九《文苑》："(容)字韜荒，號漸江，工詩文。天才超絶，從外兄秀水朱檢討彝尊游，益肆力史學，瞭古今成敗之故，長于持論。少時應童子試，例有搜檢，容拂衣徑出，遂以布衣終。家甚貧，不問生產，出游四方，所主皆督撫要津。然性簡傲，好臧否人物，坐此不爲世用。年甫五十，客死於楚。"著有《尚志堂文集》六卷、《漸江詩鈔》十二卷。

〔二〕睥睨(pì nì)：城上小牆。《水經注·穀水》："城上西面列觀，五十步一睥睨。"

〔三〕角：古代的一種吹樂器，多作軍號。《北史·齊安德王延宗傳》："周武帝乃駐馬，鳴角收兵。"　笳：古代由西北少數民族傳入的一種管樂器，流行至清代，木製三孔，兩端彎曲。

〔四〕舳艫：泛指船隻。《漢書·武帝紀》："舳艫千里，薄樅陽而出。"顔師古注引李斐曰:"舳,船後持柂(同"舵")處也;艫,船前頭刺棹處也。言其船多,前後相銜,千里不絶也。" 轉粟:運輸糧食。

〔五〕北府:指代與鎮江隔江相望的揚州。東晉都建康(今南京市),軍府設在北面的廣陵(今揚州市),故稱軍府所在爲北府。《晉書·劉牢之傳》:"謝玄北鎮廣陵,時苻堅方盛,玄多募勁勇,牢之與東海何謙……等以驍勇應選。玄以牢之爲參軍,領精鋭爲前鋒,百戰百勝,號爲北府兵。"此句謂:隔江遥望揚州山水,似乎至今仍然能感受到當年北府兵在"淝水之戰"中戰無不克的霸氣。

〔六〕南徐:南徐州,即今鎮江市。東晉太元九年(三八四)以京口爲南徐州。 雜驚沙:用"元嘉北伐"事。意謂還帶着當年令劉宋王朝爲之震悚驚恐的北魏太武帝(拓跋燾)軍兵臨長江的塵沙。據《南史》卷二:宋文帝元嘉二十七年(四五〇),王玄謨爲寧朔將軍,大舉北征,結果大敗而歸。"魏太武帝率大衆至瓜步,聲欲度江,都下震懼,咸荷擔而立。"二十八年春,"魏太武帝自瓜步退歸,俘廣陵居人萬餘家以北,徐、豫、青、冀、二兖六州殺略不可勝算,所過州郡,赤地無餘。"

〔七〕蔓草:蔓生雜草。《詩經·鄭風·野有蔓草》:"野有蔓草,零露漙兮。"

〔八〕數落鴉:秦觀《滿庭芳·山抹微雲》詞:"斜陽外,寒鴉數點,流水繞孤村。"此化用其句意。

詩作於康熙十八年(一六七九)夏,時年三十歲。《慎旃集·序》云:"己未夏,同邑楊以齋(雍建)先生以副憲出撫黔陽,招余入幕。時西南餘寇未殄,警急風烟,傳聞不一,而余忽爲萬里之行。"是詩即作於赴荆州入楊幕途經鎮江時。全詩吊古傷今,借景言情,骨力雄張,氣度恢宏。趙翼《甌北詩話》卷一〇云:"初白近體詩最擅長,放翁以後,未有能繼之者。當其年少氣鋭,從軍黔楚,有江山戎馬之助,故出手即沉雄踔厲,有幽、并之氣。"

登金陵報恩寺塔二十四韻〔一〕

不盡興亡恨，浮圖試一登〔二〕。孤高真得勢，陡起絶無憑。法轉風輪翅〔三〕，光摇火樹燈〔四〕。地維標寶刹〔五〕，天闕界金繩〔六〕。碧落開千里〔七〕，丹梯轉百層〔八〕。規模他日壯，感慨至今仍。禍自歸藩啓〔九〕，兵從靖難稱〔一〇〕。比戈殘骨肉〔一一〕，問罪假疑丞〔一二〕。袞冕俄行遯〔一三〕，戎衣遂謁陵〔一四〕。朝家同再造〔一五〕，國事異中興〔一六〕。此舉無名極，當時負愧曾〔一七〕。兩京雄嶽峙〔一八〕，一塔鎮觚稜〔一九〕。銖兩材俱稱〔二〇〕，纖毫辨欲矜〔二一〕。琉璃紛紺碧〔二二〕，欄楯落鮮澄〔二三〕。事本誇餘力，基猶念丕承〔二四〕。監宫留太子〔二五〕，給俸濫千僧〔二六〕。原廟衣冠冷〔二七〕，豐宫獻卜增〔二八〕。侈心崇梵竺〔二九〕，神道託高曾〔三〇〕。世往疑經劫〔三一〕，人來乍得朋〔三二〕。雲烟争變幻，日月幾升緪〔三三〕。絶頂盤旋上，虚窗逼仄憑〔三四〕。近身棲怖鴿，側背蹋飛鵬。勝境才何有，高歌氣或騰。鍾山青入望〔三五〕，相對故崚嶒〔三六〕。

〔一〕金陵：今江蘇省南京市。《元豐九域志》卷六《江寧府》："《郡國志》云：昔楚威王以此地有王氣，因埋金以鎮之，故曰金陵。"　報恩寺塔：大報恩寺的重要建築之一。大報恩寺，位於金陵聚寶門（今中華門）外長干里，遺址在今長干橋東南，雨花路東。與天界寺、靈谷寺一起，同爲當時南京最爲著名的三大寺院。始建於明永樂十年（一四一二）元月，竣工於宣德六年（一四三一）八月，前後歷時十九年，乃明成祖爲報答母恩、紀念生母碽妃而建造。報恩寺塔全用琉璃構成，八面九層，高約一〇〇米，位於碽妃殿（大雄寶殿）之後。整個建築金碧輝煌，光彩奪目。《白下瑣言》云："報恩寺琉璃塔高出雲表，數十里外可望見。"惜毁於一八五六年太平天國楊、韋内訌時。

〔二〕浮圖：塔。《魏書·釋老志》："凡宫塔制度，猶依天竺舊狀而重構之，從一級至三五七九，世人相承謂之浮圖，或云佛圖。"

〔三〕法轉風輪：謂法輪轉動。法輪，佛法的别稱。佛教謂佛之説法，能摧破衆生惡業，猶如輪王之輪寶，能輾轉推平山岳巖石。又，佛説法不停滯於一人一處，展轉傳人，猶如車輪，故稱法輪。《雲笈七籤》九九《衆仙步虚詞》四："法輪常自轉，希音不可聽。"

〔四〕"光摇"句：據載，報恩寺塔上下共置油燈一百四十六盞，選派童男一百餘名，日夜輪值點燈，稱爲"長明燈"。油燈燈芯直徑寸許，晝夜耗費燈油六十四斤。

〔五〕地維：古人認爲天圓地方，天有九柱支撑，地有四維（大繩）繫綴。《列子·湯問》："折天柱，絶地維。" 寶刹：猶寶塔。刹，梵語"刹多羅"之省稱，指塔或佛寺。南朝梁王屮《頭陀寺碑》："然後遺文間出，列刹相望。"

〔六〕天闕：帝王居所。此指代南京。 金繩：佛教傳説，離垢國以黄金爲繩，界其道側。《法華經》二《譬喻品》："世界名離垢，清浄無瑕穢。以琉璃爲地，金繩界其道。"以上四句意謂：佛法傳到南京，報恩寺塔得以興建，遂成爲都城的重要標誌。

〔七〕碧落：天空。白居易《長恨歌》："上窮碧落下黄泉，兩處茫茫皆不見。"此謂登上寶塔可眼界一寬，目擊千里。

〔八〕丹梯：原指尋仙訪道之路，此謂塔内樓梯。唐宋之問《發端州初入西江》詩："金陵有仙館，即事尋丹梯。"

〔九〕歸藩：《明史·黄子澄傳》："時燕王憂懼，以三子皆在京師，稱病篤，乞三子歸。（齊）泰欲遂收之，子澄曰：'不若遣歸，示彼不疑，乃可襲而取也。'竟遣歸。未幾，燕師起。"

〔一〇〕靖難：明建文帝用齊泰、黄子澄之謀，削奪諸藩。燕王棣反，指齊、黄爲奸臣,起兵入清君側,號曰"靖難"。見《明史・成祖本紀》。

〔一一〕比戈:排列兵器。此謂憑藉武力。《尚書・牧誓》:"稱爾戈,比爾干,立爾矛,予其誓。"孫星衍疏:"比者,《説文》云:相次比也。"　殘:殺害。《周禮・夏官・大司馬》:"放弑其君,則殘之。"鄭玄注:"殘,殺也。"　骨肉:明建文帝乃明太祖之孫,燕王乃太祖第四子即建文之叔,彼此有骨肉之親。《明史・恭閔帝紀》:"建文元年秋七月,燕王棣舉兵反。"恭閔帝詔曰:"邦家不造,骨肉周親屢謀僭逆。……朕以棣於親最近,未忍窮治其事。今乃稱兵搆亂,圖危宗社,獲罪天地祖宗,義不容赦。"

〔一二〕疑丞:官名。職供天子諮詢。《尚書大傳》二:"古者,天子必有四鄰:前曰疑,後曰丞,左曰輔,右曰弼。天子有問無以對,責之疑;可志(記)而不志,責之丞。"此謂建文帝所依賴之重臣齊泰、黄子澄、方孝孺等。

〔一三〕衮冕:衮衣和冠冕,古代帝王及大夫的禮服和禮帽。此代指建文帝朱允炆。　遜:遜位,即退位。

〔一四〕戎衣:此指穿着戎衣的燕王朱棣。　謁陵:拜謁朱元璋所葬的明孝陵,這是朱棣登上帝位前所舉行的禮儀之一。《明史・成祖本紀》:"(建文)四年六月丙寅,諸王群臣上表勸進。己巳,(燕)王謁孝陵。群臣備法駕,奉寶璽,迎呼萬歲。王升輦,詣奉天殿即皇帝位。"

〔一五〕朝家:謂國家;朝廷。《後漢書・應劭傳》李賢注:"朝家,猶國家也。"

〔一六〕中興:由衰落而重新興盛。《詩・大雅・烝民》序:"任賢使能,周室中興焉。"

〔一七〕"此舉"二句:《明史・成祖本紀》贊云:"文皇少長習兵,據幽燕形勝之地,乘建文孱弱,長驅内向,奄有四海。成功駿烈,卓乎盛矣。然而革除之際,倒行逆施,慚德亦曷可掩哉?"

〔一八〕兩京:指南京與北京。　嶽峙:如山岳之聳峙。晉石崇《楚妃歎》:"矯矯莊王,淵渟岳峙。"

〔一九〕觚稜:方角稜起的瓦脊。句謂尖頂的寶塔矗立在南京城。

〔二〇〕"銖兩"句:謂報恩寺塔建造時計算精確,構造精巧。《世説新語·巧藝》:"陵雲臺樓觀精巧,先稱平衆木輕重,然後造構,乃無錙銖相負揭。臺雖高峻,常隨風摇動,而終無傾倒之理。"

〔二一〕"纖毫"句:杜甫《山寺》詩:"上方重閣晚,百里見纖毫。" 矜:矜誇。

〔二二〕琉璃:用鋁和鈉的硅酸化合物經高温燒成的釉質物,常用作建築裝飾材料。我國在西周以前即已有意識地燒製琉璃製品,北宋李誡《營造法式》對其燒製技術有詳細介紹。 紺碧:天青色;深青而泛紅色。唐李景亮《李章武傳》:"其色紺碧,質又堅密,似玉而冷。"此句意謂:全身鑲嵌琉璃構件的寶塔泛出青緑色的光彩。

〔二三〕欄楯:即欄杆。縱爲欄,横爲楯。《阿彌陀經》:"七重欄楯,周匝圍繞。" 鮮澄:猶澄鮮,明麗清朗。此指寶塔的欄杆油漆得色彩明麗耀眼。

〔二四〕基:基業。此指明代江山。 丕承:承繼。丕,助詞,無義。

〔二五〕"監宫"句:《明史·仁宗本紀》:"(仁宗)諱高熾,成祖長子也。……永樂二年二月,始召至京,立爲皇太子。成祖數北征,命之監國,裁決庶政。"按報恩寺興工於太子監國之時。

〔二六〕"給俸"句:報恩寺按照皇宫殿宇的規格建造,有佛殿樓宇二十多座,經房三十八間,蓄僧人五百餘人。千僧,極言寺内僧人之衆。

〔二七〕原廟:正廟以外别立之廟。 衣冠:《漢書·叔孫通傳》:"願陛下爲原廟渭北,衣冠月出游之,益廣宗廟,大孝之本。"漢應劭注:"月旦出高帝衣冠,備法駕,名曰游衣冠。"又唐顔師古注:"謂從高帝陵寢出衣冠,游於高廟,每月一爲之。"

〔二八〕豐宫:宏大的宫廟。 獻卜:奉獻所卜之吉兆。《尚書·洛誥》:"伻來以圖及獻卜。"孔安國《傳》:"遣使以所卜地圖及獻所卜吉兆來告成王。"此二句意謂:自大報恩寺建成後,此處奉爲正廟,香火獨盛,而祖廟則頓顯冷落。

〔二九〕侈心：奢侈之心。唐于濆《里中女》詩："珠玉不到眼，遂無奢侈心。"　梵竺：指印度，此代佛教。梵，梵語，古印度書面語。竺，天竺國，印度的古稱。

〔三〇〕神道：鬼神之道。《易·觀》："聖人以神道設教。"　高曾：高祖，曾祖。此代指先人。

〔三一〕劫：佛經言天地的形成到毁滅謂之一劫。此句意謂：世間多變，人事滄桑，簡直像經歷了劫難一般。

〔三二〕"人來"句：初白自注："同登者六人。"

〔三三〕升緪：言歲月變化。語本《詩·小雅·天保》："如月之恆，如日之升。"月恆，月趨圓滿。緪、恆通。

〔三四〕逼仄：猶逼側。狹窄，迫近。

〔三五〕鍾山：即紫金山，又名蔣山、北山、金陵山，在今南京市區東。東西長約七公里，南北寬約三公里，海拔最高點四百四十八米。《元和郡縣圖志》卷二五："鍾山，在上元縣東北十八里。按《輿地志》：古金陵山也，邑縣之名，皆由此而立。吴大帝時，蔣子文發神異於此，封之爲蔣侯，改山曰蔣山。"

〔三六〕崚嶒：山勢高峻重疊貌。南朝齊謝朓《遊山》詩："堅崿既崚嶒，迴流復宛澶。"

詩作於康熙十八年夏赴荆州入楊雍建幕途經南京時。大報恩寺前身是三國孫吴之建初寺、南朝之長干寺、宋之天禧寺、元之慈恩旌忠寺。明初，天禧寺焚於火災，明成祖朱棣遂在其舊址重建寺塔，名義上紀念太祖與馬皇后，實乃報爲馬皇后折磨而死的生母碽妃的恩德。詩人登塔憑欄，極目眺望，人事變遷、國家興亡之恨油然而生。值得注意者，詩中對當年發起"靖難之役"的明成祖公然取否定態度："朝家同再造，國事異中興。此舉無名極，當時負愧曾。"在清統治者入主中原不久仍然這樣强調正統，這是值得玩味的。在藝術上，此詩氣象開闊，遣詞造句工穩沉着，夾叙夾議，融寫景叙事、議論抒情於一爐，縱横灑脱，開合自如，的是大家手法。

蕪湖關[一]

昨日出龍江[二]，今晨抵蕪湖。順風滿帆幅[三]，過關快須臾。關吏責報税，截江大聲呼。舟子不敢前[四]，捩柁轉轆轤[五]。余笑謂關吏："奇貨我則無。聯吟三寸管[六]，壓浪百卷書。船頭兩巾箱[七]，船尾一酒壺。此外更何物，隨身長鬚奴[八]。"吏前不我信，倒篋傾筐簏[九]。棄捐無一可，相顧仍睢盱[一〇]。買酒例索錢，迴身若責逋[一一]。有貨官盡徵，無貨吏横誅[一二]。有無兩不免，何以慰長途？

〔一〕蕪湖：縣名。清屬江南太平府。《讀史方輿紀要》卷二七："蕪湖城，縣東三十里，古鳩兹也。《左傳·襄三年》：'楚子重伐吴，克鳩兹。'漢置蕪湖縣於此。一名祝松，亦曰祝兹。"

〔二〕龍江：龍江關，明清課收關税之處，舊址在南京市西興中門外。據《明史·食貨志五》載，税課司局抽分在南京者，有龍江、大勝港。清代仍之。

〔三〕帆幅：謂帆篷。清洪亮吉《七里瀧阻風》詩："我行發新安，三日掛帆幅。"

〔四〕舟子：船夫。

〔五〕捩(liè)柁：撥轉船舵。柁即舵。杜甫《清明》詩："金鐙下山紅日晚，牙檣捩舵青樓遠。" 轆轤：井上汲水用的起重裝置，爲現代起重絞車之雛形。此二句意謂：船夫聞關吏呼喊不敢前行，將船舵扭來轉去如井臺上汲水之轆轤一般。

〔六〕三寸管：謂毛筆。明徐渭《亦陶集序》："負奇姿，承世學，抱三寸管，以與一時雋彦，校馳騁於上下之間。"

〔七〕巾箱：古時置放頭巾或文件、書卷的小箱篋。

〔八〕長鬚奴：韓愈《寄盧仝》詩："一奴長鬚不裹頭，一婢赤脚老無齒。"

〔九〕篋：小箱子。　筐籚：竹筐。《類篇》："籚，筐也。大曰籚，小曰籃。"

〔一〇〕睢盱：兩眼朝天看的傲慢樣子。漢張衡《西京賦》："緹衣韎韐，睢盱拔扈。"

〔一一〕責逋：索取欠物。逋，拖欠。

〔一二〕横誅：無理誅求。誅，求索。

詩作於康熙十八年夏赴荆州入楊雍建幕途經蕪湖時。詩中以其親身經歷揭露了沿途關吏睢盱跋扈、無理勒索的情狀，雖平平道來，而略帶詼諧的語言却飽含懣憤與辛辣的譏諷。

漢　口[一]

巨鎮水陸衝，彈丸壓楚境[二]。南行控巴蜀[三]，西去連鄢郢[四]。人言紛五方，商賈富兼并。紛紛隸名藩[五]，一一旗號整。騈騈驢尾接[六]，得得馬蹄騁。傳傳人摩肩[七]，蹙蹙豚縮頸[八]。群雞叫咿喔[九]，巨犬力頑獷[一〇]。魚蝦腥就岸，藥料香過嶺。黄蒲包官鹽[一一]，青箬籠苦茗[一二]。東西水關固，上下樓閣迥。市聲朝喧喧，烟色晝暝暝[一三]。一氣十萬家，焉能辨廬井[一四]。兩江合流處[一五]，相持足成鼎。舟車此輻輳[一六]，翻覺城廓冷。黄沙撲面來，却扇不可屏。稍喜漢江清，浣紗見人影。

〔一〕漢口：鎮名。今屬湖北省武漢市，爲我國古代四大名鎮之一。清屬漢陽府。《嘉慶重修一統志》卷三三八："漢口，在漢陽縣東，漢水入江之口也，亦曰夏口、沔口、魯口。《水經注》：'夏水入沔，自堵口下，沔水通兼夏目而會於江，謂之夏汭，即夏口矣。'"

〔二〕彈丸：喻地方狹小。此謂漢口鎮。《戰國策·趙策》三："誠知秦力之不至，此彈丸之地，猶不予也。" 楚境：漢口屬漢陽，漢陽於古代屬楚地，因云。

〔三〕巴蜀：皆郡名，設置於秦漢，其地相當今四川省。

〔四〕鄢郢：古地名。鄢，鄢陵，故址在今河南鄢陵西北。郢，春秋時楚國都城，故址在今湖北江陵西北。

〔五〕藩：藩國。封建王朝分封的地域。

〔六〕騈騈：聯綴並行貌。唐李賀《相勸酒》詩："來長安，車騈騈。"

〔七〕僒僒：擁擠狀。 摩肩，肩挨着肩，形容人多擁擠。漢桓譚《新論》："楚之郢都，車掛轂，人摩肩。"

〔八〕蹙蹙：局縮而不得舒展。《詩·小雅·節南山》："我瞻四方，蹙蹙非所騁。"鄭玄箋："蹙蹙，縮小之貌。"

〔九〕咿喔：象聲詞。唐儲光羲《射雉詞》詩："遠聞咿喔聲，時見雙飛起。"

〔一〇〕頑獷：頑强猛悍狀。金元好問《宿田家》詩："砂石立頑獷。"

〔一一〕黄蒲：香蒲。葉片可用來製作草蓆、蒲包、扇子等。花粉稱蒲黄。此用作包鹽。

〔一二〕青箬：箬竹葉。唐柳宗元《柳州峒氓》詩："青箬裹鹽歸峒客，緑荷包飯趁虚人。" 茗：茶葉。

〔一三〕瞑瞑：昏暗迷亂貌。

〔一四〕廬井：猶廬舍，泛指住宅、房屋。古代井田制，八家共一井，故稱八家的廬舍爲廬井。《左傳·襄公三十年》："田有封洫，廬井有伍。"

〔一五〕兩江：謂漢水、長江。

〔一六〕輻輳(còu)：亦作"輻湊"，車輻集中於中心，因喻人或物聚集一處。

詩作於康熙十八年夏秋間赴荆州入楊雍建幕途經漢口時。漢口自古是南北水陸交通樞紐,爲著名四大古鎮之一。詩人三十歲以前一直蝸居鄉里,初見漢口繁華,自感新奇興奮。詩之前八句總論漢口之歷史、地理、人事,自"騈騈驢尾接"至"翻覺城廓冷",則用工筆細細描繪其市井繁榮盛況,洵爲當日漢口之《清明上河圖》。詩之結尾以景傳情,"稍喜"二字流露了詩人偏愛清静的趣向。

沔陽道中喜雨〔一〕

一枕涼侵被,朝來得晏眠。江清收潦後〔二〕,風勁掛帆前。宿雨纔如露,秋雲不近天。可能涓滴意〔三〕,蓬勃起枯田〔四〕。

〔一〕沔(miǎn)陽:州名,清初屬湖北安陸府。今改縣,在湖北省中部、漢江南岸。《嘉慶重修一統志》卷三三八《漢陽府》一:"沔陽州,在府東南一百四十里。漢置雲杜縣,屬江夏郡。梁置沔陽郡,西魏改置建興縣。隋大業初改曰沔州,尋又改州曰沔陽郡。唐天寶初曰竟陵郡。宋寶元二年廢沔陽入玉沙。元爲沔陽府。明洪武九年降爲州。"

〔二〕潦(lǎo):積水曰潦。

〔三〕涓滴:極言水少。唐杜甫《倦夜》詩:"重露成涓滴,稀星乍有無。"

〔四〕蓬勃:如飛蓬之勃然而起。漢賈誼《旱雲賦》:"遥望白雲之蓬勃兮,滃滃澹澹而妄止。"

詩作於康熙十八年秋赴荆州入楊雍建幕途經沔陽時。詩人來自民間,對民生疾苦有直接體驗,始終十分關切。"可能涓滴意,蓬勃起枯田”,企盼之殷切亦甚感人。全詩工整洗煉,清切深穩。清王文濡《歷代詩評注讀本》卷五評曰:“‘秋雲不見天’,確是秋日雨時景象。一結尤有民胞物與之意。”

玉沙即事二首〔一〕(選其二)

絶少魚蝦入膳庖〔二〕,豚蹄隨意散塘坳〔三〕。雞棲茅店鴉争食,燕去蘧廬鼠嚙巢〔四〕。暗窟草深移蟋蟀,晴絲露重綴蠨蛸〔五〕。乍來寂寞荒江曲〔六〕,欲賦《蕪城》感慨交〔七〕。

〔一〕玉沙:縣名。本監利、沔陽二縣地,宋乾德三年置縣,隸江陵府。故城在今湖北沔陽縣東南。《輿地紀勝》卷七六《復州》引《宋會要》云:“(玉沙縣)至道三年割隸復州。”又:“地濱江漢之洳,民足魚蜃之饒。”

〔二〕膳庖:廚房。宋梅堯臣《送番禺杜杅主簿》詩:“訟少通華語,蟲多入膳庖。”

〔三〕塘坳:池塘或低窪地。陸游《題齋壁》詩:“隔葉晚鶯啼谷口,唼花雛鴨聚塘坳。”

〔四〕蘧廬:旅舍。《莊子·天運篇》:“仁義,先王之蘧廬也,止可以一宿,而不可久處。”郭象注:“蘧廬,猶傳舍也。”

〔五〕蠨蛸(xiāo shāo):蜘蛛之一種,又名喜子、喜母。《詩·豳風·東山》:“伊威在室,蠨蛸在户。”孔穎達疏:“蠨蛸,長踦,一名長脚。荆州、河内人謂之喜母,此蟲來著人衣,當有親客至有喜也。幽州人謂之親客,亦如蜘蛛爲羅網居之是也。”又,五代馬縞《中華古今注·長跂》:“蠨蛸也,身小足長,故謂長跂,小蜘蛛長脚也,俗呼爲喜子。”

〔六〕江曲：江水曲折處。《宋書·謝晦傳》："齊輕舟於江曲，殄鋭敵其皆湮。"

〔七〕《蕪城》：賦名。南朝宋鮑照所作。賦文描繪了古城揚州（漢武帝時更名廣陵）"出入三代，五百餘載"中，由極盛而遭兵燹，終顯破敗荒涼的景象，表達了對"天道如何，吞恨者多"的無限感慨。此以喻經過三藩之亂後的玉沙城。

詩作於康熙十八年秋赴荆州入楊雍建幕途經玉沙時。由於兵火洗劫，歷史上"民足魚蜃之饒"的玉沙城，展現在詩人眼前却是一派荒涼寂寞的景象，使他頓然想起晉末大亂之後破敗不堪的揚州城，無限感慨，涌聚心頭。詩之前三聯寫景，筆觸細緻入微，非細心觀察體驗者，莫能言此。尾聯以情結，表達了詩人蒿目時艱而對戰争與民生所産生的深深憂慮。

從監利至荆州途中作〔一〕

餘恨空傳割據還〔二〕，青天了了隔江山〔三〕。人來小雨初晴後，秋在垂楊未老間。望遠易成千里隔，時危敢愛一身閑〔四〕。荆州亦是從軍地，怪得參軍語帶蠻〔五〕。

〔一〕監利：縣名。在今湖北省南部、長江北岸，鄰近湖南省。東臨洪湖，西北有白露湖，湖港交錯，水産資源十分豐富。《嘉慶重修一統志》卷三四四《荆州府》一："監利縣，在府東二百四十里。春秋楚容城。漢置華容縣，屬南郡。三國吴析置監利縣。南北朝宋孝建元年改屬巴陵，齊因之。隋屬沔陽郡，明屬荆州府，本朝因之。"荆州：府名。故治在今江陵縣，清轄境相當今湖北宜都至監利間的長江流域。原《禹貢》荆州地，春秋時爲楚郢都。秦拔郢置南郡，隋開皇二十年改爲荆州，宋建炎四年改爲荆州府。明清因之，領二州十一縣。

〔二〕“餘恨”句：唐杜甫《八陣圖》詩：“江流石不轉，遺恨失吞吴。”又，《寄彭州高三十五使君》詩：“劉表雖遺恨，龐公至死藏。”劉表，字景升，山陽高平（今屬山西省）人。漢獻帝時爲荆州牧，曾在此據地稱雄。

〔三〕了了：清楚；分明。　隔江山：初白原注：“對岸爲華容諸山。”

〔四〕“時危”句：詩人從軍伊始，熱情很高，集中不乏同類詩句。其如：“不是彈筝客，誰爲擊楫歌？也知田舍好，壯志恐蹉跎。”（《游燕不果乃作楚行》）“門户全生終碌碌，兵戈絶徼尚紛紛。虎頭分少封侯骨，投筆聊從萬里軍。”（《留别仲弟德尹二首》之一）

〔五〕“怪得”句：《世説新語·排調》：“郝隆爲桓公南蠻參軍，三月三日會作詩，……（隆）作一句云：‘娵隅躍清池。’桓問：‘娵隅是何物？’答：‘蠻名魚爲娵隅。’桓公曰：‘作詩何以用蠻語？’隆曰：‘千里投公，始得蠻府參軍，那得不作蠻語也。’”　參軍：官名。始置於漢末，掌參謀軍務。晉後，每冠以職名，如諮議、記室、録事及諸曹參軍。

詩作於康熙十八年秋。此前，作者由金陵（今南京市）沿江溯流而上，經由銅陵、漢口、沔陽等地，在其叔父監利縣丞查嶓繼處呆了將近一月之久，然後啓程奔赴荆州，是詩即作於途中。荆州居東西南北、水陸交通要衝，歷來是兵家必争之地。詩人行進在這段江面，自然想起割據此地的歷史人物。詩之頷聯對仗精工，細意熨帖，由放翁詩《雪晴行益昌道中》“春回柳眼梅鬚裏，愁在鞭絲帽影間”變化而來。

初冬登南郡城樓〔一〕

牢落城南賣餅家〔二〕，空傳形勝控三巴〔三〕。天寒落日千群馬〔四〕，葉盡疏林萬點鴉。沙市人來穿故壘〔五〕，渚宫烟暝動悲笳〔六〕。纍纍新冢荒郊遍〔七〕，還有遺骸半未遮。

〔一〕南郡：地名，指荆州府治江陵（今屬湖北省）。

〔二〕牢落：寥落；荒廢。《文選》司馬相如《上林賦》："牢落陸離，爛漫遠遷。"注："牢落，猶遼落也。"又，左思《魏都賦》："臨菑牢落，鄢郢丘墟。"　賣餅家：指一般市民、百姓住家。《太平御覽》卷八六引《抱朴子》曰："莽之世，賣餅小人皆得等級，斗筲之徒兼金累紫。"又引《三輔舊事》云："太上皇不樂關中，高祖徙豐沛屠兒沽酒、賣餅商人，立爲新豐縣，故一縣多小人。"

〔三〕三巴：地名，指巴東、巴西、巴郡。據常璩《華陽國志》卷一："（劉）璋乃改永寧爲巴郡，以固陵爲巴東，徙（龐）羲爲巴西太守，是爲三巴。"永寧，今四川省巴縣至忠縣一帶；固陵，今四川省雲陽及奉節縣地；巴西，今四川省閬中縣地。《讀史方輿紀要》卷七八："（荆州）府控巴夔之要路，接襄漢之上游，襟帶江湖，指臂吴粤，亦一都會也。"又引諸葛武侯曰："荆州北據漢沔，利盡南海，東連吴會，西通巴蜀，此用武之國也。"因云。

〔四〕千群馬：謂軍馬衆多。時貴州巡撫楊雍建駐節荆州，率部南下，初白詩句固屬實寫，應非虚言。

〔五〕沙市：據《讀史方輿紀要》卷七八："沙市在（荆州）府東南十五里，商賈輳集之處。相傳楚故城也，亦謂之沙頭市。"

〔六〕渚宫：春秋時楚之離宫，故址在今湖北省江陵縣城内西北隅。《左傳・文公十年》："（子西）沿漢泝江，將入郢。王在渚宫。"注："小洲曰渚。"又，宋蘇軾《渚宫》詩："渚宫寂寞依古郢，楚地荒茫非故基。"查慎行注引《蜀鑒》："江陵有津鄉故城，在今江陵縣東，渚宫即其地。"　動：吹響。

〔七〕纍纍：同"累累"，相連成串，極言其多。

詩作於康熙十八年初冬。當時，貴州巡撫楊雍建正駐節荆州。經過了三個多月的水路航行，初白終於來到這座歷史名城。然而，觸目所見却是一片荒冢白骨，疏林寒鴉，景象十分淒涼。撫今追昔，詩人不勝感慨，遂有此悲壯沉鬱、骨重神寒之作。清查奕照評其頷聯曰："老杜悲秋之句。"

寒夜次潘岷源韻〔一〕

一片西風作楚聲〔二〕，卧聞落葉打窗鳴。不知十月江寒重，陡覺三更布被輕。霜壓啼烏驚月上，夜驕饑鼠闞燈明〔三〕。還家夢繞江湖闊，薄醉醒來句忽成〔四〕。

〔一〕潘岷源：生平未詳。

〔二〕楚聲：楚地之聲。晉陸機《太山吟》："長吟太山側，慷慨激楚聲。"

〔三〕闞(kàn)：張望。後作"瞰"。唐慧琳《一切經音義》卷九三引《蒼頡篇》："闞，視也。"

〔四〕薄醉：微醉。唐耿湋《陪宴湖州公堂》詩："壺觴邀薄醉，笙磬發高音。"

詩作於康熙十八年十月。詩寫千里赴幕荆州、作客楚地他鄉的感受。從當年四、五月份沿長江溯流而上荆州至今，一眨眼已時過近半年之久，故海寧家鄉每使他夢繞神牽。而一夢初醒，寒夜三更，那西風敲窗、饑鼠瞰燈的情景，使他倍感寂寞淒涼。此詩的長處在於寫景的形象逼真，令人如臨其境，給人以視覺、感覺、聽覺上的真切感受。清王文濡《清詩評注讀本》卷六評曰："善於寫景，藴藉處挹之不盡。"

荆州雜詩六首〔一〕（選其一、三）

其　一

要害西南最，乾坤百戰餘。孤城還矢石〔二〕，陳跡遂丘墟。白日吹笳外，枯風落木初。暫來戎馬地，慚愧得安居。

其　三

中山存後裔〔三〕，失路亦依劉〔四〕。大局分三國，深心借一州〔五〕。圖王須得勢，割據豈同仇。滿眼俱豚犬，應思孫仲謀〔六〕。

〔一〕荆州：府名。詳前《從監利至荆州途中作》詩注〔一〕。

〔二〕矢石：箭與石，古代作戰武器。打擊敵人時常發矢抛石。《墨子·雜守》："矢石無休。"

〔三〕"中山"句：謂劉備。《三國志》卷三二："先主姓劉，諱備，字玄德。涿郡涿縣人，漢景帝子中山靖王勝之後也。"

〔四〕失路：喻失勢困頓。　依劉：《三國志》卷二一：東漢末年，王粲"年十七，司徒辟，詔除黄門侍郎，以西京擾亂，皆不就。乃之荆州依劉表。"此處指劉備投奔劉表，故云"亦依劉"。《三國志》卷三二："曹公既破紹，自南擊先主。先主遣麋竺、孫乾與劉表相聞，表自郊迎，以上賓禮待之，益其兵，使屯新野。"

〔五〕"深心"句：謂劉備向孫權借荆州事。《三國志》卷三二："先主表（劉）琦爲荆州刺史，又南征四郡。……琦病死，群下推先主爲荆州牧，治公安。"又，裴注引《江表傳》："周瑜爲南郡太守，分南岸地以給（劉）備。……備以瑜所給地少，不足以安民，復從權借荆州數郡。"按,正史中未見正面提及劉備向孫權借荆州的事,故裴注引《江表傳》補充言之。

〔六〕"滿眼"二句:語本《三國志》卷四七裴注引《吴歷》所云:"曹公出濡須作油船,夜渡州上。權以水軍圍取,得三千餘人,其没溺者亦數千人。權數挑戰,公堅守不出。權乃自來,乘輕船從濡須口入公軍。諸將皆以爲是挑戰者,欲擊之。公曰:'此必孫權欲身見吾軍部伍也。'敕軍中皆精嚴,弓弩不得妄發。權行五六里,迴還作鼓吹。公見舟船器仗軍伍整肅,喟然嘆曰:'生子當如孫仲謀,劉景升兒子若豚犬耳!'"孫仲謀,孫權字仲謀。

詩作於康熙十八年深秋,時在荆州。荆州自古爲戰略要地,貴州巡撫楊雍建當時正駐節於斯。詩人"投筆聊從萬里軍"(《留别仲弟德尹二首》之一),入參楊幕,自以爲得其所居,可望博取功名,遂其壯志。故置身歷史名城,想起三國英雄人物劉備、孫權,固屬當然。二詩入深出淺,遒練警緊,其"白日吹笳外"、"大局分三國"二聯,工穩沉鬱,有似老杜風神。

洪武銅炮歌〔一〕

荆州城頭古銅炮〔二〕,洪武元年戊申造。土花剥蝕鏽微生〔三〕,首尾撑撐任顛倒〔四〕。憶時僞漢方縱横〔五〕,虎視江東勢輕剽〔六〕。旄鉞鄱陽一戰收〔七〕,割耳淋灕行告廟〔八〕。荆湘指顧入圖版〔九〕,駕幸武昌懾苗僚〔一〇〕。遂令守土頒火器,何異分藩鎮險要〔一一〕。邪許聲中走百夫〔一二〕,巨材作架牛皮冒〔一三〕。二百餘年烽燧冷〔一四〕,講武承平背時好〔一五〕。何來寇賊忽披猖〔一六〕,將士倉皇棄牙纛〔一七〕。可憐櫜鞬等無用〔一八〕，下策火攻恃艨艟〔一九〕。底貢初曾致島夷〔二〇〕，後來特賜紅夷號〔二一〕。豈知將軍竟負國〔二二〕，俯視焦原縱群盜〔二三〕。彼非吾産且勿論，爾獨胡爲亦忘報？萇弘碧血釁未足〔二四〕，鴟夷懸目慘無告〔二五〕。嬴顛劉蹶誰惜之〔二六〕？去者自悲來自笑。而今西南又轉戰，形制雖存力難效。我來見汝荆棘中〔二七〕，並與江山作憑弔。金狄摩挲總淚流〔二八〕，有情爭忍長登眺〔二九〕！

〔一〕洪武：明太祖朱元璋年號(一三六八——一三九八)。

〔二〕荆州：府名。詳前《從監利至荆州途中作》詩注〔一〕。

〔三〕土花：金屬器具長期爲泥土侵蝕暈變之痕跡。宋梅堯臣《古鑒》詩："古鑑得荒塚，土花全未磨。"　鏽微：清翁方綱批曰："舊本作'鏽微'，不知誰改'微鏽'，却改得是。"

〔四〕撐(chēng)撐：撐拄；支撐。《説文》："撐，拄也。"

〔五〕僞漢：謂元末起事形成三大武裝割據勢力之一的陳友諒(一三二〇——一三六三)。友諒出身漁家，曾爲縣吏，後參加徐壽輝領導之紅巾軍。《明史·陳友諒傳》："未幾，壽輝遽發漢陽，次江州。江州，友諒治所也，伏兵郭外，迎壽輝入，即閉城門，悉殺其所部。即江州爲都，奉壽輝以居，而自稱漢王。……壽輝既死，以采石五通廟爲行殿，即皇帝位，國號漢，改元大義。"

〔六〕虎視：如虎之雄視，意謂有伺機攫取吞併之心。《易·頤》："虎視眈眈，其欲逐逐。"　輕剽：輕捷强悍。《三國志·吴志·駱統傳》："輕剽者則迸入險阻，黨就群惡。"按：據《明史·陳友諒傳》："友諒性雄猜，好以權術馭下。既僭號，盡有江西、湖廣之地，恃其兵强，欲東取應天。"

〔七〕旄鉞(máo yuè)：白旄與黄鉞，借指軍權。《書·牧誓》："王左杖黄鉞，右秉白旄以麾。"蔡沈集傳："鉞，斧也，以黄金爲飾。……旄，軍中指麾，白則見遠。"　鄱陽一戰：據《明史·陳友諒傳》：

元至正二十一年(一三六一),朱元璋攻占江州,陳友諒退都武昌,“忿疆土日蹙,乃大治樓船數百艘,皆高數丈,載家屬百官,盡鋭攻南昌,飛梯衝車,百道並進。太祖從子文正及鄧愈堅守,三月不能下,太祖自將救之。友諒聞太祖至,撤圍,東出鄱陽湖,遇於康郎山。友諒集巨艦,連鎖爲陣,太祖兵不能禦攻,連戰三日,幾殆。已,東北風起,乃縱火焚友諒舟,其弟友仁等皆燒死。……久之乏食,突圍出湖口。諸將自上流邀擊之,大戰涇江口。漢軍且鬬且走,日暮猶不解。友諒從舟中引首出,有所指撝,驟中流矢,貫睛及顱死。軍大潰,太子善兒被執。”

〔八〕割耳:古時作戰,割取敵人左耳以獻,論功行賞,或以此祭告祖廟。《詩·魯頌·泮水》:“矯矯虎臣,在泮獻馘。”毛傳:“馘,所格者之左耳。” 告廟:祭告祖廟。《左傳·桓公二年》:“凡公行,告於宗廟,反行飲至,舍爵策勳焉,禮也。”

〔九〕荆湘:謂湖北、湖南沿長江兩岸之大部分地區。《明史·太祖本紀》:“(至正)二十四年八月,(徐)達徇荆、湘諸路。九月甲申,下江陵,夷陵、潭、歸皆降。”

〔一〇〕駕幸武昌:《明史·太祖本紀》:“(至正)二十四年二月乙未,(太祖)復自將征武昌,(友諒子)陳理降,漢、沔、荆、岳皆下。” 苗僚:均少數民族名。苗,亦稱“三苗”、“有苗”、“苗子”,分佈於今貴州、雲南、四川、湖南、廣西、廣東等地。僚,魏晉後對分佈於今川、陝、黔、桂、湘、粵等地少數民族之泛稱。

〔一一〕分藩:舊時帝王將子弟分封各地以作爲中央王朝之屏藩。此二句言將火器頒發給各地駐將,猶如古代分藩時賜以鎮國寶器。

〔一二〕邪許(hǔ):勞作時衆人所發出的呼喊聲。《淮南子·道應篇》:“今夫舉大木者,前呼邪許,後亦應之,此舉重勸力之歌也。”
百夫:泛指多人。《詩·秦風·黄鳥》:“維此奄息,百夫之特。”

〔一三〕冒:覆盖。

〔一四〕烽燧:古代邊防報警時白天放烟叫“烽”,夜間舉火稱“燧”。《墨子·號令》:“與城上烽燧相望。晝則舉烽,夜則舉火。”此謂戰争。

〔一五〕承平：治平相承。《漢書·食貨志》："今累世承平。"

〔一六〕寇賊：謂倭寇。終明之世，其患亦深。　披猖：猖獗；猖狂。唐韓愈《此日足可惜一首贈張籍》詩："紛紛百家起，詭怪相披猖。"

〔一七〕牙纛（dào）：猶牙旗。纛，軍隊或儀仗所用大旗。清吴偉業《思陵長公主挽詩》詩："牙纛看吹折，梯衝舞莫當。"

〔一八〕櫜（gāo）鞬：藏箭和弓的器具。《左傳·僖公二十三年》："左執鞭弭，右屬櫜鞬，以與君周旋。"注："櫜以受箭，鞬以受弓。"後因以泛指武將裝束。此謂弓箭等一般性武器。

〔一九〕下策火攻：《世説新語·雅量》："阿奴火攻，固出下策耳！"此借用成語。　騰踔：跳騰。此謂炮彈飛行之狀。

〔二〇〕底貢：進貢。《書·禹貢》："惟箘、簵、楛，三邦底貢，厥名。"　島夷：舊時對外洋土著或航海者的通稱，此指荷蘭商人。

〔二一〕紅夷：荷蘭大炮。《明史·兵志》四："萬曆中……大西洋船至，復得巨炮，曰紅夷。長二丈餘，重者至三千斤，能洞裂石城，震數十里。天啓中，錫以大將軍號，遣官祀之。"

〔二二〕將軍：將軍炮。參見前注。

〔二三〕焦原：乾旱的土地。

〔二四〕萇弘碧血：謂忠臣烈士之血。《莊子·外物篇》："伍員流於江，萇弘死於蜀，藏其血，三年化而爲碧。"萇弘，周敬王時大臣劉文公所屬大夫。後死於内訌。《左傳·哀公三年》："劉氏、范氏世爲昏姻，萇弘事劉文公，故周與范氏。趙鞅以爲討，六月癸卯，周人殺萇弘。"　釁：血祭。

〔二五〕鴟夷懸目：謂烈士殉國。典出《史記·吴太伯世家》："越王勾踐率其衆以朝吴，原獻遺之，吴王喜。唯子胥懼，曰：'是棄吴也。'諫曰：'越在腹心，今得志於齊，猶石田，無所用。且《盤庚之誥》有顛越勿遺，商之以興。'吴王不聽，使子胥於齊，子胥屬其子於齊鮑氏，還報吴王。吴王聞之，大怒，賜子胥屬鏤之劍以死。將死，曰：'樹吾墓上以梓，令可爲器。抉吾眼置之吴東門，以觀越之滅吴也。'"鴟夷，革囊。《史記·伍子胥列傳》："吴王聞之大怒，乃取子胥屍盛以鴟夷革,浮之江中。"因借指伍子胥。

〔二六〕嬴顛劉蹶:謂政權傾覆更替。秦爲嬴姓,漢爲劉姓,後遂以嬴劉指稱秦漢王朝。

〔二七〕"我來"句:《晉書・索靖傳》:"靖有先識遠量,知天下將亂,指洛陽宫門銅駝,嘆曰:'會見汝在荆棘中耳!'"

〔二八〕金狄:銅鑄人像。此喻指銅炮。漢張衡《西京賦》:"高門有閌,列坐金狄。"李善注:"金狄,金人也。"

〔二九〕争:怎。清劉淇《助字辨略》卷二:"争,俗云'怎'。方言'如何'也。"

詩作於康熙十八年初冬,時赴貴州巡撫楊雍建軍幕,途經荆州。千里從軍伊始,"荆州城頭古銅炮"引起了詩人的關注與思考。全詩約分四個層次:起首四句正面入題,寫古銅炮之現狀;"憶時僞漢方縱横"以下十二句,叙古銅炮之由來;"何來寇賊忽披猖"以下十四句,述古銅炮之歷史;"而今西南又轉戰"以下六句回扣詩題,抒發懷古傷今之感慨。詩中對古銅炮本爲禦敵鎮險而設,結果却屢屢未能奏效而致"萇弘碧血"、"鴟夷懸目",深感悲哀沉痛。全詩雄肆閎博,辭如跳丸脱手,"洋洋灑灑,詩意兼工"(清由雲龍《定厂詩話》)。清查奕照評曰:"紅夷炮名,借題發揮,慷慨悲涼。"

白楊堤晚泊

客行公安界〔一〕,榛莽遥刺天〔二〕。百里皆戰場,廢竈依頹垣。豈惟人踪滅,鴉鵲俱高騫〔三〕。但聞水中梟〔四〕,拍拍繞我船。朝來望澧陽〔五〕,稍稍見疏烟。晚泊得墟落〔六〕,潬沙水洄沿〔七〕。天風鳴枯楊,衆鳥巢枝顛〔八〕。居民八九家，其下自名村。野火燒黄茅，瘦牛皮僅存。姻親兒女舍，相對籬無樊〔九〕。我前揖老父，款曲使盡言〔一〇〕。云“自南北争，兵火六七年。初來尚易支，㪷米换佰錢〔一一〕。去秋忽苦旱，穀價十倍前。朝市有推移，世業誓不遷〔一二〕。况聞江南北，兵荒遠袤延〔一三〕。逋逃等無地〔一四〕，旅仆誰哀憐〔一五〕？”我感此語真，欷歔淚流泉〔一六〕。有生際仳離〔一七〕，朝夕計孰全？悠悠逐徒御〔一八〕，即事思田園。

〔一〕公安：縣名，故城在今湖北公安縣東北油江口。清屬湖北荆州府。《讀史方輿紀要》卷七八《荆州府》：“公安縣，府東南七十里。漢武陵郡孱陵縣地，建安十四年，孫權表劉備領荆州牧，分南郡之南岸地以給備，備營油口，改名公安。《荆州記》：‘時備爲左將軍，人稱左公，故曰公安。’”

〔二〕榛莽：蕪雜叢生的草木。唐李白《古風》之一四：“白骨横千霜，嵯峨蔽榛莽。”

〔三〕高騫（qiān）：高高飛起。騫，高舉。

〔四〕鳧（fú）：野鴨。

〔五〕澧陽：疑爲“澧陽”之誤。縣名，澧州治所，清屬岳州府。在公安縣南。

〔六〕墟落：村落。唐王維《渭川田家》詩：“斜光照墟落，窮巷牛羊歸。”

〔七〕潬（dàn）沙：猶沙灘。潬，《集韻》通“灘”。《爾雅·釋水》：“潬，沙出。”晉郭璞注：“今江東呼水中沙灘爲潬。”　洄沿：來回流動。洄，逆流而上。沿，順流而下。南朝宋謝靈運《過始寧墅》詩：“山行窮登頓，水涉盡洄沿。”

〔八〕枝顛：樹頂。

〔九〕樊：籬笆。

〔一〇〕款曲：衷腸。此謂訴説衷情委曲。漢秦嘉《贈婦詩》之二：“思念叙款曲。”

〔一一〕 𣁾米：猶斗米。𣁾，同“斗”。

〔一二〕 世業：祖先所遺留下來的産業。此指田産。

〔一三〕 袤延：猶延袤。句意謂漫延波及很遠的地區。延，延伸，指横向距離。袤，長，縱向距離。

〔一四〕 逋(bū)逃：逃亡。唐杜甫《遣遇》詩：“奈何黠吏徒，漁奪成逋逃。” 等：等於；等同。

〔一五〕 旅仆：旅途跌倒。此借言倒斃中途。

〔一六〕 欷歔：嘆息抽泣之聲。

〔一七〕 際：際遇；適逢其時。 仳傗：離别。清戴名世《儀真四貞烈合傳》：“仳傗失所者，不可勝數。”

〔一八〕 徒御：駕車者。唐王維《送崔九遊蜀》詩：“徒御猶迴首，田園方掩扉。”

詩作於康熙十八年冬秋之際隨貴州巡撫楊雍建進軍湖南途中。詩人到達公安縣，正值兵燹之後，三藩之亂，連年戰争，給這裏的百姓造成深重的災難：百里戰場，一片廢墟；遠近村落，榛莽叢生。穀價騰漲，民不聊生。可是，劫後僅存的幾户村民却仍然不願逃離他鄉，一爲祖輩居此，二來確實亦無處可逃，其慘況令詩人不禁欷歔下淚。全詩取白描手法，間用獨白形式，淺近如話，得古樂府與白居易現實主義詩風之真傳。清查奕照評曰：“可抵少陵《哀江頭》、《石壕村》諸篇。”

晚泊安鄉縣六韻〔一〕

布帆衝雪到〔二〕，小泊記荒程。沙岸冬收潦，湖光晚放晴。百家成小聚，一縣得虚名。路險行吟客〔三〕，天驕跋扈兵〔四〕。廢池猶帶樹，殘壘竟無城。不到干戈地，誰知荆棘生！

〔一〕安鄉縣：始置於隋代，清屬湖南澧州。在今湖南省北部、澧水下游，瀕臨洞庭湖。

〔二〕衝雪：冒着大雪。

〔三〕行吟客：詩人自謂。

〔四〕跋扈兵：此借指清軍。跋扈，驕横。

詩作於康熙十八年冬隨貴州巡撫楊雍建進軍湖南途經安鄉時。在三藩之亂中，湖南是吴三桂最先攻陷的省份，當地的人民受害也最深。詩人來到洞庭湖邊的安鄉縣，觸目荆棘殘壘，四望一片荒涼，不由感慨良深。值得注意的是，"天驕跋扈兵"五字，在揭露藩王作亂所帶來的禍害時，也暴露了清軍的肆意横行、軍紀敗壞。干戈之地的災難深重，可想而知。

三　閭　祠〔一〕

平遠江山極目迴，古祠漠漠背城開〔二〕。莫嫌舉世無知己〔三〕，未有庸人不忌才。放逐肯消亡國恨？歲時猶動楚人哀。湘蘭沅芷年年緑〔四〕，想見吟魂自往來〔五〕。

〔一〕三閭祠：《嘉慶重修一統志》卷三六五《常德府》二："三閭大夫祠，在武陵縣東二里。每年五月五日競渡，以祀楚屈原。"屈原生前曾官三閭大夫，故稱。

〔二〕漠漠：荒涼寂寞狀。

〔三〕"莫嫌"句：語本《離騷》："國無人莫我知兮，又何懷乎故都！既莫足與爲美政兮,吾將從彭咸之所居。”

〔四〕湘蘭沅芷:楚地的香草。湘、沅,湖南境内的兩條河流。《史記·屈原列傳》引《懷沙賦》:“浩浩沅湘兮,分流汨兮。”《正義》引《説文》云:“沅水出牂柯,東北流入江。湘水出零陵縣陽海山,北入江。”二水皆經岳州而入長江。蘭、芷,均香草名,屈原賦中常用以喻賢人君子。

〔五〕吟魂:詩人(此指屈原)的靈魂。

詩作於康熙十九年(一六八〇)春,時隨貴州巡撫楊雍建行軍湖南途中,道經常德府武陵縣,時年三十一歲。屈原是名垂千古的愛國詩人,也是初白心中的一尊偶像。詩由憑吊屈原祠而作,抒發了對這位千古第一詩人無比痛惜和深刻追念的情懷。首聯以景起興叩題;頷聯、頸聯觸景生情,自然引入對屈原生平遭際命運的慨嘆,議論透徹,不乏情韻;尾聯則回扣首聯,由眼前景物忽發奇想,以見其精神不死,忠魂長在。全詩情意深切,運思靈妙,沉鬱清幽,哀惋動人。尤其是頷聯,充滿哲理,字面雖是對屈原的勸勉安慰之辭,實則借屈原一生的不幸遭際,抒發了志士才人被壓抑的苦悶,蘊含了極爲深廣的社會意義。清查奕照評是詩曰:“無限感慨。”清潘鍾瑞輯初白《側翅集》抄本批曰:“何其言之痛也! 從古詩中無此語也。不刊之論。”

武陵送春〔一〕

筍屐籃輿幾地逢〔二〕,春華一夢記南中〔三〕。草痕吹過青楊瘴〔四〕,花信飄殘畫角風〔五〕。燒尾蛇應流枉矢〔六〕,驚絃鳥亦避虚弓〔七〕。桃源祇隔孤城外〔八〕,流下辰陽戰血紅〔九〕。

〔一〕武陵：縣名。今湖南省常德市。《讀史方輿紀要》卷八〇《常德府》："武陵縣，本漢武陵郡之臨沅縣，後漢爲武陵郡治，晉以後因之。梁爲武州治，陳爲沅州治，隋改置武陵縣。"又，初白自注："時聞官軍恢復辰州。"

〔二〕筍屐：竹屐，底有齒，以行泥地。　籃輿：竹轎。《宋書·陶潛傳》："潛有脚疾，使一門生二兒舉籃輿。"

〔三〕春華：喻青春年華，謂少壯之時。李白《惜餘春賦》："横涕淚兮怨春華。"　南中：泛指國土南部，即今川、黔、滇、湘一帶。唐王建《荆門行》："南中三月蚊蚋生，黄昏不聞人語聲。"

〔四〕青楊瘴：瘴氣之一種。清屈大均《廣東新語》卷一："瘴多起於水間，與山嵐相合，草萊沴氣所鬱結，恒如宿火不散，溽熏中人，其候多與暑症類而絶貌傷寒，所謂陽淫熱疾也。"又云："瘴之起，皆因草木之氣。青草、黄梅，爲瘴於春夏；新禾、黄茅，爲瘴於秋冬。"據此，青楊瘴亦青草、黄梅一類也。

〔五〕花信：花信風，候花期而來之風。宋程大昌《演繁露》卷一："三月花開時，風名花信風。"因小寒自穀雨共八個氣節，一百二十日，每五日一候，計二十四候，每候應一種花信，故有二十四番花信風。
畫角：古代管樂器，以竹木或皮革製成，因外加彩繪，故名畫角。

〔六〕枉矢：星名。《史記·天官書》："枉矢，類大流星，蛇行而倉黑，望之如有毛羽然。"又，漢荀悦《漢紀·高祖紀》："是時，枉矢西流，如火流星，蛇行若有首尾，廣長如一匹布天。"此句意謂蛇遭兵火，如流星般逃竄。

〔七〕驚絃鳥：語本《戰國策·楚策》四："有雁從東方來，更羸引弓虚發而下之。魏王問其所以，更羸曰：'其飛徐而鳴悲。飛徐者，故瘡痛也；鳴悲者，久失群也。故瘡未息而驚心未至也。聞弦音，引而高飛，故瘡隕也。'"

〔八〕桃源：縣名。屬湖南常德府。《讀史方輿紀要》卷八〇《常德府》："桃源縣在府西八十里。漢臨沅縣地，晉以後因之，隋唐爲武陵縣地。宋乾德中析置桃源縣，以桃花源名。"

〔九〕辰陽：縣名。始置於漢，清屬辰州府。因地當辰水之陽，故名。故城在今湖南省辰溪縣西。

詩作於康熙十九年春末，時隨貴州巡撫楊雍建行軍湘黔，途經武陵。詩之前兩聯緊扣詩題，從時序流轉入手，引出時局的巨大變化。隨着戰爭的深入發展，吴三桂殘部經受清軍重創，已成驚弓之鳥，節節敗退，逃往雲、貴老巢。詩之末聯以寫實作結，通過沅江中由辰陽、桃源流下的血水，從側面叙寫了這場戰爭的無比酷烈。

海螺峯歌〔一〕

楚南地窮山聚族，逞怪争奇走相逐。桃源以上篁箐多〔二〕，碧玉簪如春筍束〔三〕。海螺一峯天下奇，形模髣髴神依稀。雷碓鬼斧劈不得〔四〕，造物伎倆初奚施〔五〕。中豐上鋭下微窄，凹處痕青凸邊白。古苔綉錯十六盤，蠻髻椎高二千尺〔六〕。輕身想象窮烟霄，仰天一笑天爲高。不知猿猱爾何恃，騰擲絶頂相矜驕〔七〕。似聞老螺生海底，鯤化鵬飛忽移此〔八〕。偶然蝸殼吐饞涎〔九〕，倒覆江干吸江水〔一〇〕。我嗤汝腹彭亨幾許寬〔一一〕，安能吸盡五溪之奔湍〔一二〕？天公渴汝一掬慳〔一三〕，故實汝腹封泥丸〔一四〕。嗚呼！已實汝腹封泥丸，衹合棄置當百蠻〔一五〕。胡爲秀聳拔萬山，坐令荒徼人俱頑〔一六〕。

〔一〕海螺峯：山峯名。山在湖南辰州府境内沅江沿岸辰龍關至北溶一段江面外。

〔二〕桃源：縣名。詳前《武陵送春》注〔八〕。　篁箐：毛竹。篁，竹之通稱。箐，細竹。

〔三〕碧玉簪：喻竹。

〔四〕雷磓：猶雷擊。磓，撞擊。

〔五〕伎倆：工巧；技能。　奚：何。

〔六〕蠻髻：邊徼民族的髮髻，此喻海螺峯之形狀。　椎：一撮之髻，其狀如椎，因名。

〔七〕騰擲：騰越跳躍。

〔八〕鯤化鵬飛：《莊子·逍遥游》："北冥有魚，其名爲鯤；鯤之大，不知其幾千里也。化而爲鳥，其名爲鵬；鵬之背，不知其幾千里也。怒而飛，其翼若垂天之雲。"

〔九〕饞涎：口水。

〔一〇〕江干：猶江岸。干，涯岸。

〔一一〕彭亨：脹滿狀。宋秦觀《雙石》詩："連巖下空洞，鼎張彭亨腹。"

〔一二〕五溪：謂武陵五溪，在今湖南以西、貴州以東一帶。清蔣攸銛《黔軺紀行集》："五溪者，春秋時楚滅巴，巴子兄弟五人流入五溪，各爲之長。昔稱五溪曰：辰、漸、酉、潊、元；而《廣輿記》以爲：雄、樠、酉、武、辰，與《南史》同；《輿地志》則以爲：雄、朗、辰、沅、武，諸説不一。"

〔一三〕一掬：一捧。

〔一四〕泥丸：小泥球。

〔一五〕百蠻：對漢族以外的各少數民族的泛稱。漢班固《東都賦》："内撫諸夏，外綏百蠻。"

〔一六〕荒徼：荒僻的邊域。徼，邊界。唐楊衡《送人流雷州》詩："不知荒徼外，何處有人家？"　頑：愚頑不化。

詩作於康熙十九年春，時隨貴州巡撫楊雍建由湖南經沅江入貴州途中。這是一首歌詠湖南山川風光的佳作，清趙翼《甌北詩話》卷十曾推許爲其七古"上乘"之作。詩之前十六句爲第一部分，主要從地理形勢與山峯形狀摹寫海螺峯的奇特險峻。詩之後十二句則緊緊抓住"海螺"這一山形特色作文章,充分展開豐富的想象。結尾則對山秀而人頑的現象深表不解與遺憾。全詩詞新意鋭,淋漓酣暢。清查奕照評曰:"奇崛欲與昌黎争席。"

北溶驛〔一〕

西隔辰陽纔百里〔二〕,傷心戰地見何曾〔三〕。尸陁林下烏争肉〔四〕,瘦棘花邊鬼傍燈〔五〕。井與田平柴栅廢,燕隨人散土巢崩。相逢漫説從軍樂〔六〕,一飯無端百感增。

〔一〕北溶:鎮名,在辰州府治沅陵(今屬湖南省)東北二百里之沅江北岸。　驛:驛站。舊時供傳遞公文者及來往官員途中歇宿、换馬的地方。

〔二〕辰陽:縣名。見前《武陵送春》詩注〔九〕。

〔三〕見何曾:猶言"何曾見"。

〔四〕尸陁林:梵語音譯。佛教謂西域棄屍之地。唐玄應《一切經音義》:"尸陀林,正言尸多婆那,此云寒林。其林幽邃而且寒,因以名也。在王舍城側,死人多送其中。今總指棄屍之處。名尸陀林者,取彼名。"

〔五〕鬼傍燈:猶俗言"鬼火",屍體腐化後形成的磷火。

〔六〕漫説:空説。　從軍樂:古樂府中有平調曲名《從軍行》。三國魏王粲曾作《從軍行》五首,首句云:"從軍有苦樂,但問所從誰?"又,唐李益有《從軍有苦樂行》詩:"從軍有苦樂,此曲樂未央。"

詩作於康熙十九年春末夏初。趙翼《甌北詩話》卷一〇云:"當其(初白)少年,隨黔撫楊雍建南行,其時吴逆方死,餘孽尚存,官軍恢復黔、滇,兵戈殺戮之慘,民苗流離之狀,皆所目擊,故出手即帶慷慨沉雄之氣,不落小家。"是詩正是作者身經目睹了戰争殘酷劇烈之狀後,深受震動而寫下的戰場實録。

午日沅州道中〔一〕

一年傳旅食〔二〕,吴楚隔干戈。蠻果枇杷熟,山花躅躑多〔三〕。蒲魚鄉國味〔四〕,風雨客程歌。佳節今朝是,誰知馬上過。

〔一〕午日:端午。　沅州:府名。原爲州,始置於唐天授二年,治龍標(今湖南省黔陽縣)。元爲沅州路,清爲沅州府,治芷江(今縣),下領芷江、麻陽、黔陽三縣。《嘉慶重修一統志》卷三六八《沅州府》一:"沅州連接溪峒,扼塞群蠻,西南一隅,仰此氣息。固雲、貴之通衢,辰、常之藩障也。"

〔二〕傳:傳食,輾轉受人供養。　旅食:客居寄食。南齊謝朓《北戍琅玡城》:"薄暮苦羈愁,終朝傷旅食。"

〔三〕躅躑:應爲"躑躅",此因調平仄關係而倒置。即杜鵑花。宋陸游《東園小飲》:"密葉深深躑躅紅。"

〔四〕蒲魚:即鱄魚。《太平御覽》卷九四:"蒲魚其鱗如粥,出郫縣。"唐韓愈《初南食貽元十八協律》詩:"蒲魚尾如蛇,口眼不相營。"注:"或曰鯿魚也。今廣州曰蒲魚。"

詩作於康熙十九年五月初五,時隨貴州巡撫楊雍建由湖南入貴州行軍於沅州道中。從詩中末句看,此詩當在馬背上作成。當時的湘西山區，枇杷正熟，杜鵑怒放，蒲魚味美，連風帶雨中，"官兵十萬擁巖隈"（《沅州即事二首》之二），投筆從軍已達一年之久的詩人，就在這充滿軍旅野趣的異鄉情調中，送走了端午佳節。

雞冠寨〔一〕

絲路微從鳥道分〔二〕，半空雞犬隔江聞。雨聲飛過巖頭寨，多少人家是白雲。

〔一〕雞冠寨：沅州境内山寨名。

〔二〕絲路：喻極細窄的山路。　鳥道：險絶的山路，僅容飛鳥通過。北周庾信《秦州天水郡麥積崖佛龕銘》："鳥道乍窮，羊腸或絶。"

詩作於康熙十九年夏，時隨貴州巡撫楊雍建率部駐紮沅州。沅州地處湘、黔交界的山區，山路崎嶇，峭壁崚岣，山寨雲遮霧繞，鷄犬空中相聞。詩人遠觀仰視，攝取的即是這樣一幅苗侗山寨圖，景觀鮮明，風景如畫。

初入黔境土人皆居懸崖峭壁間緣梯上下與猿猱無異睹之心惻而作是詩

巢居風俗故依然〔一〕，石穴高當萬木顛。幾地流移還有伴，舊時井竈斷無烟〔二〕。餘生兵革逃難穩，絶塞田疇瘠可憐〔三〕。好報長官蠲賦斂〔四〕，獼猿家室久如懸〔五〕。

〔一〕巢居：構木爲巢，棲宿於樹上。《莊子·盜跖》："且吾聞之，古者禽獸多而人民少，於是民皆巢居以避之。"

〔二〕井竈：泛指村莊、民居。杜甫《詠懷二首》之二："井竈任塵埃，舟航煩數具。"

〔三〕田疇：泛指田地。《禮記·月令》："可以糞田疇。"孫希旦《集解》引吴澄曰："田疇，謂耕熟而其田有疆界者。"

〔四〕蠲(juān)：免除。

〔五〕家室如懸：一無所有。語本《左傳·僖公二十六年》："齊侯曰：'室如懸磬，野無青草，何恃而不恐？'"此喻窮困之極。

詩作於康熙十九年五月，時隨貴州巡撫楊雍建率部由湖南沅州經麻陽入貴州銅仁。巢居習俗本於遠古人類的落後生活方式，然而，由於戰争的摧殘，由於苛捐雜税的逼迫，貴州居民不得不拋棄家園，像猿猴一樣巢居於石穴之中，過着原始、簡陋而困苦的生活。初白向有仁民愛物之心，自不忍心見此慘狀，決意充當"爲報長官寬賦斂"之使者。全詩由仰視、平視、遠眺、近觀構成，每一視角爲一聯，語言平易而不失精警，格調清新而無生澀率易之弊，從另一側面揭示了三藩之亂給邊區人民所帶來的沉重災難。清查奕照評是詩曰："哀絃欲絶。"

早發齊天坡〔一〕

山逼嵐氣侵，仲夏曉猶冷。離披馬鬃濕〔二〕，十里霧未醒。流雲莽迴盪，陸海開萬頃。東日生其間，金丸上修綆〔三〕。殷鮮一輪血，倒射却無影。蒼茫樹浮藻〔四〕，參錯峯脱穎〔五〕。攀躋足力窮〔六〕，目賞得奇景。方知夜來宿，乃在最高頂。

〔一〕齊天坡：山坡名。位於湖南沅州至麻陽之間的齊天山。《嘉慶重修一統志》卷三六八《沅州府》一：“齊天山在麻陽縣東南五十里，與西晃山連麓别峯。《明統志》：‘峯巒高出雲表，天晴則秀色愈見，故又名霽天山。’”

〔二〕離披：散亂貌。唐韋應物《簡恆璨》詩：“空庭夜風雨，草木曉離披。”

〔三〕修綆：長的繩索。唐馬戴《題石甕寺》詩：“修綆懸林表，深泉汲洞中。”

〔四〕浮藻：浮現文彩。喻陽光照樹所浮現的五彩迷亂之色。

〔五〕脱穎：脱穎而出；冒出來。語本《史記・平原君傳》：“夫賢士之處世也，譬若錐之處囊中，其末立見……毛遂曰：‘臣乃今日請處囊中耳。使遂蚤得處囊中，乃穎脱而出，非特其末見而已。’”穎，錐尖。此喻指山尖。

〔六〕攀躋：攀登。躋，登。

詩作於康熙十九年五、六月間，時隨貴州巡撫楊雍建由麻陽進軍銅仁途經齊天坡。詩寫清晨催馬行軍於湘黔山區的奇特景觀：山嵐彌漫，氣温甚低，馬鬃淋濕，大霧滿天，旭日東升，林樹耀金浮彩，峯巒脱穎而出。詩取白描形式，平易中時見生新，如“山逼嵐氣侵”、“十里霧未醒”之“逼”字、“醒”字，形象生動，賦物以情感生命，均可見作者語不猶人之錘煉功夫。

大雨泊黄蠟關江水暴漲黎明解纜諸灘盡失矣〔一〕

頑石堆瘦疣〔二〕，清江曳羅帶。黔山雖可憎，黔水頗可愛。雨聲怒流濁，曉鏡忽破碎。千年老樹枝，礧石亞完塊〔三〕。小舠啣尾去〔四〕,脱葉舞澎湃。榜人顧我笑〔五〕,壯士行何畏? 來當兵革交,夷險視一概。誰能守孤篷,鬱鬱坐久待。輕生犯過涉〔六〕,既濟稍知悔〔七〕。

〔一〕黄蠟關:在湖南麻陽至貴州銅仁間。

〔二〕瘿疣:腫瘤。瘿,囊狀贅生肉瘤。疣,扁平的小肉疙瘩,俗稱"瘊子"。此喻江水中石堆。

〔三〕礓石:礫石;小的碎石塊。　亞:次於。

〔四〕小舠:小船,其形如刀。

〔五〕榜人:船工。

〔六〕過涉:涉水過深。此喻過多接觸危難之事,語本《易·大過》:"上六,過涉滅頂,凶,無咎。"

〔七〕"既濟"句:意謂事過而後怕後悔。既濟,涉水結束,亦《易》卦名,意含雙關。宋程頤《周易程氏傳》:"處既濟之時,當畏悔如是也。"

詩作於康熙十九年夏,時隨貴州巡撫楊雍建沿沅江支流錦水由湘南麻陽進軍貴州銅仁途經黄蠟關。全詩可分上下兩部分:前十句寫雨泊清江的情景,後八句寫"黎明解纜"後的感受。"文章幕府才相左"(《六月十五夜銅仁郡齋坐雨憶去年此夕同韜荒兄潯陽對月有作》),"却笑南遊性命輕"(《宿五里亭》),詩人似乎有些後悔了,這多少反映了書生的文弱及其面對艱難險阻時的摇擺不定性格。清查奕照評是詩曰:"能狀其所難狀之景。"

麻陽田家二首〔一〕(選其一)

牛羊争隘巷〔二〕,井臼蔭高木〔三〕。村村聚一姓,雞犬並食宿。兵荒分同死〔四〕,男女不輕鬻〔五〕。所以五溪蠻〔六〕,古來多巨族。

〔一〕麻陽:縣名。清屬辰州府,爲沅州所領二縣之一。始置於唐武德三年,屬辰州。宋熙寧七年改屬沅州。參下《麻陽運船行》注〔一〕。

〔二〕隘巷:猶陋巷。《詩·大雅·生民》:"誕寘之隘巷,牛羊腓字之。"又,晉左思《魏都賦》:"閑居隘巷,室邇心遐。"

〔三〕井臼:水井和石臼(舂米所用)。借指屋舍、庭院。宋梅堯臣《送張山甫秘校歸維氏》詩:"蓬巷鬧鷄犬,藤花蔭井臼。"

〔四〕分(fèn):情分。三國魏曹植《贈白馬王彪》詩:"恩愛苟不虧,在遠分日親。"

〔五〕鬻(yù):賣。

〔六〕五溪蠻:謂聚居於今湖南西部及貴州東部之西南少數民族。《南史·諸蠻傳》:"荆、雍州蠻,盤瓠之後也。所在多深險,居武陵者有雄溪、樠溪、辰溪、酉溪、武溪,謂之五溪蠻。"參前《海螺峯歌》詩注〔一二〕。

詩作於康熙十九年秋,時隨貴州巡撫楊雍建進軍貴州,途經湘西之麻陽縣。詩寫麻陽附近少數民族的生活:牛羊争路,雞犬并行,樹蔭井臼,人丁興旺。表面雖呈現一派安居寧静氣氛,"兵荒"二字却隱隱顯露殺氣侵逼之巨大威脅。全詩作面上之景況描述自然平静,不動聲色,但其對民生疾苦之隱憂却彌漫於字裏行間。

連下銅鼓魚梁龍門諸灘〔一〕

上灘力相争,下灘勢相借。連山百餘里,一抹蒼然化〔二〕。輕舟紙作底,百折穿石罅〔三〕。雨雹飛兩旁,雷霆奮其下。篙師心手習〔四〕,快若王良駕〔五〕。又如彀强弩〔六〕,東向海門射〔七〕。胥濤浩蕩來〔八〕,歛怒却退舍〔九〕。河神況小婢〔一〇〕,指摘或遭咤〔一一〕。因斯悟至理,出險在閒暇。向來覆舟人,正坐浪驚怕〔一二〕。

〔一〕銅鼓、魚梁、龍門:均爲險灘名。按:據集中詩序,初白此行由銅仁沿銅仁大江(今錦江)東下麻陽押送軍需糧草,故此三險灘當在湘、貴接壤之江中。

〔二〕一抹:猶一條、一片。宋秦觀《泗州東城晚望》詩:"林梢一抹青如畫,應是淮流轉處山。" 蒼然:青黑色。

〔三〕石罅(xià):石縫。罅,縫隙。

〔四〕篙師:撑船的行家裏手。唐杜甫《水會渡》詩:"篙師暗理楫,歌笑輕波瀾。"

〔五〕王良:春秋時晉之善御馬者。《孟子·滕文公下》:"昔者趙簡子使王良與嬖奚乘,終日而不獲一禽。嬖奚反命曰:'天下之賤工也。'或以告王良,良曰:'請復之。'强而後可,一朝而獲十禽。嬖奚反命曰:'天下之良工也。'"按:王良究屬何人,古代有不同説法。《左傳·哀公二年》:"郵無恤御(趙)簡子,衛太子爲右。"晉杜預注:"郵無恤,王良也。"又,《荀子·王霸》:"王良造父者,善服馭者也。"唐楊倞注:"王良,趙簡子之御。《韓子》曰:字伯樂。"

〔六〕彀(gòu):張滿弓弩。《孟子·告子上》:"羿之教人射,必志於彀。" 强弩:强勁的弓;硬弓。

〔七〕海門:入海口。按:此二句用吴越王錢鏐造箭三千,以五百弓弩手射潮築海塘故事。《宋史·河渠志七》:"淛江通大海,日受兩潮。梁開平中,錢武肅王始築捍海塘,在候潮門外。潮水晝夜冲激,版築不就,因命彊弩數百以射潮頭,又致禱胥山祠。既而潮避錢塘,東擊西陵。遂造竹器,積巨石,植以大木。堤岸既固,民居乃奠。”

〔八〕胥濤：相傳春秋時伍子胥爲吴王夫差所殺，投屍浙江，成爲濤神。後因稱浙江潮爲“胥濤”。亦泛指洶湧之波濤。宋魯應龍《閑窗括異志》：“伍子胥逃楚仕吴，吴王賜以屬鏤之劍，自殺，浮其屍於江，遂爲濤神，謂之胥濤。”

〔九〕退舍：退却。《左傳·僖公三十三年》：“子若欲戰，則吾退舍。”

〔一〇〕河神句：呼河神爲小婢，典出佛弟子畢陵伽婆蹉稱恒河神爲小婢。據諸經載，畢陵伽婆蹉生性驕慢，言語粗獷，除對佛陀與八大聲聞外，皆賤稱餘人爲“首陀羅”。又畢陵伽婆蹉患有眼痛，爲乞食常渡恒河，每至河邊，則彈指咄言：“小婢住！莫流水。”河即兩斷。詳《大智度論》卷二。

〔一一〕咤：怒斥聲。

〔一二〕坐：由於；爲着。古樂府《陌上桑》：“來歸相怨怒，但坐觀羅敷。”

詩作於康熙十九年秋，時在貴州巡撫楊雍建軍幕，因軍需而由銅仁沿錦水下麻陽，途經銅鼓等三險灘。這是一首哲理詩，叙急流中勇下險灘而獲之心理感受及所總結之至理名言：“向來覆舟人，正坐浪驚怕。”全詩善用譬喻，思沉力厚。其由現象而至理性之概括，一如其順水行舟，水到渠成。查奕照評是詩曰：“曲狀灘勢，筆醒而能達。”

天擎洞歌〔一〕

黔江自與楚水通，楚山不與黔山同。神靈有意幻奇譎〔二〕，使我豁達開心胸。初披榛莽覓微徑〔三〕，旋渡略彴踰奔洪〔四〕。水窮雲起巖洞出，外象軒翥中含空〔五〕。陰叢轟轟聚蚊蚋〔六〕，老骨硌硌摧虬龍〔七〕。懸崖俯瞰勢將墜，一柱突兀撑於中。蜂房倒垂作層級〔八〕,鐘乳亂滴穿玲瓏。不知瀑布之源在何許,天紳飄下朝陽東〔九〕。石梁截斷千匹練〔一〇〕,明珠迸出鮫人宫〔一一〕。又疑蜥蜴吐沫散冰雹〔一二〕,寒氣颯颯生迴風〔一三〕。長林豐草四時潤〔一四〕,雨露不到誰尸功〔一五〕?

〔一〕天擎洞:山洞名,在湖南沅州府境内。《嘉慶重修一統志》卷三八六:"天擎洞在麻陽縣西三十里,俗名破巖,崇巖崿嶂,石湍飛溜。有石柱,高三百餘尺,上鏤菡萏,曰蓮柱。"

〔二〕奇譎:奇特而有機謀。

〔三〕榛莽:雜亂叢生的草木。唐高適《同群公出獵海上》詩:"豺狼竄榛莽。" 微徑:小路。

〔四〕略彴:小木橋。晉郭義恭《廣志》:"獨木之橋曰榷,亦曰彴。"唐吴融《箇人三十韻》詩:"映柳闌干小,侵波略彴横。"

〔五〕軒翥:飛舉。屈原《遠游》:"鸞鳥軒翥而翔飛。"宋洪興祖《補注》:"《方言》:翥,舉也。"

〔六〕蚊蜹(ruì):蚊蟲。蜹,小飛蟲。

〔七〕硌(luò)硌:高大貌。硌通峈。漢王逸《九思》:"川谷兮淵淵,山阜兮峈峈。" 虬龍:龍之一種。此喻盤旋曲折的道路。宋蘇軾《後赤壁賦》:"履巉巖,披蒙茸,踞虎豹,登虬龍。"

〔八〕蜂房:喻石鐘乳的形狀。

〔九〕天紳:天上垂下的帶子。喻指瀑布。唐韓愈《送惠師》詩:"此時雨初霽,懸瀑垂天紳。"

〔一〇〕石梁:石橋。梁,橋。 千匹練:喻指瀑布水。宋蘇軾《同柳子玉游鶴林招隱醉歸呈景純》詩:"巖頭匹練兼天浄。"

〔一一〕明珠:喻瀑布飛濺之水珠。 鮫人:亦作"蛟人"。晉張華《博物志》:"南海水有鮫人,水居如魚,不廢織績,其眼能泣珠。"又:"鮫人從水中出,寓人家積日,賣絹將去,從主人索一器,泣而成珠滿盤,以與主人。"

〔一二〕蜥蜴:壁虎一類的爬行動物,俗稱"四脚蛇"。　散冰雹:蘇軾《蠍虎》詩:"今年歲旱號蜥蜴……能啣渠水作冰雹。"

〔一三〕颯(sà)颯:象聲詞,風雨聲。

〔一四〕長林豐草:深林草野之所。唐王維《與魏居士書》:"長林豐草,豈與官署門闌有異乎?"

〔一五〕尸功:居功。尸,享;居。

詩作於康熙十九年秋,時隨貴州巡撫楊雍建駐軍銅仁。本詩爲趙翼《甌北詩話》卷十所推薦的七古佳作之一,詩中以豐富的想象力和奔放流暢的語言,窮形盡相地描繪了黔中溶洞的特色。就詩的結構言,約略可分三個層次:起首四句總論黔中山水的奇偉秀麗,變幻多姿,與衆不同;中間十六句寫詩人披荆莽、覓微徑,到達天擎洞後所見到的各種雄奇偉麗的景象;末兩句則以一個設問句作結,表現了詩人對大自然所具有的無限創造力的無比崇尚心情。環環緊扣,脈絡清晰。

麻陽運船行

麻陽縣西催轉粟〔一〕,人少山空聞鬼哭。一家丁壯盡從軍,老稚扶攜出茅屋。朝行派米暮雇船,吏胥點名還索錢〔二〕。轆轤轉絙出井底〔三〕,西望提溪如到天〔四〕。麻陽至提溪,相去三百里。一里四五灘,灘灘響流水。一灘高五尺,積勢殊未已〔五〕。南行之衆三萬餘,樵爨軍裝必由此〔六〕。小船裝載纔數石〔七〕,船大裝多行不得。百夫并力上一灘,邪許聲中骨應折〔八〕。前頭又見奔濤瀉,未到先愁淚流血。脂膏已盡正輸租〔九〕,皮骨僅存猶應役。君不見一軍坐食萬民勞,民氣難甦士氣驕〔一〇〕。虎符昨調思南戍〔一一〕,多少揚麾白日逃〔一二〕!

〔一〕麻陽:見前《麻陽田家》二首注〔一〕。　轉粟:運輸糧食。

〔二〕吏胥:地方官府小吏。

〔三〕絙(gēng):繩索。

〔四〕提溪:提溪長官司,在今貴州省江口縣西北錦江北岸,始置於元代,司西有提溪東入銅仁江,因名。《讀史方輿紀要》卷一二二:"提溪在司西五里,源出濫泥山,引流而東,入於銅仁大江中,産砂金。"

〔五〕殊:很;極。《史記·廉頗藺相如列傳》:"恐懼殊甚。"

〔六〕樵爨(qiáo cuàn):砍柴燒飯。此指柴草和軍糧。樵,打柴。爨,竈炊。《北史·燕鳳傳》:"軍無輜重樵爨之苦,輕行速捷,因敵取資。"

〔七〕石(dàn):重量單位。一百二十斤爲一石。《漢書·律曆志》:"三十斤爲鈞,四鈞爲石。"

〔八〕邪許:參見前《洪武銅砲歌》注〔一二〕。

〔九〕脂膏:猶血汗。　輸租:交納租税。

〔一〇〕甦:同"蘇",蘇醒。此指復原。王夫之《讀通鑒論·秦始皇》:"民於守令之貪殘,有所借於黜陟以蘇其困。"

〔一一〕虎符:兵符,古代調兵遣將之憑證。銅製(亦有金製者)虎形(亦有作龜、魚形狀者),背鐫銘文,分二半,右半留中,左半授與統兵將帥或地方長官。調兵時要兩半相合纔有效。　思南:府名,三國時爲黔陽縣地,唐代置縣改州,明析置思南宣慰司,尋復置府,治所安化(今貴州省思南縣)。

〔一二〕麾(huī):指揮軍隊的旗幟。此二句意謂調戍思南府的清軍將士却揚麾而逃。

詩作於康熙十九年秋末冬初。詩人初至麻陽在五、六月間,六月中入黔土銅仁,隨部駐軍此間近五月之久。這當中又曾兩度往返麻陽,是詩即作於後一次來回麻陽途中。當時戰亂頻仍,此詩表現了"兵戈殺戮之慘,民苗流離之狀",無情暴露了亂兵和酷吏交替對百姓的蹂躪。詩中形象地描繪了役夫民工在灘高流急的西南山區運輸軍輜糧草的無比艱辛。而那些對百姓如狼似虎的驕横士兵,一旦遇到真正的敵人,却望風逃竄,不堪一擊。

飛雲巖〔一〕

白雲本在天,變幻隨所到。無端忽墮此,穴地啓洞竅〔二〕。石髓久漸凝〔三〕,靈姿特神妙。軒軒勢欲舉〔四〕,外秀中鷙鷔〔五〕。坐勞佛力鎮〔六〕,刻畫恣凌暴〔七〕。山靈怒不受〔八〕,企脚首頻掉〔九〕。猶虞從風揚〔一〇〕,出山不可叫。呈形寓百怪,意想得奇肖〔一一〕。昂昂舞獅象,狠狠蹲虎豹。蛟龍護鱗甲,鸞鳳披羽翿〔一二〕。或疑人卓立〔一三〕,又似波傾倒。形容口莫悉〔一四〕,覽勝難領要。造物太雕刓〔一五〕,將毋元氣耗。林泉爲映帶,旁引轉深奥。清陰矗古柏,遠響落幽瀑。遂令過客心,出入殊静躁。惜哉靈勝境,乃落西南徼〔一六〕。好事偶一逢,高情復誰較。獨留陽明碑〔一七〕,千古表蠻僚〔一八〕。

〔一〕飛雲巖:又稱天雲洞。貴州著名風景名勝。位於今黄平縣(清屬鎮遠府)城東通濟橋(又名聖果橋、東陵橋)畔。山巖壁立,有奇特穹窿,覆如華蓋,其上石鐘乳構形奇絶,狀如彩雲飛動,因名。《嘉慶重修一統志》卷五〇三:"飛雲巖在黄平州東二十里,一名東坡山,又名月潭。”

〔二〕洞竅:猶洞穴。

〔三〕石髓:石鐘乳。

〔四〕軒軒:高舉貌。

〔五〕桀驁(jié ào):馬匹驕横不馴狀。此喻山巖的巉絶險怪。

〔六〕坐勞:有勞。

〔七〕恣:任憑。此二句意謂:依賴佛力天工,恣意將山巖刻畫成各種形狀,鎮壓住山的桀驁之勢。

〔八〕山靈:山神。漢班固《東都賦》:“山靈護野,屬御方神。”

〔九〕企脚:踮起脚跟。《世説新語・容止》:“仁祖企脚北窗下彈琵琶,故自有天際真人想。” 掉:回轉;掉轉。

〔一〇〕虞:憂慮。按,因山巖狀如雲彩飛動,故有此句奇想。

〔一一〕肖:相像。

〔一二〕羽翿(dào):用鳥羽裝飾的儀仗旗。南朝梁王筠《昭明太子哀册文》:“羽翿前驅,雲旂北御。”翿,《爾雅・釋言》:“纛也。”注:“今之羽葆幢。”

〔一三〕卓立:特立。

〔一四〕悉:詳盡。

〔一五〕雕刓:精雕細刻。刓,刻方爲圓。

〔一六〕徼(jiào):邊界。

〔一七〕陽明碑:謂王守仁所作《月潭寺公館記》碑及《聖果亭偈》碑。王守仁(一四七二——一五二八),明代哲學家、教育家。字伯安,浙江餘姚人。嘗築室故鄉陽明洞中,世稱陽明先生。明正德三年(一五〇八)三月,因反對宦官劉瑾,遭貶來到龍場驛(今貴州修文縣境)。後以鎮壓農民起義和平定“宸濠之亂”,封新建伯,官至南京兵部尚書。著有《王文成公全書》三十八卷。其《月潭寺公館記》碑文敘飛雲崖有云:“興隆(今黄平縣)有巖曰月潭,壁立千仞,簷垂數百尺。其澒洞玲瓏,浮者若雲霞,亘者若虹霓,豁若樓殿門闕,懸若鐘鼓編磬,幨幢纓絡,譎奇變幻,不可思狀。而其下沉潭邃谷,不測之洞,環密迴伏。”

〔一八〕蠻僚(lǎo):猶蠻夷,古代對分佈於今川、陝、黔、滇、桂、湘、粵等地少數民族的蔑稱。

詩作於康熙十九年冬,時隨貴州巡撫楊雍建率部由銅仁進軍貴陽途經黄平。飛雲崖爲黔中風景名勝,歷代題詠很多,與衆作相比,是詩特别具有豐富的想象力。詩由山巖之形成落筆,次寫所見到的各種奇絶景觀,比喻貼切,形容得當,意想超群。詩之結尾則抒發主觀感受,爲“靈勝境”的流落邊徼而惋嘆,實質上乃是詩人自怨自嘆的寫照,與其懷才不遇未得一展胸襟的心境正隱然而相契合。

度油榨關〔一〕

平明走馬出城闉〔二〕,峭壁西風冷逼身。轉粟上天非易事,據關連栅復何人〔三〕?雪填土窟埋屍淺,冰裂刀痕迸血新。等是三災逃不得〔四〕,疆埸溝壑兩窮塵〔五〕。

〔一〕油榨關:亦名文德關,在今貴州鎮遠縣西五里。《嘉慶重修一統志》卷五〇三:“油榨關在(鎮遠)府城西五里。《府志》:在府西二仙峯。崖壁險固,控扼所資。”又,清愛必達《黔南識略》卷一二:“文德關在城西五里,本名油榨關,康熙中,巡撫王燕易今名。連山阻峽,絶壁撑雲,鑿石剪荆,劣裁容馬,十夫當之,萬騎不能越也。”

〔二〕城闉(yīn):城内重門。亦泛指城廓。南朝宋鮑照《行藥至城東橋》詩:“嚴車臨迴陌,延瞰歷城闉。”注:“毛萇《詩傳》曰:‘闉,城曲也。’”

〔三〕連栅:兵營相連。栅,栅壘,多用作軍事防禦。此指代軍營。《新唐書・李靖傳》:"彼勁兵連栅,將不戰疲勞我師。"

〔四〕三災:多災多難。佛家謂三災有大小之分。唐釋道世《法苑珠林・劫量篇》:"大則水、火、風而爲災,小則刀兵、饑饉、疫癘以爲災。"

〔五〕疆埸:此喻指刀兵之災,謂死於戰争。　溝壑(hè):此喻指饑饉、疫癘之災,謂死後棄屍溝壑。《孟子・梁惠王下》:"凶年饑歲,君之民老弱轉乎溝壑,壯者散而之四方者,幾於人矣。"　窮塵:盡命於塵土。南朝宋鮑照《蕪城賦》:"莫不埋魂幽石,委骨窮塵。"

詩作於康熙十九年冬,時隨貴州巡撫楊雍建率部督運軍糧由鎮遠行至施秉途中。詩人"短衣挾策"入楊幕兩年來,孤軍轉戰,俯蹈荆棘,親睹親歷了戰地生活的殘酷與艱辛,故對大軍後勤之苦危有切身體驗,對士卒之死於非命抱深深同情。"雪填土窟埋屍淺,冰裂刀痕迸血新",動人心魄,正是其疆埸見聞之實録。

黎峨道中二首〔一〕

其　一

馬滑前岡冷未消〔二〕,一鞭絲雨上衣潮。瘴茅黄過三郎舖〔三〕,寒水清涵葛鏡橋〔四〕。

其　二

青紅顔色裹頭粧〔五〕,尺布縫裙稱膝長〔六〕。仡佬打牙初嫁女〔七〕,花苗跳月便隨郎〔八〕。

〔一〕黎峨:山寨名,即嵺峨寨,清屬平越州(轄境相當今貴州福泉、甕安等縣地)。清愛必達《黔南識略》卷七:"平越直隸州在省城東一百九十里,《禹貢》荆、梁南境。漢爲牂柯郡地,唐爲牂州地,宋爲羈縻蠻地,後號嵺峨里等寨。"又:"其鎮山爲嵺峨山,在城東一里,一名峨萬山,即嵺峨寨故址。"

〔二〕泠(líng):作者自注:"泠,音另。黔中冬月霧雨之候,道滑成冰,俗呼爲泠。"

〔三〕瘴茅:帶瘴氣的茅草,代指南方茅草。參前《武陵送春》詩注〔四〕。　三郎舖:地名。據詩題,當在平越州境内。

〔四〕涵:包容。此指水中倒影。　葛鏡橋:橋梁名,在平越州境内。《嘉慶重修一統志》卷五一二:"葛鏡橋在州城東五里,跨麻哈江上。《通志》:明萬曆中郡人葛鏡建。屢爲水决,三載乃成。高數十丈,行者如履雲霄,爲黔南橋梁之冠。本朝康熙二年修,九年修砌腰牆百餘丈以爲衛,往來稱便。"

〔五〕裹頭:以布纏頭。彝、苗民多以青布或紅布纏頭。初白《黔陽即事口號》詩云:"苗婦短裙多赤脚,僰僮尺布慣蒙頭。"

〔六〕稱:齊合;相副。

〔七〕仡佬打牙:即"打牙仡佬",苗族的一種。此因調平仄而倒置。清羅繞典《黔南職方紀略》卷九:"打牙仡佬,平遠有之。婦人以青羊皮織爲長桶裙。將嫁,必先打其二齒,恐妨夫家;剪前髮而留後髮,取齊眉之意。"

〔八〕花苗:苗族的一種。清羅繞典《黔南職方紀略》卷九:"苗人各以衣服别其種類,於是有白苗、花苗、青苗、黑苗、紅苗。"又:"花苗衣裳先以蠟繪花於布,而後染之。既染而去蠟,則花見,飾袖以錦,故曰花苗。"　跳月:苗、彝等少數民族風俗,於每年初春或暮春時,未婚青年男女於月夜聚集野外,盡情歌舞,叫做跳月。相愛者即可由此結爲夫婦。清田雯《黔書》卷上:"每歲孟春,合男女於野,謂之'跳月'。預擇平壤爲月場,及期,男女皆更服飾妝。男編竹爲蘆笙吹之面前,女振鈴繼之於後以爲節,並肩舞蹈,迴翔婉轉,終日不倦。暮則挈所私歸,謔浪笑歌,比曉乃散。聘資以女之妍媸爲盈縮，必生子然後歸夫家。”

詩作於康熙十九年冬，時隨貴州巡撫楊雍建率部由鎮遠經施秉、黄平州入貴陽而途經平越州。詩之前一首寫黔中冬月霧雨時行軍途中情景，另一首則寫黔中苗民之風俗人情。二詩清新俊爽，皆以白描見長。其“一鞭絲雨上衣潮”句，清徐疏宕，風神灑脱。

黔陽雜詩四首〔一〕（選其一）

蚩尤百丈吐寒芒〔二〕，殺氣西南莽未央〔三〕。燕雀君臣空殿宇〔四〕，蜉蝣身世閲滄桑〔五〕。亂山似作孤城衛，横戟誰堪一面當〔六〕？錯料夜郎知漢大〔七〕，井蛙曾此自稱王〔八〕。

〔一〕黔陽：府名。《禹貢》梁州荒裔，漢爲牂柯郡地，隋開皇初置牂州，唐隸黔州都督府，元置順元路軍民安撫司，明隆慶三年（一五六九）改爲貴陽府。清因之。

〔二〕蚩尤：蚩尤旗，彗星（俗稱掃帚星）名。類彗而後曲，象旗，古代謂此星出象有征伐之事。作者自注：“時有彗星之變。”

〔三〕莽：長遠無際貌。唐杜甫《有懷台州鄭十八司户》詩：“乾坤莽回互。”　未央：未盡。

〔四〕燕雀君臣：喻指吴三桂爺孫及其部屬。

〔五〕蜉蝣身世：喻吴三桂短命政權。蜉蝣，蟲名，壽命短者數小時，長者六七日。三國吴陸璣《毛詩草木鳥獸蟲魚疏》下《蜉蝣之羽》：“蜉蝣，方土語也，通謂之渠略。似甲蟲，甲下有翅能飛。夏月陰雨時地中出，隨雨而出，朝生而夕死。”　滄桑：滄海桑田之省稱，喻世事變化巨大。晉葛洪《神仙傳·王遠》:"麻姑自説云:'接侍以來,已見東海三爲桑田。'"

〔六〕"横戟"句:語本唐李商隱《商於》詩:"建瓴真得勢,横戟豈能當。"清馮浩箋注:"《戰國策》:齊王建入朝於秦,雍門司馬横戟當馬前,曰:'王何以去社稷而入秦?'"

〔七〕夜郎:漢時我國西南地區的古國名,約在今貴州西北、雲南東北及四川南部地區。《史記·西南夷傳》:"滇王與漢使者言曰:'漢孰與我大?'及夜郎侯亦然。以道不通,故各自以爲一州主,不知漢廣大。"此句意謂:原來料想小小夜郎國知道漢朝的廣大,誰想竟是料錯了。

〔八〕井蛙:喻目光短淺之人。典出《莊子·秋水》:"井鼃(古"蛙"字)不可以語於海者,拘於虚也。"此用以喻指吴三桂爺孫。清軍入關後,吴三桂曾受封平西王。康熙十二年(一六七三)十一月,清聖祖爲加强統一,實行撤藩。三桂舉兵叛亂,自稱周王。十七年在衡州(今湖南衡陽)稱帝,不久病死。孫世璠繼位,旋爲清兵所滅。

詩作於康熙十九年冬,時隨貴州巡撫楊雍建率部到達貴陽。半年後,貴州全省相繼收復,吴世璠逃竄雲南。是詩即作於清兵攻入西南重鎮貴陽之後。當時,詩人按捺不住心頭的興奮和自豪,懷着對吴三桂殘部極端蔑視的心情寫下此詩。"横戟誰堪一面當",吴三桂殘部的最後被蕩滅,指日可待。

送王兔庵學博赴安順〔一〕

芭蕉關前打戍鼓〔二〕,漏天十日九日雨〔三〕。西征健兒猛於虎,道傍箐深貍伺鼠〔四〕。朝行縛人暮驅牯〔五〕,張目睢盱避無所〔六〕。仲家生苗砦無主〔七〕，肆虐公然彍强弩〔八〕。野無烟市絶行旅，飛鳥山山鎩毛羽〔九〕，爾獨胡爲此焉處？別家十年長兒女，失意匆復論鄉土。文章下筆造奇古，詩法亦可籍湜伍〔一〇〕。髮鬚如絲白縷縷，宛然褒博説鄒魯〔一一〕。及門弟子紛可數〔一二〕，往往功名拾芥取〔一三〕。先生齒豁五十五〔一四〕，猶抱《麔經》應科舉〔一五〕。廣文片氈寒且苦〔一六〕，顧獨求之榮衮黼〔一七〕。僅留僮僕喪資斧〔一八〕，別我西行何踽踽〔一九〕。我爲爾歌爾起舞，舞意低昂歌激楚〔二〇〕。而今輸邊方用武〔二一〕，何處堪容腐儒腐。桑榆有路行可補〔二二〕，曷不去作咸陽賈〔二三〕？

〔一〕王免庵：初白於貴陽結識之友人，生平未詳。　學博：唐制，府郡置經學博士各一人，掌以五經教授學生。後因稱學官爲學博。安順：府名。《讀史方輿紀要》卷一二一：“古荒服地。唐宋爲羈縻蠻地，元置習安州，屬雲南普定路。明朝洪武十六年，改安順州，屬普定府，萬曆三十年（一六〇二）升爲安順軍民府。今領州三，長官司四。”

〔二〕芭蕉關：《嘉慶重修一統志》卷五一〇《興義府》：“芭蕉關，在普安縣東十里。《滇行記》：‘自泥納鋪西行十里爲芭蕉鋪，亦曰芭蕉關。’”又，《讀史方輿紀要》卷一二一：“芭蕉關，在普安州東八十五里。”　戍鼓：邊防駐軍之鼓聲。南朝梁劉孝綽《夕逗繁昌浦》詩：“隔山聞戍鼓，傍浦喧棹謳。”

〔三〕漏天：蜀地多雨，因稱漏天。此謂貴陽地區。唐杜甫《陪章留後侍御宴南樓得風字》詩：“朝廷燒棧北，鼓角漏天東。”清楊倫箋注：“《梁益記》：‘雅州（今屬四川雅安縣境）西北有大、小漏天。以其西北陰盛常雨，如天之漏也。’”又，宋晁説之《晁氏客語》：“雅州蒙山常陰雨，謂之漏天。”

〔四〕箐：山間大竹林。　貍：貓屬。

〔五〕牯：母牛。《玉篇》："牯，牝牛。"後亦泛指牛。

〔六〕睢盱(huī xū)：仰視貌。漢張衡《西京賦》："迾卒清侯，武士赫怒，緹衣韎韐，睢盱拔扈。"

〔七〕仲家：布依族及雲南省部分壯族之舊稱。按：清代視仲家爲苗族之一支。《嘉慶重修一統志》卷五〇〇《貴陽府》："仲家苗，好樓居，有姓氏。衣尚青，男子以帕束首躧履，婦人多纖好而勤於織。以青布蒙髻，長裾襴纘。" 生苗：未與漢族同化的土著苗族。亦作苗族部落名。 砦：同"寨"。

〔八〕彍(kuò)：張滿弩弓。《玉篇》："彍，張也。"

〔九〕鎩毛羽：猶言鎩羽。羽毛摧落。鎩，傷殘(羽翅)。《集韻·黠韻》："鎩，羽傷也。"

〔一〇〕籍湜：謂唐詩人張籍與皇甫湜。張籍，字文昌。原籍吴郡(治今江蘇蘇州)，僑寓和州烏江(今安徽和縣烏江鎮)。德宗貞元進士，曾官水部員外郎、國子司業等職。其文學主張與白居易相近。詩作與王建齊名。有《張司業集》傳世。皇甫湜，字持正。睦州新安(今浙江淳安)人。憲宗元和進士，仕至工部郎中。曾從韓愈學古文，思想傾向也近之。其詩文與李翺、張籍齊名。著有《皇甫持正集》，已佚。

〔一一〕褒博：謂褒衣博帶，即寬衣大帶，古代儒者裝束。《漢書·雋不疑傳》："不疑冠進賢冠，帶櫑具劍，佩環玦，褒衣博帶，盛服至門上謁。"顔師古注："褒，大裾也。言着褒大之衣，廣博之帶也。" 鄒魯：喻文化昌盛之地。鄒，鄒縣(今屬山東省)。孟子故鄉。魯，故國名。周公長子伯禽封於此，都曲阜(今屬山東省)。曲阜，孔子故里。

〔一二〕及門弟子：謂隨從王兔庵受業的學生。語本《論語·先進》："子曰：從我於陳蔡者，皆不及門也。"

〔一三〕拾芥：撿取地上之草芥。喻取之甚易。《漢書·夏侯勝傳》："其取青紫，如俯拾地芥耳。"

〔一四〕齒豁：牙齒脱落。喻年老。唐韓愈《上兵部李侍郎書》："髮秃齒豁,不見知己。"

〔一五〕《麐經》:即《麟經》。麐,同"麟"。按:《麟經》,謂《春秋》。相傳孔子作《春秋》,絶筆於獲麟,故稱。

〔一六〕廣文:謂儒學教官。《新唐書・百官志》三:"(祭酒、司業)掌儒學訓導之政,總國子、太學、廣文、四門、律、書、算凡七學。"唐杜甫《醉時歌》:"諸公衮衮登臺省,廣文先生官獨冷;甲第紛紛厭粱肉,廣文先生飯不足。"後因稱清苦閑散之儒學教官爲廣文先生。片氈:謂教席。氈,羊毛製成的墊塊。

〔一七〕顧:却;反而。　衮黼:衮衣黼裳。古代帝王或公卿之禮服。此謂官服。

〔一八〕資斧:盤纏;旅費。《易・旅》:"旅於處,得其資斧,我心不快。"注:"斧所以斫除荆棘,以安其舍者也。"資,亦作"齊"。齊斧,即利斧,用以斷物。宋程頤《易》傳訓資斧爲資財器用,後遂因之稱行旅之費爲資斧。

〔一九〕踽(jǔ)踽:孤獨貌。《詩・唐風・杕杜》:"獨行踽踽。"毛傳:"踽踽,無所親也。"又,《孟子・盡心下》:"行何爲踽踽涼涼。"朱熹注:"踽踽,獨行不進之貌。"

〔二〇〕激楚:謂聲音高亢凄清。戰國宋玉《招魂》:"宫庭震驚,發激楚些。"

〔二一〕輸邊:謂爲戍邊而效力。輸,捐獻;報効。

〔二二〕桑榆:日暮。喻晚年。《太平御覽》卷三引《淮南子》:"日西垂景在樹端,謂之桑榆。"注:"言其光在桑榆上。"又,三國魏曹植《贈白馬王彪》詩:"年在桑榆間,影響不能追。"　行:且;將。

〔二三〕咸陽:戰國時秦國都城。故址在今陝西省長安縣東之渭城故城。

詩作於康熙十九年冬,時隨貴州巡撫楊雍建進駐貴陽。詩爲送别友人赴任安順學官而作,前十一句直言地理環境之惡劣及時事世道之險危不寧,隱含此時赴學官之非宜。"别家十年長兒女"下十四句着重寫所送之人可憫可憐:文章奇古,詩法超群,可是却顛沛流離,清貧如洗,可謂

"白首窮一經"之失意文士。哀其不幸之意縈繞字裏行間。詩末六句則就此發抒感慨,揭出題旨:即"輸邊用武"、兵荒馬亂之時,本非書生"腐儒"展才用命之世。"曷不去作咸陽賈",既是哀人亦是憐己之激憤語,就舊時貧窮潦倒之文人言,具有普遍意義。全詩辭意兼工,一氣呵成,被趙翼譽之爲"豪健爽勁,氣足神完"之作,推之爲"宋以來無此作也"(《甌北詩話》卷十)。

諸葛武侯祠〔一〕

割據人才出,真從運數争〔二〕。苦心扶季漢〔三〕,餘力到南征〔四〕。廟古寒鴉集,山高薄雪成。渡瀘緣底事〔五〕,錯莫笑書生〔六〕。

〔一〕諸葛武侯祠:諸葛亮祠。諸葛亮於後主建興元年(二二三)曾受封武鄉侯,故世稱武侯。《嘉慶重修一統志》卷五〇〇《貴陽府》:"武侯祠,在府城南門外南明河岸,祀蜀漢丞相諸葛亮。"

〔二〕運數:命運;氣數。唐白居易《薛中丞》詩:"況聞善人命,長短繫運數。"

〔三〕季漢:即蜀漢,猶言漢之季世。《三國志·諸葛亮傳》:"將建殊功於季漢,參伊周之巨勳。"

〔四〕"餘力"句:《三國志·後主傳》:"建興三年春三月,丞相亮南征四郡,四郡皆平。改益州郡爲建寧郡,分建寧、永昌郡爲雲南郡,又分建寧、牂牁爲興古郡。"

〔五〕渡瀘:兵渡瀘水。《嘉慶重修一統志》:"按《水經注》,瀘水在朱提界。武侯渡瀘,在其地。"蓋即今之金沙江與雅礱江下游會合後的雅礱江一段江水。諸葛亮《出師表》:"受命以來,夙夜憂嘆,恐託付不效，以傷先帝之明，故五月渡瀘，深入不毛。"即此。

〔六〕錯莫：寂寞冷落。杜甫《瘦馬行》："見人慘澹若哀訴，失主錯莫無晶光。"清仇兆鰲注："錯莫，猶云落寞。"

詩作於康熙二十年(一六八一)春，時隨貴州巡撫楊雍建兵駐貴陽，年三十二歲。諸葛亮爲一代名相，劉備死後竭盡心力輔佐後主劉禪，渡瀘南征，北伐中原，鞠躬盡瘁，死而後已。詩人拜謁武侯祠廟，充滿敬仰欽羨之情，末聯的冷語，則表現了"人力可施，天意難違"的遺憾和無奈，蘊含了作者對自己千里入幕、從軍西南而最終却一無所獲的隱痛。其《送人赴黔西》云："封侯不是書生事，投筆無端笑渡瀘。"亦含正話反説之意。是詩除頸聯寫景外，餘者均爲議論，完全以意行筆，寫來沉鬱頓挫，頗得杜詩精神。

老僕東歸寄慰德尹兼示潤木〔一〕

迢迢萬里途〔二〕，莽莽三歲隔〔三〕。離悰兼旅況〔四〕，雜沓難並釋〔五〕。欲寬居者情，聊記獨行跡。前年遠辭家，荆南事挾策〔六〕。中丞天下賢〔七〕，謁入容揖客〔八〕。賓徒車服盛，中有麻衣雪〔九〕。逼臘踰洞庭〔一〇〕，羽毛風瘮瘷〔一一〕。武陵一春住〔一二〕，山水愛澄碧。尋僧就閒暇，横草應煩劇〔一三〕。隨師赴辰沅〔一四〕，跋涉隣殞擲〔一五〕。麻陽三掛帆〔一六〕，銅仁雙著屐〔一七〕。前軍瀰陽戰〔一八〕，破竹勢深入。逼臘抵貴陽，孤城如破驛。荒署瓦僅存，窗户悉頹拆。移時開敝篋，稍稍置硯席。主人況巨才，手自樹英烈。蠟丸刺閨至〔一九〕，文案日幾尺。岑范媿幕僚〔二〇〕，但坐看壁畫〔二一〕。邇者西征將〔二二〕,繼被中旨責〔二三〕。已合兩粤師,咽喉勢交搤〔二四〕。滇城久未下〔二五〕,攻守力云竭。師久必屯田〔二六〕,其能懸釜鬲〔二七〕。僰僮竄榛莽〔二八〕,廢土曠牟麥〔二九〕。即事常躊躇,察眉愴捐瘠〔三〇〕。那無一尊酒〔三一〕,排遣就務隟〔三二〕。蠻花非時開,佐鳥亂格磔〔三三〕。窮愁託吟詠,好語慰行役。束縛得蹉跎,年華坐抛擲。憶昨初來時,針孔冒矢石〔三四〕。髑髏委亂草〔三五〕,霧淞雜凝血〔三六〕。馬驚忽騰躍,人意一淒切。亂離民命輕,鷄犬等狼藉。僕夫掖我前〔三七〕,慘慘度軍柵〔三八〕。回思田園樂,歲晚情逾迫。功名捷徑啓〔三九〕,大府破常格〔四〇〕。我無卜式貲〔四一〕,寸進計斗石。移文累好友〔四二〕,初約背疇昔。全生爲門户,識者應見惜。枵然旅槖垂〔四三〕,念爾勤捆摭〔四四〕。家門忝居長〔四五〕,慚愧少擘畫〔四六〕。子言嫂姪貧,何忍分涓滴〔四七〕。不記少小時,推梨耻割宅〔四八〕。開函見子意,至性生感激。族譜教方衰,錙銖起牆鬩〔四九〕。豈知手足恩,具邇異疏逖〔五〇〕。即此慰先靈,庶幾免離析。草堂父書在,千卷皆手澤〔五一〕。西園梅竹林,十畝錯塍陌〔五二〕。得錢了公税,餘用佐菽帛〔五三〕。讀書兼治生,生理恆苦窄。吾方逐游惰,勉汝終苦説。長鬚隨我久〔五四〕,嬾惰亦成癖。憐渠精力衰〔五五〕,遣去情脈脈。臨發寫此詩,萬山猿叫夕。

〔一〕德尹:初白弟查嗣瑮(一六五二—一七三三),字德尹,號查浦。據《海寧州志稿》卷二九《文苑傳》:"(德尹)少受業於姚江黄宗羲,講明六經指歸及性命之學,與中表兄朱彝尊切劘風雅,益耽吟詠。未遇,游京師,詩名與伯兄慎行相埒,時稱二查,兼工書翰。康熙庚辰(一七〇〇)進士,歷官翰林院侍講,提督順天學政。未幾,稱疾歸。塤篪叶和,更約鄉人爲'耆老會',賦詩游讌者數載。晚以門累坐謫,卒於關西,年八十二。"著有《查浦詩鈔》十二卷、《查浦輯聞》二卷、《南北史識小録》十二卷及《音韻通考》二十卷。　潤木:初白弟查嗣庭,字潤木,號横浦。府學廩膳生,康熙乙酉(一七〇五)舉人,丙戌(一七〇六)進士,改翰林院庶吉士,授職編修。甲午(一七一四)充湖廣副主考,戊戌(一七一八)提督河南學政,補授侍講學士。雍正元年(一七二三)任山西正主考,因隆科多薦舉,特令内廷行走,授内閣學士兼禮部侍郎。丙午(一七二六)充江西正主考。後因言語文字賈禍,被革職拏問,交三法司嚴審定罪,瘐死獄中。著有《晴川閣詩鈔》一卷。

〔二〕迢迢:遠貌;漫長貌。晉潘岳《内顧》詩一:"漫漫三千里,迢迢遠行客。"

〔三〕莽莽:長遠;久遠。

〔四〕離悰(cóng):離情。悰,心情。宋張龍榮《摸魚兒》詞:"思量遍、前度高陽酒伴,離悰悲事何限。"

〔五〕雜沓:亦作"雜遝",衆多雜亂貌。《漢書·揚雄傳》上:"駢羅列布,鱗以雜沓。"

〔六〕荆南:荆州以南,此泛指西南。　挾策:手持簡册。此指充當幕僚,掌管文書。

〔七〕中丞:御史中丞,官名。明初設都察院,其中副都御史職位相當御史中丞。又,明清常以副都御史出任巡撫,清代各省巡撫按例兼任右都御史銜,故明清巡撫也稱中丞。此謂貴州巡撫楊雍建。浙江海寧人。字自西,號以齋。順治甲午(一六五四)舉順天鄉試,乙未(一六五五)進士。知廣東高要縣,擢兵科給事中,轉吏科給事中。康熙三年(一六六四),自刑科都給事中累擢左副都御史。十八年(一六七九),典會試,授貴州巡撫。二十三年(一六八四),召授兵部左侍郎。尋以親老乞終養。立身正直,多有建言,曾一日而上九疏;在行間久,諳習軍隊。著有《黄門疏小稿》二卷、

《撫黔奏疏》八卷及《景疏樓詩文》十卷等。

〔八〕揖客：作者自謂。

〔九〕“中有”句：意謂其中有穿戴孝服的人(詩人自指之辭)。據初白《長假後告墓文》云：“男不幸早失怙恃。年二十三，吾母見背；又六年，吾父下世。家徒壁立，無以自存，不得已，依人遠幕。時吾父之喪服方小祥，含淒靦面，幾不齒於人數。”

〔一〇〕逼臘：臨近臘月，意指到年底。　洞庭：洞庭湖，在今湖北省北部、長江南岸，爲我國第二大淡水湖。

〔一一〕瘮痢(chěn shè)：猶言鷄皮疙瘩。唐皮日休《初入太湖》詩：“枕下聞澎湃，肌上生瘮痢。”

〔一二〕武陵：縣名，參前《武陵送春》詩注〔一〕。

〔一三〕横草：踐踏野草，盡使傾倒。此喻極輕微瑣碎的事情。唐李白《書情贈蔡舍人雄》詩：“愧無横草功，虛負雨露恩。”　煩劇：謂事務叢雜。

〔一四〕辰沅：辰州、沅州，均府名，故治在今湖南省西部之沅陵縣、芷江縣。參前《北溶驛》、《午日沅州道中》詩注〔一〕。

〔一五〕殞摵：喻指死亡。殞，殞歿。摵，葉落貌。

〔一六〕麻陽：縣名，詳前《麻陽遠船行》詩注〔一〕。　三掛帆：謂由水路經過三次。掛帆，張帆行船。南朝宋謝靈運《過始寧墅》詩：“剖竹守滄海，掛帆過舊山。”

〔一七〕銅仁：府名。置於明初。在今貴州省東部、沅江支流辰水上游，鄰近湖南省。《讀史方輿紀要》卷一二二：“銅仁府，《禹貢》荆州南裔，後爲溪蠻地，唐屬錦州。五代以後，仍没於蠻。元屬思州軍民安撫司，明初隸思州宣慰司，永樂十一年，置銅仁府。”　雙著屐：謂來回兩次。

〔一八〕㵲陽：原稱“無陽”，縣名，置於漢代。晉改曰舞陽，南齊改稱㵲陽，故址在今湖南省黔陽縣西南。

〔一九〕蠟丸：謂封在蠟丸之中以防泄漏的書信。　刺閨：夜有急報，投刺於宫門以告警。南朝梁戴暠《從軍行》詩：“長安夜刺閨，胡騎白銅鞮。"

〔二〇〕岑范：謂後漢名士岑晊、范滂。晊字公孝，南陽棘陽（治所在今河南南陽南）人。據《後漢書》卷六七："晊有高才，雖在閭里，慨然有董正天下之志。太守弘農成瑨下車，欲振威嚴，聞晊高名，請爲功曹，又以張牧爲中賊曹吏。瑨委心晊、牧，褒善糾違，肅清朝府。"後成瑨下獄死，晊與牧亡匿齊魯之間。滂字孟博，汝南征羌（即汝南細陽，故城在今安徽太和縣東）人。曾爲太尉黄瓊、太守宗資辟爲功曹，委任政事。"滂在職，嚴整疾惡。其有行違孝悌、不軌仁義者，皆埽迹斥逐，不與共朝。"岑、范均曾任功曹（相當於郡守的總務長，除掌人事外，並得參與一郡政務）一類文職官員與聞政事，立身剛直，政績顯然，故初白與之相比擬，感覺有愧。

〔二一〕擘畫：亦作"擘劃"，籌謀；處理。

〔二二〕邇者：近來。

〔二三〕中旨：帝王意旨。

〔二四〕搤（è）：通"扼"，掐住。

〔二五〕滇城：謂雲南昆明。

〔二六〕屯田：政府利用軍隊（或農民、商人）墾種土地，徵取收成以爲軍餉。這一做法始於漢代，有軍屯、民屯、商屯之别。此指軍屯。

〔二七〕釜鬲（lì）：古代炊器。釜，鐵鍋。鬲，陶製圓口炊具。

〔二八〕僰（bó）僮：均爲我國古代西南地區少數民族名。　榛莽：此指叢樹密林。

〔二九〕牟麥：麥名。《詩・周頌・臣工》："於皇來牟，將受厥明。"宋朱熹《集傳》："來牟，麥也。"

〔三〇〕察眉：謂察看人的面容便知道實情。語本《列子・説符》："晉國苦盜，有郄雍者，能視盜之貌，察其眉睫之間而得其情。"唐杜甫《夔府書懷》詩："即事須嘗膽，蒼生可察眉。"然清翁方綱批曰："'即事'以'察眉'爲對，非因杜詩太熟，正坐杜法未熟耳。"　捐瘠：飢餓而死。瘠，通"胔"。唐蘇頲《處分朝集使敕》："捐瘠相仍，流庸莫返。"

〔三一〕那無：猶"無那"，無可奈何。

〔三二〕隟：同"隙"。空暇。

〔三三〕仡(gē)鳥：仡僚地區的鳥。仡僚，我國西南地區少數民族名，主要分佈在今貴州黔西、織金、遵義、仁懷及廣西隆林等地。　格磔：鳥鳴聲。唐錢起《江行無題》詩："祇知秦塞遠，格磔鷓鴣啼。"

〔三四〕針孔：語本晉傅咸《小語賦》："邂逅有急相切逼，竄於針孔以自匿。"

〔三五〕委：堆積。

〔三六〕霧淞：入冬後霧氣凍凝於樹木上的微粒。宋曾鞏《冬夜即事》詩："香消一榻氍毹暖，月澹千門霧淞寒。"自注："齊寒甚，夜氣如霧，凝於木上，旦起視之如雪。日出飄滿堦庭，尤爲可愛。齊人謂之霧淞。"

〔三七〕掖：挾持；攙扶。

〔三八〕軍柵：軍營。柵，柵壘。

〔三九〕捷徑：終南捷徑，指謀取官職或名利的便利途徑。據《新唐書·盧藏用傳》：藏用思入朝爲官，隱居於長安附近之終南山，以冀徵召，時人稱之爲隨駕隱士。後果被召入仕。有司馬承禎者也嘗被召，欲歸山，藏用指終南山曰："此中大有嘉處。"承禎曰："以僕視之，仕宦之捷徑也。"

〔四〇〕大府：高級官府，此謂貴州巡撫楊雍建。

〔四一〕卜式：西漢河南人。屢以家財捐助政府，武帝時任中郎，後封關内侯，官御史大夫。因反對鹽鐵專賣，未幾，被貶爲太子太傅。

〔四二〕移文：以公文發往平行機關。此謂書信。

〔四三〕枵然：猶空空然。　槖：同"橐"，袋子。

〔四四〕捆摭(zhì)：捆紮，摭取。摭，拾取。

〔四五〕忝：有愧於。

〔四六〕擘擡：猶擘劃，籌謀策劃。

〔四七〕涓滴：極言其微小。涓，細流。

〔四八〕推梨：謂孔融讓梨故事。《後漢書》卷七〇："融幼有異才。"注引《融家傳》："兄弟七人，融第六，幼有自然之性。年四歲時，每與諸兄共食梨,融輒引小者。大人問其故,答曰:'我小兒,法當取小者。'由是宗族奇之。"　割宅:猶分家。南朝陳徐陵《裴使君墓誌》:"割宅字貧友之孤,開門延故人之殯。"

〔四九〕錙銖:喻微小。《韓非子·功名》:"千鈞得船則浮,錙銖失船則沈。非千鈞輕、錙銖重也,有勢之與無勢也。"　牆鬩(xì):猶鬩牆,語本《詩·小雅·常棣》:"兄弟鬩於牆。"後因稱兄弟不和爲鬩牆之争。

〔五〇〕具邇:指代兄弟。語本《詩·大雅·行葦》:"戚戚兄弟,莫遠具爾。"具,同"俱";爾,通"邇"。親近之意。因上句有兄弟二字,後因以具爾或具邇代稱之。　疏逖:疏遠。《史記·司馬相如傳》:"將博恩廣施,遠撫長駕,使疏逖不閉,阻深闇昧得耀乎光明。"《索隱》:"逖,遠。言其疏遠者不被閉絶也。"

〔五一〕手澤:先人遺墨或遺物。此指所遺留下來的書籍。語本《禮記·玉藻》:"父没而不能讀父之書,手澤存焉爾。"

〔五二〕塍(chéng)陌:田埂。

〔五三〕菽帛:菽,豆類。帛,絲織品。此代稱吃穿日用。

〔五四〕長鬚:指代奴僕,詳前《蕪湖關》詩注〔八〕。

〔五五〕渠:他。此謂老僕。

詩作於康熙二十年秋冬之際,時在貴陽巡撫楊雍建軍幕。時年三十二歲。詩中言及作者兩年多來的從軍歷程和思想活動,既提到了"岑范媿幕僚,但坐看壁畫"、"那無一尊酒,排遣就務隟"的軍營生活的單調無聊、虚擲光陰,也透露了"我無卜式貲,寸進計斗石"而未得記功升遷的原因,再加上親眼目睹了這場戰争的無比殘酷和人民遭難的種種情況,詩人原想通過從軍這一方式"全生門户",博取功名,現在不得不游惰思歸,想重走讀書求功名的老路。全詩以家信口吻寫來,娓娓而談,如怨如訴,頗有親近感,是研究初白生平思想的重要資料。清查奕照評是詩曰:"皆至情至性之語,讀之能無淚落?百世子孫有兄弟者當共思之。"

水西行[一]

烏蠻遺種稱羅鬼[二]，剽悍斷頭能掉尾[三]。傳從濟火年代深[四]，世土居然屬宣慰[五]。我從里俗詢大概，復取興衰質諸史。中古荒茫不足論，淵源請自先朝始。洪武初年禍亂平[六]，遠略傖荒來越嶲[七]。是時奢香一巾幗[八]，躍馬金陵謁天子[九]。承恩歸去立奇功，一諾西南九驛通[一〇]。却笑五丁開不到[一一]，亂山高下隔蠶叢[一二]。二百餘年太平業[一三]，世世分藩比臣妾[一四]。後來生聚啓規模[一五]，四十八支互蟠結[一六]。別開荆莽起臺殿[一七]，硐户碉房高櫛櫛[一八]。已分王土作王臣，旋練夷兵護夷穴。剁牛磔犬片言重[一九]，聚蟻屯蜂一呼集。布囊籠髮氈覆肩[二〇]，負弩操刀輕出没[二一]。泰和功烈汾陽亞[二二]，神廟中年平播賊[二三]。當時亦用水西兵[二四]，驅使前行借餘力。釀成殃禍啓禎朝[二五]，殺吏圍城氣漸驕[二六]。深宫南顧鞭難及[二七]，諸將西征功屢邀[二八]。土司如狼吏如鼠，八捷餘威棄歸路。内莊一夜隕河魁[二九]，明日三軍齊縞素[三〇]。眼中大創真無幾[三一]，可惜偷安旋就撫[三二]。閣鴉關外曉傳烽[三三]，靄翠營南夜鳴鼓。爾來桑海變須臾[三四]，此輩根株未盡除。夷性陸梁還似故[三五]，朝家謀略故非疏[三六]。經營特借强藩力[三七]，辛苦開疆一載餘。至今父老猶能説，壘守輪攻真勁敵[三八]。老寨地險石作城，要隘不容雙騎入[三九]。銅牙毒矢獟濡縷[四〇]，竹柄長矛利鈎棘[四一]。馬蹄過嶺捷於猱，革甲環身輕似葉。連宵斫陣萬炬明〔四二〕,散入深林曉無跡。蛇神蠱鬼助饕虐〔四三〕,飛食人頭吐人血〔四四〕。寨前路斷臨奔壑〔四五〕,失勢一摧千萬尺。四山伐木斫作廂〔四六〕,裹用牛皮冒生鐵〔四七〕。石椒懸絙下槌門〔四八〕,雷斧轟天巨靈劈〔四九〕。攀藤健兒氣力盡,拍手蠻娘笑投石。重圍坐困又經時,轉粟方愁乏良策〔五〇〕。豈知存滅總關天,渠首終成戲下懸〔五一〕。萬嶺提封開四郡〔五二〕,一朝腥穢滌千年。自此巖疆少蜂蠆〔五三〕,餘威遠懾諸苗寨。空留徼外廓清功〔五四〕,自踏人間僭亡罪〔五五〕。此日重勞問罪師,烏飛三匝失棲枝〔五六〕。忽傳耐德生還日〔五七〕,趙氏中山尚有兒〔五八〕。烏蒙犄角稱甥舅〔五九〕,曾是安坤舊婚媾。也挈遺孤代乞哀,復歸故土希恩宥〔六〇〕。頗聞軍令競邀歡,滿許閒田復見還。土貢紛紛呈鐵踣〔六一〕,庚苴往往賜銀盤〔六二〕。寄語封疆諸大吏〔六三〕,從前開闢談何易。莫貪扯手納金錢,此事孤雛有深意。輸糧禽賊爾何功,《王會圖》成戎索同〔六四〕。不見天心今厭亂〔六五〕,戰場新鬼盡英雄!

〔一〕水西:土司名,轄境在今貴州省西北部息烽、修文以西、普定以北、水城以東、大方以南地區,以其大部分在烏江上游鴨池河以西,通稱水西,與水東相對稱。兩土司始稱於元代,明代共屬貴州宣慰司(治今貴陽市),由水西安氏世襲宣慰使,水東宋氏世襲宣尉同知。宣慰使初與同知宋氏同治宣慰司城内,非有公事不得擅還本土,成化以後始常居水西。

〔二〕烏蠻:古代少數民族名。傳爲彝族先民,其進入貴州境域約在三國蜀漢時期。魏晉以降,爨氏大姓成爲彝族地區之統治者,並形成"東西二境"(即水東、水西)。其後,居住貴州境内之"東爨"居民遂稱爲烏蠻。元代以後,"爨"之一部分又普遍被稱爲"羅羅"或

"倮倮"。清田雯《黔書》卷上:"羅羅本盧鹿,訛爲今稱。有黑白二種。居平遠、大定、黔西、威寧者,爲黑羅羅,亦曰'烏蠻'。黑大姓,俗尚鬼,故又曰'羅鬼'。"

〔三〕"剽悍"句:清田雯《黔書》卷上:"黑羅羅悍而喜門,習攻擊,尚氣力。諺云:'水面羅鬼,斷頭掉尾。'言其多且强也。"又,清鄂爾泰《貴州通志》卷七:"諺云'斷頭掉尾',言相應若率然也。"

〔四〕濟火:水西彝族之先祖。相傳蜀漢建興三年(二二五),諸葛亮率部南征,號稱盧鹿部蒙族(一作昆明耆帥)的濟火,積糧通道,幫助蜀兵擒獲益州夷帥孟獲,事後被諸葛亮封爲羅殿(甸)王,以後世居水西,遂爲彝族祖先。清田雯《黔書》卷上:"蜀漢時有濟火者,從丞相(諸葛)亮破孟獲有功,後封羅甸國王,即安氏遠祖也。"

〔五〕"世土"句:明洪武四年(一三七一),水西彝族首領靄翠偕水東土司宋欽一起歸附,朱元璋賜翠氏安姓。當年,明王朝又將水西安氏與水東宋氏兩土司合併,設置貴州宣慰司,封安氏爲宣慰使,封宋氏爲宣慰同知。據《明史》卷三一六:明初土司中,水西安氏最受重視,規定安氏掌宣慰司印,"咸居貴州城(今貴陽市)中",非有公事不得擅還水西。洪武六年,又"詔靄翠位各宣慰之上"。

〔六〕洪武:明太祖朱元璋年號(一三六八—一三九八)。　禍亂平:謂統一全國、削平各割據勢力的戰爭結束。

〔七〕略:謂謀劃;經略。　傖荒:同"荒傖"。謂其人粗鄙,其地荒遠。《宋史·劉勔傳》:"傖荒遠人,多干國議。"　越嶲(suǐ):郡名,始置於西漢元鼎六年(前一一一),治所在邛都(今四川西昌東南)。轄境相當今雲南麗江及綏江部分地區。

〔八〕奢香:水西土司靄翠之妻。翠死,代行其宣慰使職務。任職期間,能在十分複雜的政治條件下,始終保持與明王朝的親善關係,在開發貴州,維護地區政治穩定和民族團結方面,作出了重要貢獻。明政府爲表彰其功績,除重給賞賜外,在她去世後,加封她爲順德夫人。

〔九〕"躍馬"句:謂明洪武十七年(一三八四)奢香率所屬來朝,訴都督馬曄以事撻香，欲激爲兵端，以趁機盡滅諸羅，而香願效力開闢西南，永不謀反事。清田雯《黔書》卷下："奢香，靄翠妻也。翠仕元爲行中書左丞。明洪武四年，與同知宋欽歸附，以翠爲貴州宣慰使，欽副之。翠死，奢香代立；欽死，妻劉氏亦代立。劉氏多智術。時馬曄以都督鎮守其地，政尚威嚴，欲盡滅諸羅，代以流官，乃以事裸撻奢香，欲激怒諸羅爲兵端。諸羅果憤怒，欲反，劉氏聞止之，爲之愬京師。上召問，令入宫見高皇后，復令折簡召奢香至，詢故。上曰：'汝誠苦馬都督，吾爲汝除之，然何以報我？'奢香叩頭曰：'願世世戢諸羅，令不敢爲亂。'上曰：'此汝常職，何云報也？'奢香曰：'貴州東北有間道，可通四川，梗塞未治，願刊山通道，以給驛使往來。'上許之，謂高皇后曰：'吾知馬曄忠，無他腸，然何惜一人，不以安一方也？'乃召曄數其罪，斬之。遣奢香等歸，諸羅大感服，爲除赤水、烏撒道，立龍場九驛達蜀。"

〔一〇〕"一諾"句：據《大定府志·水西安氏本末》：奢香返歸水西後，不違前言，親率水西民衆開闢驛道，疏通了偏橋（今施秉縣）、水東（貴陽東北）以達烏蒙、烏撒、容山（今湄潭縣）、草塘（今甕安東北）等地的交通。這些驛道將黔中、黔東北與湖南、四川、雲南等省相連接，有利於各地間經濟文化交流。同時，奢香又設龍場、六廣、谷里、水西、西溪、金鷄、閣鴉、歸還、畢節九驛，方便驛使往還。"自是道大通，而西南日益闢。"

〔一一〕五丁：五個力士。關於五丁傳説有二：魏酈道元《水經注》卷二十七引來敏《本蜀論》云："秦惠王欲伐蜀而不知道，作五石牛，以金置尾下，言能屎金。蜀王負力，令五丁引之成道。秦使張儀、司馬錯尋路滅蜀，因曰石牛道。"又，《華陽國志·蜀志》："時蜀有五丁力士，能移山，舉萬鈞……周顯王三十二年，蜀侯使朝秦。秦惠王數以美女進，蜀王感之，故朝焉。惠王知蜀王好色，許嫁五女於蜀。蜀遣五丁迎之。還到梓潼，見一大蛇入穴中，一人攬其尾，掣之，不禁。至五人相助，大呼拽蛇。山崩，同時壓殺五人及秦五女，並將從，而山分爲五嶺。"此句意謂貴州水西鄙遠，連著名的五丁也難以引之成道。

〔一二〕蠶叢：傳爲蜀王之先祖，教人以蠶桑。此喻指蜀地。《太平御覽》卷一六六引漢揚雄《蜀王本紀》："蜀之先稱王者，有蠶叢、折權、魚易、開明。是時椎髻左衽，不曉文字，未有禮樂。從開明已上至蠶叢，凡四千歲。"唐李白《送友人入蜀》詩："見説蠶叢路，崎嶇不易行。"此句意謂：中原到西南的貴州水西，崇山叠嶺，其間遠隔着四川。

〔一三〕二百餘年：指明洪武年間至天啓、崇禎年間的二百五十年左右時間。

〔一四〕分藩：舊時帝王分封子弟於各地，以作王朝屏藩，故稱。　臣妾：奴隸男稱臣，女曰妾。

〔一五〕生聚：繁殖人口，積蓄物資。語本《左傳・哀公元年》："(伍員)退而告人曰：'越十年生聚，而十年教訓，二十年之外，吴其爲沼乎！'"

〔一六〕四十八支：謂水西彝族的支派。清田雯《黔書》卷上《苗蠻種類部落》："黔僻處西南，窮山深箐，所在無非苗蠻，其種類各殊，而部落亦不一矣。爰稽其概，莫大於盧鹿，莫悍於仲家，莫惡於生苗。何謂盧鹿？水西之羅鬼是也。族衆而地廣，故力亦强。所轄四十八目。"按，書中"苗蠻"，包括彝、苗、水等少數民族。

〔一七〕荆莽：雜草叢棘。荆，荆條。莽，灌木。

〔一八〕硐户：對西南少數民族住家的統稱。硐，通"峒"。　碉房：石塊壘築而成的居室。清陸次雲《峒溪纖志》上《松潘苗》："松潘，古冉駹地。積雪凝寒，盛夏不解，人居累石爲室，高者至十餘丈，名曰碉房。"　櫛櫛：形容排列很密。唐杜牧《赴京初入汴口曉景即事》詩："檣形櫛櫛斜，浪態迤迤好。"

〔一九〕"剁牛"句：謂水西彝民重然諾，尚義氣。清田雯《黔書》卷上《苗俗》："(黑羅羅)重信約，尚盟誓，凡有反側，剁牛以諭，領片肉即不敢復背。"

〔二〇〕"布囊"句：謂苗、彝等少數民族肩披羊皮、以布裹頭的習俗。清田雯《黔書》卷上《苗俗》："(黑羅羅)其人深目長身，黑面白齒，以青布帛爲囊，籠髮其中而束於額，若角狀。行則荷氈戴笠。見其主，必左肩披羊皮一方。”氈(zhān)，羊皮。

〔二一〕“負弩”句：清李宗昉《黔記》卷三：“倮羅本盧鹿，在大定府屬。……造堅甲利刃、鏢槍勁弩，蓄良馬，好射習擊刺。其兵爲諸蠻魁。”

〔二二〕泰和：太平。漢揚雄《法言·孝至》：“或問泰和。曰：其在唐虞、成周乎？”　功烈：功勞；業蹟。《左傳·襄公十九年》：“銘其功烈，以示子孫。”　汾陽：謂唐代汾陽郡王郭子儀。郭字子儀，華州鄭縣(今陝西華縣)人。以武舉異等累官至天德軍使兼九原太守。安禄山反叛時，任朔方節度使，率軍在河北擊敗史思明。肅宗即位，官拜兵部尚書、同中書門下平章事，從元帥廣平王率蕃(回紇)、漢兵十五萬先後收復長安、洛陽，因功升中書令，後進封汾陽郡王。郭子儀爲唐代中興第一功臣，一身繫天下安危者凡二十年。世稱郭汾陽，亦稱郭令公。

〔二三〕神廟中年：謂明神宗萬曆二十七年(一五九九)。神廟，謂明神宗朱翊鈞。明劉若愚《酌中志·憂危竑議前紀》：“神廟天性至孝，上事聖母，勵精勤政。”　平播賊：謂平定播州宣慰使楊應龍叛亂事，此乃明萬曆年間全國三大戰事之一。播，播州安撫司，土司名，始置於宋嘉熙年間(一二三六—一二四〇)，治今遵義市。元至元二十八年(一二九一)改爲宣撫司，明洪武六年(一三七三)升爲宣慰司。土司楊氏世有其地。按，明太祖至明神宗的二百餘年間，播州土司與明王朝一直相安無事。隆慶五年(一五七一)，播州宣慰使楊烈死，楊應龍繼襲其職。據明李化龍《平播全書》載：萬曆二十七年(一五九九)五月，楊應龍聲稱“朝廷不容我，衹得舍命出綦江(縣名)”，發動大規模叛亂，勒兵指向川南各縣。一時，重慶告急，瀘州、南川、江津一帶盡皆震動。爲此，明王朝以兵部右侍郎李化龍總督湖廣、川、貴軍務兼巡撫四川，調四川、貴州、湖廣軍隊二十多萬，於次年二月中旬分八路討伐圍殲楊應龍。

〔二四〕“當時”句：據《明史·神宗本紀》：“萬曆二十七冬十月戊子，貴州宣慰使安疆臣有罪,詔討賊自贖。"又,《明史·李化龍傳》:"諸軍大集,化龍先檄水西兵三萬守貴州,斷招苗路,乃移重慶,大誓文武。明年二月,分八道進兵……每路兵三萬,官兵三之,土司七之。"是平叛戰争中,水西土司支持明王朝的軍事行動,"不唯假道,且又助兵。"

〔二五〕啓禎朝:明熹宗天啓朝(一六二〇——一六二七)、思宗崇禎朝(一六二七——一六四四)。

〔二六〕殺吏圍城:謂天啓年初,永寧宣撫史奢崇明反重慶、圍成都,及貴州水西宣慰同知安邦彦挾其姪宣慰使安位叛,陷畢節,破安順,圍貴陽事。詳情可參《明史·朱燮元傳》、《明史·貴州土司傳》。

〔二七〕鞭難及:鞭長莫及。語本《左傳·宣公十五年》:"宋人使樂嬰齊告急於晉,晉侯欲救之。伯宗曰:'不可。古人有言曰:雖鞭之長,不及馬腹。天方授楚,不可與争。'"後因喻力所不及。

〔二八〕"諸將"句:指四川巡撫朱燮元及貴州巡撫王三善各率部苦戰以解成都、貴陽之圍事。詳情可參《明史·朱燮元傳》、《明史·王三善傳》。

〔二九〕内莊:地名,在今貴州大定縣以東、鴨池河以北。　隕:通"殞",死亡。　河魁:主將設置軍帳的方位。此指代將帥貴州巡撫王三善。據《明史·王三善傳》:"三善屯大方久,食盡,(楊)述中(時任貴州總督)弗爲援,不得已議退師。(天啓)四年正月,盡焚大方廬舍而東,賊躡之。……官軍行且戰,至内莊,後軍爲賊所斷。……三善知有變,急解印綬付家人,拔刀自刎,不殊。群賊擁之去。駡不屈,遂遇害。"

〔三〇〕縞(gǎo)素:白色的喪服。晉陸機《漢高功臣贊》:"三軍縞素,天下歸心。"

〔三一〕大創:巨大的創傷。

〔三二〕"可惜"句:《明史·朱燮元傳》:"大抵土官利養寇,官軍效之,賊得展轉爲計。崇明父子方窘甚,燮元以蜀已無賊,遂不窮追。"又:"燮元以境内賊略盡,不欲窮兵,乃檄招安位。……(崇禎三年春)

位請如約,率四十八目出降。燮元受之,貴州亦靖。"

〔三三〕閣鴉關:當在大定府閣鴉江沿岸,與下"靄翠營"對舉,指代水西土司。二句意謂其時服時叛,服而又叛。

〔三四〕桑海:桑田滄海之簡稱,喻世事變遷巨大。唐李商隱《一片》詩:"人間桑海朝朝變,莫遣佳期更後期。"

〔三五〕陸梁:囂張;猖獗。宋楊萬里《十山歌呈太守胡平一》詩:"祇將剽劫爲喧閙,喝放歸來儘陸梁。"

〔三六〕朝家:謂國家、朝廷。《後漢書・應劭傳》:"是以朝家外而不内,蓋爲此也。"注:"朝家猶國家也。"　疏:疏略;不精細。

〔三七〕强藩:謂清初三藩之一的平西王吴三桂。吴三桂封王後野心膨脹,爲達到其分裂割據目的,一面擴充軍隊,一面勒索雲貴土司。《清聖祖實録》卷一二四:"(吴三桂)因需索水西,不遂貪欲,揑奏水西反叛,竟自發兵剿滅。"又《清史稿》卷四七四:"(康熙)三年,(三桂)遣(劉)之復(時任貴州總兵)及李世耀率兵出大方、烏蒙,攻水西土司安坤、烏撒土司安重聖,並擊斬之,以其地設府:隴納曰平遠,大方曰大定,水西曰黔西,烏撒曰威寧。"各府均設流官,歸貴州布政使管轄。

〔三八〕墨守輸攻:亦作"輸攻墨守"。《墨子・公輸》:"公輸盤爲楚造雲梯之械成,將以攻宋。子墨子聞之,起於齊,行十日十夜而至於郢,見公輸盤。……子墨子解帶爲城,以牒爲械,公輸盤九設攻城之機變,子墨子九距之。公輸盤之攻械盡,子墨子之守圉有餘。"

〔三九〕要陿:險要陿隘之地。

〔四〇〕銅牙:銅牙弩,用銅製機括發箭的弓。唐杜甫《復愁》詩之七:"貞觀銅牙弩,開元錦獸張。"清仇兆鰲注:"《唐六典注》:《釋名》:弩,怒也,有怒勢也。其柄曰臂,似人臂也。鉤弦曰牙,似牙齒也。牙外曰郭,爲牙之規郭也。合名之曰機。"　濡縷:沾濕一縷,形容沾濕範圍極小。《史記・刺客列傳》:"得趙人徐夫人匕首,取之百金,使工以藥焠之,以試人,血濡縷,人無不立死者。"裴駰《集解》:"言以匕首試人,人血出,足以沾濡絲縷,便立死也。"按:清田雯

《黔書》卷上:"(黑羅羅)善造堅甲利刃,標槍勁弩,置毒矢末,沾血即死。"又:"(仲家)又斂百物之毒,以染箭鏃,中人血濡縷立死。"

〔四一〕鈎棘:借喻尖刺鋒利之物。

〔四二〕斫陣:偷襲敵營。

〔四三〕蠱鬼:蠱毒與巫鬼,皆苗、彝民所信好者。清田雯《黔書》卷下:"蠱毒,從虫從皿,蟲之藏於器者也。器有蟲則必敝,故欲乾之。其爲害不易知,故又稱'蠱惑'、'蠱毒'。他省所無,唯雲貴閩廣則有之。苗仲欲致富者,多畜蚺、虺、蜈、蟆諸毒物於罌缶中,滴其涎沫於酒食以飼人,中之者絞腸吐逆,十指皆黑,吐水不沉,嚼豆不腥,含礬不苦,是其證也。又有'挑生蠱',食魚則腹有生魚,食雞則腹有生雞。又有'金蠶蠱',夜則飛出飲水,光如匹練,金彩爛然。要皆利人財物,或與人有隙,或代人報怨,故以餉之。遠則十年乃發,近則俄頃一爲。" 饕(tāo)虐:貪婪暴虐。

〔四四〕"飛食"句:清查奕照批曰:"苗人能爲蠱毒,以五月五日聚毒蟲於一器,使相吞噬,并而爲一,以之爲蠱,中者立斃。又能變作羊犬,飛頭食人。"

〔四五〕壑:山谷。

〔四六〕廂:廂房,相對於正屋而言之。

〔四七〕冒:覆蓋。

〔四八〕石椒:山巖頂上。椒,山巔。 槌:亦作"搥"、"捶",敲擊。

〔四九〕巨靈:傳説中擘開華山的河神。漢張衡《西京賦》:"綴以二華,巨靈贔屓。高掌遠蹠,以流河曲。"三國吴薛綜注:"巨靈,河神也。巨,大也。古語云:此本一山當河,水過之而曲行,河之神以手擘開其上,足蹋離其下,中分爲二,以通河流。"

〔五〇〕"重圍"二句:謂吴三桂部受圍乏糧事。據《清史稿》卷五一五:"康熙三年二月,水西宣慰司安坤叛……三月,(吴)三桂統十鎮兵由畢節七星關入,令總兵劉之復駐兵大方,遏其衝逸,令提督李本深統貴州四鎮兵由大方之六歸河會剿,屯糧於三岔河。而檄黔省兵書誤書'六歸'爲'陸廣',於是本深兵及黔、蜀二省所運之糧屯陸廣,三路氣息絶不相通。三桂受困兩月,食將絶,外援不至。永順總兵劉安邦戰死,受圍益迫。適水西土目安如鼎遣人偵黔營虚實,爲本深所獲,始知三桂被圍已久,乃使爲引導,整兵入援。副將白世彦手斬驍賊以徇於陣,賊遂敗走。總兵李如碧亦率精兵入重圍,運糧接濟。"

〔五一〕渠首: 魁首。此指水西土司安坤等。　戲下: 同"麾下",主將大旗之下。《史記·淮陰侯列傳》:"不至十日,而兩將之頭可致於戲下。"據《清史稿》卷五一五: 康熙三年十二月,水西宣慰使安坤爲吴三桂所敗,"坤率其妻禄氏逃於木弄箐,復逃至烏蒙,烏蒙不納。坤遣漢把曾經賫印投降,不許。生擒坤於大方之杓箐,並擒皮熊、安重聖等。皮熊不食十五日而死,坤與重聖俱伏誅。"

〔五二〕提封: 管轄範圍。　四郡: 謂黔西、平遠、大定、威寧四府。吴三桂剿滅安坤之後,請改水西則窩、以著、雄所三則溪爲黔西府;以隴胯、的都、垛你、阿架四則溪爲平遠府;以法戈、火著、木胯、架勤四則溪爲大定府;同時設立威寧府。各府均設流官,歸貴州布政使統一管轄。

〔五三〕巖疆: 山崖邊疆。此謂西南貴州地區。　蜂蠆: 謂蜂與蝎,泛指毒蟲。此指代邊患。《左傳·僖公二十二年》:"君其無謂邾小,蠭蠆有毒,而況國乎?"

〔五四〕徼外: 境外;塞外。

〔五五〕"自踏"句: 意謂吴三桂一面征剿水西安坤的反叛,一面自蹈前轍,犯下僭越稱王、作亂一方的死罪。

〔五六〕"烏飛"句: 曹操《短歌行》:"月明星稀,烏鵲南飛。繞樹三匝,何枝可依。"此句意謂吴三桂殘部在清軍興師問罪、頻頻打擊下,由貴州狼狽逃竄雲南。

〔五七〕耐德: 未詳。

〔五八〕趙氏: 謂春秋時晉國大臣趙盾。元紀君祥著有《趙氏孤兒》雜劇,叙述趙盾全家慘遭權臣屠岸賈殺害,唯留孤兒趙武,幸賴門客程嬰與公孫杵臼定計救出,未被搜捕。趙武日後由程嬰撫養成人,終於報仇雪恨。　中山：古國名，公元前二九六年爲趙武靈王所滅。地在今河北定縣、唐縣一帶。　尚有兒：此謂水西安坤之子安勝祖。

〔五九〕烏蒙：土司路府名。本烏蒙部地，元初屬烏撒烏蒙宣慰司，後分置烏蒙路。治所在今雲南昭通。清雍正九年，改名爲昭通府。按，水西安氏與烏撒、烏蒙之間世代婚姻，關係十分密切，故初白詩云"稱甥舅"。　犄角：同"掎角"，語本《左傳・襄公十四年》："譬如捕鹿，晉人角之，諸戎掎之。"角，抓角；掎，拉腿。後因稱分兵牽制或夾擊敵人、或互相支援爲掎角。《三國志・陸遜傳》："掎角此寇，正在今日。"

〔六〇〕復歸故土：據《貴州通志・土司志》：三藩之亂起，安坤妻禄氏及子安勝祖曾與威寧總兵朱萬年共謀聯絡各地抗叛，又派屬下爲探湖廣、四川、廣西道路，迎清軍平叛。清軍反攻到貴州，又"翻然出迎，捐米數千石餉兵"。在整個戰争中，安勝祖還"率其屬阿五等極力剿賊"，先後消滅吴三桂叛軍四千餘人。故三藩之亂平定後，清政府同意安勝祖襲任水西宣慰使職，當地重新恢復土司建制。由此，水西安氏"復歸故土"，似非僅烏蒙"挈遺孤代乞哀"的結果。　恩宥：降恩寬宥。

〔六一〕土貢：獻給皇帝的土産。《漢書・匈奴傳》："物土貢，制外内。"注："各因其土所生之物而貢之也。"　鐵蹄：即蹄鐵，踩踏鐵器。喻馬蹄堅硬有力。後因指代駿馬。元虞集《曹將軍馬》詩："蹄鐵歸朝十萬蹄。"

〔六二〕庚苴：回償以麻子。庚，償還。《禮記・檀弓》下："請庚之。"鄭玄注："庚，古衡反，償。"苴，麻子。《詩・豳風・七月》："九月叔苴。"毛傳："叔，拾也；苴，麻子也。"

〔六三〕封疆大吏：亦作"封疆大臣"、"封疆大員"。明代都指揮使、布政使、按察使及清代的總督、巡撫總攬一省或數省軍政大權，有似古代分封疆土之諸侯王，因稱。《明史・兵志》二："當是時，都指揮使與布、按並稱三司，爲封疆大吏。"

〔六四〕《王會圖》:《王會》,《逸周書》篇名。周公以王城(洛邑)既成,大會諸侯。遂創奠朝儀、貢禮,史因作《王會篇》以紀之。《新唐書》卷二二二《南蠻傳》下:"中書侍郎顏師古因是上言:'昔周武王時,遠國入朝,太史次爲《王會篇》;今蠻夷入朝,如元深冠服不同,可寫爲《王會圖》。'詔可。"　戎索:戎人之法。索,法。語本《左傳・定公四年》:"啓以夏政,疆以戎索。"注:"大原近戎而寒,不與中國同,故自以戎法。"

〔六五〕天心:天帝之心意。《尚書・咸有一德》:"克享天心,受天明命。"

詩作於康熙二十一年(一六八二)春,時仍在貴州巡撫楊雍建軍幕,年三十三歲。是詩爲初白七古名篇之一,全詩以淋漓酣暢的筆墨叙寫了水西安氏土司或附或叛的歷史,在一附一叛中,突出了邊疆少數民族的是否安定和順,對於祖國和平、安全與統一所具有的重大意義,援古以證今,從而亦點明了今日勞師邊域、平定吴三桂殘部的非常必要。詩歌既從史的角度對開拓和統治邊疆作了經驗總結,同時,亦從現實生活着眼,表現了厭惡戰亂、人心思定的社會要求。繆焕章《雲樵外史詩話》云:"《中山尼》、《水西行》,傷弱息之零落,是隱患之方深,豈得以詩人目之?"由於作者腹笥繁富,熟悉史書,故寫來氣暢詞新,舉重若輕,全無滯澀枯燥之病,洵爲一部有聲有色的西南彝族之詩史。唯因史事豐富,其剪裁取舍亦不無可商之處。清趙翼《甌北詩話》卷十即云:"初白古詩,微嫌冗長……《水西行》、《五老峯觀海綿歌》、《賜觀侍衛殺虎》、《樓敬思平蠻歌》等作,雖氣力沛然有餘,究須删節。"

母豬洞觀瀑〔一〕

蠻中六月交,山路苦焚爇〔二〕。卧聞夜雨來,快起尋乳穴。入洞微有聲,足底響嗚咽。出山忽震怒,閃睒不容掣〔三〕。巖前匯奔流，人駭馬辟易〔四〕。來如曳組練，一綫注飛白。跌爲淵潭深，湛湛落澄碧〔五〕。石牙互參錯，吞吐霹靂舌〔六〕。直從灣澴底〔七〕，跳沫騰百尺。慘慘天變容，凜凜風作雪。岡頭杜宇叫〔八〕，萬竹劃然裂。將歸得奇觀，頓解肺肝渴〔九〕。

〔一〕母豬洞：亦稱"牟珠洞"。據清愛必達《黔南識略》卷二《貴定縣》載："牟珠洞在城西二十里大道旁，俗名'母豬洞'，明庶子邱未實易名'馮虚'，其後洞曰'雷鳴'，後鎮遠知府陳奕漣復易今名。洞口石笋一株，大可數圍，矗立十餘丈。秉燭深入，則石乳結撰，嵌空玲瓏，雲譎波詭，莫可名狀。内有羅漢大士石像，妙麗莊嚴。石鐘鼓叩之有聲，石紋皆作梅花瓣，皎瑩如玉。他人物鳥獸之形，不可殫記。"

〔二〕焚爇(ruò)：喻酷熱難當。爇，焚燒。

〔三〕閃睒(shǎn)：一閃而過。睒，閃爍。　掣：牽曳。

〔四〕辟易：退避。《史記·項羽本紀》："項王瞋目而叱之，赤泉侯人馬俱驚，辟易數里。"

〔五〕湛湛：深貌。《楚辭·招魂》："湛湛江水兮上有楓。"

〔六〕霹靂舌：雷電閃光。宋蘇軾《寄鍾山泉公》詩："電眸虎齒霹靂舌，爲予吹散千降雲。"

〔七〕灣澴：水流迴旋匯集處。

〔八〕杜宇：古蜀帝名，化爲杜鵑，後因稱杜鵑爲杜宇。《水經注》卷三十三引來敏《本蜀論》："望帝者，杜宇也。……遂王於蜀，號曰望帝。"又，後魏闞駰《十三州志》："望帝使鼈泠鑿巫山治水有功，望帝自以德薄，乃委國禪鼈泠，號曰開明，遂自亡去，化爲子規。"

〔九〕肺肝：喻内心。《禮記·大學》："人之視己如見其肺肝然。"

詩作於康熙二十一年六月由貴州返歸海寧故里途經貴定時。母豬洞爲貴州著名溶洞之一,古往今來,騷人墨客留下過許許多多的詠吟詩文。但初白是詩却一反常規,並未對洞内景觀作繪聲繪影的描寫,而是抓住洞前瀑布雨後奔流怒瀉的特點,不惜筆墨,作了生動形象的描繪。清查奕照評是詩曰:"狀黔山之瀑如此化工肖物!'霹靂舌'三字,尤新極。"

青　草　湖〔一〕

淼淼湖光天盡頭〔二〕,曚曈初日起蘆洲〔三〕。小船百折行難到,一片蒼雲白露秋。

〔一〕青草湖:故址在今湖南省岳陽市西南,湘水所匯,爲洞庭湖之南涘,接湘陰縣界。亦名巴丘湖。《荆州記》:"湖南有青草山,因名。"《名勝志》:"青草湖,以多生青草,因名。水涸則見山足,水盈時則與洞庭相捐。"

〔二〕淼淼:同"渺渺",水勢浩闊悠遠狀。《管子・内業》:"渺渺乎如窮無極。"尹知章注:"渺渺,微遠貌。"

〔三〕曚曈:太陽初升時由隱而顯,由暗而明的景象。　蘆洲:長滿蘆葦的沙洲。

詩作於康熙二十一年秋,時由貴陽返歸故里途經洞庭湖。全詩氣象浩渺闊大,意境優美深邃,音調流轉,清逸秀麗。由雲龍《定厂詩話》有云:"清初六家,查、王(士禛)尤工律絶。"

中秋夜洞庭對月歌

長風霾雲莽千里〔一〕,雲氣蓬蓬天冒水。風收雲散波乍平，倒轉青天作湖底。初看落日沈波紅，素月欲升天斂容〔二〕。舟人回首盡東望，吞吐故在馮夷宮〔三〕。須臾忽自波心上，鏡面橫開十餘丈。月光浸水水浸天，一派空明互迴盪。此時驪龍潛最深〔四〕，目炫不得銜珠吟。巨魚無知作騰踔〔五〕，鱗甲一動千黄金。人間此境知難必，快意翻從偶然得。遥聞漁父唱歌來，始覺中秋是今夕。

〔一〕霾(mái)雲：陰雲。唐杜甫《曉望》詩："高峯寒上日，叠嶺宿霾雲。"

〔二〕斂容：嚴肅其容。唐白居易《琵琶行》："整頓衣裳起斂容。"此喻天色昏暗。

〔三〕馮夷：河神名。參見前《連下銅鼓魚梁龍門諸灘》注〔一〇〕。

〔四〕驪龍：黑色的龍。傳説其頷下藏有寶珠。《莊子·列禦寇》："夫千金之珠，必在九重之淵，而驪龍頷下。"

〔五〕騰踔：騰越跳躍。

詩作於康熙二十一年中秋，時由貴陽返歸海寧故里途經洞庭湖。詩寫中秋夜晚觀月洞庭湖中的情景。首兩句格調雄渾蒼莽，寫得大氣磅礴；三四兩句承上啓下，轉柁有力，可謂神來之筆。上四句以簡練凝重的筆墨寫盡風雲變化氣象。中間十二句則繪寫日落月升、水天空明的湖光夜景，變幻多姿，充滿神奇的色彩。末四句總結游興，生發感慨，深含哲理意味。全詩景象宏麗壯觀，意境深邃開闊，筆力雄健恣肆。王士禛《敬業堂詩集·序》云："若五七言古體，劍南不甚留意，而夏重麗藻絡繹，宫商抗墜，往往有陳後山、元遺山風。"細味此詩，洵爲的論，無愧爲《敬業堂詩集》中最有代表性的七古名篇之一。故清翁方綱評曰："先生七古入卷以來此爲最！矜煉之作矣。"清查奕照也評曰："奇語可破鬼膽。"

赤　壁〔一〕

一戰三分定〔二〕，英雄洵有神〔三〕。古今才不偶〔四〕，天地局長新。故壘秋吹角〔五〕，荒江晚問津〔六〕。祭風臺下路〔七〕，惆悵是歸人。

〔一〕赤壁：在今湖北省嘉魚縣東北江濱，石山隆突，形如長垣，陡入江濱，相傳爲三國孫、劉聯軍大破曹軍處。按，長江、漢水流域名曰赤壁者有五，除上述嘉魚赤壁外，尚有黄岡赤壁、武昌赤壁、沔口（屬今湖北省漢陽縣）赤壁及蒲圻赤壁。據近人譚其驤考，"赤壁大戰"應在蒲圻（在今湖北省東南部、陸水下游）西北之赤壁山，與傳統説法不同。

〔二〕一戰：指"赤壁之戰"。建安十三年（二〇八），統一北方的曹操率兵二十餘萬南下攻吴，孫權、劉備聯軍五萬，在赤壁以火攻大破曹軍，遂形成魏、蜀、吴三國鼎立、平分天下的政治局面。

〔三〕英雄：指三國吴前部大都督周瑜，瑜字公瑾，廬江舒縣（今安徽省舒城縣）人。"赤壁之戰"時，他用火攻大敗曹軍。　洵：實在；確實。

〔四〕偶：雙；對。

〔五〕故壘：古代堡寨遺迹。蘇軾《赤壁懷古》詞："故壘西邊，人道是、三國周郎赤壁。"

〔六〕津：渡口。

〔七〕祭風臺：祭祀風伯的祠廟，全國許多地方都有。風伯，神話中的風神。

詩作於康熙二十一年秋。三年前，作者投筆從戎，希求在戰場建功立業，然而，戰爭的酷烈，戰地生活的艱辛，人民所受的巨大災難，使詩人十分厭惡兵戈殺戮;而久居幕寮,雖曾"多預兵謀"却一再未得升遷,亦使詩人產生鬱鬱不甚得志的悔恨情緒,故詩人在返歸故里途經赤壁時,一面敬仰歷史上的英雄人物,一面比照自己,產生"古今才不偶"的感傷惆悵。全詩悲涼沉遠,意味深長。清查奕照評曰:"議論不作死句。"

發 儀 真〔一〕

緑楊城郭碧蘿洲〔二〕,夾岸紅燈映酒樓。爲愛吴船聽軟語,買帆連夜下真州。

〔一〕儀真:即儀徵,縣名。清屬揚州府。《嘉慶重修一統志》卷九十六:"儀徵縣,在府西南七十里。漢江都縣地……宋大中祥符六年升軍爲真州。……明洪武二年,改真州爲儀真縣。清雍正元年,改儀徵縣。"

〔二〕碧蘿:緑色藤蘿。杜甫《秋日夔府詠懷奉寄鄭監李賓客一百韻》詩:"碧蘿長似帶,錦石小如錢。"

詩作於康熙二十一年秋由貴陽返歸海寧故里途經儀徵時。詩中雖未正面描寫儀徵,而祇投去匆匆一瞥,但儀徵夜景生動如畫。詩人馬不停蹄,連夜雇舟東下,流露出戀親故鄉的迫切心情。

梁 溪 秋 晚〔一〕

繞郭林塘浄晚烟,放閒黄犢水平田。吴霜未剪江南緑,猶有菱歌動敂舷〔二〕。

〔一〕梁溪:水名。此指代無錫縣。《嘉慶重修一統志》卷八十六:"梁溪在無錫縣西門外,源出惠山。相傳古溪極隘,梁大同中重濬,故名。或以爲梁鴻居此而名。"今稱無錫縣治曰梁溪,以此。

〔二〕敂舷:叩擊船舷。敂,同"叩"。

詩作於康熙二十一年深秋,時由貴陽返歸海寧故里途經無錫。詩寫梁溪晚秋景色,輕烟漫起,牛犢放閒,緑葉經霜,菱歌唱晚,氣氛寧静平和,四野風景如畫。全詩純用白描,字裏行間透露出悠遠閒淡的韻味。

養　蠶　行

去年收絲利倍三,村中家家貪養蠶。蠶多桑少葉騰貴,千錢一筐賣未甘〔一〕。温風吹蠶蠶易老〔二〕,滿箔三眠上山早〔三〕。蠶娘一月不梳頭〔四〕,懶惰却輸辛苦好〔五〕。東家採得繭如脂〔六〕,繰向檐前索索吹〔七〕。西家繭頭薄於紙,一樣蠶桑兩樣絲。將絲换錢索官串〔八〕,無者價昂有者賤。貧家衣食天所慳〔九〕,别許居奇營巧宦〔一〇〕。即今閩海尚興師〔一一〕,争利人人學賈兒。聞道樓船皆市舶〔一二〕,貿絲豈必盡蚩蚩〔一三〕。

〔一〕甘:情願;樂意。

〔二〕"温風"句:元孟祺《農桑輯要·論蠶性》云:"蠶之性,子在連(蠶種紙),則宜極寒;成蟻,則宜極暖;停眠起,宜温;大眠後,宜涼;臨老,宜漸暖;入簇,則宜極暖。"又,明徐光啓《農政全書》卷三一《蠶桑》:"一眠之後,但天氣晴朗,巳午之間,時暫揭起窗間簾薦,以通風日。……蠶自大眠後,十五六頓即老,得絲多少,全在此數。"

〔三〕箔:蠶箔,養蠶的一種器具,多以竹篾或蘆葦編織而成。亦稱蠶簾。唐陸龜蒙《崦里》詩:"處處倚蠶箔,家家下漁筌。" 三眠:蠶蜕皮時,不食不動,其狀如眠。宋秦觀《時食》:"(蠶生)九日,不食一日一夜,謂之初眠。又七日再眠如初,……又七日三眠如再,又七日若五日,不食二日,謂之大眠。" 上山:蠶成長後,移到簇上結繭,叫上簇,俗稱上山。簇多以稻稈、麥稈製成。

〔四〕蠶娘:養蠶女子。

〔五〕"懶惰"句:元孟祺《農桑輯要·論蠶性》引《務本新書》云:"蠶必晝夜飼。若頓數多者,蠶必疾老,少者遲老。飼蠶者,慎勿貪眠,以懶爲累。"

〔六〕繭如脂:明黄省曾《蠶經》:"繭長而瑩白者,細絲之繭;大而晦色青葱者,粗絲之繭。"

〔七〕繅(sāo):繅絲,製絲時將幾根繭絲抽出、合并而成生絲的過程。元孟祺《農桑輯要》引《士農必用》云:"竈下燃粗乾柴,候水大熱,下繭於熱水内,用筯輕剔,撥令繭滚轉盪匀。挑惹起囊頭,手捻住,於水面上輕提掇數度,復提起。其囊頭下,即是清絲。" 索索:象聲詞。以嘴吹氣於熱繭上所發出的聲響。

〔八〕官串:明清官倉收到實物後所開的收據。《正字通》:"串又與'券'通,别作'賗'。《文字指歸》曰:'支取貨契曰賗。'今官司倉庫收帖曰'串子'。"

〔九〕慳(qiān):欠缺。

〔一〇〕居奇:囤積財貨,待時而售以牟取暴利。典出《史記·吕不韋傳》:子楚質於諸侯,"吕不韋見而憐之,曰:'此奇貨可居。'" 巧宦:長於鑽營的官吏。南朝宋鮑照《觀圃人藝植》詩:"善賈笑蠶漁,巧宦賤農牧。"

〔一一〕"即今"句:謂三藩之亂平定後,清廷調集兵力從福建渡海遠征臺灣事。《清史稿》卷七:"康熙二十二年五月丙午,設漢軍火器營。

甲子,命施琅征臺灣……八月戊辰,施琅疏報師入臺灣,鄭克塽(鄭成功之孫、鄭經之子)率其屬劉國軒等迎降,臺灣平。"

〔一二〕市舶:往來貿易的中外海船,唐宋後多指外國商船,因以指代對外貿易。

〔一三〕貿絲:以絲交易别物。《詩經·衛風·氓》:"氓之蚩蚩,抱布貿絲。"蚩蚩,敦厚貌。此句謂經商"争利"非唯平民"賈兒",意指軍隊亦加入這一行列。

詩作於康熙二十二年(一六八三)春夏間,時正家居海寧,年三十四歲。詩寫江南貧苦蠶娘因無錢買得高價桑葉,結果繭如紙薄,無法交差官府,而不得不忍受盤剥欺侮。而"聞道樓船皆市舶","争利人人學賈兒",軍船的經商争利,於蠶娘生計言,更是雪上加霜。

麥無秋行

三春雨多二麥荒,巒卷盡萎田中央〔一〕。大麥莖長穗未起,小麥莖短葉早黄。楝花風過繅車傍〔二〕,憶得年時麥上場。場乾日烈聲拍拍〔三〕,打麥作糜湯餅香。腰鐮往刈纔盈尺〔四〕,雉尾襹褷藏不得〔五〕。驚人角角渡水鳴〔六〕,别向原頭草間活。可憐鴉鵲不知時,群下荒疇覓餘粒〔七〕。我爲老農語鴉鵲:明年好收從爾食〔八〕。明年好收理則那?祇愁無種將奈何!

〔一〕巒卷:《莊子·在宥》:"天下將不安其性命之情,之八者,乃始巒卷獊囊而亂天下也。"《釋文》:"司馬(彪)云:'巒卷,不申舒之狀也。'"

〔二〕楝花風：二十四番花信風之最後一種，時已春末入夏。宋何夢桂《再和昭德孫燕子韻》詩："處處社時茅屋雨，年年春後楝花風。" 繅車：蠶桑用具，用作抽繭出絲。因有輪旋轉以收絲，故謂之車。明徐光啓《農政全書》卷三十三："繅絲自鼎面引絲，以貫綫眼，升繅於星。星應車動，以過添梯，乃至於軠(繅輪)，方成繅車。"

〔三〕拍拍：象聲詞，狀打麥之聲。

〔四〕腰鎌：將鐮刀插於腰際。鎌，同"鐮"。 刈：割。

〔五〕褵褷(lí shī)：毛羽始生狀。唐張衆文《寄與園池鶴上劉相公》詩："馴狎經時久，褵褷短羽存。"

〔六〕角(gǔ)角：象聲詞，狀雉鳥鳴聲。唐韓愈《此日足可惜贈張籍》詩："百里不逢人，角角雄雉鳴。"注："角，音谷。"

〔七〕荒疇：荒田。疇，已耕作的田地。

〔八〕從：同"縱"，任憑。

詩作於康熙二十二年五月，時正家居海寧。詩寫春雨成災，農民夏糧顆粒無收的窘況，反映了詩人仁民愛物、每以民生爲念的古道熱腸。全詩雖多取口語，淺顯如話，但在結構上却頗顯匠心。其寫荒年無收，一是與往日豐年相對比：以往是"場乾日烈聲拍拍，打麥作糜湯餅香"，如今却是"腰鎌往刈纔盈尺，雉尾褵褷藏不得"。一是用擬人手法，以對鴉鵲的"明年好收從爾食"的許諾，顯示今年地無餘粒可覓的悽惶。真是其心愈誠，其意愈苦。因此，當詩人一旦領悟明年"無種將奈何"時，餘下的就衹有無窮無盡的悲哀了。咫幅之内，作如此盤旋跌宕，謀篇可謂老成。

次谷兄自粵西扶先伯父櫬歸里二首〔一〕

其一

萬里行何畏，歸來始泫然。亂離成子孝，危苦得天憐。淚盡干戈外，魂驚瘴癘邊〔二〕。路難經死地，初不計生還。

其　二

自古蒼梧道〔三〕，征人半舁棺〔四〕。僮瑶啼赤子〔五〕，父老賵清官〔六〕。竟返天南魄，翻疑夢裏看。附書吾久望，執手雜悲歡。

〔一〕次谷：查魏旭，初白堂兄。據《浙江通志》卷一八三："查魏旭，字次谷，桐鄉縣學生，中康熙癸酉(一六九三)副榜。父繼甲爲廣西隆安(按：在今廣西壯族自治區西南部)令，卒於任。值吴逆(三桂)之亂，道路隔絶，踰二載，訃始聞。魏旭號泣，即日隻身就道。跽母前訣别曰：'兒去萬里，出入兵間，得達父櫬所萬幸，能扶父櫬歸尤萬幸。否則流落瘴鄉，守死父櫬旁固所甘心。母侍奉有兄弟在，勿以兒爲念。'遂行。……抵隆安，覓至櫬所，一慟殞絶，踰時始甦，顧無從作歸計。彷徨歲餘，乃嚙齒血書詞，日哀呼道旁。見者咸曰：'此故賢令子也。'稍得賻助，遂扶櫬崎嶇以歸。"

〔二〕瘴癘：瘴氣。舊指南方山林間濕熱蒸發致人疾病之氣。唐杜甫《夢李白》詩："江南瘴癘地，逐客無消息。"參前《武陵送春》詩注〔四〕。

〔三〕蒼梧：縣名。在今廣西東南部。明清爲梧州府治。

〔四〕舁(yú)棺：抬棺。

〔五〕僮瑶：均我國西南地區少數民族名。　赤子：此謂查魏旭。

〔六〕賵(fèng)：送給喪家送葬之物。《公羊傳・隱公元年》："賵者何？喪事有賵。賵者蓋以馬，以乘馬束帛。"　清官：謂查繼甲。字英來，號絳叟。明崇禎壬午(一六四二)舉人。順治初授隆安知縣。

詩作於康熙二十二年秋，時家居海寧。查魏旭歷盡千辛萬苦去廣西隆安迎回父櫬,在當時,這被視爲一件很了不起的孝行,這使初白也大受感動,因此而賦詩二首。全詩謀篇布局甚得杜詩神理,清汪佑南《山涇草堂詩話》有評:"學少陵五律易成假面空腔,調似杜而實非杜,令人生厭。查初白有《次谷兄自粤西扶先伯櫬歸里》二律,上首曲折寫來,題面似已了結;下首提粤西説入歸途不易,並寫生前德政,亦題中應有之義。不易歸而竟歸,疑在夢中,題意十分酣足。初白未必有意學杜,轉得杜之神理,言情到真摯處往往有此境界。……此等詩,名家稿中亦不多見也。"

雨中過董静思山居〔一〕

十里沿洄暮靄昏〔二〕,熟衣天氣半清温〔三〕。菰蒲響雨烟沈浦〔四〕,蘆荻迴船水到門。躍網忽驚魚尾健,墜簷初見橘頭繁。好山偏阻登高屐,笑指郎家半日村。

〔一〕董静思:生平未詳。

〔二〕沿洄:沿,順流而下;洄,逆流而上。　暮靄:日晚時之雲氣。元黄庚《月夜登樓》詩:"玉宇澄清暮靄收,邊吟怕倚仲宣樓。"

〔三〕熟衣:以煮煉過之絲織品製成的衣服。唐白居易《感秋詠意》詩:"炎涼遷次速如飛,又脱生衣著熟衣。"

〔四〕菰蒲:均水生植物。菰,茭白。蒲,菖蒲。

詩作於康熙二十二年秋,時家居海寧。詩中以樸素無華的筆墨爲讀者描繪了一幅雨中村居圖:依山臨水的村莊,籠罩在一片暮靄昏昏之中,菰蒲響雨,蘆荻迴船,躍網魚健,枝頭橘繁,一切是那樣的平静,一切又是那樣的富有生機與活力。是詩可謂静而有聲、淡而有味者,一如山野村姑,自有動人之處。

輓吕晚村徵君〔一〕

屠龍餘技到雕蟲〔二〕，賣藝文成事事工〔三〕。晚就人誰推入室〔四〕，早衰君自合稱翁。才今漸少衣冠外〔五〕，名果難逃出處中〔六〕。身後有書休論價，也應少作愧揚雄〔七〕。

〔一〕吕晚村：吕留良（一六二九—一六八三），初名光綸，字用晦，號晚村。崇德（今浙江省桐鄉縣）人。明亡，散家財結客，圖謀恢復。事敗，以行醫爲生。康熙十七年，清廷開博學宏詞，不赴，削髮爲僧。改名耐可，字不昧，號何求老人。學崇程朱，著有《吕晚村文集》、《東莊吟稿》，復與吴之振合輯《宋詩鈔》。雍正五年（一七二七），受牽曾静一案，遭剖棺戮尸，焚毁著述。　徵君：猶處士、徵士，指不就朝廷徵聘的文士。

〔二〕屠龍餘技：指高超的技藝。語本《莊子·列禦寇》："朱泙漫學屠龍於支離益，單千金之家，三年技成，而無所用其巧。"蘇軾《次韵張安道讀杜集》："巨筆屠龍手，微官似馬曹。"　雕蟲：漢揚雄稱所作詩文詞賦爲雕蟲小技。參下注〔七〕。

〔三〕"賣藝"句：據張符驤《吕晚村先生事狀》："癸亥（一六八三），忽賦《祈死詩》六篇。其末章云：'作賊作僧何者是？賣文賣藥汝乎安？'"此二句寫吕留良工詩能文，甚負文才，精通醫術。

〔四〕入室：指入室弟子，即能傳其學者。晚村晚年家居受徒。此句意謂：在所造就的學生中，誰是高足？

〔五〕衣冠：原指士大夫的穿著，因晚村拒薦爲官，剪髮而"襲僧伽服"，故稱"衣冠外"。此句意謂：在僧侣中，像吕晚村這樣有才華的人是不多的。

〔六〕名果難逃：《後漢書·法真傳》："友人郭正稱之曰：法真名不得聞，身難得而見，逃名而名我隨，避名而名我追，可謂百世之師者矣。" 出處：猶進退。《易·繫辭》："君子之道，或出或處。"此句意謂：儘管晚村不欲名世揚聲，終究還是名聞天下了。

〔七〕揚雄（前五三—後一八）：字子雲，漢蜀郡成都（今四川省成都市）人，著名文學家、哲學家、語言學家。所作《長楊賦》、《甘泉賦》、《羽獵賦》鋪張揚厲，辭藻華美，有意模仿司馬相如的《子虛》、《上林》等賦。後來主張以"五經"爲準則，遂鄙薄詞賦，悔其少作。《法言·吾子》："或問：'吾子少而好賦？'曰：'然，童子雕蟲篆刻。'俄而曰：'壯夫不爲也！'"此句意謂：揚雄已經自愧少作，吕晚村早年的作品也可使揚雄生愧。

詩作於康熙二十二年十月，即吕留良死後近兩個月。吕留良與作者的老師黄宗羲相友，彼此在政治思想、哲學思想上雖有齟齬，但在國家和民族危亡之秋，聲氣相通，均有强烈的民族意識，吕死後四十餘年猶遭剖棺戮尸的慘禍。當然，在寫作此詩時，初白是難以逆料後事的；但從作者對其學問人品的肯定、推崇看，則恰恰反映了詩人緬懷遺民故國的低徊情緒。此詩以意運筆，俯仰情深。故汪佑南《山涇草堂詩話》云："查初白《敬業堂集》卷帙浩繁，《六家詩鈔》中七律頗多名句，善於用意，筆力足以達之。對法靈活，又不浮滑，結聯不苟，知其於近體三折肱矣，不獨以白描見長也。"

淳安謁海忠介祠〔一〕

桐鄉遺愛在〔二〕，民自不忘公。一邑清名著，三朝直節同〔三〕。衣冠瞻古貌，俎豆感村翁〔四〕。此日流離意〔五〕，誰憐在野鴻〔六〕？

〔一〕淳安：縣名。清屬嚴州府。在今浙江省杭州市西南部、錢塘江支流新安江中游，鄰近安徽省。始名於宋紹興元年(一一三一)。　海忠介祠：又名海公祠，爲紀念海瑞而建。海瑞(一五一四——一五八七)，字汝賢，自號剛峯。死後謚忠介。《嘉慶重修一統志》卷三〇三："海公祠，在淳安縣治西，祀明知縣海瑞。後改築南山之麓。"又："海瑞，瓊山人。嘉靖中知淳安縣，布袍脱粟，令老僕藝蔬自給。總督胡宗憲子過淳安，怒驛吏，倒懸之。瑞曰：'曩胡公按部，令所過毋供張，今其行裝盛，必非胡公子。'發槖金數千，納之庫，馳告宗憲，宗憲無以罪。都御史鄢懋卿行部過，供具甚薄，抗言：'邑小不足容車馬。'懋卿素聞瑞名，爲斂威去。"

〔二〕桐鄉遺愛：用漢朱邑典。《漢書·循吏傳》："邑病且死，屬其子曰：'我故爲桐鄉吏，其民愛我，必葬我桐鄉。後世子孫奉嘗我，不如桐鄉民。'及死，……民果共爲邑起冢立祠，歲時祠祭。"桐鄉，縣名。今屬浙江。

〔三〕三朝：謂明嘉靖、隆慶及萬曆三朝。按：海瑞在嘉靖年間曾官南平教諭、淳安知縣、户部主事；隆慶三年，曾以右僉都御史巡撫應天十府；萬曆十三年，復任南京吏部右侍郎、南京右僉都御史。詩故云"三朝"。　直節：剛正不阿的氣節。海瑞任知縣時不畏權貴；任户部主事時曾上疏批評世宗迷信道教，不理朝政。"帝得疏，大怒，抵之地，顧左右曰：'趣執之，無使得遁。'宦官黄錦在側曰：'此人素有癡名。聞其上疏時，自知觸忤當死，市一棺，訣妻子，待罪於朝，僮僕亦奔散無留者，是不遁也。'帝默然。少頃，復取讀之，日再三，爲感動太息，留中者數月。嘗曰：'此人可方比干，第朕非紂耳。'"任應天巡撫時，"屬吏憚其威，墨吏多自免去。"(《明史》卷二百二十六)詩因云"三朝直節同"。

〔四〕俎豆：均古代祭祀用禮器。俎，置肉的几桌；豆，盛乾肉一類食物的器皿。

〔五〕流離：因戰亂、災荒等而流轉離散。《漢書·蒯通傳》："今劉、項分争，使人肝腦塗地，流離中野，不可勝數。"

〔六〕在野鴻：喻流離失所的百姓。

詩作於康熙二十二年初冬，時由海寧赴南昌"爲治遊學之裝"(《西江集·序》)而道經浙江淳安。詩爲憑弔海瑞而作，頷聯以極其精煉的筆墨，概括了海瑞一生的功績；尾聯則以海瑞死而"野鴻"無復人憐，寄託了著者對這位名垂千古名宦的深深思念。

青溪口號八首〔一〕(選其三、七)

其　三

溪女不畫眉〔二〕，愛聽畫眉鳥。夾岸一聲啼，曉山青未了。

其　七

橋壞笮繫繩〔三〕，水淺牛可跨。牛背渡溪人，鬢眉綠如畫。

〔一〕青溪：水名。在淳安縣南。溪上有橋，名青溪橋，始建於宋代。因橋長百丈，又名百丈橋。

〔二〕畫眉：以黛色描飾眉毛。《漢書·張敞傳》："又爲婦畫眉，長安中傳張京兆眉憮。"

〔三〕笮：竹篾擰成的索子。

詩作於康熙二十二年初冬，時赴南昌投靠分巡饒九南道的江西按察副使堂伯父查培繼，道經淳安青溪。二詩平凡真實，美妙自然，非常貼近生活。作者很擅長捕捉日常生活中易爲人所忽視的細微末節，稍加點染,即趣味盎然,清真雋永,表現出一股鮮靈活脱的民間氣息。前一首詩在藝術構思上,采用了鈎連式結構,一氣流轉,自然天成。後一首詩的末一句以奇巧取勝,充分體現了人的心境與人的視覺之間所存在的微妙奇特關係。

郯城道中〔一〕

蹇驢三四驛〔二〕,平野入飛沙。白日孤城閉,清沂一道斜〔三〕。井疆郯子國〔四〕,風物魯人家〔五〕。漸與淮南異,村村枳棘花〔六〕。

〔一〕郯城:縣名。清屬沂州府。在今山東省南部、沂河中游,鄰近江蘇省。

〔二〕蹇驢:瘦劣之驢。　驛:驛站。

〔三〕清沂:清清的沂河水。沂,沂水,源出山東蒙陰縣北,又名大沂河。

〔四〕井疆:井居地界。井,古制八家爲井。引申爲鄉里。《尚書·畢命》:"弗率訓典,殊其井疆,俾克畏慕。"注:"其不循教道之常,則殊其井居田界,使能畏爲惡之禍,慕爲善之福,所以沮勸。"　郯子國:即郯國,春秋時古國名。國君郯子,相傳爲少皞之後裔。故地在今山東郯城北。戰國初年爲越國所滅。

〔五〕魯:古國名。原爲周王朝分封之諸侯國,姬姓。開國君主乃周公旦之子伯禽。其地在今山東西南部,建都曲阜。春秋時國勢衰弱,戰國時淪爲小國。後爲楚所滅。

〔六〕枳棘:一種多刺的樹。《韓非子·外儲説左下》:"樹枳棘者,成而刺人。"

詩作於康熙二十三年(一六八四)四五月間遊學京師道經山東郯城時,年三十五歲。詩敘旅途聞見,純用白描手法,寥寥數筆,即將迥異於江南景色的北地風光描繪得生動如畫,使人如臨其境。清袁枚《小倉山房尺牘·答李少鶴書》云:“他山是白描高手,一片性靈,痛洗阮亭敷衍之病,此境談何容易。”

晚抵晏城次壁間韻〔一〕

目力窮邊酒旆生〔二〕,熟梅天愛偶然晴〔三〕。高樓吹角風無賴〔四〕,壞壁留詩客有情。紅日忽沈烟起處,白楊長遞雨來聲。萬山回首如屏障,一片平蕪接晏城〔五〕。

〔一〕晏城:鎮名。在今山東齊河縣西北二十五里,清屬濟南府。《嘉慶重修一統志》卷一六三《濟南府》二:“晏城,在齊河縣西北。《寰宇記》:‘禹城縣有晏嬰城,城内有井,水和膠入藥方。’《金史·地理志》:‘齊河有晏城鎮。’舊《志》:‘晏嬰食邑於此,故名。’” 壁間韻:謂汪懋麟《晏城》詩,載其集卷一四。

〔二〕酒旆:酒旗。

〔三〕熟梅天:春末夏初梅子黄熟時候的天氣,俗稱“黄梅天”。宋張栻《初夏偶書》詩:“江潭四月熟梅天,頃刻陰晴遞變遷。”

〔四〕無賴:無聊。清唐孫華《和友人惜别》詩之一:“怪底春風正無賴,吹將柳絮落天涯。”

〔五〕平蕪:草木叢生之平原曠野。明許承欽《過李家口》詩:“棗香來野徑,麥秀滿平蕪。”

詩作於康熙二十三年春夏間,時北上遊學京師道經山東齊河縣之晏城鎮。吴遁生三十年代初所編之《清詩選》曾入選是作。詩中描寫之景觀,氣象開闊,頗具氣勢。尤其是頸聯,不祇渾成工穩,而且色彩豐富,沉遠雋逸,給人留有餘味,確屬“才氣開展,工力純熟”之作(趙翼《甌北詩話》卷十)。

松　林　寺〔一〕

含烟含露一梢梢,花果禪扉鎖合牢〔二〕。野鳥不知園有禁,隔牆啣出紫蒲桃〔三〕。

〔一〕松林寺:故址在今北京市西山香山公園内,今已廢圮。初白《人海記》:“興勝庵,土人目爲‘松林’,今松無復存者。萬曆中所建也。後有藏經閣,可眺西山。東北有果園,園中有亭曰‘衆芳’。亭北砌石爲流觴曲水。其東有閣曰‘明遠’。春月桃杏雜發,登閣望之,不異錦城花海也。”又,清于敏中《日下舊聞考》卷九十九:“興勝庵今尚存,在昌運宫西半里許,地名松林莊,見碑文中。查嗣瑮《人海記》謂土人稱庵爲松林,誤也。”又引《燕都游覽志》云:“功德寺側皆古松,有庵曰松林,游人多於此憩焉。”

〔二〕禪扉:寺廟的門扇。禪,佛教用語“禪那”之略,因以泛指與佛教有關的事物。

〔三〕蒲桃:同“葡萄”。

詩作於康熙二十三年秋游學京師期間。作者這次是首次入京,此行得到他堂伯父查培繼的資助,後者時以兵科給事中出巡江西饒九南道副使。詩寫游西山松林寺的情景,詩筆流轉,動静相間;運思奇妙,趣味盎然。

同吴六皆陳叔毅湯西崖宿摩訶庵〔一〕

禪榻吹燈睡不成，棲烏枝上已三更。紙窗一面朦朧月，祇道秋聲是雨聲。

〔一〕吴六皆：生平未詳。吴爲初白初次來京同游香山之友人，當年重陽過後即返回家鄉。從初白所作送行詩看，似爲杭州人。此後，與初白再無交往。　陳叔毅：生平未詳。從初白所作《叔毅見示初度述懷詩有感而作》詩得知，其人與初白同鄉，亦浙江海寧人。生於順治十二年（一六五五）九月。二人"年踰三十未識面，各被衣食驅天涯"，此次邂逅京都，均各視爲莫逆。二年後，叔毅南歸，初白有詩送之。九年後，二人相遇於開封。此後，遂無交往。　湯西崖：湯右曾，字西崖，浙江仁和（今浙江杭縣）人。康熙二十七年進士，改庶吉士，授編修，累官吏部侍郎，兼掌院學士。性亢直，工詩文，與朱彝尊並爲浙派領袖，著有《懷清堂集》。西崖爲初白前輩好友，一生交誼匪淺。初白《送湯西崖南歸兼寄嚴定隅》有云："與君初握手，片語示肝膽"、"相過日不隔，懷抱兩無忝"，可謂志同道合之知交。二十九年後，當初白以病乞歸鄉里、終老林下時，西崖正任翰林院掌院學士，作詩送之云："元和體有三千首，謝朓才論二百年。我欲舉君還自代，似君真合領群仙。"對初白推崇備至。　摩訶庵：在北京西城外海淀區八里莊。明劉侗、于奕正《帝京景物略》卷五："阜城門外八里之摩訶庵，嘉靖丙午（一五四六）建也，高軒待吟，幽室隱讀，柳花、榆錢、松子飛落，時滿院中。"又，明蔣一葵《長安客話》卷三："黄村東十里爲八里莊，有寺曰慈壽……慈壽寺旁有庵曰摩訶庵，制不甚大，宏敞净潔，乃勝他庵。殿前後多古松古檜古柏，壁間多名公題詠。四隅各有高樓，疊石爲之。登樓一望，川原如織，西山逼面而來，蒼翠秀爽之色似欲與人衣袂接。意興勃勃，業已飛香山、碧雲間矣。”按：據初白詩原稿，同游者尚有錢幼鯤，凡共五人。

詩作於康熙二十三年秋游學京師期間。詩寫游玩香山後夜宿摩訶庵的感受，這種感受通過作者的感覺、視覺、聽覺的變换與層層推進，得到了淋漓盡致的表現。如若將此詩視爲一篇簡短的《秋聲賦》，當也不以爲過。

卧佛寺〔一〕

古寺無僧佛倚牆，卧聽蝙蝠掠空廊。晚來光景尤蕭瑟，葉葉西風戰白楊。

〔一〕卧佛寺：在香山碧雲寺以東六七里，始建於唐貞觀年間。明蔣一葵《長安客話》卷三：“卧佛寺，寺亦泉勝，自碧雲折而東六七里乃抵寺。層巖夾道而下，木石散置，可游可坐。兩殿各卧一佛，長可丈餘。其一滲金甚精，寺因以名。”又，明劉侗、于奕正《帝京景物略》云：“（卧佛）寺唐名兜率，後名昭孝，名洪慶，今曰永安。以後殿香木佛、又後銅佛俱卧，遂目卧佛云。”按：寺内銅卧佛長五米餘，始鑄於元至治元年（一三二一）。

詩作於康熙二十三年秋游學京師期間。詩别出機杼，站在第三者的立場，從卧佛入手，由卧佛着想，去寫卧佛的感受，從而間接地抒寫了作者自己的感受。末句“葉葉西風戰白楊”之“戰”字，生動傳神，恰如其分地傳達和渲染了一種秋風蕭瑟的氣氛。

白鸚鵡次魏環極先生原韻〔一〕

古有雕籠戒〔二〕，今看負質奇〔三〕。縞衣窗外月，白雪隴頭枝〔四〕。太潔從人忌，能言被俗疑〔五〕。商山留羽翼〔六〕，皓首託風期〔七〕。

〔一〕魏環極：魏象樞(一六一七—一六八七)，字環極，一字環溪，號庸齋，晚稱寒秋老人。山西蔚州(今河北蔚縣)人。清順治三年進士，歷官刑科給事中、户部侍郎、左都御史等職，累官至刑部尚書。立朝正直，曾向聖祖面陳權臣索額圖、明珠貪贓受賄、植黨營私罪狀，被譽爲"本朝直臣第一"。"歸田後書數千卷，外無長物。嘗笑曰：'尚書門第，秀才家風。'又可想其清節矣。"(清沈德潛《國朝詩别裁集》卷二)著有《儒宗録》、《知言録》及《寒松堂集》十卷等。按：《寒松堂集》卷三有《琉璃廠見白鸚鵡有感》詩，詩云："生不同凡鳥，羽毛亦自奇。冰壺曾照影，玉樹必臨枝。豈爲能言出，何妨衆眼窺。秋雲高漠漠，是爾入林期。"隱含退居林下意。

〔二〕雕籠戒：東漢禰衡《鸚鵡賦》："閉以雕籠，剪其翅羽。"哀矜其失所，故謂之"戒"。

〔三〕負：持有。

〔四〕"縞衣"二句：意謂白鸚鵡的白色羽毛猶如月光、雪枝一般皎潔無暇。

〔五〕能言：《禮記·曲禮》："鸚鵡能言，不離飛鳥。"此喻正直敢言。

〔六〕商山：山名。在今陝西省商縣以東。相傳秦末漢初的四個隱士東園公、綺里季、夏黄公、甪里先生曾隱居於此。四人鬚眉皆白，世稱四皓。　留羽翼：《漢書·張良傳》載："劉邦欲易太子，吕后用張良言，招商山四皓輔佐太子。後劉邦得知，召戚夫人指視曰：'我欲易之，彼四人爲輔，羽翼已成，難動矣。'"此以四皓喻指象樞。

〔七〕風期：品格，風度。唐李白《梁甫吟》詩："廣張三千六百釣，風期暗與文王親。"按：初白對象樞之人品十分推崇，其《送大司寇魏環極先生予告還蔚州二首》詩云："勇能自斷天難奪，清畏人知世已傳。白社竟成娛老地，黄金不貯買山錢。"又云："身名似此真無愧，進退何人綽有餘。報國文章傳後起，立朝風骨想當初。"

詩作於康熙二十三年秋游學京師期間。魏象樞時任刑部尚書，因爲健康原因而乞休歸里，此詩即作於象樞乞休意決之時。全詩通過歌詠白鸚鵡的潔白無瑕，無私能言，深情頌揚了這位前輩立朝清介正直的高風亮節。詩雖詠物，妙在處處喻人，人物兩相融化，了無痕跡。

送少詹王阮亭先生祭告南海〔一〕

祝融南都水環匯〔二〕，赤龍渴飲九州外〔三〕。扶桑日枝萬丈高〔四〕，吞吐晨昏變明晦。颶風磨旋鬣帆片〔五〕，蜑雨珠沉蛟室琲〔六〕。幻呈綵縷現蜃樓〔七〕，淡入蒼烟失鰲背〔八〕。不知靈封畫何境〔九〕，禹鼎無從辨疆界〔一〇〕。元和一老去作碑〔一一〕，廟貌千秋遂稱最〔一二〕。茫茫元氣收不盡〔一三〕，好手何人復堪代。康熙甲子帝東巡〔一四〕，特遣軺車告時邁〔一五〕。瑯琊先生啣命往〔一六〕，嶺嶠星明指華蓋〔一七〕。祠官奉幣紛趨蹌〔一八〕，天使陳辭虔跪拜〔一九〕。靈旗肅肅雲蓬蓬〔二〇〕，一氣流通百神萃。向風海鳥聽鐘鼓〔二一〕，有眼蠻人識冠帶〔二二〕。時清邊徼無烽燧〔二三〕，道遠詞臣多紀載。公之文章在館閣〔二四〕，每借名區發雄概[二五]。曩時蜀道今海邦[二六],盡洩光芒天不愛[二七]。後先人物諒無幾,才地彼此恆相待[二八]。所傷或從遷謫到,終恐才鋒束機械[二九]。如公擁傳真壯遊[三〇],直放胸期寫豪快[三一]。豈徒榮遇際曠典[三二],已見風流壓前輩。佛桑花發啼鉤輈[三三],幾日歸航下瀧瀨[三四]?還朝快示紀行篇,浩浩洪波納千派。旁人若問陸賈裝[三五],徑尺珊瑚手親碎[三六]。

〔一〕少詹:少詹事,官名,詹事府屬官。清代滿漢各一人,正四品。漢少詹往往又兼侍講學士銜。故清代詹事府雖名義上仍爲太子屬官,負有輔導太子之責,實際上與翰林院所掌並無大的不同,專以安置文學侍從之臣。　王阮亭:王士禛(一六三四——一七一一),字子真,一字貽上,號阮亭,又號漁洋山人。山東新城(今桓臺)人。殁後避清世宗(胤禛)諱,改稱士正;乾隆時詔命改稱士禎。順治十五年(一六五八)進士,選揚州府推官,歷任户部郎中、國子監祭酒、左都御史等,累官至刑部尚書。與兄士禄、士祜並致力於詩歌創作,獨以神韻爲宗,主持風雅數十年,門生甚衆,影響很大。著有《帶經堂集》、《漁洋山人精華録》、《居易録》、《池北偶談》等多種。　祭告南海:歷代王朝所謂爲平民祈福而分遣大臣祭祀南海海神的一種禮儀。

〔二〕祝融:南海之神。太公《金匱》:"南海之神曰祝融,東海之神曰勾芒,北海之神曰顓頊,西海之神曰蓐收。"又,《養生雜書》:"東海神名阿明,南海神名祝融,西海神名巨乘,北海神曰禺强。"兩説稍異。　南都:居於南方。都,居。

〔三〕赤龍:謂南海之神龍。赤爲南方之色。　九州:據《尚書·禹貢》,古代中國設冀、豫、雍、揚、兗、徐、梁、青、荆九州,後因以爲中國之代稱。此二句意謂:南海水涌浪滙,乘船而往將是九州以外的地方了。

〔四〕扶桑：神木名。傳説日出其下。《淮南子·天文篇》："日出於暘谷，浴於咸池，拂於扶桑，是謂晨明。"屈原《離騷》："飲余馬於咸池兮，總余轡乎扶桑。"

〔五〕磨旋：卷動。　鱟(hòu)帆：鱟，介類，其腹部甲殼可上下翹動，其殼上舉時，人稱鱟帆。唐段成式《酉陽雜俎》前集一七《廣動植》之二："今鱟殼上有一物，高七八寸，如石珊瑚，俗呼爲鱟帆。"又，宋葉廷珪《海録碎事》卷二二："鱟殼上有物如角，常偃，高七八寸，每遇風至即舉，扇風而行，俗呼之以爲鱟帆。"

〔六〕蜑(dàn)雨：南方所下的雨。蜑，也作"蜒"，古代南方少數民族之一。唐韓愈《清河郡公房公墓碣銘》："管有嶺外十三州之地，林蠻洞蜒，守條死要，不相漁劫。"注："蜒，當作'蜑'，南方夷也。"　蛟室：蛟人居所。蛟人，亦作"鮫人"，傳説居於海底的人。唐孟浩然《永嘉上浦館逢張八子容》詩："廨宇鄰蛟室，人烟接島夷。"　琲：成串的珠子。晉左思《吴都賦》："珠琲闌干。"劉良注："琲，貫也。珠十貫爲一琲。"以上四句寫南海之風雨陰晴，氣候變化。

〔七〕綵縷：彩綫。　蜃樓：濱海地區由於光綫的折射，將遠處景物顯示到空中或地面的奇異景觀。唐蘇味道《詠霧》詩："乍似含龍劍，還疑隱蜃樓。"

〔八〕鰲背：鰲龜脊背。鰲，傳説中的海中大龜(一説大鱉)。唐陸龜蒙《釣磯》詩："坡陀坐鰲背，散漫垂龍發。"

〔九〕靈封：神仙境界。封，封域；封疆。唐陸龜蒙《入林屋洞》詩："屹若造靈封，森如達仙藪。"

〔一〇〕禹鼎：大禹所造之鼎，舊爲國家政權之象徵。《史記·武帝紀》："禹收九牧之金，鑄九鼎，象九州。"

〔一一〕元和：唐憲宗李純年號(八〇五—八二一)。　一老：謂韓愈。韓愈曾作《南海神廟碑》，碑云："海於天地間爲物最鉅，自三代聖王莫不祀事。考於傳記，而南海神次最貴，在北東西三神、河伯之上，號爲祝融。"

〔一二〕"廟貌"句：意謂南海神廟因韓愈所作碑文而名著天下。

〔一三〕元氣：構成天地萬物的原始物質。《漢書・律曆志》上："太極元氣，涵三爲一。"又，東漢王充《論衡・談天》："元氣未分，渾沌爲一。"

〔一四〕康熙甲子：康熙二十三年(一六八四)。康熙，清聖祖愛新覺羅玄燁年號(一六六一——一七二二)。按：據《清史稿》卷七：康熙二十三年冬十月，玄燁南巡泰安，"登泰山，祀東嶽"，隨後，經江蘇淮安府之桃源縣，過高郵湖，渡揚子江，至丹徒，經蘇州，於十一月小駐江寧，爾後迴鑾北歸。

〔一五〕軺(yáo)車：一馬駕之輕便車。《史記・季布傳》："朱家迺乘軺車之洛陽，見汝陰侯滕公。"《索隱》："謂輕車，一馬車也。"這裏即指出使者之車。　時邁：光陰流轉。邁，行進。晉孫楚《除婦服》詩："時邁不停，日月電流。"

〔一六〕瑯玡先生：謂王士禛。清惠棟注補《漁洋山人自撰年譜》卷上："公居諸城，古瑯玡地也。"因稱瑯玡先生。　啣命：奉命；受命。《禮記・檀弓》上："銜君命而使。"銜，同"啣"。按：據《漁洋山人自撰年譜》卷下：康熙二十三年甲子十一月，士禛"奉命祭告南海"，並於次年"二月十日抵廣州，入南海神廟。蕆事，登浴日亭觀海。四月一日發廣州……九月復命。"前後歷時七月之久。

〔一七〕嶺嶠：泛指五嶺地區。《南史・陳武帝紀》："長驅嶺嶠，夢想京畿。"　華蓋：帝王或貴官所用傘蓋。《漢書・王莽傳》："莽乃造華蓋九重，高八丈一尺，金瑵羽葆。"又，晉崔豹《古今注》上："華蓋，黄帝所作也。與蚩尤戰於涿鹿之野，常有五色雲氣、金枝玉葉止於帝上，有花葩之象，故因而作華蓋也。"

〔一八〕奉幣：供奉禮物。幣，本指祭祀或贈送貴客所用的繒帛，後因稱其他聘享的禮物如車馬玉帛等。　趨蹌：步履有節奏的樣子。《詩經・齊風・猗嗟》："巧趨蹌兮，射則臧兮。"

〔一九〕天使：皇帝的使者，此謂王士禛。

〔二〇〕靈旗：神靈的旗幟。唐劉禹錫《七夕》詩之一："河鼓靈旗動，嫦娥破鏡斜。"　肅肅：象聲詞，喻靈旗拂動之聲響。　蓬蓬：雲涌貌。

〔二一〕“向風”句：用春秋時爰居事。《國語·魯語》：“海鳥曰爰居，止於魯東门之外三日，臧文仲使國人祭之。……是歲也，海多大風。”句謂海鳥又一次聽到了祭祀的鐘鼓。

〔二二〕蠻人：對南方少數民族人民的泛稱。　冠帶：借指官吏。此謂王士禛。漢張衡《西京賦》：“冠帶交錯。”注：“冠帶，猶搢紳，謂吏人也。”

〔二三〕邊徼：邊域。　烽燧：謂戰火。燧，報警之烽火。

〔二四〕館閣：指翰林院。按：據《漁洋山人自撰年譜》卷下：康熙十七年戊午(一六七八)正月，士禛“奉旨召對懋勤殿。明日諭内閣：‘户部王士禛詩文兼優，著以翰林官用，改侍講。’未任，轉侍讀。”自此，在翰林院呆了三年。詩故云“公之文章在館閣。”

〔二五〕雄概：雄偉豪邁的氣概。

〔二六〕曩時：昔時；從前。按：據清惠棟注補《漁洋山人自撰年譜》卷上：康熙十一年壬子(一六七二)六月，王士禛“奉命典四川鄉試”，一路所歷山川名勝，“舟車遄發，或至或不至，凡登望皆有詩。崑山葉子吉評曰：‘毋論大篇短章，每首具有二十分力量。所謂獅子搏象，皆用全力也。’盛侍御珍示曰：‘先生《蜀道》諸詩，高古雄放，觀者驚嘆，比於韓、蘇海外諸篇。’”又：“是役也，得詩三百五十篇有奇，爲《蜀道集》。”

〔二七〕愛：通“薆”、“僾”。薩蔽，隱藏。《詩經·邶風·静女》：“愛而不見，搔首踟躕。”又，《禮記·禮運》篇：“故天不愛其道，地不愛其寶，人不愛其情。”

〔二八〕才地：才能與門第。唐杜甫《奉贈盧五丈參謀》詩：“丈人藉才地，門閥冠雲霄。”

〔二九〕才鋒：敏鋭過人的才情。

〔三〇〕擁傳：持握祭告南海的符信。傳，符信。晉崔豹《古今注》下《問答釋義》：“凡傳皆以木爲之，長五寸，書符信於上，又以一板封之，皆封以御史印章，所以爲信也。如今之過所也。”唐杜審言《和李大夫嗣真奉使存撫河東》詩：“擁傳咸翹首，稱觴競比肩。”

〔三一〕胸期：猶胸臆；胸襟。

〔三二〕際：當；適逢其時。　曠典：罕見難逢的典禮。《宋史・樂志》："百年曠典，至是舉行。"

〔三三〕佛桑花：一名花上花。清吴震方《嶺南雜記》："佛桑與扶桑正相似，中心起樓，多一層花瓣。"又，清李調元《南越筆記》："佛桑，一名花上花，花上複花重臺也，即扶桑，蓋一類二種。"　鈎輈：鷓鴣鳴聲。唐李群玉《九子坡聞鷓鴣》詩："正穿屈曲崎嶇路，更聽鈎輈格磔聲。"

〔三四〕瀧瀨：湍急的流水。

〔三五〕陸賈：漢初政論家、辭賦家。楚人。從漢高祖定天下，常出使諸侯爲説客，官至大中大夫。據《史記》卷九七：陸賈曾奉高祖命出使南越賜尉佗王印，言談之後，尉佗"大説陸生，留與飲數月。曰：'越中無足與語，至生來，令我日聞所不聞。'賜陸生橐中裝直千金，他送亦千金。陸生卒拜尉佗爲南越王，令稱臣奉漢約。歸報，高祖大悦。"

〔三六〕"徑尺"句：意謂士禛清公，與陸賈有别，奉命出使祭告南海歸來一無所取，連徑尺高的名貴珊瑚也不復貪愛。

詩作於康熙二十三年十一月游學京師期間，爲頌揚其師王士禛(時任國子監祭酒)而作，全詩脈絡清晰，結體嚴緊，遒勁雄健，故趙翼《甌北詩話》卷一〇評曰："初白古詩其遒練者如《送王兔庵學博赴安順》、《送王阮亭祭告南海》、《送畢鐵嵐督學貴州》、《二虎歌》、《自題廬山紀游後》、《夷門行》、《朱仙鎮岳忠武祠》等作，豪健爽勁，氣足神完，宋以來無此作也。"

人日和朱大司空作〔一〕

纔到春晴馬意驕，金溝流水玉河橋〔二〕。東風吹緑鱗鱗活〔三〕，倒捲餘寒上柳條。

〔一〕人日：農曆正月初七日。南朝梁宗懍《荆楚歲時記》："正月七日爲人日，以七種菜爲羹，剪綵爲人，或鏤金薄帖屏風上，忽戴之，像人入新年，形容改新。"又，《北齊書·魏收傳》："魏帝宴百僚，問何故名人日，皆莫能知。收對曰：'晉議郎董勛《答問禮俗》云：正月一日爲鷄，二日爲狗，三日爲豬，四日爲羊，五日爲牛，六日爲馬，七日爲人。'"　朱大司空：謂工部尚書朱之弼，字右君，順天大興（今屬北京市）人。順治三年（一六四六）進士，選授禮科給事中，轉工科、户科都給事中，授光禄寺少卿，遷左副都御史，擢工部尚書。之弼之子朱儼，日後與初白結爲兒女親家。

〔二〕金溝：京都皇城中金水河。　玉河橋：據《嘉慶重修一統志》："玉河橋在正陽門内御河上，凡三：一跨長安東街，一跨文德坊，一近城垣。"

〔三〕鱗鱗：喻泛起漪漣的河水。南朝梁何遜《下方山》詩："鱗鱗逆去水，瀰瀰急還舟。"

詩作於康熙二十四年（一六八五）正月初七，時居京師，暫寓兵部左侍郎楊雍建邸舍，時年三十六歲。詩寫東風送暖，亦夾料峭寒意。三四兩句一張一束，一鬆一緊，正見其風神摇蕩之姿。

叠舊韻送研溪南歸三首〔一〕（選其一）

軟塵堆裏出都亭〔二〕，却指家山入畫屏。算到清明沙路盡，一鞭淮岸柳條青。

〔一〕研溪：惠周惕，字元龍，號研溪居士，紅豆主人。原名恕，吴縣（今屬江蘇省）人。少從徐枋遊，又曾受業於汪琬。康熙三十年（一六九一）進士，選翰林院庶吉士。散館，改密雲縣知縣，有善政，卒於官。一生邃於經學,爲文有榘度,著有《易傳》、《春秋三禮問》及《硯溪詩文集》。按: 初白最初從湯右曾口中得知惠元龍,後於詩文酒會上識之,遂大加贊賞。此後至康熙三十四年初白離京遊梁,彼此交誼長達十年。

〔二〕軟塵: 軟紅塵,謂京師車馬繁喧景象。宋陸游《仗錫平老自都城回見訪索怡雪堂》詩:"東華軟塵飛撲帽,黄金絡馬人看好。" 都亭: 秦法,十里一亭。郡縣治所則置都亭。《史記·司馬相如傳》:"於是相如往,舍都亭。"《索隱》:"臨邛郭下之亭也。"

詩作於康熙二十四年二三月間,時居京師,仍暫寓兵部左侍郎楊雍建邸舍。全詩婉約輕蒨,空靈雋永,頗得漁洋之妙。"一鞭"句尤使人心怡神爽,耳目爲之一新。

畢鐵嵐僉事將督學貴州枉問黔中風土短章奉答兼以送行〔一〕

浪遊我昨趨黔境〔二〕,一綫乾坤歎蹭蹬〔三〕。辱公就我來問塗〔四〕,臨别能無片言贈。此邦風物口能説,筆墨形容反難罄。但從記憶得大凡〔五〕,一一舟車往堪證。荒程杳邈六千里〔六〕,冷署蒼涼十三郡〔七〕。荒山無樹茅紛披〔八〕,亂水分溪石綿亘〔九〕。金蠶閃閃夜放蠱〔一〇〕,苦霧濛濛晝埋穽〔一一〕。經過密箐偶逢人〔一二〕,雙眼睢盱語難聽〔一三〕。裹頭黑儸氈覆膝〔一四〕,赤脚花苗裙及脛〔一五〕。呼同山鳥似有名,籍隸官司總無姓〔一六〕。其中一二稍秀拔〔一七〕,略解詩書誦聖賢。憑將流寓較土著〔一八〕,有似蓬麻草中勁〔一九〕。卅年況復兩遘亂〔二〇〕，孑孑殘黎偶然剩〔二一〕。此時收斂加冠巾〔二二〕，亟賴名賢計安定〔二三〕。先生制藝傳海内〔二四〕，檃括家家奉龜鏡〔二五〕。昨年選曹得兩浙〔二六〕，私爲鄉人喜稱慶。朝廷有意變成格〔二七〕，使者移官膺後命〔二八〕。勿輕荒徼愁遠宦〔二九〕，此去依然執文柄〔三〇〕。五丁力在山爲開〔三一〕，尚闢蠶叢作蹊徑〔三二〕。苗民雖頑亦人類，向化何嘗絶天性〔三三〕。從來教養視人事，豈謂聲呼無響應。幕中浦郎況才士〔三四〕，唱和溪山好乘興。公聞此語當囅然〔三五〕，快速行裝倚鞭鐙〔三六〕！

〔一〕畢鐵嵐：畢忠吉，字致中，號鐵嵐。山東益都人。　僉事：官名。宋各州府之幕僚，均稱簽書判官廳公事，協理郡政，總管文牘。金置按察司僉事。元時諸衛、諸親軍、安撫諸司，皆置僉事。明因之，都督、都指揮、按察、宣慰、宣撫等，皆有僉事。清初猶沿用其制，乾隆時廢之。　督學：官名。即學政，亦稱"視學"、"學使"。明清時朝廷派駐各省督導教育行政及考試之專職官員。　枉問：猶言下問。枉，謙詞。　黔中：謂貴州。秦始皇時置黔中郡，轄地甚廣，包括今湖南西部、貴州東北部。漢改置武陵郡。唐改置黔中道，治所黔州（今四川省彭水縣）。

〔二〕浪遊：漫遊。唐杜牧《見穆三十宅中庭海榴花謝》詩："堪恨王孫浪遊去，落英狼藉始歸來。"

〔三〕一綫：細微。此喻狹小。　蹭蹬：失意；困頓。宋陸游《秋晚》詩："一生常蹭蹬，萬事略更嘗。"

〔四〕辱：謙詞。承蒙。　塗：通"途"。

〔五〕大凡：猶大要。《荀子·大略》："禮之大凡：事生，飾歡也；送死，飾哀也；軍旅，飾威也。"

〔六〕杳遼：亦作"杳眇"，悠遠、渺茫貌。漢司馬相如《上林賦》："頫杳眇而無見，仰攀橑而捫天。"

〔七〕冷署：清閑冷落之官署。　十三郡：按：自明代設置貴州都指揮使以來，貴州省似未曾領屬十三州府，未知初白何據。《嘉慶重修一統志》卷四九九《貴州統部》："貴州省，領貴陽、安順、平越、都匀、鎮遠、思南、石阡、思州、銅仁、黎平十府。康熙四年，增置黔西府、平遠府、大定府，改烏撒軍民府爲威寧府來隸。"郡，古代行政區劃名。秦統一六國，置三十六郡。漢因之。隋唐後，州郡互稱。宋元設州府，至明而郡廢。清沿明制，郡或爲府之别名。

〔八〕紛披：散亂狀。北周庾信《枯樹賦》："紛披草樹，散亂烟霞。"

〔九〕綿亘：連續不絶。漢揚雄《蜀都賦》："東有巴賨，綿亘百濮。"

〔一〇〕金蠶：貴州境内苗民飼養的一種蠱蟲。參見前《水西行》詩注〔四三〕。

〔一一〕穽：本字作"阱"，獵取野獸的陷坑。

〔一二〕密箐：稠密之大竹林。參前《送王兔庵學博赴安順》詩注〔五〕。

〔一三〕睢盱：仰視貌。參前《送王兔庵學博赴安順》詩注〔六〕。

〔一四〕黑儸：對西南少數民族如彝族、苗族之舊稱。參前《水西行》詩注〔二〕、〔二〇〕。

〔一五〕花苗：苗族之一支。清愛必達《黔南識略》卷一："花苗，衣無衿竅而納諸首，男以青布裹頭，婦人青衣短裙，歛馬鬉尾雜爲髮，大如斗，籠以木梳。裳服先用蠟繪花於布而染之，既染去蠟而花現。衣袖、領緣皆用五色絨線刺綿爲飾，裙亦刺花，故曰花苗。"又，清田雯《黔書》卷上云："婦人多纖好而勤於織，以青布蒙髻，若帽絮之狀。長裙褶積，多者二十餘幅，拖腰以綵布一幅若綬，仍以青布襲之，短僅及腰。"　脛：脚脛。自膝至脚跟的部分。

〔一六〕"呼同"二句：清田雯《黔記》卷上："其人有名無姓，有屬無長。不知正朔，以十二辰屬爲期。無文字，刻木爲信。"

〔一七〕秀拔：美好特出。《三國志·蜀志·彭羕傳》："卿才具秀拔，主公相待至重。"

〔一八〕流寓：寄居他鄉。《後漢書·廉范傳》："范父遭喪亂，客死於蜀漢，范遂流寓西州。"　土著：世代定居於一地。《漢書·張騫傳》:"身毒國在大夏東南,可數千里,其俗土著。"注:"土著者,謂有城廓常居,不隨畜牧移徙也。"後遂稱世代居住在本地的人爲土著。

〔一九〕蓬麻:蓬與麻。喻微賤的事物。蘇軾《求婚啓》:"天質下中,生有蓬麻之陋。"

〔二〇〕遘亂:遭遇動亂。按:"兩遘亂",謂明神宗萬曆二十七年(一五九九)播州宣慰使楊應龍擁兵叛亂及明熹宗天啓年初永寧宣撫史奢崇明反叛兵圍貴陽事。參前《水西行》詩注〔二三〕、〔二五〕等。

〔二一〕孑孑:孤單。唐韓愈《食曲河驛》詩:"而我抱重罪,孑孑萬里程。"　殘黎:遺民;殘存的百姓。清吴偉業《送安慶朱司李之任》詩:"百里殘黎半商賈,十年同榜畫公卿。"

〔二二〕冠巾:《釋名》:"冠,貫也,所以貫韜髮也。巾,謹也。二十成人,士冠,庶人巾。"後因指服飾。此句意謂:漢族流風所被,黔中少數民族漸漸文明開化。

〔二三〕亟:急切;迫切。

〔二四〕制藝:亦稱"制義"。經義之别稱,即八股文。因是制舉應試文章,故稱。《明史·選舉志》二:"其文略仿宋經義,然代古人語氣爲之,體用排偶,謂之八股,通謂之制義。"

〔二五〕檃括:就原有文章之内容、情節,加以剪裁或修改。南朝梁劉勰《文心雕龍·鎔裁篇》:"檃括情理,矯揉文采。"　龜鏡:猶言借鑒。龜可占卜凶吉,鏡能區别美惡,因云。《北史·長孫道生傳》附長孫紹遠遺表:"此數事者,照爛典章。揚搉而言,足爲龜鏡。"

〔二六〕選曹:官名。主銓選官吏事。初白自注:"公赴銓選,初除浙江學使,已而改授。"

〔二七〕成格:成例;常規。

〔二八〕移官:謂變動官職。　膺:接受。

〔二九〕荒徼:荒遠的邊域。唐楊衡《送人流雷州》詩:"不知荒徼外,何處有人家?"

〔三〇〕文柄:考選文士的職權。唐姚合《寄陝府内兄郭冏端公》詩:"相父執文柄,念其心專精。"

〔三一〕五丁:五個力士。詳前《水西行》詩注〔一一〕。

〔三二〕蠶叢:傳爲蜀王先祖。詳前《水西行》注〔一二〕。

〔三三〕向化:謂歸服。《後漢書·寇恂傳》:"今始至上谷而先墮大信,沮向化之心,生離畔之隙,將復何以號令它郡乎?"

〔三四〕浦郎:初白自注:"傅功。"按:此人生平未詳。

〔三五〕囅(chǎn)然:笑貌。晉左思《吴都賦》:"東吴王孫囅然而咍。"劉逵注:"囅,大笑貌。"

〔三六〕鞭鐙:馬鞭和馬鐙。此借指馬匹。

詩作於康熙二十四年五六月間,時居京都,寓兵部左侍郎楊雍建府第。詩之首八句言作詩緣起,緊扣詩題。"荒程杳邈六千里"以下二十句切入正題,就"黔中風土"從歷史到現實步步展開,細細道來,並於叙述之中參以己見:荒徼邊域,且歷經動亂之後,"亟賴名賢計安定",至此,題面之意已足。"先生制藝傳海内"以下十六句承上"計安定"而來,對畢忠吉此行提出希望,其語和愛,其意勤殷。詩末兩句以設想之辭收尾,亦輕掃邊愁遠宦、促其愉快登程之意。全詩遒緊流邕,雖非鏤金錯采,終是神韻自足,寫來得心應手。故趙翼《甌北詩話》卷一〇列之爲"豪健爽勁,氣足神完"之作,清查奕照亦評是詩曰:"便入昌黎堂奥。"

酬别鄭寒村〔一〕

闌風伏雨兼旬卧〔二〕,晴路一鈎新月破。簾前暑退得新涼,門外泥深成埳坷〔三〕。此時有客過言别,躄躠毛驢壓歸馱〔四〕。囊空隣酒賒不來,醒眼相看但愁坐。一篇削槀辱佳序〔五〕,七字留詩慚屬和。余才弇陋非爾敵〔六〕,强似珠璣承咳唾〔七〕。甬東同學屈指論〔八〕,往往傳經接師座〔九〕。故人再與瀛洲選〔一〇〕,一鄭滎陽尚摧挫〔一一〕。失群行李獨淹泊〔一二〕,有價文章久傳播〔一三〕。燕山此度六往來〔一四〕,未免征衫被塵涴〔一五〕。干時少術非爾病〔一六〕,當路無援是誰過。向來人盡棄所長,遠到君能見其大。古人可作乃殊代〔一七〕,同調相求凡幾箇〔一八〕。勿將時命較窮通〔一九〕,衹許才名出寒餓〔二〇〕。羨君有志成果決,笑我無端逐游惰。偶逢知己私自嘆,每送歸人輒相賀。荆榛滿地羊觸藩〔二一〕,日月周天蟻旋磨〔二二〕。故鄉樂事殊可憶,欲往從之正無那〔二三〕。秋風一騎不可留,八月江田熟香糯〔二四〕。

〔一〕鄭寒村:鄭梁(一六三六—一七一三),字禹門,一字禹梅,號寒村。浙江慈溪人。曾受學於黄宗羲。康熙二十七年(一六八八)進士,改庶吉士。官刑部主事,出爲廣東高州知府。歸里,以風痺右體竟廢,改名風,號半人,吟詠如故。著有《寒村集》三十六卷。

〔二〕闌風伏雨:謂夏秋之際的風雨。後亦泛指風雨不已。

〔三〕埳坷:同“坎坷”、“坎軻”。

〔四〕躄躠(bì xiè):行動遲緩貌。唐李賀《感諷》詩:“奇俊無少年,日車何躄躠!”

〔五〕“削藁”句:初白自注:“寒村臨行爲余序《慎旃二集》。”又,《敬業堂詩集》鄭梁序文云:“暑退秋來,襆被南返,查子過别,索序此編,長吟低諷,慨然喜其與余有合也。”削藁,同“削稿”。謂删改定稿。《北史·封隆之傳》:“隆之首參神武,經略奇謀,皆密以啓聞手書削藁,罕知於外。”

〔六〕弇(yǎn)陋:淺薄。

〔七〕“强似”句:意謂鄭梁序文之彌足珍貴。珠璣,喻珍貴。咳唾,喻言論。《莊子·秋水篇》:“子不見夫唾者乎?噴則大者如珠,小者如霧。”乃此句所本。

〔八〕甬東同學：凡二十餘人。據清黄炳垕《黄宗羲年譜》卷中：“康熙四年春，甬上萬充宗斯大、季野斯同、陳介眉錫嘏、夔獻赤衷、董在中允瑫、巽子道權、吴仲允璘、仇滄柱兆鰲等二十餘人，咸來受業，信宿南樓而返。……六年五月，慈邑鄭禹梅梁始見公，公授以《子劉子學言》、《聖學宗要》諸書。禹梅聞公之論，自焚其稿，不留一字，而名是年後之稿曰《見黄稿》。”甬東，甬江之東。此指浙東地區。

〔九〕“往往”句：初白自注：“余與寒村俱出黄門。”

〔一〇〕“故人”句：初白自注：“謂介眉、滄柱兩太史。”按：“再與瀛洲選”，意謂入選文學學士。《新唐書・褚亮傳》：“武德四年，太宗爲天策上將軍，寇亂稍平，乃鄉儒，宫城西作文學館，收聘賢才……命閻立本圖像，使亮爲之贊，題名字爵里，號‘十八學士’，藏之書府，以章禮賢之重。方是時，在選中者，天下所慕向，謂之‘登瀛洲’。”

〔一一〕“一鄭”句：意謂鄭梁赴試未售。按：鄭梁曾五上春官，落魄科場，失意之極。滎陽，郡名。爲鄭姓郡望。鄭梁亦鄭姓，初白按例稱其郡望。　摧挫，謂科舉不順，遭受挫折。

〔一二〕淹泊：漂泊。唐皇甫冉《江草歌送盧判官》詩：“問君行邁將何之，淹泊沿洄風日遲。”

〔一三〕“有價”句：《四庫全書總目》卷一八三：“梁受學於黄宗羲。其文得之宗羲者爲多，而根柢較宗羲少薄。詩則旁門别徑，殆所謂有韻之語録。”

〔一四〕燕山：山名。《嘉慶重修一統志》卷七《順天府》二：“燕山，在薊州東南五十五里，高千仞，陡絶不可攀。與遵化州及玉田縣接界。”此以山指地，代北京。

〔一五〕涴（wò）：同“污”。污染；弄髒。《廣韻》：“涴，泥著物也。亦作‘污’。”

〔一六〕干時：求合於當時。干，求取。《管子・小匡篇》：“寡人欲修政以干時於天下，其可乎？”　病：耻辱。《儀禮・士冠禮》：“某不敏，恐不能共事，以病吾子，敢辭。”鄭玄注：“病，猶辱也。”一説，病即毛病；缺點。《莊子・讓王》：“學而不能行謂之病。”

〔一七〕可作：復生；再生。即“九原可作”之省詞。語本《國語・晉語》八：“趙文子與叔向遊於九原，曰：‘死者若可作也，吾誰與歸？’”韋昭注：“作，起也。”　殊代：時代不同。

〔一八〕同調：聲調相同。喻志趣相合。南朝宋謝靈運《七里瀨》詩：“誰謂古今殊，異代可同調。”

〔一九〕窮通：困厄與顯達。《莊子・讓王篇》：“古之得道者，窮亦樂，通亦樂，所樂非窮通也。”

〔二〇〕寒餓：謂貧困窘迫。蘇軾《病中大雪數日未嘗起觀號令張薦以詩相屬戲用其韵答之》詩：“詩人例窮蹇，秀句出寒餓。”

〔二一〕荆榛滿地：喻舉步維艱。　觸藩：用角抵撞籬垣。喻所至碰壁，進退兩難。《易・大壯》：“羝羊觸藩，羸其角。”

〔二二〕蟻旋磨：喻勞碌終生，不由自主。語本《晉書・天文志》上：“天圓如張蓋，地方如棋局。天旁轉如推磨而左行，日月右行，隨天左轉，故日月實東行，而天牽之以西没。譬之於蟻行磨石之上，磨左轉而蟻右行，磨疾而蟻遲，故不得不隨磨以左迴焉。”

〔二三〕無那：無可奈何。

〔二四〕香糯：一種味香的糯米。

詩作於康熙二十四年秋，時秋闈被放，逗留京師，應兵部左侍郎楊雍建之邀，暫寓其邸舍。鄭梁爲初白同學，在詩歌創作上，二人均瓣香東坡，堪稱同調。此番二人又同應秋試，一并下第，故贈别詩中大有惺惺相惜之意。詩之首十句點明“酬别”之時令氣候，周圍環境，竭力爲切入正題醖釀一種孤寂凄清之氛圍，以作鋪墊。“余才弇陋非爾敵”以下十八句，正面叙寫“酬别”之情，惜别之意，爲鄭梁的懷才不遇甚感惋惜。詩末十句由送人而及己，由惜人而自惜，過渡自然，了無痕跡。全詩意隨筆至，酣暢淋漓，辭意並工，絶無生澀率易之病。趙翼列其爲初白七言古體之“上乘”之作。清查奕照評是詩曰：“一結有江上峯青之韻。”

永安寺頻婆花下〔一〕

啼鴂聲中日向斜〔二〕，閉門春盡似村家。黄蜂飛過短牆去，零落頻婆兩樹花。

〔一〕永安寺：即卧佛寺。詳參前《卧佛寺》詩注〔一〕。　頻婆花：即柰花。明李時珍《本草綱目》卷三〇："柰，梵言謂之頻婆，今北人亦稱之。與林檎一類二種也。"按：柰，即今之花紅，亦稱沙果。明文震亨《長物志》卷一一："花紅，西北稱柰，家以爲脯，即今之蘋婆果是也。"

〔二〕啼鴂(jué)聲：杜鵑啼聲。鴂：鶗鴂，一作"鵜鴂"，即杜鵑鳥。東漢張衡《思玄賦》："恃己知而華予兮，鶗鴂鳴而不芳。"注："《臨海異物志》曰：'鶗鴂，一名杜鵑，至三月鳴，晝夜不止，夏末乃止。'"

詩作於康熙二十五年(一六八六)初夏，時居京師，仍暫寓兵部左侍郎楊雍建邸舍，年三十七歲。全詩以動顯静，自然超逸，表現了一種清幽閒寂的意象與情趣。

飛蝗行和少司馬楊公〔一〕

去冬臘雪不蓋土，今歲天行旱畿輔〔二〕。門前有客來故鄉，爲言千里皆飛蝗。緑陂青野一時失〔三〕，但見黄雲蔽白日。我聞此語方長嘆，愁坐不知天宇寬。有聲薮薮自南至〔四〕，驟聽乍疑風雨勢。舉頭杲杲燒火輪〔五〕，中庭過影何紛繽[六]。蜻蜓蚱蜢亦群舞[七],倏度宫城齊振羽[八]。宫城十丈高巍巍,誰能禁爾漫天飛?

〔一〕少司馬:即兵部侍郎。　楊公:謂楊雍建。字自西,號以齋。浙江海寧人。順治甲午(一六五四)舉順天鄉試,乙未成進士。知高要縣,召授兵科給事中,晉通政使,歷太僕寺卿,擢都察院左副都御史,巡撫貴州,入爲兵部左侍郎。歷三垣三載,疏前後三十上,嘗一日而上九疏,直聲振朝野。著有《黄門疏稿》二卷、《撫黔奏疏》八卷、《景疏樓詩文》十卷、《自怡集》一卷等。

〔二〕天行:天體的運行。《易·乾》:"天行健,君子以自强不息。"又,《荀子·天論》:"天行有常,不爲堯存,不爲桀亡。"　畿輔:舊稱王都所在,泛指京城地區。

〔三〕緑陂青野:謂緑色的田野。

〔四〕蔌(sù)蔌:風聲勁急貌。此喻蝗蟲齊集群飛的聲響。

〔五〕杲(gǎo)杲:喻太陽的明亮。《詩經·衛風·伯兮》:"其雨其雨,杲杲出日。"　火輪:喻太陽。唐蔣防《登天台山望海日初出》賦:"火輪上碾,燒碧落之氛埃;金汁下融,躍紅爐之波浪。"

〔六〕紛繽:繽紛的倒置,雜亂衆多貌。

〔七〕蚱蜢:蝗蟲,似螽而小,爲危害禾苗與豆類之害蟲。《本草綱目》卷四十一:"阜螽,總名也,江東呼爲蚱蜢。謂其瘦長善跳,窄而猛也。"

〔八〕倏(shū):疾速、忽然。

詩作於康熙二十五年夏,時居京師,仍暫寓兵部左侍郎楊雍建邸舍。詩寫京師已遭遇旱災,不意又逢着特大的蟲災。大災之後,必有凶年。一貫有着仁民愛物思想的作者,不能不爲國計民生而擔憂生愁,坐立不安。可是面對作惡千里的蝗蟲,詩人却無可奈何,一籌莫展。清查奕照評是詩末句云:"詩中有刺。"

武陵楊長蒼重來都下感舊有贈〔一〕

建業相逢記一樽〔二〕，飛蓬心跡感重論〔三〕。舊家春燕烏衣巷〔四〕，故國秋瓜覆盎門〔五〕。愁倚白頭絲減鬢，閒繙青史淚交痕〔六〕。可堪潦倒風塵際，還見元和一品孫〔七〕。

〔一〕武陵：郡名。參前《武陵送春》詩注〔一〕。　楊長蒼：明兵部尚書楊嗣昌長子。名山松，字長蒼，一字龍髯，别號忍古頭陀。以蔭襲錦衣衛指揮軍監紀同知，才略明敏。從父督師，贊畫軍務，每至達旦。嗣昌卒，廷臣交章疏劾其病國事，山松撰《孤兒籲天録》以上，爲父辯白。吴三桂反，欲授以職事，山松避隱江南得免。

〔二〕建業：古縣名，治所在今南京市。後改"業"爲"鄴"，爲三國時吴國都城。晉建興元年，因避愍帝司馬鄴諱，改名建康。按：初白《敬業堂詩集》中，與楊長蒼交往詩僅此一首，其"建業相逢"時，或在康熙十八年(一六七九)夏初白赴荆州途經南京時，或在康熙二十一(一六八二)年秋由貴陽返歸家園道經南京時。

〔三〕飛蓬：飄蕩不定之蓬草。後因以喻人生之飄忽無定。　心跡：存心與行事。唐杜甫《屏跡》詩之一："杖藜從白首，心跡喜雙清。"

〔四〕烏衣巷：地名。在今南京市東南。三國吴時曾於此置烏衣營，以兵士服烏衣而名。東晉時，王謝諸望族居此。唐劉禹錫《烏衣巷》詩："朱雀橋邊野草花，烏衣巷口夕陽斜。舊時王謝堂前燕，飛入尋常百姓家。"此用其意，意謂楊山松昔日門楣高貴，如今却家道衰落了。

〔五〕故國秋瓜：用秦召(一作"邵")平種瓜長安城青門外事。《史記·蕭相國世家》："召平者，故秦東陵侯。秦破，爲布衣，貧，種瓜於長安城東。瓜美，故世俗謂之東陵瓜，從召平以爲名也。"　覆盎門：《漢書·劉屈氂傳》："太子軍敗，南奔覆盎門得出。"注："長安城南出東頭第一門曰覆盎門,一號杜門。"唐杜牧《憶游朱坡四韵》詩:"秋草樊川路,斜陽覆盎門。"

〔六〕繙:同"翻"。

〔七〕元和:唐憲宗李純年號(八〇六—八二〇)。　一品孫:尊貴人家的後裔。唐賈島《贈杜悰駙馬》詩:"妻是九重天子女,身爲一品令公孫。"

詩作於康熙二十五年夏秋之際,時居京師,仍暫寓兵部左侍郎楊雍建邸舍。兵部侍郎楊嗣昌是明思宗朱由檢的臺閣重臣,曾官"禮部尚書兼東閣大學士,入參機務,仍掌兵部事"(《明史》本傳)。作爲他的後人,楊山松在父親亡故後未再爲官從政,而是明智地抽身退步,就此從"一品孫"而變成了一個普通百姓。初白與他在京師重逢,想起他的顯赫家世,聯繫彼此的"潦倒風塵",不由感慨萬端。一結"還見"二字,不盡今昔之慨,萬語千言,盡在不言之中。

王甥漢臯南歸詩以示别二首〔一〕(選其二)

汝去真長策〔二〕,吾留轉寂寥〔三〕。雪燈分袂影〔四〕,風柳斷腸條。客久人情覺,春寒酒力消。自今長短夢,無夜不河橋〔五〕。

〔一〕王漢臯:初白外甥,生平未詳。

〔二〕長策:考慮長遠的謀略。唐鄭嚴《送韋員外赴朔方》詩:"坐聞長策利,終見勒銘迴。"

〔三〕寂寥:空虚。《老子》上:"寂兮寥兮。"

〔四〕分袂:離别。梁何遜《贈從兄與寧寘南》詩:"當憐此分袂,脈脈淚沾衣。”

〔五〕河橋：蒲津橋，始建於戰國秦昭襄王，在山西臨晉縣東黄河上。此泛指一般道路橋梁，亦用以指代歸途。

詩作於康熙二十六年(一六八七)春，時年三十八歲。其《人海集·序》曰：“故人吴漢槎殁後，有以不肖姓名達於明相國左右者，遂延置門館，令子若孫受業焉。下榻府西偏，去南城十里而遥，人事罕接，間有吟詠，率出傳題酬應。自丙寅仲冬迄戊辰初春，凡十五月。”是詩即作於授館相國明珠府邸時。詩雖送别親人，却委婉而傷感地道出了自己獨留京師的寂寞虚空，作客他鄉的無聊乏味及對故鄉親友的眷戀懷念之情。詩之頷聯、頸聯，不唯對仗精致工巧，而且如繪如畫，親切可感，給人一種身臨其境、親歷其事的深切感受。“百念因君多撥觸，最愁人是望鄉時”(《送叔毅南歸即次留别原韵三首》之三)，可視爲此詩注腳。清查奕照評曰：“情至之語，讀之淚落。”

北城寒食有懷南郊舊遊寄呈朱大司空並索玉友荆州和二首〔一〕(選其一)

早桃開後倦游情，春事無端閲鳳城〔二〕。忽聽賣花聲到耳，始知明日又清明。

〔一〕寒食：節令名。在農曆清明前一或二日。南朝梁宗懔《荆楚歲時記》：“去冬節一百五日，即有疾風甚雨，謂之寒食，禁火三日，造餳大麥粥。” 朱大司空：謂工部尚書朱之弼，參前《人日和朱大司空作》注〔一〕。 玉友：錢良擇，字玉友，一字木庵。江南常熟人，錢陸燦族孫。一生游歷遍天下，爲詩豪放，著有《撫雲集》。清沈德潛《清詩别裁集》卷二六：“玉友隨大吏出使海外，又同朝貴使塞外絶域。爲詩感激豪宕,不主故常。而所選唐詩,又兢兢規格,如出二人。議論不可一律拘也。”　荆州:初白族兄查嗣韓(一六四五——一七一〇),字荆州,號皐亭,别號師退。據《浙江通志》卷一七八引陳廷敬《查嗣韓傳》:“家赤貧。過時而學,初不知有司尺度,其族叔繼佐獨嘆爲未易才。補錢塘諸生,旋入監,肄業十三年,不拆家信,埋頭誦習。夜分欲睡,輒舉火灼兩臂,至無完膚。康熙丁卯(一六八七),以五經應順天鄉試。……戊辰(一六八八)捷南宫,廷試一甲第二,授編修。辛未(一六九一)充會試同考。嘗主順天武鄉試,未改官而卒。”

〔二〕鳳城:謂京都。相傳秦穆公之女弄玉,吹簫引鳳,鳳皇降於京都,故曰丹鳳城。後因稱京都爲鳳城。唐杜甫《夜》詩:“步蟾倚仗看牛斗,銀漢遥應接鳳城。”注:“鳳城,言長安也。”

詩作於康熙二十六年三月。時居京城,館於相國明珠家。兩年前的花朝、春分,工部尚書朱之弼曾招初白等遊春京郊南莊,如今時臨寒食清明,不由勾起詩人對昔日遊會歡悦的美好回憶。人事碌碌,歲月忽忽。詩中“忽聽”、“始知”四字,言情婉曲,吐屬藴藉,正是這一情景的生動寫照。

送宋牧仲提刑山東〔一〕

名封十二接關城〔二〕,繡斧前頭父老迎〔三〕。問俗潛移齊右姓〔四〕,下車先揖魯諸生〔五〕。天開島日三更白〔六〕,濟入河流一道清〔七〕。歷下亭邊名士會〔八〕,騷壇行見續詩盟〔九〕。

〔一〕宋牧仲:宋犖(一六三四——一七一三),字牧仲,號漫堂,又號西陂、綿津山人。河南商丘人。順治四年(一六四七),應詔以大臣之子列侍衛。逾歲,試授通判。康熙中歷官理藩院院判,遷刑部員外郎。二十六年(一六八七)遷山東按察使。累官至吏部尚書,加太子少師。犖精于鑒藏,能詩善畫,淹通典籍,熟習掌故。論詩尊杜甫,創作仿蘇軾。清沈德潛《清詩別裁集》卷一三云:"(犖)所作詩古體主奔放,近體立生新,意在規仿東坡。時宗之者,非蘇不學矣。"著有《漫堂説詩》、《西陂類稿》、《滄浪小志》、《漫堂墨品》、《筠廊偶筆》等,並編有《江左十五子詩選》,以提倡後學。　提刑:官名,即提刑按察使,掌管一省司法。

〔二〕名封:著名的疆域。封,疆界;界域。　十二:指代山東。語本《史記·高祖本紀》:"夫齊,東有琅邪、即墨之饒,南有泰山之固,西有濁河之限,北有勃海之利。地方二千里,持戟百萬,縣隔千里之外,齊得十二焉,故此東西秦也。"《索隱》:"言餘諸侯十萬,齊地形勝亦倍於他國,當二十萬人也。"

〔三〕繡斧:執法大吏之别稱,此謂宋犖。據《漢書》卷六:武帝天漢二年(前九九)秋,"泰山、琅邪群盜徐教等阻山攻城,道路不通。遣直指使者暴勝之等衣繡衣杖斧分部逐捕。刺史郡守以下皆伏誅。"後因以"繡斧"指皇帝特遣的執法大吏。宋楊萬里《送周元吉顯謨左司將漕湖北》詩之一:"繡斧光華誰不羨,一賢去國欠人留。"

〔四〕"問俗"句:意謂宋犖榮遷山東按察使將會逐步改變齊地不良風俗。　右姓,大姓。《後漢書·郭汲傳》:"强宗右姓,各擁衆保營,莫肯先附。"

〔五〕"下車"句:意謂宋犖身爲山東按察使,下車伊始,必先尊重山東儒生。　魯諸生,《漢書·叔孫通傳》:"劉邦定天下,叔孫通爲制帝王之禮,徵魯地諸生三十餘人。有兩生不肯行,曰:'公所爲不合古,吾不行。公往矣,無汙我!'"

〔六〕"天開"句:意謂山東爲臨近東海之半島,每天朝日初升,三更即可見天光明亮。

〔七〕濟:濟水,古四瀆之一。《尚書·禹貢》:"導沇水,東流爲濟,入於河。”按：春秋時濟水經曹魏齊魯之界，在齊界爲齊濟，在魯界爲魯濟，亦稱沇水，源出河南濟源縣西王屋山，東南流爲豬龍河，入黄河。　河：黄河。

〔八〕歷下亭：一稱古歷亭，亦名客亭。在今濟南市大明湖中小島上。唐天寶四載(七四五)，著名大詩人杜甫與著名大書法家北海太守李邕相會濟南，杜甫作有《陪李北海宴歷下亭》詩，詩云：“海右此亭古，濟南名士多。”原亭已廢，今亭乃清代重建之物。

〔九〕騷壇：猶言詩界；詩壇。語本唐杜牧《雪晴訪趙嘏街西所居三韻》：“命代風騷將，誰登李杜壇？”又，宋衛宗武《和張菊存寄》詩：“騷壇新領袖，上國舊衣冠。”　行見：將見。行，將要。　詩盟：詩酒盟會。宋余靖《贈慧照大師》詩：“士林傳字法，僧國主詩盟。”

詩作於康熙二十六年，時居京師自怡園，授業相國明珠子揆敘。宋犖爲初白在京師所結交的新雨，從集中所作看，彼此雖有交往，但關係並不密切。五年後，宋犖由江西巡撫調任江蘇巡撫時，曾邀請初白入幕，初白却以“敢謂山林便野性，倦飛無分借秋風”婉謝之。此後，除了宋犖八十壽辰時初白曾寫了一首賀詩外，二人間再無什麽聯繫。就此詩而言，首聯搭頟，緊扣詩題，“名封十二”用典極爲貼切。頷聯承上“繡斧”句，順勢而下，就“提刑”申足詩意，既是對宋犖爲官行政的合理推想，也是對他新官上任的誠摯企望。頸聯承上“名封”句，就“山東”續寫地望，不唯對仗工穩，而且一語雙關，以天白水清切爲官清正，意深語妙。尾聯聯繫山東乃孔子故鄉，文化素稱發達的歷史，表現了對其未來文風盛行的展望。此詩雖屬應酬，但寫得大度得體，不卑不亢。

送周青士南歸〔一〕

人間不是少知音，愛爾蕭然抱素襟〔二〕。潮似歸期還有信〔三〕,雲雖出岫本無心〔四〕。戰回酒敵黄花老〔五〕,收取詩名白髮深〔六〕。此去浮家烟水際,五湖一葉許誰尋〔七〕?

〔一〕周青士:周篔(一六二二—一六八七),初名筠,字公貞,更字青士,號簹谷。浙江嘉興人。少遭亂,棄舉業,布衣以終,有《采山堂詩》八卷。阮元《兩浙輶軒録》引《視昔編》:"簹谷少嗜學,學成去,學賈,且賈且讀,身雖在市闤中,未嘗一日無詩也。與竹垞、藍村、秋錦最友善,相唱酬,詩日工,名日著,遠近英流槃造簹焉。至則具酒肴,聚晨夕。有貧乏者,周之傾橐。不少惜其有才名而未獲謀面者,冀一得見爲快。或輕帆一葉,或徒步重繭,興至即行,雖家人莫知其踪迹也。"

〔二〕蕭然:冷落,淒清。此謂胸懷落寞,與世無争。　素襟:素懷;素心。

〔三〕信:潮水漲落有定時,因云。唐劉長卿《奉送裴員外赴上都》詩:"獨過潯陽去,空憐潮信迴。"

〔四〕"雲雖"句:語本晉陶潛《歸去來兮辭》:"雲無心以出岫,鳥倦飛而知還。"岫(xiù),山洞。

〔五〕黄花:菊花。秋令屬金,菊花盛開,以黄爲正,故稱黄花。唐杜甫詩:"伊昔黄花酒,如今白髮翁。"

〔六〕"收取"句:清許燦《梅里詩輯》:"周布衣古文出入歐、曾,惜其散佚,世無知者。詩篇真趣流行,清超樸淡,五言尤勝。"

〔七〕五湖:太湖。北魏酈道元《水經注》卷二九:"五湖,謂長蕩湖、太湖、射湖、貴湖、滆湖也。郭景純《江賦》曰:'注五湖以漫漭。'蓋言江水經緯五湖而苞注太湖也。是以左丘明述《國語》曰'越伐吴,戰于五湖'是也。又云:'范蠡滅吴,返至五湖而辭越。'斯乃太湖之兼攝通稱也。虞翻曰:'是湖有五道,故曰五湖。'韋昭曰:'五湖,今太湖也。'"　一葉:謂小船。唐雍陶《峽中行》詩:"兩崖開盡水回環,一葉才通石罅間。"

詩作於康熙二十六年秋,時居京師自怡園。周篔與初白表兄朱彝尊是同鄉,又是至交,故與初白亦交好,唯周篔此次南歸尚未到家即半途客死淮南,是此詩可視爲二人之訣别詩。詩之首聯直接切入詩題,視送客爲知音。詩之中間二聯承上"素襟"而來,叙寫周篔之詩才人品,淡泊胸襟及彼此詩酒酬唱之深厚交誼。尾聯則表現了作者對周篔飄忽無定、浪跡天涯的無比關心。全詩情真意切,質樸雅淡,其頸聯意警句新,格調蒼老,爲傳世名句。

舟夜書所見

月黑見漁燈,孤光一點螢。微微風簇浪〔一〕,散作滿河星。

〔一〕簇:簇擁;堆積。宋王安石《桂枝香》詞:"翠峯如簇。"

詩作於康熙二十七年(一六八八)春,時年三十九歲。其《春帆集·序》云:"客京師忽四年,戊辰二月以外舅陸翁(嘉淑)抱恙,扶侍南歸。水程濡滯,凡四閱月,舟中多暇,以詩送日。"此詩即作于扶侍岳丈陸射山一起乘船返鄉途中。全詩一不着色,二不敷彩,全用白描。其寫黑夜、漁燈及燈影在風浪中的變化,層次分明,静中有動。而浪簇光散,尤顯得意境優美,極富情致。

亂　鴉

白項非無種〔一〕,烏頭亦有名〔二〕。野田留點點,古墓去程程。陣忽遮天暗，貪因得食争。君看稻粱雁〔三〕，失次敢先行〔四〕？

〔一〕“白項”句：晉郭義恭《廣志》：“烏有白頸烏。”
〔二〕“烏頭”句：《本草集解》：“烏有四種。《禽經》云：‘慈烏反哺，白脰不祥，大嘴善警，黑烏吟夜。’”又，《格物論》：“烏鴉之别名種類亦繁，有小而多群、腹下白者爲鴉烏，有小觜而白、比他烏微小，長而反哺其母者爲慈烏。大喙及白頸而不能反哺者，南人謂之鬼雀，又謂之鵯鶋。”
〔三〕稻粱雁：北周庾信《趙王惠酒》詩：“未知稻粱雁，何時能報恩？”
〔四〕失次：失去秩序。晉羊祜《雁賦》云：“鳴則相和，行則接武；前不絶貫，後不越序；齊力不期而並至，同趣不要而自聚。”

詩作於康熙二十七年春，時扶侍其抱病之岳丈陸射山由京城乘舟返歸鄉里。詩賦亂鴉，故除首聯外，餘皆緊扣一“亂”字作文章，尤其是中間兩聯，寫群鴉齊飛覓食情狀活靈活現，栩栩如生。尾聯以行有隊形、“後不越序”的大雁與其喧噪争食相對比，表現了詩人重君子而輕小人的政治傾向。

泊頭鎮見杏花〔一〕

澹烟消處日初銜，酒旆微風到布帆〔二〕。我自偶從花底過，不勞蝴蝶上春衫。

〔一〕泊頭鎮：《嘉慶重修一統志》卷二二：“泊頭鎮，在（河間府）交河縣東五十里衛河西岸，有城，商賈環集。有管河通判及主簿駐此，舊設巡司,今裁。”

〔二〕酒旆(pèi):酒旗;酒帘。旆,同“旆”,大旗。

詩作於康熙二十七年二三月間,時扶侍其岳丈陸射山由京城返歸鄉里道經交河縣。詩之前兩句交待時間、地點:“日初銜”,分明是早上;“酒旆微風”,自是小鎮風光。“我自偶從花底過”切入正題“見杏花”,“不勞蝴蝶上春衫”則略帶幽默與喜悦。全詩明快灑脱,意趣盎然;風調清逸,疏宕超爽。

夾馬營[一]

櫪馬驚嘶嘶不止[二],紅光夜半熊熊起[三]。男兒墮地稱英雄,檢校還朝作天子[四]。陳橋草草被冕旒[五],版籍不登十六州[六]。却將玉斧畫大渡[七],肯遣金戈踰白溝[八]。隔河便是遼家地,鄉社枌榆委邊鄙[九]。當時已少廓清功[一〇],莫怪孱孫主和議[一一]。君不見蛇分鹿死闢西京[一二],豐沛歸來燕代平[一三]。至今芒碭連雲氣[一四],不似蕭蕭夾馬營。

〔一〕夾馬營:宋太祖趙匡胤生地。《嘉慶重修一統志》卷二〇六:“夾馬營,在洛陽縣(清屬河南府)東北二十里。”又,清趙翼《甌北集》卷三:“德州南有地名夾馬營,查初白詩謂即宋祖所生地,而以不能克復燕雲,致鄉社抛落邊鄙,曾不如漢高之統有燕代,詩中有微詞焉。按《宋紀》,太祖生洛陽夾馬營,張淏《雲谷雜記》及孫公《談圃》亦云,而釋文瑩《玉壺清話》並載夾馬營在西京,太祖兒時埋一石馬于巷内,登極後還鄉掘得之,登臺發矢,矢落處即營爲永昌陵，而以石馬預誌其地。是夾馬營在洛陽，此地特名偶同，未可牽合。又，楊誠齋《揮麈録》謂南京應天寺，本後唐夾馬營。大中祥符二年，以太祖所生地建寺錫名云云，其説稍岐。然宋南京，乃今歸德府，亦非德州地也，詩以正之。"

〔二〕"櫪馬"句：意謂夾馬營之馬匹，因見宋太祖出生時的異兆而長嘶驚叫不已。櫪，馬槽。

〔三〕"紅光"句：《宋史·太祖本紀》一："後唐天成二年（九二七），生於洛陽夾馬營，赤光繞屋，異香經宿不散，體有金色，三日不變。既長，容貌雄偉，器度豁如，識者知其非常人。"

〔四〕"檢校"句：謂趙匡胤代後周立宋之事。詳見注〔五〕。據《宋史·太祖本紀》一：後周顯德六年（九五九），"世宗北征，爲水陸都部署。及莫州，先至瓦橋關，降其守將姚内斌，戰却數千騎，關南平。世宗在道，閲四方文書，得韋囊，中有木三尺餘，題云'點檢作天子'，異之。時張永德爲點檢，世宗不豫，還京師，拜太祖檢校太傅、殿前都點檢，以代永德。恭帝即位，改歸德軍節度、檢校太尉。"

〔五〕陳橋：陳橋鎮，亦名陳橋驛，在今河南開封縣東北四十里，宋太祖爲軍士擁立於此。據《宋史·太祖本紀》一：後周顯德七年（九六〇）春，"北漢結契丹入寇，命出師禦之。次陳橋驛，軍中知星者苗訓引門吏楚昭輔視日下復有一日，黑光摩盪者久之。夜五鼓，軍士集驛門，宣言策點檢爲天子，或止之，衆不聽。遲明，逼寢所，太宗入白，太祖起。諸校露刃列于庭，曰：'諸軍無主，願策太尉爲天子。'未及對，有以黄衣加太祖身，衆皆羅拜，呼萬歲，即掖太祖乘馬"，返朝即皇帝位。　冕旒：古代禮冠之最爲尊貴者，其制玄表朱裏，冠頂有版，後高前低，其形若俯，故曰冕。其頂上之版，謂之綖，綖之前後兩端，有組纓下垂，謂之旒。天子之冕十有二旒，諸侯九，上大夫七，下大夫五，宋後臣下不用冕。

〔六〕"版籍"句：意謂宋興後仍未能收復石敬瑭割讓給契丹的十六州國土。版籍，圖籍，記載國家疆域、户籍之書。據《新五代史》卷八：後晉天福元年（九三六）九月，"契丹耶律德光入自雁門，與唐兵戰，（張）敬達大敗。（石）敬塘夜出北門見耶律德光，約爲父子。十一月丁酉，皇帝即位，國號晉。以幽、涿、薊、檀、順、瀛、莫、蔚、朔、雲、應、新、嬀、儒、武、寰州入于契丹。"

〔七〕"却將"句：清馮甦《滇考》云："宋王全斌平蜀，以滇圖進，太祖鑒唐之禍，起於南詔，以玉斧畫大渡河曰：'外此非吾有也。'由是雲南不通中國。"玉斧，亦名劈正斧，以蒼水玉碾造單刃，高兩尺餘，爲古代帝王儀仗之一。大渡，大渡河，源出四川西北之大雪山，至峨眉縣，合於岷江。

〔八〕白溝：白溝河。《廣輿記》："白溝河在直隸新城縣。"注："宋與遼分界於此。"

〔九〕鄉社：村社。　枌（fén）榆：《史記集解》引張晏曰："或曰枌榆，鄉名，（漢）高祖里社也。"後因稱故鄉爲枌榆。　邊鄙：近邊界的地方。按，宋太祖爲涿郡人，故云"委邊鄙"。

〔一〇〕廓清：肅清；掃清。

〔一一〕孱（chán）孫：懦弱的兒孫。按，北宋對遼、夏，南宋對金，均取屈辱求和政策，因云。

〔一二〕蛇分：謂漢高祖斬蛇起義。《漢書・高帝紀》："高祖被酒，夜徑澤中，令一人前行。行前者還報曰：'前有大蛇當徑，願還。'高祖醉，曰：'壯士行，何畏？'乃前，拔劍斬蛇。蛇分爲兩，道開。"　鹿死：謂得天下。《漢書・蒯通傳》："秦失其鹿，天下共逐之。於是高材疾足者先得焉。"《晉書・石勒載記》："并驅于中原，未知鹿死誰手。"　西京：謂西漢都城長安（今陝西西安）。

〔一三〕"豐沛"句：漢高祖爲沛之豐邑人，故其故鄉爲豐沛。即位後，討平英布反叛，回軍過沛，嘗置酒沛宫，歌《大風歌》。又先後平定燕王盧綰和代相國陳豨謀反。均見《漢書・高帝紀》。

〔一四〕芒碭：皆山名。《漢書・高帝紀》："秦始皇帝嘗曰'東南有天子氣'，於是東游以猒當之。高祖隱於芒、碭山澤間，吕后與人俱求，常得之。高祖怪問之。吕后曰：'季所居上常有雲氣，故從往常得季。'高祖又喜。"應劭注:"芒屬沛國,碭屬梁國,二縣之界有山澤之固,故隱其間。"

詩作於康熙二十七年春夏間,時由京城南下道經河南洛陽夾馬營。詩歌慨嘆宋太祖之軟弱無能,立國伊始,不敢收復十六州失地,以至造成千年積弱之勢。與漢高祖劉邦之雄才大略相比,二者高下優劣立判。全詩起首雄健,結尾冷雋,中間鋪陳,堪稱和諧工麗。清唐孫華評曰:"'當時'二句,名論不磨。"又,清王文濡《清詩評注讀本》云:"有宋立國,不尚武功,遂致國勢孱弱不振。詩中自具至理,末以漢高作結,兩兩相形,倍覺宋祖貽謀之不善。"

牐口觀罾魚者〔一〕

牐河一綫纔如溝〔二〕,戢戢魚聚針千頭〔三〕。其中巨者長二寸,領隊已足稱豪酋。爾生亦覺太局促,漂漚散沫沈還浮〔四〕。不知世有海江闊,長養何異蒙拘囚。縱教族類繁鰍魧〔五〕,變化詎得同蛟虬〔六〕。居民活計乃在此,勞不撒網逸不鈎。竹竿繃罾密作眼,駕以一葉無篷舟。朝來暮去尋丈内,細細黏取銀花稠〔七〕。庖廚却緣瑣碎棄,曝向風日乾初收。微腥苟適飼貍用〔八〕,性命肯爲纖毫留。吾聞王政雖無澤梁禁〔九〕,鯤鮞尚有洿池游〔一〇〕。人窮微物必盡取,此事隱繫蒼生憂。一錢亦徵入市税,末世往往多窮搜!

〔一〕罾魚:以網捕魚。罾,魚網。宋蘇軾《觀大水望朝陽巖作》詩:"遥望横盃不敢濟,巖口正有人罾魚。"

〔二〕牐:同"閘"。

〔三〕戢(jí)戢：魚動口貌。唐杜甫《又觀打魚》詩："小魚脱漏不可記，半死半生猶戢戢。"

〔四〕漂漚散沫：魚吐水泡狀。

〔五〕鰍黿(yuán)：泥鰍與黿魚之類。黿，黿也。亦稱"緑團魚"，俗稱"癩頭黿"。

〔六〕蛟虬：龍類。《楚辭・九思・守志》："乘六蛟兮蜿蟬。"王逸注："龍無角曰蛟。"又，《楚辭・離騷》："駟玉虬以乘鷖兮，溘埃風余上征。"王逸注："有角曰龍，無角曰虬。"

〔七〕銀花：喻魚。唐杜甫《白小》詩："入肆銀花亂，傾箱雪片虚。"

〔八〕貍：貍貓。貓亦稱貍奴，宋陸游《贈貓》詩："裹鹽迎得小狸奴，盡護山房萬卷書。"

〔九〕澤梁：在沼澤河流中攔水捕魚之設施。《禮記・王制》："獺祭魚，然後虞人入澤梁。"注："梁，絶水取魚者。"

〔一〇〕鯤鮞(ér)：魚秧；魚苗。《國語・魯語》上："魚禁鯤鮞。"注："鮞，未成魚也。"鯤，魚子。　　洿(wū)池：池塘。洿，低窪地。《孟子・梁惠王》上："數罟不入洿池，魚鱉不可勝食也。"

詩作於康熙二十七年春夏間由京城扶侍岳丈陸嘉淑南歸途中。詩由"罾魚者"的爲"生計"所逼迫，不得不無分巨細，竭澤而漁，窮取盡收，進而聯想到"物必盡取"的時政，從而滿懷對"末世往往多窮搜"的隱憂與不安，意在戒諫統治者減輕人民負擔。詩學白居易之諷諫詩，一事一詠，篇末"卒章顯志"，揭出本旨。沈德潛《清詩别裁》卷二〇評曰："主意在貪殘盡取，末路一點，知通體全注於此。"清查奕照評曰："一結議論正大。"

入　　牐〔一〕

萬派東南傾〔二〕，水勢本趨下。何年迴地脈〔三〕，一股西北瀉。自從燕建都〔四〕,饋餫吴楚藉〔五〕。千艘萬艘尾,重載接春夏。黄河故道移〔六〕,東向海門射〔七〕。如彀水犀弩,潮汐俱退舍〔八〕。支流導不得,脈絡乃近借。沂泗濟汶洸〔九〕,横洿孰分汊〔一〇〕。九十七名泉〔一一〕,扼吭走一罅〔一二〕。綿綿數百里,寸寸阻成壩。層層板堵束,宛宛巨綆架〔一三〕。通透蟻穴穿,點滴糟牀醡〔一四〕。一牐守一官,役夫供咄咤〔一五〕。幺麽成鬼怪〔一六〕,有若腐鼠嚇〔一七〕。毫釐日主進〔一八〕,傲慢禮無迓〔一九〕。糧船排幫來〔二〇〕,客棹何從駕。汴堤鄭國渠〔二一〕,事往役隨罷。豈惟滋禾黍,兼可活桑柘〔二二〕。不聞溝洫成〔二三〕,止用通艋舴〔二四〕。奈何并梗塞,行旅見來乍。我生昧時向,永與捷徑謝〔二五〕。所遇總紆途,濡遲復奚訝〔二六〕。

〔一〕牐:同"閘"。此謂京杭大運河上之閘口。初白此番返歸鄉里乃乘舟沿運河南下。

〔二〕萬派:萬條河流。派,支流。唐釋皎然《南樓望月》詩:"漸映千峯出,遥分萬派流。"又,《宋史·藝文志》:"萬派歸海,四瀆可分。"

〔三〕地脈:地下水流,以其形似人身血脈,故稱地脈。《周禮·天官·瘍醫》:"以鹹養脈。"鄭注:"鹹,水味。水之流行地中似脈。"

〔四〕燕:古國名,戰國時爲七雄之一。在今河北北部和遼寧西端,建都薊(今北京西南隅)。公元前二二二年爲秦所滅。

〔五〕饋餫(yùn):運輸糧食。唐盧仝《冬行》詩:"蹋盡天子土,饋餫無由通。" 吴楚:指代江南。 藉:憑藉。

〔六〕黄河故道:歷史上黄河曾改道二十六次,故其故道非一。

〔七〕海門:入海口。

〔八〕"如彀"二句:宋蘇軾《八月十五日看潮五絶》之五。"安得夫差水犀手,三千强弩射潮低。"自注:"吴越王嘗以弓弩射潮頭,與海神戰，自爾水不近城。”參前《連下銅鼓魚梁龍門諸灘》詩注〔六〕、〔七〕。按吴王夫差有衣水犀甲之兵士“億有三千”，見《國語・越語上》。

〔九〕沂：沂河。在今山東南部和江蘇北部，源出沂源縣魯山，部分河水入大運河和駱馬湖，東注入黄海。《嘉慶重修一統志》卷一〇〇：“沂河，在邳州東。自山東沂州府南流入境，至州東分爲二支：西南流入運河，其正流南入駱馬湖。”　泗：泗水。在今山東中部。源出山東泗水縣東蒙山南麓，四源并發，因名。西流經泗水、曲阜、兗州，南折至濟寧東南魯橋鎮入運河。古泗水復自魯橋以下南循運河經江蘇沛縣，南至徐州東北，過清江西南注入淮河。濟：濟水，參《送宋牧仲提刑山東》注〔七〕。　汶：汶水。《嘉慶重修一統志》：“汶水，源出萊蕪縣東北八十里原山之陽，西南流經泰安縣東，左合牟汶、嬴汶水西流，又北合柴汶水經泰安縣東南，泮河水自北來注之，南流至大汶口，與小汶水會，合流而西，……又西南流入兗州府汶上縣，俗呼爲大汶河。”　洸(guāng)：洸水，亦名洸河。乃汶水之分流，元明清時代爲濟州河、會通河及山東境内運河之重要水源之一。清末漕運停止，運河失修，遂漸枯涸。

〔一〇〕横洿：横向挖掘。洿，挖；掘。

〔一一〕“九十”句：作者原注：“會通河在濟寧州城南，南抵徐州，達清河入淮北經臨清州，合衛河入海，沂、泗、洸、汶入漕之泉，九十有七。”

〔一二〕扼吭(háng)：扼住喉嚨。吭，頸項；咽喉。　罅(xià)：縫隙。

〔一三〕宛宛：迴旋屈曲狀。《史記・司馬相如傳》：“宛宛黄龍，興德而升。”《索隱》：“胡廣曰：屈伸也。”　巨綆：巨大的繩索。以上四句謂數百里河面上水閘衆多。

〔一四〕糟床：榨酒器具。此喻近牐之河床。

〔一五〕咄咤：呵叱；指責。

〔一六〕幺麽(mó)：同“幺麽”。此謂微小，微賤。《漢書》卷一〇〇所引班彪《王命論》:"又況幺麿,尚不及數子,而欲闇奸天位者虖!"注:"幺、麿,皆微小之稱也。"

〔一七〕腐鼠嚇:典出《莊子·秋水》:"於是鴟得腐鼠,鵷雛過之,仰而視之曰:'嚇!'"

〔一八〕毫釐:喻細微之物或微小數量。古制:十絲爲毫,十毫爲釐。進:收繳。

〔一九〕迓:迎接。

〔二〇〕排幫:謂船靠着船。幫,鞋之邊緣部分。《集韻》:"幫,治履邊也。"此指船沿。

〔二一〕汴堤:唐無名氏《開河記》:"隋大業年間開汴河築堤,自大梁至灌口,龍舟所過,香聞百里。既過雍丘,漸達寧陵,水勢緊急,龍舟阻礙。虞世基請爲鐵腳木鵝,驗水深淺,自雍州至灌口得一百二十九淺處。今亦名隋堤。" 鄭國渠:古代關中平原之人工灌溉渠道。始鑿於秦王政十年(前二三七),灌溉面積相當于今二百八十萬畝。湮廢于唐代。《史記》卷二十九:"韓聞秦之好興事,欲罷之,毋令東伐,乃使水工鄭國閒説秦,令鑿涇水自中山西邸瓠口爲渠,並北山東注洛三百餘里,欲以溉田。中作而覺,秦欲殺鄭國。鄭國曰:'始臣爲閒,然渠成亦秦之利也。'秦以爲然,卒使就渠。渠成,用注填閼之水,溉澤鹵之地四萬餘頃,收皆畝一鍾。於是關中爲沃野,無凶年,秦以富彊,卒并諸侯,因命曰鄭國渠。"

〔二二〕桑柘(zhè):桑樹與柘樹,此用以指代經濟類植物。柘亦桑科類植物,葉可飼蠶;果可食,並可釀酒;莖皮爲造紙原料,亦可製人造棉;根皮均可入藥。

〔二三〕溝洫(xù):田間溝渠水道。《論語·泰伯》:"卑宮室而盡力乎溝洫。"

〔二四〕艋舴(měng zé):常作"舴艋",小船。李賀《南園》之九:"泉沙耎卧鴛鴦暖,曲岸迴篙舴艋遲。"

〔二五〕謝:辭;别。

〔二六〕濡遲：遲緩而不通暢。明袁宗道《岳陽紀行》："雖行甚駛，祇覺濡遲耳。"

詩作於康熙二十七年春夏間，時扶侍岳丈陸嘉淑乘舟沿大運河南下歸里途經山東臨清州境。全詩借事抒懷，由運河多閘，舟行梗塞，濡滯不暢，進而聯想到自身多昧時向，捷徑難登，人生之舟每每紆徐曲折，抒發了對運乖命蹇的慨嘆。同時亦對沿途守閘官的自以爲貴、傲慢無禮，表示鄙夷，予以嘲弄鞭笞。詩之前半篇氣派宏大，設想奇特，比喻超妙。詩之結尾語淺意深，耐人尋味。由雲龍《定厂詩話》評云："查夏重《中山尼》一篇爲宋荔裳女存真，《王文成紀功碑》、《洪武銅炮歌》、《漢口》、《三月三日寒食舟中》、《夾馬營》、《入牐》、《閘口觀罾魚》諸篇，皆洋洋灑灑，詩意兼工。"

自雄縣至白溝河感遼宋舊事慨然作〔一〕

已割燕雲十六州〔二〕，雄關形勢笑空留。兩河地與中原陷〔三〕，三鎮兵誰一戰收〔四〕。細草鳴駝非故壘〔五〕，夕陽飲馬又中流。長江南北天難限，一綫何煩指白溝。

〔一〕雄縣：在今河北省中部、大清河中游、白洋淀以北。始置于秦，唐改設歸義縣，宋改歸信縣，明入雄州。清屬直隸保定府。　白溝河：宋遼界河，詳前《夾馬營》詩注〔八〕。

〔二〕燕雲十六州：詳前《夾馬營》詩注〔六〕。

〔三〕兩河：宋代之河北、河東地區。陸游《感憤》詩："四海一家天歷數，兩河百郡宋山河。"

〔四〕三鎮：謂太原、中山、河間三鎮。《宋史·李棁傳》："棁使金軍，時金使來索金帛,且求割太原、中山、河間三鎮,並宰相、親王爲質,乃退師。"

〔五〕"細草"句:意謂昔日的邊防工事上但見細草駱駝。故壘,舊時營壘。

詩作於康熙二十八年(一六八九)三月赴京途中,時年四十歲。詩旨在於慨嘆有宋懦弱,無力收復失地。"長江南北天難限,一綫何煩指白溝。"長江尚難限南北,區區白溝又有何用。詩人怒其不争之忠憤溢於言表。清查奕照評是詩曰:"通體壯麗。"

曉過平原〔一〕

宿醉兼殘夢,矇朧過幾村。明星天一角,紅日縣東門。四面柳陰合,千家烟氣昏。朝來好風色,躍馬過平原。

〔一〕平原:縣名。始置於漢,故城在今山東平原縣南二十五里,清屬山東濟南府。

詩作於康熙二十八年春赴京途經平原時。詩寫旅途景色,緊扣"曉"字落筆。頷聯、頸聯雋逸新麗,壯色沉聲,悉見工力。

次韻送梁藥亭庶常請假歸南海〔一〕

但使官情澹,何妨老耐貧。忍拋同醉伴,還對獨吟人。草色留書帶〔二〕，槐陰借比隣。荔枝紅過嶺〔三〕，一騎是歸塵。

〔一〕梁藥亭：梁佩蘭（一六二九—一七〇五），字芝五，號藥亭，南海（今屬廣東）人。康熙二十七年戊辰（一六八八）進士，官翰林院庶吉士。次年請假歸，周游名山。著有《六瑩堂集》十七卷。其詩早年不脱七子窠臼，後漸參以宋詩。諸體之中，以七古最爲擅長。朱庭珍《筱園詩話》："國初江左三家，錢（謙益）、吴（偉業）、龔（鼎孳）並稱於世；嶺南三家，屈（大均）、梁（佩蘭）、陳（恭尹）亦齊名當代。"按，藥亭於初白爲前輩詩人，彼此交好，還在初白貴州從軍歸來時，其詩已得藥亭贊賞。前年初白送岳丈南歸，藥亭又以端溪紫玉硯贈行。後藥亭下世，初白曾以"詩社前遊頓少人"哀悼之。庶常：官名。明洪武初取《尚書·立政》"庶常吉士"之義，置庶吉士，六科及中書皆有之，後專隸於翰林院。清因之，設庶常館，進士殿試後朝考前列者，得選用爲庶吉士。庶，衆；常，祥。意謂在官者皆有德善人。　南海：縣名。秦置番禺縣，隋改置南海縣，明清時與番禺並爲廣州府治，民國初廢府，移南海治佛山。

〔二〕"草色"句：東漢鄭玄教授不其山，山下生草大如䪥，葉長一尺餘，因其門人用以束書，土人名曰康成書帶。後人稱之書帶草。見《後漢書·郡國志》四注所引《三齊記》。

〔三〕嶺：五嶺。具體説法不一。《漢書·張耳傳》："秦爲亂政虐刑，殘滅天下，北爲長城之役，南有五領之戍。"顏師古注："領者，西自衡山之南，東窮於海，一山之限耳。而别標名，則有五焉。裴氏《廣州記》云：'大庾、始安、臨賀、桂陽、揭陽，是爲五領。'鄧德明《南康記》曰：'大庾領一也，桂陽騎田領二也，九真都龐領三也，臨賀萌渚領四也，始安越城領五也。'裴説是也。"領，通"嶺"。

詩作於康熙二十八年四月，時居京師，寓上斜街。梁佩蘭是最早賞識初白詩才的前輩詩人，初白於他自頗有知遇之感。詩之首聯對藥亭之所以離官返居鄉里(此後即里居十五載)表示理解,頷聯則示依依惜别之意。其頸聯寫眼前景,尾聯則超越時空,由眼前景推想二月後藥亭到家之情狀,神清氣暢,明麗俊爽。

牽牛花十二韻同竹垞兄賦〔一〕

添得新秋意,幽芳艷一庭。開長先七夕,名許拆雙星〔二〕。宿露涼初洗,朝陽夢乍醒。籬頭從點綴,竹尾借娉婷〔三〕。徑淺疑妨帽,窗疏愛拂櫺〔四〕。蜘蛛簷角網,蟋蟀草邊亭。垂處梢梢碧,分來朵朵青。有人簪緑鬢,無分插花瓶。輕較春天蝶,微黏雨夜螢。肖形嫌鼓子〔五〕,妒鳥啄金鈴〔六〕。榮落誰相惜,涼暄爾慣經。寫生煩妙手,渲染上圍屏〔七〕。

〔一〕竹垞:朱彝尊(一六二九—一七〇九),字錫鬯,號竹垞,晚號小長蘆釣魚師,又號金風亭長。浙江秀水(今嘉興)人。順治末年,竹垞因曹溶薦入山陰(今浙江紹興)寧紹道參政宋琬幕,曾與屈大均、魏耕等積極參與抗清活動。桂王遇害、魯王病卒後,先後游幕十餘載,長驅萬里,數易其主,歷盡艱辛。康熙十八年(一六七九)一改初衷,舉博學鴻儒,除翰林院檢討,充《明史》纂修官。繼而典試江南,復入值南書房。康熙二十三年(一六八四)被劾謫官,六年後復官,不久再度罷官。此後歸田,遂放情山水,殫心著述。有《日下舊聞》四十二卷、《經義考》三百卷、《明詩綜》一百卷、《曝書亭集》八十卷等傳世。其詩與王士禛齊名,時稱"南朱北王",王專擅風神,朱兼騁才藻,一爲康熙詩壇正宗,一爲浙派詩之初祖。按,初白與竹垞"幸託中表稱兄弟"(《曝書亭集序》)。又,詩題云

"同竹垞兄賦",而《曝書亭集》卷十四同年作品中,却並無題詠牽牛花者。

〔二〕雙星:謂牽牛織女二星。杜甫《奉酬薛十二丈判官見贈》詩:"相如才調逸,銀漢會雙星。"《杜工部草堂詩箋》注:"雙星,謂牛郎織女也。"

〔三〕娉婷:姿態美好貌。漢辛延年《羽林郎》詩:"不意金吾子,娉婷過我廬。"

〔四〕櫺:雕有花紋之窗格。

〔五〕鼓子:鼓子花,一名旋花。葉狹長,花紅白色,其形似鼓,因名。清吴其濬《植物名實圖考》卷二十二:"旋花,《救荒本草》謂之葍子根,根可煮食。有赤白二種,赤者以飼豬,亦曰鼓子花。……生平澤中,今處處有之,延蔓而生,葉似山藥葉而狹小,開花狀似牽牛花,微短而圓,粉紅色。"

〔六〕金鈴:花名。清吴其濬《植物名實圖考長編》卷七:"秋金鈴,出西京,開以九月中,深黄,雙紋重葉,花中細蕊皆出小鈴萼中,其萼亦如鈴。葉但比花葉短,礦而青,故譜中謂'鈴葉'、'鈴萼'者,以此有如蜂鈴狀。"

〔七〕圍屏:可環繞障蔽之屏風。

詩作於康熙二十八年秋,時居京師,寓上斜街。詩中分别從花時、花名、習性、形態、品格等,對牽牛花作了多角度、全方位地描摹刻畫,意隨筆至,生動傳神,務求窮形盡相。"榮落誰相惜,涼暄爾慣經",字面雖爲題詠之辭,實則藴含了作者飽嘗人世酸甜苦辣之種種體驗。

初冬拜朱大司空墓感賦〔一〕

城南舊是陪遊地,一片蒼涼野哭中。宿草墓門黄葉雨〔二〕,亂鴉祠宇白楊風。餘生削迹誰知己〔三〕,往事傷心我負公。肯信九原還有路〔四〕,人間何處不途窮!

〔一〕朱大司空：工部尚書朱之弼,詳前《人日和朱大司空作》注〔一〕。
〔二〕宿草：隔年之草。《禮記・檀弓上》:"朋友之墓,有宿草而不哭焉。"
〔三〕削迹：滅絶車轍之迹。引申爲匿迹、隱居。後漢繁欽《甪里先生詞》:"吕尚垂翼北海,以待鷹揚之任;黄綺削跡南山,以集神器之贊。"
〔四〕九原：猶言墓地。《禮記・檀弓》下:"趙文子與叔譽觀乎九原。"又:"是全要領以從先大夫於九京也。"注:"晉卿大夫之墓地在九原,'京'蓋字之誤,當爲'原'。"故稱。

詩作於康熙二十八年初冬,時居京師。是年八月,初白首次卷入政治漩渦"《長生殿》事件",於"國忌"(孝懿皇后之喪)日在洪昇寓所參與觀劇《長生殿》,"擇日治具,大會於生公園,名流之在都下者悉爲羅致,而不及吾邑趙□□□□。時趙館給諫王某所,乃言於王,促之入奏,謂是日係皇后忌辰,設樂張宴爲大不敬,請按律治罪。上覽其奏,命下刑部獄,凡士大夫及諸生除名者幾五十人。益都趙贊善伸符執信,海寧查太學夏重嗣璉,其最著者也。"(清王應奎《柳南隨筆》卷六)由是,初白始改名慎行,而伸符竟至"斷送功名到白頭"。本詩即作於初白被革除太學生名分且不得不改名之後不久。在這樣的背景下,詩人拜謁平生知己已故工部尚書朱之弼之墓,不由萬感聚集,悲從中來,詩云"肯信九原還有路,人間何處不途窮",正是他含冤負屈、前途挫折之後所發出的哀嘆。

善果寺〔一〕

高林鳴枯風,院净如潑水。時有杖藜僧〔二〕,下階拾槐子〔三〕。

〔一〕善果寺：清吴長元《宸垣識略》卷一〇："善果寺，在宣武門外西南二里白紙坊，舊名唐安寺。創於南梁，明天順間復建，有修撰嚴安理、太常卿張天瑞、禮部尚書周洪謨、光禄少卿李紳四碑。考按：善果寺在廣寧門大街北巷内。"

〔二〕杖藜：以藜莖爲杖，意謂扶杖而行。杜甫《漫興九絶》："腸斷春江欲盡頭，杖藜徐步立芳洲。"

〔三〕槐子：槐樹子實。

詩作於康熙二十八年冬，時居京師上斜街。詩寫游覽善果寺之見聞感受，其攝取物象由遠到近，由上到下，由大到小，步步推移，以動顯静，給人以清幽静謐的審美感受。

夜飲槐樹斜街花下酬别竹垞水村〔一〕

丁子香邊欄檻〔二〕，小桃花底杯槃。廚燈隔院人静，社雨添衣夜寒。殊方賦别最苦，失路還家又難。懊惱鶯啼時節〔三〕，相思多在春殘〔四〕。

〔一〕槐樹斜街：即下斜街，朱彝尊住所在此。清朱一新《京師坊巷志稿》卷下："下斜街，亦稱槐樹斜街，俗稱土地廟斜街。"初白《人海記》："槐樹斜街舊時古樹夾路，今每月逢一二日爲市集，槐亦僅有存者。馮勗《六街花事》：'豐臺種花人，都中目爲花兒匠，每月初三、十三、二十三日，以車載雜花至槐樹斜街市之'。"　竹垞：朱彝尊，詳前《牽牛花十二韻同竹垞兄賦》注〔一〕。　水村：魏坤，字禹平，號水村。浙江嘉善人，明著名直臣魏大中後人。康熙三十八年(一六九九)舉人。少負才名，工詩善文，交滿宇内而遇合獨艱。詩體研摩宋人,才情茂密。著有《倚晴閣詩鈔》七卷等。

〔二〕丁子香邊:猶丁香花下。丁香,屬木犀科灌木,北地極多,樹高丈餘,葉如茉莉而色深緑。二月開小喇叭花,有紫白兩種,百十朵攢簇。白者香清,花罷結實如連翹。

〔三〕燠惱:同"懊惱"。

〔四〕"相思"句:作者原注:"時余將南歸。"

詩作於康熙二十九年(一六九〇)二月,時居京師,因觀《長生殿》事件被革除太學生名分後,即將南歸返里。時年四十一歲。詩之前半寫景,竭力渲染一種花好夜深的氣氛;詩之後半因景傳情,直抒離愁别緒及前途失意之苦,俊雅醇静,閒淡柔曼;語淺意深,情意真切。

琉璃河次湯西厓壁間韻〔一〕

日痕紅曙露初晞〔二〕,草色迎人欲上衣。頓覺水鄉風景好,一群野鴨踏波飛。

〔一〕琉璃河:據《嘉慶一統志》卷七《順天府》二:"琉璃河源出房山縣西北,東南逕良鄉縣西南,又東南逕涿州東,又南入保定府新城縣界,即古聖水也。"按,琉璃河,宋敏求《入蕃録》作"六里河",《金史》作"劉季河",源出房山縣西北黑龍潭,俗稱蘆村河,東流經縣東南二十里,入良鄉界始名琉璃河。　湯西厓:湯右曾,字西厓,浙江仁和人。康熙二十七年(一六八八)戊辰進士,官至吏部右侍郎,兼翰林院掌院學士。有《懷清堂集》二十卷。清沈德潛《國朝詩别裁集》卷一六:"浙中詩派前推竹垞,後推西崖。竹垞學博,每能變化;西崖才大,每能恢張。變化者較耐尋味也。後有作者,幾莫越兩家之外。"

〔二〕日痕：猶言日輪。　紅曙：露出紅光。曙，明；顯露。　晞（xī）：乾燥。《詩經・蒹葭》："蒹葭淒淒，白露未晞。"

詩作于康熙二十九年春。由于無意中卷入了《長生殿》演出事件，作者與洪昇一樣，遭到革斥監生驅逐回籍的處罰。其《題壁集・序》云："玉峯大司寇徐公(乾學)予告南歸，奉旨仍領書局。出都時邀姜西溟及余偕行，兩人日有唱和，旗亭堠館，汙壁書牆，率多口占之作。本不足存，存之所以記行迹也。"是詩即爲出都歸途之"汙壁書牆"之作。全詩寫景新麗，輕倩清真，生動傳神，以和婉流暢的輕快筆調，描繪出北京郊縣初春一派生機勃勃的水鄉景色。

清明新城道中〔一〕

縣南風颭酒簾多〔二〕，澹澹新烟瑟瑟波〔三〕。一路人家齊上塚，紙錢飛過白溝河〔四〕。

〔一〕新城：縣名，清屬保定府。《嘉慶重修一統志》卷一二："漢置新昌侯國，屬涿郡，後漢省。唐大曆四年，分固安縣地，後置新昌縣。太和六年，又析置新城縣，皆屬涿州。"

〔二〕颭：風吹動物。　酒簾：酒家用以招徠顧客的招子，俗稱酒望子。多以布綴竿，懸於門首。宋洪邁《容齋隨筆》續筆卷一六《酒肆旗望》："今都城與郡縣酒務及凡鬻酒之肆，皆揭大簾於外，以青白布數幅爲之。唐人多詠於詩。"

〔三〕瑟瑟：河水碧緑貌。白居易《暮江吟》詩："一道殘陽鋪水中，半江瑟瑟半江紅。"

〔四〕紙錢：《封氏聞見記》："紙錢，後漢蔡倫所造，魏晉以來始有其事。凡鬼神之物，其象似亦涂車芻靈之類。古埋帛，今則燒之，所以不知示鬼神之所在也。” 白溝河：詳前《夾馬營》詩注〔八〕。

詩作於康熙二十九年清明，時由京都南下返里道經今河北新城縣。酒簾風動，淡淡烟波，踏青上墳，紙錢飛舞，作者所攝下的就是這樣一幅清明時俗圖。

冉家橋〔一〕

楊椿夾岸草抽芽〔二〕，一綫枯河萬斛沙〔三〕。記得去年鞭馬渡，滿渠春漲拍桃花〔四〕。

〔一〕冉家橋：未詳。

〔二〕楊：楊樹。落葉喬木，屬楊柳科。 椿：椿樹，亦稱“香椿”，落葉喬木，屬楝科。

〔三〕斛(hú)：量器名。古代十斗爲一斛，南宋末年改爲五斗一斛。

〔四〕春漲：謂春雨後漲起的潮水。蘇軾《次韻王定國南遷回見寄》詩：“相逢爲我話留滯，桃花春漲孤舟起。”

詩作於康熙二十九年春，時由京師南下返里道經河間府境内。詩以“記得”爲轉柁，將今昔渡河景況兩相對比，對人間滄桑幾多惆悵。末句“滿渠春漲拍桃花”，景色優美，生意盎然，清麗雋永。

大清橋〔一〕

風柔自覺輕衫便，山近微嫌濕翠多〔二〕。日暮大清橋畔望,一叢春樹擁齊河〔三〕。

〔一〕大清橋:據《嘉慶重修一統志》卷一六三《濟南府》二:"大清橋在齊河縣東半里,跨大清河,爲南北通衢。明嘉靖二十七年羽士張演昇修,數年告成。橋凡九洞,石皆鈐鐵,上置狻猊檻柱,結構最工。東西立二坊:一曰'大清橋',一曰'濟水朝宗'。本朝順治八年重修。"

〔二〕濕翠:帶着雨露的樹葉。金高士談《風雨宿江上》詩:"殘紅一抹沈天日,濕翠千重隔岓山。"

〔三〕齊河:縣名。始置於金,清屬山東濟南府。位於濟南西北四十里。

詩作於康熙二十九年春,時由京師南下返里道經山東齊河縣。詩寫行旅之見聞感受,雖係口占,無暇精雕細刻,然詞意暢達,一氣呵成,末句雋偉蒼秀,尤饒詩情畫意。

羊流店〔一〕

峴首沉碑事渺茫〔二〕,空傳有淚墮襄陽〔三〕。居人自重羊公里,未必英雄戀故鄉。

〔一〕羊流店:《嘉慶重修一統志》卷一七九《泰安府》一:"羊流店,在新泰縣西北六十里,南北孔道也,以羊祜故里爲名。後裔猶有存者。"

〔二〕峴首:峴山。在今湖北襄陽縣南。《嘉慶重修一統志》卷三四六:"峴山,在襄陽縣南九里,一名峴首山。《水經注》:'峴山上有桓宣所築城,又有桓宣碑。'" 沉碑:《襄陽記》:"杜元凱(預)好爲身後名,常自言:'百年後必高岸爲谷,深谷爲陵。'作二碑叙其平吴勳,一沉萬山下,一沉峴山下,謂參佐曰:'何知後代不在山頭乎?'"

〔三〕"空傳"句:《晉書·羊祜傳》:"祜樂山水,每風景,必造峴山,置酒言詠,終日不倦。"祜後病卒,"襄陽百姓於峴山祜平生游憩之所建碑立廟,歲時饗祭焉。望其碑者莫不流涕,杜預因名爲墮淚碑。"

詩作於康熙二十九年春夏間,時由京師返歸鄉里道經山東泰安。詩爲吊古傷今之作,全篇均以議論行之。前半慨嘆江山依舊,人事渺茫;後半尋思地雖以人名,而丈夫有四方志,却並非定然以故里爲重。詩言"空傳"、"自重"、"未必",蒼涼頓挫,神理澂明。詩之末二句陡然反跌,頗得風人之旨。故清查奕照評曰:"十四字抵人千百言。"

新泰城南望蒙山〔一〕

翠岱孤抽碧玉簪〔二〕,群山餘勢失嶄嶄〔三〕。晴雲忽斷東南角,又露東蒙一兩尖。

〔一〕新泰:縣名。春秋時屬魯平陽邑,漢置東平陽縣,三國魏始改置新泰縣,清屬山東泰安府。在府東南一百五十里,地近沂州府。 蒙山:在山東蒙陰縣南,小沂水之北。《嘉慶重修一統志》卷一七七《沂州府》一:"蒙山,在蒙陰縣南,接費縣界。劉方《徐州記》:'蒙山高四十里,長六十九里,西北接新泰縣界。'……明公鼐《蒙山辨》:'蒙山高峯數處,俗以在西者爲龜蒙,中央者爲雲蒙,在東者爲東蒙,其實一山,未嘗中斷。'《舊志》:'蒙山綿亘百二十里,有七十二峯,三十六洞,古刹七十餘所。龜蒙頂爲最勝;其次曰白雲巖，產雲芝茶。其東有平仙頂、卧仙橛、玉皇頂，皆秀插雲表。'"

〔二〕岱：岱嶽，泰山之别稱。《淮南子·地形篇》："中央之美者，有岱嶽，以生五穀桑麻，魚鹽出焉。"注："岱嶽，泰山也。王者禪代所祠，因曰岱嶽也。"

〔三〕嶄(zhǎn)嶄：陡峭險峻貌。

詩作於康熙二十九年春夏間，時由京師南歸鄉里道經山東泰安府新泰縣境。遠望泰山，孤峯獨立，如豎玉簪；周圍山陵，漸趨平易而失險峻。詩人原以爲將入一馬平川，誰知雲開一角，不遠處又隱隱露出蒙山的山尖。詩中緊扣一"望"字落筆，首二句秀麗恢奇，生動形象；末二句别開生面，尖巧清新。全詩構思工巧，耐人尋味。

月下渡揚子江次西溟韻〔一〕

妙高峯下曉鐘撞〔二〕，隔岸吴船正發幫〔三〕。風露一天人擁被，櫓枝摇夢過春江。

〔一〕揚子江：唐代曾於丹徒、江都一帶置揚子縣，遂稱今揚州一段江面爲揚子江，後又因以通稱長江爲揚子江。　西溟：姜宸英，字西溟，號湛園，浙江慈溪人。康熙三十六年(一六九七)進士，授編修。著有《姜先生全集》三十三卷。清董沛《四明清詩略》引《慈溪縣志》："宸英善詩古文詞，屢躓於有司而名聞當世，與秀水朱彝尊、無錫嚴繩孫有江南三布衣之目。生平讀書以經爲根本，於注疏務窮精藴。史子百家靡弗披閲，故其文閎博雅健，有北宋人意。詩兀奡旁魄，宗杜而參之蘇，以盡其變。書法鍾、王，尤入神品。"

〔二〕妙高峯：在江蘇丹徒縣金山上，爲金山最高處。于峯上可東望焦山，西瞰金陵，南俯京口，北對瓜洲。山頂有妙高臺，宋僧了元所建。

〔三〕發幫：指啓航；開船。幫，鞋的邊緣部分。因船形似履，故喻啓航爲發幫。

詩作于康熙二十九年春夏間出都還鄉途經瓜洲擺渡過江時。詩寫其清晨過江時的情形，前兩句寫景，三、四兩句因景傳情，意態蕭然，神韵悠遠。

吴門喜遇田間先生〔一〕

髮光如葆氣如虹〔二〕，崛强人間八十翁。最喜塵埃經歲別，還看筋力舊時同。文章有品傳方遠，風雨《藏山》業未終〔三〕。指與一星人盡識，少微今日客吴中〔四〕。

〔一〕吴門：古吴縣（今蘇州市）之别稱。吴縣爲春秋吴都，後因稱吴縣城爲吴門。　田間先生：錢澄之（一六一二——一六九三），原名秉鐙，字幼光，後改今名，字飲光，一字斂光，號田間。安徽桐城人。明末諸生。早年参加社盟活動，逐詆閹黨，有名當時。唐王時，授漳州府推官。桂王時，授禮部儀制司主事，考授翰林院庶吉士，晋編修，知制誥。後托病乞休，還歸故里。曾避禍削髮爲僧，法名西頑，名幻光。歸里後務農治學四十餘年，終老于家。著有《田間詩集》二十八卷、《田間文集》三十卷及《藏山閣集》二十卷。徐世昌《晚晴簃詩匯》："田間詩五古近陶，他體出入白（居易）、陸（游）。原本忠孝，冲和淡雅中，時有沈至語。"

〔二〕葆：隱藏。葆光即隱蔽其光，喻才智不外露。《莊子·齊物論》："注焉而不滿，酌焉而不竭，而不知其所由來，此之謂葆光。"唐成玄英疏："葆，蔽也。至忘而照，即照而亡，故能韜蔽其光，其光彌朗。"

〔三〕《藏山》：《藏山閣集》。作者自注："《藏山集》，先生未刻詩文也。"清蕭穆《藏山閣集・跋》："田間先生所著《詩學》、《易學》、《莊屈合詁》及詩集二十八卷、文集三十卷，均康熙二、三十年間，崑山徐氏助資雕板蘇州，先生躬自督工讎校，皆行于世。惟《藏山閣集》二十卷，據先生《與廖明府書》，亦曾付梓，然未見人間藏有印本。惟二十年前，於先生族裔香圃茂才家見之，乃其大父白渠先生手抄也。前十四卷爲古今體詩，内分《過江集》二卷，《生還集》七卷，《行朝集》三卷，《失路吟》、《行腳詩》各一卷，起崇禎十一年戊寅，迄順治八年辛卯，凡一千零五十六首。卷十五至二十，爲書疏議論及記事雜文，共二十五篇。是集諸詩，皆記出處時事，無意求工，而聲調流美，詞彩焕發，自中繩墨。錢宗伯撰《吾炙集》，特多著録。"

〔四〕少微：星名，一名處士星。凡四星，在太微西南，今屬獅子座。《史記・天官書》："廷藩西有隋星五，曰少微，士大夫。"《正義》："少微四星，在太微西，南北列：第一星，處士也；第二星，議士也；第三星，博士也；第四星，大夫也。"後因以少微喻處士。杜甫《嚴中丞枉駕見過》詩："寂寞江天雲霧裏，何人道有少微星。"　吴中：亦吴縣之古稱。

詩作於康熙二十九年夏，時由京師返故里家居而偶遊吴縣。錢澄之與屈大均一樣，爲清初著名遺民詩人，富於民族氣節，初白早年曾向他學過詩法，對這位長他近四十歲的風骨凜然的前輩詩人，一向懷有景仰之情。"文章有品傳方遠"，詩中不僅表達了彼此會晤的欣喜及對田間"氣吞湖海豪猶健，老閲滄桑骨已仙"（《送田間先生歸桐城》）的贊賞，而且，確信田間之詩文必傳無疑，可謂目光深遠。全詩平易曉暢，流利順達，詩風頗近香山。

曉發胥口〔一〕

半浮半没樹頭樹,乍合乍離山外山。借取日光磨一鏡〔二〕,吴孃船上看烟鬟〔三〕。

〔一〕胥口:在江蘇吴縣西南。《嘉慶重修一統志》卷七七《蘇州府》一:"《寰宇記》:'姑蘇山西北十二里有胥口。'《姑蘇志》:'胥口塘,在縣西南太湖口,自胥口東流九里入木瀆,香水溪匯焉。'"又,宋范成大《吴郡志》卷一八:"胥口,在木瀆西十里,出太湖之口也,上有胥山,舟出口,則水光接天,洞庭東西山峙銀濤中,景物絶勝。"

〔二〕一鏡:喻太湖水在初日照射下明亮如鏡。

〔三〕吴孃:吴地女子,猶言"吴娃"、"吴姬"。白居易《對酒自勉》詩:"夜舞吴娘袖,春歌蠻子詞。"孃,同"娘"。　烟鬟:喻峯巒。蘇軾《送程七表弟知泗州》詩:"淮山相媚好,曉鏡開烟鬟。"

詩作於康熙二十九年秋,時因原刑部尚書徐乾學之邀,由家鄉海寧赴太湖東山之洞庭書局與修《大清一統志》。詩中所寫,乃乘舟朝發胥口入太湖而往東山所見之景:樹浮烟霧,群山忽隱忽現。霎時,朝陽破霧而出,湖水清亮平静猶如明鏡,詩人站立船頭,盡情欣賞倒映湖中的峯巒。詩之首二句對仗工穩,意象迷濛;後二句比喻貼切,設想新奇,全詩幽清秀美,情韻超然悠遠。

微香閣次敬可韻〔一〕

蘚徑碧侵遊子屐,楓林紅上羽人衣〔二〕。一聲清磬落何處，坐看香烟成翠微〔三〕。

〔一〕微香閣：洞庭東山翠峯寺中閣名，今已無存。據《嘉慶重修一統志》卷七九引《姑蘇志》："翠峯寺，在莫釐山之陰。雪竇禪師嘗居此。其遺跡有降龍井、羅漢樹、悟道泉。" 敬可：徐善，字敬可，浙江嘉興人。棄諸生，講求致知格物之學，著有《易論》、《徐氏四易》及《春秋地名考》、《藟谷遺稿》等。按，敬可與竹垞同鄉，康熙己巳（一六八九）夏與初白初識於京城槐樹斜街，彼此互有唱和。先後共來洞庭東山參與《一統志》編纂工作。

〔二〕羽人：仙人著羽衣，故稱羽人。而道家學仙，故亦稱道士爲羽人。唐李中《竹》詩："閑約羽人同賞處，安排棋局就清凉。"

〔三〕翠微：輕淡青葱的山色。晉左思《蜀都賦》："鬱葐蒕以翠微，崛巍巍以峨峨。"《文選》注："翠微，山氣之輕縹也。"

詩作於康熙二十九年秋，時在太湖東山洞庭書局與修《大清一統志》。詩之首句寫苔蘚映碧，寺中人跡罕到；次句狀楓樹飄紅，以明深秋時序。兩句色彩絢麗，景象鮮明，意境清幽。第三句以"一聲清磬"振起，以聽覺之響反襯感覺之静。末句以裊裊香烟無聲而化入翠微，從正面續寫微香閣周邊之幽深清静。

山樓曉起

枕上秋風疑有雨，覺來已是日高時。拓窗簌簌墮黄葉〔一〕，蒼鼠驚人竄别枝〔二〕。

〔一〕拓窗：開窗。

〔二〕蒼鼠：謂松鼠。

詩作於康熙二十九年秋，時在太湖東山洞庭書局與修《大清一統志》。詩寫曉起之見聞感受，有聲有色，如繪如畫；以動顯静，自然天成。

食橘二首〔一〕(選其一)

樹樹垂垂顆顆匀〔二〕，山家生計不愁貧。若教朱實仍包貢〔三〕，那得分甘到野人〔四〕！

〔一〕食橘：宋范成大《吴郡志》卷三〇："緑橘，出洞庭東西山，比常橘特大，未霜深緑色，臍間一點先黄，味已全可啖。韋蘇州《寄橘》詩云：'書後欲題三百顆，洞庭須待滿林霜'。"

〔二〕"樹樹"句：唐韋應物《洞庭獻新橘賦》："枇杷落而將盡，荔枝摘而不待。然後浮香外散，美味中成。照斜暉而金色，滴曉潤而霜清。圓甚垂珠，琪樹方而向熟；味可適口，玉果比而全輕。"

〔三〕"若教"句：作者自注："洞庭貢橘，唐、宋時有之，至明始罷。瞿佑宗吉詩有'玉食無緣進上方'之句。"唐韋應物《洞庭獻新橘賦》："獨擅美於當今，及歲時而入貢。"又，宋梅摯《新橘》詩："千頭霜熟摘來新，包貢虔修望紫辰。"

〔四〕野人：庶民百姓。

詩作於康熙二十九年秋，時在太湖東山洞庭書局與修《大清一統志》。詩就食橘而聯想到貢橘，並由貢橘抒發感慨，義蘊言中，韻流弦外。

雪後曉渡太湖〔一〕

黄蘆吹斷黑頭風〔二〕，寒日初生血樣紅。一片湖山新着色，萬螺浮白碧壺中〔三〕。

〔一〕太湖：在江蘇吴縣南。《禹貢》謂之震澤；《周官》、《爾雅》謂之具區；《史記》、《國語》謂之五湖，其實一也。《吴郡圖經續記》："（太湖）吐吸江海，包絡丹陽、義興、吴郡之境，其所容者大，故以'太'稱焉。"又，《吴縣志》："（太湖）東西二百里，南北一百二十里，周五百里，廣三萬六千頃"，"襟帶蘇、常、湖三郡"，爲"東南水都"。

〔二〕黄蘆：蘆葦，别稱葦、葭、蒹葭，水邊植物。明解縉《發池口》詩："雪流翠巘春寒在，日落黄蘆暝色催。"　黑頭風：喻凜冽之北風。

〔三〕萬螺：喻群山。　碧壺：喻太湖。

詩作於康熙二十九年冬，時在太湖東山洞庭書局與修《大清一統志》。詩寫雪後太湖四周晨景，詩筆清新，色彩明麗，意態幽冷，氣韻生動。

雪夜泊胥門與蒙泉抵足卧〔一〕

野泊五湖東〔二〕，迷漫雪滿空。水明千雉白〔三〕，人静一燈紅。亂檪鷄聲外〔四〕，輕寒酒力中〔五〕。殘年歸夢闊〔六〕，惆悵兩心同〔七〕。

〔一〕胥門：蘇州城西門，以姑胥山爲名。盧熊《蘇州府志》："胥門，西門也，在閶門南。一曰姑胥門。宋紹興中作驛館，其上亦號姑蘇臺。" 蒙泉：趙俞，字文饒，號蒙泉。嘉定（今屬上海市）人。康熙二十七年（一六八八）進士，官山東定陶知縣。著有《紺寒亭詩》八卷，文三卷。 抵足：足掌相對。此謂對頭而卧。

〔二〕五湖：太湖之别稱。

〔三〕千雉（zhì）：指城牆。城高一丈曰堵，三堵曰雉。宋范成大《賞心亭》詩："拂雲千雉壯。"

〔四〕欜（tuò）：同"柝"，舊時巡夜打更時用的木梆。此指柝聲。

〔五〕"輕寒"句：此句意謂：因爲晚上飲了酒，所以大雪之夜並不感到十分寒冷。

〔六〕殘年：指時近歲尾年末。

〔七〕惆悵：哀傷失意貌。《楚辭·九辯》："廓落兮羈旅而無友生，惆悵兮而私自憐。"

康熙二十九年秋，初白應原刑部尚書徐乾學的邀請，參加了《一統志》的編纂工作，時過不久，未知何故，突然半道離去。本詩即作于離開洞庭東山書局歸途經蘇州時。詩之前四句以白描手法繪寫雪夜景色，頸聯因景入情，尾聯直寫惆悵心境，揭出題旨。全詩即冬景抒歸思，密合無間。

初夏園居十二絶句（選其四）

方池一畝萍初合，四月中旬未有蛙。簇簇銀針齊上水〔一〕，緑楊影動散魚花。

〔一〕銀針：喻小魚。清陸鳳藻《小知録》卷一二："銀魚，一曰銀刀。出脰鶯湖者,眼圍金色。鵝毛魚出恩州,其細如針。"

詩作於康熙三十年(一六九一)四月中旬,時居海寧故里,年四十二歲。詩爲即興之作,寫家居閒適情事。三、四兩句所捕捉描繪的畫面,生動傳神,令人興趣盎然,於不經意之中正見其經意之筆。

橘　薪

生意千頭盡〔一〕,園租五畝荒。子孫貧敢計,奴婢價誰償〔二〕?入室鈎衣破,爲薪刺眼傷。更愁秋冷澹,屋角少青黄。

〔一〕千頭:千頭木奴,謂衆多柑橘樹。《三國志·吴書·孫休傳》引《襄陽記》:"(丹楊太守李衡)每欲治家,妻輒不聽,後密遣客十人於武陵龍陽氾洲上作宅,種甘橘千株。臨死,敕兒曰:'汝母惡我治家,故窮如是。然吾州里有千頭木奴,不責汝衣食,歲上一匹絹,亦可足用耳。'……吴末,衡甘橘成,歲得絹數千匹,家道殷足。"

〔二〕奴婢:喻橘,參見上注。

詩作於康熙三十年夏,時家居海寧故里。橘園五畝,枉作柴薪,這可能是初白不善經營的結果,因爲他一向"力不任菑畬",與乃父一樣,"不以家人生産爲念"(《查氏族譜》卷一《列傳》引朱奇齡《與三文集》)。但縱然如此,眼看橘枝成爲柴火,作者仍然爲之心痛不已,且爲日後生計而隱隱擔憂。全詩自言自語,自傷自嘆,語言質樸,情感悲涼,讀之令人惆悵無限。

舟曉次德尹韻二首〔一〕(選其一)

螢尾孤光合復開,灣頭風急却飛回。菰蒲深處一枝櫓〔二〕,摇入漁人夢裏來。

〔一〕德尹:查嗣瑮,初白胞弟。參前《老僕東歸寄慰德尹兼示潤木》詩注〔一〕。

〔二〕菰蒲:均水生植物。菰,同"苽",亦名蔣。俗稱茭白,蔬菜之一。其實如米,稱雕胡米,可以作飯,古時爲六穀之一。蒲,香蒲,可供食用。葉供編織,可以作席、扇、簍等用具。

詩作於康熙三十年夏,時居海寧故里。螢火明滅,夜曉風清,菰蒲摇曳,櫓聲吱呀,孤舟安卧,好夢驚回,詩人筆下的江南水鄉舟曉圖饒富詩情畫意。詩之末兩句情景交融,情韻悠然深遠。

長水塘夜泊〔一〕

高埭接長橋〔二〕,橋形落蝃蝀〔三〕。市喧夜微息,犬吠船猶動。可憐一川月〔四〕,細碎如潑汞〔五〕。忍負好秋光,推篷兀殘夢〔六〕。

〔一〕長水塘:《嘉慶重修一統志》卷二八七《嘉興府》一:"長水塘在嘉興縣南三里,源出海寧州硤石諸山,流經桐鄉縣東南,又東北入嘉興縣界,東接練浦塘,又東北合秀水縣鴛鴦湖東派及海鹽塘諸水,會爲滮湖。”

〔二〕高埭(dài)：高的土壩。埭，以土堵水。古時於河流水淺而難以行船處，築一土壩堵水，中留航道，兩岸樹立轉軸。船過時，船頭繫一粗繩連結轉軸，再以人或牛推動轉軸，將船牽引過去。俗名之曰土壩。

〔三〕蝃蝀(dì dōng)：虹之别稱。《詩經·鄘風·蝃蝀》：“蝃蝀在東，莫之敢指。”毛傳：“蝃蝀，虹也。”此喻指橋在長水塘中之倒影。

〔四〕可憐：可愛。李白《清平調》：“借問漢宫誰得似？可憐飛燕倚新粧。”

〔五〕汞：水銀。此喻月光明白清亮。

〔六〕兀：動摇。《後漢書·袁紹傳》：“未有棄親即異，兀其根本而能全於長世者也。”

詩作於康熙三十年秋，時居海寧，偶過嘉興。詩之前六句寫月夜泊舟長水塘所見景色，次聯體察細緻，狀物入微，傳神生動，頗見才力。末兩句因景傳情，表現了詩人憐惜秋光夜月，不忍驟入夢鄉的情調。

夾浦橋阻風〔一〕

夾浦橋南客棹孤，雨聲連夜洗平蕪〔二〕。東風吹淺吴江水〔三〕，半作春潮漲太湖。

〔一〕夾浦橋：《嘉慶重修一統志》卷七八《蘇州府》二：“夾浦橋，在元和縣婁門外。《府志》：東屬吴江。宋紹興初建石橋，水勢迅疾，明宣德間傾圮。巡撫周忱創船十六艘，以鐵繩架爲浮橋。嘉靖間重建石橋。”

〔二〕平蕪：雜草繁茂之原野。唐高適《田家春望》詩：“出門何所見？

春色滿平蕪。"

〔三〕吴江：即吴淞江。一名笠澤，一名松陵江，亦稱松江，又名吴江，俗名蘇州河。太湖之最大支流，自湖東北流，經吴江、吴縣、崑山、青浦、松江、上海、嘉定，會合黄浦江入海。

詩作於康熙三十一年（一六九二）春。其《湓城集・序》云："庚午（一六九〇）春，朱恆齋由刑部郎出守九江，枉書見招。踰年始往踐約。既爲輯《廬山志》，復遂廬山之遊，賢地主貺我良厚也。"此詩即作於赴九江途經蘇州時，時年四十三歲。詩之前半叙事，寫風狂雨驟之夜，詩人不得不停棹吴江夾浦橋下。次句一"洗"字落筆有聲，極富氣韻聲勢。詩之後半長於寫景，工於描繪，畫面宏麗，秀語雅健。

曉渡西氿回望宜興縣郭〔一〕

櫓聲西入蝦籠嘴〔二〕，波面微微過氿風。濃日吐烟烟吐樹，浮圖一角是城東〔三〕。

〔一〕西氿（guǐ）：據初白遊程所歷，當爲荆溪下游水名。　宜興：縣名，清屬常州府。始置于秦，舊名陽羨。

〔二〕蝦籠嘴：初白自注："蝦籠嘴，西氿港名。"

〔三〕浮圖：亦名浮屠、佛圖，指塔。《魏書・釋老志》："凡宫塔制度，猶依天竺舊狀而重構之，從一級至三、五、七、九，世人相承謂之浮圖，或云佛圖。"

詩作於康熙三十一年（一六九二）春赴九江朱儼幕途經宜興時。是詩寫舟行荆溪上溯高淳時所見景色，起承兩句似平平，然轉筆奇妙生花，臻入佳境。清唐孫華評曰："色極濃，味極淡，思極曲，筆極真。七絶若此,妄謂古人未之有也。”

荻港人家杏花〔一〕

輕舠細雨江村路〔二〕,過眼東風見杏花。略似小車逢綺陌〔三〕,不知紅艷屬誰家〔四〕?

〔一〕荻港:鎮名,因水而得名。在今安徽省銅陵市東北順安河入長江之口。《嘉慶重修一統志》卷一二〇:“荻港,在(太平府)繁昌縣西五十里。自池州府銅陵縣流入,北入大江。”清置巡司戍守于此。

〔二〕輕舠:輕快的小船。舠,小舟。

〔三〕綺陌:風景美麗的郊野道路。唐劉滄《及第後宴曲江》詩:“綺陌香車似水流。”

〔四〕紅艷:指杏花。

詩作於康熙三十一年春赴九江途經太平府繁昌縣西之荻港鎮。是詩情韻高絶,直闖唐人藩籬。清唐孫華評曰:“好風致。”查奕照亦曰:“絶妙風致。”

大風至劉婆磯〔一〕

江豚忽掉頭〔二〕,微動青玻璃〔三〕。俄看黑雲起,遥指天南陲〔四〕。須臾墜我前,横截江兩涯。拔江噴作雨,白日潛光輝。初疑鰲山傾〔五〕,又若鼉窟移〔六〕。舉舟向空擲,綆斷誰能縻〔七〕？長年束手嘆〔八〕，有力不得施。而我於中流，高枕故詠詩。明知怖無益，聊復忍少時。男兒可憐蟲，造物終見慈〔九〕。既濟乃思痛，嗒焉中心脾〔一〇〕。投文訴江神，略陳危苦辭。水從西南來，風亦西南吹。誰歟激使怒〔一一〕，若是不可磯〔一二〕。自我涉江湖，十三年于兹。南浮及北渡，履險間有之。此胡太酷烈，性命輕嶮巇〔一三〕。仕宦涉江來，揚帆若揚鬐〔一四〕。船尾點畫鼓，船頭插黄旗。大賈涉江來，滿載居贏奇〔一五〕。放溜如放馬〔一六〕，控縱從人馳。我船何所載，載書載鴟夷〔一七〕。壓浪一葉輕〔一八〕，疾行固其宜。如何强弓彎，寸進恆苦遲。神於我乎薄，厚彼寧獨私〔一九〕。咄哉窮旅人〔二〇〕，初受俗眼嗤〔二一〕。揶揄到五鬼〔二二〕，漸漸伺路歧〔二三〕。惟神實正直，倚賴相扶持。今朝大戲劇，漂泊將誰依。禱罷似有感，撫枕魂依稀。神來入我夢，責我大有詞。風水涣成文〔二四〕，變化豈汝知。滔天初濫觴〔二五〕，至險出坦迤〔二六〕。汝以耳目料，何異握管窺〔二七〕。汝又好遠遊，遠遊計終癡。萬里走從軍，還家仍布衣〔二八〕。十年就場屋〔二九〕，逐衆趨京師。人皆取巍科〔三〇〕，三黜名獨遺〔三一〕。謂宜自揣量，息影甘荆扉〔三二〕。兹來非宦遊〔三三〕，又非競刀錐〔三四〕。皇皇義奚取，放浪形骸爲〔三五〕。汝居頗有園，園中頗有池。好風皺池面，浮花舞漣漪〔三六〕。此豈有驚波，來溷汝息機〔三七〕。汝自捨之出，去安而即危。不聞南山隮，下有季女饑〔三八〕。不見東海畔，中有踏浪兒〔三九〕。兩者聽自取，決擇休然疑。叩頭謝江神，痼疾神所治〔四〇〕。大夢喚初覺，行當早旋歸！

〔一〕劉婆磯：長江邊巖石名，在貴池縣附近江邊。磯，露出水面之巖石或石灘。

〔二〕江豚：俗稱"江豬"，産於長江及印度大河中，鯨類動物。唐許渾《金陵懷古》詩："石燕拂雲晴亦雨，江豚吹浪夜還風。"

〔三〕青玻璃：喻江水。

〔四〕陲：邊緣。唐韓愈《寄崔二十六立之》詩："安有巢中鷇，插翅飛天陲。"

〔五〕鰲山：形容巨鰲形狀。此喻巨浪。

〔六〕鱷窟：鱷魚出没之所。

〔七〕縻：索繫。《廣雅》："縻，繫也。"

〔八〕長年：船工。杜甫《夔州歌》："長年三老長歌裏。"宋郭知達注："峽人以船頭把篙相水道者曰長年。"

〔九〕造物：即"造物者"，謂創造萬物之神祇。《莊子·大宗師》："偉哉，夫造物者將以予爲此拘拘也。"

〔一〇〕嗒(tà)焉：喪氣或失魂落魄之意。《莊子·齊物論》："仰天而嘘，嗒焉似喪其耦。"《釋文》："荅焉，本又作嗒。解體貌。"

〔一一〕歟：句末或句中語氣詞。無義。

〔一二〕若是：若此。　磯：激怒；觸犯。《孟子·告天》下："親之過小而怨，是不可磯也。"趙岐注："磯，激也。"

〔一三〕嶮巇(xiǎn xì)：險要高峻貌。此喻危險。唐秦韜玉《釣翁》詩："世上無窮嶮巇事，算應難入釣船來。"

〔一四〕鬐(qí)：亦作"鰭"。《字彙補》："鬐，魚脊也。"《莊子·外物篇》："揚而奮鬐。"成玄英疏："揚其頭尾，奮其鱗鬐。"

〔一五〕居：積儲。《書·益稷》："懋遷有無化居。"孔傳："居，謂所宜居積者。"　贏奇：謂貨物多而稀罕。贏，盈滿；多。

〔一六〕放溜：任船順流行駛。南朝梁元帝蕭繹《早發龍巢》詩："征人喜放溜，曉發晨陽隈。"

〔一七〕鴟(chī)夷：亦作"鴟彝"。盛酒器。《藝文類聚》卷七二引漢揚雄《酒賦》："鴟夷滑稽，腹如大壺，盡日盛酒，人復藉酤。"

〔一八〕一葉：謂一葉扁舟，指小船。宋蘇軾《贈邵道士》詩："相將乘一葉，夜下蒼梧灘。"

〔一九〕私：偏愛。《儀禮·燕禮》："寡君，君之私也。"鄭玄注："私，謂獨受恩厚也。"

〔二〇〕咄哉：表示嗟嘆。

〔二一〕嗤：譏笑鄙視。

〔二二〕揶揄：嘲弄；耍笑。《世説新語·任誕篇》："襄陽羅友有大韻。"注引《晉陽秋》："出門於中路逢一鬼，大見揶揄。" 五鬼：亦曰"五窮"。喻境遇不順。語本唐韓愈《送窮文》：窮鬼之名有五：曰智窮、學窮、文窮、命窮、交窮。

〔二三〕伺：伺候；等候。

〔二四〕"風水"句：《周易·涣卦》："風行水上，涣。"清朱駿聲《六十四卦經解》："涣，流散也；又文貌，風行水上，而文成焉。"

〔二五〕滔天：謂大水。《尚書·益稷》："禹曰：洪水滔天，浩浩懷山襄陵，下民昏墊。" 濫觴：指水源之水極少，僅能浮起酒杯。《荀子·子道》："昔者江出於㟭山，其始出也，其源可以濫觴。"

〔二六〕坦迤(yǐ)：形容山勢平緩而連綿不斷。《世説新語·言語篇》："林公見東陽長山曰：何其坦迤。"劉孝標注引《會稽土地志》："山靡迤而長，縣因山得名。"

〔二七〕握管窺：即"管闚蠡測"義。喻識見狹小淺薄。《漢書》卷六五《東方朔答客難》："語曰：以筦闚天，以蠡測海。"筦，同"管"。闚，同"窺"。

〔二八〕布衣：庶人之服。代稱平民。《吕氏春秋·行論》："人主之行與布衣異。"

〔二九〕場屋：舊時科舉考試之場所。故指代科場。《資治通鑑·唐武宗會昌六年》："景莊老於場屋，每被黜，母輒撻景讓。"胡三省注："唐人謂貢院爲場屋，至今猶然。"

〔三〇〕巍科：猶高第。即科舉考試名列前茅者。清趙翼《錢茶山司寇以大集見示捧誦之餘敬題于後》詩："已擅巍科最，兼期不朽垂。"

〔三一〕黜：罷黜。此謂考試落榜。

〔三二〕荆扉：柴門。喻指平民百姓的簡陋居室。晉陶潛《歸園田居》詩之二："白日掩荆扉，虛室絶塵想。"

〔三三〕宦遊：外出求官。唐韓愈《此日足可惜贈張籍》詩："我友二三子，宦遊在西京。"

〔三四〕刀錐：喻微末小利。唐陳子昂《感遇》詩之十："務光讓天下，商賈競刀錐。"

〔三五〕放浪形骸：謂言行放縱，不拘形迹。《晉書·王羲之傳》："或因寄所託，放浪形骸之外。"

〔三六〕漣漪：細小的水波。南朝宋謝靈運《發歸瀨三瀑布望兩溪》詩："沫江免風濤，涉清弄漪漣。"

〔三七〕溷(hùn)：累；擾亂。《漢書·陸賈傳》："毋久溷女爲也。"顔師古注："溷，亂也。"　息機：息滅機心。《楞嚴經》卷六："息機歸寂然，諸幻成無性。"

〔三八〕"不聞"二句：語本《詩·國風·候人》："薈兮蔚兮，南山朝隮；婉兮孌兮，季女斯饑。"注："薈蔚，雲興貌。南山，曹南山也。隮，升雲也。"鄭箋："薈蔚之小雲，朝升于南山，不能爲大雨，以喻小人雖見任於君，終不能成其德教。"又注："婉，少貌。孌，好貌。季，人之少子也。女，民之弱者。"鄭箋："天無大雨則歲不熟，而幼弱者饑。猶國之無政令則下民困病矣。"

〔三九〕踏浪兒：弄潮兒。宋蘇軾《讀孟郊詩》之二："嫁與踏浪兒，不識離别苦。"

〔四〇〕痼疾：喻不易克服之習慣或嗜好。《舊唐書·田遊巖傳》："臣所謂泉石膏肓，烟霞痼疾者。"

詩作於康熙三十一年春，時應九江太守朱儼之邀赴九江，途經安徽池州。詩之起首十二句寫行舟劉婆磯突遇大風情狀，氣勢磅礴，生動形象。至此，題面已足。"而我于中流"以下十句一筆蕩開，以祈禱江神另闢詩境，開啓下文，可視爲過渡。"水從西南來"以下三十四句爲祈禱神明内容,巧妙地將旅途艱難與世路艱難兩相結合,以求上天公斷。“禱罷似有感”以下三十八句爲江神答詞,實即反映詩人對隱、仕矛盾的思考與解脱。詩末四句爲小結:既然世路維艱多險,詩人最終决定早日“旋歸”,選擇歸隱之路,以“江神”回扣江風,首尾照應。全詩平易而似口語,構思巧妙,略帶詼諧,詩風追步韓、柳、白、蘇而影響趙翼,爲初白五古上乘之作之一。清唐孫華評曰:“韓、柳之匹。”又評曰:“香山神境。”

雨中過銅陵〔一〕

沙尾沿流曲作堤〔二〕,青山一半吐城低。洲空亂雁争歸北,路轉千帆盡向西。正剪渡時風乍漲〔三〕,最含烟處柳初齊。客程已厭連朝雨,不要春鳩更苦啼〔四〕。

〔一〕銅陵:縣名。漢陵陽、春穀二縣地,三國吴春穀縣地,梁爲南陵縣地,唐末分置義安縣,尋廢,五代南唐保大九年(九五一)置銅陵縣,清屬安徽池州府。

〔二〕沙尾:沙灘邊緣。杜甫《春水》詩:“朝來没沙尾,碧色動柴門。”

〔三〕剪渡:謂船破浪而行。

〔四〕春鳩:鳩鴿類動物,種類不一,常指山斑鳩及珠頸斑鳩兩種。俗謂鳩鳴爲雨候,因云“不要春鳩更苦啼”。陸游《喜晴》詩:“正厭鳩呼雨,俄聞鵲噪晴。”

詩作於康熙三十一年春,時應九江太守朱儼之邀游廬山,途經安徽銅陵。詩寫烟雨霏霏中渡江情景,迷濛春色,如繪如畫,氣象生新,意味雋永,格調輕靈綿至,詩筆研精熟練,亦漁洋之勁敵。清查奕照評是詩曰:“健筆。”

三江口苦雨〔一〕

那刹磯頭雨殺風〔二〕，千檣烟氣濕濛濛。楚天低壓平蕪外〔三〕，何處青山認皖公〔四〕？

〔一〕三江口：凡三江匯流處均稱三江口。此疑即皖口，在今懷寧縣西十五里，爲皖水入長江口處。

〔二〕那刹磯：長江中石磯名，具體所在未詳。或即在皖口附近。

〔三〕楚天：楚地天空。杜甫《暮春》詩："楚天不斷四時雨，巫峽常吹千里風。"　平蕪：詳前《夾浦橋阻風》詩注〔二〕。

〔四〕皖公：皖公山，即皖山，一名潛山。在今安徽潛山縣西北，綿亘深遠，與霍山相接界。最高峯峭拔如柱，故稱天柱。《嘉慶重修一統志》卷一〇九《安慶府》一引《寰宇記》："潛山在懷寧縣西北二十里，高三千七百丈，周二百五十里。山有三峯，一曰天柱山，一曰潛山，一曰皖山。三山峯巒相去隔越。"

詩作於康熙三十一年春，時由家鄉海寧赴九江途經安徽皖口。狂風暴雨，水氣濛濛，雲天低壓，名山隱踪匿跡，詩人心緒不免低落。全詩前三句寫景，雖造語平淡，却形象傳真。末句半是議論，半是抒情，表達了一種對陰雨連綿而難識名山真容的遺憾。

楊花同恆齋賦〔一〕

散作輕埃滾作團，不成花片但漫漫〔二〕。春如短夢初離影，人在東風正倚欄。微雨乍黏還有態，柔條欲戀已無端。衹應老眼憐輕薄〔三〕，長自摩挲霧裏看〔四〕。

〔一〕恆齋：朱儼，字恆齋，一字敬如。順天大興(今屬河北)人。已故原工部尚書朱之弼之子。《江西通志·宦績》："(儼)任九江知府，至官即絶苞苴，革陋例，捐俸修理學宮，葺濂溪書院，改創公署。以盜案詿誤，將罷官，士庶合詞乞留，得復任。旋值歲饑，請米賑濟，民多賴之。儼清廉慈惠，深識大體。在九江二十三年，以老病罷。及卒，歸櫬無資，士民痛哭爲之助。"按，初白與朱氏父子兩代均交誼深厚，終始不渝。初白因兩度留戀朱幕，詩酒酬答，頗極綢繆，爾後復與儼結成兒女親家。

〔二〕漫漫：遍佈貌。《尚書大傳·卿雲歌》："卿雲爛兮，糺漫漫兮。"亦作"縵縵"。

〔三〕輕薄：放蕩。此喻指楊花之飄蕩無根。

〔四〕摩挲：撫摸。韓愈《石鼓歌》："牧童敲火牛礪角，誰復著手爲摩挲。"

詩作於康熙三十一年三月，時客九江太守朱儼幕中。詩詠楊花，傳神入態，輕蒨婉約，風姿艷逸。趙翼曾於《甌北詩話》卷一〇云："以初白律詩與放翁相較，放翁使事精工，寫景新麗，固遠勝初白。然放翁多自寫胸臆，非因人因地，曲折以赴，往往先得佳句，而足成之。初白則隨事隨人，各如其量，肖物能工，用意必切。其不如放翁之大在此，而較放翁更難亦在此。"若以此詩觀之，固非虚言。故清唐孫華評是詩曰："工秀之至。第二聯元相所謂'細膩風光'也。"

江州雜詠四首〔一〕(選其一)

依舊江關俯麗譙〔二〕，居人指點説天橋〔三〕。戰迴左蠡軍容壯〔四〕,鑿斷殘岡霸氣銷〔五〕。鎮將南朝偏跋扈,部兵西楚最輕剽〔六〕。自從血洗孤城後〔七〕,九派空迴寂莫潮〔八〕。

〔一〕江州:州名。始置於西晉元康元年(二九一),治所在豫章(今南昌市)。其後或治柴桑(今九江市西南),或治半洲城(今九江市西),或治湓口城(今九江市)。元至元中改爲路;至正二十一年(一三六一),朱元璋改爲九江府。後因稱九江爲江州。

〔二〕麗譙:壯美之高樓。《莊子·徐無鬼》:"君亦必無盛鶴列于麗譙之間。"晉郭象注:"麗譙,高樓也。"又,《漢書·陳勝傳》:"獨守丞與戰譙門中。"唐顔師古注:"樓一名譙,故謂美麗之樓爲麗譙。"

〔三〕"居人"句:初白自注:"明太祖破江州事。"按江州爲陳友諒巢穴,元至正二十三年(一三六三),"太祖自將伐之,復安慶,長驅至江州。友諒戰敗,夜挈妻子奔武昌。"(《明史·陳友諒傳》)天橋,古代作戰用以攻城之橋形木架。

〔四〕左蠡:山名。在今江西都昌縣西北,以臨彭蠡湖東而名。《嘉慶重修一統志》卷三一六《南康府》一:"左蠡山,在都昌縣西北五十里,一名藍車。山勢逶迤,爲縣西北之襟喉,以臨彭蠡湖東而名。其下舊有左蠡城。"至正二十三年夏,明太祖親自將兵援救洪都,曾與陳友諒戰於左蠡山,友諒敗走。

〔五〕"鑿斷"句:初白自注:"(江州)東門外有天子堂,相傳劉誠意惡陳友諒都此得勝地,故鑿之。"

〔六〕"鎮將"二句:初白自注:"指左良玉、袁繼咸事。"按左良玉,字崑山,南明弘光朝封寧南侯,鎮守荆襄,後引師兵諫以清君側,病死于九江。袁繼咸,字季通,明末官兵部右侍郎、右僉都御史,總督江西湖廣軍務,曾勸阻左良玉興師東下。後以不降於清見殺。南朝,明思宗崇禎十七年,李自成率農民起義軍攻破北京城,朱由檢吊死景山。五月,福王朱由崧即位於南京,建立南明政權,年號弘光,世稱南朝。　西楚:古三楚之一,即今淮北一帶。《史記·貨殖傳》:"夫自淮北沛、陳、汝南、南郡,此西楚也。"《正義》:"言從沛郡西至荆州,並西楚也。" 輕剽:猶"剽輕",强悍輕捷,驍勇能戰。《史記·周勃世家》:"楚兵剽輕,難與争鋒。"

〔七〕"自從"句:用明弘光元年春左良玉移師九江縱兵屠城事。據《明史·袁繼咸傳》:"初,繼咸聞李自成兵敗南下,命部將郝效忠、陳麟、鄧林奇守九江,自統副將汪碩畫、李士元等援袁州,防賊由岳州、長沙入江西境。既已登舟,聞良玉反,復還九江。……集諸將於城樓而灑泣曰:'兵諫非正。晉陽之甲,《春秋》惡之,可同亂乎?'遂約與俱拒守。而效忠及部將張世勳等,則已出與良玉合兵,入(九江)城殺掠。"又,初白《余作江州雜詩灌園既垂和續爲潯陽行感慨淋漓讀之使我心惻因推本意再成長律四十韻》詩,其注文言"血洗孤城"亦詳,唯與正史所載不盡一致:"初,良玉發武昌,挾楚督袁繼咸以往,至是與繼咸標將郝二連營九江城外。四月初四日,遂縱兵焚掠,殺男女二十餘萬。"

〔八〕九派:原指江西九江市北的一段長江。這裏江水有九個支流,故稱九派。唐皇甫冉《送李録事赴饒州》詩:"山從建業千峯遠,江到潯陽九派分。"後因以泛指長江。

詩作於康熙三十一年春,時客九江太守朱儼幕。詩之首兩句正面切入詩題,由江山依舊,人事盡非,引起對九江歷史的回顧。詩之頷、頸兩聯承上啓下,申足首聯詩意,以明太祖破江州及左良玉焚江州故事,突出江州地當要衝,爲兵家必争之歷史地位,爲尾聯發抒感慨留下餘地。"自從血洗孤城後,九派空回寂莫潮。"末句結以景語,詩之云"空"、云"寂莫",可見詩人吊古傷今,無限傷感之心曲。清唐孫華評是詩曰:"氣味在劉中山(禹錫)、杜樊川(牧)之間。"又,清趙翼《甌北詩話》卷一〇云:"初白好議論,而專用白描,則宜短節促調,以遒緊見工。……初白詩又嫌其白描太多,稍覺寒儉。一遇使典處,即清切深穩,詞意兼工。"

石鐘山〔一〕

鄱陽吞天來〔二〕，噴薄南出口〔三〕。江流不能敵，抵北乃東走。懸崖峙西灣，水勢掃如帚。孤城艮其背〔四〕，外捍賴兩肘。靈區聚神奸〔五〕，石狀雜妍醜。平鋪理横截，旁罅中劈剖〔六〕。熊羆饞攫人〔七〕，奇鬼起援手〔八〕。蜂窠掛篙眼〔九〕，鳥卵破甕缶〔一〇〕。一一皆下垂，中空無一有。有時應鞺鞳〔一一〕，照影見星斗。忽然風喧豗〔一二〕，聲作蒲牢吼〔一三〕。年深追蠡壞〔一四〕，兼恐石斷紐。惜哉坡公記〔一五〕，石刻泐已久〔一六〕。茫茫宇宙間，孰是真不朽？

〔一〕石鐘山：在今江西省湖口縣。山有二：一在縣治南，曰上鐘山；一在縣治北，曰下鐘山。各距縣一里，皆高五、六百尺，周十里許。《水經》："彭蠡之口有石鐘山。"注："石鐘山西枕彭蠡，連峯疊嶂，壁立峭削，其西南北皆水，四時如一，白波撼山，響如洪鐘，因名。"

〔二〕鄱陽：湖名。古稱彭蠡、彭澤、彭湖，在今江西省北部。《方輿勝覽》卷一七《江東路·南康軍》："彭蠡湖，在城東南五里。《禹貢》：'彭蠡既豬。'"

〔三〕噴薄：激蕩；湧出。李白《瑩禪師房觀山海圖》詩："烟濤争噴薄，島嶼相凌亂。"

〔四〕孤城：謂湖口縣城。《嘉慶重修一統志》卷三一八《九江府》一："湖口縣城周五里二十步，門五，負山面湖，東西爲濠，明嘉靖三十七年創築。"　艮：止；限。《易》："艮其限。"傳："艮，止也。"

〔五〕靈區：對一方地域之美稱。　神奸：謂鬼神怪異之物。

〔六〕罅(xià)：開裂。《説文·缶部》："罅，裂也。缶燒善裂也。"段玉裁注："罅，引伸爲凡裂之稱。"

〔七〕攫：抓取。

〔八〕援手：執手而救之。《孟子·離婁》上："天下溺，援之以道；嫂溺，援之以手。"

〔九〕篙眼：猶篙痕。以篙撑船時在岸上留下的孔穴。蘇軾《百步洪》詩之一："君看岸邊蒼石上，古來篙眼如蜂窩。"

〔一〇〕甕缶：均陶製之盛器。

〔一一〕"有時"句：清翁方綱評此句曰："插此句以見筆力。"　鞺鞳：形容波濤或水浪拍擊物體的聲響。蘇軾《石鐘山記》："有大石當中流，可坐百人，空中而多竅，與風水相吞吐，有窾坎鏜鞳之聲。"

〔一二〕喧豗：喻轟響。李白《蜀道難》詩："飛湍瀑流争喧豗，砯崖轉石萬壑雷。"

〔一三〕蒲牢：獸名。漢班固《東都賦》："於是發鯨魚，鏗華鐘。"唐李善注："薛綜《西京賦》注曰：海中有大魚曰鯨，海邊又有獸名蒲牢。蒲牢素畏鯨，鯨魚擊蒲牢，輒大鳴。凡鐘欲令聲大者，故作蒲牢於上，所以撞之者爲鯨魚。"後因以蒲牢爲鐘之别名。

〔一四〕追蠡壞：鐘鈕壞蝕。《孟子·盡心》下："以追蠡。"注："追，鐘鈕也。鈕磨嚙處深矣。蠡，欲絶之貌也。"

〔一五〕坡公記：謂蘇軾所作《石鐘山記》。

〔一六〕泐(lè)：通"勒"。銘刻，引申爲書寫。初白自注："蘇公《石鐘山記》，舊刻于南鐘石上，明正統己巳石裂，仆于水，今失其處矣。"又，清翁方綱批曰："山依湖口縣城。予近爲重書坡公記，勒于石。"

詩作於康熙三十一年三月，時客居九江。全詩未就石鐘山之得名及由來多費筆墨，而是抓住石鐘山之地理形勢及其外貌特徵，加以流暢形象的描摹。詩首八句氣勢雄偉，大筆如椽。詩末二句以情結，寓人事易朽、山水永在之意，富於哲理意味。清唐孫華評是詩曰："刻畫直逼韓、蘇。"又，清朱庭珍《筱園詩話》云："查初白詩宗蘇、陸，以白描爲主，氣求條暢，詞貴清新，工於比喻，善於形容，意婉而能曲達，筆超而能空行，入深出淺,時見巧妙,卓然成一家言。”若以此詩觀之,其條暢曲達處,似更近坡公。

魚苗船

幾片紅旗報販鮮,魚苗百斛楚人船〔一〕。憐他性命如針細,也與官家辦税錢!

〔一〕斛(hú):量器名。清制,一斛爲五斗。　楚人:古時長江中下游一帶屬楚國,因稱當地居民爲楚人。

詩作於康熙三十一年春,時客九江太守朱儼幕。詩以魚苗雖微,難逃官税,揭露官府對漁民的盤剥,發語沉痛,小中見大。

曉吟

江聲入户竹風急,樹影過窗山月斜。誰共此時留此景,殘更煞後未啼鴉〔一〕。

〔一〕更:古代夜間計時單位。一更約二小時,一夜爲五更。　煞:結束;停止。宋周密《齊東野語·降仙》:“年年此際一相逢,未審是甚時結煞。”

詩作於康熙三十一年夏,時客九江太守朱儼幕。詩寫江城夜曉時情景,通過聽覺與視覺的互相補充和轉换,不着一句帶有主觀情感色彩的話語,全憑形象鮮明生動的畫面,傳送出一種淒清孤獨的氣氛。詩之第二句静謐清幽,意態蕭寥,歷歷如繪,無愧白描聖手。

蟬蜕和灌園韻〔一〕

不應已蜕尚名蟬,彈指難留過去緣〔二〕。枯比老僧初入定〔三〕,輕如羽客乍登仙〔四〕。誰云解脱非生理〔五〕,始信飛鳴是後天。從此螗螂無攫意〔六〕,機心不上七條弦〔七〕。

〔一〕蟬蜕:蟬從殼中蜕出,也指蟬殼。　灌園:吕灌園,名錫九,吴江人。時與初白皆客九江朱儼幕中。乃初白康熙己巳(一六八九)第二次入京時所交詩友,亦世家子,年長初白十七歲。初白《次灌園潯陽唱和賦感見贈二十四韻》詩自注:“灌園爲吴江大司馬之子,甲申以後因亂破家。”

〔二〕彈指:捻彈手指作聲,佛家語。喻時間短暫。《翻譯名義集·時分》:“二十念爲一瞬,二十瞬名一彈指。”唐司空圖《偶書》詩之四:“平生多少事,彈指一時休。”　過去:過去世,佛家語。佛教分時間過程爲三世,即過去世、現在世、未來世。

〔三〕入定:佛家語。謂佛教徒閉目安心,不起雜念,聚精神於一處。多取趺坐式。唐玄奘《大唐西域記·曲女城》:“棲神入定,經數萬歲,形如枯木。”又,白居易《在家出家》詩:“中宵入定跏趺坐,女唤妻呼多不應。”

〔四〕羽客:猶言羽人、羽士,謂道士。道家學仙,因稱。唐宋之問《送司馬道士遊天台》詩:“羽客笙歌此地違,離筵數處白雲飛。”

〔五〕解脱:佛家語。謂解除煩惱,復歸自在。《維摩詰經·佛國品》:

“衆生隨類,各得解脱。”又,《翻譯名義集》卷七:“解脱,縱任無礙,塵累不能拘。”　生理:生存之理。明徐光啓《農政全書》卷一〇:“時至氣至,生理因之。”

〔六〕“從此”句:螗螂,即螳螂。漢劉向《説苑·正諫》:“園中有樹,其上有蟬,蟬高居悲鳴飲露,不知螳螂在其後也。”又,《莊子·山木》:“睹一蟬,方得美蔭而忘其身,螳螂執翳而搏之,見得而忘其形。”

〔七〕機心:智巧變詐而有心計。《莊子·天地》:“有機械者必有機事,有機事者必有機心,機心存於胸中則純白不備。”　七條弦:即七弦,借指七弦琴。據《後漢書》卷六〇:“初,(蔡)邕在陳留也,其鄰人有以酒食召邕者,比往而酒以酣焉。客有彈琴於屏,邕至門試潛聽之,曰:‘憘!以樂召我而有殺心,何也?’遂反。將命者告主人曰:‘蔡君向來,至門而去。’邕素爲邦鄉所宗,主人遽自追而問其故,邕具以告,莫不憮然。彈琴者曰:‘我向鼓弦,見螳蜋方向鳴蟬,蟬將去而未飛,螳蜋爲之一前一却。吾心聳然,惟恐螳蜋之失之也,此豈爲殺心而形於聲者乎?’邕莞然而笑曰:‘此足以當之矣。’”

詩作於康熙三十一年夏,時客九江太守朱儼幕。詩詠蟬蜕,多用佛語,皆以議論行之,全守宋人家法。詩之前半寫物象,後半用蔡邕聞琴聲而感機心故事,借題發揮,引愆義理,頗耐人尋味。清唐孫華評是詩曰:“工絶又新奇。”

立秋夜彭澤舟中〔一〕

斗柄轉城頭〔二〕,江聲健入秋〔三〕。若逢明月夜,應作小孤遊〔四〕。水栅依茅屋〔五〕,風帆帶荻洲〔六〕。半年還客夢〔七〕,星露警扁舟〔八〕。

〔一〕彭澤：縣名。《嘉慶重修一統志》卷三一八《九江府》一："彭澤縣在府東少北一百四十里。漢彭澤縣地；晉陽和城，屬豫章郡。隋開皇初改置龍城縣於此，屬江州；十八年改曰彭澤。大業初，屬九江郡。唐武德五年，屬浩州；八年，屬江州。宋因之，元屬江州路，明屬九江府，本朝因之。"故城在今江西湖口縣東三十里。縣因山爲城，俯瞰小孤山，爲采石以上江路之阨塞處。

〔二〕斗柄：北斗柄。謂北斗之五至七星，即衡、開泰、摇光。北斗七星之一至四星其形像斗，五至七星其形像柄。唐韋應物《擬古》詩之六："天河横未落，斗柄當西南。"

〔三〕江：長江。

〔四〕小孤：小孤山。《小孤山志》："宿松縣東有山，在水中央，爲小孤山，鄰彭澤間。突兀巑岏，一柱直插天半，舊云髻山。相沿日久，遂指小孤謂'小姑'，非也。山以特立不倚，故得名。其云小者，則從彭澤之大孤别言之耳。"

〔五〕水柵：以竹、木等做成之栅欄，置于水中以作攔阻堵截之用。唐張籍《江南行》詩："娼樓兩岸臨水柵，夜唱《竹枝》留北客。"

〔六〕荻洲：長有蘆荻之水中陸地。北周庾信《奉和泛江》詩："錦纜迴沙磧，蘭橈避荻洲。"

〔七〕遷客：遭貶斥放逐之人，此謂失意文人。李白《與史郎中飲聽黄鶴樓上吹笛》詩："一爲遷客去長沙，西望長安不見家。"

〔八〕星露：星辰霜露。宋李孝先《久客寄劉弘度》詩："月明星露墜，慎莫倚欄干。"

詩作於康熙三十一年秋，時客九江太守朱儼幕。詩寫月夜泊舟彭澤江面之見聞感受，首、頷兩聯狀景，頸、尾兩聯因景生情，抒發了詩人作客他鄉、孤單無依的閑愁。星繁月朗，逗人遐想；輕愁淡恨，飄逸筆端。詩人的心境是悠閒寧静的，却又隱含着幾分躁動與憂愁。末句一個"警"字，正是這一情緒的自我感受。全詩結體嚴緊，風格健朗蒼勁，寫景簡練生動，抒情含蓄不露。

秋　暑

大火初流暑未清〔一〕,長川落日正西傾〔二〕。氣蒸遠水浮天動,血染殘霞照夜明。蟋蟀豈知催雨意,蒹葭衹慣報風聲。故鄉消息經時斷,白髮無端一夕生。

〔一〕大火初流:謂時當七月。語本《詩經·豳風·七月》:"七月流火,九月授衣。"火(古讀如"毁"),或稱大火,星名,即心宿。每年夏曆五月黄昏,此星正當南方,位置正中也最高。爾後過了六月,即偏西向下,謂之流火。　暑:暑氣。

〔二〕長川:謂長江。

詩作於康熙三十一年秋,時客九江太守朱儼幕。詩寫悲秋傷老之情及故鄉縈懷之思。前半寫景,物象壯闊,氣魄宏大,色彩鮮明,頷聯尤其出色,爲傳世名句。後半情景相融,詩旨顯彰無隱。全詩局陣寬展,清真流麗,頗具蘇、陸風味。

洪武御碑歌〔一〕

昇仙臺前白玉碑〔二〕,柱石拏攫龍之而〔三〕。鴻文載在御製集,初不假手詞臣爲。我來摩挲一再讀〔四〕,顛者蹤跡大可疑〔五〕。憶昔元人失其鹿,群雄角逐爭驅馳〔六〕。濠州布衣人未識〔七〕,芒碭雲氣常隨之〔八〕。金陵一朝定九鼎[九],六合不足煩鞭笞[一〇]。是時楚兵最剽焊[一一],不自量力來交綏[一二]。國家將興有先兆,天遣來告貞元期[一三]。明明天眼識王氣[一四],故以險怪驚愚蚩[一五]。英君往往謀略秘,計大不許尋常窺。亦如田單破燕騎[一六],神道設教尊軍師[一七]。不然兹事乃近誕[一八],小數何足誇權奇[一九]。白旄一麾江漢靖[二〇],軍前長揖從此辭[二一]。留侯自伴赤松去[二二],穀城空立黄石祠[二三]。天池之山高巍巍[二四],竹林仙馭杳莫追[二五]。鶴歸倘記石華表[二六],世代已逐滄桑移[二七]。百年雨露在山澤,惟有松柏参天枝。

〔一〕洪武:明太祖朱元璋在位年號(一三六八—一三九八)。

〔二〕昇仙臺:白鹿昇仙臺,臺在廬山牯嶺西北錦繡峯頂。相傳明初周顛由此乘坐白鹿升天而去,因名。　白玉碑:即詩題所謂"御碑",乃明太祖朱元璋在廬山訪周顛不遇所立,上勒《周顛仙人傳》,文長二〇八〇字。背面鐫《祭天眼尊者周顛仙人徐道人赤腳僧文》並詩二首,均朱元璋親筆撰寫。

〔三〕挐攫:搏鬥。漢揚雄《羽獵賦》:"犀兕之抵觸,熊羆之挐攫。"　之而:鬚毛。《考工記·梓人》:"作其鱗之而。"

〔四〕"我來"句:初白《廬山紀遊》:"自大林(寺)而西,北面一峯獨起,御碑亭踞其巔,豐碑一道,勒明太祖御製周顛仙詩文,附載官員寺僧名凡六十三人,規制堂皇,亭亦堅緻壯麗,廬山一大觀也。"摩挲,撫摸。

〔五〕顛者:周顛,傳爲元明間得道仙者。《明史》卷二九九載:周顛,建昌(今四川西昌)人,無名字。年十四,得狂疾,走南昌市中乞食,語言無恆,皆呼之曰顛。及長有異狀,數謁長官,曰"告太平"。太祖厭,命覆以巨缸,積薪煅之。薪盡啓視,則無恙。絶其粒一月,比往視,如故。至馬當,投諸江,師次湖口,顛復來。友諒既平,太祖遣使往廬山求之,不得,疑其仙去。

〔六〕"憶昔"二句：典出《史記・淮陰侯列傳》:"秦失其鹿,天下共逐之,於是高材疾足者先得焉。"裴駰《集解》引張晏曰:"以鹿喻帝位也。"參前《夾馬營》詩注〔一二〕。

〔七〕濠州布衣：謂明太祖朱元璋。《明史・太祖本紀》:"太祖高皇帝,諱元璋,字國瑞,姓朱氏。先世家沛,徙句容,再徙泗州。父世珍,始徙濠州之鍾離。"

〔八〕"芒碭"句：詳前《夾馬營》詩注〔一四〕。

〔九〕九鼎：《史記・武帝紀》:"禹收九牧之金,鑄九鼎,象九州。"後遂以九鼎喻指國柄。

〔一〇〕六合：天下;人世間。漢賈誼《過秦論》:"吞二周而亡諸侯,履至尊而制六合,執敲朴以鞭笞天下,威振四海。" 鞭笞(chī)：鞭打;杖擊。此謂討伐。

〔一一〕楚兵：謂明末陳友諒割據勢力。陳友諒始治江州爲都,自稱漢王,繼殺徐壽輝,即皇帝位,國號漢,盡有江西、湖廣之地。

〔一二〕交綏：謂交戰。《梁書・武帝紀》上:"接距交綏,電激風掃。"

〔一三〕貞元：謂天道人事之轉換。意指元滅明興,改朝换代。語本《易・乾》:"元亨利貞。"尚秉和注:"元亨利貞,即春夏秋冬,即東南西北,震元離亨,兑利坎貞,往來循環,不忒不窮。"後因以"貞下起元"表示天道人事之循環往復,周流不息。據朱元璋《周顛仙人傳》:"俄有異詞,凡新官到任,必謁見而訴之。其詞曰：告太平。此異言也,何以見? 當是時,元天下承平,將亂在邇,其顛者故發此言,乃曰異詞。"

〔一四〕天眼：亦稱天趣眼,佛教所説五眼之一,能透視六道、遠近、上下、前後、内外及未來等。《大智度論》卷五:"於眼,得色界四大造清浄色,是名天眼。天眼所見,自地及下地六道中衆生諸物,若近若遠,若粗若細,諸色無不能照。"

〔一五〕愚蚩：愚昧之人。

〔一六〕田單：戰國時齊將,臨淄(今屬山東)人。據《史記・田單列傳》:燕將樂毅破齊時,他堅守即墨(在今山東平度東南),收(即墨)城中得千餘牛,束兵刃於其角,而灌脂束葦於尾,燒其端。牛尾熱怒而奔,燕軍大敗,齊七十餘城皆復爲齊。

〔一七〕"神道"句:《史記·田單列傳》:"樂毅因歸趙,燕人士卒忿。而田單乃令城中人食必祭其先祖於庭,飛鳥悉翔舞城中下食。燕人怪之。田單因宣言曰:'神來下教我。'乃令城中人曰:'當有神人爲我師。'有一卒曰:'臣可以爲師乎?'因反走。田單乃起,引還,東鄉坐,師事之。卒曰:'臣欺君,誠無能也。'田單曰:'子勿言也!'因師之,每出約束,必稱神師。"

〔一八〕誕:虚妄。《國語·楚語上》:"是言誕也。"韋昭注:"誕,虚也。"

〔一九〕小數:小道;小的技能。《孟子·告子》上:"今夫弈之爲數,小數也。"朱熹《集注》:"數,技也。" 權奇:智謀出衆,奇譎非凡。《漢書·禮樂志》二:"志俶儻,精權奇。"王先謙《補注》:"權奇者,奇譎非常之意。"

〔二〇〕白旄:古代軍旗之一。竿頭飾以牦牛尾,用以指揮全軍。《尚書·牧誓》:"王左杖黄鉞,右秉白旄以麾。"後因以喻出師征伐。白居易《七德舞》:"白旄黄鉞定兩京,擒充戮竇四海清。" 一麾:猶一揮,有發令調遣意。漢王充《論衡·感虚》:"襄公志在戰,爲日暮一麾,安能令日反?" 江漢靖:謂消滅陳友諒部,平定江漢地區。江漢,長江、漢水之間及其附近地區。此指古荆楚之地,在今湖北省境内。

〔二一〕"軍前"句:朱元璋《周顛仙人傳》:"至湖口,去久而歸,顛者同來。食既,顛者整頓精神衣服之類,若遠行之狀,至朕前鞠躬舒項謂朕曰:'你殺之。'朕謂曰:'被你煩多,殺且未敢,且縱你行。'遂糗糧而往,去後莫知所之。"

〔二二〕留侯:謂漢高祖劉邦謀臣張良,漢六年正月,封爲留侯。 赤松:赤松子,上古時神仙。宋羅泌《路史·餘論二·赤松石室》:"赤松子者,炎帝之諸侯也,既耄,移老襄城,家于石室。……《神仙傳》云:'赤松子者,服水玉,神農時爲雨師,教神農入火。'……而《列仙傳》有赤松子輿者,在黄帝時啖百草華,不穀,至堯時爲木工。"

《史記·留侯世家》:"留侯乃稱曰:'……願棄人間事,欲從赤松子游耳。'乃學辟穀,道引輕身。"

〔二三〕穀城:穀城山。《史記》卷五五《正義》引《括地志》:"穀城山,一名黄山,在濟州東阿縣東。" 黄石祠:黄石公祠。《嘉慶重修一統志》卷一七九《泰安府》一:"漢黄石公祠,在東阿縣北三里穀城山下。宋元時嘗設山長奉祀。"《史記·留侯世家》載張良曾"于下邳圯上遇一老人,出一編書,曰:'讀此則爲王者師矣。後十年興。十三年孺子見我濟北,穀城山下黄石即我矣。'……後十三年從高帝過濟北,果見穀城山下黄石,取而葆祠之。留侯死,并葬黄石。每上冢伏臘,祠黄石。"

〔二四〕天池:天池寺,寺内有天池,寺以池名,在廬山錦綉峯頂。初白《廬山紀遊》:"天池寺,舊名峯頂寺,晉慧持建寺池上,始名天池。宋曰天池院,明太祖勅建天池護國寺以寓祀四仙,成祖重勅曰天池萬壽寺,宣宗再勅曰天池妙吉禪寺,故曰三勅天池寺。"

〔二五〕"竹林"句:竹林,謂竹林寺,傳爲周顛隱修處。明徐霞客《徐霞客遊記》:"竹林爲匡廬幻境,可望不可即,臺前風雨中,時時聞鐘梵聲。" 仙馭:仙人騎乘之物。通常指鶴。唐薛能《答賈支使騎鶴》詩:"瑞羽奇姿踉蹌形,稱爲仙馭過清冥。"

〔二六〕"鶴歸"句:典出託名陶淵明《搜神後記》卷一:"丁令威,本遼東人,學道於靈虚山。後化鶴歸遼,集城門華表柱。時有少年舉弓欲射之,鶴乃飛,徘徊空中而言曰:'有鳥有鳥丁令威,去家千年今始歸。城廓如故人民非,何不學仙冢壘壘。'"華表,古代設在橋梁、宫殿、城垣或陵墓前用作裝飾的巨大石柱。

〔二七〕滄桑:見《黔陽雜詩四首》注〔四〕。以上二句意謂人事自變遷,朝代已更迭。

詩作於康熙三十一年八月,時客九江太守朱儼幕。其《雲霧窟集·序》云:"壬申二月杪抵九江,即擬作匡廬之遊。因循至秋仲,恆齋爲余聚半月糧,遂策杖往。自化城北登山,南下含鄱口,循麓而歸。"詩詠廬山頂上的御碑亭,前六句爲第一部分,開門見山,由碑及人,言周顛蹤跡大可疑問。"憶昔"至"穀城空立黄石祠"爲第二部分,回顧元末群雄逐鹿歷史,以田單破燕騎故事爲例,言顛仙事跡出於"英君謀略",是故弄玄虚,以顯示自己是承天應運的真命天子。詩之末六句爲第三部分,因景抒情,表達了一種江山依舊,人事俱非的吊古傷今之意。全詩脈絡清楚,排奡矯健,獨具隻眼,發人深思。故沈德潛《清詩别裁集》卷二〇有云:"張三豐事本近詭譎,明祖製碑文以表之,即斷白蛇、赤伏符等意也。篇中點破'神道設教',正論不磨。"查奕照亦評是詩曰:"論顛仙事在渺茫有無之間,破後世誕妄不經之談,可仿少陵詩史。"

五老峯觀海綿歌〔一〕

峭帆昔上鄱陽船〔二〕,我與五老曾周旋〔三〕。兩塵相隔骨不仙,蹉跎負約十四年〔四〕。近來稍知厭世纏,筋力大不如從前〔五〕。扶行須杖坐要篴〔六〕,絶境敢與人争先?山神手握造化權〔七〕,走入南極分炎躔〔八〕。鞭羊欲從後者鞭〔九〕,假以半日登高緣。風清氣爽秋景妍,芙蓉千丈開娟娟〔一〇〕。長江帶沙黄可憐,湖光浄洗顔色鮮。背負碧落蓋地圓〔一一〕,尺吴寸楚飛鳥邊〔一二〕。初看白縷生棲賢〔一三〕,樹杪薄罥兜羅綿〔一四〕。移時騰湧覆八埏〔一五〕,四傍六幕一氣連〔一六〕。滔滔滚滚浩浩然,渾沌何處分坤乾〔一七〕。近身扁石履一拳,性命危寄不測淵〔一八〕。陽烏翅撲光倏穿,饑蛟倒吸無留涎〔一九〕。以山還山川自川,五老依舊排蒼巔。來如幅巾裹華顛,去如解衣袒兩肩〔二〇〕。酒星明明飛上天〔二一〕,人間那得留青蓮〔二二〕。此時此景幻莫傳,頃刻變滅隨雲烟。

〔一〕五老峯:廬山著名山峯。《太平御覽》引《潯陽記》:"廬山北有五老峯,於廬山最爲峻極。横隱蒼穹,積石巉巖,迴壓彭蠡。其形勢如河中虞鄉縣前五老之形,故名。"又引《太平寰宇記》:"五老峯在廬山東,懸崖突出,如五人相逐羅列之狀。" 海綿:喻廬山瀑布雲。初白《廬山紀遊》:"直上約六七里,至(五老峯)頭峯,小憩以蘇喘息,俯瞰南康,遥見棲賢寺前一縷炊烟稍出林杪。正指顧間,俄而白氣從大地升騰而上,勃窣周匝上下,四旁山川城廓,頓失所在,一身之外,瞀無所見,觀者不能自持,皆怖而踞石,若孤舟在大海中,恐爲波濤漂没者,即王季重所謂海綿也。"

〔二〕峭帆:聳立的船帆。亦借指駕船。李白《横江詞》:"白浪如山那可渡,狂風愁殺峭帆人。" 鄱陽:鄱陽湖。清顧祖禹《讀史方輿紀要》卷八三:"鄱陽湖即彭蠡湖。……自隋以前,概謂之彭蠡,煬帝時,以鄱陽山所接,兼有鄱陽之稱。"

〔三〕周旋:打交道。

〔四〕"兩塵"二句:意謂自己當時(按:康熙十八年夏,初白入楊雍建軍幕曾沿江上泝,舟過九江。)未有遊山之仙風道骨,以至空過了十四年。兩塵相隔,謂再過兩世才能得道。道家稱一世爲一塵。南唐沈汾《續仙傳》:"丁約謂韋子威曰:'郎君得道,尚隔兩塵。'子威問其故,答曰:'儒謂之世,釋謂之劫,道謂之塵。'"

〔五〕"近來"二句:意謂近來稍知厭棄纏身的俗事,意欲游山,却苦於筋力衰退。

〔六〕箯(biān):竹轎。

〔七〕造化:創造化育自然的能力。晉葛洪《抱朴子·對俗》:"夫陶冶造化,莫靈於人。"

〔八〕南極:謂南方。 炎躔(chán):南方星辰運行的度次。初白《謁南海神廟》詩:"祝融分位當炎躔。"

〔九〕"鞭羊"句:語本《莊子·達生篇》:"善養生者,若牧羊然,視其後者而鞭之。"

〔一〇〕芙蓉：蓮花名，此喻五老峯。唐李白《望廬山五老峯》詩："廬山東南五老峯，青天削出金芙蓉。" 娟娟：姿態柔美貌。

〔一一〕碧落：謂青天。唐白居易《長恨歌》："上窮碧落下黄泉，兩處茫茫皆不見。"

〔一二〕尺吴寸楚：謂峯頂俯視吴楚之地，大小僅在尺寸之間。長江中下游一帶在春秋戰國時地屬吴、楚，因云。

〔一三〕白縷：謂白色瀑布雲。 棲賢：棲賢寺。《嘉慶重修一統志》卷三一七《南康府》二："棲賢寺，在星子縣五老峯下，南齊參軍張希之建。唐李渤嘗讀書於此。本朝康熙六年重修。"

〔一四〕罥(juàn)：掛。 兜羅綿：亦名"兜羅毦"，佛經中所稱草木花絮。此喻雲氣。《翻譯名義集・沙門服相》："兜羅，此云細香，……或云妬羅綿。妬羅，樹名。綿從樹生，因而立稱如柳絮也。亦翻楊華。"又，明曹昭《格古要論・古錦論》："兜羅綿，出南番、西番、雲南。莎羅樹子内綿織者，與剪絨相似，闊五六尺，多作被，亦可作衣服。"

〔一五〕移時：過了一會兒。 八埏(yán)：八方邊緣之地。漢司馬相如《封禪書》："上暢九垓，下泝八埏。"

〔一六〕四傍：四邊。 六幕：猶六合，天地四方。《漢書・禮樂志・郊祀歌》："紛紜六幕浮大海。"

〔一七〕渾沌：清濁不分模糊不清貌。《鶡冠子・泰鴻》："無鈎無繩，渾沌不分。"

〔一八〕"近身"二句：意謂站在山頭猶如站在小如拳頭之一片扁石上，生命依託在危不可測的深淵邊。詳參注〔一〕"海綿"條注文。

〔一九〕"陽烏"二句：意謂太陽光忽然穿透雲氣，照射出來，猶如饑餓的蛟龍吸乾海水，不留點滴。陽烏，神話傳説日中之大烏，後因以指稱太陽。晉左思《蜀都賦》："羲和假道於峻岐，陽烏迴翼乎高標。"《文選》注："《春秋元命苞》曰：陽城於三，故日中有三足烏。烏者，陽精。"倏(shū)，疾速。涎(xiǎn)，唾沫。

〔二〇〕“來如”二句：意謂雲來時，五老峯像裹着一幅頭巾；雲去時，又像脱去了衣服，袒露着肩膀一樣。華顛，白頭。

〔二一〕酒星：古星名，亦稱酒旗星。此指代李白。漢孔融《與曹操論酒禁書》：“天垂酒星之耀，地列酒泉之郡，人著旨酒之德。”唐裴説《懷素臺歌》：“杜甫李白與懷素，文星酒星草書星。”又，唐皮日休《七愛詩》：“吾愛李太白，身是酒星魄。”

〔二二〕青蓮：李白，號青蓮居士。又廬山五老峯下有青蓮寺，故詩以及之。

詩作於康熙三十一年八月，時客居九江，遊廬山。詩分三部分。頭十二句爲第一部分，從側面落筆，言久慕廬山五老峯大名，一直無緣登攀遊覽，今日終於如願以償，以竭力創造出一種神秘莫測的氣氛。接下來六句爲第二部分，轉接過渡，主要寫登五老峯頂所見之雄偉壯麗景觀。“初看白縷生棲賢”至篇末爲第三部分，正式切入正題，寫五老峯雲氣之洶涌澎湃，變幻無窮。本詩爲初白七古代表作，想象豐富，比喻貼切新奇，寫得氣勢磅礴，揮灑自如，趙翼贊之曰：“氣力沛然有餘。”此前唐孫華評曰：“此詩乃太白、少陵、昌黎、東坡四人合手爲之，乃在先生集中耶？”此後翁方綱亦評曰：“歲辛未（一八一一）初，與嘉禾宫博錢先生（大昕）論詩，先生首舉初白此作。今再三讀之，固是集中七古第一傑作也。”

自題廬山紀遊集後

半生讀書不得力，浪走風塵嗟暮色〔一〕。名山五嶽杳無期〔二〕，此日匡廬面初識〔三〕。千秋物象遞顯晦〔四〕，幾輩閒人肯登陟〔五〕？謫仙頭白倘歸來〔六〕，白石清泉聞太息〔七〕。獨移瘦杖扣石鏡〔八〕，雙眼快對晴空拭。已知絶境少豺狼，那怕荒蹊犯荆棘〔九〕。鴉飛不到力有限，龍起無時神莫測〔一〇〕。橋邊聽瀑雨淙淙，峯頂看雲松叟叟〔一一〕。三秋忽變候寒暑〔一二〕，半月略盡山南北。偶然興至或留題〔一三〕，聊藉微吟豁胸臆〔一四〕。詩成直述目所睹，老矣焉能事文飾。仙靈幽秘苦雕劖〔一五〕，雲霧蒼茫每深匿。忽逢生客一呈露，可惜無才收不得。歸途鹵莽方自嗤〔一六〕，遊況匆忙誰見逼？人間涉歷多梗滯〔一七〕，衹此一途猶未塞。皇天亦似憫汝窮，恣爾窮探無吝嗇〔一八〕。如何汲汲向城市〔一九〕，若赴嚴程拘漏刻〔二〇〕。他年終伴採芝翁〔二一〕，臨别有言吾敢食？

〔一〕浪走：四處奔走。蘇軾《送安惇秀才失解西歸》詩："萬事早知皆有命，十年浪走寧非癡。" 暮色：傍晚昏暗天色。此喻晚年。

〔二〕五嶽：五大名山，古籍所載不盡相同。《周禮·春官·大宗伯》："以血祭祭社稷，五祀五嶽。"鄭玄注："五嶽，東曰岱宗，南曰衡山，西曰華山，北曰恆山，中曰嵩高山。"又，《爾雅·釋山》："泰山爲東嶽，華山爲西嶽，霍山爲南嶽，恆山爲北嶽，嵩高爲中嶽。"郭璞注："（霍山）即天柱山。"嶽，同"岳"。

〔三〕匡廬：廬山别名。相傳殷周之際有匡俗（一作"裕"）兄弟七人結廬于此，故稱。南朝宋慧遠《廬山記略》："有匡俗先生者，出殷周之際，隱遯潛居其下，受道於仙人而共嶺，時謂所止爲仙人之廬而命焉。"清顧祖禹《讀史方輿紀要》卷八三："《豫章古今志》：'山本名南嶂，殷周時有匡俗兄弟七人結廬于此，故曰廬山。'俗字君平，一作匡續，字子孝，秦漢間人。或謂之靖廬山，亦曰輔山。相傳周武王時，有方輔先生於此山得道仙去，惟廬存，因名。世皆謂匡俗所居，亦曰匡山，亦曰匡廬，亦曰匡阜，亦曰康廬。"

〔四〕遞：交替；交相。

〔五〕登陟（zhì）：登上。唐賈島《易州登龍興寺樓望郡北高峯》詩："何時一登陟,萬物皆下顧。”

〔六〕謫仙:謂李白。唐孟棨《本事詩·高逸》:“李太白初自蜀至京師,舍於逆旅。賀監知章聞其名,首訪之。既奇其姿,復請所爲文。出《蜀道難》以示之。讀未竟,稱嘆者數四,號爲‘謫仙’。”

〔七〕太息:深深嘆息。《楚辭·離騷》:“長太息以掩涕兮,哀民生之多艱。”

〔八〕石鏡:廬山有石鏡峯,峯因有一石鏡得名。《水經注》卷三九:“(廬)山東有石鏡,照水之所出。有一圓石,懸崖明浄,照見人形。晨光初散,則延曜入石,豪細必察,故名石鏡焉。”李白《廬山謡寄盧侍御虚舟》詩:“閑窺石鏡清我心,謝公行處蒼苔没。”

〔九〕荒蹊:荒遠小路。

〔一〇〕“鴉飛”二句:極言廬山之幽深高峻。

〔一一〕翜(cè)翜:鋒利貌。此處爲象聲詞,狀松濤。

〔一二〕三秋:秋季的第三個月。唐王勃《滕王閣詩·序》:“時維九月,序屬三秋。”

〔一三〕留題:遊覽風景名勝時即興所題詠的詩歌。宋陸游《客懷》:“壁間閑看舊留題。”

〔一四〕胸臆:心懷。漢焦延壽《易林·臨·大有》:“心勞未得,憂在胸臆。”

〔一五〕雕劖(chán):雕鑿。

〔一六〕鹵莽:粗疏。唐杜甫《空囊》詩:“世人共鹵莽,吾道屬艱難。”

〔一七〕梗滯:梗澀,阻塞不通。

〔一八〕恣:聽任。

〔一九〕汲汲:急切貌。《禮記·問喪》:“其送往也,望望然,汲汲然,如有追而弗及也。”

〔二〇〕嚴程:期限緊迫的路程。唐杜審言《贈崔融二十韵》詩:“高選俄遷職,嚴程已飭裝。”　漏刻:古代計時儀器之一。漏,即漏壺。刻,指箭刻。壺上刻符號以表示時間,晝夜百刻,因稱漏刻。别名挈壺、銅漏、刻漏、浮漏。《隋書·天文志》上:“昔黄帝創觀漏水,製器取則,以分晝夜。"

〔二一〕採芝翁:猶言採芝皓,指秦末商山四皓。《樂府詩集》卷五八《採芝操》序:"《琴集》曰:'《採芝操》,四皓所作也。'《古今樂録》曰:'南山四皓隱居,高祖聘之,四皓不甘,仰天嘆而作歌。'按《漢書》曰:'四皓皆八十餘,鬚眉皓白,故謂之四皓,即東園公、綺里季、夏黄公、甪里先生也。'"後因以"採芝"指代遁隱。陸游《對酒》詩:"寄謝採芝翁,無爲老青壁。"

詩作於康熙三十一年八月,時客居九江,方遊罷廬山。據《雲霧窟集·序》,初白初遊廬山"凡十餘日,得詩七十首",自嘆"身在雲霧中,仍恐未識廬山真面目也"。是詩即抒寫此番遊歷之總體感受:一嘆自己"半生讀書不得力",浪迹風塵,無能盡遊名山;二笑自己遊況匆匆,未能充分領略廬山之奇妙風光;三願"他年終伴採芝翁",決心有朝一日學商山四皓遁隱林下,親近自然。全詩分上下兩部分,前半回顧遊程,後半叙述遊感,"豪健爽勁,氣足神完",與《送王阮亭祭告南海》、《朱仙鎮岳忠武祠》等一樣,被趙翼譽爲"宋以來無此作也"(《甌北詩話》卷一〇)。

早過大通驛〔一〕

夙霧纔醒後〔二〕,朝陽未吐間。翠烟遥辨市,紅樹忽移灣。風軟一江水,雲輕九子山〔三〕。畫家濃淡意,斟酌在荆關〔四〕。

〔一〕大通驛:在安徽銅陵縣西南四十里之大通鎮。《嘉慶重修一統志》卷一一八《池州府》一:"大通驛,在銅陵縣西關。《縣志》:'初在大通鎮,後遷縣治西關。明末廢。'"

〔二〕夙霧：前夜留下的霧。夙，通"宿"。

〔三〕九子山：九華山。《嘉慶重修一統志》卷一一八《池州府》一："九華山，在青陽縣西南四十里。《寰宇記》：'舊名九子山，唐李白以九峯如蓮花削成，改爲九華山，今山中有李白書堂，基址存焉。'"

〔四〕荆關：五代後梁畫家荆浩、關同。荆浩，字浩然，隱於太行山之洪谷，因號洪谷子。河南沁水（今屬山西）人。博通經史，善屬文，書法學柳公權，工畫佛像，尤妙畫山水，爲唐末之冠。著有《筆法記》一卷行世。關同（一作"仝"、"童"、"幢"、"穜"），長安（今陝西西安）人。山水畫初師荆浩，刻意力學，寢食都廢，有青出於藍之譽。擅寫關河之勢，筆簡氣壯，石體堅凝，山峯峭拔，雜木豐茂，有枝無幹，俗稱"關家山水"。

詩作於康熙三十一年九月由九江乘舟返歸海寧途經池州府銅陵縣大通鎮時。朝霧初散，旭日未升，青烟裊裊，秋樹摇丹，風輕水軟，遠山雲繞。詩人所攝取的物象充滿了詩情畫意，其所采取的手法，仍是他所擅長的白描勾勒。首聯扣一"早"字，頷、頸二聯契一"過"字，尾聯以情作結。詩旨輕鬆愉悦，格調輕約明麗。清查奕照評是詩曰："五六一聯，其妙處在'軟'、'輕'二字。凡一句内有一煉字，則通篇皆振，此法不可不知。"

留守瞿相國春暉園〔一〕

不知頽廢自何年，一片傷心到目前。戰後河山非故國，記中花石尚平泉〔二〕。煙埋平碧迷芳草，血染春紅化杜鵑〔三〕。狼藉南雲憑欄外，愁看白日下虞淵〔四〕。

〔一〕留守：舊時帝王出巡或親征，每以親王或重臣鎮守京師，稱京城留守。其後若有陪都,亦置留守。《文獻通考》卷六三《職官考》一七:"留守司掌宫鑰及京城守衛修葺彈壓之事,畿内錢穀兵民之政。" 瞿相國:謂瞿式耜(一五九〇—一六五〇),字伯略,又字起田,别號稼軒,江蘇常熟人。明萬曆四十四年(一六一六)進士,崇禎時任户科給事中,爲彈劾漏網閹黨事,受誣下獄。清兵入關,福王立,任應天府丞,升廣西巡撫。福、魯、唐三王覆滅,擁立桂王朱由榔稱帝廣東肇慶,任吏、兵兩部尚書,文淵閣大學士,留守桂林。永曆四年,清兵圍桂林,城破被俘,壯烈殉國。 春暉園:故址在今常熟市,原爲瞿氏私人花園,早已傾圮無存。據《常昭合志》卷五:"春暉園在阜成門外拂水橋之左,亦瞿忠宣之别墅。亭館邱壑,并饒佳致。今曹節婦祠,其故址也。"

〔二〕尚:超過。 平泉:平泉莊,在河南洛陽南二十里,唐宰相李德裕的别墅。李德裕曾爲之作《平泉山居記》。

〔三〕杜鵑:鳥名,又稱"子規"。相傳蜀望帝怨魂所化。

〔四〕虞淵:神話傳説爲日入之處。《淮南子·天文訓》:"日入於虞淵之汜,曙於蒙谷之浦。"

詩作於康熙三十二年(一六九三)春第三次入都應試北闈途經常熟時。時年四十四歲。詩人借荒園景色,哀悼明社覆亡,忠魂的德音不遠,無限悲慟,湧溢流注於字裏行間,催人淚下。清龐樹柏《龍禪室摭談》云:"吾邑前明錢氏,固喜廣營園宅,而瞿氏亦有東皋草堂、春暉園諸别墅。國變後,盡鞠爲茂草,吴梅村爲賦《後東皋草堂歌》也,海寧查初白則有《留守瞿相國春暉園》之作,詩云云。讀之不勝荆棘銅駝之感。"又,清姜宸英評是詩曰:"通首穩稱。"

拂水山莊三首〔一〕(選其三)

松圓爲友河東婦〔二〕,集裏多編唱和詩。生不並時憐我晚，死無他恨惜公遲〔三〕。峥嶸怪石苔封洞，曲折虚廊水瀉池。惆悵柳圍今合抱，攀條人去幾何時〔四〕！

〔一〕拂水山莊：錢謙益之私人莊園。清金叔遠《錢牧齋先生年譜》："拂水山莊，在（常熟）虞山拂水巖下。牧翁得之瞿氏而築耦耕堂，後徙耦耕于丙舍。其旁有聞詠亭，東南爲朝陽榭，極南爲花信樓，極北爲明發堂。明發東爲山樓，樓有東軒、西軒；明發西爲别館，有泉曰'歸來'。東軒者，牧翁與陳夫人、河東君皆嘗停柩焉。西南爲秋水閣，河東君葬秋水閣後；牧翁葬父墓旁，在明發堂前。吴梅村云：'拂水山莊，張南垣爲之疊石。'今則墓門之石馬，園中之曲水斜橋，皆泯焉無迹矣。"

〔二〕松圓：程嘉燧（一五六五—一六四四），字孟陽，號松圓，一號偈庵。休寧（今屬安徽）人。初寓武陵（今杭州），後僑嘉定（今屬上海），與唐時升、婁堅、李流芳合稱"嘉定四先生"。晚居虞山之拂水山莊，題其室曰"耦耕"。善畫山水，爲詩風流典雅，爲晚明一大家。著有《浪淘集》。葛萬里《牧翁先生年譜》："崇禎三年庚午，四十九歲，卜築（拂水）山莊。先生序孟陽詩，罷官里居，構耦耕堂於拂水，要與偕隱，後先十年。"　河東：河東君，謂柳如是（一六一八—一六六四）。本姓楊，名愛，改姓柳，名隱雯，又改名是，字如是，號河東君，又號蘼蕪君。吴江（今屬江蘇）人（一説嘉興人）。明末名妓，後爲錢謙益妾。能詩善畫，著有《戊寅草》、《柳如是詩》等。崇禎辛巳（一六四一）六月歸錢謙益，錢爲築絳雲樓、我聞室。

〔三〕"死無"句：明南都傾覆，錢謙益迎降清兵，隨例北遷，大節有虧，青史遂留污名。顧苓《河東君傳》："乙酉五月之變，君勸宗伯死，宗伯謝不能。君奮身欲沈池水中，持之不得入。……是秋宗伯北行，君留白下。宗伯尋謝病歸。"又，顧公燮《消夏閑記選存·柳如是》："宗伯暮年不得意，恨曰：'要死，要死。'君叱曰：'公不死於乙酉而死於今日，不已晚乎？'"又，清葛昌楣《蘼蕪紀聞》引《掃軌閑談》："乙酉王師東下，南都旋亡。柳如是勸宗伯死，宗伯佯應之。

於是載酒尚湖,遍語親知,謂將效屈子沈淵之高節。及日暮,旁皇凝睇西山風景,探手水中曰:'冷極,奈何?'遂不死。"

〔四〕攀條人:謂錢謙益。

詩作於康熙三十二年春北上京師途經常熟時。詩前半作一曲筆,不直接入題,未及其地,先寫其人,謂牧齋雖有良友賢婦,却未能在國家危亡之秋勇於死節,爲此深感遺憾痛惜。後半即景抒情,寫山水依舊,斯人已去之慨。全詩語意平和,深曲委婉,表達了作者對錢氏這一特定歷史人物敬恨交加、褒貶共有的複雜情感。沈德潛《清詩別裁集》卷二〇評是詩曰:"重其積學,惜其失身,諷刺以和婉出之,得風人之旨也。"清姜宸英評是詩曰:"淋漓俯抑,此老(謂牧齋)心服。"又,梁紹壬《兩般秋雨盦隨筆》亦云:"國初以來,詠拂水山莊詩者多矣,總弗如查初白先生'生不並時憐我晚,死無他恨惜公遲'二句,爲得温柔敦厚之旨。昔虞山之入我朝也,思欲秉鈞衡,專史席,乃二者皆違其願,故率多感憤之辭。陳卧子題壁詩云:'黑頭已自羞江總,青史何曾借蔡邕。'真詩史也。"

瓜洲大觀樓張見陽郡丞屬題〔一〕

柳梢城角影毿毿〔二〕,烟放桃紅水放藍。到此忽驚身是客,捲簾江北望江南。

〔一〕瓜洲:鎮名。在今江蘇江都縣南四十里江濱,地當運河之口,斜對鎮江。《嘉慶重修一統志》卷九七《揚州府》二:"《元和志》:'昔爲瓜洲邨,蓋揚子江中之沙磧也。沙漸漲出,狀如瓜字,遥接揚子渡口。自唐開元以來,漸爲南北襟喉之處。'" 大觀樓:《嘉慶重修一統志》卷九七《揚州府》二:"大觀樓在江都縣瓜洲南門城上,息浪庵西。" 張見陽:張純修,字子敏,號見陽,一號敬齋。河北豐潤人，隸漢軍正白旗。由貢生官廬州知府。工書擅畫，家富收藏，故尤妙臨摹。亦善倚聲，與納蘭性德相唱和。　郡丞：官名。郡守的副貳。

〔二〕毿(sān)毿：枝條細長、紛披垂拂貌。唐施肩吾《春日錢塘雜興》詩之一："酒老溪頭桑裊裊，錢塘郭外柳毿毿。"

詩作於康熙三十二年春北上京師途經瓜洲時。詩之前兩句寫景，風神摇曳，絢麗多姿。第三句忽然一個反跌，由樂景而生悲涼之意。末句則揭示鄉思之旨，用筆曲折，頗見匠心。

鷹坊歌同寶君愷功作〔一〕

風林蕭蕭夏脱木〔二〕，坊以鷹名似牛屋。其中最大名海青〔三〕，戴角森然異凡畜〔四〕。我初識名自《遼史》〔五〕，特產曾傳女真獨〔六〕。楛矢同來肅慎庭〔七〕，初時底貢猶臣服。屢求難厭禍旋結〔八〕，兩國興亡手翻覆。天教此物雄海東〔九〕，自長窠雛成一族。康熙天子神聖姿，駕馭英雄兵不黷〔一〇〕。每因纘武勤校獵〔一一〕，遠致奇毛比臣僕〔一二〕。紫荆關外秋氣高〔一三〕，狐兔寧容草間伏？腥風霍霍滿天地〔一四〕，白日無光散原陸〔一五〕。揚旜表貉出從禽〔一六〕，王用三驅力争戮〔一七〕。是時海青更精悍，臂出緑韝調養熟〔一八〕。翻身一去高没雲，注目秋空走馬逐。蹄間十丈莽開闊，驀過林巒躍坑谷〔一九〕。忽看天半挾天鵝，奔電流星下投速。羽林健兒拍手笑〔二〇〕，奏凱不煩遺矢鏃〔二一〕。却來斂翮復依人〔二二〕，仍以黄縧掣雙足〔二三〕。三時飼養一朝用[二四],如許恩波等休沐[二五]。奉先性在饑附人[二六],定遠功成飛食肉[二七]。不知給俸視幾品,肥瘦論斤常量腹[二八]。生牛乍割血猶紅,小鳥一吹毛盡禿[二九]。見人作勢俄聳肩,獨立有時還側目。無端對此我心惻,相向移時額顰蹙[三〇]。獅兒噉虎魚食蝦[三一],吞噬成風傷末俗[三二]。生意漸微真可嘆,殺機欲動休輕觸。以仁易暴古所云[三三],恃猛爭强非汝福。我願皇天仁百物,常産鳳皇生鸑鷟[三四]。自然郊藪萃禎祥[三五],盛世多珍四靈畜[三六]。

〔一〕鷹坊:古代宫廷畜飼獵鷹的官署,始於唐代。《新唐書·百官志》二:"閑廄使押五坊,以供時狩:一曰雕坊,二曰鶻坊,三曰鷂坊,四曰鷹坊,五曰狗坊。" 實君:唐孫華(一六三二—一七二三),字實君,號東江。江蘇太倉人。康熙二十七年(一六八八)進士,選朝邑知縣,以薦試改禮部主事調吏部。應大學士明珠聘教授揆方、揆敘讀。三十五年,典試浙江,以罣誤解職。中年告歸,優遊林下幾三十年。沈德潛《清詩别裁集》卷一六:"東江勤於學殖,不重紱冕。歸田後與二三老友登臨讌飲,有香山洛下之風,至九十餘乃辭世,生平故天爵自尊者也。論詩謂:'詩必有爲作,每與史事相表裏。'故其詩不趨高超,專崇質實,皆其言有物者。"愷功:揆敘(一六七四—一七一七),字愷功,號惟實居士,滿洲正黄旗人。明珠子,納蘭性德胞弟。蔭生。康熙三十五年由二等侍衛特授翰林院侍讀,官至左都御史。著有《益戒堂詩集》二十四卷。鄧之誠《清詩紀事初編》:"揆敘少師吴兆騫、查慎行、唐孫華,詩筆通敏,篇翰甚富。二十年間,謁陵游幸,南巡出塞,無役不從。詩皆編年,于山川道里、産物風俗,紀載特詳。域外見聞,多可徵信。屬辭巽雅,多作恬退語。世宗獨深惡之,謂大臣中居心奸險,結黨行私,唯阿靈阿揆敘爲甚。"查慎行和唐孫華、揆敘三人同作《鷹坊歌》,唐孫華詩題爲《鷹坊歌同夏重愷功同賦》,揆叙詩題爲《鷹坊歌和他山夫子》。

〔二〕蕭蕭:象聲詞,狀脱葉聲。杜甫《登高》:"無邊落木蕭蕭下。"

〔三〕海青:海東青,省稱海青,雕類猛禽。産於黑龍江下游及附近海島。明葉子奇《草木子》卷四下《雜俎篇》:"海東青,鶻之至俊者也。出於女真,在遼國已極重之,因是起變而契丹以亡。其物善擒天鵝,飛放時,旋風羊角而上,直入雲際。"

〔四〕戴角:頭頂長有毛角,因云戴角。《本草綱目》卷四九:"鷹以膺擊,故謂之鷹。其頂有毛角,故曰角鷹。"

〔五〕"我初"句:遼帝喜觀鷹鶻搏擊鵝雁,每以此爲樂。遼人向以鵝雁爲珍品,《遼史》中多處提及"海東青",如卷三二:"五坊擎進'海東青'鶻,拜授皇帝放之。鶻擒鵝墜,勢力不加,排立近者,舉錐刺鵝,取腦以飼鶻,放鶻人例賞銀絹。故春日皇帝至水濱,放海東青以捕鵝雁。得頭鵝則開宴相慶之制度遼代有專名,稱之曰'春水'。"

〔六〕"特産"句:《金史》卷二《太祖本紀》:"初,遼每歲遣使市名鷹'海東青'于海上,道出境内,使者貪縱,徵索無藝,公私厭苦之。"

〔七〕楛(kǔ)矢:以楛木爲桿而製成的箭。　肅慎:古民族名,居於我國東北地區。漢以後之挹婁、勿吉、靺鞨、女真族據考均與其有淵源關係。周武王、成王時,肅慎氏曾來貢楛矢、石砮。《國語·魯語下》:"此肅慎氏之矢也。昔武王克商,通道于九夷、百蠻,使各以其方賄來貢,使無忘職業。於是肅慎氏貢楛矢、石砮,其長尺有咫。"

〔八〕"屢求"句:遼太祖至道宗八朝間,屢遣使向生女真人索海東青以捕天鵝、貢北珠,稱"捕鷹使者"或"銀牌使者",捕鷹使者至處,至令大酋之女伴寢,遂構怨釁,生女真人每起兵反抗,史稱"鷹路之争"。故詩云"禍旋結"。參見注〔六〕。

〔九〕海東:海以東地帶,即黑龍江下游及其附近海島,亦指朝鮮。《金史·太宗本紀》:"往者歲捕海狗、海東青、鴉、鶻於高麗之境。"歐陽修《奉使道中五言長韻》詩:"駿足來山北,輕禽出海東。"

〔一〇〕黷(dú):黷武,謂濫用兵力。

〔一一〕纘(zuǎn)武:繼承武功。　校獵:遮攔禽獸以獵取之。亦泛指打獵。《漢書·成帝紀》:"冬,行幸長楊宫,從胡客大校獵。"唐顔師古注:"此校謂以木自相貫穿爲闌校耳。……校獵者,大爲闌校以遮禽獸而獵取也。"按:清代自康熙始,向以校獵作爲習武或保持祖先騎射傳統、操練士卒、加强武備、提高八旗官兵軍事素質之重要手段。據統計,康熙在位期間曾四十八次親率八旗官兵出塞行圍習武。

〔一二〕比:比較;考校。

〔一三〕紫荆關:在今河北易縣西紫荆嶺上。亦曰子莊關、金陂關,或即古之五阮關。向爲京師西偏防禦重地。清顧祖禹《讀史方輿紀要》卷一〇:"紫荆關在保定府易州西八十里,山西廣昌縣東北百里。路通宣府、大同,山谷崎嶇,易於控扼,自昔爲戍守處。即太行蒲陰陘也。"

〔一四〕霍霍:象聲詞。

〔一五〕原陸:原野;田地。漢張衡《東京賦》:"勸稼穡於原陸。"

〔一六〕揚旜(zhān):旗幟飄揚。旜,同"旃",赤色曲柄之旗。《儀禮·聘禮》:"使者載旜,帥以受命於朝。"鄭玄注:"旜,旌旗屬也。載之者所以表識其事也。"　表貉(mà):"亦作"表禡"。古代田獵或出征,于陣前或營前立望表以祭神,謂之表貉。《周禮·春官·肆師》:"凡四時之大甸獵祭表貉,則爲位。"鄭玄注:"貉,師祭也。"

〔一七〕王用三驅:語本《易·比》:"王用三驅,失前禽。"唐孔穎達疏:"褚氏諸儒皆以爲三面著人驅禽。必知三面者,禽唯有背己、向己、趣己,故左右及於後,皆有驅之。"按,三驅乃古時王者田臘之制,謂田臘時須讓開一面,三面驅趕,以示好生之德。一説,田臘一年以三次爲度。

〔一八〕緑韝(gōu):緑色臂衣。韝,革製臂衣,打獵時用以停立獵鷹。

〔一九〕驀(mù)：猝然；突然。此喻疾速。

〔二〇〕羽林健兒：謂皇家衛隊禁衛軍人。羽林，禁衛軍名。漢武帝時選隴西、天水、安定、北地、上郡、西河等六郡良家子宿衛建章宫，稱建章營騎。後改名羽林騎，取爲國羽翼，如林之盛意。隋以左右屯衛所領兵爲羽林。唐置左右羽林軍。

〔二一〕矢鏃：箭頭。此謂弓箭等獵具。

〔二二〕斂翮：收攏羽翅。翮，鳥類羽軸下段不生羽瓣而中空的部分。

〔二三〕黄絛：黄色絲帶或黄色絲繩。

〔二四〕三時：春、夏、秋三季。《國語·周語》上："三時務農而一時講武。"注："三時，春、夏、秋。"

〔二五〕恩波：謂帝王恩澤。南朝梁丘遲《侍宴樂遊苑送張徐州應詔》詩："參差别念舉，肅穆恩波被。"　等：如同。　休沐：官吏休息沐浴，指例假。唐徐堅《初學記》卷二〇："休假亦曰休沐。漢律：吏五日得一下沐，言休息以洗沐也。"

〔二六〕奉先：三國時驍將吕布，字奉先。　饑附人：謂布事人以利，或附或叛，反覆無常。《三國志·吕布傳》："始，(吕)布因(陳)登求徐州牧，登還，布怒，拔戟斫几曰：'卿父勸吾協同曹公，絶婚公路，今吾所求無一獲，而卿父子並顯重，爲卿所賣耳！卿爲吾言，其説云何？'登不爲動容，徐喻之曰：'登見曹公言："待將軍譬如養虎，當飽其肉，不飽則將噬人。"公曰："不如卿言也。譬如養鷹，饑則爲用，飽則揚去。"其言如此。'布意乃解。"

〔二七〕定遠：東漢名將班超，曾封定遠侯。超自永平年間從竇憲北擊匈奴，旋奉命率吏士三十六人赴西域，爲鞏固漢對西域的統治，一直在那裏活動達三十一年。　飛食肉：《後漢書·班超傳》："永平五年，(超)兄固被召詣校書郎，超與母隨至洛陽。家貧，常爲官傭書以供養。久勞苦，嘗輟業投筆歎曰：'大丈夫無它志略，猶當效傅介子、張騫立功異域，以取封侯，安能久事筆硯間乎？'左右皆笑之。超曰：'小子安知壯士志哉！'其後行詣相者，曰：'祭酒，布衣諸生耳，而當封侯萬里之外。'超問其狀，相者指曰：'生燕頷虎頸，飛而食肉,此萬里侯相也。'"以上兩句以吕布、班超事作譬,喻鷹由人飼,復爲人飛攫獵物。

〔二八〕量腹:量腹而食。謂自加節制,不予飽食。《淮南子·俶真》:"夫聖人量腹而食,度形而衣,節於己而已,貪污之心,奚由生哉?"

〔二九〕"生牛"二句:意謂飼鷹以牛肉與小鳥。

〔三〇〕顰蹙(pín cù):皺眉蹙額,心裏不快活。北齊顔之推《顔氏家訓·治家》:"聞之顰蹙,卒無一言。"

〔三一〕噉(dàn):同"啖"、"啗",食。

〔三二〕末俗:末世的衰敗習俗。漢董仲舒《士不遇賦》:"生不丁三代之隆盛兮,而丁三季之末俗。"

〔三三〕以仁易暴:未詳出處。或爲"以暴易暴"之變言。《史記·伯夷列傳》:"登彼西山兮采其薇矣,以暴易暴兮不知其非矣。"或即"以聖易暴"意。晉摯虞《周文王贊》:"東鄰之昏,西鄰之曜;九有既集,以聖易暴。"

〔三四〕鸑鷟(yuè zhúo):鳳之别稱。《國語·周語上》:"周之興也,鸑鷟鳴于岐山。"韋昭注:"三君云:鸑鷟,鳳之别名也。"又,《新編分門古今類事·夢兆門中》:"鳳鳥有五色赤文章者,鳳也;青者,鸞也;黄者,鵷鶵也;紫者,鸑鷟也。"

〔三五〕郊藪:郊野草澤之地。明劉基《送陳庭學之成都衛照磨任》詩之二:"鳳凰麒麟在郊藪,川後嶽靈俱效職。" 萃:草叢生貌,引申爲聚集意。 禎祥:吉祥的徵兆。《禮記·中庸》:"國家將興,必有禎祥;國家將亡,必有妖孽。"孔穎達疏:"禎祥,吉之萌兆。祥,善也。言國家之將興,必有嘉慶善祥也。"

〔三六〕四靈:《禮記·禮運》:"何謂四靈?麟、鳳、龜、龍,謂之四靈。"孔穎達疏:"以此四獸皆有神靈,異於他物,故謂之靈。"

詩作於康熙三十二年夏,時居京師,寓相國明珠之自怡園。全詩分三部分:前十二句叙猛禽海東青之非凡來歷;中三十二句寫清帝以獵習武,雄鷹海東青訓養有素,搏擊凡鳥,精悍勇猛,顯示了非同尋常的功用;

末十二句抒發作者感慨，表達了對恃猛争强、弱肉强食的非議，詩旨在於同情弱小，仁民愛物，反對暴力和濫殺無辜。詩雖詠物，却由物性而及理性，議論正大，一片仁愛之心流溢於字裏行間。其寫鷹中異品海東青，筆筆傳神入態，注重形象描繪與氣氛渲染，給人以身臨目睹之感。

大 雨 行

晚來怕熱喜聽雨，卧看商羊獨足舞〔一〕。五更驚覺忽砰訇〔二〕，摇動空城作雷鼓。檐前急溜非一派〔三〕，併作飛濤湧堂廡〔四〕。須臾暴漲床欲浮，電火燒窗時一吐。沈沙盡作十里坑，斫樹齊張萬人弩。排牆墮瓦聲拉雜〔五〕，助以風威猛於虎。老翁折臂婦裹頭，露立號咷到童豎〔六〕。城門兩日不敢開，濁浪如河勢難拒。五行厥占屬炎異〔七〕，疾痛況欲加摩撫。老夫昨日得家書，見説吴田槁禾黍〔八〕。北方苦潦南苦旱，天大要是生民主〔九〕。可能造化一轉移〔一〇〕，坐使兩邦歌樂土〔一一〕。

〔一〕商羊：傳説中鳥名。大雨前，常屈一足起舞。《孔子家語・辯政》："齊有一足之鳥，飛集於宫朝下，止於殿前，舒翅而跳。齊侯大怪之，使使聘魯問孔子。孔子曰：'此鳥名曰商羊，水祥也。昔童兒有屈其一脚，振訊兩眉而跳，且謡曰：天將大雨，商羊鼓舞。今齊有之，其應至矣。急告民趨治溝渠，修隄防，將有大水爲災。'頃之大霖，雨水溢泛。"蘇軾《次韻章傳道喜雨》："山中歸時風色變，中路已覺商羊舞。"

〔二〕砰訇(hōng)：響聲宏大。李白《梁甫吟》："雷公砰訇震天鼓，帝旁投壺多玉女。"

〔三〕急溜：急速下注的水。元袁桷《灤河》詩："維時雨新過，急溜槽床注。"

〔四〕堂廡：堂及四周的廊屋。後亦泛指屋宇。《列子·楊朱》："堂廡之上，不絶聲樂。"

〔五〕拉雜：雜亂；混雜。樂府歌辭《有所思》："聞君有他心，拉雜摧燒之。"

〔六〕露立：立於露天之下。《三國志·陳武傳》："死之日，妻子露立。太子登爲起屋宅。" 號咷(táo)：大哭狀。 童豎：小孩。

〔七〕五行：金、木、水、火、土。古代常以此爲構成各種物質的五種元素，並以此説明宇宙萬物的起源和變化。《孔子家語·五帝》："天有五行，水、火、金、木、土，分時化育，以成萬物。"又，《禮記·月令》："孟夏月，盛德在火。"詩因以云"五行厥占屬炎異"。

〔八〕吴田：吴地田地。此指代江南田地。春秋時吴國所轄之地域，包括今之江蘇、上海大部及安徽、浙江、江西的一部分，因云。 槁：乾枯。

〔九〕生民：人民；百姓。《孟子·公孫丑》上："自有生民以來，未有能濟者也。"

〔一〇〕造化：自然界的創造者，亦指自然。《莊子·大宗師》："今一以天地爲大鑪，以造化爲大冶，惡乎往而不可哉？"

〔一一〕坐：遂；即將。 兩邦：猶言兩地。 樂土：安樂之地。《詩經·魏風·碩鼠》："逝將去汝，適彼樂土。"

詩作於康熙三十二年夏，時居京師，借寓相國明珠之自怡園。詩寫暴雨成災，是京師災害性天氣的實録，災情之嚴重，令人驚心動魄。南旱北潦，蒼生如何？一貫同情人民疾苦的詩人，不由發出"可能造化一轉移，坐使兩邦歌樂土"的吶喊，祈求蒼天庇祐。全詩感情充沛，平實肫篤，其於暴風狂雨的描述，真切生動，攝人心魄。清姜宸英評是詩曰："絶似眉山。"

大冉橋聞雁〔一〕

殘荷老柳蕭蕭意〔二〕，秋在平橋水氣中。年去年來一繩雁〔三〕，殢人歸信是西風〔四〕。

〔一〕大冉橋：據《嘉慶重修一統志》卷一五《保定府》四："大冉石橋在清苑縣北大冉村，跨石橋河，本朝順治十七年修。"

〔二〕蕭蕭：喻凄清，寒冷。韓愈《謝自然》詩："白日變幽晦，蕭蕭風景寒。"

〔三〕一繩：猶一行。

〔四〕殢(tì)：困擾；糾纏。宋柳永《玉蝴蝶》詞："要索新詞，殢人含笑立尊前。"

詩作於康熙三十二年秋，時由京師南下正定府晉州訪晤同鄉陳奕禧後，返回北京，道經保定府清苑縣。詩寫鄉思之感，景觀蕭颯，意緒愀然。原作詩末有小注曰："時聞北闈榜發，余名在二十。"又《敬業堂詩集》卷一七《冗寄集·序》云："未幾實君因人遠遊，余旋應秋賦，倖舉京兆，遂爾滯留。"其滯留不歸鄉里的原因，自是等待明年二月舉行的會試，以期金榜題名。而同卷《送卓次厚南歸》詩亦云："鄉思因君觸，心隨候雁南。"

大風出西直門至自怡園愷功方擁爐讀史〔一〕

萬斛沙如萬斛潮〔二〕，捲空殘葉剩枯條。到門日影龍蛇活〔三〕,拔地風聲虎兕驕〔四〕。十里欲迷城北路,一鞭重渡苑西橋。圍爐薄雪年時夢〔五〕,留取閒人話寂寥。

〔一〕西直門:清吴長元《宸垣識略》卷八:"西之北曰西直門,元爲和義門,明永樂十九年立。" 自怡園:《宸垣識略》卷一四:"自怡園在海淀,大學士明珠别墅。"初白《過相國明公園亭》詩之二有云:"球場車埒互相通,門徑寬閒五百弓。但覺樓臺隨處湧,不知風月與人同。紫駝卧草平沙外,白馬穿花細雨中。一片近郊農牧地,可容鷄犬識新豐?" 愷功:生平詳前《鷹坊歌同實君愷功作》注〔一〕。

〔二〕斛(hú):量器,古代一斛爲十斗,南宋末改爲五斗。《漢書·律曆志》:"量者,龠、合、升、斗、斛也,所以量多少也。合龠爲合,十合爲升,十升爲斗,十斗爲斛,而五量嘉矣。"

〔三〕龍蛇:喻樹枝在日光下移動的影子。陸游《眉州驛舍睡起》詩:"斜陽生木影,龍蛇滿窗紙。"

〔四〕虎兕(sì):虎與兕牛,均猛獸。此指風聲。

〔五〕薄雪:謂小雪,雪量不大。唐駱賓王《同辛簿簡仰酬思玄上人林泉》詩:"聚花如薄雪。"

詩作於康熙三十二年冬,時居京師,寓相國明珠别墅自怡園。北京歷史上素以風沙侵人而聞名,讀是詩即可想見當日情狀。詩之前半對京城風沙肆虐有真實而生動的描述,詩之後半則反映了詩人與弟子擁爐閒話的心境,平淡而詩味不減。

重過臨清感舊〔一〕

重經淹泊地,往事獨心驚〔二〕。客路貧相倚,歸舟病不輕。百年隨夢斷，孤月傍愁生。流盡州門淚〔三〕，潺湲是水聲〔四〕。

〔一〕臨清：州名。清顧祖禹《讀史方輿紀要》卷三四："臨清州，春秋時衛地，明朝洪武二年屬東昌府，弘治二年，置臨清州。"又，作者於詩題下自注云："傷外舅陸射山先生也。"陸射山即陸嘉淑（一六一八—一六八九），初白岳丈。字冰修，號射山，又號辛齋。浙江海寧人。明諸生。入清不仕，客游京師，多交名士。初白從學詩，頗得指授。有《辛齋遺稿》二十卷。

〔二〕"重經"二句：據《敬業堂詩集》卷九《春帆集·序》云："客京師忽四年，戊辰（一六八八）二月以外舅陸翁抱恙，扶持南歸。"又，卷一〇《獨吟集·序》云："去夏到家，外舅陸先生風攣漸減，猶冀稍延歲月也。乃今二月，竟爾不起。余既視含殮，復狥故人之招，匆匆北上，關山獨往，觸緒悲來，不禁涕淚之横集也。"　淹泊：滯留；停留。

〔三〕州門：西州城門。西州城，古城名。故址在今南京市朝天宫西。東晉時城在臺城之西，又爲揚州刺史治所，故名。《晉書·謝安傳》："羊曇者，太山人，知名士也，爲安所愛重。安薨後，輟樂彌年，行不由西州路。嘗因石頭大醉，扶路唱樂，不覺至州門。左右白曰：'此西州門。'曇悲感不已，以馬策扣扉，誦曹子建詩曰：'生存華屋處，零落歸山丘。'慟哭而去。"

〔四〕潺湲：水流貌。

詩作於康熙三十三年（一六九四）夏，時會試落榜，鄉試座主徐倬邀其同行，南下歸里，舟過山東臨清，時年四十五歲。陸嘉淑死於中風。五年前，初白曾扶侍他乘舟南下；五年後，舊地重過，但山川依舊，斯人已逝，詩人不勝悲悼。全詩雖平平道來，不加雕飾，唯因字字句句全從肺腑間流出，故甚動人。尾聯含蓄沉痛，餘哀不盡。

登寶婺樓〔一〕

斗杓倒插勢凌虚〔二〕,高出城端五丈餘。一雁下投天盡處,萬山浮動雨來初。别開户牖通呼吸〔三〕,旁引風雲入卷舒。八詠門荒詩境改〔四〕,讓他仙子占樓居〔五〕。

〔一〕寶婺樓:金華城樓。寶婺,婺女星。二十八宿之一,玄武七宿之第三宿。又名須女,有四星。《左傳·昭公十年》:"有星出於婺女。"《方輿勝覽》卷七:"婺州,《禹貢》揚州之域,粤地星紀之次,牽牛婺女之分野。"按,古天文學説,把十二星辰的位置與地上州、國位置相對應,稱分野。婺州爲婺女星之分野,故每以"婺女"、"寶婺"代稱之。婺州治金華。

〔二〕斗杓:即斗柄。指北斗七星中第五至第七三星:衡、開泰、摇光。按,北斗星中一至四星像斗,五至七星像柄。《淮南子·天文訓》:"斗杓爲小歲。"高誘注:"斗,第五至第七爲杓。"王安石《作翰林時》詩:"欲知四海春多少,先向天邊問斗杓。" 凌虚:飛升空際。三國魏曹植《七啓》:"華閣緣雲,飛陛凌虚。"

〔三〕户牖(yǒu):門窗。《老子》:"鑿户牖以爲室。"牖,窗。

〔四〕八詠:謂八詠樓。原名元暢樓,在今浙江金華市南隅,婺江北岸,爲南朝梁沈約創建於隆昌元年(四九四),並作《登臺望秋月》、《會圃臨東風》、《歲暮愍衰草》、《霜來悲落桐》、《夕行聞夜鶴》、《晨征聽曉鴻》、《解珮去朝市》、《被褐守山東》詩八首,稱"八詠詩"。宋至道中,郡守馮伉因改其名爲八詠樓。歷代迭經毁建,唐李白、崔顥,宋李清照,清吴偉業等均有題詠。 詩境:謂沈約當年題八詠詩時景況。

〔五〕仙子:仙女。按,寶婺雖指婺女星,然亦多借指女神。唐李商隱《七夕偶題》詩:"寶婺摇珠珮,嫦娥照玉輪。"

詩作於康熙三十三年秋,時遊金華。首聯寫寶婺樓之高超危聳,頷聯寫登樓所見之景觀,頸聯寫登樓的感受,尾聯懷古瞻今,回扣詩題,以情作結。全詩法度精嚴,開合自如,三四兩句物象蕭疏曠遠,氣韻生動流巹,大氣磅礴,骨力堅蒼,爲初白集中傳世名句之一。清查嗣庭評是詩曰:"氣象雄闊似老杜。"

嚴灘早發〔一〕

紞如鼓打巖頭戍〔二〕,催起棲鴉天未曙。飛星過水如有聲〔三〕,苦霧迷津忽無路〔四〕。長年眼昏心手熟,已報前灘暗中渡。遠氣朧朧日射穿〔五〕,秋光紅上嚴陵樹〔六〕。

〔一〕嚴灘:嚴子陵灘,亦名嚴陵瀨,傳爲後漢嚴光隱居垂釣處。在今浙江桐廬縣南。《後漢書·嚴光傳》:"除爲諫議大夫,不屈,乃耕於富春山,後人名其釣處爲嚴陵瀨焉。"唐徐夤《釣車》詩:"把向嚴灘尋轍跡,漁臺基在輾難傾。"

〔二〕紞(dǎn)如鼓打:語本《晉書·鄧攸傳》:"紞如打五鼓,鷄鳴天欲曙。"紞如,喻鼓聲。蘇軾《宿海會寺》詩:"紞如五鼓天未明。"戍:指戍鼓,駐防守衛的鼓聲。

〔三〕飛星:流星。《漢書·天文志》:"(陽朔)四年閏月庚午,飛星大如缶,出西南,入斗下。"唐杜甫《中宵》詩:"飛星過水白,落月動沙虛。"

〔四〕苦霧:濃霧。南朝宋鮑照《舞鶴賦》:"嚴嚴苦霧,皎皎悲泉。" 迷津:迷失津渡;迷路。唐孟浩然《南還舟中寄袁太祝》詩:"桃源何處是,遊子正迷津。"

〔五〕朧朧:微明貌。晉夏侯湛《秋可哀》詩:"月翳翳以隱雲,星朧朧以投光。"

〔六〕嚴陵：指嚴陵瀨。宋楊萬里《夜泊釣臺小酌》詩："牛貍送我止嚴陵，黄雀隨人赴帝城。"

詩作於康熙三十三年秋赴金華途經桐廬嚴陵瀨時。就常規而言，此詩定然詠及史事，抒發感慨，但詩人並未落入俗套。"浙西山水縣，最好是桐廬。"（《劉南村署齋同鹿砦夜飲二首》之一）詩人愛好富春山水，在描寫嚴陵瀨周圍景色時，緊緊抓住"早發"二字，剪取此地自然風光的一角送入讀者眼帘：士卒戍鼓，霜天未曙，飛星過水，濃霧迷津，暗渡灘隴，朝陽噴薄。這一切瑰麗奇偉的自然形象，既炫人耳目，復動人心魄。尤其是"飛星"、"遠氣"二句，將一剎那捕捉到的景象，描摹得如此奇麗壯觀，清雅出色，誠非尋常手筆所易臻赴。

敝裘二首

其一

中道誰能便棄捐，蒙茸雖敝省裝綿〔一〕。曾隨南北東西路〔二〕，獨結冰霜雨雪緣。布褐不妨爲替代〔三〕，綈袍何取受哀憐〔四〕。敢援齊相狐裘例，尚可隨身十五年〔五〕。

其二

冷暖相關老倍知〔六〕，黑貂何必勝羊皮〔七〕。留同敝袴非無用〔八〕，好比緇衣或改爲〔九〕。取醉難償村店值〔一〇〕，有人還當釣簑披〔一一〕。家貧舊物無多在，不忍吹毛更索疵〔一二〕。

〔一〕蒙茸：雜亂貌。此代指狐裘。《史記·晉世家》："狐裘蒙茸。"

〔二〕"曾隨"句：《禮記・檀弓》："丘也東西南北之人也。"

〔三〕布褐：猶布衣。賤者所服。褐，以獸毛或粗麻製成的衣服。《詩・豳風・七月》："無衣無褐，何以卒歲？"鄭玄箋："褐，毛布也。"又，《孟子・滕文公》上："許子衣褐。"趙岐注："褐，以毳織之，若今馬衣者也。或曰：褐，枲衣也，一曰粗布衣也。"

〔四〕綈(tí)袍：粗綈所做的袍。綈，古代一種粗厚光滑的絲織品。《史記・范雎傳》："范雎既相秦，秦號爲張禄，而魏不知，以爲范雎已死久矣。魏使須賈於秦，范雎聞之，爲微行，敝衣閒步之邸，見須賈。須賈見之而驚曰：'范叔一寒如此哉！'乃取其一綈袍以賜之。"又："范雎曰：汝罪有三矣。然公之所以得無死者，以綈袍戀戀，有故人之意，故釋公。"後因以"綈袍"爲不忘舊情之意。

〔五〕"敢援"二句：《晏子春秋》卷七："晏子相景公，布衣鹿裘以朝。"注："鹿即'麤'字之省。《禮記・檀弓》下云：晏子一狐裘三十年。"齊相，謂晏嬰(？一前五〇〇)，字平仲，夷維(今山東高密)人。春秋時齊國大夫，曾歷仕靈公、莊公、景公三世。後人采綴其言行編有《晏子春秋》八卷。

〔六〕"冷暖"句：《景德傳燈録・道明禪師》："今蒙指授入處，如人飲水，冷暖自知。"

〔七〕黑貂：《戰國策》卷三《秦策》一："(蘇秦)説秦王書十上而説不行。黑貂之裘敝，黃金百斤盡。"　羊皮：春秋時秦穆公以五羖羊皮贖得百里奚，授以國政，事見《史記・秦本紀》。故此以"黑貂"與"羊皮"作比較。

〔八〕"留同"句：典出《韓非子・内儲説》："韓昭侯使人藏敝袴，侍者曰：'君亦不仁矣，敝袴不以賜左右而藏之。'昭侯曰：'吾聞明主愛一嚬一笑，今袴豈特嚬笑哉？吾必待有功者。'"　敝袴，破舊的褲子。

〔九〕緇(zī)衣：黑色布衣，古卿士聽朝治事之正服。《詩・鄭風》："緇衣之宜兮，敝，予又改爲兮。緇衣之好兮，敝，予又改造兮。緇衣之蓆兮，敝，予又改作兮。"

〔一〇〕“取醉”句：事本《西京雜記》：“司馬相如初與卓文君還成都，居貧愁懣，以所著鷫鸘裘，就市人陽昌貰酒，與文君爲歡。”

〔一一〕釣簑：垂釣所用簑衣。《後漢書·逸民傳》：“嚴光，字子陵，一名遵。會稽餘姚人。與光武同遊學。及光武即位，光乃變名姓，不見。帝令以物色訪之。後齊國上言：有一男子，披羊裘釣澤中。帝疑其光，乃遣使聘之。”

〔一二〕吹毛索疵：喻刻意搜求挑剔毛病。語本《韓非子·大體篇》：“古之全大體者，不吹毛而求小疵，不洗垢而察難知。”

詩作於康熙三十三年十一月，時家居海寧。其《敝裘集·序》云：“甲戌重陽後，自金華歸里，兩接愷功札，促余北行，遂於長至前五日束裝。一羊裘已十五年，裘則敝矣，而行役尚不知止，可嘆也。”詩爲詠物詩，着重寫對“敝裘”的深厚感情，用典貼切，涵遠真永。清王文濡《歷代詩評注讀本》評曰：“寫敝裘不著一空廓語，描畫語，渾成自然，有大珠小珠落玉盤之妙。”

夜宿邵埭〔一〕

水柵千家市〔二〕，烟村十里橋。蘆灘聲雪雪〔三〕，燈舫影摇摇。風止鷗機息〔四〕，寒深酒力消。獨眠無好夢，愁度最長宵〔五〕。

〔一〕邵埭(dài)：邵伯埭。《河防志》：“謝安鎮廣陵，見步丘地勢西高東下，爲築埭以界之，高下兩利。民思其德，以比邵伯甘棠，名之曰邵伯埭。”《讀史方輿紀要》卷二三：“今爲邵伯鎮，置巡司於此，邵伯驛亦在焉，爲水陸孔道。”

〔二〕水棚：設置于水中之棚欄。《南齊書·周山圖傳》："山圖斷取行旅船板，以造樓櫓，立水棚，旬日皆辦。"

〔三〕霅(shà)霅：象聲詞。元方回《富陽田家》詩："霅霅割稻聲，自與割草異。"

〔四〕鷗機：鷗鷺忘機。謂無巧詐之心，異類可以親近。亦喻淡泊隱居，不以世事爲懷。《列子·黄帝》："海上之人有好漚鳥者，每旦之海上，從漚鳥遊，漚鳥之至者百住而不止。其父曰：'吾聞漚鳥皆從汝遊，汝取來，吾玩之。'明日之海上，漚鳥舞而不下也。"漚，通"鷗"。

〔五〕最長宵：冬至日白晝最短，夜晚最長，因云。

詩作於康熙三十三年冬至四上京師道經江都邵伯埭時。其《敝裘集·序》言："入都凡三度，多在春夏之交，未嘗從風雪中跨驢也。"是詩以詩人所慣用的白描手法，敘寫了夜宿邵伯埭的景象，並抒發了其酒後難眠，"行役尚不知止"的慨嘆。清峻可賞，意味深長。

淮浦冬漁行〔一〕

長淮冬涸成溝渠〔二〕，風雪夜折荒洲蘆。小船沖沖鑿冰去〔三〕，冰面躍出黄河魚。衝寒捕魚作漁户，手足皸瘃無完膚〔四〕。三時轉徙一冬復〔五〕，淵藪偶寄蝸牛廬〔六〕。無田不得事農業，有水尚欲輸官租。自從十年淮泗滿，平地下受滔天湖〔七〕。誰驅鱗介食人肉〔八〕，漏網幸脱鸞刀誅〔九〕。得時黿鼉聚窟宅〔一〇〕，失勢魴鯉充庖廚〔一一〕。眼前竭澤有餘憾〔一二〕，取快報復聊須臾。但看明年春水上，魚鱉又占居民居！

〔一〕淮浦：淮水邊。《詩·大雅·常武》："率彼淮浦，省此徐土。"毛傳："浦，涯也。"

〔二〕長淮：謂淮河。清顧炎武《送歸高士之淮上》詩："送君孤棹上長淮。"

〔三〕冲冲：鑿冰聲。《詩·豳風·七月》："二之日鑿冰冲冲。"冲，同"沖"。

〔四〕皸瘃(jūn zhú)：手足凍裂生瘡。《漢書·趙充國傳》："將軍士寒，手足皸瘃，寧有利哉?"顏師古注引文穎曰："皸，坼裂也；瘃，寒創也。"宋司馬光《投梅聖俞》詩："饑童袖擁口，手足盡皸瘃。"

〔五〕三時：謂春、夏、秋三季。參見前《鷹坊歌同實君愷功作》詩注〔二四〕。　轉徙：輾轉遷移。漢晁錯《守邊勸農疏》："往來轉徙，時至時去，此胡人之生業。"

〔六〕淵藪：魚獸居所。《尚書·武成》："今商王受無道，暴殄天物，害虐烝民，爲天下逋逃主，萃淵藪。"疏："水深謂之淵，藏物謂之府，水鍾謂之澤，無水則名藪。"　蝸牛廬：省稱"蝸廬"，喻居室狹小簡陋。《三國志·管寧傳》裴松之注引三國魏魚豢《魏略》："(焦)先等作圜舍，形如蝸牛蔽，故謂之蝸牛廬。"宋黄庭堅《次韻文潛同游王舍人園》："初開蝸牛廬，中置師子牀。"

〔七〕"自從"二句：謂康熙十二年八月以來淮揚地區所遭受的大水災。淮，淮河。泗，泗水，爲淮河下游第一大支流。

〔八〕鱗介：泛指有鱗和介甲的水生動物。宋黄庭堅《送劉士彦赴福建轉運判官》詩："土弊禾黍惡，水煩鱗介勞。"

〔九〕鸞刀：古時祭祀時用以割牲的刀環有鈴的刀。《詩經·小雅·信南山》："執其鸞刀，以啓其毛，取其血膋。"毛傳："鸞刀，刀有鸞者，言割中節也。"孔穎達疏："鸞即鈴也。謂刀環有鈴，其聲中節。"

〔一〇〕黿鼉(tuó)：大鱉和豬婆龍。《國語·晉語九》："黿鼉魚鱉，莫不能化。"

〔一一〕魴鯉：鯿魚和鯉魚。魴，鯿魚古稱。清徐珂《清稗類鈔·動物·鯿》："鯿，古謂之魴，體廣而扁，頭尾皆尖小，細鱗。産於淡水，可食。"

〔一二〕竭澤：竭澤而漁，即排盡河水以捕魚。喻盡取所有，不留餘地。《吕氏春秋·義賞》："竭澤而漁，豈不獲得，而明年無魚。"

詩作於康熙三十三年冬，時應大學士明珠次子揆敘之邀北上京都，道經淮北。詩中對"無田不得事農業，有水尚欲輸官租"的淮北漁民，冒着嚴寒，鑿冰捕魚，以至"手足皸瘃無完膚"的遭際，極爲傷感，深表同情，並對其"但看明年春水上，魚鱉又占居民居"的前途，表示深切的關心。叙事抒懷，惻惻動人。詩之前四句雖寥寥數筆，而極盡物態，蕭疏澹遠，摹畫淋漓。清查嗣庭評是詩曰："沉鬱痛快，得未曾有。"

邳州道中行〔一〕

野闊黄河岸，天低下相城〔二〕。幾家沙際没，單騎雪中行。漸壓輕裝重，俄添老眼明。路難兼歲晚，那免嘆孤征。

〔一〕邳州：州名，清初屬淮安府。秦下邳縣，北周置邳州；隋廢郡、州，以縣屬下邳郡；唐武德四年復置邳州，尋廢，改屬泗州，元和四年改屬徐州；宋爲淮陽軍，屬京東東路；元改屬歸德府；明初入屬鳳陽府，洪武十五年改屬淮安府。

〔二〕下相：縣名。始置於秦。《嘉慶重修一統志》卷一〇一《徐州府》二："下相故城在宿縣西(七里)。應劭云：相水出沛國相縣，於水下流置縣，故名下相也。"南朝宋省，後魏復置，齊周時廢。

詩作於康熙三十三年冬北上京師道經邳州時。詩分兩部分，前半寫景,後半寫雪中行路之感受及由孤征千里而引起之慨嘆。寫景仍以白描勾勒,抒情依舊直抒胸臆。全詩景象恢宏開闊,取景由遠而近,頗具縱深感。頸聯寫"單騎雪中行"的感覺,渾灝流轉,意韻兼勝。

雪後風日晴暖

陰霾一夕解重圍〔一〕,頓覺朝來朔氣微。得暖渾如杜康力〔二〕,殺霜終是趙衰威〔三〕。細流飲馬知冰釋,殘雪隨風作絮飛。至竟村翁勝行客,茅檐晴曬木棉衣。

〔一〕陰霾:天氣晦暗。柳宗元《夢歸賦》:"白日邈其中出兮,陰霾披離以泮釋。"

〔二〕杜康:傳説中最早造酒的人,後因借指酒。元伊世珍《瑯嬛記》卷中:"杜康造酒,因稱酒爲杜康。"曹操《短歌行》:"何以解憂? 惟有杜康。"

〔三〕趙衰:春秋時晉大夫,字子餘。此以趙衰喻冬日。典出《左傳·文公七年》:"酆舒問於賈季曰:'趙衰趙盾孰賢?'對曰:'趙衰,冬日之日也;趙盾,夏日之日也。'"杜預注云:"冬日可愛,夏日可畏。"

詩作於康熙三十三年冬北上京師由邳州至馬陵途中。詩寫雪後晴暖,故句句扣緊一"暖"字,寫來意婉辭清,平易條暢,頗具陸游詩風采。清昭槤《嘯亭續録》云:"國初詩人,以王(士禛)、施(閏章)、宋(琬)、朱(彝尊)爲諸名家。查初白慎行繼以蘇(軾)、陸(游)之調,著名當時,其詩句亦頗俊逸峭勁,視(湯)西崖、(何)義門諸公自爲翹楚。"

爲翁景文題畫〔一〕

綠蕉葉折風無賴〔二〕，紅蓼花垂雨不情〔三〕。一個草蟲鳴似訴，故來紙上作秋聲。

〔一〕翁景文：生平未詳。

〔二〕無賴：無聊。謂多事而令人討厭。

〔三〕紅蓼花：清吴其濬《植物名實圖考長編》卷九引《蜀本草圖經》："蓼類甚多，有紫蓼、赤蓼、青蓼、馬蓼、水蓼、香蓼、木蓼等，其類有七種。……諸蓼花皆紅白，子皆赤黑。"按，蓼爲草本植物，葉味辛香，花作淡紅色或白色，可入藥，亦可用作調味品。　不情：無情。

詩作於康熙三十四年(一六九五)四、五月間，時客居京師，年四十六歲。詩雖題畫，但分别從視覺與聽覺兩方面落筆，色彩明麗，刻畫灑落。一、二句對仗工整，富有情致；三、四句筆觸細緻，以動態顯静態，以有聲作無聲，神思運妙，别具情韻。

渡　漳　河〔一〕

夜聽邯鄲趙女歌〔二〕，起乘殘醉渡漳河。天垂曠野名都壯〔三〕，路入中原戰壘多。細雨一蟬高岸柳，西風匹馬故宫禾〔四〕。灰飛瓦解尋常事，誰管繁華委逝波。

〔一〕漳河：在今河北、河南兩省邊境，爲海河水系五大河之一衛河之支流。有清漳河、濁漳河二源，均出山西省東南部，在河北省南部邊境匯合始稱漳河，東南注入衛河。

〔二〕邯鄲：古都邑名。戰國時爲趙國都城，故址即今河北省邯鄲市。《史記·趙世家》："敬侯元年，趙始都邯鄲。"裴駰《集解》引張晏曰："邯，山名；鄲，盡也。邯山至此而盡，故名。" 趙女：指當地女子。李白《古風》二七："燕趙有秀色，綺樓青雲端。眉目艷皎月，一笑傾城歡。"

〔三〕"天垂"句：杜甫《旅夜書懷》："星垂平野闊。"此化用其句意。

〔四〕故宫禾：語本《詩·王風·黍離》："彼黍離離，彼稷之苗。行邁靡靡，中心摇摇。"《詩》序云西周亡後，周大夫過故宗廟宫室，盡爲禾黍，遂彷徨不忍離去，而作此詩。後用以感慨亡國、觸景生情之詞。

詩作於康熙三十四年秋。其《遊梁集·序》云："中州名勝之區也，同學許霜巖謁選得陳留宰，邀余偕行。涉滹沱，循太行東麓歷趙、衛、梁、宋之郊。"是詩即爲遊梁途中經由漳河時所作。全詩詞旨清倩，俊逸勁壯，爲查氏代表作之一。清唐孫華評是詩云："風流絶世，氣格在大曆以前。"清尚鎔《三家詩話》則曰："漁洋詩以遊蜀所作爲最，竹垞詩以遊晉所作爲最，初白詩以遊梁所作爲最，子才詩以遊秦所作爲最。"

曹操疑冢〔一〕

分香賣履獨傷神〔二〕，歌吹聲中繐帳陳〔三〕。到底不知埋骨地，却教臺上望何人？

〔一〕曹操疑冢：據元陶宗儀《南村輟耕録》卷二六"疑冢"條："曹操疑

冢七十二,在漳河上。宋俞應符有詩題之曰:'生前欺天絶漢統,死後欺人設疑塚。人生用智死即休,何有餘機到丘壟。人言疑塚我不疑,我有一法君未知。直須盡發疑塚七十二,必有一塚藏君屍。'此亦詩之斧鉞也。"

〔二〕分香賣履:據《文選》陸機《吊魏武帝文·序》引曹操《遺令》:"餘香可分與諸夫人。諸舍中無所爲,學作組履賣也。"

〔三〕歌吹:歌聲與樂聲。南朝宋鮑照《蕪城賦》:"廛閈撲地,歌吹沸天。"這裏指哀樂鳴奏之聲。　繐帳:設在靈柩前的帳幕。《太平御覽》卷八二〇引曹操《遺令》:"銅雀臺堂上安六尺牀,施繐帳,月旦十五日向帳作伎。"又,晉陸機《弔魏武帝文》:"悼繐帳之冥漠,怨西陵之茫茫。"

詩作於康熙三十四年秋,時應陳留宰許霜巖之邀漫遊中州,道經漳河。相傳曹操死後,曾造七十二座疑冢,歷代詩人題詠此事者甚多。是詩看似温和,實寓辛辣的調侃。沈德潛《清詩别裁集》卷二八評曰:"或云'發盡七十二冢',或云'更在七十二冢之外',奸雄心事,未易窺測也。此即以望西陵語調笑之,曹瞞應亦齒冷。"

鄴中詠古四首〔一〕(選其一)

洹水清流見麗譙〔二〕,鄴中氣象太蕭條。詞華不過誇三國〔三〕,人物誰能算北朝〔四〕。冰井臺荒秋瑟瑟〔五〕,香姜閣廢雨飄飄〔六〕。齊磚魏瓦人爭託〔七〕,想見當年土木妖〔八〕。

〔一〕鄴中:謂三國魏之都城鄴,故址在今河北省臨漳縣西南鄴鎮東。

建安九年，鄴城爲曹操攻取，在此挾天子以令諸侯，使之成爲東漢實際上的都城。以後，後趙、前秦、前燕、東魏、北齊五朝均曾建都于此。

〔二〕洹水：古水名。在今河南省北境，又名安陽河。源出林縣隆慮山，東流經安陽市至内黄縣北入衛河。《讀史方輿紀要》卷四九《彰德府》："洹水在（臨漳）縣西南四十里，自安陽縣流入縣境。《水經注》：'洹水東北流經鄴城南，又分爲二水，北逕東明觀下。'是也。" 麗譙：華麗壯美之高樓。《莊子·徐無鬼》："君亦必無盛鶴列於麗譙之間。"郭象注："麗譙，高樓也。"成玄英疏："言其華麗嶕嶢也。"

〔三〕詞華：文采；辭藻華麗精美。杜甫《贈比部蕭郎中十兄》詩："詞華傾後輩，風雅靄孤騫。"按：東漢獻帝建安時代（一九六—二一九），我國文學創作進入了光輝燦爛的時期，詩、賦、文和文學評論四個方面，均取得突出成就，出現了衆多天才作家。其代表人物是三曹七子，即曹操和曹丕、曹植父子，以及孔融、陳琳、王粲、徐幹、阮瑀、應瑒、劉楨建安七子（亦稱"鄴中七子"）。查詩因云"詞華不過誇三國"。

〔四〕北朝：朝代名。指南北朝時的北魏、東魏、西魏、北齊與北周政權。

〔五〕冰井臺：古臺名。建安十八年（二〇三）由魏武帝曹操所建，臺在鄴城西北。晉陸翽《鄴中記》："北則冰井臺，有屋一百四十間，上有冰室，室有數井，井深十五丈，藏冰及石墨……石季龍於冰井臺藏冰，三伏之月，以冰賜大臣。"南朝梁江淹《雜體》詩之五："從容冰井臺，清池映華薄。"

〔六〕香姜閣：北齊名閣。明楊慎《狗脚豬腸》："銅雀硯，曹操臺瓦已不可得，宋人所收，乃高歡避暑宮冰井臺香姜閣瓦也。"

〔七〕齊磚魏瓦：謂北齊時代的磚，曹魏時代的銅雀瓦（銅雀臺的瓦，又稱"鄴瓦"、"鄴臺瓦"）。宋何薳《春渚紀聞·銅雀臺瓦》："相州，魏武故都。所築銅雀臺，其瓦初用鉛丹雜胡桃油搗治火之，取其不滲，雨過即乾耳。後人於其故基掘地得之，鑱以爲研，雖易得墨而終乏温潤，好事者但取其高古也。”又，初白自注：“魏銅雀瓦色青，内平，印工人姓名，皆八分書。以爲硯，貯水數日不滲。齊起鄴南城，磚瓦皆以胡桃油油之。當油處有細紋，曰琴紋。有白花，曰錫花。古磚大者方四尺，上有盤花鳥獸紋，‘千秋萬歲’字。其紀年非天保則興和。又有磚筒承簷溜者，花紋年號皆同。内圓外方，亦可爲硯。按王荆公詩：‘陶甄往往成今手，尚託虚名動後人。’則真品在宋時已不可得。”

〔八〕土木：謂建築工程。晉葛洪《抱朴子・詰鮑》：“起土木於凌霄，構丹緑於棼橑。”　妖：妖嬈艷麗。

詩作於康熙三十四年秋，時應陳留宰許霜巖之邀漫遊中州，途次古鄴城。鄴都原爲魏晉南北朝時代黄河下游之政治中心和文化中心，北周静帝大象二年（五八〇），因楊堅發兵討平不服從調度的相州總管尉遲回，遂使這一歷時千載、幾度經營的一代名都化爲廢墟，從此成爲後世騷人墨客憑吊的場所。此詩首聯、頷聯寫對鄴都的總的印象，並就此追憶歷史，發抒感慨。頸聯從具體的臺閣入手，續寫其“蕭條”氣象，化虚爲實，小中見大。尾聯以齊磚魏瓦人之爲貴作結，回應首聯，使盛况當年與蕭條今日形成鮮明對照。全詩氣脈雄厚，詩格遒練，悲凉沉遠，餘味不盡，一向被視爲《遊梁集》中之佳構。

湯陰縣北村家〔一〕

烟際露茅茨〔二〕，田家正午炊。韭花秋逞味，棗實晚垂枝。放犢青蕪岸〔三〕，漚麻緑水池〔四〕。地偏稀客過，籬落有人窺〔五〕。

〔一〕湯陰縣：在今河南省北部、衛河支流湯水南岸。

〔二〕茅茨：茅草屋頂，因以指代茅屋。《韓非子·五蠹》："堯之王天下也，茅茨不翦，采椽不斫。"又，白居易《效陶潛體》詩之九："榆柳百餘樹，茅茨十數間。"

〔三〕青蕪：猶青草。蕪，叢生之草。杜甫《徐步》詩："整履步青蕪，荒庭日欲晡。"

〔四〕漚麻：對麻類進行初加工的工序，即將麻桿或已剥脱的麻皮浸入水中，待其自然發酵，部分脱膠。《詩·陳風·東門之池》："東門之池，可以漚麻。"疏："楚人曰漚，齊人曰湊，……然則漚是漸漬之名。"

〔五〕籬落：猶籬笆。《抱朴子·自叙》："貧無僮僕，籬落頓決。"

詩作於康熙三十四年秋遊梁途中經由湯陰時。全詩四聯八句，均用白描勾勒，寫景細膩生動，詩筆質樸無華，充滿了北國鄉村濃厚的生活氣息。袁枚《答李少鶴書》云："他山是白描高手，一片性靈，痛洗阮亭敷衍之病，此境談何容易？"又，《倣元遺山論詩絶句》論及初白云："他山書史腹便便，每到吟詩盡棄捐。一味白描神活現，畫中誰是李龍眠？"袁氏所論，正指這類詩作而言。

入大名界紀冰雹之異〔一〕

朝行渡黎陽〔二〕，四望如絶徼〔三〕。又如入霜野，慘澹初經燒。古墓多白楊，連根拔當道。棗梨盡僵仆〔四〕，墮實滿泥淖〔五〕。村中禾黍空，天半烏鳶叫〔六〕。客心慘不樂，經眼非意料。道逢白髮人，下馬亟慰勞。爲言前七日，陰氣變晴昊〔七〕。疾風西北來，電雷乃前導。須臾大雨雹，奪擊恣凌暴〔八〕。爲拳爲芋魁〔九〕,所向等飛炮。居民屋瓦裂,填塞及井竈。行者不及防,人傷馬傾倒。濬南滑之北〔一〇〕,廿里陷冰窖。草木生其中,焦原同一燎〔一一〕。含悽問鄰舍,旁有豐年稻。邑長豈不知〔一二〕,逡巡莫以告〔一三〕。我爲田父語:“天變非人造。不聞平陽城,一震跡如掃〔一四〕。殭尸十萬户,蔽野誰復弔?朝廷憫災傷,大下乞言詔〔一五〕。公卿滿臺閣〔一六〕,相視無寸效〔一七〕。被禍爾猶輕〔一八〕,區區胡足較!”

〔一〕大名:府名,始置於五代漢乾祐元年(九四八),治所在元城、大名(今河北大名東)。清轄境相當今河北大名及河南南樂、清豐、濮陽、長垣及山東東明等縣地。《讀史方輿紀要》卷一六《大名府》:“今府,宋之北京也。……明洪武三十一年,漳河泛溢,城淪於水,因遷今治,在舊城西八里。”

〔二〕黎陽:古津渡名。故址在今河南濬縣東南。位於黄河北岸,與白馬津相對。後改名爲天橋津。

〔三〕絶徼(jiào):極遠的邊塞之地。

〔四〕僵仆:倒下。《戰國策·秦策四》:“刳腹折頤,首身分離,暴骨草澤,頭顱僵仆,相望於境。”鮑彪注:“僵,僨;仆,倒也。”

〔五〕泥淖(nào):泥濘的窪地。淖,泥沼。宋王安石《次前韻寄楊德逢》詩:“翻然陂路長,泥淖困臧獲。”

〔六〕烏鳶:烏鴉和老鷹。均爲食肉之鳥。前蜀韋莊《聞官軍繼至未睹凱旋》詩:“城上烏鳶飽不飛。”

〔七〕晴昊(hào):晴空。杜甫《蘇端薛復筵簡薛華醉歌》詩:“安得健步移遠梅,亂插繁花向晴昊。”

〔八〕凌暴:凶暴;虐待欺壓。三國魏阮籍《大人先生傳》:“强者睽眠而凌暴,弱者憔悴以事人。”

〔九〕芋魁:芋根;芋頭。《後漢書·方術傳》上:“敗我陂者翟子威,飴我大豆,亨我芋魁。"李賢注:"芋魁,芋根也。"

〔一〇〕濬:縣名。在今河南省北部,衛河斜貫其境。春秋時衛地,漢置黎陽縣,元爲濬州,明改爲濬縣。　滑:縣名。在今河南省北部,衛河東岸。春秋時屬衛地,漢置白馬縣,隋改滑州,明改滑縣。

〔一一〕焦原:乾旱的土地。唐陸龜蒙《以毛公泉獻大諫清河公》詩:"霏霏散爲雨,用以移焦原。"

〔一二〕邑長:邑里之長。《禮記·檀弓下》:"孟氏不以是罪予,朋友不以是棄予,以吾爲邑長於斯也。"邑,古代區域單位。《周禮·地官·小司徒》:"九夫爲井,四井爲邑,四邑爲丘,四丘爲甸,四甸爲縣。"鄭玄注:"四井爲邑,方二里。"按,此爲縣令之别稱。

〔一三〕逡巡:欲進不進,遲疑不決狀。白居易《重賦》詩:"里胥迫我納,不許暫逡巡。"

〔一四〕"不聞"二句:據國家地震局所頒佈之歷史地震資料,元至正二十八年(一二九一)八月廿五日,山西平陽(今臨汾)曾發生大地震,震級約 6.5 級,烈度爲八度。

〔一五〕乞言:請求教言。晉葛洪《抱朴子·君道》:"傾下以納忠,聞逆耳而不諱,廣乞言於誹謗,雖委抑而不距。"

〔一六〕臺閣:漢時尚書臺稱臺閣,後因以泛指中央政府機構。宋王安石《送李宣叔倅漳州》詩:"朝廷尚賢俊,磊砢充臺閣。"

〔一七〕寸效:微小的功效。陸游《書事》詩:"自笑書生無寸效,十年枉是枕琱戈。"

〔一八〕被禍:蒙受災難。

詩作於康熙三十四年秋南遊途經大名府境時。在作者到達此地前一周,府境遭受特大冰雹襲擊,顆粒無收,滿目淒涼,而地方官却裝聾作啞,不聞不問。初白目擊流離,傷於荆棘,遂有此憤激語。詩之前半敘事紀實,後半以問話對白方式,將眼前冰雹之災與歷史上平陽城"殭尸十萬户"的地震災害相對比,出以反語,表達其對尸位素餐、不問民瘼的統治者的懣憤之情。全詩儼如白話,不假修飾,不僅在形式上承繼了元白詩風,而且在内容上也發揚和光大了白居易的“文章合爲時而著,歌詩合爲事而作”的現實主義精神,是其一貫同情生民疾苦態度的生動體現。

夷門行〔一〕

秦師圍困邯鄲城〔二〕,趙人乞援如乞盟〔三〕。信陵重以姻婭故〔四〕,坐視不救非人情〔五〕。三千私客赴急難,致死一戰猶堪争〔六〕。今者無端傾國出,不以君命俄專征〔七〕。宫中符竊嬖幸手〔八〕,闔外力奪將軍兵〔九〕。鐵椎碎首彼何罪,汝自徼幸貪功成〔一〇〕。誰爲此策大紕繆〔一一〕,公子幾陷無君名。生平下士頗折節,慚愧虚左親相迎〔一二〕。私恩不負負大義,二者較量孰重輕。先王正道日陵替〔一三〕,術士詭計方縱横。不聞死事憫晉鄙,但見好客誇侯嬴。史遷本意喜任俠〔一四〕,公論久掩吾不平。千秋事往一感嘆,弔古聊作《夷門行》。

〔一〕夷門:戰國時魏都城大梁之東門。故址在今河南省開封市東北隅。因在夷山之上,故名。

〔二〕“秦師”句:《史記》卷七七:“魏安釐王二十年,秦昭王已破趙長平軍,又進兵圍邯鄲。”邯鄲,趙國都城,見前《渡漳河》詩注〔二〕。

〔三〕乞盟:向敵國求和。陸游《德勛廟碑》文:“河洛將平,虜畏乞盟。”

〔四〕信陵:戰國魏安釐王封其弟無忌爲信陵君。《史記·魏公子列傳》:“魏公子無忌者,魏昭王少子而魏安釐王異母弟也。昭王薨,安釐王即位,封公子爲信陵君。”　姻婭:亦作“姻亞”。婿父稱姻,兩婿互稱爲亞。後因指有婚姻關係的親戚爲姻婭。《詩·小雅·節南山》:"瑣瑣姻亞,則無膴仕。"

〔五〕"坐視"句:《史記·魏公子列傳》:秦圍邯鄲城,"(魏)公子(無忌)姊爲趙惠文王弟平原君夫人,數遺魏王及公子書,請救於魏。魏王使將軍晉鄙將十萬衆救趙。秦王使使者告魏王曰:'吾攻趙旦暮且下,而諸侯敢救者,已拔趙,必移兵先擊之。'魏王恐,使人止晉鄙,留軍壁鄴,名爲救趙,實持兩端以觀望。……(魏)公子患之,數請魏王,及賓客辯士説王萬端。魏王畏秦,終不聽公子。公子自度終不能得之於王,計不獨生而令趙亡,乃請賓客,約車騎百餘乘,欲以客往赴秦軍,與趙俱死。"

〔六〕"三千"二句:《史記·平原君虞卿列傳》:"秦急圍邯鄲,邯鄲急,且降,平原君甚患之。邯鄲傳舍子李同説平原君曰:'邯鄲之民,炊骨易子而食,可謂急矣,而君之後宫以百數,婢妾被綺縠,餘粱肉,而民褐衣不完,糟糠不厭。民困兵盡,或剡木爲矛矢,而君器物鍾磬自若。使秦破趙,君安得有此?使趙得全,君何患無有?今君誠能令夫人以下編於士卒之間,分功而作,家之所有盡散以饗士,士方其危苦之時,易德耳。'於是平原君從之,得敢死之士三千人。李同遂與三千人赴秦軍,秦軍爲之却三十里。"

〔七〕專征:古代諸侯或將帥經特許得以自行領兵出征。晉陶淵明《命子》詩:"天子疇我,專征南國。"

〔八〕"宫中"句:《史記·魏公子列傳》:"侯生乃屏人間語,曰:'嬴聞晉鄙之兵符常在王卧内,而如姬最幸,出入王卧内,力能竊之。……公子誠一開口請如姬,如姬必許諾,則得虎符奪晉鄙軍,北救趙而西却秦,此五霸之伐也。'公子從其計,請如姬。如姬果盜晉鄙兵符與公子。"嬖幸,亦作"嬖倖",謂帝王所寵愛狎昵的人。《後漢書·皇甫規傳》:"因緣嬖幸,受賄賣爵。"

〔九〕"閫外"句:《史記·魏公子列傳》:魏公子無忌(信陵君)竊得兵符後,"至鄴,矯魏王令代晉鄙。晉鄙合符,疑之,舉手視公子曰:'今吾擁十萬之衆,屯於境上,國之重任,今單車來代之,何如哉?'欲無聽。朱亥袖四十斤鐵椎,椎殺晉鄙,公子遂將晉鄙軍。得選兵八萬人,進兵擊秦軍。秦軍解去,遂救邯鄲。”閫外,城之郭門之外。《史記·張釋之馮唐列傳》:“閫之内者,寡人制之;閫以外者,將軍制之。”裴駰《集解》引韋昭曰:“此郭門之閫者。”

〔一〇〕徼幸:同“僥倖”,意外獲得成功而免於不幸。

〔一一〕紕繆:錯誤。《禮·大傳》:“五者(治親、報功、舉賢、使能、存愛)一物紕繆,民莫得其死。”注:“紕繆,猶錯也。”

〔一二〕“生平”二句:《史記·魏公子列傳》:“魏有隱士曰侯嬴,年七十,家貧,爲大梁夷門監者。公子(無忌)聞之,往請,欲厚遺之。不肯受,曰:‘臣脩身絜行數十年,終不以監門困故而受公子財。’公子於是乃置酒大會賓客。坐定,公子從車騎,虚左,自迎夷門侯生。侯生攝敝衣冠,直上載公子上坐,不讓,欲以觀公子。公子執轡愈恭。”

〔一三〕陵替:衰落;衰敗。《南齊書·武帝紀》:“三季澆浮,舊章陵替,吉凶奢靡,動違矩則。”

〔一四〕史遷:謂司馬遷(前一四五或前一三五—?),西漢史學家、文學家和思想家。所著一代歷史名著《史記》專列《游俠列傳》,紀載古今俠義事跡。文首有云:“古布衣之俠,靡得而聞已。近世延陵、孟嘗、春申、平原、信陵之徒,皆因王者親屬,藉於有土卿相之富厚,招天下賢者,顯名諸侯,不可謂不賢矣。至如閭巷之俠,脩行砥名,聲施於天下,莫不稱賢,是爲難耳。然儒、墨皆排擯不載。自秦以前,匹夫之俠,湮滅不見,余甚恨之。”由此,初白故言其“本意喜任俠”。

詩作於康熙三十四年秋,時因同學、陳留令許霜巖之邀共遊中州名勝之區,途經開封。詩之首十二句因地而及人事,回顧歷史事件,言下已對信陵君當年椎殺無辜、徼倖成功表示不滿,一“貪”字足見其褒貶態度。“誰爲此策大紕繆”以下十二句正面表示作者對侯嬴助信陵君竊符救趙的看法,認爲這雖於私恩不負,却於大義有虧,是正道不行而詭計縱横的結果,從動機到手段予以全盤否定,大翻歷史公案。末兩句以情結,表示對"公論久掩"的感嘆及作此詩之目的。全詩氣盛辭暢,如決河之水,直瀉千里,被趙翼列爲"豪健爽勁,氣足神完,宋以來無此作也"之佳構名篇(見《甌北詩話》卷一〇)。唯其詩之持論,後人却有不同看法,故清翁方綱評是詩曰:"謝金圃(墉)云:究恐是迂儒之見,若然,則竟當帝秦而已。"清查奕照亦曰:"自是堂堂正正之言。七十侯生,不料二千載下有此一重翻案。然事有經權,公子迫於私情,既不得不救,且秦破趙,則魏亦爲墟,徒以車騎百餘乘與趙俱死。公子亦自知以肉投餧虎也。晉鄙之擊,勢則使然。薦朱亥與偕而北面自剄,雖蹈術士縱横之習,而其心亦未可盡非也。"

汴梁雜詩八首〔一〕(選其一、二、四)

其　一

土岡起伏向平蕪,蕎麥花開似雪鋪〔二〕。舊日樓臺埋井底〔三〕,秋來風雨暗城隅〔四〕。鄒枚作客虚詞筆〔五〕,高李論交剩酒壚〔六〕。莫怪遊梁無一事,已將名姓混屠沽〔七〕。

〔一〕汴梁:古地名,即今河南省開封市。戰國時爲魏都大梁,簡稱梁。隋唐改置汴州,簡稱汴。五代梁、晉、漢、周及北宋,均曾建都於此。金、元後合稱汴梁。

〔二〕蕎麥:又名"荍麥"、"烏麥"、"花蕎",穀類植物。《本草綱目》卷二二:"蕎麥……性最畏霜。苗高一二尺,赤莖緑葉,如烏桕樹葉。開小白花,繁密粲粲然。"宋王禹偁《村行》詩:"蕎麥花開白雪香。"

〔三〕"舊日"句:參其二"鞏洛東來地勢窪"詩注〔六〕。

〔四〕城隅:城邊。隅,邊側之地。

〔五〕鄒枚:鄒陽與枚乘,二人皆爲梁孝王賓客,並以文辯知名於時。

《漢書》卷五一:"鄒陽,齊人也。漢興,諸侯王皆自治民聘賢。吴王濞招致四方遊士,陽與吴嚴忌、枚乘等俱仕吴,皆以文辯著名。……是時景帝少弟梁孝王貴盛,亦待士。於是鄒陽、枚乘、嚴忌知吴不可説,皆去之梁,從孝王遊。"爲人有智略,忼慨不苟合。曾作《獄中上梁王書》,梁孝王待之以上客。又同書:"枚乘,字叔,淮陰人也。爲吴王濞郎中。"因吴王不聽諫告,隨鄒陽等去而之梁,從梁孝王遊。"漢既平七國,乘由是知名。景帝召拜乘爲弘農都尉。乘久爲大國上賓,與英俊並遊,得其所好,不樂郡吏,以病去官。復遊梁,梁客皆善屬辭賦,乘尤高。孝王薨,乘歸淮陰。"

〔六〕高李:謂唐詩人高適與李白。初白自注:"少陵與李供奉、高常侍同時客遊梁、宋間,故其《昔遊》詩有'往與高李輩,論交入酒壚'之句。今城東南有三賢祠。"

〔七〕屠沽:屠,屠户。沽,賣酒。均執賤業者。

詩作於康熙三十四年秋,時遊開封。詩之首聯寫景,頷聯出句叙古,對句詠今,前虚後實,兩相比照。頸聯承上啓下,觸及人事,一"虚"一"剩",二字將弔古之意寫足。末聯以情作結,自嘆碌碌無爲,亦傷今之意緒情懷。全詩圓融雋偉,運筆渾灝流利,予人以舉重若輕之感。王文濡《清詩評注讀本》卷六評曰:"深渾蒼鬱,文體蔚然。"

其　二

鞏洛東來地勢窪〔一〕,一條清汴走長蛇〔二〕。霸圖難畫鴻溝界〔三〕,恨事空椎博浪沙〔四〕。衰草平原秋放牧,西風古堞暮棲鴉〔五〕。靈光一寺巍然在〔六〕,留取伽藍記《夢華》〔七〕。

〔一〕鞏:鞏縣。地在今河南省中部,黄河南岸,洛河下游,始置於秦。

《讀史方輿紀要》卷四八《河南府》:"鞏縣,在府東一百三十里。……周鞏伯邑,戰國時謂之東周。漢置縣,屬河南郡。"清屬河南府。　洛:洛陽縣。始置於漢高帝。故地在今河南省洛陽縣東北二十里。

〔二〕清汴:汴水,古水名。《漢書·地理志》作"卞水",指今河南滎陽縣西南之索河。《後漢書》始作"汴渠",移指卞水所入滎陽一帶從黄河分出之狼湯渠(即古鴻溝)。魏晉之際,自滎陽汴渠東循狼湯渠至今開封市,又自開封東循汳水、獲水至今江蘇徐州市轉入泗水一道,漸次代替了古代自狼湯渠南下潁水、渦水一道,成爲當時從中原通向東南的水運幹道。自晉以後,遂將這一運道各段統稱爲汴水。

〔三〕鴻溝:古運河名。在今河南省滎陽縣東南三十里,爲楚漢分界之處。《史記·項羽本紀》:"項王乃與漢約,中分天下,割鴻溝以西者爲漢,鴻溝而東者爲楚。"唐司馬貞《索隱》:"楚漢中分之界,文穎云即今官渡水也。蓋爲二渠:一南經陽武,爲官渡水;一東經大梁城,即鴻溝,今之汴河是也。"

〔四〕博浪沙:亦曰"博浪城",在今河南省浚儀縣西北四十里。《史記索隱》:"服虔云:地在陽武南。"《史記正義》:"《晉地理記》云:鄭陽武縣有博浪沙。"按,此句嘆息張良刺秦始皇未中事。據《史記》卷五五:"良嘗學禮淮陽。東見倉海君。得力士,爲鐵椎,重百二十斤。秦皇帝東遊,良與客狙擊秦皇帝博浪沙中,誤中副車。秦皇帝大怒,大索天下,求賊甚急,爲張良故也。良乃更名姓,亡匿下邳。"

〔五〕古堞:古城牆。堞,城上矮牆,亦稱女牆。

〔六〕靈光:漢代魯靈光殿,漢景帝之子魯恭王所建,故址在山東曲阜縣東。後用以喻指碩果僅存的人或事物。宋范成大《石湖中秋二十韻》:"獨嘆靈光在,能追汗漫遊。"　一寺:謂大相國寺。在今開封市内,始建於北齊天保六年(五五五)。原爲戰國魏公子信陵君之故宅。初名建國寺,後毁於兵火。唐睿宗舊封相王時重建,改名大相國寺,習稱相國寺。寺廣五百四十五畝。明崇禎壬午(一六四二),黄河泛濫,開封被淹,建築被毁。現存建築爲清乾隆三十一年重修之物。又,初白自注:"大相國寺踞地最高,壬午之禍獨不爲沙土所埋,汴中樓閣存者,惟此而已。"

〔七〕伽藍:梵語僧伽藍摩譯音之略稱。意爲衆園或僧院,即衆僧居住的庭園。後因以指稱佛寺爲伽藍。　《夢華》:謂宋孟元老所著《東京夢華録》,全書凡十卷。《四庫全書總目》卷七〇:"(孟)元老始末未詳。蓋北宋舊人,於南渡之後,追憶汴京繁盛,而作此書也。"按,《東京夢華録》卷三有"相國寺内萬姓交易"條,記載"相國寺每月五次開放,萬姓交易",廟内各處買賣各色物品及展示各種娱樂活動甚詳,初白因云"留取伽藍記《夢華》"。

詩之首聯總寫開封的地理形勢;頷聯由地及人,引出與此有關的著名歷史人物和歷史事件;頸聯收攏詩筆,叙寫眼前景况;尾聯選取一有象征和代表意義之大相國寺作結。全詩悲涼頓挫,雅健俊爽;寄興深遠,風貌泠然。

其　四

梁宋遺墟指汴京〔一〕,紛紛代禪事何輕〔二〕。也知光義難爲弟〔三〕,不及朱三尚有兄〔四〕。將帥權傾皆易姓〔五〕,英雄時至適成名。千秋疑案陳橋驛〔六〕,一著黄袍遂罷兵〔七〕。

〔一〕梁:朝代名,謂五代之後梁政權。公元九〇七年,朱温代唐稱帝,建都汴(今河南開封),國號梁,史稱後梁。統治今河南、山東兩省及陜西、山西、河北、寧夏、湖北、安徽、江蘇各一部分。公元九二三年爲後唐所滅。共歷三帝十七年。　宋:朝代名,謂趙宋王朝。開封爲九朝故都，北宋即其中之一。

〔二〕代禪：即禪代，謂帝位的禪讓和接替。漢班彪《王命論》："雖其遭遇異時，禪代不同，至於應天順人，其揆一也。"

〔三〕光義：謂宋太祖之弟、宋太宗趙光義。按：趙光義初封晉王，太祖不豫，曾夜召晉王屬以後事，左右皆不得聞，但遥見燭影下晉王時或離席，若有遜避之狀。既而太祖引柱斧戳地，大聲謂晉王曰："好爲之！"已而帝崩。此即史傳所謂"燭影斧聲"之謎。如宋文瑩《續湘山野録》等書均有記載。因太宗有殺兄奪位之嫌，故詩云"難爲弟"。然亦有稱其事爲誣者，如明張燧《千百年眼·燭影斧聲》、李贄《史綱評要》等均是，尤以明程敏政《宋紀終受考》辨駁爲詳。

〔四〕朱三：謂後梁太祖朱温。因排行第三，故稱。《五代史·後梁紀》："太祖與宗戚飲酒酣，其兄全昱睨帝曰：'朱三！汝本碭山一民，奈何一旦滅唐宗三百年社稷？'"

〔五〕權傾：以權勢壓倒之，極言權勢之大。五代王仁裕《開元天寶遺事·依冰山》："楊國忠權傾天下，四方之士争詣其門。"按，此句謂將帥權傾人主，"皆易姓"者，皆欲篡位也。

〔六〕陳橋驛：參見前《夾馬營》詩注〔五〕。

〔七〕"一著"句：後周顯德七年（九六〇），北漢勾結契丹入寇，趙匡胤奉命出師禦之。兵次陳橋驛，在趙普、石守信等預謀策劃下，發動兵變。諸將以黄袍加其身，擁趙匡胤爲天子。未幾，鎮州報北漢兵引還。事見《宋史·太祖本紀》。黄袍，黄色長衣。初，官民皆可同服黄袍。隋朝以後，皇帝常服之。唐高祖武德初，禁士庶不得服，黄袍遂爲皇帝專用服飾。

詩之首兩句開門見山，揭出從公元九〇七年梁的建立至公元九六〇年北宋建立這五十四年間與開封有關的七個政權頻繁更替，江山轉眼易主的史實，"事何輕"三字，藴含無限感慨。三、四兩句承上而來，進一步深入與具體論述，並藉以提出歷代王朝更替頻繁原因何在這一問題。五、六兩句作正面回答。七、八兩句進一步申足詩意：陳橋兵變是預謀而非偶然，陳橋出兵是謀取帝位的機會，而非真的是退敵禦寇的需要。此即“千秋疑案”之全部内涵。詩全以議論行筆，結構嚴謹，寫得淋漓酣暢，沉著冷雋。沈德潛《清詩别裁》卷二〇評是詩曰：“陳橋之變，太宗實與其謀，而主之者宋祖也。貶光義而難兄之失自見矣。‘文人之筆，嚴於斧鉞。’信然。”清查奕照評曰：“(“也知”一聯)兩兩相形，太宗能無汗下？”又：“五六兩語，包括一部十國春秋。”又，王文濡《清詩評注讀本》卷六評曰：“末首(按，即此詩)以冷雋出之，意致新奇。”

朱仙鎮岳忠武祠〔一〕

平生感憤興亡際，往往無端供裂眦〔二〕。晉之懷愍宋徽欽〔三〕，失國偷生本同類。兩家子弟又庸下，南渡誰論復仇義〔四〕？千秋乃有岳將軍，欲雪斯慚出奮臂〔五〕。曾經讀史浮大白〔六〕，况到提戈用武地。一條衣帶指黄河〔七〕，倒捲狂瀾作餘勢。當時大業已垂成，談笑收京俄頃事〔八〕。乞和語出金人口〔九〕，二帝歸如反掌易〔一〇〕。南内何妨奉上皇〔一一〕，中原未必虚神器〔一二〕。可憐計算不出此，奸相逢君有深意〔一三〕。朝廷不要兩宫還〔一四〕，那許疆埸壞和議？乾坤震蕩功百戰，性命風波獄三字〔一五〕。湯陰故里虎林墳〔一六〕，幾處經過頻灑淚。豈如此地更悲涼，血裹征袍等閒棄。二百年來崇廟貌〔一七〕，兩行檜柏干霄翠〔一八〕。北風怒吼白日昏，猶有英雄不平氣！

〔一〕朱仙鎮：地名，在今河南省開封市西南四十五里，濱臨賈魯河。宋紹興十年，岳飛在此與金兵對陣，大破之。　岳忠武祠：即岳忠武廟。《嘉慶重修一統志》卷一八七《開封府》二:"岳忠武廟,在祥符縣西南朱仙鎮,明成化二十一年(一四八五)建,何孟春有紀。"

〔二〕供:給予。此謂顯現。　裂眦(zì):謂因發怒而眼睛睁得極大,眼眶似乎要裂開,形容忿怒到極點。《淮南子·泰族訓》:"荆軻西刺秦王,高漸離、宋意爲擊筑,而歌於易水之上,聞者莫不瞋目裂眦,髮植穿冠。"

〔三〕懷愍:謂晉懷帝與晉愍帝。晉懷帝(二八四—三一三),武帝第二十五子,名司馬熾,字豐度。太熙元年(二九〇)封豫章郡王。及即位,無所作爲。永嘉五年(三一一)六月,劉聰遣劉曜、王彌引兵陷洛陽,"帝蒙塵於平陽(今山西臨汾西南),劉聰以帝爲會稽公。……七年春正月,劉聰大會,使帝著青衣行酒。……丁未,帝遇弒,崩於平陽,時年三十。"(《晉書·懷帝紀》)在位凡六年(三〇六—三一二)。晉愍帝(二七〇—三一七),名司馬鄴,字彦旗。武帝孫,懷帝姪,吴王司馬晏之子。懷帝遇害,即位於長安,徒守虚位。建興四年(三一六)十一月,劉聰陷長安,"帝乘羊車,肉袒銜璧,輿櫬出降。……劉聰假帝光禄大夫、懷安侯。聰後因大會,使帝行酒洗爵,反而更衣,又使帝執蓋,晉臣在坐者多失聲而泣。十二月戊戌,帝遇弒,崩於平陽,時年十八。"(《晉書》卷五)在位凡四年(三一三—三一六)。　徽欽:謂宋徽宗與宋欽宗。宋徽宗(一〇八二—一一三五),名趙佶,神宗子,哲宗時封端王。即位後因任用蔡京、童貫等奸佞主持國政,以致國事腐敗。宣和七年(一一二五)金兵南下,年底傳位於趙桓(欽宗),自稱太上皇。二年後爲金兵所俘,後死於五國城(今黑龍江依蘭)。在位二十五年(一一〇〇—一一二五)。宋欽宗(一一〇〇—一一五六),即趙桓。金兵南下時,受其父徽宗帝位,對金屈辱求和。靖康二年(一一二七),金兵破汴京,與徽宗一起被俘,後亦死於五國城。

〔四〕南渡:晉元帝渡江,建都建業,史稱東晉。宋高宗渡江,建都臨安,史稱南宋。二朝均從北方渡長江建立政權,故稱南渡。李白《金陵》詩:"晉家南渡日,此地舊長安。"

〔五〕奮臂：振臂而起。《史記·秦始皇紀論》："是以陳涉不用湯武之賢，不藉公侯之尊，奮臂於大澤而天下響應者，其民危也。"

〔六〕讀史：《宋史·岳飛傳》："少負氣節，沈厚寡言，家貧力學，尤好《左氏春秋》、孫、吴兵法。"　浮大白：即浮白，原意爲罰飲一滿杯酒，後亦稱滿飲或暢飲酒爲浮白或浮一大白。大白，大酒杯。宋龔明之《中吴紀聞》："子美（蘇舜欽）豪放，飲酒無算，在婦翁杜正獻家，每夕讀書以一斗爲率。正獻深以爲疑，使子弟密察之。聞讀《漢書·張子房傳》，至'良與客狙擊秦皇帝，誤中副車'，遽撫案曰：'惜乎！击之不中！'遂滿下一大白。又讀至'良曰：始臣起下邳，與上會於留，此天以臣授陛下'，又撫案曰：'君臣相遇，其難如此！'復舉一大白。正獻公知之大笑，曰：'有如此下物，一斗誠不爲多也。'"宋司馬光《昔别贈宋復古張景淳》詩："須窮今日歡，快意浮大白。"

〔七〕一條衣帶：喻狹窄。《南史·陳紀下》："隋文帝謂僕射高熲曰：'我爲百姓父母，豈可限一衣帶水不拯之乎？'"此謂黄河如一條衣帶那麽寬，不足爲阻。

〔八〕"當時"二句：據《宋史·岳飛傳》："（紹興十年）飛乃遣王貴、牛臯、董先、楊再興、孟邦傑、李寶等，分布經略西京、汝、鄭、潁昌、陳、曹、光、蔡諸郡；又命梁興渡河，糾合忠義社，取河東、北州縣。又遣兵東援劉琦，西援郭浩，自以其軍長驅以闞中原。""未幾，所遣諸將相繼奏捷。大軍在潁昌，諸將分道出戰，飛自以輕騎駐郾城，兵勢甚鋭。梁興會太行忠義及兩河豪傑等，累戰皆捷，中原大震。飛奏：'興等過河，人心願歸朝廷。金兵累敗，兀术等皆令老少北去，正中興之機。'飛進軍朱仙鎮，距汴京四十五里，與兀术對壘而陣，遣驍將以背嵬騎五百奮擊，大破之，兀术遁還汴京。……飛大喜，語其下曰：'直抵黄龍府，與諸君痛飲爾！'"

〔九〕"乞和"句：《宋史·岳飛傳》："（紹興八年）會金遣使將歸河南地，飛言：'金人不可信，和好不可恃，相臣謀國不臧，恐貽後譏。'九年，以復河南，大赦。飛表謝，寓和議不便之意，有'唾手燕雲，復讎報國'之語。又奏:'金人無事請和,此必有肘腋之虞,名以地歸我,實寄之也。'"

〔一〇〕二帝:謂宋徽宗趙佶與宋欽宗趙桓。

〔一一〕南内:南宋皇帝住所。《宋史·輿服志》六:"中興,服輿惟務簡省,宫殿尤樸。皇帝之居曰殿,總曰大内,又曰南内。本杭州治也,紹興初創爲之。"又,宋周密《武林舊事·乾淳奉親》:"官家恭請太上、太后來日就南内排當。" 上皇:太上皇,謂徽宗趙佶。

〔一二〕神器:代表國家政權的實物,如玉璽、寶鼎之類。後因以借指帝位、政權。《漢書·叙傳》上:"遊説之士至比天下於逐鹿,幸捷而得之,不知神器有命,不可以智力求也。"顔師古注引劉德曰:"神器,璽也。"《文選·左思〈魏都賦〉》:"劉宗委馭,巽其神器。"吕延濟注:"神器,帝位。"

〔一三〕奸相:謂秦檜。《宋史·秦檜傳》:"(紹興)八年三月,(檜)拜右僕射、同中書門下平章事兼樞密使。吏部侍郎晏敦復有憂色,曰:'姦人相矣。'"又,"十月,宰執入見,檜獨留身,言:'臣僚畏首尾,多持兩端,此不足與斷大事。若陛下決欲講和,乞顓與臣議,勿許群臣預。'帝曰:'朕獨委卿。'檜曰:'臣亦恐未便,望陛下更思三日,容臣别奏。'又三日,檜復留身奏事,帝意欲和甚堅,檜猶以爲未也,曰:'臣恐别有未便,欲望陛下更思三日,容臣别奏。'帝曰:'然。'又三日,檜復留身奏事如初,知上意確不移,乃出文字乞決和議,勿許群臣預。"

〔一四〕兩宫:指太后和皇帝。此謂宋徽宗、欽宗父子。宋陳與義《有感再賦》:"龍沙此日西風冷,誰折黄花壽兩宫。"

〔一五〕風波:風波亭,宋大理寺獄内亭名,相傳爲岳飛遇害處。故址在今浙江杭州市小車橋附近。其西有風波橋,今河已填没,橋身猶存。 三字:即"莫須有"三字。《宋史·岳飛傳》:"檜遣使捕飛父子。……獄之將上也,韓世忠不平,詣檜詰其實,檜曰:'飛子雲與張憲書雖不明,其事體莫須有。'世忠曰:'"莫須有"三字,何以服天下?'"

〔一六〕湯陰：縣名，在今河南省北部。爲岳飛故里。清屬河南彰德府。《讀史方輿紀要》卷四九："湯陰縣，在府南四十五里。湯，讀曰蕩，古相里地也。戰國爲魏蕩陰地，漢蕩陰縣，屬河内郡……隋於故縣東七十里置湯陰縣。" 虎林：山名，即武林山，又名靈隱山，在今浙江杭州市西。後因以武林、虎林指稱杭州。按，岳墳在今杭州市西湖邊岳王廟内。岳飛被害後，獄卒隗順潛負其屍葬於九曲叢祠旁。隆興元年(一一六三)，宋孝宗即位後，以禮改葬其遺骸於此。

〔一七〕二百年來：初白自注："祠創於成化戊戌(一四七八)"。 廟貌：廟祖形象。

〔一八〕檜柏：木名。俗稱子孫柏。常緑灌木，幹直立，長丈餘。《本草綱目》卷三四："松柏相半者，檜柏也。" 干霄：直上雲霄。干，觸及。

詩作於康熙三十四年秋，時與同學、陳留令許霜巖同遊開封。詩人一生立身正直，胸中自有忠正之氣，對於精忠報國却屈死風波亭之南宋愛國名將岳飛更是心儀心慕，傾心不已，對其悲劇的下場尤心痛心摧，悲傷萬分。是詩以精粹凝練的筆墨，高度概括了岳飛的歷史功蹟及其無辜冤死的原因，發人深省。詩之前八句純以議論開頭，着眼歷史，聯繫現實，如大河之水，横空而下。詩之後八句回扣詩題，以景傳情，悲涼激楚，餘韻不盡。故趙翼《甌北詩話》卷一〇譽此詩"豪健爽勁，氣足神完，宋以來無此作也"。清查奕照亦評曰："我亦不知高宗何以必信長脚之言，甘壞長城，置父兄於不顧。千載下讀之，猶深憤之。"

留别吴梅梁表兄〔一〕

幾日重陽雨〔二〕，雨晴天忽寒。北風醒别酒，落葉打征鞍。不計授衣晚〔三〕,欲爲分袂難〔四〕。他鄉老兄弟,情到勸加餐〔五〕。

〔一〕吴梅梁:吴傑,生平未詳。

〔二〕重陽:節令名。農曆九月九日。古以九爲陽數,九月而又九日,因稱重陽。宋潘大臨詩斷句:"滿城風雨近重陽。"

〔三〕授衣:《詩·豳風·七月》:"七月流火,九月授衣。"傳:"九月霜始降,婦功成,可以授冬衣矣。"

〔四〕分袂:謂離别。袂,衣袖。唐李山甫《别楊秀才》詩:"如何又分袂,難話别離情。"

〔五〕加餐:勸慰之辭,意謂多進飲食,保重身體。《後漢書·桓榮傳》:"願君慎疾加餐,重愛玉體。"

詩作於康熙三十四年重陽節後,時遊開封。詩之首二聯點明"留别"的時間與天氣情況。一"打"字用得老到真樸,極爲傳神。頸聯以流水對寫他鄉聚首尤難分手之情,發語仍扣"留别"。尾聯以"加餐"慰以珍重,一表兄弟情深。全詩氣息渾樸,不以瑰麗見長,而一片真情流溢其中。

歸德道中二首〔一〕(選其二)

寒烟衰草入疎蕪〔二〕,睢水流同戰血枯〔三〕。他日江淮論保障〔四〕,至今祠廟具規模〔五〕。城連耗土秋多鼠〔六〕,樹倚神叢社少狐〔七〕。惆悵繁臺歌管歇〔八〕,角聲吹落孝王都〔九〕。

〔一〕歸德:府名。金天會八年(一一三〇)改應天府置,治所在宋城

(今商丘縣南)。清轄境相當今河南商丘、睢縣、永城一帶。

〔二〕疎蕪:零落荒蕪。南朝齊謝朓《始出尚書省》詩:"邑里向疎蕪,寒流自清泚。"

〔三〕睢水:古鴻溝支流之一。故道自今河南開封縣東從鴻溝東向分流,至宿遷南向注入古泗水。隋開通濟渠後,開封一帶水面已淤廢無水;金元後黄河南灌,故道日湮。按,歸德府於唐天寶元年(七四二)改爲睢陽郡,至德二載(七五七),安史叛將安慶緒曾遣將尹子奇攻城,唐名將張巡、許遠率卒萬人死守十月,大小戰四百餘場,殺敵十二萬人,江淮賴以保全。及城陷,所餘僅幾百人。詩因云"睢水流同戰血枯",一謂睢水如今淤塞不流,一謂當年睢陽保衛戰之空前慘烈。

〔四〕江淮:謂江蘇、安徽兩地。因江蘇、安徽地在長江、淮河流域,故云。《資治通鑑》卷二二〇《唐紀》三六:"尹子奇久圍睢陽,城中食盡,議棄城東走。張巡、許遠謀,以爲:'睢陽,江、淮之保障,若棄之去,賊必乘勝長驅,是無江、淮也。且我衆飢羸,走必不達。古者戰國諸侯,尚相救恤,況密邇群帥乎! 不如堅守以待之。'"

〔五〕祠廟:謂張巡、許遠廟,亦稱雙忠廟。

〔六〕耗土:亦作"秏土"。土地貧瘠。《大戴禮·易本命》:"息土之人美,耗土之人醜。"

〔七〕神叢:神祠的叢樹。

〔八〕繁臺:古臺名。即禹王臺。在今河南開封市東南禹王臺公園内。《舊五代史·梁書·太祖本紀四》:"甲午,以高明門外繁臺爲講武臺。是臺西漢梁孝王之時,嘗按歌閱樂於此,當時因名曰吹臺。其後有繁氏居於其側,里人乃以姓呼之。"

〔九〕孝王:謂梁孝王劉武,漢文帝第二子。初爲代王,文帝四年(前一七六)徙爲淮陽王,十二年(前一六八)徙梁,"築東苑,方三百餘里,廣睢陽城七十里,大治宫室,爲複道,自宫連屬於平臺三十餘里。得賜天子旌旗,從千乘萬騎,出稱警,入言趕,儗於天子。招延四方豪傑,自山東遊士莫不至。"(《漢書·文三王傳》)

詩作於康熙三十四年秋,時遊開封後,南歸海寧,途經歸德。初白南下歸德,自然聯想起九百多年前發生在這裏的睢陽保衛戰,張巡、許遠及守城軍士寧死不屈的壯烈精神,仍使他激動不已。然而這一切均已往矣,眼前所見却是一片荒蕪冷落景象,不由他不感到寂寞惆悵。全詩幾乎是句句寫景,却字字流露出衰颯摇落的情調,讀之令人不勝唏嘘。

望碭山〔一〕

萬乘東南巡,本厭天子氣。匹夫乃心動,走向此中避。雲氣隨真龍,人誰跡劉季〔二〕。可憐秦皇愚,不及吕后智。英雄論成敗,孰者意料事。秋色中原來,蒼然入淮泗〔三〕。蜿蜒忽横亘〔四〕,一束千里勢。豐沛袒右肩〔五〕,濠梁舒左臂〔六〕。古來雜王霸〔七〕,要豈山所致。吾將訴真宰〔八〕,鏟爾作平地。山色如死灰,嗚呼識天意。

〔一〕碭山:山名。參見前《夾馬營》詩注〔一四〕。

〔二〕"萬乘"六句:《史記·高祖本紀》:"秦始皇帝常曰'東南有天子氣',於是因東遊以厭之。高祖即自疑,亡匿,隱於芒、碭山澤巖石之間。吕后與人俱求,常得之。高祖怪問之。吕后曰:'季所居上常有雲氣,故從往常得季。'高祖心喜。沛中子弟或聞之,多欲附者矣。"萬乘,謂天子。《孟子·梁惠王》上:"萬乘之國,弒其君者,必千乘之家。"注:"萬乘,謂天子也。千乘;諸侯也。"按:周制,天子地方千里,出兵車萬乘;諸侯,地方百里,出兵車千乘。因以萬乘稱天子。厭,鎮壓。《廣雅》:"厭,鎮也。"匹夫,謂劉邦,時爲泗水亭長。劉季,劉邦姓劉,名季。《史記·高祖本紀》:"高祖,沛豐邑中陽里人,姓劉氏,字季。"《索隱》:"《漢書》'名邦,字季',此單云字,亦又可疑。按:漢高祖長兄名伯,次名仲,不見别名,則季亦是名也。故項岱云:'高祖小字季,即位易名邦,後因諱邦不諱季,所以季布猶稱姓也。'"

〔三〕淮泗:淮河、泗水。《書·禹貢》:"沿於江海,達於淮泗。"

〔四〕横亘(gèn):綿延横陳。唐王昌齡《出彬山口寄張十一》詩:"石脈盡横亘,潛潭何時流。"

〔五〕豐沛:豐縣、沛縣。二縣均在碭山東北,與碭山隔黄河而相望。

〔六〕濠梁:濠水上的石梁。在今安徽省鳳陽縣東北十五里臨淮鎮西南東濠水上,今有九虹橋。《莊子·秋水》:"莊子與惠子遊於濠梁之上。"成玄英疏:"濠是水名,在淮南鍾離郡。今見有莊子之墓,亦有莊惠遨遊之所。石絶水爲梁,亦言是濠水之橋梁。莊、惠清談在其上也。"

〔七〕王霸:王業與霸業。儒家稱以德行仁政者爲王,以力假仁者爲霸。語本《孟子·滕文公》下:"大則以王,小則以霸。"又,《三國志·魏志·陳矯傳》:"雄姿傑出,有王霸之略,吾敬劉玄德。"

〔八〕真宰:謂天。天爲萬物之主宰,因云"真宰"。語本《莊子·齊物論》:"若有真宰,而特不得其联。"

詩作於康熙三十四年冬歸海寧道經碭山時。就結構言,此詩可分三個層次。前十句就碭山詠吟古事,對劉邦、吕后的狡黠隱寓鞭笞,對"本厭天子氣"失敗的秦始皇微顯同情之意。中六句純然寫景,密契一"望"字,寫出遠觀近看所見碭山之地理形勢及磅礴氣勢。最後六句直抒胸臆,寫作者觀望碭山的主觀感受:"吾將訴真宰,鏟爾作平地。"詩人借題發揮,決意要拂去籠罩在碭山之上的神秘氣氛,其旨還在於恢復歷史的本來面目。就君權神授的傳統觀念言,其識見不可謂不高,反映了初白不迷信鬼神而初步具有唯物史觀。其次,詩中不以成敗論英雄,對"千古一帝"秦始皇的態度也頗令人注目。

過鳳陽城外二首〔一〕（選其一）

帳下居然識帝王〔二〕，千秋閭墓表滁陽〔三〕。時來將相皆同里〔四〕，淚落英雄有故鄉〔五〕。芒碭天青雲氣散，江淮月白水聲涼。龍蛇變滅須臾事〔六〕，猶指山名號鳳皇〔七〕。

〔一〕鳳陽：今屬安徽省。據《嘉慶一統志》卷一二五：縣置於明洪武六年(一三七三)，原漢鍾離縣地，以鳳凰山得名。明、清均爲鳳陽府治。

〔二〕"帳下"句：據《明史》卷一：元至正年間大亂，"太祖時年二十五，謀避兵，卜於神，去留皆不吉。乃曰：'得毋當舉大事乎？'卜之吉，大喜，遂以閏三月甲戌朔入濠見(郭)子興。子興奇其狀貌，留爲親兵。戰輒勝，遂妻以所撫馬公女，即高皇后也。"此當指是事。

〔三〕閭墓：家鄉之墓。此謂郭子興墓。《明史》卷一二二："子興爲人梟悍善鬥，而性悻直少容。未幾，發病卒，歸葬滁州。洪武三年，追封子興爲滁陽王，詔有司建廟，用中牢祀，復其鄰宥氏，世世守王墓。" 閭，泛指鄉里。舊時二十五家爲閭。 滁陽：古城名，在今安徽省合肥市東北六十四里。城築於三國吴赤烏十三年(二五〇)。元末，郭子興、朱元璋起義時，曾以此爲根據地。

〔四〕"時來"句：指與朱元璋共同起義參加推翻元朝的同鄉徐達、湯和等人。

〔五〕"淚落"句：指與朱元璋共同起義的同鄉元功宿將耿炳文、唐勝宗、陸仲亨、周德興、曹震、謝成等，這些人或被迫自殺，或坐"胡藍之黨"受誅，死亡殆盡。

〔六〕龍蛇變滅：喻升騰與潛伏，引申爲由平民變成皇帝。變滅，偏義複詞，此單用"變"義，指由平民變爲皇帝。語本《易·繫辭》下："龍蛇之蟄，以存身也。"又，《漢書·揚雄傳》："以爲君子得時則大行,不得時則龍蛇。"

〔七〕鳳皇:即鳳凰山。據《嘉慶一統志》卷一二五:"山在鳳陽縣城内,舊皇城東北隅,府之主山也。府縣皆以此名。"

詩作於康熙三十四年秋遊梁後返歸鄉里途經鳳陽時。鳳陽爲明太祖朱元璋故鄉,初白至此,不無感慨。"時來將相皆同里,淚落英雄有故鄉"。作者一方面對這位出身平民的君主當年雲龍風虎,君臣相得,共同完成推翻元朝統治的大業表示敬仰;另一方面又對朱元璋在大功告成後對名臣宿將的猜忌濫殺,棖觸尤深。全詩言情婉曲,風力遒尚。繆焕章《雲樵外史詩話》云:"初白近體詩最擅長,放翁以後未有能繼之者。當其年少氣鋭,從軍黔、楚,有江山戎馬之助,故出手即沈雄踔厲,有幽、并之氣。中年遊中州,地多勝跡,益足以發抒其才思。登臨懷古,慷慨悲歌,集中此數卷爲最勝。"

池　河　驛〔一〕

古驛通橋水一灣,數家烟火出榛菅〔二〕。人過濠上初逢雁〔三〕,地近滁州飽看山〔四〕。小店青帘疎雨後〔五〕,遥村紅樹夕陽間。跨鞍便作匆匆去,誰信孤蹤是倦還。

〔一〕池河驛:驛站名。在定遠縣東六十里之池河鎮。鎮臨池河。《讀史方輿紀要》卷二一《鳳陽府》:"池河,在(定遠)縣南六十里。源出廬州府巢縣,流入境内凡百四十里,東北注於淮,其入淮處,亦謂之池口。"又,《重修嘉慶一統志》卷一二六《鳳陽府》二:"池河巡司在定遠縣東六十里,本朝雍正八年添設,路出滁州,舊有驛丞,乾隆二十年裁,以巡檢兼管。"

〔二〕榛(zhēn)菅：叢生的茅草。韓愈《雪後寄崔二十六丞公》詩："稱多量少鑒裁密，豈念幽桂遺榛菅。"

〔三〕濠上：濠水之上。濠水，參見前《望碭山》詩注〔六〕。

〔四〕滁州：州名。治置於隋(改南譙州置)，治所在新昌(後改清流，即今滁縣)。轄境相當今安徽滁縣、來安、全椒三縣地。州城西南有醉翁亭，宋歐陽修曾作《醉翁亭記》云："環滁皆山也。"《讀史方輿紀要》卷二九："滁州山川環繞，江淮之間，號爲勝地。"

〔五〕青帘：酒旗，酒家店招。

詩作於康熙三十四年秋遊梁後南歸海寧途經定遠縣池河鎮時。全詩疏秀清麗，如繪如畫。尤其是頸聯，逸思雕華，更覺風神真永。清何曰愈《退庵詩話》云："國初諸老詩如綉谷萬花，争妍炫采。朱竹垞彝尊之滂雅，宋荔裳琬之古厚，查初白慎行之流麗，王阮亭士正之名雋，固各有所長，不必兼美。"又，王文濡《清詩評注讀本》評是詩云："初白詩才華魄力，兼擅其勝，妙在工穩熨貼，神韻悠然，絶無劍拔弩張之態。"

董文敏臨米天馬賦卷子真蹟余弟德尹以十二金購自賣骨董某家鑒微上人貽書張岕老謂爲遠客攫去足值五十金岕老作長歌紀其語至呼弟爲惡客且云此公詩歌妙絶特削其名氏正欲寄元激之使戰語託滑稽其實乃深忌之也時德尹已北去戲次原韻即效岕老體并示鑒公〔一〕

古來善書者，稱聖亦稱顛〔二〕。張芝米芾相繼出〔三〕，遂覺格勢大變非從前。華亭老宗伯〔四〕,落筆何翩翩〔五〕。衆中自集一家法,學本人力姿由天〔六〕。偶然放手模寫《天馬賦》,一斑窺豹知其全〔七〕。人間流落有此本,幾逐市販同推遷〔八〕。昨來忽入好事眼〔九〕,三百十字顆顆明珠圓。傾囊倒篋可笑不自量〔一〇〕,巧取或怵他人先。腰纏十金一揮隨手盡,世上乃有此種揚州仙〔一一〕。還家但徒步,不辨書畫船〔一二〕。老僧旁觀歎且妒,謂此可值五十千〔一三〕。大爲得者長聲價,贉卷十倍增鮮妍〔一四〕。語聞張子恍然失,固是癡癖寧非賢。君家向來收藏亦已夥,細入針孔思貫穿〔一五〕。得無羨魚人,往往猶臨淵〔一六〕。去年卧病九十日,料理藥物供高眠。頗聞典賣及古玩,何異開閣散遣諸嬋娟〔一七〕。故人傳與衛生訣〔一八〕,撥棄嗜好年方延〔一九〕。性之所近終不化,如噉石蜜甘中邊〔二〇〕。又如雅量暫止酒〔二一〕,麯車相遇口角仍流涎〔二二〕。作詩相惱覬一擲〔二三〕,寸鐵不用張空弮〔二四〕。豈知懷寶出間道〔二五〕,捲旗卧鼓有似刀藏鉛〔二六〕。無端索和乃到我,野戰突上荒山巔。謂我曾經閲此卷,劘壘相向師非偏〔二七〕。我能爲汝咸其輔頰舌〔二八〕,使汝鉥腎刻肺飲食夢寐中難捐〔二九〕。書評髣髴舉大概,虎跳鳳翥龍蜿蜒〔三〇〕。若將墨寶比良劍,也應光怪直射文星躔〔三一〕。然而達人宜自廣〔三二〕,美玉豈必收于闐〔三三〕。貪多務得物斯聚,富而可求吾亦爲執鞭〔三四〕。近來書畫大半入秘府〔三五〕,居奇幾輩包裹充貪緣〔三六〕。三間茅屋配汝作清供〔三七〕,書生習氣如此真可憐。猶復曉曉引喙較得失〔三八〕,物情什伯千萬胡相懸〔三九〕。我於妙墨豈不好,秖坐欲買羞澀囊無錢〔四〇〕。金奩玉軸所見不爲儉〔四一〕,過眼瞥爾心恬然。必教一一皆己有，天地何以生雲烟〔四二〕。況聞佛法無我相〔四三〕，試拈此句詰老禪〔四四〕。滑稽代作解嘲語，滿紙倔强定有瀾翻篇〔四五〕。輸攻倘許破堅壁〔四六〕，正恐筆削爲無權〔四七〕。嚴詩他日編杜集〔四八〕，能禁此客姓氏泯泯終無傳？

〔一〕董文敏：董其昌（一五五五—一六三六），字玄宰，號思白。華亭（今上海市松江縣）人。明萬曆十七年（一五八九）進士，累官至禮部尚書。因政在奄豎，黨禍酷烈，遂深自引遠，屢書乞休。卒贈太子太傅，謚文敏。其書天才俊逸，行楷之妙，跨絶一代。始以宋米芾爲宗，後自成一家。其畫集宋、元諸家之長，氣韻秀潤，瀟灑生動。　米：謂宋代著名書家米芾（一〇五一—一一〇七）。初名黻，字元章，號襄陽漫仕、海嶽外史、鹿門居士等。吴人。祖籍太原，後徙湖北襄陽，晚居鎮江。曾官禮部員外郎，故世稱米南宫。能詩文，擅書畫，行、草取前人所長，尤得力於王獻之，用筆俊邁，與蔡襄、蘇軾、黄庭堅合稱"宋四大家"。　德尹：初白二弟查嗣瑮，生平詳前《老僕東歸寄慰德尹兼示潤木》詩注〔一〕。　十二金：即十二兩白銀。清趙翼《陔餘叢考·一金》："今人行文以白金一兩爲一金，蓋隨世俗用銀以兩計，古人一金則非一兩也。"按：古人一金爲一斤或二十兩。　鑒微上人：查鑒微，生平未詳。上人，佛教用語，稱呼有德智善行者。後因以稱方外之士。　張峅老：疑即張介山，杭州府餘杭縣塘棲鎮人氏，生平未詳。初白《直廬集》有《題吴震一中翰詩藁後》詩云："張吕論交付刹那，吴均風義老研磨。"自注："張，介山。吕，山瀏。"知介山與初白交往似未長久，未逾十年。　惡客：不懷好意的客人。宋黄庭堅《便糴王丞送碧香酒用子瞻韻戲贈鄭彦能》詩："重門著關不爲君，但備惡客來仇餉。"　元：唐詩人元稹（七七九—八三一）。詩文與白居易名相埒，天下傳諷，號"元和體"。此指查鑒微。　激之使戰：意謂令查鑒微唱和其詩。按：元稹與白居易相友善，二人詩名相當，互相唱和酬詠。故張介山以白居易自居，作詩索和。

〔二〕稱聖：晉王羲之、索靖，漢皇象、胡昭、張芝、鍾繇等書法名家皆有"書聖"之稱。　稱顛：謂唐書法名家張旭。《新唐書・張旭傳》："旭，蘇州吴人。嗜酒，每大醉，呼叫狂走，乃下筆，或以頭濡墨而書。既醒自視，以爲神，不可復得也。世呼'張顛'。"

〔三〕張芝(？—一九二？)：字伯英，敦煌酒泉(今屬甘肅省)人。善章草、草書，其書跡爲世所寶，尊謂"草聖"，列爲"神品"。

〔四〕華亭老宗伯：謂董其昌。董爲華亭人，累官至禮部尚書，因稱。

〔五〕翩翩：飛動輕疾貌。漢蔡琰《悲憤》詩："翩翩吹我衣，肅肅入我耳。"

〔六〕姿：謂姿質；才幹。《漢書・谷永傳》："疏通聰敏，上主之姿也。"顔師古注："姿，材也。"

〔七〕一斑窺豹：語本《晉書・王獻之傳》："年數歲，嘗觀門生摴蒱，曰：'南風不競。'門生曰：'此郎亦管中窺豹，時見一班。'"班，通"斑"。

〔八〕推遷：推移；變遷。晉陶潛《榮木序》："日月推遷，已復九夏。"

〔九〕好事：喜歡多事之人。此謂查嗣瑮。《孟子・萬章》上："好事者爲之也。"

〔一〇〕傾囊倒篋：意謂傾其所有。

〔一一〕"腰纏"二句：語本南朝梁殷芸《小説》："有客相從，各言所志，或願爲揚州刺史，或願多貲財，或願騎鶴上升。其一人曰：'腰纏十萬貫，騎鶴上揚州。'欲兼三者。"此謂不惜重金購下米芾《天馬賦》卷子真蹟。

〔一二〕書畫船：文人學士以字畫隨身之遊船。宋黄庭堅《戲贈米元章》詩之一："滄江静夜虹貫月，定是米家書畫船。"任淵注："崇寧間，元章爲江淮發運，揭牌於行舸之上，曰'米家書畫船'云。"

〔一三〕五十千：即五十兩白銀。舊時以繩索穿錢，每一千文錢爲一貫。

〔一四〕贉(dàn)卷：謂已裝裱之書畫卷軸。贉，指書畫條幅卷首貼綾之處。明楊慎《墐户録・錦贉》："古裝裱卷軸，引首後以綾粘褚者曰贉。有樓臺錦贉、毬絡贉、蠲紙贉、樗蒲錦贉。唐人謂之玉池。"

〔一五〕"細入"句：意謂有縫即鑽，百計求購，不漏其一。

〔一六〕“得無”二句：語本《漢書・董仲舒傳》：“古人有言曰：‘臨淵羡魚，不如退而結網。’”臨淵羡魚，喻空有願望，而無實際行動。

〔一七〕嬋娟：美人。詩用唐太宗遣散後宫美女事。白居易《新樂府・法曲歌》：“怨女三千放出宫，死囚四百來歸獄。”注：“太宗嘗謂侍臣曰：‘婦人幽閉深宫，情實可愍，今將出之，任求伉儷。’於是令左右丞戴胄、給事中杜正倫於掖庭宫西門揀出數千人，盡放歸。”

〔一八〕衛生：謂養生。《莊子・庚桑楚》：“趎願聞衛生之經而已矣。”《釋文》：“防衛其生，令合道也。”

〔一九〕撥棄：抛棄；丢開。杜甫《雨過蘇端》詩：“妻孥隔軍壘，撥棄不擬道。”

〔二〇〕石蜜：野蜂所釀之蜜。《本草綱目》卷三九引《名醫别録》曰：“石蜜生諸山石中，色白如膏者良。” 中邊：表裏；内外。《四十二章經》卷三九：“譬如食蜜，中邊皆甜。”

〔二一〕雅量：謂善飲。清陸烜《梅谷偶筆》卷二二：“《東觀漢記》：‘今日歲首，請上雅壽。’雅，酒器也。魏文帝《典論》：‘荆州牧劉表弟子以酒器名三爵，上者曰伯雅，中者曰仲雅，小者曰季雅。’……《廣韻》‘盃’字注云：‘酒器。盃，即雅字。’吴均詩：‘聊傾三雅卮。’今人語曰‘雅量’，妓人送酒曰‘雅酒’，蓋本此云。”

〔二二〕麯車：酒車。麯，同“麴”。杜甫《飲中八仙歌》：“汝陽三斗始朝天，道逢麯車口流涎。”

〔二三〕覬(jì)：非分的期望。 一擲：一擲千金。此指代以重金購得之董其昌所書《天馬賦》卷子真跡。

〔二四〕寸鐵：語本蘇軾《聚星堂雪》詩：“當時號令君聽取，白戰不許持寸鐵。”此二句意謂雙方均衹以文字爲戰。 空弮(juàn)：空弦。弮，弓弦。《漢書・司馬遷傳》：“張空弮，冒白刃，北首争死敵。”

〔二五〕懷寶：擁有寶物(此謂董臨《天馬賦》書卷真跡)。 間道：小路。《史記・楚世家》：“懷王恐，乃從間道走趙以求歸。”

〔二六〕刀藏鉛：隱其鋒芒意。刀很鋒利，而鉛刀則鈍不可用。

〔二七〕劘(mí)壘：逼近敵方營壘。唐無名氏《王氏見聞・王思同》："王師西出之後，尋聞劘壘。"　師非偏：即"非偏師"。偏師，全軍一部分，非主力之師。《左傳・宣公十二年》："彘子以偏師陷，子罪大矣。"

〔二八〕咸(jiān)：交感相應。　輔：腮；頰輔。　頰：臉兩旁之肌肉。語本《易・咸》上六："《象》曰：'咸其輔頰舌，滕口説也。'"王弼注："輔、頰、舌者，所以爲語之具也。"又，《來氏易注》："舌動則輔應而頰從之，三者相須用事，皆所以言者。"

〔二九〕銶腎刻肺：意謂嘔心瀝血。銶，刺。　捐：捨棄。

〔三〇〕鳳翥(zhù)：喻筆法飛舞多姿。《晉書・王羲之傳論》："觀其點曳之工，裁成之妙，烟霏露結，狀若斷而還連；鳳翥龍蟠，勢如斜而反直。"翥，飛舉。　蜿蜒：龍蛇屈曲行進貌。漢司馬相如《大人賦》："駕應龍象輿之蠖略逶麗兮，驂赤螭青虬之蚴蟉蜿蜒。"

〔三一〕"若將"二句：晉時斗牛之間常有紫氣，豫章人雷焕言："寶劍之精，上徹於天帝。"張華即遣雷焕至豫章郡豐城縣，挖獄屋基，入地四丈餘，得雙劍，一名龍泉，一名太阿。其夕斗牛間氣不復見矣。見《晉書・張華傳》。　文星：文昌星，亦稱文曲星。舊説爲主文運的星宿。唐元稹《獻滎陽公》詩："詞海跳波湧，文星拂坐懸。"又，唐裴説《懷素臺歌》："杜甫李白與懷素，文星酒星草書星。"　躔：躔度，謂日月星辰在天空運行的度數。按，古人分周天爲三百六十度，並劃分爲若干區域，以辨别日月星辰之方位。

〔三二〕自廣：自我寬心，寬慰。《史記・賈誼傳》："乃爲賦以自廣。"

〔三三〕于闐：縣名。縣内有于闐河，以盛産美玉名世。

〔三四〕"富而"句：語本《論語・述而》："子曰：'富而可求也，雖執鞭之士，吾亦爲之。'"

〔三五〕秘府：古代禁中所藏秘籍之所。漢劉歆《移書讓太常博士》文："古文舊書，多者二十餘通，藏於祕府，伏而未發。"祕，同"秘"。

〔三六〕夤(yín)緣：拉攏關係，進行鑽營。舊題東漢黄憲《天禄閣外史》卷五："寵嬖而行私，夤緣而釣譽。"

〔三七〕清供：清雅的供品。清黄景仁《元日大雪》詩："不令俗物攖清供，祇除哦詩一事無。"

〔三八〕嘵(xiāo)嘵：争辯聲。唐韓愈《重答張籍書》："時與我悖，其聲嘵嘵。" 引喙：猶置喙。意謂插嘴説話。

〔三九〕什伯：同"什百"，十倍百倍。《孟子·滕文公》上："或相倍蓰，或相什百。"

〔四〇〕"祇坐"句：語本元陰時夫《韻府群玉》："晋阮孚持一皂囊，遊會稽，客問：'囊中何物？'阮曰：'但有一錢看囊，空恐羞澀。'"

〔四一〕金奩：金匣。唐元稹《内狀詩寄楊白二員外》詩："彤管内人書細膩，金奩御印篆分明。" 玉軸：卷軸之美稱。借指珍美的圖書字畫。唐李商隱《驕兒》詩："古錦請裁衣，玉軸亦欲乞。"此句意謂所見書畫精品亦多。

〔四二〕雲烟：原喻運筆揮灑自如。此指代衆多的書畫作品。宋蘇軾《寶繪堂記》："譬之雲烟之過眼，百鳥之感耳，豈不欣然接之，去而不復念也。"

〔四三〕無我相：《金剛經》："是諸衆生無復我相、人相、衆生相、壽者相。"我相，謂以自我本體當作真實存在的觀念。

〔四四〕老禪：謂查鑒微。

〔四五〕瀾翻：喻言辭滔滔不絶。宋蘇軾《戲用晁補之韻》詩："知君忍饑空誦詩，口頰瀾翻如布穀。"

〔四六〕輸攻：語本《墨子·公輸》："公輸盤爲楚造雲梯之械，成，將以攻宋。子墨子聞之，起於齊，行十日十夜而至於郢，見公輸盤……子墨子解帶爲城，以牒爲械；公輸盤九設攻城之機變，子墨子九距之。公輸盤之攻械盡，子墨子之守圉有餘。" 堅壁：堅守壁壘，不與敵方決戰。《史記·高祖本紀》：漢三年，"項羽聞漢王在宛，果引兵南，漢堅壁不與戰。"

〔四七〕筆削：筆，書寫記録。削，删改時用刀削刮簡牘。後因以删改訂正作品爲筆削。宋歐陽修《免進五代史狀》文："至於筆削舊史，褒貶前世，著爲成法，臣豈敢當。"

〔四八〕嚴詩：嚴格挑選詩作。　杜集：唐詩人杜甫詩集。此指代查鑒微詩集。

詩作於康熙三十五年(一六九六)春,時居海寧,年四十七歲。詩之起首十二句寫題"董文敏臨米《天馬賦》卷子真蹟",探本求源,叙其重大藝術及歷史文物價值;"昨來忽入好事眼"以下十二句,寫此珍貴墨跡爲其弟德尹所購得,并因查鑒微的估價而聲價百倍;"語聞張子恍然失"以下二十四句,寫題張峅老"其實乃深忌之"之狀,笑其終難脱文人嗜古積習。"我能爲汝咸其輔頰舌"以下二十四句,叙初白自己對於"金奩玉軸"之超然態度,實則對張之忌妒貪得之心予以委婉諷勸;詩末八句引佛家"無我"之説,重申己意,算是對"無端索和"的回應。是詩雖長,却一氣呵成,絶無拖泥帶水之病。遣辭造句,老成練達,瀾翻不盡,有如跳丸脱手。故趙翼《甌北詩話》卷一〇贊云:"興會所到,酣嬉淋漓,力大於身,雖長而不覺其冗矣。"清查奕照評是詩則云:"似規似嘲,其妙在筆,其巧在心。"

塘西舟中喜晴得六言律詩一首〔一〕

雨絲渺渺將斷〔二〕,日氣葱葱半銜〔三〕。客路漸逢寒食,遊人未换春衫。桃花古渡茅店,柳色輕烟布帆。此去清溪不遠〔四〕,數尖已露晴巖。

〔一〕塘西：即塘棲,鎮名。在今浙江省餘杭縣東北五十里,與德清縣接界,跨運河爲市。

〔二〕渺渺：微弱貌。唐許渾《嘗與故宋補闕秋夕遊練湖南亭今復登賞愴然有感》詩:"西風渺渺月連天,同醉蘭舟未十年。"

〔三〕葱葱：喻氣象旺盛。李白《侍從遊宿温泉宫作》詩:"日出瞻佳氣,葱葱繞聖君。”

〔四〕清溪：當爲座主清溪公徐倬(一六二三—一七一三)居處。倬字方虎,號蘋村,浙江德清人。康熙十二年(一六七三)進士,改庶吉士,官翰林院侍讀。三十三年,休致歸里。後奉命撰《全唐詩録》百卷成,擢禮部侍郎。工詩,有《道貴堂類稿》。鄧之誠《清詩紀事初編》:“倬少嘗及劉宗周、倪元璐之門,又與錢秉鐙、柴紹炳、陸圻諸遺老酬唱,尤與吕留良交厚。登第雖晚,輩行甚高。康熙癸酉(一六九三)分校北闈,姜宸英、查慎行、劉巖、顧圖河皆出其門。爲文典雅,詩早年學七子,晚乃折入香山、劍南,盡棄少作。”

詩作於康熙三十五年春。其《皖上集·序》云:“去冬歸自汴梁,今年擬息勞筋,稍理舊業,適承座主清溪公之命,與令孫任可偕往皖城(今安慶市)。避春江風浪之險,由四安鎮取山路經宣城、池陽,抵黄盆口始渡江,皆向來遊跡所未到也。”是詩即作於前往德清途經塘栖時。詩爲六言律,寫得温潤秀麗,淡雅明快,在《敬業堂詩集》中是很有特色的一首。

連日風雨山行頗有寒色

盤旋八九里,下上千百尋〔一〕。身在雲氣中,不知山淺深。雨聲掛奔瀑,風響交長林〔二〕。空谷早晚寒,颯然作秋陰〔三〕。初疑春不到,忽有喈喈禽〔四〕。

〔一〕尋：古代長度單位,八尺爲一尋。《詩·魯頌·閟宫》:“是斷是度,是尋是尺。”箋:“八尺曰尋。”

〔二〕長林：高大的樹林。晉陸機《赴洛》詩之一:“南望泣玄渚,北邁涉長林。”

〔三〕颯(sà)然：蕭索冷落貌。南朝梁沈約《齊故安陸昭王碑文》："城府颯然，庶僚如霣。"吕向注："颯然，謂空而無人也。"

〔四〕喈(jiē)喈：禽鳥鳴聲。《詩·周南·葛覃》："黄鳥於飛，集於灌木，其鳴喈喈。"又，南朝宋鮑照《擬行路難》詩之一三："春禽喈喈旦暮鳴，最傷君子憂思情。"

詩作於康熙三十五年春由廣德至宣城道中。詩中分别從視覺、感覺、聽覺諸方面寫了旅途中的見聞感受，純然白描，不著一典。前半扣"風雨山行"，後半寫"頗有寒色"。於空谷秋陰、雨聲風響之天籟中，結以喈喈鳴禽，透出初春消息，正見其以動顯静、以有聲顯無聲之妙用。

紅　林　橋〔一〕

山花不知名，山鳥多聚族〔二〕。深村窅然入〔三〕，樹影散晴旭。人家石橋邊，共吸一溪渌〔四〕。年豐旅食賤，市遠無魚肉。但覺松毛香〔五〕，茅簷燒筍熟。

〔一〕紅林橋：疑即"洪林橋"，鎮名。在今安徽宣城縣東，道通郎溪、廣德二縣。

〔二〕聚族：同"聚簇"。晉嵇康《難自然好學論》文："聚族獻議，惟學爲貴。"

〔三〕窅(yǎo)然：幽暗貌。宋嚴羽《山居即事》詩："磵户寂無人，松蘿窅然暝。"

〔四〕渌：清澈。三國魏曹植《洛神賦》："灼若芙蓉出渌波。"

〔五〕松毛：松葉别稱。松葉如針，繁盛如毛，因稱。《本草綱目》卷三四："松葉，别名松毛。"

詩作於康熙三十五年春赴皖城途中道經宣城縣東之紅林橋鎮時。詩寫山區村鎮風光,平易清淺,詩筆如畫,古澹沉著,歛華就實。

南陵早發〔一〕

林深葉密曉冥冥〔二〕,旭日初啣霧未醒。小店門開惟土竈〔三〕,一庵僧閉但茅亭。秧從布穀聲中緑〔四〕,山向畫眉啼處青〔五〕。獨與野樵争路入,偶逢釣叟覺魚腥。

〔一〕南陵:縣名,清屬寧國府。《讀史方輿紀要》卷二八:"南陵縣,在(寧國)府西一百五里。……漢春穀縣地,屬丹陽郡。梁置南陵縣。唐初移置於此,屬宣州。"

〔二〕冥冥:幽深貌。《楚辭·九歌·涉江》:"深林杳以冥冥兮,乃猿狖之所居。"

〔三〕土竈:在地上所挖之爐竈。

〔四〕布穀:鳥名。别稱"鴶鵴"、"獲穀"、"郭公",又名"鳲鳩"。《本草綱目》卷四九:"布穀名多,皆各因其聲而呼之。如俗呼'阿公阿婆'、'割麥插禾'、'脱却破褲'之類,皆因其鳴時可爲農候故耳。……《毛詩義疏》云:鳴鳩大如鳩而帶黄色,啼鳴相呼而不相聚。不能爲巢,多居樹穴及空鵲巢中。哺子朝自上下,暮自下上也。二月穀雨後始鳴,夏至後乃止。"

〔五〕畫眉:鳥名,鳴聲婉轉動聽,清脆悦人。因眼圈白色,向後延伸呈蛾眉狀,故名。

詩作於康熙三十五年三四月間赴皖城途中道經寧國府南陵縣時。詩寫早起趕路情景,首二聯分别以一遠一近的兩組鏡頭,顯示朝霧瀰漫中的四方景物。“旭日初啣霧未醒”之“啣”字、“醒”字,生動傳神,下筆十分講究,將大霧浩淼、朝日未開之狀摹寫得惟妙惟肖。此外,頸聯不唯對仗工穩,而且運思巧妙,深警奇新,意蘊豐富,啓人遐想。

晚晴登安慶城樓〔一〕

浩浩風聲皛皛沙〔二〕,大江東去日西斜。雄關地脈來千里〔三〕,古郡山頭有萬家。一鳥帶烟投皖口〔四〕,亂帆如葉點楊槎〔五〕。最憐落拓重遊客〔六〕,獨倚高樓看落霞。

〔一〕安慶城:《嘉慶重修一統志》卷一〇九《安慶府》一:“安慶府城周九里有奇,門五,重池三,引江水環城爲固。宋景定元年(一二六〇)築,本朝順治二年(一六四五)重修。”

〔二〕浩浩:風勢强勁貌。唐元稹《送侍御之嶺南》詩:“颶風狂浩浩,韶石峻嶄嶄。” 皛(xiǎo)皛:潔白明亮貌。皛,潔白。陶潛《辛丑歲七月赴假還江陵夜行涂口》詩:“昭昭天宇闊,皛皛川上平。”

〔三〕地脈:謂地之脈絡,猶言地勢。唐孟浩然《送吴宣從事》詩:“旌旆邊庭去,山川地脈分。”

〔四〕皖口:鎮名。《嘉慶重修一統志》卷一一〇《安慶府》二:“皖口鎮,在懷寧縣西十五里,皖水入江之口也。亦名山口鎮。”

〔五〕楊槎:地名。據《讀史方輿紀要》卷二六《安慶府》:“宋端平三年(一二三六),以北兵漸迫,皖城去江遠,挖禦爲難”,曾移治楊槎洲。

〔六〕落拓:窮困失意,景況零落。白居易《效陶潛體詩》之一四:“問君何落拓,云僕生草萊。”

詩作於康熙三十五年三四月間，時在安慶。詩人奉座主徐倬之命，陪其孫徐任可來安慶，究爲何事，集中未明，僅知其滯留皖城近兩月，是詩即其登安慶城樓所作。詩中前三聯寫景，清雄壯闊，奔逸雋偉；尾聯就眼前景抒發感慨，流露出落拓不遇的悲愴之慨。

皖城早發却寄姚君山别峯兄弟〔一〕

又背孤城去〔二〕，驪歌不忍聽〔三〕。薄遊逢地主〔四〕，久住爲山亭。月黑江光動，魚跳霧氣腥。檣烏啼最早〔五〕，愁鬢轉星星〔六〕。

〔一〕姚君山：姚士陛兄，生平未詳。　别峯：姚士陛（？—一六九九），字玉階，號别峯。安徽桐城人。康熙三十二年癸酉（一六九三）舉人（與初白同年）。鄭方坤《國朝名家詩鈔小傳》："（士陛）負異才，聰穎絶世。少隨父宦秦、越，益得朋友江山之助，故文章跌宕有奇氣。其於詩也不名一家，而緣景會情，曲折善肖；靈心濬發，藻采横流。一時人士胥嘆爲莫及也。"後急友人之難，赴閩道卒。有《空明閣詩鈔》傳世。

〔二〕孤城：謂安慶城。

〔三〕驪歌：告别之歌。古逸《詩》有《驪駒》篇，爲古代告别時所賦歌詞。《漢書・王式傳》："歌《驪駒》。"顔師古注："服虔曰：'逸《詩》篇名也，見《大戴禮》。客欲去歌之。'文穎曰：'其辭云"驪駒在門，僕夫俱存；驪駒在路，僕夫整駕"也。'"後因以驪歌爲告别之歌。南朝梁劉孝綽《陪徐僕射晚宴》詩："洛城雖半掩，愛客待驪歌。"

〔四〕薄遊：漫遊。唐李嘉祐《送王牧往吉州謁王使君叔》詩："細草緑汀洲，王孫耐薄遊。"　地主：當地的主人，就往來過客而言。此謂君山、別峯兄弟。《左傳·哀公十二年》:"夫諸侯之會,事既畢矣,侯伯致禮,地主歸餼。"杜預注:"地主,所會主人也。"

〔五〕檣烏: 桅杆上的烏形風向儀。杜甫《登舟將適漢陽》詩:"塞雁與時集,檣烏終歲飛。" 啼: 意謂風向儀轉動有聲。

〔六〕星星: 頭髮花白貌。晉左思《白髮賦》:"星星白髮,生於鬢垂。"

詩作於康熙三十五年五月,時由安慶將赴九江。其《中江集·序》云:"留皖城兩閱月,九江郡守朱恆齋枉札見招,復買舟泝江而上,又踰月乃賦歸。"姚別峯乃初白同年,在他赴皖城後二人偶然相遇。其《初至皖城喜遇同年姚別峯兼招程松皋舍人》詩有云:"片帆帶雨剪江來,意外班荊得姚子。……君能命駕姚亦留,猶及同看紅藥蕊。"本詩寫彼此相別時的不捨之情與同年間的深厚情誼,詩末以兩鬢斑白、一身飄零作結,意緒蒼涼惆悵。頸聯對仗工穩,分别從視覺、聽覺、嗅覺寫出早發江天的情景,雖不刻意求工,却趣旨幽異,自然生動。

花洋鎮阻風望小孤山借東坡慈湖峽五首韵〔一〕(選其三)

魚網漸收沙際市〔二〕,酒旗猶綽水邊扉〔三〕。青裙縞袂誰家女〔四〕,日暮一砧來浣衣〔五〕。

〔一〕花洋鎮: 在小孤山附近。《讀史方輿紀要》卷八五《九江府》:"小孤山江面險惡,乃盜賊出没之所。相近有毛葫洲、花洋鎮、沙灣鎮一帶,洲渚縱横,汊港甚多。" 小孤山:《嘉慶重修一統志》卷三一八《九江府》一:"小孤山,在彭澤縣北,屹立江中,俗名髻山。《寰宇記》:'山高三十丈,周迴一里,在(九江)古城西北九十里,孤峯聳峻,半入大江。'" 慈湖峽: 蘇軾《慈湖夾阻風五首》查慎行

注:"《元和郡縣志》:'慈湖在當塗北六十五里。'陳克《東南防守利便》云:'慈湖夾在太平州界,至建康七十五里。'"

〔二〕沙際:猶沙邊。

〔三〕綽:拂拭。

〔四〕縞袂:白色衣服。袂,衣袖。

〔五〕砧:搗衣石。

詩作於康熙三十五年五月,時由安慶赴九江,途經小孤山。初白曾爲蘇軾詩集作注,於蘇詩用力甚勤,爲東坡之一大功臣。是時因路途爲大風所阻,步蘇詩韻脚,同樣作詩五首。詩中所寫江岸風景,寥寥數筆,却歷歷如繪。所謂詩情畫意者,此詩兼而有之。

渡高淳湖〔一〕

曉程貪穩睡,天色尚濛濛。人語寥花外〔二〕,鳥鳴茭葉中。舟稀知路僻,水淺賴潮通。脱盡江湖險,朝來不怕風。

〔一〕高淳湖:即固城湖,在高淳縣西南三里。《嘉慶重修一統志》卷七三《江寧府》一:"固城湖,在高淳縣西南。《元和志》:'在溧水縣南百里,周九十里。多蒲魚之利。'《建康志》:'南北三十里,東西二十五里,環楚王故城,與丹陽、石臼,號曰三湖,有水四派。'《府志》:'固城湖北通丹陽、石臼二湖,與安徽當塗、宣城分界,俗又謂之小南湖。'"

〔二〕蓼花:參前《爲翁景文題畫》詩注〔三〕。

詩作於康熙三十五年六月,時由九江返歸海寧途經高淳縣。詩寫渡固城湖時見聞感受,頷聯色彩清麗明浄,意境清空淡遠,用筆灑脱自然。

九龍山下人家〔一〕

小屋疏籬透晚涼,亂蟬啼處正斜陽。緑槐樹底通頭女〔二〕,風過微聞抹麗香〔三〕。

〔一〕九龍山:謂無錫之惠山。《嘉慶重修一統志》卷八六《常州府》一:"《寰宇記》:'九龍山,一名冠龍山,又曰惠山,在(無錫)縣西北七里。'一名九隴山。《通志》:'古名華山,又曰歷山,又名西神山。有九峯,下有九澗,有慧山寺第二泉在焉。'"

〔二〕通頭:吴語梳頭之意。

〔三〕抹麗:即茉莉。抹麗香,指女子梳妝用的茉莉水、茉莉粉所散發的芬香。

詩作於康熙三十五年六月,時由九江返歸海寧,舟過常州府無錫縣之九龍山下。是詩爲即興寫景之作,小屋疏籬,亂蟬啼晚,斜陽一縷,村女納涼,風過花香,畫面清静幽雅,情趣悠然自適,反映了詩人即將到家時的輕鬆愉悦心境。

秦郵道中即目〔一〕

不知淫潦齧城根〔二〕,但看泥沙記水痕。去郭幾家猶傍柳〔三〕,邊淮一帶已無村〔四〕。長堤凍裂功難就〔五〕,濁浪侵南勢易奔。賤買河魚還廢箸〔六〕,此中多少未招魂〔七〕!

〔一〕秦郵:今江蘇省高郵縣之别稱。秦時於此築臺置郵亭,故名。《讀史方輿紀要》卷二三《揚州府》:"高郵廢縣,今州治,秦高郵亭也。"

〔二〕淫潦:久雨積水。此謂大水災。宋蘇轍《齊州濼源石橋記》:"淫潦繼作,橋遂大壞。" 齧(niè):咬。此謂侵蝕。

〔三〕郭:外城。

〔四〕邊淮:近淮河地區。按,南宋時,淮河一綫爲宋金南北對峙之邊界,故稱"邊淮";明末清初,淮河一綫一度爲南明與清軍南北對峙之邊界,亦稱"邊淮"。

〔五〕長堤:謂高郵州城近運河而修築之河堤。

〔六〕廢箸:放下筷子。

〔七〕未招魂:謂淹死之百姓。

詩作於康熙三十五年十月,時三上京師途經高郵。是詩寫高郵一帶遭受洪水災害的情況,遥看墟莽,觸目悲涼。詩人在感嘆修堤無方的同時,對死難百姓寄予深深同情。尾聯哀歌悲叱,令人黯然神傷。清查奕照評是詩曰:"借河魚以形漂没之多,讀之令人於色。"

舟經寶應居民被水者多結茅於堤上故廬漂没不可問矣〔一〕

蛟涎魚沫奪殘黎〔二〕,收復流亡賴此堤。寒比蟄蟲宜墐户〔三〕,忙如巢燕正争泥。雲沉雪意千帆合,天壓湖光四面低。好與官家勤畚鍤〔四〕,免教歲歲逐凫鷖〔五〕。

〔一〕寶應：縣名。漢爲平安縣，屬廣陵國。南朝齊置安宜縣，屬陽平郡。隋郡廢，縣屬揚州。唐上元三年改爲寶應縣。元屬高郵府，清屬揚州府。

〔二〕蛟涎魚沫：意謂蛟龍和魚類嘴邊。蛟涎，蚊龍口液。唐李賀《昌谷》詩："潭鏡滑蛟涎，浮珠噞魚戲。"魚沫，魚所吐之水沫。元柳貫《初夏齋中雜題》詩之五："魚沫吹還息，蛛絲斷忽抽。"　殘黎：剩餘的百姓。黎，黎民。《詩·小雅·天保》："群黎百姓。"鄭玄箋："黎，衆也。"

〔三〕蟄蟲：藏伏於泥土中越冬之昆蟲。《禮記·月令》："東風解凍，蟄蟲始振。"　墐（jìn）户：用泥塗塞門窗。《詩·豳風·七月》："塞向墐户。"毛傳："向，北出牖也。墐，塗也。庶人蓽户。"

〔四〕畚（běn）鍤：均挖運泥土之器具，因借指土建之事（此謂修築河堤）。畚，盛土器。鍤，起土器。《晉書·石季龍傳》："勞役繁興，畚鍤相尋。"

〔五〕鳧鷖：野鴨與鷗鳥。《詩·大雅·鳧鷖》："鳧鷖在涇。"毛傳："鳧，水鳥也。鷖，鳧屬。"又，陸德明《經典釋文》引《蒼頡篇》："鷖，鷗也，一名水鴞。"

詩作於康熙三十五年冬，時三上京師途經寶應。詩寫淮南百姓水災之後不得不存身河堤之上的景況。而要免遭同樣的災難，詩人以爲還是要興修水利，築好河湖堤壩。其頸聯寫景，氣勢宏大，場面開闊。清查奕照評是詩曰："浩汗之氣，流溢行間。"

二月杪南歸涿州道中遇雪十八韻〔一〕

頗訝今年雪，方知此地寒。春深猶漠漠〔二〕，野闊更漫漫〔三〕。咳吐紛珠玉〔四〕，飛揚富羽翰〔五〕。近從烟際辨，遠入霧中看。鴻爪輕留跡〔六〕，楊花滚作團。風輪旋蟻磨〔七〕，車轍轉蜣丸〔八〕。銀海光相耀，瓊田暖未殘〔九〕。密防蟲户啓，細補鵲巢完。淺草勾尖没，枯株萬木攢〔一〇〕。千家如畫裏，雙塔指城端。石滑經橋怯，沙平取徑難。幾曾填窨井〔一一〕，特爲顯峯巒。席帽融冰濕〔一二〕，征衣燎火單〔一三〕。茅茨雖易壓〔一四〕，穴隙莫相鑽。對爾吟慚郢〔一五〕，催余鬢比潘〔一六〕。忽愁燈焰短，直愛酒升寬〔一七〕。朔候何當變〔一八〕，泥塗不肯乾。明朝有奇計，酩酊上歸鞍〔一九〕。

〔一〕涿州：州名。始置於唐大曆四年(七六九)，治所在范陽(今涿縣)。轄境相當今河北涿縣、雄縣及固安縣地。清屬順天府。

〔二〕漠漠：迷蒙貌。杜甫《茅屋爲秋風所破歌》："俄頃風定雲墨色，秋天漠漠向昏黑。"

〔三〕漫漫：廣遠無際貌。漢劉向《九嘆·憂苦》："山修遠其遼遼兮，塗漫漫其無時。"

〔四〕"咳吐"句：語本《莊子·秋水》："子不見夫唾者乎？噴則大者如珠，小者如霧。"又，李白《妾薄命》詩："咳唾落九天，隨風生珠玉。"此喻飛散之雪花。

〔五〕羽翰：羽翅。南朝宋鮑照《詠雙燕》之一："雙燕戲雲崖，羽翰始差池。"

〔六〕鴻爪：此謂初白一行在雪地所留下的痕跡。本出自宋蘇軾《和子由澠池懷舊》詩："人生到處知何似，應似飛鴻踏雪泥。雪上偶然留爪印，鴻飛那復計東西。"

〔七〕"風輪"句：語本蘇軾《遷居臨皋亭》詩："我生天地間，一蟻寄大磨。區區欲右行，不救風輪左。"宋王十朋集注："《晉書·天文志》：《周髀》家云：天旁轉如推磨而左行，日月右行，隨天左轉，故日月實東行，而天牽之以西没。譬之於蟻行磨石之上，磨左旋而蟻右去,磨疾而蟻遲,故不得不隨磨以左迴焉。"風輪,謂天體。唐方干《除夜》詩:"玉漏斯須即達晨,四時吹轉任風輪。"

〔八〕蜣丸:蜣螂所轉糞丸。唐蘇鶚《蘇氏演義》卷一〇:"蜣螂,一名蛣蜣,一名轉丸,一名弄丸,能以土包屎轉而成丸,圓正無斜角。"以上兩句意謂:大風吹雪,團團旋起,如蟻之在磨,如蜣之轉丸。

〔九〕瓊田:喻指瑩潔如玉之江湖田野。元尹廷高《次韻蘭室玉皇閣觀雪》詩:"極目不知雲盡處,瓊田遥接海門東。"

〔一〇〕攢:聚集;集中。

〔一一〕窞(dàn)井:深坑陷阱。

〔一二〕席帽:古帽名。以藤席爲骨架,形似氈笠,四緣垂下可以蔽日遮顔。晉崔豹《古今注》:"席帽,本古之圍帽也。男女通服之。以韋之四周,垂絲網之,施以珠翠。丈夫去飾,……藤席爲之,骨鞔以繒,乃名席帽。"

〔一三〕燎:烘乾。

〔一四〕茅茨:茅草蓋的屋頂。因以指代茅屋。

〔一五〕郢:指郢曲《白雪》。宋玉《對楚王問》:"客有歌於郢中者,其始曰《下里》、《巴人》,國中屬而和者數千人。其爲《陽阿》、《薤露》,國中屬而和者數百人。其爲《陽春》、《白雪》,國中屬而和者不過數十人。"

〔一六〕潘:潘岳。潘岳曾作《秋興賦》云:"晉十有四年,余春秋三十有二,始見二毛。"《文選》注:"杜預曰:二毛,頭白有二色也。"

〔一七〕酒升:量酒之器具。白居易《寄兩銀榼與裴侍郎因題兩絶》之二:"小器不知容幾許,襄陽米賤酒升寬。"

〔一八〕朔候:北方的氣候。

〔一九〕酩酊:大醉貌。唐元稹《酬樂天勸醉》詩:"半酣得自恣,酩酊歸太和。"

詩作於康熙三十六年(一六九七)二月初,時由京師南歸海寧途經涿州,時年四十八歲。詩寫道中遇雪,落筆句句緊扣"雪"字,分別從各個角度多方位地描寫雪景，視野開闊，思維活躍，廣譬曲喻，窮形盡相。

棗强道中喜晴〔一〕

斷雲開四望，初日解重陰。野氣浮天動，烟光薄樹深〔三〕。疲牛尋故跡，老馬得歸心。題遍旗亭壁〔三〕，何人識苦吟。

〔一〕棗强：縣名。始置於漢，以其地棗木强盛，故名。故城在今河北省棗强縣東南。清屬冀州。

〔二〕薄：逼近。

〔三〕旗亭：酒樓。每懸旗爲酒招，因名。唐劉禹錫《武陵觀火》詩："花縣與琴焦，旗亭無酒濡。"

詩作於康熙三十六年春，時由京師南歸海寧途經棗强縣。初白三上京師，功名未就，旅途疲乏，詩以"疲牛"、"老馬"作譬，亦含自嘲自憐意。頷聯氣魄宏大，朦朧深遠，觀察細緻，體會入微。

黄河打魚詞

桃花春漲衝新渠〔一〕，船船滿載黄河魚。大魚恃强猶掉尾，小魚力薄唯噞水〔二〕。魚多價賤不論斤，率以千頭换斗米〔三〕。河壖大潦秋不登〔四〕，今年兩税姑停徵〔五〕。但願田荒免逋賦〔六〕，與官改籍充漁户！

〔一〕春漲：猶春潮。參前《冉家橋》詩注〔四〕。

〔二〕噞(yǎn)水：魚口在水中翕張吞吐貌。

〔三〕㪷米：同斗米。㪷，量器，同“斗”。

〔四〕河壖(ruán)：河邊地。　登：謂莊稼成熟。《淮南子・主術訓》：“歲登穀豐。”高誘注：“登，成也。年穀豐熟也。”

〔五〕兩税：謂夏秋兩税。始創於唐德宗建中元年，規定用錢納税，夏税不超過六月，秋税不超過十一月。詳見《新唐書・食貨志》二。

〔六〕逋(bū)賦：未交之賦税。《漢書・武帝紀》：“行所巡至，博、奉高、蛇丘、歷城、梁父，民田租、逋賦貸，已除。”顔師古注：“逋賦，未出賦者也。”

詩作於康熙三十六年三月，時由京師南返海寧途經徐州黄河故道。詩寫當地遭受水災秋糧不登而漁業興盛的情景，詩人爲民立言：不願再作田家，而願改作漁户，爲的是可以免却沉重的賦税。詩人的呼籲雖從側面落筆，却發語悲酸，深刻反映了黄河沿岸人民的苦難生活。詩中三、四兩句刻畫魚兒落網上水時的情形活靈活現，極富表現力。清查奕照評是詩曰：“此等詩入老杜集中尚是罕見之作，若功夫未到，即成粗率也。”

冬曉語溪舟中〔一〕

江鄉已牢落〔二〕，冬候更蕭條。風葉鳴孤樹，霜溪影一橋。沿塘收蟹簖〔三〕，遠市插魚標〔四〕。雀鼠何多耗〔五〕，年荒爾獨驕。

〔一〕語溪：亦名語兒溪，在嘉興府石門縣東南一里。《讀史方輿紀要》卷九一《嘉興府》一:"語溪,在縣治東南一里。孔氏曰:'嘉興縣南七十里有語兒鄉,臨官道,越北鄙也。語,本作禦。'《國語》:'勾踐之地,北至禦兒。'又文種曰:'吾用禦兒臨之。'孟康曰:'今吴南亭是也。'漢元封初,平東越,封轅終古爲禦兒侯,溪名蓋本於此。"

〔二〕牢落:猶寥落,零落荒蕪貌。漢司馬相如《上林賦》:"牢落陸離,爛熳遠遷。"《文選》李善注:"牢落,猶遼落也。"

〔三〕蟹籪(duàn):亦作"蟹斷"。捕蟹器具,其狀如竹簾,橫置河道中以斷蟹之通路。唐陸龜蒙《蟹志》:"(蟹)蚤夜觱沸,指江而奔,漁者緯蕭,承其流而障之,曰蟹斷。斷其江之道焉。"

〔四〕魚標:賣魚時設置之標牌。清朱彝尊《爲魏上舍坤題水村圖》詩之二:"斜插魚標颺酒旗,柳陰小犬吠笆籬。"

〔五〕雀鼠耗:《梁書·張率傳》載:張在新安,遣家僮載米三千石還吴郡老家。既至,損耗大半。張問其故,家僮答曰:"雀鼠耗也。"

詩作於康熙三十六年冬,時家居海寧。詩寫江鄉荒年之寥落蕭條狀況,首聯寫總體感受,中間兩聯選取有代表性的景觀物事,將抽象化爲具體,使無形變爲有形,給人以鮮明深刻的印象。尾聯寫年荒而鼠雀肆虐,雖魚市猶盛,然亦透露了鄉農生活困窘之不争事實。

二月十六夜自長水塘乘月放舟二鼓抵嘉興城下〔一〕

兩岸朧朧桃李花〔二〕,一天風露屬漁家。小船卧聽櫂歌去〔三〕,行到鴛湖月未斜〔四〕。

〔一〕長水塘:《讀史方輿紀要》卷九一《嘉興府》:"長水塘,在府南六里,長五十餘里,縣舊名長水以此。《志》云:長水塘之水,源自杭州海寧諸山,出峽石東北流入嘉興縣境,東通練塘,東南通橫塘,其支流注於幽湖,正流三十里,至城南瀦爲鴛鴦湖。" 二鼓:二更天。

〔二〕朧朧:暗淡貌。晉侯湛《秋可哀賦》:"月翳翳以隱雲,星朧朧而没光。"

〔三〕櫂歌:船歌;鼓櫂而歌。櫂,划船撥水之具,其狀如槳,短曰楫、楫,長曰櫂。

〔四〕鴛湖:鴛鴦湖。《嘉慶重修一統志》卷二八七《嘉興府》一:"鴛鴦湖,在秀水縣南三里,長水所匯也,一名南湖。宋聞人滋《南湖草堂記》云:檇李(按,嘉興在春秋時名檇李)東南皆陂湖,而南湖尤大,計百二十頃。曹學佺《名勝志》:湖中多鴛鴦。或云東西兩湖相接,如鴛鴦然,故名。"

詩作於康熙三十七年(一六九八)二月十六日,時由海寧沿長水塘舟行至嘉興城,時年四十九歲。詩寫月夜行舟之所見所聞,詩筆流轉輕快,神韻天然悠遠。清唐孫華評是詩曰:"清絶。"

寒食鍾復周秀才家看海棠和鍾飛濤〔一〕

一樹萬花稠,花光盡入樓。偶逢寒食賞,偏憶少年遊。照座驚紅豔〔二〕,傷春到白頭。苦憐風雨惡,燒燭爲君留〔三〕。

〔一〕鍾復周:生平未詳。　鍾飛濤:生平未詳。

〔二〕紅豔:喻海棠花開之鮮豔奪目,光彩照人。

〔三〕"燒燭"句：蘇軾《海棠》詩："衹恐夜深花睡去，故燒高燭照紅粧。"

詩作於康熙三十七年三月，時在嘉興。海棠花開，紅光豔麗，但"人無千日好，花無百日紅"，詩人嘆賞之餘，由花及人，不由爲"白頭"而黯然神傷。全詩意緒低迴，悲婉沉遠，瀰漫着輕愁淡恨，而寫來如輕舟着水，一氣呵成。

清明日南湖泛舟〔一〕

積雨初霽交清明〔二〕，桃花杏花飄滿城。城南水色緑於酒，鵝鴨一灘春草生〔三〕。

〔一〕南湖：即鴛鴦湖，詳前《二月十六夜自長水塘乘月放舟二鼓抵嘉興城下》詩注〔四〕。
〔二〕初霽(jì)：雨剛停。霽，雨止。
〔三〕一灘：滿灘。

詩作於康熙三十七年清明，時在嘉興。詩中所寫乃江南水鄉春色，清新自然，生機勃勃；不煩雕飾，天然如畫。清查奕照評是詩曰："此等句看是極易，而其細膩風光之處，非粗豪者所能道其隻字。"

晚次汝步乘月抵蘭溪城下〔一〕

飛盡漁灣白鷺鷥〔二〕，衆師逆浪上灘遲〔三〕。蘭溪城外數錢女，月出未收青酒旗。

〔一〕次：止；停留。　汝步：地名。據前後詩序，當在嚴州府境内桐江或東陽江沿岸。　蘭溪：縣名，在今浙江金華西北五十里，清屬金華府。《讀史方輿紀要》卷九三《金華府》："蘭溪縣，隋爲金華縣地。唐咸亨五年，析置蘭溪縣，屬婺州。宋因之。"

〔二〕鷺鷥：即鷺，鳥名。嘴直而尖，長頸，以白鷺、蒼鷺爲多見。因其頭頂、胸、肩、背部皆生長毛如絲，因名。

〔三〕罛(gū)師：漁夫。罛，漁網。

詩作於康熙三十七年四月，時偕表兄朱彝尊作閩南之行，途經蘭溪。詩寫旅途見聞，閒澹幽肆，格老調清，充滿詩情畫意。

篁　步〔一〕

百折金川水〔二〕，東流下石門〔三〕。碓床聲不斷〔四〕，炭塢氣長昏〔五〕。小屋棕櫚岸，疎籬橘柚村。荔支方入貢，剩爾未移根。

〔一〕篁步：初白自注："去衢州二十里，地産柑橘。"

〔二〕金川：水名。《讀史方輿紀要》卷九三《衢州府》："金川，在(常山)縣北半里。一名馬金溪，源出開化縣東北馬金嶺。流入界，經縣北五里，有疊石突出溪中，謂之金川灘。縣北諸溪流皆由此匯入焉。"

〔三〕石門：山名。《嘉慶重修一統志》卷三〇一《衢州府》："石門山，在常山縣北二十五里，下臨金川，石徑如門，僅容一人。山嶺有竅，每旦出雲,東馳則雨,西馳則晴,驗之多應。"

〔四〕碓(duì)床: 水碓碓身。碓,舂米用具。

〔五〕炭塢: 燒炭之坑窰。

詩作於康熙三十七年四月,時偕朱彝尊南下閩南,途經衢州府常山縣。篁步爲一小村鎮,山青水秀,盛産柑橘。詩人以白描手法,從遠到近,勾畫出一幅特色鮮明的山村畫卷。末聯委婉含蓄,意在言外,隱寓鋒芒。清唐孫華評是詩云:"似杜(甫)。"

和竹垞沙溪舖〔一〕

山田早插緑秧齊,小犢新生未架犁。閒背村童浮水去,牛欄衹在岸東西。

〔一〕竹垞: 朱彝尊,號竹垞。生平詳前《牽牛花十二韻同竹垞兄賦》詩注〔一〕。　沙溪舖: 村鎮名,在今江西上饒東北五十里。因沙溪而得名。《讀史方輿紀要》卷八五《廣信府》:"沙溪,在(玉山)縣西三十里。《志》云: 縣北五十里有沙溪嶺,與玉山相連,産石可以爲硯。水流下二十里,謂之沙溪。又南入於上饒江。"按,竹垞有《沙溪舖紀所見》詩云:"十丈棕繩夜截流,朝來漁子掌中收。不知方法何從得,三寸白魚齊上鈎。"初白所和並不同韻。

詩作於康熙三十七年四月,時偕表兄朱彝尊南遊福建,途經廣信府玉山縣沙溪舖。詩詠山村風光,特意捕捉小牛犢"閒背村童浮水去"之鏡頭,流露出一種安閒自適的情趣。

和竹坨御茶園歌[一]

宋茶貴建産[二],上者北苑次壑源[三]。研膏京挺製一變[四],争新門異凡幾番。白龍之團青鳳髓[五],輦載入洛重馬奔[六]。武夷粟粒芽[七],其初植未繁。何人著録始經進,前有丁謂後熊蕃[八]。君謨士人亦爲此[九],餘子碌碌安足論。宣和以來雖遞驛[一〇],場未官設民不煩。元人專利及瑣細[一一],高興父子希寵恩[一二]。大德三年歲己亥[一三],突於此地開茶園。中連房廊三十舍,繚垣南北拓兩門[一四]。先春次春遍採摘[一五],一火二火長温磨[一六]。緘題歲額五千餅[一七],雞狗竄盡山邊村。攜來詐馬筵[一八],和入潼酪供鯨吞[一九]。豈知靈苗有真味[二〇],石銚合煮青松根[二一]。爾來歷年已四百[二二],御園久廢名猶存。筠籃四月走商販[二三],茶户幾姓傳兒孫。我思蠙魚橘柚任土貢[二四],微物亦可充天閽[二五]。朝廷玉食自不乏,何用置局災黎元[二六]。追思興也實禍首[二七],幸保要領歸九原[二八]。山靈曷不請於帝,按《女青律》笞其魂[二九]。傳語後來者:毋以口腹媚至尊[三〇]。

〔一〕御茶園:專供帝王和宫廷享用其茶的官辦茶園。在武夷山九曲溪之四曲之南。元大德中,高興父子久駐爲邵武路總管,督造貢茶,創焙局,稱爲御茶園。後歲額浸廣,增設採户至二百五十。茶三百六十觔,龍團茶餅五千餘。

〔二〕建産:建州所産茶葉。建州,始置於唐武德四年(六二一),治所在建安(今福建建甌)。轄境相當於今福建南平市以上之閩江流域。宋紹興三十二年(一一六二)升爲建寧府。明許次忬《茶疏》:“江南之茶,唐人首稱陽羨,宋人最重建州。於今貢茶,兩地獨多。”

〔三〕北苑:名茶産地,宋隸建安縣。宋趙汝礪《北苑别録》:“建安之東三十里,有山曰鳳凰,其下直北苑,旁聯諸焙,厥土赤壤,厥茶惟上上。太平興國中,初爲御焙,歲模龍鳳以羞貢篚,蓋表珍異。慶曆中,漕臺益重其事,品數日增,制度日精,厥今茶自北苑上者,獨冠天下,非人間所可得也。”又,《輿地紀勝》卷一二九《建寧府》:“建安出茶,北苑爲天下第一。” 壑源:名茶産地。宋屬建安縣。宋宋子安《東溪試茶録》:“壑源口者,在北苑之東北。……涉泉而南,山勢迴曲,東去如鈎,故其地謂之壑嶺坑頭,茶爲勝絶處。”又,清陸廷燦《續茶經》引《苕溪詩話》:“北苑,官焙也,漕司歲貢爲上。壑源,私焙也,土人亦以入貢,爲次。二焙相去三四里間。”

〔四〕研膏:建州名茶。即團茶。明謝肇淛《五雜俎·物部三》:“宋初閩茶,北苑爲之最。初造研膏,繼造臘面。”又,清梁章鉅《歸田瑣記·品茶》:“《畫墁録》云:‘貞元中,常衮爲建州刺史,始蒸焙而研之,謂之研膏茶。’” 京挺:建州名茶。宋馬令《南唐書·嗣主書》:“(保大四年)命建州製乳茶,號曰‘京挺’,臈茶之貢自此始。”又,宋熊蕃《宣和北苑貢茶録》:“五代之季,建安屬南唐,歲率諸縣民採茶北苑,初造研膏,繼造蠟面,既又製其佳者,號曰‘京挺’。” 製一變:謂製茶工藝爲之一變。按,宋代北苑貢茶製法,基本上未超越唐代製造餅茶之範圍,但較唐代精巧細緻,尤其是茶面紋飾之精美,益趨向於浮華。趙汝礪《北苑别録》對當時製茶方法有具體論述,與唐陸羽《茶經》相較,其製茶方法有異者是:一是蒸茶前“茶芽再四洗滌”;二是改搗茶爲榨茶,榨前須“淋洗數過”,榨後還須研茶;三是改焙茶爲過黄,即烘焙中須經沸水浸三次。其所以有異原因在於北苑茶要“出膏”(把汁液榨出),而餅茶則“畏流其膏”。但現在看來,榨去茶汁,則滋味淡薄,反而降低了品質。

〔五〕白龍團：白色而有龍鳳紋飾之餅茶。宋徽宗《大觀茶論》："本朝之興，歲修建溪之貢，'龍團''鳳餅'，名冠天下，壑源之品亦自此盛。"又，宋歐陽修《歸田録》："茶之品，莫貴於龍鳳，謂之'團茶'，凡八餅重一斤。慶曆中，蔡君謨(襄)始造小片龍茶以進，其品精絶，謂之'小團'，凡二十餅重一斤，其價值金二兩。然金可有而茶不可得。"又，明文震亨《長物志》："至宣和間，始以茶色白者爲貴。漕臣鄭可聞始創爲銀絲水芽，以茶剔葉取心，清泉漬之，去龍腦諸香，惟新銙小龍蜿蜒其上，稱'龍團勝雪'。"　青鳳髓：建茶名品之一。宋徽宗《大觀茶論·品名》："名茶各以所産之地，如葉耕之平園臺星巖，葉剛之高峯青鳳髓，葉思純之大嵐，葉嶼之眉山，……各擅其門，未嘗混淆，不可概舉。"又，清陸廷燦《續茶經》引《國史補》："湖州有顧渚之紫笋，……建安有青鳳髓，皆品第之最著者也。"

〔六〕輦載：車載。輦，秦漢後專指帝王后妃所乘之車。此謂皇室專用車輛。　入洛：謂進入京都。洛，洛陽。西晉都城。

〔七〕粟粒芽：武夷山名茶。明徐𤊹《茶考》："按《茶録》諸書，閩中所産茶以建安北苑爲第一，壑源諸處次之，武夷之名未之聞也。然范文正公《鬥茶歌》云：'溪邊奇茗冠天下，武夷仙人從古栽。'蘇文忠公云：'武夷溪邊粟粒芽，前丁後蔡相籠加。'則武夷之茶在北宋已經著名，第未盛耳。"

〔八〕丁謂(九六二—一〇三三)：宋長洲(今江蘇吴縣)人。字謂之，一字公言。太宗淳化三年(九九二)進士。天禧三年(一〇一九)，任參知政事，排擠寇準，升爲宰相，封晉國公，勾結宦官獨攬朝政。仁宗即位後，貶爲崖州司户參軍，後授秘書監。死於光州。據《郡齋讀書志》，丁謂撰有《建安茶録》三卷。　熊蕃：宋建陽(今屬福建省)人。字茂叔。善屬文，工吟詠。築室顔曰"獨善"，學者號獨善先生。著有《宣和北苑貢茶録》，所述皆建安茶園採焙入貢法式。

〔九〕君謨：蔡襄(一〇一二—一〇六七)，字君謨。興化仙遊(今屬福建省)人。宋仁宗天聖八年(一〇三〇)進士,以龍圖閣直學士知開封府,再知福州。英宗時官至端明殿學士,移守杭州。卒謚忠惠。著有《試茶録》二卷,《進茶録》一卷。清余懷《茶史補》:"蔡襄爲福建漕,改造小龍團入貢,東坡怪之曰:'君謨士人,何亦爲此?'"

〔一〇〕宣和:宋徽宗趙佶年號(一一一九——一一二五)。　遞驛:傳遞於驛站。

〔一一〕"元人"句:元承宋制,首先於至元五年(一二六八)在四川實行茶葉壟斷專賣的榷茶法,至元十四年(一二七七),又擴其範圍至江淮、荆湖、福建。據《續文獻通考·徵榷考》,元代從至元十三年始,至延祐七年(一三二〇)止的四十五年間,其榷茶收入遽增了二百四十餘倍。其"專利及瑣細"之劇於此可見一斑。

〔一二〕高興父子:高興(一二四四——一三一三),字功起。元蔡州(今河南汝南)人。至元間屢立戰功,官拜左丞相。卒後追封梁國公,謚武宣,復加封南陽王。元成宗即位後,興曾拜福建行省平章政事。次子高長壽,曾官同知建寧路總管府事。高氏父子二人,均曾在福建作官。

〔一三〕大德:元成宗年號(一二九五——一三〇七)。

〔一四〕繚垣:圍牆。漢張衡《西京賦》:"繚垣綿聯,四百餘里。"

〔一五〕先春次春:清陸廷燦《續茶經》卷上引王草堂《茶説》:"武夷茶自穀雨採至立夏,謂之頭春。約隔二旬復採,謂之二春。又隔又採,謂之三春。頭春葉粗味濃,二春三春葉漸細,味漸薄,且帶苦矣。"

〔一六〕一火二火:宋黄儒《品茶要録》:"茶事起於驚蟄前,其採芽如鷹爪。初造曰試焙,又曰一火,其次曰二火。二火之茶,已次一火矣。故市茶芽者,惟伺出於三火前者爲最佳。"　温馨:香氣。唐皮日休《奉和魯望玩金鸂鶒戲贈》詩:"鏤羽彫毛迥出群,温馨飄出麝臍熏。"

〔一七〕緘題:書函的封題。唐段成式《酉陽雜俎續集》:"嘗以五彩紙爲緘題,其侈縱自奉,皆此類也。"　餅:茶餅,壓製成餅狀的茶葉。

〔一八〕詐馬筵：元代蒙古族習俗，每年六月三日在車駕行幸之處，於御前張宴爲樂的盛會。元周伯琦《詐馬行》詩序："國家之制，乘輿北幸上京，歲以六月吉日。命宿衛大臣及近侍服所賜隻孫，珠翠金寶，衣冠腰帶，盛飾名馬，清晨自城外各持綵仗，列隊馳入禁中。於是上盛服，御殿臨觀。乃大張宴爲樂，……名之曰'隻孫宴'。'隻孫'，華言一色衣也。俗呼曰'詐馬筵'。"

〔一九〕潼酪：疑當作"羶酪"，即羊奶。《本草綱目》卷五〇："《説文》云：羊字象頭角足尾之形。無角曰羶，去勢曰羯。"　鯨吞：像鯨魚一般吞食。此喻放量豪飲。清曹寅《廣陵載酒歌》詩："即今鯨吞作豪舉，自古蛇足憎纖苛。"

〔二〇〕靈苗：喻茶。　真味：宋蔡襄《茶録》："茶味主於甘滑。"又，宋徽宗《大觀茶論》："夫茶以味爲上，甘香重滑爲味之全。……若夫卓絶之品，真香靈味自然不同。"

〔二一〕石銚（diào）：煮茶器具，以石製成。銚，俗稱吊子，即有柄有嘴之烹器。宋蘇軾《試院煎茶》詩："且學公家作茗飲，磚爐石銚行相隨。"　青松根：取其耐燃。明田藝蘅《煮泉小品》："有水有茶，不可以無火。非謂其真無火也，失所宜也。李約云：'茶須活火煎。'蓋謂炭火之有焰者，東坡詩云'活水仍將活火烹'是也。余則以爲山中不常得炭，且死火耳，不若枯松枝爲妙。遇寒月，多拾松實房蓄，爲煮茶之具更雅。"據此，似非如初白所云必以"青松根"煮之不可。

〔二二〕"爾來"句：自元大德三年（一二九八）至清康熙三十七年（一六九八），其間正歷四百年。

〔二三〕�籃：竹籃。

〔二四〕蠙：蚌之别稱。

〔二五〕天閽：帝王宫殿之門。唐蔣防《藩臣戀魏闕》詩："恩波懷魏闕，獻納望天閽。"

〔二六〕置局：設置官署。　黎元：即黎民。晉潘岳《關中詩》："哀此黎元，無罪無過。"

〔二七〕興：謂高興。

〔二八〕九原：九泉；黄泉。金元好問《贈答劉御史雲卿》詩之三："九原如可作，吾欲起韓歐。"

〔二九〕《女青律》：亦名《女青鬼律》，六卷（原爲八卷），不著作者姓名。從其内容看，爲南北朝時天師道戒律。書託太上授天師張陵，而據今人湯用彤《康復札記》稱，此書"恐係寇謙之的著作"，出於《雲中音誦新科之誡》，是影響較大的早期道教戒律。

〔三〇〕至尊：謂皇帝。唐杜甫《石笋行》："惜哉俗態好蒙蔽，亦如小臣媚至尊。"

詩作於康熙三十七年四月，時偕朱彝尊遊武夷山。建州茶曾名重一時，譽滿天下，正因如此，這土産方物便成了封建帝王劫掠謀取的對象。在臣子，是取媚邀寵的手段；在君王，享一飽口腹之福分。是詩通過對建州御茶園歷史的回顧，譴責了"朝廷玉食自不乏，何用置局災黎元"的行徑，對"以口腹媚至尊"的高興父子之流極表憤慨與鄙夷之色。"山靈曷不請於帝，按《女青律》笞其魂"，這呼叱不啻是對一切佞臣賊子的當頭棒喝。全詩五、七、九言參差取用，形式靈活，高渾兀奡；才鋒踔厲，殆非虛響。清唐孫華評是詩曰："此首亦似梅聖俞。"

小箬驛榕樹〔一〕

古驛千年樹，蟠根積水涯〔二〕。細筋堅作骨，新葉嫩如花。緑處陰三畝，枯邊晝一椏。散材真自幸〔三〕，剪伐幾曾加〔四〕。

〔一〕小箬驛：驛站名。地在閩江沿岸水口鎮至竹崎鎮之間。

〔二〕蟠：盤曲。

〔三〕散材：亦云散木，無用之木。《莊子・人間世》載：匠石，至齊之曲轅，見櫟社樹，曰："已矣，勿言之矣，是散木也。以爲舟則沈，以爲棺槨則速腐，以爲器則速毁，以爲門户則液樠，以爲柱則蠹。是不材之木也，無所用也。"後因喻爲不成材、無用之人。宋蘇軾《東山浮金堂戲作》詩："我子乃散材，有如木輪囷。"

〔四〕"剪伐"句：《莊子・山木》篇："莊子行於山中，見大木，枝葉盛茂，伐木者止其旁而不取也。問其故，曰：'無所可用。'莊子曰：'此木以不材得終其天年夫！'"

詩作於康熙三十七年四月，時偕朱彝尊南遊福建，經延平往福州途中。詩詠榕樹，實則以樹喻人。"散材真自幸，剪伐幾曾加"。因爲是無用之木，遂躲却無妄之災，剪伐之禍。詩人不爲世所用，但亦因此省却許多不必要的煩惱及對禍福難以預料的惶恐不安。實際上，初白的自嘆幸運乃是對其仕途不幸運的一種自慰。

七月十五夜泊埂程

一村樹合烟初暝，四面山高月未升。隔岸聞鐘知有寺，滿川風浪放河燈〔一〕。

〔一〕放河燈：舊時中元節夜晚沿河燃放之燈。原始於京師，燃放於運河之中，後各地亦相沿成習。清富察敦崇《燕京歲時記・放河燈》："運河二閘，自端陽以後遊人甚多。至中元日例有盂蘭會，扮演秧歌、獅子諸雜技。晚間沿河燃燈，謂之放河燈。"

詩作於康熙三十七年七月十五日中元之夜，時偕竹垞遊閩後沿閩江上溯復經仙霞嶺入浙返里,途經福州府古田縣至延平府尤溪縣段閩江江面。詩寫舟行夜景,所見所聞均不離一"夜"字,雖出語平淡無奇,而畫面清幽可觀。清唐孫華評是詩曰:"清絶。"

大小米灘〔一〕

掀波成山石作底,風平石出波瀰瀰〔二〕。秋天一碧雨新洗,大灘小灘如撒米。

〔一〕大小米灘:在閩江上遊南浦溪所流經之甌寧至浦城段水域中,與箭孔灘、萬石灘、龍牙灘等,同爲閩北江流險灘之代表。

〔二〕瀰瀰:溪水滿盈狀。《詩・邶風・新臺》:"新臺有泚,河水瀰瀰。"

詩作於康熙三十七年七八月間,時偕竹垞遊閩返浙,途經閩北南浦溪。詩之前半寫大小米險灘風急浪高時之險惡與風平浪静時之幽美,一剛一柔,一動一静,互相比襯,相映成趣。"秋天一碧雨新洗",承上風平波静,改平視爲仰觀,重在爲表現大小米灘險惡之中有平夷而蓄勢鋪墊。詩之末句則逼出主題,回收視綫,點明大小米灘所獨具之特色:雨收風静,水落石出,大灘小灘,如撒米粒。全詩張弛有度,收卷自如;動静相間,生新壯美。學蘇(軾)而能别出手眼,不規規形似。

度仙霞關題天雨庵壁〔一〕

虎嘯猿啼萬壑哀,北風吹雨過山來。人從井底盤旋上，天向關門豁達開〔二〕。地險昔曾資劇賊〔三〕，時平誰敢説雄才？一茶好領閒僧意，知是芒鞋到幾回〔四〕。

〔一〕仙霞關：關隘名。在今浙江省江山縣南百里之仙霞嶺上，向爲浙閩要衝，舊有巡司戍守。據《江山縣志》："江浙往來之間道，……山逕叢雜，因地設隘，多以關名，要以仙霞爲首。" 天雨庵：仙霞關下寺廟名。建自宋代，康熙十七年（一六七八）寺毁，浙江總督李之芳重建。其《天雨庵碑記》云："庵之肇造始於宋，長翥孤騫，俯壓山川之氣已五百餘歲。"

〔二〕"人從"二句：仙霞嶺周圍百里，皆高山深谷，登之者凡三百六十級，歷二十四曲，長二十里。據《讀史方輿紀要》卷八九："行近仙霞，則高峯插天，旁臨絶澗，沿坡並壑，鳥道縈紆，隘處僅容一馬。至關嶺益陡峻，拾級而升，駕閣凌虚，登臨奇曠，蹊徑回曲，步步皆險，函關劍閣，仿佛可擬，誠天設之雄關也。"

〔三〕"地險"句：指唐黄巢因嶺開道由浙入閩攻克建州事。《舊唐書・僖宗本紀》："乾符五年三月，黄巢之衆再攻江西，陷虔、吉、饒、信等州，自宣州渡江，由浙東欲趨福建，以無舟船，乃開山洞五百里，由陸趨建州，遂陷閩中諸州。"劇賊，對唐末農民起義軍之蔑稱。

〔四〕芒鞋：草鞋。芒，草名，如茅而大，長四五尺。七月抽長莖，可作繩索或草鞋。

詩作於康熙三十七年七月，時隨竹垞遊閩返歸，途經江山縣南之仙霞嶺。詩寫羈旅情懷，旨在慨嘆雄關險隘對於國家安定不可輕忽之重要作用，與李白《蜀道難》有相通之處。全詩氣象雄偉，深穩雅健，最能反映初白七律詩作之特色。清唐孫華評是詩曰："雄放却工穩，七律至此難矣。"

曉晴發清湖鎮舟中望江郎山〔一〕

碓牀石瀨響泠泠〔二〕，愛入歸人舊耳聽。岸草緑痕移蟋蟀，水花紅影帶蜻蜓。樵爭曉市秋初霽，風轉荒灣櫂一停。雲霧不遮南望眼，三峯回首逼天青。

〔一〕清湖鎮：鎮名，在今浙江省江山縣南十五里，爲浙閩要會，閩行者至此捨舟而陸，浙行者自此捨陸而舟，繁盛過於縣城。　江郎山：亦稱江山，别名金純山，又名須郎山。上有三峯，峯各有巨石，高數十丈，俗呼江郎三片石。相傳昔有江氏兄弟三人，登山巔化爲石，因名。山在今浙江省江山縣南五十里。

〔二〕碓牀：見前《篁步》詩注〔四〕。　石瀨：水爲石所激而形成的急流。瀨，湍急的水流。

詩作於康熙三十七年秋，時偕竹垞遊閩返歸，途經江山縣南之清湖鎮。此詩亦寫旅途風光，有近景，有遠景；有大筆潑墨揮灑，有工筆精描細繪。情景交融，詩筆如畫，一派江南水鄉氣息撲面而來。清唐孫華評是詩曰："會用工巧，而大雅之氣自在。"

山陰道中喜雨〔一〕

謝家雙屐舊曾攜〔二〕，轉覺清遊愛會稽〔三〕。白塔紅亭山向背，赤欄烏榜岸東西〔四〕。波光拂鏡群鵝浴，竹氣通烟一鳥啼。野老豈知身入畫，滿田春雨自扶犁。

〔一〕山陰：縣名，始置於秦始皇二十五年（前二二二），漢屬會稽郡，清屬紹興府。即今浙江省紹興市。《世説新語・言語篇》："從山陰道上行，山川自相映發，使人應接不暇。"

〔二〕謝家雙屐：謂謝公屐，一種底有釘齒且前後齒可裝卸之木屐，穿著利於爬山，因爲南朝宋詩人謝靈運遊山時所愛著，因稱謝公屐。《宋書・謝靈運傳》："尋山陟嶺，必造幽峻，巖嶂十重，莫不備盡。登躡常著木屐，上山則去其前齒，下山去其後齒。"

〔三〕會稽：郡名，始置於秦。後漢順帝永建四年（一二九）分浙東爲會稽，浙西爲吴郡。清屬紹興府，即今紹興市。

〔四〕烏榜：船櫓，後因以指代船。蘇軾《寒食未明至湖上太守未來兩縣令先在》詩："烏榜紅舷早滿湖。"

詩作於康熙三十八年（一六九九）孟春，時家居海寧，立春後遊紹興、上虞，時年五十歲。詩寫山陰道中雨景，色彩鮮明，詩筆秀雋；神骨清逸，氣韻生動。清唐孫華評是詩曰："秀絶。"

池上看雨

五月蓮未華〔一〕，團團葉如扇。亭亭不自匿，一一出池面。細雨聽無聲，初於葉上見。緑盤擎不定，的皪珠光旋〔二〕。流汞忽一傾〔三〕，倒垂三尺練。萍開魚影聚，萍合魚影散。即事偶成詩，悠然觀物變。

〔一〕華：花，此用作動詞。《詩・周南・桃夭》："桃之夭夭，灼灼其華。"

〔二〕的皪（lì）：亦作"的礫"，光亮、鮮明貌。張衡《思玄賦》："離朱脣而微笑兮,顔的皪以遺光。"注:"的皪,明也。"

〔三〕流汞:喻水珠。

詩作於康熙三十八年五月,時家居海寧。詩屬即興題詠,但層次豐富,波波推進,寫得十分形象生動。一結神情悠然,頗含哲理。清查奕照評是詩曰:"小小一詩,有如許工妙之筆!"

曉過南湖〔一〕

卧看西南落月圓〔二〕,起來晴色滿湖烟。孤城傍水開門早〔三〕,一鷺如人導我前〔四〕。菰葉曉沉風外岸〔五〕,菱花秋淡影中天。何當穩與漁翁約,長守蘆根舊釣船〔六〕。

〔一〕南湖:見前《清明日南湖泛舟》詩注〔一〕。

〔二〕卧看:據清查奕照批注:"卧,考初刻爲'乍'字。"

〔三〕孤城:謂嘉興府城。

〔四〕鷺:白鷺。水鳥名。

〔五〕菰:可食用植物,俗稱茭白。其穎果菰米亦可煮食,俗名"雕胡米"。

〔六〕蘆根:意謂蘆葦叢下。初白自注:"時計偕北上。"

詩作於康熙三十八年冬十一月,時治喪畢,爲謀取功名,與同年汪繹聯轡北上,四入京都,途經嘉興南湖。全詩拿定一"曉"字、一"湖"字取景著筆,"落月"、"晴色"、"湖烟"、"曉沉"、"漁翁"、"釣船",均醒詩題。頸聯不唯對仗極工穩,且疏淡清麗,神韻悠遠,極富情致。尾聯"何當"二句揭出詩旨,表明其對於逼臘北上,難脱名繮利鎖羈絆之無奈心情。

除夜平原旅舍夢亡妻〔一〕

分明入夢又瞢騰〔二〕,昨歲今朝病正增。倦枕爲余猶强起,殘樽到手已難勝。圍爐杴火兒烹藥〔三〕,薄雪鈎簾婢上燈。誰遣荒雞忽驚覺,北風茅店冷於冰。

〔一〕平原:縣名。始置於秦。清屬濟南府,在府西北一百八十里。亡妻:指陸孺人,清詩人陸嘉淑第三女。初白《先室陸孺人行略》:"丁未(一六六七)正月,自陸來歸。……體故羸弱,兼善病,投以參桂,往往小差。去秋(一六九八),余歸自閩。未幾,孺人驟患崩下,氣血大虧,百藥罔效,氣息僅屬。……逡巡至今日,果爲永訣之期。"

〔二〕瞢(méng)騰:神志模糊不清。唐韓偓《馬上見》詩:"去帶瞢騰醉,歸成困頓眠。"

〔三〕杴(xiān)火:以杴撥火。明徐光啓《農政全書》卷二一:"杴,臿屬。但其首方闊,柄無短拐,此與鍬臿異也。煅鐵爲首,謂之鐵杴,惟宜土工。剡木爲首,謂之木杴,可撩穀物。"

詩作於康熙三十八年除夕之夜,時四上京師途經山東平原縣。初白無悼亡詩,集中念及亡妻者唯此一首,然其對亡妻之情不可謂不深。其《先室陸孺人行略》一文云:"計其生平,九齡爲無母之女,二十二爲無姑之婦,爲黔婁妻三十有三年,曾未獲享一日之安。中間營兩喪,娶兩媳,支持門户,整理田廬,畢耗其心神而繼之以死。此五十老鰥所爲憑棺摧痛,百端交集,不知涕泗之横流也。"是詩正面切題"入夢",中間兩聯寫夢景,尾聯寫夢醒之感受,字面平易質樸,情感細膩深沉,讀之感人至深,堪與元稹之《悼亡》争勝。

得川叠前韻從余問詩法戲答之〔一〕

唐音宋派何須問〔二〕，大抵詩情在寂寥〔三〕。細比老蠶初引緒〔四〕，健如强弩突迴潮。閒來謹候爐中火，衆裏心防水面瓢。不遇知音彈不得，吾琴經爨尾全焦〔五〕。

〔一〕得川：蘇州府吴江縣永福寺之詩僧。生平未詳。　前韻：指前此所作《題永福寺詩僧得川詩卷》詩。

〔二〕唐音宋派：謂唐宋詩風格流派。按，清初詩人作詩或崇唐人，或崇宋人，對此初白不以爲然，全無門户之見，故詩云“何須問”。

〔三〕寂寥：虚空無形。《老子》：“有物混成，先天地生，寂兮寥兮，獨立而不改。”王弼注：“寂寥，無形體也。”

〔四〕緒：絲頭。

〔五〕“吾琴”句：《後漢書・蔡邕傳》：“吴人有燒桐以爨者，邕聞火烈之聲，知其良木，因請而裁爲琴，果有美音，而其尾猶焦，故時人名曰‘焦尾琴’焉。”

詩作於康熙四十年（一七〇一）冬，時小住吴門（今蘇州），年五十二歲。受其師黄宗羲、岳丈陸嘉淑及同學鄭梁等人影響，在挾唐持宋、各立門户以相矜詡之清初詩壇，初白不贊成唐宋之争，而主張博取衆長，提倡功力學問，注重學有所本。故是詩爲初白詩歌創作理論之代表性作品。首聯公開摒棄門户之見，頷聯提倡詩思細密老成、詩格骨力雄健，頸聯主張功到自然成，反對淺薄浮響之調，尾聯以“焦尾”自詡，願與知音共彈。全詩將抽象的詩歌創作理論以“老蠶”、“强弩”、“爐中火”、“水面瓢”等具體事物加以形象化的描述，比喻貼切生動，給人印象深刻。清查奕照評是詩頷、頸二聯曰：“詩中佳境，四語畫之，金針盡度，惜領悟者少耳。”

二十八日召試南書房[一]

屢下南宫第[二],俄聞秘閣開[三]。一經雖舊習[四],六論本非材[五]。不敢他途進,終慚特召來。平生無夢想,今日到蓬萊[六]。

〔一〕南書房:本康熙帝早年讀書處,在故宫乾清宫西南隅。後選調翰林或翰林出身之官員前往當值,除應制撰寫文字外,並遵帝意起草詔令。清昭槤《嘯亭續録·南書房》:"本朝自仁廟建立南書房於乾清門右階下,揀擇詞臣才品兼優者充之。"又,清震鈞《天咫偶聞》卷一:"南書房則在乾清宫南廓下之西,最爲清要之地。或代擬諭旨,或咨詢庶政,或訪問民隱,或講求學業。國初不必定用翰苑。故查初白、李復堂以舉人入;梅文穆、高江村、何屺瞻以諸生入;王白田以教官入。蓋天下人才,皆如燭照,故所取悉當如此,其禮數亦非他臣所敢望。"

〔二〕南宫:原指稱尚書省,此謂禮部會試,即進士考試。

〔三〕秘閣:皇帝制詔之地。此謂南書房。

〔四〕一經:一種經書。《史記·樂書》:"通一經之士不能獨知其辭,皆集會五經家,相與共講習讀之,乃能通知其意。"

〔五〕六論:謂宋科舉考試中的六道論題。宋蔡絛《鐵圍山叢談》卷二:"大科始進文字,有合,則召試秘書省。出六論題於九經、諸子百家、十七史及其傳釋中爲目。而六論者,以五通爲過焉。"又,《宋史·選舉志二》:"(孝宗乾道)七年,詔舉制科以六論,增至五通爲合格。"

〔六〕蓬萊:蓬萊山,傳説中神山名。後亦喻仙境,此謂皇宫秘苑南書房。宋陳師道《晁無咎張文潛見過》詩:"功名付公等,歸路在蓬萊。"

詩作於康熙四十一年(一七〇二)十月二十八日,時由相國張玉書、直隸巡撫李光地(此從《國朝先正事略》説)推薦,赴德州行宫賦詩,得康熙帝青睞,遂詔隨入都入直南書房,時年五十三歲。其《赴召紀恩詩序》云:“伏念臣齠齡失學,壯歲居貧,年逾四十,始舉於鄉,三上禮闈,未成一第。自惟賦命蹇鈍,寸進無階,幸逢堯舜之君,自甘畎畝之樂,不知微賤姓名,何由上達。聞命之下,慚恧徊徨,罔知所措。”是詩即是此等心情之真實寫照。因爲實現畢生追求之“夢想”,詩人欣喜萬分,對未來充滿憧憬與美好遐想,字裏行間,亦充溢了對康熙的感恩不盡之情。清查奕照評是詩曰:“謙以自牧,仍自存身份。”

冬雪十二韻

朔候連三白〔一〕,同雲匝萬家〔二〕。縱横迷地軸〔三〕,灝汗極天涯〔四〕。樓閣高逾見,簾櫳薄易遮〔五〕。漸從疎處密,忽向整時斜。老柳飛揚絮〔六〕,枯梅頃刻花〔七〕。氣沉千里雁,寒噤幾村鴉。暗掃遺蝗種〔八〕,潛滋宿麥芽〔九〕。逢年先應瑞,是玉必無瑕。積厚光摇海,平鋪勢展沙。歲功資醖釀〔一〇〕,春事踵繁華。灞上吟情遠〔一一〕,山陰客棹賒〔一二〕。意中餘好景,留作畫圖誇。

〔一〕朔候:北方氣候。　三白:三度下雪。宋蘇軾《次韻陳四雪中賞梅》詩:“高歌對三白,遲暮慰安仁。”

〔二〕同雲:《詩·小雅·信南山》:“上天同雲,雨雪雰雰。”朱熹《集傳》:“同雲,雲一色也。將雪之候如此。”　匝:環繞。

〔三〕地軸:傳爲大地之軸。晉張華《博物志》卷一:“地有三千六百軸,犬牙相舉。”後亦以泛指大地。宋范成大《望海亭賦》:“浸地軸以上浮,盪天容而一色。"

〔四〕灝(haò)汗:猶灝瀚,水勢廣大貌。引申爲廣大、衆多。

〔五〕簾櫳:窗簾和窗牖,後因以泛指門窗的簾子。

〔六〕"老柳"句:《世説新語·言語》:"謝太傅寒雪日内集,與兒女講論文義。俄而雪驟,公欣然曰:'白雪紛紛何所似?'兄子胡兒曰:'撒鹽空中差可擬。'兄女曰:'未若柳絮因風起。'公大笑樂。"

〔七〕頃刻花:喻雪花。宋黄庭堅《詠雪奉呈廣平公》詩:"風迴共作婆娑舞,天巧能開頃刻花。"

〔八〕遺蝗:謂蝗蟲所産之卵。宋蘇軾《雪後書北臺壁》詩之二:"遺蝗入地應千尺,宿麥連雲有幾家。"王十朋注:"蝗遺子於地,若雪深一尺,則入地一丈。"

〔九〕宿麥:隔年成熟的麥,即冬麥。《漢書·武帝紀》:"遣謁者勸有水災郡種宿麥。"顔師古注:"秋冬種之,經歲乃熟,故云宿麥。"

〔一〇〕歲功:一年農事之收穫。《漢書·禮樂志》:"陽出布施於上而主歲功,陰入伏藏於下而時出佐陽。陽不得陰之助,亦不能獨成歲功。"又,金元好問《雜著》詩之一:"田家豈不苦?歲功聊可觀。"

〔一一〕灞上:地名。在今陝西省西安市東、灞水西高原上,因名。按,唐鄭棨言"詩思在灞橋風雪驢背上",故後人多以灞上行吟爲賞雪的典故。

〔一二〕山陰:今浙江省紹興市。《藝文類聚》卷二引《語林》云:"王子猷居山陰,大雪夜,眠覺,開室酌酒,四望皎然,因起徬徨,詠左思《招隱詩》。忽憶戴安道,時戴在剡溪,即便夜乘輕船就戴,經宿方至。既造門,不前便返,人問其故,王曰:'吾本乘興而行,興盡而返,何必見戴?'"

詩作於康熙四十一年冬,時居京師。詩之前四句正面寫京城冬雪之紛揚灝翰,隨後一一從側面落筆,以雪中或雪後之各種不同事物、景觀的變化來表現大雪紛飛後的銀色世界。詩末則連用兩個典故,以突出詩人賞雪詠雪的閑情逸致。全詩結體緊湊,寫來深婉不迫,揮灑自如。

行過青石梁〔一〕

天豁新開嶺，鸞旗曉向東〔二〕。古藤攀石度，絶壁過雲通。鳥啄槐花雨，蟬嘶槲葉風〔三〕。林巒行不盡〔四〕，長在畫圖中。

〔一〕青石梁：《嘉慶重修一統志》卷四三《承德府》二：“青石梁，在灤平縣西南九十里，與黄土梁形勢相連。自兩間房至常山峪，群峯綿亘，青石梁最峭拔，高出諸山之上。”

〔二〕鸞旗：亦作“鸞旂”，天子儀仗所用旗子，上綉鸞鳥，因名。《漢書·賈捐之傳》：“鸞旗在前，屬車在後。”唐顔師古注：“鸞旗，編以羽毛，列繫橦旁，載於車上，大駕出，則陳於道而先行。”

〔三〕槲(hú)：落葉喬木。

〔四〕林巒：樹林與峯巒，因泛指山林。唐王昌齡《山行入涇州》詩：“林巒信回惑，白日落何處。”

詩作於康熙四十二年(一七〇三)夏，時隨駕往承德避暑山莊，途經灤平縣西南之青石梁，時年五十四歲。詩寫隨駕行進所見塞外山巒景觀，幽深險峭，清奇自然。頸聯非唯對仗工穩，且神姿雅秀，清麗雋永。

賦夜光木〔一〕

積水生神木，俄登几案旁。四時無改火，五夜必騰光〔二〕。近映藜輝淡〔三〕，遥分桂魄涼〔四〕。頓教虚室白，臨卷勝螢囊〔五〕。

〔一〕夜光木：一種夜間能發出亮光的樹木。初白《陪獵筆記》："初七日早入直，賜食鮮鹿茸、哈密瓜。東宫晚幸直房，傳示夜光木，乃山中老樹根爲冰水所淘，歲久有光，如水精置暗室中，能燭細字，真物理之不可解者。"

〔二〕五夜：即五更。梁陸倕《新刻漏銘》："六日不辨，五夜不分。"唐李善注引衛宏《漢舊儀》："晝夜漏起，省中用火，中黄門持五夜。五夜者：甲夜、乙夜、丙夜、丁夜、戊夜也。"

〔三〕藜輝：《三輔黄圖》六載：漢成帝時，劉向校書天禄閣，"夜有老人著黄衣，植青藜杖，叩閣求見。向暗中獨坐誦書，老父乃吹杖端烟然，因以見向，授《五行洪範》之文。"此處以喻燭光。

〔四〕桂魄：喻月亮。唐王維《秋夜曲》："桂魄初生秋露微，輕羅已薄未更衣。"

〔五〕螢囊：《晉書・車胤傳》："胤恭勤不倦，博學多通。家貧不常得油，夏月則練囊盛數十螢火以照書，以夜繼日焉。"

詩作於康熙四十二年夏，時隨駕駐承德避暑山莊。詩中所賦"夜光木"，史無記載，録此以廣見聞。既是初白親眼目睹，當非向壁虚構之説。

連日恩賜鮮魚恭紀

銀鬣金鱗照坐隅〔一〕，烹鮮連日賜行廚〔二〕。感踰學士蓬池鱠〔三〕，味壓詩人丙穴腴〔四〕。素食餘慚留匕箸〔五〕，加餐遠信慰江湖〔六〕。笠簷蓑袂平生夢，臣本烟波一釣徒〔七〕。

〔一〕銀鬣：銀白色的魚鬐。《古今韻會舉要·叶韻》引《增韻》："鬣，魚龍頷旁小鬐皆曰鬣。"晉木華《海賦》："巨鱗插雲，鬐鬣刺天。" 坐隅：座位旁邊。漢賈誼《鵩鳥賦》："鵩集予舍，止於坐隅兮。"

〔二〕行廚：傳送之酒食。北周庾信《詠畫屏風詩》之十七："行廚半路待，載妓一雙迴。"

〔三〕蓬池：即蓬萊池，在今陝西省長安縣原大明宫蓬萊殿附近。唐李德裕《述夢詩四十韻》："荷静蓬池鱠，冰寒郢水醪。"原注："每學士初上賜食，皆是蓬萊池魚鱠。"

〔四〕丙穴：地名，大丙山之穴，在今陝西省略陽縣東南。晉左思《蜀都賦》："嘉魚出於丙穴，良木攢於褒谷。"後因以丙穴指代嘉魚。《太平御覽》卷九三七引晉張華《博物志》："江陽縣北有魚穴二所，常以二月八日出魚，魚名丙穴。"又，初白自注："元虞集詩：'魚藏丙穴腴。'"

〔五〕素食：猶言素餐。《詩·魏風·伐檀》："彼君子兮，不素餐兮。"本謂不勞而食，此言無功而受食禄。故詩中云"慚"。 匕箸：亦作"匕筯"，謂羹匙和筷子。唐劉禹錫《爲杜相公謝就宅賜食狀》："舉其匕筯，若負丘山。"

〔六〕加餐：勸人多進飲食。《古詩十九首》之一："棄捐勿復道，努力加餐飯。"

〔七〕"笠簷"二句：初白自注："陸龜蒙詩：'笠簷簑袂有殘聲。'"按，此句出自唐陸龜蒙《晚渡》詩："半波風雨半波晴，漁曲飄秋野調清。各樣蓮船逗村去，笠簷蓑袂有殘聲。"

詩作於康熙四十二年夏，時隨駕駐承德避暑山莊。是詩於《敬業堂詩集》中並非上乘之作，然末聯却使作者獲得極大聲譽，被傳爲康熙盛世之玉堂佳話，可參見本書《前言》第四部分。然真正欣賞此詩者却非康熙，乃是當時的皇太子胤礽。初白《十八日駕幸釣臺召臣等隨行賜膳釣魚恭紀》詩之四自注云："午後奉旨翰林諸臣赴皇太子行幄釣魚。臣前謝賜魚詩，有'臣本烟波一釣徒'之句，東宫舉以示近侍。并記以志愧。"又，從本詩編排次序看,乃作於避暑山莊,因塞外鮮有魚鮮,故初白深以連日"恩賜鮮魚"爲幸,而《清史稿》、《國史列傳》等所云"帝幸南苑,捕魚賜近臣,命賦詩,慎行有句云'笠簷蓑袂平生夢,臣本烟波一釣徒'"云云,顯然所載有誤。清翁方綱評是詩云:"結句好,遂成故實。"

七夕喀喇火屯雨後作〔一〕

雕霧鷹風漲泬寥〔二〕,一天秋意頓蕭蕭〔三〕。彩虹截斷遼西雨〔四〕,飛入銀河當鵲橋。

〔一〕喀喇火屯:康熙北巡行宫名,亦稱"喀喇河屯",即今灤河鎮,位於伊遜河與灤河匯流處。行宫修建於康熙四十年,爲清帝早期巡行塞外之重要政治活動中心。據康熙四十三年玄燁爲穹覽寺所寫碑文云:"喀喇河屯者,蒙古名,即烏城也,乃古興州所轄。朕避暑出塞,因土肥水甘,泉清峯秀,故駐蹕於此,未嘗不飲食倍加,精神爽健。所以鳩工此地,建離宫數十間,茅茨土階,不彩不畫,但取其容坐避暑之計也。日理萬機,未嘗少輟,與宫中無異。"

〔二〕雕霧:謂變幻多姿之霧氣。　鷹風:秋風。《漢書·五行志》:"立秋而鷹隼擊。"後因以鷹風指秋風。唐王勃《餞韋兵曹》詩:"鷹風凋晚葉,蟬露泣秋枝。"　泬寥:空曠貌。戰國楚宋玉《九辯》:"泬寥兮天高而氣清。"《文選》注:"泬寥,曠蕩而虚静也。或曰泬寥猶蕭條無雲貌。"

〔三〕蕭蕭:淒清、寒冷。唐韓愈《謝自然》詩:"白日變幽晦,蕭蕭風景寒。"

〔四〕遼西:郡名。戰國燕地。秦置,屬幽州,漢因之。治陽樂。轄境相當今河北遷西縣、樂亭縣以東、長城以南、大凌河下游以西地區。

詩作於康熙四十二年七月初七日，時隨鑾駕小駐塞外喀喇火屯行宫。詩寫雨後彩虹，緊扣詩題"七夕"，意境華美清峻，想象奇特豐富，詩筆清華英茂。唯因對浪漫巧思之缺乏理解，一向對查詩取嚴厲批評態度的清翁方綱評是詩曰："巧而不真。"

春分禁中雨〔一〕

小雨流鶯外〔二〕，濛濛紫界牆。不知春過半，但覺日添長。白髮趨中禁，芳時感異鄉。多煩玉階草，爲我報年光。

〔一〕春分：節令名。每年在公曆三月二十或二十一日。　禁中：謂帝王所居宫内，此指紫禁城内。漢蔡邕《獨斷》卷上："禁中者，門户有禁，非侍御者不得入，故曰禁中。"

〔二〕流鶯：即鶯。流者，謂其鳴聲婉轉。李白《對酒》詩："流鶯啼碧樹，明月窺金罍。"

詩作於康熙四十三年(一七〇四)二月，時居京師，年五十五歲。細雨濛濛，鶯聲圓囀，小草映碧，春光流逝。詩人身在禁苑，不知不覺中，對此徒添幾分惆悵，思鄉情緒，悄然萌生。全詩輕快流利，一如行雲流水。末句悲愉自見，意深味長。

池上雙鶴

長鳴相和兩仙禽〔一〕，多在陽坡少在陰。偶向清池閒照影，被人猜有羡魚心〔二〕。

〔一〕仙禽：喻鶴。相傳仙人多騎鶴，因稱。語本《藝文類聚》卷九〇所引《相鶴經》："鶴，陽鳥也，而游於陰，蓋羽族之宗長，仙人之騏驥也。"又，南朝宋鮑照《舞鶴賦》："散幽經以驗物，偉胎化之仙禽。"

〔二〕羡魚：謂意存想望。語本《淮南子·説林訓》："臨河而羡魚，不若歸家織網。"

詩作於康熙四十三年四五月間，時在京都當直南書房。初白初爲康熙賞識，五衷銘感，其《奉和聖製詠雁恭次原韻》詩有云："羽毛知自愛，一一待春風。"頗思有所作爲。然一年未滿，已遭人猜忌。"鶴骨清添勁，龍鱗老雙剛。"(《賦得歲寒堅後凋》)詩人正直的本性終使他早賦遂初。是詩雖是詠鶴，却設譬託寓，含意深刻，非一般詠物詩所可比擬，故朱彝尊評之曰："風標高潔，見於言外。"

恩賜哆囉雨衣恭紀〔一〕

短褐頻趨道路塵〔二〕，青氈猶是向來貧〔三〕。爲憐襏襫隨朝士〔四〕，特賜哆囉出罽賓〔五〕。燥濕推恩慚厚庇，短長稱意荷終身。從今聽雨聽風候，僕直堪誇楯桂人〔六〕。

〔一〕哆囉：即哆囉呢，一種西洋呢料。《紅樓夢》四十九回："獨李紈穿一件哆囉呢對襟褂子。"一説此哆囉同"多羅"，樹名，詳見篇末評講。

〔二〕短褐：粗布短衣，古代多爲貧賤者所服。晉陶潛《五柳先生傳》："短褐穿結，簞瓢屢空，晏如也。"又，《新唐書·車服志》："士服短褐。"

〔三〕青氈：青色氈毯。《晉書·王羲之傳》："夜卧齋中，而有人入其室，盜物都盡。獻之徐曰：'偷兒，青氈我家舊物，可特置之。'"後因由"青氈舊物"義轉指謂寒儒生活。

〔四〕褦襶(nài dài)：衣服粗重寬大，既不合身又不合時。因喻無能，不曉事。三國魏程曉《嘲熱客》詩："今世褦襶子，觸熱到人家。"

〔五〕罽(jì)賓：古西域國名。所指地域因時代而異。漢代在今喀布爾河下游及克什米爾一帶，都循鮮城。隋、唐兩代則位於阿富汗東北一帶。爲佛教之大乘派發源地。

〔六〕儤(bào)直：亦作"儤值"，官吏在官府連日值宿。唐楊鉅《翰林學士院舊規·初入儤直例》："每新人入，五儤三直一點，自後兩直一點，兩人齊入即無點。初入亦須酌量都儤直數足三直多少。"宋王禹偁《贈浚儀朱學士》詩："何時儤直來相伴，三入承明興漸闌。"

楯梐(bì)人：守護梐枑者。楯，同"盾"。梐，梐枑，古代宫署前阻擋行人之障礙物，以木條交叉做成，俗稱"行馬"或"拒馬叉子"。按此用《史記》陛楯郎典故。《滑稽列傳》："秦始皇時，置酒而天雨，陛楯者皆沾寒。優旃見而哀之。……居有頃，殿上上壽呼萬歲。優旃臨檻大呼曰：'陛楯郎！'郎曰：'諾。'優旃曰：'汝雖長，何益，幸雨立；我雖短也，幸休居。'於是始皇使陛楯者得半相代。"

詩作於康熙四十三年三四月間，時居京師。詩爲謝恩而作，多戴德之辭。清李伯元《莊諧詩話》有云："蒙古人以游牧爲生，嫻弓馬，耐勞苦，居無定所，亦無宫室。男婦雜處帳篷中，蔽風雨而已。帳以油布爲之，有用多羅皮者，非貴族不辦。多羅，蒙古樹名，譯言滿也。多羅之精者編作雨衣，輕巧便捷，入水不濡。卷之，一手可握。每套值銀二百餘。查初白扈駕木蘭，值大雨，聖祖以己所御雨具賜之，即多羅皮織成者也。"其述未見他書所載，且與詩中"出罽賓"云云不甚相合，姑可聊備一說。

苑中聞鶯〔一〕

晝與人聲静,牆兼晷影移〔二〕。四圍千碧樹,百囀兩黄鸝。椹熟蠶應老〔三〕,芒疎麥正垂。未聾雙耳在,爲爾立多時。

〔一〕苑中:禁苑之中,即宫廷禁地。

〔二〕晷影:日影。晷,測日影以定時刻的儀器。《晉書·魯勝傳》:"以冬至之後,立晷測影,準度日月星。"

〔三〕椹:桑椹。　蠶老:《農政全書》卷三一:"《韓氏直説》:'蠶自大眠後,十五六頓即老。'蠶自蟻至老,不過二十四五日。"又,後漢崔寔《四民月令》:"三月,清明節,令蠶妾治蠶室,除隙穴,具槌梼箔籠。"據此,"椹熟蠶老"之時當在農曆四五月間。

詩作於康熙四十三年五月,時在京城南書房當值。詩之前半叙寫景物,後半由節令物候的感悟展開想象,隱約而曲折地表露出思鄉情感,寫來深情含蓄,不露形跡。清朱彝尊評是詩曰:"遠韻高致。"

移寓城南道院納凉〔一〕

不信人間有鬱蒸〔二〕,好風來處晚涼增。滿城鐘磬初生月,隔水簾櫳漸吐燈。書少祇宜高閣庋〔三〕,牆低聊當曲欄憑。白鬚道士休相避,我已身如退院僧〔四〕。

〔一〕城南道院：在京城外西南。清吴長元《宸垣識略》卷一〇："城南道院在望遠村東，去陶然亭二里。"

〔二〕鬱蒸：悶熱。《素問·五運行大論》："其令鬱蒸。"王冰注："鬱，盛也；蒸，熱也。言盛熱氣如蒸。"杜甫《贈特進汝陽王二十韵》詩："花月窮遊宴，炎天避鬱蒸。"

〔三〕庋（guǐ）：收藏。

〔四〕退院僧：脱離寺院之年老僧人。宋陸游《初夜》詩："身似遊邊客，心如退院僧。"

詩作於康熙四十三年夏，時居京師。酷暑鬱蒸，納涼道院，是詩即記移寓道院之見聞感受。頷聯尤形象生動，遒練精警。清王文濡《清詩評注讀本》卷六評云："詩意静穆，盛夏讀之，覺颯颯有風至。"

詠金絲桃應皇太子令〔一〕

裝束渾疑出道家〔二〕，川原何用覓紅霞〔三〕。偶分高士籬邊色〔四〕，仍是仙人洞裏花〔五〕。金粉露涼朝蝶夢〔六〕，檀心香颭午蜂衙〔七〕。尋來莫怪漁舟誤，比似桃源路更賒〔八〕

〔一〕金絲桃：花名。因其花如桃而大，其鬚多而長如海棠絲，絲末各有一小蕊珠，故又名金絲海棠。《廣群芳譜》卷二五："金絲桃，南中多有之，塞外遍地叢生。六、七月開花，尤爲絢爛。花五瓣，如桃而長，色鵝黄，心微緑。" 皇太子：謂康熙第二子胤礽（一六七四——一七二四）。生後第二年即被立爲皇太子。後因結黨謀位，"不法祖德，不遵朕訓，惟肆惡虐衆，暴戾淫亂"（見《東華録》卷八一），先後兩度被廢而遭禁錮。雍正二年病故。

〔二〕“裝束”句：道家法衣多著黄色，黄色屬土，除示莊重外，寓有“道化萬物，參贊化育”之意，故云。韓愈《華山女》詩：“黄衣道士亦講説，座下寥落如明星。”注引《唐六典》：“凡道士、女道士衣服，皆以木蘭青碧皂荆黄緇之色。”

〔三〕川原：謂原野。　紅霞：喻桃花。

〔四〕高士：謂隱士。　籬邊色：指菊花。陶淵明《飲酒詩》之五：“採菊東籬下，悠然見南山。”

〔五〕仙人洞：謂天台山桃源洞，用漢劉、阮入天台採藥遇仙故事。五代王松年《仙苑編珠》卷上：“劉晨、阮肇，剡縣人也。採藥於天姥岑，迷入桃源洞，遇諸仙。經半年却歸，已見七代孫子。”又，《輿地紀勝》卷一二：“劉阮洞，在天台縣西北二十里。漢永平中，劉晨、阮肇入山採藥失道，見桃食之，覺身輕。行數里至溪滸，有二女方笄，笑迎以歸。留半載謝去，至家子孫已七世矣。”

〔六〕蝶夢：典出《莊子・齊物論》：“昔者莊周夢爲胡蝶，栩栩然胡蝶也，……俄然覺，則蘧蘧然周也。不知周之夢爲胡蝶與，胡蝶之夢爲周與?”後因以稱代夢。此句意謂：蝴蝶久久停在沾滿露水的花蕊上，足以成夢。

〔七〕檀心：指花心。　蜂衙：衆蜂簇擁蜂王，如朝拜屏衛，稱蜂衙。宋陸佃《埤雅・釋蟲》：“蜂有兩衙應朝，其主之所在，衆蜂爲之旋繞，如衛。”此謂群蜂繞聚花心。

〔八〕桃源：桃花源。晉陶潛作有《桃花源記》一文，云太元中，武陵人某捕魚從溪而行，忽逢桃花林夾兩岸，數百步無雜木，芳草鮮美，落英繽紛。漁人異之，前行窮林，林盡見山，山有小口，仿佛有光，遂舍船步入洞中。見其中别有天地，男女耕作，怡然自樂，自云先世避秦亂至此，與世隔絶，不知有漢，無論晉魏。既出，復往尋之，則迷而不復得路矣。　賒：遥遠。

詩作於康熙四十四年(一七〇五)六七月間，時奉旨隨駕木蘭圍獵後巡視邊域，由雍安嶺渡庫勒齊河抵張家口，又四百里，始入居庸關，是詩即作於黄甲營至樺榆溝途中。時年五十六歲。詩之前半由金絲海棠之外部形象展開充分想象,頸聯復就花心之容易沾蜂惹蝶作窮形盡相的描繪,不唯對仗精工,而且極具巧思。一結仍回扣一"桃"字,氣足神完。清朱彝尊評是詩曰:"老手出筆,平淡中有奇致,令人百想不能到,洵是絶調。"

烏喇帶秋分日作前夕大雷雨昨日微雪故詩中紀之〔一〕

朔野秋光少,俄驚草木衰。大都殘暑退,便是早寒來。天霽今朝雪〔二〕,山收昨夜雷。匆匆裘换葛〔三〕,節序暗相催。

〔一〕烏喇:地名,位於塞北去木蘭圍場之波羅火屯(今河北省隆化縣)行宫至張三營行宫(在波羅火屯北)間之伊遜河畔。

〔二〕霽:雨停雪止。

〔三〕裘:皮衣或棉衣俱可稱裘。清曹廷棟《養生隨筆》卷三:"放翁詩:'奇温吉貝裘。'東坡詩:'江東賈客木棉裘。'蓋不獨皮衣爲裘,絮衣亦可名裘也。" 葛:葛衣,即俗稱之夏布衫,以葛之纖維織成。

詩作於康熙四十四年七八月間,時扈從康熙帝木蘭秋獮途經烏喇小城。詩寫節序轉换,令人不知不覺,全以口語道出,平易中見警醒之意。朱彝尊評曰:"邊方風氣,不經意語寫出,奇絶。"

度達陰嶺看紅葉〔一〕

蛇躡猿攀路僅通,溪聲忽轉一山紅。行來不道秋纔半，已在寒林薄雪中。

〔一〕達陰嶺：山巒名，在今隆化縣西北。

詩作於康熙四十四年七月，時再次扈蹕塞外避暑山莊，途經承德府波羅火屯行宫以北之達陰嶺。鳥道羊腸，山路仄險，小溪湍湍，紅葉如火，薄雪紛飛，詩人行進在塞外山岡，中秋未過而冬季已臨，眼前所見，全然是一派異域風光。

淮北聞雁

風急霜清欲度淮，數聲客夢驀驚迴。與誰好作江湖伴〔一〕，憐汝亦從邊塞來。殘月曉催千片落，長天寒曳一繩開。蓮房菰米沈波後〔二〕，集澤群多亦可哀〔三〕。

〔一〕"與誰"句：初白自注："東坡詩：'我衰寄江湖，老伴雜鵝鴨。'"

〔二〕菰米：菰之實。一名雕胡米，舊時被列爲六穀之一。《本草綱目·穀二·菰米》引蘇頌曰："菰生水中，至秋結實，乃雕胡米也，古人以爲美饌。今饑歲，人猶採以當糧。"杜甫《秋興》詩之七："波漂菰米沈雲黑，露冷蓮房墜粉紅。"

〔三〕"集澤"句：初白自注："夏秋之交，淮南北皆被水。"

詩作於康熙四十五年(一七〇六)冬，時請假回鄉葬親，道經淮北，年五十七歲。詩題寫雁，實則取象徵比擬手法，句句以雁喻人，譬喻淮北災民，其藝術構思與杜牧之《早雁》詩有異曲同工之妙。

夜泊京口〔一〕

誰信勞生有路難〔二〕,山川猶作故鄉看。風翻石壁連城動,潮滿江船出口寬。細火一星疑遠市,重裘二月尚春寒。東君不管梅花信〔三〕,任向高樓笛裏殘〔四〕。

〔一〕京口:古城名。即今江蘇省鎮江市。

〔二〕勞生:辛苦勞累的生活。《莊子·大宗師》:"夫大塊載我以形,勞我以生,佚我以老,息我以死。"唐張喬《江南别友人》詩:"勞生故白頭,頭白未應休。"

〔三〕東君:司春之神。唐成彦雄《柳枝詞》之三:"東君愛惜與先春,草澤無人處也新。" 梅花信:二十四番花信風之一。宋周煇《清波雜志》卷九:"江南自初春至首夏有二十四番風信,梅花風最先,楝花風居後。"

〔四〕"任向"句:漢樂府横吹曲有名《梅花落》,亦名《梅花曲》。宋郭茂倩《樂府詩集·横吹曲辭四》:"《梅花落》,本笛中曲也。按唐大角曲,亦有《大單于》、《小單于》、《大梅花》、《小梅花》等曲,今其聲猶有存者。"

詩作於康熙四十六年(一七〇七)二月,時北上迎鑾,途次京口,年五十八歲。其《迎鑾集序》云:"丙戌(一七〇六)偪臘抵家,營先人葬事畢,將於西阡築舍爲休息計。會天子閲河南巡,在籍臣僚,例應遠迎。明年正月,買舟渡河,隨鑾自淮陽抵江寧,至蘇杭。五月初,於高郵送駕,再展六月之假,乃復歸里。"是詩即作於迎駕途中,頷頸二聯妥帖工穩,生動出色。末聯寓時光流逝、莫予我待之慨。

奉謁侍讀秦公於寄暢園敬呈五章〔一〕(選其二)

合抱凌雲勢不孤,名材得並豫章無〔二〕? 平安上報天顔喜,此樹江南衹一株〔三〕。

〔一〕侍讀: 官名,即侍讀學士。始設置於唐,初屬集賢殿書院,職在刊緝經籍。後爲翰林院學士之一,職在爲皇帝及太子講讀經史,以備顧問應對。　秦公: 疑爲秦松齡(一六三六—一七一四),字漢石,一字留仙,號對巖,又號次淑。江蘇無錫人。順治十二年(一六五五)進士,官國史院檢討,以奏銷案褫職。康熙十八年(一六七九)復舉博學鴻詞,後授檢討。典江西鄉試,官左春坊左諭德。二十三年,因事罣誤,歸。里居二十餘年,專治《毛詩》,自爲詩文集曰《蒼峴山人集》。"家有(寄暢)園,在惠山之麓,擅林泉之勝。罷官後鍵户讀書,與故人遺老倡和其中。"(清盧見曾《漁洋感舊集小傳》)　寄暢園: 在今江蘇省無錫市惠山寺左。明正德中,尚書秦金並南隱、漚寓二僧舍爲之,初名"鳳谷行窩"。後副都御史秦耀易今名,又稱秦園。明時有雲間張漣,善累石,此園布置,悉出其手,幽雅秀美,爲惠麓園林之冠。清聖祖南巡,曾駐蹕於此園中。

〔二〕豫章: 木名。《史記・司馬相如列傳》:"其北則有陰林巨樹,楩柟豫章。"張守節《正義》:"按,温活人云:'豫,今之枕木也;章,今之樟木也。二木生至七年,枕、章乃可分别。'"唐白居易《寓意》詩:"豫章生深山,七年而後知。"一説,豫章即樟木。《後漢書・王符傳》:"今者京師貴戚,必欲江南檽梓豫章之木。"李賢注:"豫章,即樟木也。"

〔三〕此樹: 初白自注:"園中樟樹一本,乃數百年物,上嘗傳問此樹無恙,故云。"

詩作於康熙四十六年四五月間,時隨鑾駕小駐無錫寄暢園。關於此詩所詠樟木,清陳康祺《燕下鄉脞録》有云:"無錫惠山寄暢園,有樟樹一株,其大數抱,枝葉皆香,千年物也。聖祖南巡,每幸園,嘗撫玩不置。第六次回鑾後,猶憶及之,問無恙否? 查慎行詩云云。迨聖祖賓天,此樹遂枯,亦可異也。"清翁方綱評是詩曰:"可作故實。"

虎丘花信樓與馬素村別〔一〕

樓頭樹色已葱葱,樓外烟光薄未融〔二〕。客況前遊前度夢〔三〕,春程一雨一番風。緑蕪望極空濛際〔四〕,白髮痕深聚散中。多感故人臨別意,揮絃遥送倦飛鴻〔五〕。

〔一〕虎丘: 山名。在今江蘇省蘇州市西北閶門外。南朝宋裴駰《史記集解》引《越絶書》曰:"闔閭冢在吴縣昌門外,名曰虎丘。下池廣六十步,水深一丈五尺,桐棺三重,澒池六尺,玉鳧流扁諸之劍三千,方員之口三千,槃郢、魚腸之劍在焉。卒十餘萬人治之,取土臨湖。葬之三日,白虎居其上,故號曰虎丘。"又,《讀史方輿紀要》卷二四:"虎丘山,府西北七里。一名海湧山。相傳闔閭葬處,唐時諱虎,亦曰'武丘'。" 花信樓: 虎丘附近樓名。 馬素村: 名翼贊,字叔静,寒中弟。初白同鄉好友。雍正癸卯(一七二三)進士,曾官觀城知縣。

〔二〕融: 和煦;暖和。前蜀毛文錫《接賢賓》詞:"香韉鏤襜五花驄,值春景初融。"

〔三〕"客況"句: 初白自注:"去年二月泊舟樓下,五日乃渡江。"

〔四〕緑蕪: 叢生之緑草。唐韓偓《船頭》詩:"兩岸緑蕪齊似剪,掩映雲山相向晚。"

〔五〕“揮絃”句：語本三國魏嵇康《四言贈兄秀才公穆入軍詩》之一四：“目送歸鴻，手揮五弦，俯仰自得，游心太玄。”此化用其句意。

詩作於康熙四十七年（一七〇八）春，時葬親假滿，北上返京供職，途經蘇州虎丘山，時年五十九歲。從是詩末句看，作者自視爲“倦飛”之鴻，其歸隱之志已萌，不復視仕途爲蓬萊仙境矣。

池河驛〔一〕

古驛千家聚，鍾離北望孤〔二〕。河流近淮泗〔三〕，山脈盡荆塗〔四〕。客飯論珠貴〔五〕，村醪計盞沽〔六〕。明朝貪早發，前路入平蕪。

〔一〕池河驛：參前七律《池河驛》注〔一〕。

〔二〕鍾離：城名。《讀史方輿紀要》卷二一《鳳陽府》：“鍾離城，在（臨淮）縣東四里，古鍾離子國。”漢置鍾離縣，三國魏廢，晉復置，改燕縣，北齊復名鍾離，金改臨淮，元復舊稱，明又改臨淮，清入鳳陽府。故城在今安徽鳳陽縣東北二十里。

〔三〕淮泗：淮河與泗水。詳前《望碭山》詩注〔三〕。

〔四〕荆塗：荆山與塗山。荆山，在今安徽懷遠縣西南一里。塗山，在今安徽懷遠縣東南八里，淮河東岸，亦名當塗山。與荆山夾淮對峙。《讀史方輿紀要》卷二一《鳳陽府》引《水經注》：“荆塗二山，相爲一脈。禹以桐柏之流泛濫爲害，乃鑿山爲二以通之。今兩山間有斷接谷，濱淮爲勝。”

〔五〕“客飯”句：語本《戰國策·楚策三》：“楚國之食貴於玉，薪貴於桂。”宋蘇軾《浣溪沙·再和前韻》詞：“空腹有詩衣有結，濕薪如桂米如珠。"

〔六〕村醪：村酒。醪，本指酒釀。引申爲濁酒。唐司空圖《柏東》詩："免教世路人相忌，逢著村醪亦不憎。"

詩作於康熙四十七年春，時返京供職途經安徽定遠縣之池河鎮。詩人十三年前偕同學許霜巖遊歷開封回歸海寧故里時，曾作過一首七律《池河驛》，描述了此地的自然風光，表達了一種過客匆匆、倦羽還歸的心情。十三年後，詩人再度經過此地，山河依舊，然而"客飯論珠貴，村醪計盞沽"，生活却今非昔比、大不如前了。全詩雖不著一字褒貶，而康熙"盛世"景況，由此可見一斑。

臨淮縣渡河〔一〕

暴漲衝橋斷，孤城比石堅〔二〕。中流聲沸地，別浦氣沈烟。渴虎憎關吏〔三〕，饑烏仰客船。渡淮魚米賤，隣壤接豐年。

〔一〕臨淮縣：在鳳陽縣東。始名于金代，明初曾爲府治。參見上首注〔二〕。

〔二〕孤城：謂臨淮城。

〔三〕渴虎：宋蘇軾《白水山佛蹟巖》詩："潛鱗有飢蛟，掉尾取渴虎。"初白注引《唐子西語録》："惠州有潭，潭有潛蛟，人未之信也。虎飲水其上，蛟尾而食之。俄而浮骨水上，人方知之。"

詩作於康熙四十七年春，時由海寧返京，途經臨淮縣城。臨淮城位於東濠水與淮河交匯處，縣城屢圮於大水。初白渡淮所見，亦屬驚心動魄。而守渡關吏却乘機大敲竹杠,其貪於財猶渴虎之貪於飲,誠如孔子所云:"小子識之,苛政猛於虎也。"

大雪暮抵開封湯西崖前輩留飲學署二首〔一〕(選其二)

一代文章伯〔二〕,中原桃李陰〔三〕。青春聊作伴〔四〕,白髮莫相侵〔五〕。與國培元氣〔六〕,於公識苦心。人知讀書貴,士價比黄金〔七〕。

〔一〕湯西崖:湯右曾,字西崖,參前《同吴六皆陳叔毅湯西崖宿摩訶庵》詩注〔一〕。

〔二〕"一代"句:《四庫全書總目》卷一七三:"論者稱浙中詩派,前推竹坨,後推西崖,兩家之間,莫有能越之者。"

〔三〕桃李陰:謂弟子門生衆多。《新唐書·狄仁傑傳》:"天下桃李,悉在公門矣。"唐白居易《春和令公緑野堂種花》詩:"令公桃李滿天下,何用堂前更種花?"又,清鄭方坤《國朝名家詩鈔小傳》:"西崖爲漁洋入室弟子,初膺史職,終掌院事,大小雅材,悉歸陶冶。"

〔四〕"青春"句:杜甫《聞官軍收河南河北》詩:"白日放歌須縱酒,青春作伴好還鄉。"此化用其句。

〔五〕"白髮"句:晉《子夜歌》:"誰知相思老,玄鬢白髮侵。"

〔六〕元氣:關乎國家生存發展之精神與物質力量,此謂人材。

〔七〕"士價"句:明岳正詩:"黄金不置高臺上,似怪年來士價輕。"

詩作於康熙四十七年二月,時由海寧返京,途經河南開封。湯右曾爲初白前輩好友,彼此相識亦早,還在康熙二十三年(一六八四)七八月間初白遊學京師時,便曾一起同遊香山。此番道經開封,距第一次相識時隔二十四年,西崖正以禮部給事中提督河南學政。故人重逢,把盞開懷,其喜悦之情可以想見。然是詩未曾著筆一"逢"字或一"飲"字,而着重突出了西崖的地位聲望及其對河南學界所作出的貢獻,藉此以表達自己的崇敬心情,而彼此相知相慕之情誼亦不言自明。全詩入深出淺,熟處求生,看似平平不甚用勁,實則精氣内斂,功力彌滿。

渡黄河

地勢豁中州〔一〕,黄河掌上流。岸低沙易涸,天遠樹全浮。梁宋回頭失〔二〕,徐淮極目收〔三〕。身輕往來便,自嘆不如鷗。

〔一〕豁:開朗;寬敞。《漢書·揚雄傳》上:"灑沈菑於豁瀆兮,播九河於東瀕。"唐顔師古注:"豁,開也。" 中州:謂中原地區。宋王安石《黄河》詩:"派出崑崙五色流,一支黄濁貫中州。"

〔二〕梁宋:均古國名。梁,戰國時魏國。公元前三六一年,魏惠王遷都大梁(今河南開封),此後,魏遂亦稱之梁。宋,開國君主爲商王紂之庶兄微子啓,建都商丘(今河南商丘南),有今河南東部及山東、江蘇、安徽間地。公元前二八六年爲齊所滅。

〔三〕徐淮:均地名。徐,徐州,古九州之一,《書·禹貢》:"海岱及淮惟徐州。"孔穎達傳:"東至海,北至岱,南及淮。"所轄約在今江蘇、山東、安徽之部分地區。淮,淮河。

詩作於康熙四十七年二三月間,時由海寧返京,途經開封以北之黄河渡口。詩人多次往返江浙與京師之間,備嘗道路艱苦,尤其此番回京,實有身不由己之慨。其《還朝集序》有云:“家居一年,展限已滿,州縣敦迫就道,勢難逡巡。”可見迫於皇命,無可奈何,而推其本心,已欲早賦《遂初》,不想常伴君王,故其結尾嘆曰:“身輕往來便,自嘆不如鷗。”詩之前三聯,則分別從各個不同角度,或遠觀,或近視,或回看,表現了黄河的浩蕩東流與中原地勢的開闊,氣魄宏大,超邁横絶,令人胸襟爲寬,寫來清雄沉博,雋偉奔逸。

早過淇縣〔一〕

高登橋下水湯湯,朝涉河邊露氣涼〔二〕。行過淇園天未曉〔三〕,一痕殘月杏花香。

〔一〕淇縣:清屬衛輝府。《讀史方輿紀要》卷四九《衛輝府》:“淇縣,在府北五十里。北至彰德府湯陰縣六十里。漢河内郡朝歌縣地,唐宋時衛縣之鹿臺鄉也。元初置淇州,又置臨淇縣爲州治,屬大名路。至元三年,省臨淇縣,以淇州屬衛輝路。明初改州爲縣。”

〔二〕“高登”二句:初白原注:“高登橋、朝涉河皆在城南。” 水湯(shāng)湯:語本《詩經·衛風·氓》:“淇水湯湯,漸車帷裳。”湯湯,水盛流貌。

〔三〕淇園:地名,以産竹著稱。《詩·衛風·淇奥》所詠:“瞻彼淇奥,緑竹猗猗。”即此。《清嘉慶重修一統志》卷二〇〇《衛輝府二》:“淇園,在淇縣西北三十五里,即《詩》所詠‘淇奥’也。”

詩作於康熙四十七年三月,時由海寧北行還朝供職,途經今河南省淇縣。詩之前三句依次寫出早行所經過的地方,緊扣一“早”字。詩之末句則寫其早行所見之特有景色:杏花淡宕,殘月朦朧。有此清疏妙麗之筆,全詩境界齊出,尤顯婉約柔麗,清淡幽美。清張維屏《國朝詩人徵略》

引《聽松廬詩話》云:“初白先生詩極清真,極雋永,亦典切,亦空靈,如明鏡之肖形,如化工之賦物,其妙衹是能達。”

鄴下雜詠四首〔一〕(選其二)

一賦何當敵《兩京》〔二〕,也知土木費經營。濁漳確是無情物〔三〕,流盡繁華只此聲!

〔一〕鄴下:猶鄴中,即三國魏之都城鄴。故址在今河北省臨漳縣西南鄴鎮東。

〔二〕一賦:謂晉左思之《魏都賦》。《兩京》:謂東漢張衡所作《西京賦》和《東京賦》。按,《魏都賦》曾極寫鄴城之山川、形勝、物産與建築,初白謂不敵《兩京賦》,實則盛贊鄴城當年之無比繁華昌盛,誠左思難能窮盡。

〔三〕濁漳:謂漳水。《讀史方輿紀要》卷四九《彰德府》:“漳水,在臨漳縣西。有二源:一出山西潞安府長子縣發鳩山,曰濁漳,東流入府界,過林縣北,又東經安陽縣北,至縣西而合清漳。一出山西太原府平定州樂平縣少山,曰清漳,歷遼州潞安府境入府界,經涉縣及磁州南,又東南經縣西,合於濁漳。其相合處,謂之交漳口。”按,此以濁漳代清漳,實指二漳合流後之漳河水。

詩作於康熙四十七年三四月間,時由海寧北行還朝供職,途經臨漳縣古鄴都。鄴城在歷史上無比繁華,曾是曹操挾天子以令諸侯的地方,但初白到此,早已冷落荒涼,雖水聲依舊,而古鄴面目皆非。詩人對此十分感慨,寫下《鄴下雜詠》詩四首。然四首之中,餘皆叙寫眼前風物,唯此詩大有懷古之意,興亡之感。當年之繁華消歇,與漳河之流水依舊,本屬並無干係的兩件事,而作者却以擬人化的手法,用“流盡繁華只此聲”表明了歷史的無情,將漳河流淌之無心變爲流盡繁華之有意行動,其構思不可謂不妙。

鴉拾粒行

牛前仰而犁,鴉後俯以拾。牛豈爲鴉耕,鴉因牛得粒。農夫呞牛長苦饑〔一〕,不如鴉群飽食東西飛。

〔一〕呞牛:餵牛。呞,牛反芻。《詩·小雅·無羊》:"爾牛來思,其耳濕濕。"毛傳:"呞而動其耳濕濕然。"陸德明《釋文》:"呞,本又作'齝',亦作'齝',……郭注《爾雅》云:'食已,復出嚼之也。'"

詩作於康熙四十七年三四月間,時北行還朝供職,途經順德府(今河北省邢臺市)。詩雖寫鴉之"因牛得粒",大乘其便,實則意在譴責世間之不勞而獲者。

七月十四夜寓樓對月〔一〕

此地殊空闊,高樓更上層。天孤一輪月,星散萬家燈。稍覺浮塵斂,俄看濁水澄。夜涼人不寐,好景惜憑陵〔二〕。

〔一〕寓樓:在城南道院。初白《道院集序》云:"余自甲申(一七〇四)以後,僦居城南道院者三年。今春寓直西郊,五月駕幸山莊避暑,余仍回舊寓。”

〔二〕憑陵：侵凌。李白《大鵬賦》：“燀赫乎宇宙，憑陵乎崑崙。”

詩作於康熙四十七年七月十四日，時居京師城南道院。詩之首聯從側面落筆，寫賞月環境；中間兩聯正面寫月色月景，頷聯工致而深遠幽静；末聯則以月好人難入寐作結，伸足“對月”題意。全詩平和通脱，閒淡自然，高簡而不率易。

初遊城南陶然亭〔一〕

望遠村東緩轡遊〔二〕，忽從飲馬得清流。黄塵烏帽抽身晚〔三〕，白露蒼葭洗眼秋〔四〕。風偃萬梢鋪井底〔五〕，日斜雙鷺起城頭。誰憐一派蕭蕭意，我是江湖未泊舟。

〔一〕陶然亭：在今北京市區南隅，右安門内東北。原名“江亭”，始建於康熙三十四年（一六九五），爲工部郎中江藻所建，其山門内簷下金字木匾上“陶然”二字即江藻遺墨，取白居易《與夢得沽酒閑飲且約後期》詩“更待菊黄家醞熟，共君一醉一陶然”詩意。一九五二年始闢爲陶然亭公園。

〔二〕望遠村：初白自注：“余寓居道院在望遠村東，去亭纔二里。”

〔三〕黄塵：喻俗世；塵世。明高啓《江上晚眺圖》詩：“觀圖忽起滄洲想，身墮黄塵又幾年。” 烏帽：黑帽。庶民或隱者之帽。唐白居易《池上閑吟》詩之二：“非道非僧非俗吏，褐裘烏帽閉門居。”

〔四〕白露蒼葭：語本《詩・秦風・蒹葭》：“蒹葭蒼蒼，白露爲霜。”蒹葭，均水草名。

〔五〕偃：倒伏。《字彙》：“偃，仆也，靡也。”

詩作於康熙四十七年秋，時居京師城南道院。是詩爲記遊詩，然而作者因景傳情，表露的是抽身惜晚、飄泊動盪不定的情緒，其在官場的不自在、不得意於此可見；其觸景生情，期待過"更待菊黄家釀熟，共君一醉一陶然"之終老林下生活的祈向亦由此可知。清翁方綱評是詩曰："辛丑(一七八一)與竹坪、晚屏兩司成集話此亭，同誦此詩久之。"

武英殿後老桑〔一〕

出牆如蓋勢童童〔二〕，初日移陰小殿東。辜負江鄉蠶老候〔三〕，鳥鴿餘椹滴階紅〔四〕。

〔一〕武英殿：故宫宫殿名。清于敏中《日下舊聞考》卷一三："熙和門之西爲武英殿，規制如文華(殿)。門前御河環繞，石橋三。殿前後二重，皆貯書籍，凡欽定命刊諸書，俱於殿左右直房校刻裝潢。西北有浴德堂，爲詞臣校書直次，設總裁統之。"又："武英殿五楹，殿前丹墀東西陛九級。"

〔二〕童童：茂盛貌。語本《三國志・蜀志・先主傳》："舍東南角籬上有桑樹生，高五丈餘，遥望見童童如小車蓋。"

〔三〕蠶候：蠶事方興之徵候。《禽經》："商庚，夏蠶候也。"張華注："此鳥鳴時，蠶事方興，蠶婦以爲候。"

〔四〕鴿(qiān)：同"鵮"，鳥啄物。《廣韻》："鵮，鳥啄物也。"唐韋莊《李氏小池亭十二韻》："花落魚争喋，櫻紅鳥競鴿。"　椹：桑椹。桑樹果實，色紅紫，可入藥。

詩作於康熙四十八年(一七〇九)五月，時移居京師宣武門西寓舍，時年六十歲。詩詠"老桑"，實則有以老桑自喻之意。其《四月二十四日奉旨偕錢亮功汪紫滄兩同年赴武英書局編纂佩文韻府口占示同事諸君二首》詩之一有云:"六年供奉毫無補,天語蒙褒下禁中。聯步久趨丹陛北,直廬今寓浴堂東。名連進士慚同進,管秃中書笑不中。那免退之譏磊落,依然《爾雅》注魚蟲。"顯然,初白對於奉旨修書腹有牢騷,却又難以直表。後二句弦外之音,正有未展其材、未盡其用之意。

庭樹聞蟬

委蜕知何處〔一〕,吾廬忽有蟬。不嫌清晝永〔二〕,轉愛緑陰圓。薄比彈冠況〔三〕,清同舉室懸〔四〕。柴門虚倚杖,悵望晚涼天。

〔一〕委蜕:謂自然所付與之軀殼。此指蟬蜕。金王若虚《感秋》詩:"此身委蜕耳,毁棄無足惜。"

〔二〕永:長。

〔三〕薄:謂蟬翼之薄。　彈冠:謂爲官出仕。陸游《憶昔》詩:"早知虚起彈冠意,悔不常爲秉燭遊。"

〔四〕"清同"句:古人以爲蟬飲露爲生,故云其有清儉之德。晉陸雲《寒蟬賦》:"含氣飲露,則其清也;黍稷不享,則其廉也;處不巢居,則其儉也。"舉室懸,謂居無所有。典出《南史·謝超宗傳》:"右衛將軍劉道隆出候超宗曰:'聞君有異物,可見乎?'超宗曰:'懸磬之室,復有異物邪?'"

詩作於康熙四十八年(一七〇九)夏末秋初,時居京師宣武門西寓舍,年六十歲。是年四月二十四日,初白被調離内廷,奉旨赴武英書局編纂《佩文韻府》,開始了三年"依然《爾雅》注魚蟲"的修書生涯,這是一樁吃力而又不顯達的差使,時限又極緊迫,因此他中心鬱鬱,失意之情每每難以掩飾。是詩即是這一心境之生動體現。詩中以蟬之"清"之"薄"自喻自況,表現了一種惆悵失望的情緒。翰林學士向爲清貴之官,南書房更爲清要之地,可是初白却未能飛黄騰達,相反却跌入進退兩難的苦惱境地。

聽琴工吴觀心彈欸乃作歌贈之〔一〕

九疑之麓〔二〕,瀟湘之潯〔三〕,碧羅帶繞青瑶簪〔四〕。元音一散萬萬古〔五〕,墮入泱漭氣鬱沈〔六〕。漁翁鼓棹如鼓琴〔七〕,晚遇元柳爲知音〔八〕。却將《欸乃曲》,寫出烟波心。雨濛濛兮木梣梣〔九〕,鷓鴣低飛猿叫霧〔一〇〕。一聲兩聲斑竹裂〔一一〕,十里五里江天陰。秋風掠岸涼吹襟,思婦夜敲斷續碪〔一二〕。忽然日出花滿林,黄鸝紫燕春愔愔〔一三〕。遊絲飄空幾千尺〔一四〕,山長水闊無古今。乍高乍墜勢莫禁,愈近愈遠端難尋。不知覿面者誰子〔一五〕,恍若獨坐成連海外之孤岑〔一六〕。吴生絶技乃至此,正氣所感感更深。我思欲學奈衰老,心粗指硬恐不任。膏肓稍以砭石鍼〔一七〕,有耳肯聽桑濮淫〔一八〕。吁嗟乎！吾之知吴蓋已淺,聊託寂寞《滄浪吟》〔一九〕。

〔一〕吴觀心:生平未詳。　欸(ǎi)乃:《欸乃曲》。唐樂府近代曲名,元結作。其自序云:"大曆初,結爲道州刺史,以軍事詣都,使還州,逢春水,舟行不進,作《欸乃曲》,令舟子唱之,以取適於道路云。"曲凡五首,其一曰:"偏存名跡在人間,順俗與時未安閒。來謁大官兼問政,扁舟却入九疑山。"其四曰:"零陵郡北湘水東,浯溪形勝滿湘中。溪口石顛堪自逸,誰能相伴作漁翁。”欸乃,棹船摇櫓聲。

〔二〕九疑:山名。一作“九嶷”。又名蒼梧山。在今湖南寧遠縣南,相傳虞舜死後葬此。《水經・湘水注》:“九疑山盤基蒼梧之野,峯秀數郡之間,羅巖九舉,各導一溪,岫壑負扭,異嶺同勢,遊者疑焉,故曰九疑山。”

〔三〕瀟湘:瀟水與湘水。亦謂湘江。因湘江水清深,故名瀟湘。《山海經・中山經》:“帝之二女居之,是常游於江淵。澧沅之風交瀟湘之淵,是在九江之間,出入必以飄風暴雨。”清郝懿行《箋疏》:“《湘中記》曰:‘湘川清照五六丈。’是納瀟湘之名矣。”南朝謝朓《新亭渚别范零陵》詩:“洞庭張樂地,瀟湘帝子遊。” 潯:水邊。漢枚乘《七發》:“周馳乎蘭澤,弭節乎江潯。”李善注引《字林》曰:“潯,水涯也。”

〔四〕碧羅帶:喻湘江。 青瑶簪:喻九疑山。唐韓愈《送桂州嚴大夫》詩:“江作青羅帶,山如碧玉簪。”此化用其句。

〔五〕元音:純正而完美的聲音,常用以指詩歌。

〔六〕泱漭:水勢浩瀚貌。 鬱沈:即沈鬱,深沉蕴積。

〔七〕棹(zhào):船槳。

〔八〕元柳:謂元結與柳宗元。按,元結作有樂府曲辭《欸乃曲》;柳宗元著有《漁翁》詩:“漁翁夜傍西巖宿,曉汲清湘燃楚竹。烟銷日出不見人,欸乃一聲山水緑。迴看天際下中流,巖上無心雲相逐。”詩因云“知音”。

〔九〕栫(chén)栫:青青貌。栫,木色青。

〔一〇〕霒(yīn):同“霠”。雲覆日。唐韓愈等《遠遊聯句》:“靈瑟時窅窅,霒猿夜啾啾。”孫汝聽注:“霒,雲覆日也。霒猿,謂猿在雲間也。”

〔一一〕斑竹:竹身帶有紫褐色斑點的竹子,俗稱湘妃竹。晉張華《博物志》卷八:“堯之二女,舜之二妃,曰湘夫人。帝崩,二妃啼,以淚揮竹,竹盡斑。”唐韓愈《送惠師》詩:“斑竹啼舜婦,清湘沉楚臣。”

〔一二〕碪:亦作“砧”。《廣韵・侵韵》:“碪,擣衣石也。”

〔一三〕紫燕：燕之一種，亦稱越燕。宋羅願《爾雅翼・釋鳥》三："越燕小而多聲，頷下紫，巢於門楣上，謂之紫燕，亦謂之漢燕。" 愔(yīn)愔：安和貌。《左傳・昭公十二年》："祈招之愔愔，式招德音。"

〔一四〕遊絲：飄動着的蛛絲。南朝梁沈約《三月三日率爾成篇》："游絲映空轉，高楊拂地垂。"

〔一五〕覿(dí)面：當面；迎面。宋陸游《前詩感慨頗深猶吾前日之言也明日讀而悔之乃復作此然亦未能超然物外也》詩："世人欲覓何由得，覿面相逢唤不應。"

〔一六〕成連：人名。春秋時著名琴師。據唐吴兢《樂府古題要解・水仙操》：伯牙嘗從(連)學琴，三年而成，於精神情志未能專一。成連云："吾師子春在海中，能移人情。"遂與俱至蓬萊山，曰："吾將迎吾師。"刺船而去，旬時不返。(牙)但聞海水汩没崩澌之聲，山林窅冥，群鳥悲號。愴然嘆曰："先生將移我琴。"乃援琴歌之。曲終，成連刺船還。伯牙遂爲天下妙手。 岑：小而高的山。《爾雅・釋山》："岑，山小而高曰岑。"

〔一七〕膏肓：中醫學稱心臟下部爲膏，隔膜爲肓。《左傳・成公十年》："醫至，曰：'疾不可爲也，在肓之上，膏之下，攻之不可，達之不及，藥不至焉，不可爲也！'"注："肓，鬲也。心下爲膏。" 砭(biān)石鍼：古代醫療工具，經磨製而成之尖石或石片。用以治癰疽，除膿血。《素問・異法方宜論》："其病皆爲癰瘍，其治宜砭石。"注："砭石謂以石爲鍼也。"鍼，同"針"。

〔一八〕桑濮：謂"桑間濮上"，指淫靡之音。《禮記・樂記》："桑間濮上之音，亡國之音也。其政散，其民流，誣上行私而不可止也。"鄭玄注："濮水之上，地有桑間者，亡國之音於此之水出也。昔殷紂使師延作靡靡之樂，已而自沈於濮水。後師涓過之，夜聞而寫之，爲晉平公鼓之。"

〔一九〕《滄浪吟》：《楚辭・漁父》："漁父莞爾而笑，鼓枻而去，乃歌曰：'滄浪之水清兮，可以濯吾纓；滄浪之水濁兮，可以濯吾足。'"

詩作於康熙四十九年(一七一〇)春夏間,時居京師宣武門西寓舍,時年六十一歲。詩之前九句爲引子,由吴觀心所彈之《欸乃曲》,聯想到元次山當年由京都南返道州途經瀟湘時,爲"取適於道路"所作歌曲及沿途所見之青山碧水,爲吴之高超演奏技巧的發揮作環境氣氛上的渲染和情節内容上的鋪墊。中間部分切入正題,寫琴工吴生之演奏内容的清超高妙及演奏絶技之無與倫比,傳神入態,繪聲繪影,變幻莫測,氣象萬千。結尾九句則針對俗世所流行之桑濮之音發抒感慨,盛贊吴生所彈爲針砭社會痼疾之神鍼,彼此雖相知亦淺,然憑此足可以引爲知音。全詩以雜言參差相間,運用自如,風格高騫,辭意勁節,聲情並茂,爲初白雜體之代表作品之一。

題同年張蒿陸落葉詩卷後〔一〕

詩境全從寄託深,開編静對見君心。行收珠玉揮毫手〔二〕,往和風霜落葉吟。竹老爲椽仍中笛〔三〕,桐焦入爨始成琴〔四〕。五千言領知希意〔五〕,不要人人盡賞音。

〔一〕同年:舊時科舉謂同榜者爲同年。唐劉禹錫《送張盥赴舉詩引》:"古人以偕受學爲同門友,今人以偕升名爲同年友。" 張蒿陸:生平未詳。曾由翰林學士改官福建建寧府松溪縣令,雖與初白同年,但彼此一生交往無多。檢視《敬業堂詩集》,除此詩外,僅衹兩首,一爲作於同年之《張蒿陸有賢子三十而夭屬作輓詞》,一爲作於五年後之《建寧遇同年張蒿陸張由詞館改知松溪縣今將移疾乞休詩以慰之》。

〔二〕珠玉:喻美妙的詩文。《晉書·夏侯湛傳》:"咳唾成珠玉,揮袂出風雲。"又,杜甫《和賈至早朝》詩:"朝罷香煙攜滿袖,詩成珠玉在揮毫。"

〔三〕“竹老”句：晉伏滔《蔡邕長笛賦序》曰：“余同僚桓子野，有故《長笛賦》，傳之耆艾，云蔡邕所作也。初，邕避難江南，宿於柯亭。柯亭之館，以竹爲椽。仰而眄之曰：‘良竹也。’取以爲笛，奇聲獨絶，歷代傳之。”中，適合。

〔四〕“桐焦”句：用蔡邕焦尾琴事，詳參前《得川叠前韻從余問詩法戲答之》詩注〔五〕。

〔五〕五千言：指代老子《道德經》。《史記·老子韓非列傳》：“老子迺著書上下篇，言道德之意五千餘言而去，莫知所終。”唐白居易《養拙》詩：“迢遥無所爲，時窺五千言。”　希意：謂迎合他人旨意。《莊子·漁父》：“希意道言謂之諂，不擇是非而言謂之諛。”

詩作於康熙四十九年春夏間，時居京師宣武門西之寓舍。是詩爲初白集中少量與其詩歌創作理論有關之篇什之一。就詩旨言，作者顯然崇尚寄託遥深，主張意在言外；就詩之形式言，詩人不反對字面的華麗藻飾，只要言之有物，非無病呻吟；就詩之創作過程言，初白提倡功力學問，“老竹”、“焦桐”，終成奇韻；而就詩歌鑒賞言，這位作手希望能有自己的創作個性，並不在乎他人的抑揚褒貶。詩雖就張蒿陸之詩稿發表看法，從中却不難看出初白之論詩祈向。

謝院長惠西洋蒲桃酒〔一〕

妙釀真傳海外方，龍珠滴滴出天漿〔二〕。醍醐灌頂知同味〔三〕，琥珀浮瓶得異香〔四〕。直可三杯通大道〔五〕，誰教五斗博西涼〔六〕。平生悔讀無功記〔七〕，誤被村醪引醉鄉。

〔一〕院長：謂揆叙。初白選庶吉士，揆叙爲館師，故法式善《存素堂詩集》云:"一生學初白,初白且師之。"詳參前《鷹坊歌同實君愷功作》詩注〔一〕。　惠:賜;贈。　蒲桃酒:即葡萄酒。

〔二〕龍珠:珍貴的寶珠。語本《莊子·列禦寇》:"夫千金之珠,必在九重之淵,而驪龍頷下。"此喻酒滴。　天漿:上天之飲料、漿汁。唐韓愈《調張籍》詩:"刺手拔鯨牙,舉瓢酌天漿。"

〔三〕醍醐灌頂:佛教以醍醐灌人之頂,喻以智慧灌輸於人,使人徹悟清醒。《敦煌變文集·維摩詰經講經文》:"又所蒙處分,令問維摩,聞名之如露入心,共語似醍醐灌頂。"按,此謂清涼舒適。唐顧況《行路難》之二:"豈知灌頂有醍醐,能使清涼頭不熱。"醍醐,製作奶酪時,上一重凝者爲酥,酥上加油者爲醍醐。

〔四〕琥珀:喻蒲桃美酒。唐李賀《殘絲曲》詩:"緑鬢年少金釵客,縹粉壺中沉琥珀。"又,宋趙令畤《侯鯖録》卷一引張文潛詩:"尊酒且傾濃琥珀,淚痕更著薄胭脂。"

〔五〕"直可"句:謂飲酒可通向超脱之道。語本李白《月下獨酌》詩之二:"賢聖既已飲,何必求神仙。三杯通大道,一斗合自然。"

〔六〕西涼:州名,即古涼州,今甘肅武威。《後漢書·張讓傳》:"扶風人孟佗,資産饒贍,與奴朋結,傾竭饋問,無所遺愛。……佗分以遺讓,讓大喜,遂以佗爲涼州刺史。"唐李賢注引《三輔決録注》:"佗字伯郎。以蒲陶酒一斗遺讓,讓即拜佗爲涼州刺史。"按,初白詩以"五斗"易"一斗",或爲去入四聲故。蘇軾《次韻秦觀秀才見贈》詩:"將軍百戰竟不侯,伯郎一斗得涼州。"

〔七〕無功:唐詩人王績(五八五—六四四),字無功,絳州龍門(今山西河津)人。王通之弟。嘗居東皋,遂自號東皋子。仕隋爲秘書省正字,唐初以原官待詔門下省。後棄官還鄉。據《新唐書》本傳:(績)性簡放,不喜拜揖,以嗜酒不任事。"故事,官給酒日三升,或問:'待詔何樂邪?'答曰:'良醖可戀耳!'侍中陳叔達聞之,日給一斗,時稱'斗酒學士'。……著《醉鄉記》以次劉伶《酒德頌》。其飲至五斗不亂,人有以酒邀者,無貴賤輒往。著《五斗先生傳》。"

詩作於康熙四十九年夏，時居京師宣武門西寓舍。所詠西洋蒲桃酒，可見康熙朝歐風東漸之一端。全詩平正純熟，隸事精切，深穩遒練，舂容暢達。

送同年唐益功出宰德清十八韻〔一〕

荆川嫡派承家學，經濟文章孰比優？忝附同年成進士，欣看鄰境得賢侯〔三〕。是邦約略吾能説，此去艱難爾勿愁。小吏兩三迎水遞〔四〕，長亭五十接鄉郵〔五〕。菰蒲影裏攜琴譜〔六〕，菡萏香中發櫂謳〔七〕。到邑不離黄蔑舫〔八〕，浮家且傍白蘋洲〔九〕。俗經旱潦需仁政，天與溪山賦近遊。千丈奇峯當案立〔一〇〕，一支健水入城流〔一一〕。帆檣絡繹疑官路〔一二〕，烟火微茫辨市樓。籬落鳩鳴茶足雨〔一三〕，野田雉雊麥先秋〔一四〕。風醒曉岸魚蝦賤，葉暗農郊桑柘稠〔一五〕。碧甃村村工釀酒，紅裙箇箇善操舟。向來風物原如此，比日流亡稍復不？開廩屢蒙恩賑卹〔一六〕，催科聊緩歲徵求〔一七〕。瑟當急調絃須改，藥遇名醫病必瘳〔一八〕。預想居民多喜色，愧無贈策佐前籌〔一九〕。蟻封豈合長馳駿〔二〇〕，雞割何妨暫解牛〔二一〕。别有虚懷人未識，下車先爲訪南州〔二二〕。

〔一〕唐益功：唐執玉（？—一七三三），字益功，一字薊門。江南武進（今屬江蘇省）人。康熙四十二年（一七〇三）進士。授浙江德清知縣，遷鴻臚寺卿，歷奉天府府丞、大理寺少卿。雍正二年（一七二四）遷禮部侍郎，擢左都御史；七年，命署直隸總督，領刑部尚書。性嚴正持大體,執法無所撓,糾察不避權貴。《清史稿》卷二九二:"執玉重民事,每請從寬大,疏入輒報可。執玉嘗曰:'吾才拙,政事不如人,可自力者勤耳。勤必自儉始。'養廉歲用十三四,餘歸之司庫。" 德清:縣名,清屬湖州府。《讀史方輿紀要》卷九一:"德清縣,府南九十里。本烏程縣地,晉以後爲武康縣之東境。唐天授二年,析置武源縣,屬湖州。"

〔二〕荆川:謂明散文大家唐順之(一五〇七—一五六〇),字應德,武進人。嘉靖八年(一五二九)會試第一,改庶吉士,選翰林院編修,以事削籍歸。後因抗倭有功,以郎中擢右僉都御史,巡撫鳳陽。爲古文汪洋紆折,屹然爲明中葉之一大宗派。著有《荆川集》,世稱荆川先生。《明史》卷二〇五:"順之於學無所不窺。自天文、樂律、地理、兵法、弧矢、勾股、壬奇、禽乙,莫不究極原委。"

〔三〕鄰境:初白家海寧,屬杭州府,毗鄰湖州府,因云。 賢侯:對有德位者之敬稱。三國魏邯鄲淳《贈吴處玄》詩:"見養賢侯,於今四祀。"

〔四〕水遞:水遞鋪,遞運飲泉水之驛站。

〔五〕長亭:亦稱"十里長亭"。古時每於道路相隔十里設一長亭以供行旅停息,因稱。北周庾信《哀江南賦》:"十里五里,長亭短亭。" 鄉郵:鄉間傳遞公文的驛站,公文步遞爲郵。

〔六〕菰蒲:均水生植物。詳前《舟曉次德尹韻二首》詩注〔二〕。

〔七〕菡萏(dàn):謂荷花。《爾雅・釋草》:"荷,芙渠……其華菡萏。"南唐李璟《浣溪沙》詞:"菡萏香銷翠葉殘。" 櫂謳:摇槳行船時所唱之歌。晉左思《蜀都賦》:"吹洞簫,發櫂謳。"又,杜甫《渼陂行》詩:"鳧鷖散亂櫂謳發,絲管啁啾空翠來。"

〔八〕黄蔑舫:隋煬帝下江南時船名之一。《隋書・煬帝紀》上:"大業元年八月壬寅,上御龍舟,幸江都。文武官五品已上給樓船,九品已上給黄蔑,舳艫相接,二百餘里。"此謂官船。

〔九〕浮家:謂以船爲家,浪跡江湖。《新唐書・隱逸傳》:"顔真卿爲湖州刺史,(張)志和來謁,真卿以舟敝漏,請更之。志和曰:'願爲浮家泛宅,往來苕霅間。'" 白蘋洲:沙洲名。《嘉慶重修一統志》卷二八九《湖州府》一:"白蘋洲,在霅溪東南,去州一里。《寰宇記》:梁太守柳惲詩云:'汀洲採白蘋,日暮江南春。'因名。洲内有芙蓉池,池中舊有千葉蓮。今惟故址存焉。"

〔一〇〕千丈奇峯:似指齊眉山。《讀史方輿紀要》卷九一《湖州府》:"齊眉山,在(德清)縣北三十里,山高千丈,周四十五里。舊名囚女山。"

〔一一〕一支健水:謂東苕溪。《嘉慶重修一統志》卷二八九《湖州府》:"苕溪二源。一曰東苕,出天目山之陽,東流杭州府臨安、餘杭、錢塘縣,又東北經湖州府德清縣爲餘不溪,北至湖州府城中,謂之霅溪;一曰西苕,出天目山之陰,東北流經孝豐縣,又北經安吉縣,又東經長興縣,至湖州府城中,兩溪合流,由小梅、大錢兩湖口,入於太湖。"

〔一二〕官路:官府修建之大道,後即泛指通途大路。唐楊炯《驄馬》詩:"帝畿平若水,官路直如弦。"

〔一三〕籬落:即籬笆。唐柳宗元《田家》詩之二:"籬落隔烟火,農談四鄰夕。"

〔一四〕雊雊(gòu):雉鳴叫。《禮記・月令》:"(季冬之月)雁北鄉,鵲始巢,雉雊雞乳。"鄭玄注:"雊,雉鳴也。"唐王維《渭川田家》詩:"雉雊麥苗秀,蠶眠桑葉稀。"

〔一五〕桑柘:桑木與柘木。

〔一六〕廩:糧倉。 賑(zhèn)卹:以錢物救濟貧苦或受災民衆。

〔一七〕催科:催促或徵討租税。

〔一八〕瘳(chōu):病愈。

〔一九〕贈策:贈以良謀奇策。事本《左傳・文公十三年》:晉士會爲秦人所用,晉使魏壽餘往説之。秦大夫繞朝贈策士會云:"子無謂秦無人,吾謀適不用也。" 前籌:事本《史記・留侯世家》:楚漢相争,酈食其勸劉邦立六國後代,共同攻楚。邦方食,張良入見,以爲此計不可行,曰:"臣請藉前箸爲大王籌之。"意爲借坐前筷子以指畫當時形勢。後用以指代人謀劃。

〔二〇〕蟻封:原指蟻在巢穴外封土。漢焦延壽《易林》十三《震》之《蹇》:

"蟻封户穴,大雨將集。"此謂蟻穴之地,意指小地方。　馳駿:驅馳駿馬。

〔二一〕雞割:即割雞。據《論語・陽貨》:子游爲武城宰,提倡禮樂,孔子笑曰:"割雞焉用牛刀。"後因以"割雞"指縣令之職。宋葉適《趙知縣挽詞》:"空聞割雞笑,不見化梟留。"　解牛:即庖丁解牛,意謂大才小用,游刃有餘。據《莊子・養生主》:庖丁爲文惠君解牛,"奏刀騞然,莫不中音"。文惠君贊嘆其技藝神妙,庖丁釋刀云:平生宰牛數千,故今宰牛能以神運,刀入牛身若"無厚入有間"而遊刃有餘。雖用刀十九年,仍"若新發於硎",鋒利如初。

〔二二〕"下車"句:初白自注:"敝座師少宗伯徐公方致政里居,故云然。"南州,謂豫章郡。東漢名士徐穉字孺子,豫章南昌人。因初白座師徐倬亦姓徐,德清人,故以南州指代之。《後漢書・徐穉傳》:"徐穉字孺子,豫章南昌人也……及林宗有母憂,穉往吊之,置生芻一束於廬前而去。衆怪,不知其故。林宗曰:'此必南州高士徐孺子也。'"

詩作於康熙四十九年五六月間,時居京師宣武門西寓舍。詩爲送别而作,可分四個層次。首四句盛贊唐執玉之經濟文章,肯定其德賢才高,意謂能勝任其職,扣緊"出宰"二字;詩之中間部分細數當地之風物人情、山川風光,拿定"德清"二字;"向來風物"以下八句,由"送"字引發議論,表示對唐執玉爲官一任、造福一方的殷切期望;詩末四句則對其大材小用表示安慰。全詩明快暢達,委婉親切,讀之如對故人。因爲作者來自江南,對那裏的山川、風物、人情了如指掌,故寫來清麗婉秀,如話家常,雖屬贈别,却平和樂觀,絶無一點傷感神情。

暴　雨

的瀝初聞傍枕幃〔一〕,忽拋向瓦萬珠璣〔二〕。虹霓故壯崇朝勢〔三〕，草木群蘇一震威。漏屋移牀非故處，破窗穿紙入餘飛。雲開日出須臾事，賸得新涼暫透衣。

〔一〕的瀝：象聲詞，喻雨聲。　枕幃：即枕芯。宋黄庭堅《見諸人唱和酴醾詩輒次韻戲詠》詩："名字因壺酒，風流付枕幃。"任淵注："《韻書》曰：'幃，囊也。'今人或取落花以爲枕囊。"

〔二〕珠璣：珠玉。此喻水珠、雨滴。宋劉克莊《朝天子》詞："宿雨頻飄灑，終朝連夜，有珠璣鳴瓦。"

〔三〕崇朝：猶終朝，即從天亮到早飯時。崇，通終。《詩·鄘風·蝃蝀》："朝隮於西，崇朝而雨。"毛傳："崇，終也。"

詩作於康熙四十九年夏，時居京師宣武門西寓舍。詩寫夏日雷雨，繪聲繪色，摹畫淋漓，其妙衹是能達。

重陽密雲道中〔一〕

過盡車聲十里岡，牛欄山外作重陽〔二〕。黄花小店豐年酒，紅樹遥村昨夜霜。短鬢愁侵新節序，浮生知閱幾炎涼？西風吹落參軍帽〔三〕，不是年時入塞裝〔四〕。

〔一〕密雲：縣名，清屬順天府。在今北京市東北一百三十里。秦漁陽郡地，後魏皇始二年始置密雲縣。唐於縣置檀州，改曰密雲郡。元廢縣入檀州。明洪武元年改州爲密雲縣，屬順天府。清因之。

〔二〕牛欄山：在京兆順義縣東北二十里，乃京師出入古北口之交通要道。其東麓，潮、白二河合焉。《嘉慶重修一統志》卷九《順天府》四："《明統志》：'牛欄山，明改爲順義山。'《昌平山水記》：'牛欄山上有洞,俗傳金牛出焉。洞前石壁有小槽形,曰飲牛池。'"

〔三〕"西風"句: 用晉參軍孟嘉龍山落帽典。《世説新語·識鑒篇》注引《孟嘉别傳》:"嘉後爲征西桓温參軍,九月九日温遊龍山,參寮畢集,時佐史並作戎服,風吹嘉帽墮落,温戒左右勿言,以觀其舉止。嘉初不覺,良久如廁,命取還之。"

〔四〕"不是"句: 初白自注:"是日上自口外回鑾。"

詩作於康熙四十九年九月重陽,時居京師。其《棗東集序》有云:"庚寅秋閏,大兒婦攜諸孫將至,槐簃湫隘不能容,乃遷居魏染衚衕。西鄰棗樹一本,已纍纍垂實矣。余下榻於東偏,故名棗東書屋。"因往古北口拜接避暑而回之鑾駕,遂與劉若千、汪灝、錢名世等同行,道經密雲縣牛欄山。詩之前半寫景,後半抒發感慨,頗有人世滄桑之嘆。頷聯設色明麗,如繪如畫,極具特色。

再爲樹存題王麓臺宫詹所畫蘇齋圖〔一〕

元四家法傳渺茫〔二〕,華亭一老誰頡頏〔三〕? 我昨題詩諛石谷〔四〕,派裔近溯婁東王〔五〕。朝來復見宫相筆〔六〕,令我展卷喜欲狂。君家繡谷中〔七〕,舊有交翠堂〔八〕,蘇齋想在交翠旁〔九〕。不知結構幾時改,但覺城西竹樹轉盼生輝光。一丘與一壑,一重復一掩〔一〇〕。似淺而愈深,爲奇豈關險。興酣揮灑如化工〔一一〕,巖巒出没初無窮。能將萬里勢,移入園亭中。主人好事客不同,三徑非復求羊蹤〔一二〕。招邀笠屐作晤對,尚友直到眉山翁〔一三〕。翁之來兮萬木風,嶺海一氣遥相通〔一四〕。當時買田陽羨歸未遂[一五]，六百年後畫像乃落江之東。麓臺麓臺真老手，筆落神來洵非偶。紀聞異日傳《中吴》[一六]，繡谷名與蘇齋俱，此圖此像他家無。

〔一〕樹存：蔣深（一六六八—一七三七），字樹存，號蘇齋。因得古碑"繡谷"二字，既取以名園，復以之自號。長洲（今江蘇蘇州）人。由太學生纂修《佩文齋書畫譜》，官朔州知府。其花卉學陳淳，而用筆稍放。善寫蘭，極偃仰生動之致。兼精畫竹，墨氣濃厚，深得蘇軾三昧。擅書法，工分隸。著有《繡谷詩鈔》、《雁門餘草》等。王麓臺：王原祁（一六四二—一七一五，一作一六四六—一七一五），字茂京，號麓臺，又號石師道人。江蘇太倉人。康熙九年（一六七〇）進士，累官至户部侍郎。登第後，專心畫學。山水能傳家法，而於黄公望淺絳法之承繼尤稱獨絶。康熙朝以畫供奉内廷，鑒定古今名畫。四十四年（一七〇五）擢翰林院侍講學士，轉侍讀學士，入直南書房，充《佩文齋書畫譜》纂輯官。與王時敏、王鑑、王翬並稱"四王"。原祁承董其昌及王時敏之學，肆力山水，領袖群倫，影響後世，形成婁東畫派，左右有清一代畫壇三百年之久。宫詹：即太子詹事，屬東宫詹事府。正三品，掌文學侍從，一般兼翰林院侍讀學士銜。

〔二〕元四家：謂元代四大名畫家吴（鎮）、黄（公望）、倪（瓚）、王（蒙）。吴鎮（一二八〇—一三五四），字仲圭，號梅花道人。浙江嘉興魏塘人。山水師巨然，墨竹宗文同。善於用墨，淋漓雄厚，爲元人之冠。著有《梅道人遺墨》等。黄公望（一二六九—一三五四，一作一二六九—一三五八），本姓陸，名堅，字子久，號一峯，又號大癡道人，晚號井西道人。平江常熟（今屬江蘇省）人。山水師董源、巨然，晚年變其法，自成一家，後人評曰："峯巒渾厚，草木華滋。"所作以《富春山居圖》爲最著，著有《寫山水訣》一卷等。倪瓚（一三〇一—一三七四），初名珽，嘗自稱倪迂、嬾瓚、東海瓚，又名奚元朗、元映。字元鎮，號雲林，又署雲林子，或雲林散人。山水早年以董源爲師，後宗法荆(浩)關(同)，作摺帶皴，好寫汀渚遥岑、小山竹樹。晚年愈益精詣，兼喜畫竹，所作天真幽淡，一變古法。著有《雲林詩集》等。王蒙(一三〇八——三八五)，字叔明，一作叔銘，號黄鶴山樵，又署黄鶴山人、黄鶴樵者，自稱香光居士。吴興(今浙江省湖州市)人。元末官理問，後棄官隱居臨平(今屬浙江省餘杭縣)之黄鶴山。蒙乃趙孟頫外孫，畫從孟頫風韻中來，又泛濫唐宋名家，而以王維、董源、巨然爲宗，故其縱逸多姿，復出孟頫規格之外。所作常用數家皴法，有雄偉之勢，無迫塞之感。洪武初知泰安州事，後因胡藍之獄受牽連，瘐死獄中。

〔三〕華亭一老：謂董其昌，見前《董文敏臨米天馬賦卷子……》注〔一〕。　頡頏(xié háng)：鳥飛上下貌。《詩・邶風・燕燕》："燕燕于飛，頡之頏之。"後因以爲不相上下或互相抗衡之意。《晉書・文苑傳序》："藩夏連輝，頡頏名輩。"

〔四〕石谷：王翬(一六三二——七一七)，字石谷，號耀樵、耕烟散人、清暉主人、烏目山人、劍門樵客。江蘇常熟人。嗜畫，得王鑑、王時敏傳授，遂爲一代作手。時畫壇有南北二宗，翬能冶爲一爐，獨以南宗筆墨寫北宗丘壑。與另一名家王原祁對峙畫壇，爲清代正統派山水兩大宗。學者甚多，號"虞山派"。

〔五〕婁東王：謂王時敏(一五九二——六八〇)，字遜之，號煙客，又號西廬老人、西田主人。江蘇太倉人。原祁祖父。萬曆二十九年(一六〇一)進士。崇禎初，以廕官太常寺少卿。入清不仕，隱於歸村。善書，隸書追秦漢，榜書八分，爲當時第一。於畫有特慧，晚年所作，尤出神入化，被譽爲"四王"之首，開有清一代畫風。因太倉漢屬會稽郡婁縣地，三國吴時於其地置東倉，故後人每以婁東指代太倉。

〔六〕宫相：官名。唐代太子官屬有詹事府，統理一切政務；又有左右二春坊，掌管各局。兩署之長官太子詹事與左右庶子均稱宫相。按：王原祁曾官太子詹事，因稱。

〔七〕繡谷：園名。今已圮廢。

〔八〕交翠堂：繡谷園中堂名。今已廢。

〔九〕蘇齋：繡谷園中齋名。初白自注："樹存得東坡笠屐小像，因築此齋，屬麓臺圖之。"是此齋因蘇軾之姓而命名。

〔一〇〕一重復一掩：謂山巒重叠稠密。唐杜甫《岳麓山道林二寺行》詩："一重一掩吾肺腑，山鳥山花吾友于。"

〔一一〕化工：自然之造作。

〔一二〕"三徑"句：晉趙岐《三輔決録·逃名》："蔣詡歸鄉里，荆棘塞門，舍中有三徑，不出，唯求仲、羊仲從之遊。"後因以"三徑"指代歸隱者之家園。晉陶潛《歸去來兮辭》："三徑就荒，松竹猶存。"

〔一三〕"招邀"二句：意謂齋中懸掛蘇軾笠屐小像，即以東坡爲立身處世之偶像。尚友，上與古人爲友。尚通"上"。宋朱熹《陶公醉石歸去來館》詩："予生千載後，尚友千載前。"眉山翁，謂蘇軾，軾乃四川眉山人，故稱。

〔一四〕嶺海：指兩廣地區。其地北倚五嶺，南臨南海，因名。唐韓愈《潮州刺史謝上表》："雖在萬里之外，嶺海之陬，待之一如畿甸之間，輦轂之下。"按：蘇軾於紹聖初曾貶官嶺南之惠州及南海之瓊州，"泊然無所蔕芥"，"著書以爲樂，時時從其父老游，若將終身。"(《宋史》卷二三八)詩因云"嶺海一氣遥相通"。

〔一五〕買田陽羨：語本蘇軾《菩薩蠻》詞："買田陽羨吾將老，從來祇爲溪山好。"據《東坡别傳》："公嘗買田陽羨，欲於此間種橘。構一亭，名'楚頌'。後卒。"陽羨，古縣名。始置於秦，故治在今江蘇省宜興縣南五里。

〔一六〕《中吴》：《中吴紀聞》，宋龔明之所撰史料筆記，凡六卷。《四庫全書總目》卷七〇："是書採吴中故老嘉言懿行及其風土人文，爲新舊圖經、范成大《吴郡志》所不載者，仿范純仁《東齋紀事》、蘇軾《志林》之體，編次成帙。書成於淳熙九年。"

詩作於康熙四十九年秋，時居京師魏染衚衕棗東書屋。蔣深爲初白康熙四十年春舟過蘇州時所結識之友人，當時曾在蔣之繡谷園交翠堂一起飲酒賦詩,園中景色曾給他留下深刻印象。八年後,初白奉旨赴武英書局編纂《佩文韻府》,蔣深又預校讎之役,彼此還成了同事,一起相處三年。此前,初白曾作《題蔣樹存繡谷圖爲王石谷所畫》詩,故此詩爲"再題"。詩之前六句追本溯源,正面切入詩題,點明麓臺乃"元四家法"之傳人。中間部分在就其畫中"蘇齋"作一一描述的同時,贊賞主人翁的丘壑之趣、山水之樂。詩末五句對王原祁的高超畫技表示由衷的折服和贊嘆,以爲名園、名畫、名人、名事,必將傳世無疑。全詩開合自如,酣暢淋漓,鋒穎踔厲,變化多端,頗能體現初白七古詩之特色。

羅浮五色蝶院長屬賦〔一〕

我愛羅浮雙鳳子〔二〕,碧紗籠出看分明〔三〕。别從花底留仙種〔四〕,不向林間鬭化生〔五〕。莊叟夢中渾未識〔六〕,滕王圖上總難名〔七〕。祇疑園客蠶爲繭〔八〕,五色抽絲繡得成。

〔一〕羅浮:山名。在廣東省東江北岸。相傳晉葛洪曾修道於此,爲道教"第七洞天"。唐李吉甫《元和郡縣圖志》卷三四:"羅山之西有浮山,蓋蓬萊之一阜,浮海而至,與羅山並體,故曰羅浮。高三百六十丈,周迴三百二十七里,峻天之峯,四百三十有二焉,事具袁彦伯記。" 院長:謂翰林院掌院學士揆敘。詳前《鷹坊歌同實君愷功作》詩注〔一〕。

〔二〕鳳子:大蛺蝶。晉崔豹《古今注》:"(蛺蝶)其大如蝙蝠者,或黑色,或青斑,名爲鳳子。"

〔三〕碧紗:緑紗罩。

〔四〕仙種:仙界品種。按:相傳廣東羅浮山雲峯巖下蝴蝶洞之彩蝶,爲葛洪遺衣所化,因云。

〔五〕"不向"句：《本草綱目》卷四〇："《古今注》謂橘蠹化蝶，《爾雅翼》謂菜蟲化蝶，《列子》謂烏足之葉化蝶，《埤雅》曰蔬菜化蝶，《酉陽雜俎》謂百合花化蝶，《北户録》謂樹葉化蝶如丹青，野史謂彩裙化蝶，皆各據其所見者而言爾。蓋不知蠹蠋諸蟲，至老俱各蜕而爲蝶、爲蛾，如蠶之必羽化也。"

〔六〕"莊叟"句：《莊子·齊物論》："昔者莊周夢爲蝴蝶，栩栩然蝴蝶也；自喻適志與，不知周也。俄然覺，則蘧蘧然周也。不知周之夢爲蝴蝶，蝴蝶之爲周與？"

〔七〕滕王圖：唐滕王李元嬰所繪蛺蝶圖。《圖繪寶鑑》："滕王元嬰善丹青，喜作蜂蝶。嘗見其粉本，能巧之外，曲盡精理。"又，宋羅願《爾雅翼》卷二五："唐滕王圖畫蛺蝶，有江夏斑、大海眼、小海眼、村裏來、菜花子之目。"

〔八〕園客：傳説中仙人名。晉嵇康《琴賦》："絃以園客之絲，徽以鍾山之玉。"李善注引《列仙傳》："園客者，濟陰人也。常種五色香草，積數十年，食其實。一旦，有五色神蛾止其香樹末。客收而薦之以布，生桑蠶焉。時有好女夜至，自稱：'我與君作妻。'道蠶狀，客與俱蠶。得百頭繭，皆如甕。繅繭六十日乃盡。訖則俱去，莫知所如。"

詩作於康熙五十一年(一七一二)夏，時因病乞假，閑居京師，時年六十三歲。詩詠羅浮彩蝶，綿麗雅致，明親温潤。其用典尤稱貼切，或明或暗，一氣呵成。

自怡園荷花四首〔一〕

其　一

一片頗黎上下空〔二〕，芙蓉城現水精宫〔三〕。已離大地炎埃外，尚在諸天色相中〔四〕。未免情多絲宛轉，爲誰心苦竅玲瓏？雲烘日炙如相試，賴是清涼不待風。

其　二

雕闌北面小亭旁，久坐真成透骨香。翠羽拂奩開皎鏡〔五〕，緑衣扶扇侍紅粧〔六〕。繁華肯鬬春三月，澹蕩偏宜水一方。馬跡車輪尋不到，别依浄域作花王〔七〕。

其　三

菰蒲響雨午瀟瀟〔八〕，盡洗胭脂取寂寥〔九〕。一鷺偶依疏影立，雙魚忽破静機跳〔一〇〕。輕橈劃浪紅翻岸〔一一〕，高柳移陰碧過橋。宛在中央情脈脈〔一二〕，微波咫尺去人遥。

其　四

菱角雞頭漸滿地〔一三〕，亭亭獨擭出塵姿〔一四〕。難留雨露珠頻瀉，自拔泥汙性不緇。老衲山中移漏處〔一五〕，佳人世外改粧時〔一六〕。白頭相對歸心切，欲捲江湖入小詩。

〔一〕自怡園：在海淀。大學士明珠别墅。參前《大風出西直門至自怡園愷功方擁爐讀史》詩注〔一〕。

〔二〕頗黎：即玻璃。喻水面。

〔三〕芙蓉城：傳説中之仙境。　水精宫：傳説中水神或水龍王宫殿。此喻海淀附近遼闊的水域。清于敏中《日下舊聞考》卷七六引清聖祖玄燁《暢春園記》："都城西直門外十二里曰海淀。淀有南有北。自萬泉莊平地湧泉，奔流瀰瀰，匯於丹陵沜。沜之大，以百頃，沃野平疇，澄波遠岫，綺合繡錯，蓋神皋之神區也。"

〔四〕諸天：佛教語。指護法衆天神。佛經言欲界有六天，色界之四禪有十八天，無色界之四處有四天，其他尚有日天、月天、韋馱天等諸天神，總稱之曰諸天。　色相：佛教語。亦作“色象”。指萬物之形貌。《涅槃經·德王品》四：“（菩薩）示現一色，一切衆生各各皆見種種色相。”唐白居易《感芍葯花寄正一丈人》詩：“開時不解比色相，落後始知如幻身。”

〔五〕翠羽：喻荷葉。　奩（lián）：盛置梳妝用品之器具。　皎鏡：喻水面。南朝齊謝朓《奉和隨王殿下》詩之十一：“方池含積水，明月流皎鏡。”

〔六〕緑衣：謂荷葉。典出《詩·邶風·緑衣》：“緑兮衣兮，緑衣黄裳。”又，《新唐書·肅宗七女傳》：“阿布思之妻隸掖庭，帝宴，使衣緑衣爲倡。”後因以“緑衣”爲婢妾之代稱。　紅粧：喻艷麗之花卉。此喻荷花。

〔七〕净域：佛教語。指彌陀所居之净土，後亦爲寺院之别稱。

〔八〕瀟瀟：風雨急驟貌。《詩·鄭風·風雨》：“風雨瀟瀟，鷄鳴膠膠。”毛傳：“瀟瀟，暴疾也。”

〔九〕胭脂：指荷花粉紅的顔色，猶如塗抹上的胭脂。

〔一〇〕静機：謂寂静的氛圍。

〔一一〕槳：船槳之類划船工具。

〔一二〕宛在中央：語本《詩·秦風·蒹葭》：“蒹葭蒼蒼，白露爲霜。所謂伊人，在水一方。遡迴從之，道阻且長。遡游從之，宛在水中央。”意謂荷花如“伊人”，可望而不可即。

〔一三〕雞頭：雞頭米，即茨實。北魏賈思勰《齊民要術》：“雞頭，一名雁喙，即今茨子是也。由子形上花似雞冠，故名曰雞頭。”唐徐凝《侍郎宅泛池》詩：“蓮子花邊回竹岸，雞頭葉上盪蘭舟。”

〔一四〕摤（sǒng）：挺立；聳立。《正字通》：“摤，《禮部韻略》：挺也。”杜甫《畫鷹》詩：“摤身思狡兔，側目似愁胡。”

〔一五〕“老衲”句：用晉僧慧遠事。《唐國史補》卷中：“初，慧遠以山中不知更漏，乃取銅葉製器，狀如蓮花，置盆水之上，底孔漏水，半之則沈，每晝夜十二沈，爲行道之節。雖冬夏短長，雲陰月黑，亦無差也。”

〔一六〕“佳人”句：唐鮑溶《越女詞》：“越女芙蓉粧，浣紗清淺水。”

詩作於康熙五十一年夏，時因病乞假，閑居京師魏染衚衕。其《長告集·序》曰：“辛卯臘月，左手病風。今春漸及右臂，蒙恩停免内直，始得因病乞假。前後滿百日，患猶未除，適兩院長俱遠出，遂因循度歲。”詩詠荷花，清響絶倫，意旨高潔淡遠，别有寄託。“繁華肯鬭春三月，澹蕩偏宜水一方”、“難留雨露珠頻瀉，自拔泥汙性不緇”，均非泛泛詠物之辭，箇中頗見初白性情。

殘冬展假病榻消寒聊當呻吟語無倫次録存十六首（選其一、二）

其　一

卧看星回晷景移〔一〕，流光冉冉與衰期〔二〕。人言宦海藏身易〔三〕，自笑生涯見事遲。夜似小年寒漸信〔四〕，病非一日老方知。惟餘蓴菜思歸興，早在秋風未起時〔五〕。

其　二

憶昨公車待詔來〔六〕，微名忽忝廁鄒枚〔七〕。主恩不以優俳畜〔八〕，士氣原於教養培。身作紅雲長傍日〔九〕，心如白雪漸成灰。依稀一覺遊仙夢，初自蓬山絶頂迴〔一〇〕。

〔一〕晷(guǐ)景：日影。漢張衡《西京賦》：“白日未及移其晷，已獮其什七八。”薛綜注：“晷，景也，……言日景未移。”

〔二〕冉冉：漸進狀。屈原《離騷》：“老冉冉其將至兮，恐修名之不立。”

〔三〕宦海：謂官場。陸游《休日感興》詩：“宦海風波實飽經，久將人世寄郵亭。”

〔四〕小年：喻時間長久，近似一年。宋唐庚《醉眠》詩：“山静似太古，日長如小年。”

〔五〕“惟餘”二句：語本《晉書·張翰傳》：“翰因見秋風起，乃思吴中菰菜、蓴羹、鱸魚膾，曰：‘人生貴得適志，何能羈宦數千里以要名爵乎？’遂命駕而歸。”後因用以爲思鄉辭官之典。

〔六〕公車：漢官署名。掌宫殿中司馬門之警衛工作。《史記·東方朔傳》：“朔初入長安，至公車上書，凡用三千奏牘。”按，漢臣民上書和徵召，都由公車接待，亦曾以公家車馬接送應舉之人，後因以“公車”爲舉人應試之代稱。

〔七〕忝：自謙之詞。羞辱；有愧於。《書·堯典》：“否德，忝帝位。”　厠：厠身；厠足。插足、置身意。　鄒枚：鄒陽、枚乘，見《汴梁雜詩八首》其一注〔六〕。

〔八〕優俳：謂藝人。《明史·楊循吉傳》：“帝以優俳畜之，不授官。”

〔九〕紅雲傍日：喻侍伴君王。《異聖傳》：“玉帝所居，常有紅雲擁之。”又，蘇軾《上元侍飲樓上》詩：“侍臣鵠立通明殿，一朵紅雲捧玉皇。”

〔一〇〕蓬山：蓬萊山，仙人居所。參前《二十八日召試南書房》詩注〔六〕。

詩作於康熙五十一年冬，時因病乞假，閑居京師魏染衚衕。初白一生清貧多病。其《自題癸未以後詩藁四首》之一云：“七年供奉入乾清，三載編纂在武英。兩臂病風雙眼暗，枉將實事换虚名。”作了七年窮翰林，落得一身病疾，同時看透了官場黑暗，作者的内心充滿了難以名狀的痛苦與悲哀。其發之於詩，哀哀自怨，沉鬱悲涼，是研究初白思想變化之絶好資料。清查奕照評其曰：“詩中有無限含蓄。”

從刺蘗園步至陶然亭〔一〕

未覺年衰腰脚頑，意行隨步有躋攀。雨餘天氣清和候，城角人家墟墓間〔二〕。柏子庭空移白日〔三〕，荻苗水涸轉蒼灣〔四〕。此來直與孤亭别，貪得憑欄一晌閒〔五〕。

〔一〕剌蘼園：亦作“剌梅園”。清吴長元《宸垣識略》卷一〇：“剌梅園在南城，近黑龍潭，今無考。”又云：“封氏園在南城，有古松，相傳金源時物，今無考。……長元按：同園、剌梅園，疑即李將軍、封氏二園，俟考。” 陶然亭：詳前《初遊城南陶然亭》詩注〔一〕。

〔二〕墟墓：丘墓；墓地。晉潘岳《悼亡詩》之三：“徘徊墟墓間，欲去復不忍。”

〔三〕柏子：柏子户，謂守墓人家。因陵墓廣植松柏，故稱。

〔四〕荻苗：荻之花穗。唐李嶠《和杜學士旅次淮口阻風》詩：“水雁啣蘆葉，沙鷗隱荻苗。” 蒼灣：宋蘇軾《洞庭春色賦》：“吹洞庭之白浪，漲北渚之蒼灣。”

〔五〕一晌：謂短時間。南唐馮延巳《鵲踏枝》詞：“一晌憑欄人不見，鮫綃掩淚思量遍。”

詩作於康熙五十二年(一七一三)春，時因病乞假，閑居京師，時年六十四歲。其《待放集·序》云：“移疾經年，遲遲去國，恭遇聖天子萬壽之期，既隨班朝賀，復申前請。又三閲月，始蒙恩允歸。”本詩即作於歸老林下之前。陶然亭爲京師文人詩酒聚會之所，初白曾多次往彼游覽，其所曾居住過的城南道院即“在望遠村東，去亭纔二里”。在京師爲官十載，一旦辭官歸里，重到江亭，其心中感慨可想而知。但是詩並未正面就此展開筆墨，重點仍在於寫景，淡雅疏宕，孤寂清冷，正與其心境相合。唯句末一“貪”字，略顯惜别之意。

和張日容嘲薜荔二十韻〔一〕

薜荔爾何物，纖纖孰比方。胡然纏宇下，秖合繚崖旁。跂跂工緣壁[二]，離離巧羃牆[三]。性因柔善附，地以瘠爲良。松柏寧勞施，絲蘿故自張[四]。龍鱗移不易[五]，蛇蚹斷無傷[六]。及見縈根密[七]，俄驚引蔓狂。嫩莖繩絞繳[八]，大葉羽披猖[九]。山鬼依棲暗[一〇]，湘君結託荒[一一]。罔帷憐屈宋[一二]，靡席笑班揚[一三]。雜蕙紉爲佩[一四]，輸荷緝作裳[一五]。搴枝頻颭影[一六]，貫蘂罕聞香[一七]。好補青藤椶[一八]，休侵白玉堂[一九]。《移文》累芳杜[二〇]，作賦混蓀莀[二一]。誰遺臨書幌[二二]，兼能罩筆牀[二三]。有時經雨潤，逐日領風涼。梢自鄰家放，陰留夏景長。卷簾交竹翠，曳杖點苔蒼。大抵《詩》《騷》意[二四]，多從諷諭將[二五]。勿嗤吟小草，中有好篇章。

〔一〕張日容：張大受(一六五七—一七二二)，字日容，號匠門。江南嘉定(今屬上海市)人。以舉人入京，纂修《四朝詩》。康熙四十八年(一七〇九)進士，選庶吉士，授翰林檢討。五十九年，爲四川考官，主貴州學政。著有《匠門書屋文集》三十卷。陳融《顒園詩話》："匠門即吴郡之干將門，日容因其世居，遂以自號。人稱匠門先生。幼好學，能讀經史百家而貫通之。科舉之文爲士林所傳誦，駢驪文流利清便，緯以深情，與古文散體無異。古文初雜六朝體，晚而益變深厚，入古大家。於詩則力守先輩典型，不爲怪嚚偏僻之習。"　薜荔：植物名，又稱木蓮。常緑藤本，蔓生，葉橢圓形。《楚辭・離騷》："擥木根以結茝兮，貫薜荔之落蘂。"王逸注："薜荔，香草也，緣木而生蘂實也。"又，《本草綱目・草部》："木蓮延樹木垣牆而生，四時不雕，厚葉堅强，大于絡石，不花而實，實大如杯，微似蓮蓬而稍長，正如無花果之生者。"

〔二〕跂(qí)跂：蟲爬行貌。《漢書・東方朔傳》："跂跂脈脈善緣壁，是非守宫即蜥蜴。"顔師古注："跂跂，行貌也。"

〔三〕離離：繁茂濃密貌。《詩・王風・黍離》："彼黍離離。"又，三國魏曹操《塘上行》:"蒲生我池中,其葉何離離。" 冪: 同"冪",覆蓋。

〔四〕絲蘿: 菟絲與女蘿,均蔓生植物。《詩・小雅・頍弁》:"蔦與女蘿。"毛傳:"女蘿,菟絲,松蘿也。"陸德明《釋文》:"在草曰菟絲,在木曰松蘿。"後因以泛指藤蘿之類的植物。

〔五〕龍鱗: 薜荔之緣附根鬚卷曲如龍鱗,因云。初白自注:"《宋史》: '李彦發物供奉,大類朱勔。如龍鱗薜荔一本,輦致之費,踰數萬。'"

〔六〕蛇蚹: 蛇脱下的皮。蚹,蛇腹下横鱗。《莊子・齊物論》:"吾待蛇蚹蜩翼邪?"成玄英疏:"即今解蚹者,蛇蜕皮也。"

〔七〕縈: 迴旋纏繞。《詩・周南・樛木》:"南有樛木,葛藟縈之。"毛傳:"縈,旋也。"

〔八〕絞繳: 纏繞。

〔九〕披猖: 分散,飛揚。唐唐彦謙《春深獨行馬上有作》詩:"日裂風高野草香,百花狼藉柳披猖。"

〔一〇〕山鬼: 初白自注:"佛典呼餓鬼爲薜荔。"又,《楚辭・山鬼》:"若有人兮山之阿,披薜荔兮帶女蘿。"

〔一一〕湘君: 湘水男神。《楚辭・湘君》:"采薜荔兮水中,搴芙蓉兮木末。" 結託: 結交依託。晉陶潛《神釋》詩:"結託善惡同,安得不相語。" 荒: 久遠。唐李賀《致酒行》:"天荒地老無人識。"按,屈原《九歌・湘君》有云:"采薜荔兮水中,搴芙蓉兮木末。"又云:"薜荔柏兮蕙綢,蓀橈兮蘭旌。"其《湘夫人》篇亦云:"罔薜荔兮爲帷,擗蕙櫋兮既張。"多次提到薜荔,初白詩因云"湘君結託荒"。

〔一二〕罔帷: 編結帳帷。罔,古"網"字。 屈宋: 屈原和宋玉。

〔一三〕靡席: 初白自注:"《甘泉賦》:'靡薜荔而爲席。'"靡,碎也。 班揚: 謂班固與揚雄。

〔一四〕"雜蕙"句:《離騷》:"雜申椒與菌桂兮,豈惟紉夫蕙茝?"又云:"扈江離與辟芷兮,紉秋蘭以爲佩。"蕙,香草名,又稱熏草,俗名佩蘭。麻葉方莖,赤花黑實,氣如蘼蕪,古人佩之或作香焚以避疫。紉,繩索。此用作動詞,貫串聯綴之意。佩,佩帶。

〔一五〕“輸荷”句：《離騷》：“製芰荷以爲衣兮，集芙蓉以爲裳。”句本此。輸，不及；趕不上。

〔一六〕搴(qiān)枝：拔取枝條。　颭(zhǎn)：掀動；抖動。

〔一七〕“貫蘂”句：初白自注：“《離騷》：‘貫薜荔之落蘂。’”貫，串連。蘂，花心。

〔一八〕楥：柵欄；籬笆。《集韻》：“楥，籬也。”又，《元韻》：“楥，欄也。”

〔一九〕白玉堂：神仙居所。此喻富貴人家宅邸。唐劉方平《烏棲曲》之一：“銀漢斜臨白玉堂，芙蓉行障掩燈光。”

〔二〇〕“移文”句：初白自注：“《北山移文》：‘豈可使芳杜厚顔，薜荔蒙耻。’”《北山移文》，南齊孔稚珪所著。稚珪與周顒等初隱居鍾山，後顒違背盟約應詔出任海鹽縣令。期滿進京，再過鍾山，稚珪遂撰此文，假託山神之意，譏刺顒之熱中利禄。

〔二一〕蓀葨：均香草名。漢張衡《南都賦》：“其香草則有薜荔、蕙、若、薇蕪、蓀、葨。”

〔二二〕書幌：書帷。亦指書房。唐劉長卿《過裴舍人故居》詩：“書幌無人長不捲，秋來芳草自爲螢。”

〔二三〕筆牀：卧置毛筆之器具。南朝陳徐陵《玉臺新詠序》：“翡翠筆牀，無時離手。”

〔二四〕《詩》《騷》：謂《詩經》和《離騷》。

〔二五〕將：傳達；表達。宋王安石《祭高樞密文》：“爲此薄物，以將我悲。”

詩作於康熙五十二年春夏間，時因病乞假，閑居京師。初白一生爲人謹慎，然秉性耿直。“不畏群嗤不受憐，孤行一意久彌堅”，“性存薑桂何妨辣，味到芩連不取甘”(《殘冬展假病榻消寒》詩之一二、一三)，這很能反映其性格。正因爲如此，他十分鄙夷陰柔奸滑、佞巧僞詐之徒。在他眼中，薜荔之因柔善附，緣壁羃牆，正是這類人物的生動寫照。詩題之“嘲”，正表明了詩人嫉惡如仇的鮮明態度。而詩中所寫，每句又無不夾雜嘲弄諷刺的口吻，緊緊拿穩了一句“薜荔爾何物”，從頭到尾地數落下來,辭語遒勁,氣韻暢達;鞭辟入裏,方嚴峭直,亦其自抒湮鬱,不滿官場黑暗之作。

雄縣早發〔一〕

秋暑如三伏〔二〕,僕夫貪早涼〔三〕。孤城浮水氣,匹馬望星光。露下田塗白〔四〕,風來荇藻香〔五〕。行行天漸曉,柳外見帆檣。

〔一〕雄縣:見前《自雄縣至白溝河感遼宋舊事慨然作》注〔一〕。

〔二〕三伏:即初伏、中伏、末伏,爲一年中最熱季節。《初學記》卷四引《陰陽書》:"從夏至後第三庚爲初伏,第四庚爲中伏,立秋後初庚爲後伏,謂之三伏。"

〔三〕僕夫:駕馭車馬之人。《詩·小雅·出車》:"召彼僕夫,謂之載矣。"毛傳:"僕夫,御夫也。"

〔四〕田塗:農田及田間小路。

〔五〕荇藻:均水生植物。荇葉對生呈圓形,嫩時可食,亦可入藥。藻類植物如紫菜、鷓鴣菜等亦可食,但餘類多爲魚類餌料。《詩·周南·關雎》:"參差荇菜,左右流之。"又《詩·召南·采蘋》:"于以采藻,于彼行潦。"

詩作於康熙五十二年秋,時告長假出都返里,道經雄縣。詩寫清晨行路之見聞感受,"早涼"、"星光","露下"、"漸曉",句句語語,無不關乎一個"早"字。詩極平易淺近,然疏疏幾筆,淡淡勾勒,却予人以真切生動之感,可謂精氣内斂,洗盡鉛華。

曉過德州感舊〔一〕

閱遍畿南驛〔二〕，禾麻喜歲豐。平蕪千里碧，初日半天紅。世故論今昔，皇情荷始終〔三〕。十年牛馬走〔四〕，力盡往來中。

〔一〕德州：在今山東省西北部，鄰近河北省。《讀史方輿紀要》卷三一《濟南府》："德州在府西北二百八十里。春秋戰國時齊地，後屬趙，秦屬齊郡，漢置平原郡。……隋廢郡，改置德州。"後世因之。

〔二〕畿南：京城以南。畿，古代五都所領轄之千里地面。後因指京城管轄區域。

〔三〕"皇情"句：初白自注："壬午冬召見德州行宫，隨命入内廷。"皇情，皇帝的情意。南朝宋顔延之《應詔宴曲水作詩》："化際無間，皇情爰眷。"劉良注："皇情，謂天子之情也。"

〔四〕牛馬走：謂在皇帝之前像牛馬般以供奔走之人，多用作謙辭。典出《文選》所載司馬遷《報任少卿書》："太史公，牛馬走。"注："走，猶僕也。"又，唐李宣遠《近無西耗》詩："自憐牛馬走，未識犬羊心。"

詩作於康熙五十二年秋，時告長假出都返里，道經山東德州。十一年前的十月十七日，初白由李光地、張玉書於德州推薦給康熙，隨即召試南書房，就此踏入仕途。"十年牛馬走，力盡往來中。"回首往昔，作者的心中充滿了複雜的感情，既有蒙荷"皇情"的感慰，亦多"力盡"歸休的酸楚。全詩上半寫景，下半抒情，雖力作歡語，却難掩悲涼之慨。

過仲家淺望魚臺諸山[一]

解纜雞三唱,前征曙色催。蒼葭迷藪澤[二],白鳥起灣洄[三]。日挾川光動,帆衝霧氣開。好山青似染,的的近魚臺[四]。

〔一〕仲家淺:在今山東濟寧市以南大運河沿岸南陽湖附近。 魚臺:縣名。在今山東省西南部,鄰近江蘇省。秦置方與縣,漢屬山陽郡,隋屬彭城郡,唐貞觀元年改置魚臺縣。明清屬兗州府。

〔二〕蒼葭:《詩·秦風·蒹葭》:"蒹葭蒼蒼,白露爲霜。" 藪(sǒu)澤:水草茂密之沼澤湖泊地帶。《莊子·刻意》:"就藪澤,處閒曠,釣魚閒處,無爲而已矣。"

〔三〕灣洄:河水彎曲處。宋黄庭堅《出迎使客質明放船自瓦窑歸》詩:"樓閣人家捲簾幕,菰蒲鷗鳥樂灣洄。"

〔四〕的的:分明、清楚貌。《淮南子·説林》:"的的者獲,提提者射。"注:"的的,明也。爲衆所見,故獲。"

詩作於康熙五十二年秋,時告長假出都返里,道經山東濟寧州境之仲家淺。詩寫清晨行舟之見聞感受,意象朦朧,境界優美,的似山川水墨畫卷。

泗上亭[一]

亭長臺邊路,茫茫閱世多。自墟秦社稷,誰保漢山河？芒碭雲銷氣〔二〕，枌榆社改柯〔三〕。空傳沛中叟，曾聽《大風歌》〔四〕。

〔一〕泗上亭：即泗水亭。《嘉慶重修一統志》卷一〇一《徐州府》二："泗水亭，在沛縣東。《括地志》：'在沛縣東一百步。'漢高祖微時，爲亭長於此。亭有高帝碑，班固爲文。"

〔二〕芒碭：芒山與碭山。參前《望碭山》詩注〔一〕、〔二〕。

〔三〕枌榆社：漢高祖劉邦里社。《史記·封禪書》第六："高祖初起，禱於豐枌榆社。"《集解》引張晏曰："枌，白榆也。社在豐東北十五里。或曰枌榆，鄉名，高祖里社也。"　改柯：謂改柯易葉，喻蜕變。

〔四〕"空傳"二句：《史記·高祖本紀》："十二年十月，高祖還歸，過沛，留。置酒沛宫，悉召故人父老子弟縱酒，發沛中兒得百二十人，教之歌。酒酣，高祖擊筑，自爲歌詩曰：'大風起兮雲飛揚，威加海内兮歸故鄉，安得猛士兮守四方！'令兒皆和習之。"

詩作於康熙五十二年秋，時告假返里，道經江蘇沛縣。沛縣是漢高祖劉邦的故鄉，劉邦使秦社稷化爲廢墟，却亦未能永保劉氏天下。朝代有更替，江山變古今。詩人抒發的正是這種興亡感慨。

雨泊淮關〔一〕

鎖鑰嚴關閉〔二〕，裝囊獨客輕。市樓傳檬暗〔三〕，鄰舫吐燈明。酒罷人初静，風高浪不驚。淮南今夜雨，好片滴篷聲。

〔一〕淮關：淮安鈔關。《嘉慶重修一統志》卷九四《淮安府》二："淮安鈔關，在山陽縣西北十一里板閘鎮。……本朝康熙三年，歸淮揚道；八年，復差官管理。"

〔二〕鎖鑰：喻軍事重鎮或出入要道。明尹耕《紫荆關》詩："漢家鎖鑰惟玄塞，隘地旌旗見紫荆。"

〔三〕欜：同"柝"。《説文解字》："欜，夜行所擊者。"又，《周禮·夏官·挈壺氏》："凡軍事，縣壺以序聚欜。"鄭玄注："鄭司農云：'縣壺以爲漏，以序聚欜，以次更聚擊欜，備守也。'玄謂擊欜，兩木相敲，夜行時也。"

詩作於康熙五十二年秋，時告假返里，道經山陽縣之板閘鎮。詩寫雨中夜泊淮安鈔關之情景：關門緊閉，欜聲遥響，舫燈閃爍，酒罷人静，夜雨敲篷，意境蕭然悠遠，寂静淒清。尤其是尾聯，以聲傳情，韻流弦外，頗耐人尋味。

淮陰侯廟下作〔一〕

滅楚還封楚〔二〕，破齊曾王齊〔三〕。英雄歸駕馭〔四〕，股掌若孩提〔五〕。失國嗟烹狗〔六〕，糜身付牝雞〔七〕。土人憐至骨，廟像儼公圭〔八〕。

〔一〕淮陰侯廟：即韓信廟。韓信曾受封淮陰侯，因名。《嘉慶重修一統志》卷九四《淮安府》二："淮陰侯廟，在山陽縣城南，祀漢韓信。宋蘇軾有《淮陰侯廟碑》銘文。"

〔二〕"滅楚"句：《史記·高祖本紀》："五年，高祖與諸侯兵共擊楚軍，與項羽決勝垓下。淮陰侯將三十萬自當之，……楚兵不利，淮陰侯復乘之，大敗垓下。項羽卒聞漢軍之楚歌，以爲漢盡得楚地，項羽乃敗而走，是以兵大敗。使騎將灌嬰追殺項羽東城，斬首八萬，遂略定楚地。”又：“皇帝曰義帝無後。齊王韓信習楚風俗，徙爲楚王，都下邳。”

〔三〕“破齊”句：韓信領兵東進，聞漢王遣使酈食其勸降齊地，用蒯通之計，乘間攻占齊地，並上書願爲假王。劉邦用張良、陳平之計，立韓信爲齊王，不使生疑。事見《史記·淮陰侯列傳》。

〔四〕“英雄”句：《史記·高祖本紀》載劉邦言曰：“夫運籌帷帳之中，決勝於千里之外，吾不如子房。鎮國家，撫百姓，給餽饟，不絶糧道，吾不如蕭何。連百萬之軍，戰必勝，攻必取，吾不如韓信。此三者，皆人傑也，吾能用之，此吾所以取天下也。”

〔五〕股掌：大腿與手掌。《國語·吴語》：“大夫種勇而善謀，將還玩吴國於股掌之上以得其志。”又，晉袁宏《後漢紀·獻帝紀》三：“袁紹孤客窮軍，仰我鼻息，譬如嬰兒在股掌之上，絶其哺乳，立可餓殺。”　孩提：幼兒；兒童。此喻韓信。

〔六〕“失國”句：《史記·淮陰侯列傳》：“漢六年，人有上書告楚王信反。高帝以陳平計，天子巡狩會諸侯，南方有雲夢，發使告諸侯會陳：‘吾將游雲夢。’實欲襲信，信弗知。……上令武士縛信，載後車。信曰：‘果若人言：狡兔死，良狗烹；高鳥盡，良弓藏；敵國破，謀臣亡。天下已定，我固當烹！’”

〔七〕糜身：謂毁了性命。糜，碎爛；毁壞。　牝(pìn)雞：母雞。喻專權的女人。此謂吕后。按：《史記·淮陰侯列傳》：“漢十年，陳豨果反。上自將而往，信病不從。陰使人至豨所，曰：‘弟舉兵，吾從此助公。’信乃謀與家臣夜詐詔赦諸官徒奴，欲發以襲吕后、太子。部署已定，待豨報。其舍人得罪於信，信囚，欲殺之。舍人弟上變，告信欲反狀於吕后。吕后欲召，恐其黨不就，乃與蕭相國謀，詐令人從上所來，言豨已得死，列侯群臣皆賀。相國紿信曰：‘雖疾，彊入賀。’信入，吕后使武士縛信，斬之長樂鍾室。信方斬，曰：‘吾悔不用蒯通之計，乃爲兒女子所詐，豈非天哉！’遂夷信三族。”

〔八〕儼：儼然，宛然。　公圭：公侯之位。《楚辭・大招》"三圭重侯"王逸注："三圭，謂公、侯、伯，皆執圭也。"

詩作於康熙五十二年秋，時告假返里，道經淮安府城。韓信曾佐劉邦平定天下，却背了謀反罪名而被呂后誅殺。古往今來，許多人包括替他作傳記的一代史官司馬遷，無不對這位軍事奇才抱有極大同情，甚至，如朱彝尊還專門寫了文章替他辯誣。初白乘舟由大運河南下，路過韓信祠廟，追念英雄，不由感慨良多，故詩中不乏同情與惋惜之意。詩之前三聯巨筆如椽，極其簡扼精當地概括了韓信的一生功過遭際，末聯則收攏詩筆，回應詩題，落到實處。全詩奇正互倚，虛實相依；壯色沉聲，悲惋跌宕。

過露筋祠下〔一〕

舊是鹿筋梁〔二〕，何年祀女郎？至今留廟貌，考古實荒唐。曉氣蛙魚國，秋聲蚊蚋鄉。人家葦花裏，放鴨滿陂塘〔三〕。

〔一〕露筋祠：宋王象之《輿地紀勝》卷四三《淮南東路》："露筋祠，去（高郵）城三十里。舊傳有女夜過此，天陰蚊盛，有耕夫田舍在焉，其嫂止宿。姑曰：'吾寧處死，不可失節。'遂以蚊死，其筋見焉。"又，《嘉慶重修一統志》卷九七《揚州府》二："露筋廟在高郵州南三十里。舊志：唐時露筋烈女死此。宋紹聖元年，米芾刻石紀事。本朝康熙四十六年，御賜'節媛芳躅'額。"又，唐段成式《酉陽雜俎續集》："江淮間有驛，俗呼露筋。嘗有人醉止其處，一夕，白鳥蛄嘬，血滴露筋而死。"

〔二〕鹿筋梁：露筋之舊名。梁江德藻《聘北道記》："自邵伯埭三十六里至鹿筋梁，先有邏。此處足白鳥。故老云：有鹿過此，一夕爲蚊所食，至曉見筋，因以爲名。"按：據此，烈女死節恐係宋人臆造。

〔三〕陂塘：池塘。《國語・周語》下："陂塘汙庳，以鍾其美。"韋昭注："畜水曰陂，塘也。"

詩作於康熙五十二年秋，時告假返里，道經高郵。露筋祠是比較有名的一處古跡，古往今來，如歐陽修、王士禛等，均曾留下題詠。但初白此詩未曾拾人牙慧。詩分上下兩部分，前半以疑古求實精神，推翻歷來有關祠廟名由之傳説；後半純然寫景，將露筋祠下之今日水鄉澤國風光栩栩如生地送入讀者眼簾。　一寫歷史，一寫現實。虛實相間，意韻兼勝。清查奕照評是詩曰："祇五、六一聯已足盡之，三、四正所以正齊東之誤。"

夜宿常州城外

渡江纔兩宿，今夕到毘陵〔一〕。酒熟橋邊肆〔二〕，魚跳柳外罾〔三〕。烟波千里舶，簾幕幾重燈。漸與鄉園近，惟愁米價增。

〔一〕毘(pí)陵：郡名。春秋時吴地，晉太康初分吴郡置毘陵郡，永嘉五年(三一一)改曰晉陵郡。宋、齊、梁、陳因之。隋大業初復曰毘陵郡。明、清爲常州府。

〔二〕肆：商店或集市貿易場所。晉謝混《遊西池》詩："逍遥越城肆，願言屢經過。"李善注："肆，市中陳物處也。"

〔三〕罾(zēng)：以木棍或竹竿作支架之方形魚網。《楚辭·九歌·湘夫人》："鳥何萃兮蘋中，罾何爲兮木上。"王逸注："罾，魚網也。"

詩作於康熙五十二年秋，時告假返里，道經常州府城。詩之首聯點題，頷頸二聯作典型性敘寫描摹，以伸足題意。末聯因景生情，直抒感慨，表現了詩人對未來生活的憂慮。

梁溪道中〔一〕

山水多平遠，秋來悉美田。紅薑肥似掌〔二〕，紫芋大於拳〔三〕。玉剥菱腰闊，珠收芡粒圓〔四〕。老饕歸爲口〔五〕，一味説豐年。

〔一〕梁溪：水名。此以水代地，謂無錫縣。《讀史方輿紀要》卷二五《常州府》："梁溪，在(無錫)縣城西，源出慧山，北合運河，南入太湖。志云：溪自慧泉導源，引而東，至城北三里之黄埠墪接運河。自黄埠墪而南，分爲二支：其西南一支，繇五里湖、石塘山、長廣溪，凡五十里出吴塘山門，入太湖。其西一支，經縣西南十六里大小渲，凡十餘里，繇獨山門而入太湖。梁大同中嘗浚治之，故曰梁溪。"

〔二〕紅薑：薑花紅紫，因云。一説，薑嫩時尖紅紫，故稱。宋王安石《字説》："薑能彊御百邪，故謂之薑。初生嫩者其尖微紫，名紫薑。"前蜀僧貫休《送禪師歸閩中》詩："穿鴉逢黑鴆，乞食得紅薑。"

〔三〕紫芋：芋之一種。《本草綱目》卷二七引唐蘇恭曰："芋有六種：青芋、紫芋、真芋、白芋、連禪芋、野芋也。其類雖多，苗並相似。莖高尺餘，葉大如扇，似荷葉而長，根類薯蕷而圓。其青芋多子，細長而毒多，初煮須灰汁，更易水煮熟，乃堪食爾。白芋、真芋、連禪、紫芋，並毒少，正可煮啖之，兼肉作羹甚佳。蹲鴟之饒，蓋此謂也。”

〔四〕芡：芡實，俗稱雞頭米，可食。《本草綱目》卷三三：“芡實五六月生紫花，花開向日結苞，外有青刺，如猬刺及栗球之形。花在苞頂，亦如雞喙及猬喙。剥開内有斑駁軟肉裹子，累累如珠璣。殼内白米，狀如魚目。深秋老時，澤農廣收，爛取芡子，藏至囷石，以備歉荒。”按，芡實别名甚夥，據《古今注》、《神農本草經》、《莊子》、《管子》等書載，又稱“雁喙”、“雁頭”、“鴻頭”、“雞雍”、“卯菱”、“蔿子”、“水流黄”等。

〔五〕老饕（tāo）：貪食之人，初白自謂。

詩作於康熙五十二年秋，時告假返里，道經無錫。詩寫無錫附近的農産豐收景象，對仗靈活工整，格調輕鬆流轉，清新秀逸，華實相得。

十月朔五更鷹窠頂觀日出〔一〕

吾聞堯時十日曾並出，域内大水凡九年。自從羿射九日落，大禹注海納百川，獨留一曜隨天旋〔二〕。爾來四千一百七十載，朝朝沐浴蛟龍淵。登州蓬萊閣〔三〕，太山日觀羅浮巔〔四〕。文人遊跡往往到，鷹窠之頂僻在東南偏。海隅荒陋題詠少〔五〕，好事或聽旁人傳。率云九月晦後十月朔〔六〕，是時日月行同躔〔七〕。初生類合璧，吞吐寅卯前〔八〕。居民生長此山頂，目所睹記云偶然。況乃遊人一生或間至，何怪欲覯無由緣。我來此處看日出，要是乾坤曠蕩之奇觀〔九〕。山高地窮天水連，尾閭東洩茫無邊〔一〇〕。明星有爛黑氣作〔一一〕，霧非霧兮烟非烟。移時一痕破，滿空血色紅殷鮮。乍浮復乍沈，水底疑被長繩牽。須臾涌出水面圓，紫金光現榑桑顛〔一二〕。自東而西不知幾萬里，一綫倒射洪波穿。亦不知自高而下幾千萬萬丈，一躍直上團團天，觀者目眩心神遷。却尋雞聲到宿處，松窗黑暗僧猶眠〔一三〕。

〔一〕鷹窠頂：謂鷹窠頂山。山在今浙江省海鹽縣南三十里，一名南陽山。山饒怪石奇茗，凡九折而上，可觀日月並出奇景。明高啓《蕭煉師鷹窠頂丹房》詩："東觀鷹窠峯，中天插孤青。"金檀輯注引沈季友《檇李詩繫考》："鷹窠山在海鹽縣南，前臨澉湖，後枕大海，上有庵，曰雲岫。"

〔二〕"吾聞"五句：《淮南子・本經訓》："逮至堯之時，十日並出，焦禾稼，殺草木，而民無所食。猰貐、鑿齒、九嬰、大風、封豨、修蛇皆爲民害。堯乃使羿誅鑿齒於疇華之野，殺九嬰於凶水之上，繳大風於青邱之澤，上射十日而下殺猰貐，斷修蛇於洞庭，禽封豨於桑林。萬民皆喜，置堯以爲天子。"高誘注："十日並出，羿射去九。"《本經訓》又云："舜之時共工振滔洪水以薄空桑，龍門未開，吕梁未發，江淮通流，四海溟涬，民皆上邱陵，赴樹木。舜乃使禹疏三江五湖，闢伊闕，導廛澗，平通溝陸，流注東海，鴻水漏，九州乾，萬民皆寧，其性是以稱堯舜以爲聖。"羿，即后羿，亦作"夷羿"。古代神話傳説中善射之人。按，一曜，一個太陽。曜，日、月、五星均可稱爲曜。

〔三〕登州：春秋時牟子國，漢屬東萊郡。唐武周如意元年(六九二)置登州，治所在牟平縣；唐神龍中移治蓬萊縣。明洪武九年(一三七六)升爲登州府。清因之。　蓬萊閣：在今山東省蓬萊縣城北丹崖山上。《嘉慶重修一統志》卷一七三《登州府》："蓬萊閣，在府城北丹崖山上。《縣志》：舊爲海神廟。宋治平中，知州朱處約移廟于西偏,於廟故基建閣,爲州人遊賞之所。"按,蓬萊閣居山臨海,爲觀看日出之理想場所。

〔四〕太山:泰山。　日觀:泰山山峯名。著名觀日出之處。北魏酈道元《水經注·汶水》引漢應劭《舊官儀》:"泰山東南山頂名曰日觀。日觀者,雞一鳴時,見日始欲出,長三丈許,故以名焉。"　羅浮:見前《羅浮五色蝶院長屬賦》詩注〔一〕。按,羅浮山頂可觀日出,前人對此似有異議,如清潘耒《遊羅浮記》云:"其近海諸山,水光浮日光而上,見之差早。之罘、泰岱、秦望、天台,皆東邊海,故先見日。今羅浮之東,連山横亘,無從見水,而東南去海不甚遠,冬月登山巔,見日當差早,亦不過晷刻之間,大約如日落時,下方昏黑,山間猶存返影耳。而談者遂云夜半披衣,見火輪飛濤以出,則夸而近於誕矣。"

〔五〕海隅:海邊角落。

〔六〕晦:晦日,即農曆每月最末一天。　朔:朔日,農曆每月初一日。

〔七〕同躔(chán):同一度數。躔,日月星辰運行的度次。《方言》一二:"躔,歷行也。日運爲躔,月運爲逡。"

〔八〕寅卯:十二干支紀時之第三第四位,分别指天亮前三至五時及清晨五時至七時。

〔九〕曠蕩:空闊無邊。漢王褒《洞簫賦》:"彌望儻莽,聯延曠盪。"李善注:"儻莽、曠盪,寬廣之貌。"

〔一〇〕尾閭:舊時傳説海水歸宿之處。《莊子·秋水》:"天下之水,莫大於海,萬川歸之,不知何時止而不盈;尾閭泄之,不知何時已而不虚。"成玄英疏:"尾閭者,泄海水之所也。"又,晉嵇康《養生論》:"志以厭衰,中路復廢,或益之以畎澮而泄之以尾閭。"李善注引司馬彪曰:"尾閭,水之從海水出者也,一名沃燋,在東大海之中。尾者,在百川之下故稱尾。閭者,聚也,水聚族之處,故稱閭也。"

〔一一〕明星有爛:語本《詩·鄭風·女曰雞鳴》:"子興視夜,明星有爛。"爛,光明。

〔一二〕榑桑:同"扶桑"。傳説中之神樹,爲日出的地方。《淮南子·覽冥篇》:"朝發榑桑,日入落棠。"高誘注:"榑桑,日所出也;落棠,山名,日所入也。"

〔一三〕松窗:臨松之窗。此謂僧房、道院。

詩作於康熙五十二年十月初一,時乞休林下,家居海寧,游海鹽南陽山。是詩爲初白集中七古名篇。詩以"我來此處看日出"爲界,大約可分兩部分。前半追述歷史,采摭傳聞,取欲擒故縱,欲近先遠法,渲染鋪墊,專在營造氛圍;後半則一筆收攏,切入正題,極意描繪譬喻,務求窮形盡相。全詩五、七、九言參差錯落,靈活運用,變化無窮,詞如跳丸脱手,閎博雄肆。故趙翼於《甌北詩話》卷一〇贊之曰:"興會所到,酣嬉淋漓,力大於身,雖長而不覺其冗矣。"

曉過鴛湖〔一〕

曉風催我掛帆行,緑漲春蕪岸欲平〔二〕。長水塘南三日雨〔三〕,菜花香過秀州城〔四〕。

〔一〕鴛湖:嘉興南湖,見前《二月十六夜自長水塘乘月放舟……》注〔四〕。

〔二〕春蕪:濃碧的春草。唐釋皎然《山居示靈徹上人》詩:"晴明路出山初暖,行踏春蕪看茗歸。"

〔三〕長水塘:見《二月十六夜自長水塘乘月放舟……》注〔一〕。

〔四〕秀州:即今浙江省嘉興市。五代時吴越置。

詩作於康熙五十三年(一七一四)三月,時家居海寧,遊嘉興,年六十五歲。詩寫江南水鄉春色,色彩艷麗,韻味濃鬱,使人意蕩而神摇。"緑漲"句光彩流動,形象傳神。清查奕照評是詩曰:"老年詩筆易致頽唐,非生澀即坐淺率之病。公六十以外詩尚復鮮嫩如此,此詩人之所以長壽也。”

武夷采茶辭四首〔一〕(選其一)

荔支花落别南鄉〔二〕,龍眼花開過建陽〔三〕。行近瀾滄東渡口〔四〕,滿山晴日焙茶香〔五〕。

〔一〕武夷:亦作“武彝”,山名。在今江西、福建兩省交界處。北接仙霞嶺,南接九連山。主峯黄岡山在福建崇安,海拔二一五八米。宋祝穆《方輿勝覽》卷一一《福建路·建寧府》:“武夷山,在崇安南三十里。山多獼猴。按:《神仙傳》第十六昇真元化洞天。昔有神仙降此山,曰:‘予爲武夷君,統録地仙,受館於此。’由是得名。”又,《讀史方輿紀要》卷九五:“武夷山在建寧府崇安縣南三十里,有黄亭山麓始於此,又四十里乃入武夷。其山綿亘百二十里,有三十六峯,三十七巖,一溪繚繞其間,分爲九曲。漢《郊祀志》有武夷君,即此山之神矣。”

〔二〕荔支:即荔枝。按,荔枝開花約在每年三、四月份,花期長短因品種、氣候條件、不同年份等而異。花期最長以産於廣東的“三月紅”爲最,約五十八天;“白蠟子”爲次,約四十天。福建普遍栽培之中熟品種“黑葉”,則需二十七天,故詩云“荔支花落”約在四、五月間。　南鄉:未詳。

〔三〕龍眼:亦名“龍目”、“圓眼”、“益智”、“驪珠”、“燕卵”、“鮫淚”。樹似荔枝,葉若林檎,花白色。花期始于四月中、下旬,終於五月下旬至六月上旬,約三十至四十五天不等。　建陽:縣名。在今福建省西北部、崇溪中游。《輿地紀勝》卷一二九《福建路·建寧府》:“建陽縣,在府西一百三十里。《輿地廣記》云:‘晉太康中置,屬建安郡，宋以後因之，後省。'唐《志》云：'武德四年置，八年省入建安，垂拱四年復置。'此其廢置之大略也。"

〔四〕瀾滄東渡口：亦稱蘭湯渡，在武夷九曲之一曲三姑石下。

〔五〕焙茶：烘製茶葉。焙，微火烘烤。

詩作於康熙五十四年（一七一五）四、五月間。其《步陳集·序》云："謝病歸來，杜門七百日矣。不得已而作閩游。憶戊寅春夏間，偕朱丈竹垞南行，今往還仍取此路。東坡詩云：'團團如磨牛，步步踏陳跡。'用以名集，聊當解嘲。"時年六十六歲。詩題曰"采茶"，但其一至三句却隻字不題"茶"字，而花了大量篇幅寫時令，明地點，由遠及近，漸入主題。至末一句方畫龍點睛，詩意盡出，不但給人以視覺、嗅覺和心理上的享受與滿足，同時亦給人以美感。全詩詩思精巧，神姿秀逸，首兩句彼此相關呼應，尤得聯翩貫注之勢。

李婿暘谷追送於滕王閣下臨發歸舟二章留別〔一〕（選其一）

去便經年隔〔二〕，來爲半月留。那無兒女戀，偏動別離愁。落日當高閣，清江帶小舟〔三〕。臨行一杯酒，衰暮重回頭。

〔一〕李暘谷：李暄（一六八二——一七二〇），字紹津，號暘谷。江西吉水人。嗜學能文。據初白《亡婿李暘谷墓志銘》："暘谷年十八，中本省鄉試副榜；又三年舉於鄉，屢上春官不第，例授部主事。"

滕王閣：閣名，始建於唐代。故址在今江西省南昌市贛江濱。《輿地紀勝》卷二六《隆興府》："滕王閣，在（豫章）郡城之西，唐高祖之子滕王元嬰所建也。夾以二亭,南曰'壓江',北曰'挹秀'。自唐至今,名士留題甚富。"按:滕王閣始建於唐永徽四年(六五三)。原閣高九丈,共三層,東西長八丈六尺,南北寬四丈五尺,上層前樓額曰"西江第一樓"。後屢毀屢建,凡二十八次。最後一次爲北洋軍閥鄧如琢所毀。

〔二〕經年:謂時間長久。

〔三〕清江:謂贛江,亦稱贛水。東源貢水出武夷山,西源章水出大庾嶺,在今贛州市合流後稱贛江。曲折北流,入鄱陽湖。《山海經·海内東經》:"贛水出聶都山,東北流注於江,入彭澤西也。"又,《元豐九域志》卷六:"贛水,章、貢二水合流,名曰贛江。"

詩作於康熙五十四年五月,時游福建武夷山,歸途經南昌,得晤婿李暄。詩寫離情,雖平白如話,却感情深沉厚重,動人心弦。小駐半月,歸舟在即,萬語千言,均在一杯酒、一回頭之中。"經年"云相隔久遠,"衰暮"言來日無多。一"重"字寄無限深情,藴不盡餘味。

晚渡鄱陽湖夜泊瑞洪〔一〕

黄梅連日雨,濁浪入湖平。沙柳罾邊没〔二〕,霞天鳥外晴。岸容移晚景,風色緊歸程。忽報帆飛渡,前村戍火明〔三〕。

〔一〕鄱陽湖:見前《石鐘山》注〔二〕。　瑞洪:鎮名。在今江西省餘干縣西北七十里之鄱陽湖濱,爲湖東南往來要會之所。

〔二〕沙柳:落葉灌木或小喬木,多生於河谷溪邊。枝條可用來編織。爲護堤固溝之良好樹種。唐錢珝《江行無題》詩之四:"旅吟還有伴,沙柳數枝蟬。"

〔三〕戍火:戍卒所燃之火。宋陸游《出城》詩:"戍火難尋玉關夢,衣塵空愧草堂靈。"

詩作於康熙五十四年五月,時南下游武夷山,歸途經鄱陽湖邊之瑞洪鎮。詩之前六句寫晚景,末兩句寫夜景,一詳一簡,一明一暗,一鬆一緊,遠近相間,前後比照,互相聯繫。寫來景觀分明,歷歷在目。袁枚《隨園詩話》云:"查他山先生詩,以白描擅長;將詩比畫,其宋之李伯時(公麟)乎?"

蠶麥嘆〔一〕

舄鹵之地成梢溝〔二〕,傾都委貨爛不收〔三〕。村姑尚以蠶命月〔四〕,野老曾於麥望秋〔五〕。恤緯孰是織室者〔六〕,雜耕吾亦農家流〔七〕。縣符早晚急夏税〔八〕,何暇更爲百草憂〔九〕。

〔一〕蠶麥:謂蠶與麥之收成。宋范成大《田家留客行》:"好人入門百事宜,今年不憂蠶麥遲。"

〔二〕舄鹵:亦作"斥鹵"。謂不宜耕種的含有過多鹽碱成分之土地。《漢書·溝洫志》:"終古舄鹵兮生稻粱。"顔師古注:"舄即斥鹵也,謂咸鹵之地也。" 梢溝:謂水流自然衝激而成之地溝。初白自注:"水漱嚙者爲梢溝,出《周禮》注。"按:《周禮·考工記·匠人》:"梢構三十里而廣倍。"鄭玄注:"謂不墾地之溝也。鄭司農云:'梢,讀爲桑螵蛸之蛸。蛸,謂水漱齧之溝。'"

〔三〕傾都:謂全城。《晉書·石崇傳》:"送者傾都,帳飲於此。" 委貨：積壓的貨物。委，堆積。漢揚雄《甘泉賦》："瑞穰穰兮委如山。"李善注："委，積也。"

〔四〕蠶命月：夏曆三月稱蠶月。《詩·豳風·七月》："蠶月條桑，取彼斧斨，以伐遠揚，猗彼女桑。"明謝肇淛《五雜俎·天部二》："《豳風》所紀，與今氣候同者，夏正也。然十一月以後不書月，但云'一之日'、'二之日'而已。三月則曰'蠶月'。四月以後，始如常稱。"

〔五〕麥望秋：盼望麥收。麥秋，農曆四月爲麥秋季節。漢蔡邕《月令章句》："百穀各以其初生爲春，熟爲秋，故麥以孟夏爲秋。"

〔六〕恤緯：謂憂慮國事。語本《左傳·昭公二十四年》："抑人有言曰：嫠不恤其緯，而憂宗周之隕。"嫠，寡婦。緯，織事。宗周，周朝王都所在之鎬京(今陝西省西安市)。　織室：漢代宫中掌管絲帛禮服等織造之機構，分設東、西織，設在未央宫，屬少府管轄。成帝時省東織，更名西室爲織室。《漢書·惠帝紀》："秋七月乙亥，未央宫凌室災；丙子，織室災。"顔師古注："主織作繒帛之處。"又，《三輔黄圖》："織室在未央宫。"又："有東、西織室，織作文繡郊廟之服。"

〔七〕雜耕：謂屯田之兵與居民雜居同耕。杜甫《謁先主廟》詩："雜耕心未已，歐血事酸辛。"仇兆鰲注引《蜀志》："亮與司馬懿對於渭南，每患糧不繼，分兵屯田，爲久駐之基，耕者雜於渭濱居民之間，百姓安堵，軍無私焉。"此爲作者自指。

〔八〕縣符：謂縣衙發出之文書。多爲拘捕傳訊等事。陸游《秋詞》之二："常年縣符鬧如雨，道上即今無吏行。"　夏税：税賦名稱。自唐始及明清，田賦定在夏秋二季徵收，稱夏税及秋税。

〔九〕百草憂：初白自注："黄涪翁云：'男女墮地，衣食各有分齊，安能蹙額爲百草憂春雨耶？'"

詩作於康熙五十五年(一七一六)三、四月間，時家居海寧，年六十七歲。因爲春雨淫衍，鹽碱地裏的麥子都爛了，農家絶産無收，但是官府催徵夏糧的文書却道道緊逼，絲毫不爲百姓死活作想。作爲"吾亦農家流"的作者，目擊親聞如此情狀，其對農民的同情態度十分明顯。爲農家愁，爲國事憂,初白此心,每同少陵。

八月初四日放舟至硤石〔一〕

習懶常支户〔二〕,乘涼偶放船。渠清瓜蔓水〔三〕,露白稻花天。夜氣鳴雞後,晴光蕩槳前。地平先見塔,高出萬家烟。

〔一〕硤石:鎮名,在海寧縣。鎮以山名。《讀史方輿紀要》卷九〇《杭州府》:"硤石山,(海寧)縣東北六十四里,一名紫微山。其并峙者曰贊山,兩山相夾,中通河流,曰硤石湖。唐白居易嘗登此,因以其官名之。山之西爲硤石鎮。"

〔二〕支户:居守門户。《爾雅·釋言》:"支,載也。"

〔三〕瓜蔓水:原本指農曆五月的黄河水汛。後也指一般水汛。唐韓偓《金鑾密記·水衡記》:"黄河正月水名凌解水,二三月名桃花水,四月水名麥黄水,五月以瓜蔓故名瓜蔓水。"宋梅堯臣《送李載之殿丞赴海州榷務》詩:"瓜蔓水生風雨多,吴船發棹唱吴歌。"

詩作於康熙五十五年八月初四,時家居海寧。詩寫放舟峽石鎮之見聞感受,清切沉穩,氣息渾樸;緣景會情,流轉善肖,很能代表其晚年詩作之風貌。

螺山文丞相祠〔一〕

千古興亡恨,忠臣末運多。死難扶少帝〔二〕,生不愧巍科〔三〕。慷慨憂時策，峥嶸《正氣歌》〔四〕。黄冠故鄉意〔五〕，廟貌在山阿〔六〕。

〔一〕螺山：《讀史方輿紀要》卷八七《吉安府·廬陵縣》："螺山，在府北十里，南臨贛江，宛委如螺，與城南神岡相拱揖，如主賓然，俗呼螺子山。" 文丞相祠：即文天祥祠。《嘉慶重修一統志》卷三二八《吉安府》二："文丞相祠有二，一在廬陵縣富田鎮，一在永新縣東北二十五里。"又："富田在廬陵縣南八十里。"

〔二〕少帝：謂宋端宗趙昰及趙昺。據《宋史·文天祥傳》，文天祥先後輔佐宋端宗趙昰及趙昺，率兵抗擊元兵。後兵敗，爲元將張宏範所擒獲。被捕後忠貞不屈，從容就義。

〔三〕巍科：猶高第，即科舉考試名列前茅者。文天祥以狀元及第。《宋史·文天祥傳論》："宋三百餘年，取士之科，莫盛於進士，進士莫盛於掄魁。自天祥死，世之好爲高論者，謂科目不足以得偉人，豈其然乎！"

〔四〕《正氣歌》：文天祥所作詩歌。詩中有云："天地有正氣，雜然賦流形。下則爲河岳，上則爲日星。於人曰浩然，沛乎塞蒼冥。"

〔五〕黄冠：舊時所戴箬帽之類，一般在蜡祭時戴之。《禮記·郊特牲》："黄衣黄冠而祭，息田夫也。野夫黄冠。黄冠，草服也。"後因借指農夫野老之服。杜甫《遣興》之四："上疏乞骸骨，黄冠歸故鄉。"

〔六〕山阿：謂螺子山邊。阿，山邊。《穆天子傳》一："天子獵於鈃山之西阿。"注："阿，山陂也。"

詩作於康熙五十六年(一七一七)秋冬之季，時應同年相知廣東巡撫佟法海之邀南遊粤東，年六十八歲。詩吊民族英雄文天祥，首聯詩筆如椽，力能扛鼎，牢籠千古，足以統領全篇。頷、頸二聯則具體對文天祥一生作出總結性評論：生死長存，名垂青史。末聯回扣詩題，結以憑吊之意。全篇沉鬱頓挫，頗有少陵遺風。

韶州風度樓[一]

公進《千秋録》[二],開元極盛時[三]。知幾同列少[四],去國一身遲[五]。終始全臣節,安危動主思。高樓瞻畫像,風度儼鬚眉[六]。

〔一〕韶州: 始置於隋開皇九年(五八九),治所在曲江(今廣東省韶關市西南)。元改爲路,明改爲府,清因之。風度樓:《嘉慶重修一統志》卷四四四《韶州府》:"風度樓在府治南。唐張九齡爲相,明皇重之,每用人,必曰:'風度得如九齡乎?'郡人因取以名樓。"

〔二〕《千秋録》: 亦稱《金鏡録》或《千秋金鑑録》。《舊唐書》卷九九:"九齡爲中書令,時天長節百僚上壽,多獻珍異,唯九齡進《金鏡録》五卷,言前古興廢之道。上賞異之。"又,《新唐書》卷一二六:"初,千秋節,公、王並獻寶鑑,九齡上《事鑒》十章,號《千秋金鑑録》,以伸諷諭。"

〔三〕開元: 唐玄宗李隆基年號(七一三—七四一)。

〔四〕知幾: 謂有預見,能預先看出事物發展變化的隱微徵兆。《易·繫辭下》:"知幾其神乎。君子上交不諂,下交不瀆,其知幾乎? 幾者,動之微,吉之先見者也。"按,據《新唐書·張九齡傳》:"安禄山初以范陽偏校入奏,氣驕蹇。九齡謂裴光庭曰:'亂幽州者,此胡雛也。'及討奚、契丹敗,張守珪執如京師,九齡署其狀曰:'穰苴出師而誅莊賈,孫武習戰猶戮宫嬪。守珪法行於軍,禄山不容免死。'帝不許,赦之。九齡曰:'禄山狼子野心,有逆相,宜即事誅之,以絶後患。'帝曰:'卿無以王衍知石勒而害忠良。'卒不用。帝後在蜀,思其忠,爲泣下。"

〔五〕去國: 離開京都;離開朝廷。意謂辭官歸里。南朝宋顔延之《和謝靈運》詩:"去國還故里,幽門樹蓬藜。"

〔六〕“風度”句:《新唐書·張九齡傳》:“九齡體弱,有醖藉。故事,公卿皆搢笏於帶,而後乘馬。九齡獨常使人持之,因設笏囊,自九齡始。後帝每用人,必曰:‘風度能若九齡乎?’”

詩作於康熙五十六年冬,時應廣東巡撫佟法海之邀南遊粤東,道經韶州府治曲江城。一代名相張九齡爲韶州曲江人,當地留有金鑑堂、風度樓等諸多古迹。初白到此,自然感慨萬端。詩之前二聯以逆筆倒挽之法,因地及人,贊賞張九齡居安思危、知微見著的政治家風範;頸聯申足首、頷二聯詩意,就其一生“爲相諤諤有大臣節”作出概括性評論;末聯則正面落筆,由遠而近,由古至今,反扣詩題,進一步突出張九齡形象。全詩自始至終緊緊抓住“風度”二字作文章,使其品行氣骨,外貌風神,千秋之下,仍令人景仰不已。

舟中即目

屋角菜花黄映籬,橋邊柳色緑摇絲。分明寒食江南路〔一〕,賸欠桃花三兩枝〔二〕。

〔一〕寒食:節令名。清明前一或二日。
〔二〕賸:猶;尚。

詩作於康熙五十六年冬,時應廣東巡撫佟法海之邀南遊粤東,由韶州乘舟沿北江至英德。詩爲觸景生情之即興之作,將南國冬景與江南春光兩相比較,大有不是江南,勝過江南之意。全詩平易近人,風姿摇曳,一氣呵成,創造了一個理想記憶與眼前現實交相融合的美學境界。

清遠峽飛來寺〔一〕

兩崖勢欲合，中被江流穿〔二〕。上有佛者廬〔三〕，飛來自龍眠〔四〕。神人所施設，是物無頑堅。相當創闢初，風雨驅神鞭〔五〕。鑿開渾沌竅〔六〕，巧貯聰明泉〔七〕。僧房若蜂房，一一皆倒懸。爾來幾閱世，不計草木年〔八〕。磐石具生機，長根外包纏。波濤潤其趾〔九〕，日月行其顛。散爲松柏香，聚作栴檀烟〔一〇〕。蔽虧東西景〔一一〕，軒豁子午天〔一二〕。呼猿在半空〔一三〕，日暮躋無緣〔一四〕。清寒難久住，仍放出峽船。

〔一〕清遠峽：在廣東英德至清遠之間，號爲“北三峽”，共有湞陽、香爐、中宿三峽。清屈大均《廣東新語》卷三：“嶠南之山，自西自北，自西北自東北，皆兩山相夾成峽。西自德慶至高要，有大湘、小湘、羚羊三峽；北自英德至清遠，有湞陽、香爐、中宿三峽。”又：“蜀三峽其險在灘，粵三峽其險在峽。” 飛來寺：在中宿峽之北禺山上，始建於梁武帝普通年間(五二〇—五二六)。錢世揚《古史談苑》引《嶺外録》云：“梁時峽有二神人化爲方士，往舒州延祚寺，夜叩真俊禪師曰：‘峽據清遠上游，欲建一道場，足標勝概，師許之乎?’俊諾。中夜風雨大作。遲明啓户，佛殿寶像已神運至此山矣。師乃安坐語偈曰：‘此殿飛來何不回!’忽聞空中語曰：‘動不如静。’賜額‘飛來寺’。”

〔二〕“兩崖”句：《讀史方輿紀要》卷一〇一《廣州府》：“清遠縣東三十里，一名中宿峽，崇山挺峙，中通江流。……禺山亦曰‘二禺’，有兩峯，穹窿對峙，束隘江流，故曰‘峽’也，道家以爲第十九福地。”

〔三〕佛者廬：僧房。此謂飛來寺。

〔四〕“飛來”句：初白自注：“梁普通中事，詳載寺記中。”龍眠，山名。在今安徽省桐城縣西北二十里。《嘉慶重修一統志》卷一〇九《安慶府》一：“龍眠山，王象之《輿地紀勝》：‘在縣西北三十里，與舒城、六安接界，以中有二龍井，故名。’”

〔五〕神鞭：《三齊記》：“秦始皇作石橋，欲過海看日出處。有神人，能驅石下海，石去不速，神輒鞭之，皆血流。”又，唐杜牧《大雨行》詩：“神鞭鬼馭載陰帝，來往噴灑何顛狂。”

〔六〕渾沌竅：《莊子·應帝王》：“中央之帝爲混沌。……儵與忽謀報渾沌之德，曰：‘人皆有七竅以視聽食息，此獨無有，嘗試鑿之。’日鑿一竅，七日而渾沌死。”按，渾沌本意謂天地形成之前元氣未分、模糊一團的狀態。

〔七〕聰明泉：《寰宇記》：“潯陽縣落星山澗有五松橋，昔慧遠法師與殷仲堪席澗談《易》於此，而樹下泉涌，號聰明泉。”按，初白此乃泛指，舉“渾沌”對言之。《易·鼎》：“巽而耳目聰明。”

〔八〕草木年：唐王季友佚詩：“亦知世上公卿貴，且養山中草木年。”

〔九〕趾：脚指。此指山脚。

〔一〇〕栴(zhān)檀：香木名。《觀佛三昧海經》一：“牛頭栴檀雖生此林，未成就故，不能發香；仲秋月滿，卒從地出，成栴檀樹，衆人皆聞牛頭栴檀之香。”

〔一一〕蔽虧：同虧蔽，謂因遮蔽而呈半隱半現狀。漢司馬相如《子虛賦》：“岑崟參差，日月虧蔽。”李善注引張揖曰：“高山擁蔽，日月虧缺半見也。”又，唐孟郊《夢澤行》：“楚山争虧蔽，日月無全輝。”

〔一二〕軒豁：高大開闊。唐韓愈《南海神廟碑》：“乾端坤倪，軒豁呈露。”　子午天：謂夜半與正午時分。舊時計時法，以夜間十一時至一時爲子時，以白晝十一時至一時爲午時。因山崖危峭壁立，唯有子午時分纔能見到日月，故曰“軒豁子午天”。

〔一三〕呼猿：初白自注：“洞名。”洞在北禺山巔之和光洞之西，清屈大均稱之爲“歸猿洞”。《廣東新語》卷三：“和光洞常産五色榴花，折而西，爲歸猿洞，孫恪妻留玉環之處也。”

〔一四〕躋：登。

詩作於康熙五十六年冬南游粤東，由英德舟行至清遠，歷著名清遠北三峽。詩詠中宿峽北禺山上之飛來寺，詩之首二句氣勢不凡，先聲奪人，言南北禺山挺峙峭立之雄偉形勢。"上有佛者廬"以下八句，據歷史傳聞，敘山寺之非凡來歷。"僧房若峯房"以下四句，承上"佛者廬"而來，正面敘寫飛來寺。"磐石具生機"以下八句，續寫清遠峽之形勢，與前大處落筆比，更顯具體，更爲形象。詩末四句旁及飛來寺之周圍景點，在描寫寺廟、山峽險奇壯觀的同時，以突出其"清寒"冷寂的特點作結，以足題意。清阮元《兩浙輶軒録》引劉復燕曰："初白早年行役，足跡半天下，閱歷山川之勝，多見於詩。敬業堂篇什之富，與帶經堂相埒，才華魄力，足與阮亭代興。"今觀其晚年所歷山川浪灘名勝土習之作，又何嘗不是如此。

過前輩梁藥亭故居〔一〕

風流雲散兩茫然，轉瞬前遊十五年〔二〕。獨客遠來朋舊少，貧官没後子孫賢。買鄰古有千金語〔三〕，遺稿今爲萬口傳〔四〕。話到五交宜《廣絶》〔五〕，西華葛帔復誰憐〔六〕？

〔一〕梁藥亭：即梁佩蘭。生平詳前《次韻送梁藥亭庶常請假歸南海》詩注〔一〕。

〔二〕十五年：此以整數言之，實際距藥亭下世衹十三年。

〔三〕買鄰：謂擇鄰而居。《南史·吕僧珍傳》："初，宋季雅罷南康郡，市宅居僧珍宅側。僧珍問宅價，曰：'一千一百萬。'怪其貴，季雅曰：'一百萬買宅，千萬買鄰。'"

〔四〕遺稿：謂藥亭詩稿《六瑩堂集》。清沈德潛《國朝詩別裁集》："嶺南三家,(屈)翁山以五言律擅場,(陳)元孝以七言律擅場,而七言古體獨推藥亭。集中如《養馬行》、《日本刀歌》諸作,光怪陸離中律令極細,措辭極妥,真可作萬人敵也。”

〔五〕五交:謂五種非正道的交友,即勢交、賄交、談交、窮交、量交。見南朝梁劉孝標所著《廣絶交論》。《廣絶》:後漢朱穆“感俗澆薄,慕尚敦篤,著《絶交論》”,劉孝標有感當代名人任昉生前死後的不同境遇,著《廣絶交論》,進一步推衍論述,反對以勢利爲轉移的五種交友之道,告誡耿介之士當“耻之”,“畏之”,推崇、倡導一種不爲權勢金錢所動的金石之交“素交”。

〔六〕“西華”句:《文選》卷五五《廣絶交論》李善注:“劉璠《梁典》曰:劉峻(字孝標)見任昉諸子西華兄弟等,流離不能自振,生平舊交,莫有收恤。西華冬月著葛布帔練裙,路逢峻,峻泫然矜之,乃廣朱公叔(穆)《絶交論》。”

詩作於康熙五十七年(一七一八)春,時在廣州,年六十九歲。梁佩蘭年長初白二十一歲,就詩歌創作而言,是初白的第一知音。還在二十六年前初白方從貴州歸來時,藥亭即對這位當時尚默默無聞的後生的作品表示激賞:“拙詩與君不同調,小言未可誇詹詹。數篇見賞自京洛,君愈降氣余彌慚。”(《遄歸集·吴門喜晤梁藥亭》)。二十六年後,初白來到藥亭故居,藥亭下世業已十三年。就初白而言,藥亭與其友誼自然是君子賢達之間的“素交”,睹物思人,初白對這位前輩詩人之敬仰與感恩之情油然而生,溢於言表。詩之前半表示對故人的追念痛惜之情,後半則就藥亭之道德文章深表贊許稱道,並以失去第一知己而萬分痛心。詩雖平易顯露,却清婉沉痛,真摯感人。

花田詠古〔一〕

雁翅城南寂寞濱〔二〕,芳華小苑已成塵〔三〕。珠襦夢斷鴉啼曙〔四〕，粉麝香消雨洗春〔五〕。翠輦幾經偏霸主〔六〕，素馨曾識故宫人〔七〕。賣花擔上東風信，流轉人間又一巡。

〔一〕花田：在今廣州市西南郊。一名花地，又名白田，亦稱素馨斜。相傳南漢劉鋹美人字素馨者葬此。《嘉慶重修一統志》卷四四二《廣州府二》："花田，在南海縣西十里三角市，平田彌望皆種素馨。相傳南漢宫人多葬此。一名白田。"又，清屈大均《廣東新語》卷二七："珠江南岸，有村曰莊頭，周里許，悉種素馨，亦曰花田。莊頭人以種素馨爲榮，其神爲南漢美人。"

〔二〕"雁翅"句：意謂廣州城南珠江岸邊之花田如今寂莫荒涼，唯留下大雁的行跡。

〔三〕芳華：香花。此指素馨花。明陳子龍《上巳城南雨中》詩："春甸摇芳華，長林縈幽壑。" 小苑：謂花田。

〔四〕珠襦：古代帝、后所服貫珠爲飾之短衣。《漢書·霍光傳》："太后被珠襦，盛服坐武帳中。"顔師古注："如淳曰：'以珠飾襦也。'晉灼曰：'貫珠以爲襦，形若今革襦矣。'"此以物代人，指南漢美人。

〔五〕粉麝：猶麝粉，香粉名。

〔六〕翠輦：飾有翠羽之帝王車駕。元虞集《和馬侍御西山口占》詩："岧嶢宫殿水西頭，春日時聞翠輦遊。" 偏霸主：謂南漢君主劉鋹，在位十四年(九五八—九七一)。因其割據南海，偏安一隅，因云。

〔七〕素馨：花名。花白色，香氣芳冽，性畏寒，每植於温室以供觀賞。清屈大均《廣東新語》卷二七："素馨本名那悉，亦名那悉茗。《志》稱陸大夫(賈)得種西域，因説尉佗移至廣南。《南中行紀》云：'南越百花無香，惟素馨香特酷烈。'則素馨之名，在賈時已著。廣南多花木，賈未嘗言，惟言羅浮山桃、楊梅及茉莉、素馨耳。素馨因陸大夫而有，今花田當祀陸大夫。"

詩作於康熙五十七年春，時在廣州。花田盛産素馨花，也是南漢王劉鋹"素衣白馬以降"宋師的地方(見《新五代史》卷六五)。詩人南遊至此，自然不勝滄桑之慨。詩之首聯、頷聯寫花田眼前景："鴉啼曙"云清晨，"雨洗春"指氣候。"寂寞"、"成塵"、"夢斷"、"香消"，謂千年故事已成歷史。二句扣題"詠古"，由今及古，虚實相間，今古交融，氛圍蒼涼空廓，落筆先聲奪人。頸聯上承"夢斷"、"香消"，着重寫花田當年事，"幾經"、"曾識"詞輕意重，一頭連着現實，一頭連着歷史，給人以舉重若輕之感。尾聯則由古返今，結以人世變遷、江山依舊之意。全詩結體嚴緊，收束自如，委婉蘊藉，風調清遠。

桂江舟行口號十首〔一〕(選其二、七)

其　二

灕江江色緑於油，百折千迴到海休。多事天公三日雨，一條羅帶變黄流。

其　七

霧雨濛濛霽景稀〔二〕，人編蕉葉作蓑衣。櫓摇漁父唱歌去，牛背牧兒浮水歸。

〔一〕桂江：即灕水，亦名灕江。源出廣西興安縣陽海山，與湘水同源，至興安縣北釃爲二流。東北流而匯於洞庭湖者，湘水也。灕水則西南流至桂林，曰桂江。又南經陽朔、平樂、昭平，至蒼梧與潯江合，東流爲西江。《嘉慶重修一統志》卷四六一《桂林府》一："《水經》：'灕水出陽海山。'注：'灕水與湘水出一山而分源。'《郡縣志》：'桂江，一名灕水。'……宋柳開《湘灕二水説》：'二水本一水也，自陽海山西北流至縣東五里分水嶺，始分爲南北二水。蓋昔人以二水相離，故命之曰相，曰離，後人又加水云。'"

〔二〕霽景：雨後晴明的景色。

本詩作於康熙五十七年二、三月間，時離廣州赴桂林。二詩一寫灕江江色，一寫當地風光，嫵麗清新，平和粹美。

上巳前一日發桂林〔一〕

連日輕寒連夜風，滿城桃李一時空。伏波門外梨花雨〔二〕，春在鵑啼猿嘯中。

〔一〕上巳：節令名。古代以農曆三月上旬巳日爲上巳。《後漢書·禮儀志》上："是月上巳，官民皆絜於東流水上，曰洗濯祓除去宿垢疢爲大絜。"魏晉後改爲三月三日爲上巳，有修禊踏青習俗。

〔二〕伏波門：謂伏波廟，祀漢伏波將軍馬援。《嘉慶重修一統志》卷四六二《桂林府》二："伏波廟，在臨桂縣伏波山下。"　梨花雨：梨花開放時節的雨水。元虞集《答錢翼之》詩："閉門三月梨花雨，遍寫千林柿葉霜。"

詩作於康熙五十七年三月，時由桂林沿灕江舟行赴靈川，取道湖南返里。詩寫對春風春雨的感受，畫面優美，詩風秀麗輕倩，有一唱三嘆之妙。

樓敬思朱襲遠追送於大灕江賦三言古詩爲別〔一〕

胡桐花〔二〕，萬堆雪。躑躅花〔三〕，千層血。大波淪〔四〕，

小波瀲。百斛舟〔五〕，十夫力。居者主，行者客。湘江南，灕水北。雲淰淰〔六〕，風淅淅〔七〕。難莫難，此時别。

〔一〕樓敬思：樓儼，字敬思，號西浦。浙江義烏人。初白及門弟子。曾官靈川令、廣州太守，官至江西按察使。著有《蓑笠軒僅存稿》。　朱襲遠：生平未詳。　大瀜江：即大融江，亦名大溶江。《嘉慶重修一統志》卷四六一《桂林府》一："大融江在興安縣西五十里，源出全州西延司界，亦曰大溶江，南流入縣界，合六峒、黄柏二江，又南至靈川縣界，合灕水，即古溈水也。"

〔二〕胡桐：又稱"紅厚殼"、"海棠果"，常緑喬木。樹幹高大，葉對生，花白色，有香氣。

〔三〕躑躅花：亦名杜鵑花，常緑或落葉灌木。花紅色，春季開花。明朱國禎《湧幢小品・花》："杜鵑花以二三月杜鵑鳴時開，一名映山紅，一名紅躑躅。"

〔四〕淪：水面上的小波紋。《詩・魏風・伐檀》："河水清且淪猗。"毛傳："小風水成文，轉如輪也。"又，《説文解字・水部》："小波爲淪。"

〔五〕百斛舟：船艙能容百斛之船。《宋史・河渠志》四："白溝無山源，每歲水潦甚則通流，纔勝百斛船，踰月不雨即竭。"斛，量具名。古以十斗爲斛，南宋末改爲五斗。

〔六〕淰(shěn)淰：猶言陣陣。杜甫《放船》詩："江市戎戎暗，山雲淰淰寒。"清仇兆鰲注引明董斯張曰："淰淰者，狀雲物散而不定。"

〔七〕淅淅：狀風聲。杜甫《秋風》之二："秋風淅淅吹我衣，東流之外西日微。"

詩作於康熙五十七年三月，時由廣州返歸鄉里，經桂林而至興安縣。詩分兩部分，前半十四句全爲狀景，先爲瀜江惜别營造一種風物閑美依依不舍的氛圍。直至後半末二句方纔揭出題旨，直言相别之難，實爲點睛之筆。全詩概爲三言，言簡意賅，音律緊湊，畫面優美，頗具特色，在初白集中並不多見。

過郴江口有感於杜工部事〔一〕

十載遊巴峽〔二〕,三年客楚疆〔三〕。青袍常避亂〔四〕,白髮儼投荒〔五〕。許國才難盡〔六〕,憂時命不長。靴洲疑塚在〔七〕,過者亦神傷!

〔一〕郴江口:郴江與耒水匯合處。《讀史方輿紀要》卷八二:"郴水在(永興)縣東,自郴州北流至此,又西北白豹水合焉,會於耒水,謂之郴口。" 杜工部:謂唐代大詩人杜甫(七一二—七七〇)。安史之亂後,杜甫曾移家成都,一度在劍南節度使嚴武幕中任參謀,被表爲檢校工部員外郎,世因稱杜工部。

〔二〕十載:杜甫自乾元二年(七五九)入蜀,居蜀中不足十年,此約略言之。 巴峽:謂巴縣以東江面之石洞峽、銅鑼峽、明月峽,世稱巴郡三峽。晉常璩《華陽國志》卷一:"巴郡,舊屬縣十四。其郡東枳,有明月硤,廣德嶼及雞鳴硤。故巴亦有三峽。"今人任乃强注:"今按:《水經注》明白定爲黄葛、明月、雞鳴三峽。以今地理考之,黄葛峽即東突峽,今云銅鑼峽。明月峽外有離堆曰尖子山,即廣德嶼。雞鳴峽在枳縣界。"

〔三〕楚疆:此謂湖南境地。湘南歷史上屬楚領地,因云。按:杜甫晚年出蜀,病死湘江途中。《新唐書·杜甫傳》:"大曆中,(甫)出瞿唐,下江陵,泝沅、湘以登衡山,因客耒陽。游嶽祠,大水遽至,涉旬不得食,縣令具舟迎之,乃得還。令嘗饋牛炙白酒,大醉,一昔卒,年五十九。"

〔四〕青袍:意謂官職卑微。 唐制:凡官八、九品者服青。杜甫曾官右拾遺，又曾爲華州司功參軍，並曾召補京兆功曹參軍，均爲八、九品官職。按：安史之亂起，杜甫先後避走三川，亡走鳳翔，作客秦州，流落劍南。未幾，蜀中兵亂，又遷家荆、楚，泝沿湘流，顛沛流離，連年累月，初白詩因云“青袍常避亂”。

〔五〕“白髮”句：謂杜甫晚年出蜀，客死沅、湘事。儼，儼然，宛若。

〔六〕許國：爲國效力。杜甫《前出塞》之一：“丈夫誓許國，憤惋復何有。”

〔七〕靴洲：地名。《嘉慶重修一統志》卷三六二《衡州府》一：“靴洲，在耒陽縣北，一名花洲。”　疑塚：謂爲迷惑人而虚造之假墓。按：據載，杜甫墓有二：一在河南偃師縣西土樓村，一在湖南耒陽縣北靴洲上。《輿地紀勝》卷五五《衡州》：“《寰宇記》：‘杜甫墓在耒陽縣北三里。’又舊史云歸葬偃師。”又，《方輿勝覽》卷二四《衡州》：“劉斧《摭遺小説》謂子美由蜀往來，得以詩酒自適。一日，過江上，舟中飲醉，不能復歸，宿酒家。是夕，江水暴漲，子美爲驚湍漂泛，其尸不知落于何處。玄宗還南内，思子美，詔求之。（耒陽）聶令乃積空土於江上，曰：‘子美爲白酒牛炙脹飫而死，葬於此矣。’以此聞玄宗。故唐史氏因有‘牛炙白酒大醉，一夕卒之’之語。信哉，史氏之訛也。元稹作墓誌云：‘扁舟下荆楚，竟以寓卒，旅殯岳陽。其後嗣業啓柩，襄祔事於偃師，途次於荆，拜余爲誌。’”一説，耒陽靴洲之墓實乃甫子杜宗文之墓。《嘉慶重修一統志》卷三六三《衡州府》二引《平江志》云：“甫卒於潭岳之間，旅殯岳陽。長子宗文卒耒陽；次子宗武，貧病不克葬，命其子嗣業遷甫柩祔於偃師。則耒陽之殯恐爲甫子宗文，後世因牛酒之語從而附會之也。”由此，初白詩中遂曰“疑塚”。

詩作於康熙五十七年三月，時由廣州返歸鄉里途經湖南郴州永興縣之郴江口。詩之首、頷二聯對杜甫一生顛沛流離的處境深表同情，頸聯復就杜甫才長命短而感到痛心，三聯均扣緊“有感於杜工部事”而發，雖寫其十三載之事，却是其生平縮影，其善於概括於此可見。尾聯切題“郴江口”,因景傳情,沉痛迫烈,有不盡之意。

自湘東驛遵陸至蘆溪〔一〕

黄花古渡接蘆溪〔二〕,行過萍鄉路漸低〔三〕。吠犬鳴雞村遠近,乳鵝新鴨岸東西。絲繅細雨沾衣潤〔四〕,刀剪良苗出水齊。猶與湖南風土近,春深無處不耕犂。

〔一〕湘東驛:《讀史方輿紀要》卷八七《袁州府》:“湘東市在(萍鄉)縣西三十里,舊有湘東驛,宋建炎間,移於縣西三十五里之黄花渡,有黄花橋驛,元廢。” 蘆溪:亦作盧溪,鎮名。在今江西省萍鄉縣東五十里。西北兩面,皆瀕袁江,《讀史方輿紀要》卷八七《袁州府》:“(萍鄉)縣東五十里爲盧溪鎮,以臨盧溪水而名。”

〔二〕黄花渡:古渡口,在萍鄉縣西三十五里之淥江邊。

〔三〕萍鄉:縣名。本漢宜春縣地,三國吴寶鼎二年(二六七)析置萍鄉縣,屬安成郡,以楚昭王渡江得萍實於此而名。隋屬袁州,唐宋因之。元元貞初升縣爲州,明洪武二年(一三六九)仍改爲縣,清因之。

〔四〕絲繅:絲線,喻細雨。繅,五彩絲繩。《周禮·夏官·弁師》:“五采繅,十有二就。”鄭玄注:“繅,雜文之名也。合五采絲爲之繩,垂於延之前後,各十二,所謂邃延也。”

詩作於康熙五十七年三、四月間,時由廣州返故里途經江西萍鄉縣東之蘆溪鎮。詩寫江西、湖南交界處的田園風光,平易樸素,親切自然,寥寥數筆,即勾勒出一幅景觀鮮明生動的風俗圖,詩風頗近放翁。

元宵家宴

冰雪經旬卧，欣逢霽景澄。不辜滄海月，又點草堂燈。酒力春寒退，年光老態增。傳柑虚故事〔一〕，回首望觚稜〔二〕。

〔一〕傳柑：北宋上元夜宫中宴近臣，貴戚宫人得以黄柑相贈，謂之傳柑。蘇軾《上元侍飲樓上》詩之三："歸來一點殘燈在，猶有傳柑遺細君。"自注："侍飲樓上，則貴戚争以黄柑遺近臣，謂之傳柑。"又，《戲答王都尉傳柑》詩："侍史傳柑玉座傍，人間草木盡天漿。"清王文誥注："故事，上元燈夕，上御端門，以温州進柑，分賜從臣，謂之傳柑。"

〔二〕觚稜：宫闕上轉角處瓦脊成方角稜瓣之形。後因以借指宫闕或指代京城。宋秦觀《赴杭倅至汴上作》詩："俯仰觚稜十載間，扁舟江海得身閑。"

詩作於康熙五十八年（一七一九）正月十五，時年七十歲，家居海寧。初白自康熙癸巳（一七一三）秋引休返里至今，歸田業已六載。里居生活之平淡清閑雖然自由適性，但偶爾也使他自感無聊，茫茫然若有所失。是詩末兩句對宫廷生活的追憶，反映的正是這一情懷。全詩蒼勁老到，功力彌滿，是初白晚年詩風的一個寫照。

禱雨辭

康熙歲辛丑，閏厄六月杪〔一〕。五行火息水〔二〕，金氣鑠原燎〔三〕。號萬性不齊,可憐群就燥。焚如到松竹,況乃灌溉草〔四〕。薪醮等摧殘〔五〕,庖廚助煎熠〔六〕。井枯池亦竭,是處開龜兆〔七〕。瓢飲且維艱〔八〕,腹枵詎易飽〔九〕。苗田溥斯害〔一〇〕,立作棲苴槁〔一一〕。民病思《下泉》〔一二〕,吏才貪上考〔一三〕。方徵晉陽絲〔一四〕,肯藉琅琊稻〔一五〕。吾寧忍聽睹,獨卧憂悄悄。巷北走里巫,門前來野老。紛紛聚其族,愁嘆際昏曉〔一六〕。或云堯湯年,七旱九水潦〔一七〕。《周官》列荒政〔一八〕,六祝五曰禱〔一九〕。村中有神社〔二〇〕,禋自唐宋肇〔二一〕。曷不往乞靈〔二二〕,庶登稼穡寶〔二三〕。杖藜隨伴出〔二四〕,趁此星月皎。敢辭衣涉露,翻覺沾濕好〔二五〕。古廟散群鴉,荒庭無汛掃〔二六〕。片香倉卒炷,覬徹星象表〔二七〕。土偶了不聞〔二八〕,吁嗟向晴昊〔二九〕。天門詄蕩蕩〔三〇〕,赤日仍杲杲〔三一〕。感應理豈無,祈年或宜早〔三二〕。況聞兵猶火,旱實兵所召。不見閩海疆,烽烟接窮島。出車當此際,虎旅正南討〔三三〕。兩邦封壤連〔三四〕,免幸輓輸擾〔三五〕。平情易地校〔三六〕,擇禍此猶小。歸各語兒孫,家貧善自保。世界苦人多,豐年古來少〔三七〕。

〔一〕閏厄:猶言厄閏。舊説黄楊遇閏年不長,因以"厄閏"喻指境遇艱難。宋蘇軾《監洞霄宫俞康直郎中所居退圃》詩:"園中草木春無數,祇有黄楊厄閏年。"自注:"俗説黄楊長一寸,遇閏退三寸。"杪:樹木的末梢。後引申爲年月季節之末尾。《禮記・王制》:"冢宰制國用,必於歲之杪。"

〔二〕五行:古代稱構成各種物質的五種元素,並以此説明宇宙萬物的起源和變化。《尚書・甘誓》:"有扈氏威侮五行,怠棄三正。"孔穎達疏:"五行:水、火、金、木、土也。"

〔三〕金氣:秋氣。據古代五行學説,金於位爲西,於時爲秋,因稱。

《吕氏春秋·孟秋》:"某日立秋,盛德在金。"高誘注:"盛德在金,金主西方也。" 鑠:熔化。《淮南子·詮言篇》:"大熱鑠石流金,火弗爲益其烈。" 原燎:原野上大火延燒。此喻酷烈。三國魏陳琳《檄吴將校部曲》:"雲散原燎,罔有孑遺。"

〔四〕灌溉草:初白自注:"《毛詩傳》:'童粱非灌溉之草,得水則病。'"童粱,即俗稱之狼尾草。

〔五〕薪醮:當作"薪樵",柴火。

〔六〕庖廚:廚房。《孟子·梁惠王》上:"君子遠庖廚也。" 煎熘(chǎo):煎和熬(一説炒)。唐韓愈《答孟郊》詩:"名聲暫羶腥,腸肚鎮煎熘。"熘,一種烹調方法。《廣韻》:"熘,熬也。"又,《集韻》:"熘,或作炒。"

〔七〕龜兆:古人占卜時灼裂龜甲所見之紋路。此喻河底開裂。

〔八〕維艱:猶艱難。

〔九〕腹枵(xiāo):猶言枵腹。空腹,謂饑餓。枵,虚空。宋陸游《幽居遣懷》詩:"大患元因有此身,正須枵腹對空囷。"

〔一〇〕溥:通"敷",分布。

〔一一〕棲苴:樹上的水草。《詩·大雅·召旻》:"草不潰茂,如彼棲苴。"

〔一二〕《下泉》:《詩經·曹風》篇名,其詩有云:"洌彼下泉,浸彼苞稂。"《傳》:"下泉,泉下流也。"

〔一三〕上考:謂官吏考課而得列上等。

〔一四〕"方徵"句:《國語·晉語》九:"趙簡子使尹鐸爲晉陽。請曰:'以爲繭絲乎?抑爲保鄣乎?'"晉陽,縣名。故城在今安徽省東流縣東北。

〔一五〕"肯藉"句:《左傳·昭公十八年》:"鄅人藉稻。"杜預注:"鄅國,今琅琊開陽縣。"藉,與上句"徵"對舉,亦是"徵收"之意。

〔一六〕際:交會;會合。《易·泰》:"無往不復,天地際也。"《廣雅·釋詁四》:"際,會也。"

〔一七〕"或云"二句:《莊子·秋水》:"禹之時,十年九潦。……湯之時,八年七旱。"堯,傳説中古帝陶唐氏之號。湯,殷商王朝的開國君主。

〔一八〕周官：即《周禮》，其書初出於漢世，因與《尚書・周官》篇相混，遂改稱《周官經》，自劉歆以後稱《周禮》。　荒政：救濟饑荒的法令制度。《周禮・地官・大司徒》："以荒政十有二，聚萬民。一曰散利，二曰薄征，三曰緩刑，四曰弛力，五曰舍禁，六曰去幾，七曰眚禮，八曰殺哀，九曰蕃樂，十曰多昏，十有一曰索鬼神，十有二曰除盜賊。"

〔一九〕六祝：謂六種祭神之祈禱辭。《周禮・春官・大祝》："大祝掌六祝之辭，以事鬼神示，祈福祥，求永貞。一曰順祝，二曰年祝，三曰吉祝，四曰化祝，五曰瑞祝，六曰筴祝。"鄭玄注引鄭司農曰："順祝，順豐年也；年祝，求永貞也；吉祝，祈福祥也；化祝，彌災兵也；瑞祝，逆時雨、寧風旱也。筴祝，遠罪疾。"

〔二〇〕神社：古代祭祀社神的場所。《墨子・明鬼》下："乃使之人共一羊，盟齊之神社。"

〔二一〕禋：升烟以祭天。即先燒柴升烟，再加牲體及玉帛於柴上焚燒，因烟氣上達以致精誠。《周禮・春官・大宗伯》："以禋祀祀昊天上帝。"鄭玄注："禋之言煙，周人尚臭，煙，氣之臭聞者……三祀皆積柴實牲體焉，或有玉帛，燔燎而升煙，所以報陽也。"後也泛指虔誠的祭祀。　肇：始。

〔二二〕乞靈：求助於神靈或某種權威。《左傳・哀公二十四年》："願乞靈於臧氏。"

〔二三〕庶：庶幾，或者可以。　登：糧食成熟。

〔二四〕杖藜：持藜莖爲杖。泛指扶杖而行。杜甫《漫興九絶》詩："腸斷春江欲盡頭，杖藜徐步立芳洲。"

〔二五〕"敢辭"二句：《詩・召南・行露》："厭浥行露，豈不宿夜，謂行多露。"謂，朱熹釋爲畏。此二句反用其意。

〔二六〕汛掃：灑掃。陸游《小市》詩："蹔憩軒窗仍汛掃，遠游書劍亦提攜。"

〔二七〕覬(jì)：希望；企圖。　徹：遵循。《詩・小雅・十月之交》："天命不徹。”鄭玄箋:“言王不循天之政教。”

〔二八〕土偶: 泥塑神像。

〔二九〕晴昊: 晴空。杜甫《蘇端薛復筵簡薛華醉歌》詩:“安得健步移遠梅,亂插繁花向晴昊。”

〔三〇〕天門: 天宫之門。《淮南子・原道訓》:“排閶闔,淪天門。”高誘注:“天門,上帝所居紫微宫門也。”　詄(dié)蕩蕩: 清朗開闊。《漢書・禮樂志》:“天門開,詄蕩蕩。”顔師古注引如淳曰:“詄蕩蕩,天體堅清之狀也。”

〔三一〕杲(gǎo)杲: 光亮貌。《詩・衛風・伯兮》:“其雨其雨,杲杲出日。”又,南朝劉勰《文心雕龍・物色篇》:“杲杲爲出日之容,瀌瀌擬雨雪之狀。”

〔三二〕祈年: 祈禱豐年。《詩・大雅・雲漢》:“祈年孔夙,方社不莫。”鄭玄箋:“我祈豐年甚早。”

〔三三〕“不見”四句:《清史稿》卷八《聖祖本紀》三:“康熙六十年五月丙寅,臺灣奸民朱一貴作亂,戕總兵官歐陽凱。……六月乙卯,福建水師提督施世驃平臺灣,擒朱一貴解京。”

〔三四〕封壤: 疆域;疆界。南朝齊謝朓《與江水曹至干濱戲》詩:“别後能相思,何嗟異封壤。”

〔三五〕輓輸: 運送物資。前蜀杜光庭《宣勝軍使王讜爲亡男昭胤明真齋詞》:“山川有登涉之遥,糧饋有輓輸之重。”

〔三六〕平情: 公允而不偏於感情。　校: 比較;相比。

〔三七〕“世界”二句: 初白自注:“結二句皆用唐人成語。”

詩作於康熙六十年(一七二一)閏六月底,時家居海寧,年七十二歲。詩之前十六句寫家鄉秋旱災情之嚴重;“民病”以下十八句,寫地方官吏之不恤民瘼,而詩人難以坐視,欲引《周官》慣例,與鄉民野老去神社乞靈禱雨;“杖藜”以下十四句則具體寫神社禱雨之狀;“況聞”以下十句以禱雨不靈,不得不與兵災嚴重之鄰省相較,以“擇禍此猶小”求得精神安慰;末四句以唐人成語作結,揭出靠天不如靠己之主旨。全詩叙事簡練,生動具體,層層遞進,逼出主題,手法純熟,尤覺老辣。

賑饑謡

官倉徵去粒粒珠〔一〕,兩斛米充一斛輸〔二〕。官倉發來半粞穀〔三〕,一石纔舂五斗粟。然糠雜秕煮淖糜〔四〕,役胥自飽民自饑〔五〕。吁嗟乎!眼前豈無樂國與樂土〔六〕,不如成群去作倉中鼠!

〔一〕粒粒珠:喻米粒。

〔二〕斛(hú):計量單位。一斛舊爲十斗,南宋末改爲五斗。

〔三〕半粞(xī)穀:謂碎穀。《玉篇》:"粞,碎米。"又,明陸容《菽園雜記》卷二:"此時舂者多碎而爲粞,折耗頗多。"

〔四〕然:"燃"之本字。　秕(bǐ):中空或欠飽滿之穀粒。《玉篇》:"秕,穀不成也。"　淖(nào)糜:薄粥。宋陸游《書志》詩:"一碗淖糜支日過,數椽破屋著身寬。"

〔五〕役胥:差役與胥吏(鄉里小吏)。

〔六〕"眼前"二句:語本《詩經·國風·魏風》:"碩鼠碩鼠,無食我黍!三歲貫女,莫我肯顧。逝將去女,適彼樂土。樂土樂土,爰得我所。碩鼠碩鼠,無食我麥!三歲貫女,莫我肯德。逝將去女,適彼樂國。樂國樂國,爰得我直。"

詩作於康熙六十年冬,時家居海寧。官府無情剥奪了百姓的勞動果實,却以空癟的稻穀進行所謂的"賑饑"。官吏自飽,貧民饑餓,人不如鼠。詩人蒿目時艱,關心民瘼,篇末就《詩經·魏風》之意而反言之,語極沉痛。

元夕招諸弟小飲二首〔一〕(選其二)

海國春長晦〔二〕,山堂冷欲冰〔三〕。一尊元夕酒,幾盞舊年燈。取樂非絲竹〔四〕,披懷勝友朋。薄雲如作意,相送月微升。

〔一〕元夕:農曆正月十五日,舊稱上元。上元之夜稱元夕,即元宵節。

〔二〕海國:近海地域。此指初白故鄉海寧,海寧近海,因云。蘇軾《新年》詩之三:"海國空自暖,春山無限情。"

〔三〕山堂:此謂自家居所。

〔四〕絲竹:弦樂器及竹管樂器。《禮記·樂記》:"金石絲竹,樂之器也。"

詩作於康熙六十一年(一七二二)元宵節。時家居海寧,年七十三歲。詩寫兄弟情誼,前二聯一味渲染環境氣氛之清冷孤寂,以反襯兄弟聚首之情深意長,其樂融融。意在表明氣候雖冷,其情濃烈真誠。用意用筆,與常人有異。頸聯直抒胸臆,自得自樂,復感自豪自慰。尾聯以景傳情,詩取象徵手法,含蓄而有餘味。通觀全篇,凝煉沉穩,委至深婉,精氣内斂,格老調清。

罌粟花〔一〕

投種記中秋,向榮及初夏。閱時嫌汝久,開眼迨我暇〔二〕。穀雨初過旬〔三〕,牡丹已前謝。繁葩相繼發〔四〕,紅紫弄嬌奼〔五〕。轉瞬三日中,流光激如射。紛紛艷質委,一一青房亞〔六〕。感此花得名,象形出假借。罌儲能幾許〔七〕,囊括乃無罅〔八〕。自從去年旱,穀貴吁可怕〔九〕。野人方忍饑〔一〇〕,望爾甚望稼。謀生遑遠慮〔一一〕,是物貪速化〔一二〕。少待粟粒成,石缽付碾砑〔一三〕。煎熬比牛乳,何有乎燔炙〔一四〕。撐腸或無力〔一五〕,養胃庶有藉。此法勿輕傳,吾將高索價。

〔一〕罌粟:二年生草本植物,夏季開花,作紅、紫、白三色。果實未成熟時劃破表皮,流出乳狀白色液體,可製鴉片。果殼亦入藥,俗稱"御米殼",有斂肺、澀腸、止痛功效。

〔二〕迨(dài):同"逮",等到。

〔三〕穀雨:節氣名。《逸周書·周月》:"春三月中氣:雨水、春分、穀雨。"按:穀雨爲二十四節氣之一,始於每年四月二十日前後,此時天氣暖和,雨量增加,爲播種、出苗之重要季節。

〔四〕繁葩:謂罌粟花。葩,花。

〔五〕嬌奼(chà):同"嬌姹"。嬌媚,艷麗。宋梅堯臣《聽文都知吹簫》詩:"吾妻閨中聞不聞?稚女扳簾笑嬌奼。"

〔六〕青房:謂罌粟果殼。　亞:亦作"壓",低垂。《正字通》:"亞,《讀書通》:'壓,通作亞。'"杜甫《上巳日徐司録林園宴集》詩:"鬢毛垂領白,花蕊亞枝紅。"

〔七〕罌儲:猶言瓶儲,指少量存糧。罌,盛酒或水之瓦器,大腹小口,較缶爲大。《説文·缶部》:"罌,缶也。"段玉裁注:"罌,缶器之大者。"《廣雅·釋器》:"罌,瓶也。"《玉篇·缶部》:"罌,瓦器也。"

〔八〕罅(xià):縫隙。《廣韻·禡韻》:"罅,孔罅。"

〔九〕吁:表示驚嘆。

〔一〇〕野人:鄉野之人,指農夫。《左傳·僖公二十三年》:"乞食於野人,野人與之塊。"

〔一一〕遑：何；怎能。《詩・邶風・谷風》："我躬不閱，遑恤我後？"鄭玄箋："我身尚不能自容，何暇憂我後所生子孫也。"

〔一二〕速化：原指快速入仕做官，此指速成。唐韓愈《答陳生書》："足下求速化之術，不於其人。"

〔一三〕碾砑：碾軋；碾壓。砑，碾。《集韻・禡韻》："砑，碾也。"

〔一四〕燔炙：燒與烤。泛指烹煮。陸游《鵝湖夜坐書懷》詩："馬鞍掛狐兔，燔炙百步香。"

〔一五〕撑腸：猶滿腹，喻食飽。唐盧仝《月蝕》詩："撑腸拄肚礧傀如山丘，自可飽死更不偷。"

詩作於康熙六十一年初夏，時家居海寧。詩分前後兩部分。前半寫罌粟花之外形特點及其生長特性；"自從去年旱"以下爲後半部分，由花名"罌粟"作由此及彼之巧妙聯想，與災荒缺糧兩相連繫，最終結以罌粟的"養胃"功能，借以突出"野人方忍饑，望爾甚望稼"之深期厚望。全詩構思巧妙，過渡自然，言淺意深，以無清貴氣而愈顯老成持重。

七月十九日海災紀事五首(選其一、二、五)

其　一

門前成巨浸〔一〕，屋裏納奔湍〔二〕。直怕連牆倒，寧容一榻安。卑憐蟲窟掩，仰羨燕巢乾。海闊天空際，誰知寸步難。

其　二

借穿殊少屐〔三〕，欲濟況無舟。我怯行攜杖，兒扶勸上樓。雞豚混飛走，鵝鴨亂沉浮。小劫須臾過〔四〕，茫茫織室憂〔五〕。

其　五

亭户千家哭〔六〕，沙田比歲荒〔七〕。由來關氣數〔八〕，復此睹流亡。痛定還思痛，傷時轉自傷。艱虞吾分在〔九〕，無計出窮鄉。

〔一〕巨浸：大湖、大海。唐許郴《府試萊城晴日望三山》詩："盤根出巨浸，遠色到孤城。"

〔二〕奔湍：急速的河流。杜甫《營屋》詩："蕭蕭見白日，洶洶開奔湍。"

〔三〕屐(jī)：鞋之一種，以木(亦有以草或帛)製成，底或有齒。

〔四〕小劫：佛教語。釋氏以"劫"爲假設之記時之號，謂人之壽命從十歲增至八萬，復從八萬還至十歲，經二十返爲一小劫，而一小劫中歷經有各種災難。後因以小劫喻指各種災禍，磨難。

〔五〕織室：織女織作處。按："織室憂"者，在於天河横空，阻絶其與牛郎相會也。此以天河喻"茫茫"大水。因云。唐盧照鄰《七夕泛舟》詩之一："水疑通織室，舟似泛仙潢。"

〔六〕亭户：古代煮鹽的地方稱作亭場，鹽民稱作鹽户。《新唐書・食貨志》四："遊民業鹽者爲亭户，免雜役。"

〔七〕沙田：水邊沙淤之田。宋晁補之《富春行贈范賑》詩："沙田老桑出葉粗，江潮打根根半枯。"明徐光啓《農政全書》卷五："沙田，南方江淮間沙淤之田也。或濱大江，或峙中洲。" 比歲：連年。

〔八〕氣數：氣運；命運。漢荀悦《申鑒・俗嫌》："夫豈人之性哉？氣數不存焉。"

〔九〕艱虞：艱難憂患。杜甫《北征》詩："維時遭艱虞，朝野少暇日。"

詩作於雍正元年(一七二三)七月十九日，時家居海寧，年七十四歲。

是年海寧遭受巨大水災,《清史稿》卷九《世宗本紀》:"是歲,免江南浙江等省五十七州縣衙災賦有差。"其波及面之廣,由此可見。本詩即是當年災情之實録。全詩平易渾成,叙述温惻,與其早年詩作迥然有別。故姚鼐《方恪敏公詩後集序》云:"國朝詩人少時奔走四方,發言悲壯,晚遭恩遇,叙述温雅,其體不同者,莫如查他山。"

早發嘉興

茫茫曉路出杉青〔一〕,風色初回霧氣醒。夾岸黄雲三十里〔二〕,片帆飛渡菜花涇〔三〕。

〔一〕杉青:杉青堰,又名杉青閘。《嘉慶重修一統志》卷二八七《嘉興府》一:"杉青堰,在秀水縣東北五里,運河所經。一名杉青閘。"

〔二〕黄雲:本指成熟稻麥,此喻菜花。

〔三〕菜花涇:嘉興地名。

詩作於雍正四年(一七二六)春夏間,時家居海寧,因往返吴中,途經嘉興。時年七十七歲。詩寫嘉興菜花涇菜花之盛況,雖尋常農事,却寫得秀朗清真,充滿詩情畫意。"風色初回霧氣醒"之"醒"字,如前《早發齊天坡》詩"十里霧未醒"一樣,化無知爲有知,以物態拟人性,尤見錘煉功夫。

雨後曉發

曙色晴如霧,舟行圖畫中。三竿初上日〔一〕,一榻自來風。碧野寬河北〔二〕，青山盡兖東〔三〕。旅愁隨境豁〔四〕，休道莫途窮〔五〕。

〔一〕“三竿”句：意謂天已大亮。《南齊書·天文志》上：“日出高三竿，失色赤黄。”又，宋蘇轍《春日耕者》詩：“雨深一尺春耕利，日出三竿曉餉遲。”

〔二〕河北：泛指黄河以北地區。

〔三〕兖東：兖州以東地區。兖州，古九州之一。《書·禹貢》：“濟河惟兖州。”按：自漢至清，兖州轄境不一，屢有變遷。今置市，屬山東省。

〔四〕豁：消散。晉郭璞《江賦》：“集若霞布，散若雲豁。”

〔五〕莫途：猶“暮途”。莫，“暮”之本字。喻晚年；晚景。杜甫《橋陵詩三十韻因呈縣内諸官》詩：“荒歲兒女瘦，暮途涕泗零。”

詩作於雍正五年（一七二七）五月，時三弟查嗣庭“叛逆”一案消解，嗣庭父子瘐死獄中，二弟嗣瑮一家流放千里，唯初白蒙恩放歸。五月十日出都後，返鄉途中道經山東濟寧州。時年七十八歲。“毁巢完卵初非望，溉釜烹魚敢憶歸？”（《五月初十日出獄後感恩恭紀》）在蒙受了空前劫難後得以生還鄉里，詩人於泣血吞聲之際，稍感僥倖、輕鬆。詩中所寫，即其歸途中愁腸偶寬，暫隨山水消豁之輕快心境。

詞選

瑞　鶴　仙　秋柳

風情牽暫住。乍鷺老秋絲〔一〕，一年好處。依稀想前度。爲憐伊腰瘦〔二〕，不成遥妒〔三〕。河橋古渡〔四〕，冷蕭蕭、馬嘶人去〔五〕。傍離亭、挽盡長條〔六〕，夢繞江南舊路〔七〕。

無數。涼蟬抱葉〔八〕，雨燕辭梢，昏鴉匝樹〔九〕。時光流轉，但暗裏，驚衰暮。被西風吹得，江潭摇落，不道樹猶如許〔一〇〕。記濃陰、隔浦移舟，濛濛暖絮。

〔一〕秋絲：喻柳條。唐劉兼《蟬》詩："聲引秋絲逐遠風。"

〔二〕腰瘦：喻柳枝纖細柔弱。北周庾信《和人日晚景宴昆明池》詩："上林柳腰細，新豐酒徑多。"

〔三〕遥妒：用匈奴閼氏妒漢美女令冒頓退兵而解平城之圍典。《玉臺新詠·序》："寵聞長樂，陳后知而不平；畫出天仙，閼氏覽而遥妒。"事本《史記》卷五六："上至平城，爲匈奴所圍，七日不得食。高帝用陳平奇計，使單于閼氏，圍以得開。"《集解》引桓譚《新論》："高帝既圍七日，而陳平往説閼氏，閼氏言於單于而出之。……彼陳平必言漢有好麗美女，爲道其容貌天下無有，今困急，已馳使歸迎取，欲進於單于，單于見此人必大好愛之，愛之則閼氏日以遠疏，不如及其未到，令漢得脱去，去，亦不持女來矣。閼氏婦女，有妒媢之性，必憎惡而事去之。"

〔四〕河橋：唐宋之問《寒食還陸渾別業》詩："旦別河橋楊柳風。"

〔五〕馬嘶人去：宋姜夔《凄涼犯》詞："蕭疏野柳嘶寒馬。"又："馬嘶漸遠，人歸甚處。"此化用其意。

〔六〕長條：柳條。北周庾信《楊柳歌》："河邊楊柳百丈枝，別有長條窈地垂。"又，宋周邦彥《六醜》詞："長條故惹行客。"

〔七〕"夢繞"句：宋張炎《月下笛》詞："寒窗夢裏，猶記經行舊時路。"此化用其成句。

〔八〕涼蟬抱葉：唐杜甫《秦州雜詩》其四："抱葉寒蟬静。"此化用其句。

〔九〕匝：環繞。

〔一〇〕江潭(xún)二句：語本北周庾信《枯樹賦》："昔年種柳，依依漢南；今看摇落，悽愴江潭；樹猶如此，人何以堪！"事本《世説新語·言語篇》："桓公(温)北征，經金城，見前爲琅邪時種柳皆已十圍，慨然曰：'木猶如此，人何以堪！'攀枝折條，泫然流淚。"江潭，江邊。

詞約作於康熙十八年(一六七九)至二十二年(一六八三)間。古往今來，吟詠秋柳之詩詞不勝枚舉，一般均表現衰颯遲暮之感觸。初白此詞，在内容上並無甚突破，唯在表現手法上，成功地繼承了格律派詞人如姜夔、張炎等詠物詞的長處，通篇運用描寫、襯托、渲染等多種手法，既表現了秋柳的特點和風貌，也隱隱流露了時光流轉、作客他鄉的無奈與惆悵。

臺城路 秋聲

商飈瑟瑟涼生候〔一〕，孤燈影摇窗户。堤柳行疏，井梧葉落〔二〕，添灑芭蕉片雨〔三〕。纔聽又住。正澹月朦朧，微雲來去〔四〕。菽菽空廊〔五〕，有人還傍繡簾語。　多因枕上無寐〔六〕，攙二十五更〔七〕，殘點頻誤〔八〕。響玉池邊〔九〕，穿針樓畔〔一〇〕，一派難分竹樹。零碪斷杵〔一一〕。更空外飛來，攪成淒楚。別樣關心，天涯驚倦旅。

〔一〕商飈：謂秋風。晉陸機《園葵》詩："歲暮商飈飛。"　瑟瑟：狀風聲。三國魏劉楨《贈從弟》詩之二："亭亭山上松，瑟瑟谷中風。"

〔二〕"井梧"句：唐白居易《東南行一百韻寄通州元九侍御》詩："春色辭門柳，秋聲到井梧。"

〔三〕芭蕉雨：宋林逋《宿洞霄宫》詩："此夜芭蕉雨，何人枕上聞？"

〔四〕"正澹月"二句：語本歐陽脩《蝶戀花》詞："朦朧淡月雲來去。"

〔五〕蔌(sù)蔌：風聲勁疾貌。南朝宋鮑照《蕪城賦》："棱棱霜氣，蔌蔌風威。"

〔六〕無寐：難以入睡。《詩・魏風・陟岵》："予季行役，夙夜無寐。"

〔七〕攙：混雜。　二十五更：宋前更點，一夜凡二十五響，每更五響；宋後改爲二十一響。明胡震亨《唐音癸籤》卷一六："夜更，五五相遞爲二十五點。唐李郢詩'二十五聲秋點長'是也。韓退之詩：'雞三號，更五點。'尤末更足五點之證。今更點去末更之二，並去初更之二配之，起宋世避'寒在五更頭'之讖而然，不足二十五點之舊矣。"

〔八〕殘點頻誤：意謂因秋風風聲驟起而難以聽清後面的敲更聲響。

〔九〕響玉：屋檐吊掛之玉片，風動時互相碰撞可發出聲響。

〔一〇〕穿針樓：相傳南朝齊武帝曾建層城觀，上有穿針樓，供宫女七夕登樓，穿針乞巧。初白用之入詞，取其關乎"秋"字。《名勝志》："齊永明中於層城觀起穿針樓。七月七日，使宫人咸集樓中穿針乞巧。"

〔一一〕零碪斷杵：謂斷斷續續飄過的浣衣聲響。杵，棒槌，浣洗時用以敲打衣服。

詞約作於康熙十八年赴荆州途中。上片寫夜色、寫近景，通過孤燈摇影、堤柳井梧、芭蕉夜雨、微雲淡月、空廊人語這幾個具有代表性的場景,藉以表現秋風起處的蕭瑟淒清。换頭後全詞視角從室外移至室内,由客觀轉入主觀,着重寫對"秋聲"的自我感受,並由更聲、樹聲、砧杵聲的交替傳響及通過"多因"、"頻誤"、"難分"、"淒楚"、"别樣"等頗具感情色彩的字樣,襯託表現出旅況的孤寂落寞。全詞結體嚴緊,氣象蕭颯,意態迥遠,有清空遒峭之味。

惜紅衣 金魚

瑶甕盛苗〔一〕,銀牀轉水〔二〕,十分愛養。日日來看,問甚時纔長。紅鱗欲透,漸小隊、尾株分樣。兩兩,净緑涵空〔三〕,足庭階清賞〔四〕。　　美人閒想,竹葉爲船,吹風戲來往。鏡光忽皺〔五〕,牽動簷蛛網〔六〕。恰是一群警避,没處幾痕圓浪。待縠紋旋細〔七〕,又噞絲萍葉上〔八〕。

〔一〕瑶甕:玉甕,常用作酒甕之美稱。此喻指玻璃魚缸。　苗:魚苗。

〔二〕銀牀:井欄。一説轆轤架。唐杜甫《冬日洛城北謁玄元皇帝廟》詩:"風筝吹玉柱,露井凍銀牀。"清仇兆鰲注:"朱注:'舊以銀牀爲井欄。'《名義考》:'銀牀乃轆轤架,非井欄也。'"

〔三〕净緑涵空:謂雲天倒映大金魚缸中。

〔四〕庭階:謂庭院。三國魏嵇康《琴賦》:"舞鸑鷟於庭階。"　清賞:謂清雅的玩物。

〔五〕鏡光:喻水面。

〔六〕蛛網:喻缸水水面泛起之圈圈漣漪。

〔七〕縠(hú)紋:喻細細的水紋。縠,縐紗之類的絲織品。

〔八〕噞(yǎn):魚張口吸氣貌。《淮南子·主術訓》:"水濁則魚噞。"　絲萍:細長的萍草。

詞約作於康熙十六年後的三四年中。詠物詞爲宋代格律派詞人所擅長,大都音律和協,字句精雕細琢,描畫窮形盡相。初白此等詞作雖亦受其影響,但著色清淡,如其詩作一樣,每以白描見長。是詞上片主要寫静態,平淡無奇。下片則着重寫動態,繪聲繪色,維妙維肖,不僅形象生動,觀察細緻入微,而且充滿情趣與活力,陡令全詞增色。换頭"美人閒想"下三句,可謂無中生有,别開生面。

海天闊處　螢〔一〕

滿庭草色猶青,不知熠熠從何至〔二〕。幽光明滅〔三〕,隨風難定〔四〕,乍飛還止。兩兩三三,離離合合,池邊林際〔五〕。自隋宫散後〔六〕,便成廢苑,再不見,繁華地。

巧向輕羅扇底〔七〕,逐佳人、映將綃綺〔八〕。夜窗歸晚〔九〕,紗燈滿貯〔一〇〕,帳紋如水。月落香沉〔一一〕,流輝耿耿〔一二〕,一牀秋思。好伴他簾外,疏星幾點,照儂無寐。

〔一〕螢:晉崔豹《古今注》:"螢,一名輝夜,一名景輝天,一名熠燿,一名燐,一名丹良,一名夜光,一名宵燭。腐草爲之,食蚊蚋焉。"

〔二〕熠熠:光彩閃動貌。晉潘岳《螢火賦》:"熠熠熒熒,若丹英之照葩。"　從何至:晉郭璞《螢火贊》:"熠燿宵行,蟲之微么;出自腐草,烟若散熛。"又,杜甫《螢火》詩:"幸因腐草出,敢近太陽飛?"

〔三〕幽光明滅:劉禹錫《秋螢引》:"紛綸輝映互明滅。"

〔四〕隨風難定:唐李嘉祐《詠螢》詩:"映水光難定。"

〔五〕池邊林際：晉吴隱之《詠螢》詩："熠熠與娟娟，池塘竹樹邊。"

〔六〕隋宫散後：《太平御覽》卷九四五引《隋書》曰："大業十二年，煬帝幸景華宫，徵求螢火，得數斛。夜出游山而放之，光遍巖谷。"

〔七〕輕羅扇底：杜牧《秋夕》詩："銀燭秋光冷畫屏，輕羅小扇撲流螢。"

〔八〕綃綺：帶有花紋之輕薄絲織品。此謂絲織扇面。

〔九〕夜窗歸晚：暗用晉車胤囊螢苦讀事。《續晉陽秋》："車胤，字武子。好學不倦。家貧，不常得油，夏月則練囊盛數十螢火以夜繼日焉。"

〔一〇〕紗燈滿貯：宋俞文豹《清夜録》："丁朱崖敗，有司籍其家，有絳紗籠數十，大率如燭籠而無跋無炧，不知何用。其家曰：'聚螢囊也。'詳此製有火之用，無火之熱，亦已巧矣。"

〔一一〕月落香沉：據宋吴處厚《青箱雜記》："'夜遊女子'，螢火也。此伏屍之精，燒香辟之。若入人家，其色青者，吉。"

〔一二〕耿耿：光明貌。南齊謝朓《暫使下都夜發新林至京邑贈西府同僚》詩："秋河曙耿耿。"

詞約作於康熙十六年至十八年間。就一般詠物詞而言，要寫得精工貼切、形象生動自非難事，而要寫出深情且别有寄託如姜夔《齊天樂》詠蟋蟀、張炎《南浦》詠春水、史達祖《雙雙燕》詠燕者，則並不多見。初白此詞雖詠秋螢，却能物我關聯，將今古打成一片。詞之上片借鑒史事，多寓成敗興衰之感；詞之下片由古及今，頗含人生失意之嘆。至若其字面的傳神入態，典故及前人詩句的運化無跡，亦其餘事。

翠樓吟 蟬

密柳河橋〔一〕，疏桐院落〔二〕，陰陰幾處同起〔三〕。身輕容易託〔四〕，也還戀、故園清庇〔五〕。蕭然高寄〔六〕。奈未穩吟情〔七〕，何來螗臂〔八〕？驚飛候〔九〕，乍移別樹，殘聲猶曳〔一〇〕。　多事。慣攪閒眠，聽雨晴昏曉，更番到耳。日斜樓角外，草草又、催將秋意〔一一〕。風襟露思〔一二〕。訴不了清空，涼暄略記〔一三〕。且休把，冠緌鬢翼〔一四〕，依稀擬似。

〔一〕密柳：蟬愛棲息處。陳張正見《賦得寒樹晚蟬疏》詩："寒蟬噪楊柳。"

〔二〕疏桐：亦蟬之所愛棲息處。唐虞世南《秋蟬》詩："垂緌飲清露，流響出疏桐。"

〔三〕陰陰：指濃陰深處。《埤雅廣要》："蟬得美蔭，則其聲尤清厲也。"

〔四〕身輕：唐盧思道《聽鳴蟬》詩："輕身蔽數葉，哀鳴抱一枝。"

〔五〕故園：唐李商隱《聞蟬》詩："故園蕪已平。"　清庇：清蔭庇護。此謂藏身。

〔六〕蕭然：空寂。晉陶潛《五柳先生傳》："環堵蕭然，不蔽風日。"　高寄：謂託身高枝。唐馬吉甫《蟬賦》："託高枝以庇影，竄密葉以流聲。"

〔七〕吟情：原指詩情；詩興。此謂蟬之吟唱之性。

〔八〕螗臂：螳螂之臂。典出漢劉向《説苑》："吴王欲伐荆，告其左右曰：'敢有諫者，死！'舍人有少孺子者要諫不敢，則懷丸操彈於後園，露沾其衣，如是者三旦。吴王曰：'子來何若沾衣如此？'對曰：'園中有樹，其上有蟬。蟬高居悲鳴飲露，不知螳螂在其後也。螳螂委身曲附欲取蟬，而不知黄雀在其旁也。黄雀延頸欲啄螳螂，而不知彈丸在其下也。此三者皆務欲得其前利，而不顧其後之有患也。'吴王曰：'善哉。'乃罷其兵。"

〔九〕飛候：意謂動静。語本《後漢書·郎顗傳》："伏案飛候，參察衆政。"注："京房作《易飛候》。"《集解》："惠棟曰：飛，卦之飛伏也；候，謂消息。"

〔一〇〕“乍移”二句：唐方干《旅次洋州寓居郝氏林亭》詩：“鶴盤遠勢投孤嶼，蟬曳殘聲過別枝。”

〔一一〕草草：匆促。杜甫《送長孫九侍御赴武威判官》詩：“聞君適萬里，取別何草草。”

〔一二〕風襟露思：謂襟懷胸臆。古人以爲蟬餐風飲露，因云。唐李百藥《詠蟬》詩：“清心自飲露，哀響乍吟風。”

〔一三〕涼暄：冷熱。漢蔡邕《月令》：“蟬鳴則天涼，故謂之寒蟬。”

〔一四〕冠緌：古代公侯禮帽的帽穗緌，即帽帶的下垂部分。蟬首有緌，因云。宋顔延之《寒蟬賦》：“不假緌於范冠，豈鏤體於人爵？”
鬢翼：蟬鬢，蟬翼。二者爲古代婦女的一種髮式，典出晉崔豹《古今注》下：“魏文帝宫人莫瓊樹乃製蟬鬢，縹眇如蟬，故曰蟬鬢。”按：蟬身黑，蟬翼薄，故瓊樹得以仿之爲鬢髮。

詞約作於康熙十六年至十八年間。是詞亦詠物，上片實寫，從多方面描摹蟬之形態及其所特有之生活習性。下片爲虚寫，並由此生發感慨，既慨嘆季節變更，時光流逝，復欽歆蟬之品性高潔，不得以世情俗態擬之。唐駱賓王《在獄詠蟬》詩序曾贊美蟬“有翼自薄，不以俗厚而易其真”，則初白不願蟬與官吏宫庭之發生聯繫，亦意有所屬。

玉蝴蝶 雪

聽到五更風息〔一〕，幢幢燈影〔二〕，愁度長宵。曙色飛來，銀海翻動銀濤〔三〕。鏡光融、拂花還起〔四〕，研冰薄、呵氣旋消〔五〕。任兒曹〔六〕，團獅作戲〔七〕，愛竹頻摇。　蕭騷〔八〕。荒村南北，數家烟火，迷了漁樵。野闊天低，絶無人跡過溪橋。草堂清、梅魂欲斷〔九〕，江市遠、酒價應高。

待招邀，晴邊蠟屐〔一〇〕，踏破瓊瑶〔一一〕。

〔一〕五更：蘇軾《雪夜書北堂壁》詩："五更曉色來書幌。"

〔二〕幢幢：燈光摇曳貌。元稹《聞樂天授江州司馬》詩："殘燈無焰影幢幢。"

〔三〕銀海：喻雪野，又道家謂人之雙眼爲銀海，蘇軾《雪夜書北堂壁》詩："凍合玉樓寒起粟，光摇銀海眩生花。" 銀濤：喻雪。

〔四〕鏡光：喻江河湖海。

〔五〕研：通"硯"。

〔六〕兒曹：小孩子們。

〔七〕團獅：謂堆作雪獅子。

〔八〕蕭騷：水波摇動貌。此喻指雪光晃動閃亮之狀。

〔九〕梅魂：謂梅花的精神。元張養浩《客中除夕》詩："香返梅魂春一脈。"

〔一〇〕蠟屐：塗蠟的木屐。劉禹錫《送裴處士應制舉》詩："登山雨中試蠟屐。"

〔一一〕瓊瑶：白色美玉。此喻指積雪。白居易《西樓喜雪命宴》詩："四郊鋪縞素，萬室甃瓊瑶。"

詞約作於康熙十六年至十八年間。上闋寫近景，具體生動。下闋寫遠景，氣象蕭疏，情韻悠遠，耐人尋味。全詞一如其詩作，幾不用一事一典，却傳神入態，意高境遠。以質樸之筆，繪出色之畫，初白可稱擅場。

臨　江　仙　平望驛〔一〕

兩岸菰蒲聞笑語〔二〕，人家衹隔輕烟。銀魚曉市上來鮮〔三〕。一湖鶯脰水〔四〕，雙櫓燕梢船〔五〕。　屈指郵亭剛第一[六],眼中長路三千。南風吹夢到江天。故鄉桑苧外[七],無此好山川。

〔一〕平望:鎮名。始建於宋神宗熙寧年間。在今松陵鎮南二十公里,太浦河南、鶯脰湖北、京杭大運河西岸。原名平川,清屬蘇州府吴江縣。

〔二〕"兩岸"句:宋秦觀《秋日》詩:"菰蒲深處疑無地,忽有人家笑語聲。"此化用其句意。

〔三〕銀魚:古稱"膾殘魚"。體細長,作透明色。口大,頭扁平。味鮮美。

〔四〕鶯脰:湖名,又名櫻桃湖。在今江蘇省吴江縣松陵鎮南二十公里,傍平望鎮。北接太湖、天目東流之水,扼蘇、浙内河航運之樞紐。因形似鶯脰,故名。脰,頸項。

〔五〕燕梢:猶燕尾。雙櫨划水,其狀如燕尾分叉,因云。

〔六〕郵亭:驛館。專供遞送文書者投宿之用。《漢書·薛宣傳》:"過其縣,橋梁郵亭不修。"唐顔師古注:"郵,行書之舍,亦如今之驛及行道館舍也。"

〔七〕桑苧(zhù):桑樹和苧麻。此用以指代家鄉風物。

詞作於康熙十八年(一六七九)三、四月間,時年三十歲。時取水路經平望,至金陵並沿江上泝荆州入貴州巡撫楊雍建軍幕,次平望途中。詞之上片以明快清蒨之筆描繪了江南水鄉集鎮的優美風光及時令特色,景觀鮮明,活脱傳真。下片則因景抒情,在贊美風景如畫的平望驛的同時,寫出了作者對家鄉海寧的眷戀和懷念。换頭"屈指"二字,既是對漫漫征途的切望,亦是對"故鄉桑苧"的追念,句斷意連,使全詞渾然一體。

玉漏遲 夜過毘陵[一]

微涼乘小雨。朦朦殘照,尚含輕霧。楊柳風多,新月又生南浦〔二〕。正是落潮時候，有人在、沙頭摇艣。相傍去，鄉音互答，愛聞吴語。　　已過七里郊坰〔三〕，聽茅店呼燈〔四〕，漁梁争渡〔五〕。去江漸近，警急猶傳列戍〔六〕。欲問隋家故苑〔七〕，知十六離宫何處〔八〕？城外路，黄昏角聲如訴。

〔一〕毘(pí)陵：見前《夜宿常州城外》詩注〔一〕。

〔二〕南浦：朝南的水邊。後亦泛指送别之地。南朝梁江淹《别賦》："送君南浦，傷如之何？"

〔三〕郊坰：泛指郊外。蘇軾《南歌子》詞："夜來微雨洗郊坰，正是一年春好，近清明。"

〔四〕茅店呼燈：宋姜夔《齊天樂·庾郎先自吟愁賦》詞："笑籬落呼燈，世間兒女。"此用其句法。

〔五〕漁梁：圍水捕魚之魚場。語本明張羽《楚江清遠圖爲沈倫畫並寓九曲山房作》詩："漁梁夜争渡，知是醉巫歸。"

〔六〕列戍：邊塞營壘。按：常州雖非邊塞，然當時江邊猶有駐軍。

〔七〕隋家故苑：隋苑，别稱上林苑，又名西苑。始建於隋煬帝。故地在今江蘇省揚州市西北。《嘉慶重修一統志》卷九七："揚州隋苑，在江都縣北七里。"

〔八〕十六離宫：謂隋煬帝在西苑所建築之十六宫院。唐馮贄《南部烟花記·十六院》："煬帝十六院，皆自製名，擇宫中佳麗厚有容色美人實之。"又，《資治通鑑》卷一八〇："大業元年(六〇五)五月，築西苑，週二百里。其内爲海，週十餘里，爲蓬萊、方丈、瀛洲諸山，高出水百餘尺，臺觀殿閣，羅絡山上，向背如神。北有龍鱗渠，縈紆注海内。緣渠作十六院，門皆臨渠，每院以四品夫人主之。堂殿樓觀，窮極華麗。"

詞作於康熙十八年春夏間，時赴荆州楊雍建軍幕路過常州。詞寫旅途景况,朦朧輕淡,如繪如畫,却於平静安寧中隱隱顯出時局的吃緊與軍情的繁忙。“欲問”二句則由現實回扣歷史,增加了全詞的容量與厚度。一結以景傳情,言雖盡而意無窮。

殢人嬌 丹陽道上

鴨嘴咿嘔〔一〕,羊頭轣轆〔二〕,人道是、朱方古陸〔三〕。黄泥幾坂,清流幾曲。烟起處、更添幾椽茅屋。　地少江南,雲寬江北,眄不到、長天遐目。官田放馬〔四〕,民田放犢。願微雨、村村稻鍼抽緑〔五〕。

〔一〕咿嘔:象聲詞,形容鴨之呫噪。

〔二〕轣轆:轉動貌。形容羊多,隨處可見。

〔三〕朱方:春秋時吴邑。《左傳·襄公二十七年》:“齊慶封奔吴,吴句餘予之朱方。”其地在今江蘇省丹徒縣東南。

〔四〕官田:屬官府所有,租給私人耕種,由官府徵收地租的田地。

〔五〕稻鍼:秧苗直豎如針,因云稻針。鍼,同“針”。蘇軾《無錫道中賦水車》詩:“分疇翠浪走雲陣,刺水緑針抽稻芽。”又,金蔡松年《西京道中》詩:“來時緑水稻如針。”

詞作於康熙十八年四月,時赴荆州楊雍建軍幕途經丹陽。全詞景以白描,言以直語,雖少含蓄,而對國計民生的關切之情,流溢於字裏行間。受“三藩之亂”的影響,不祇荆楚湘沅遭累,連江南一帶亦呈良田荒蕪之相。末句一“願”字,乃詞人憂國愛民精神之生動體現。

水　龍　吟 登北固山〔一〕

岷峨雪水消來〔二〕，洪濤萬里從東注〔三〕。蒜山擁髻〔四〕，瓜洲曳帶〔五〕，遥遥江步〔六〕。滿眼興亡〔七〕，季奴草長〔八〕，人來古渡。看南帆出口，城頭蘆管〔九〕，盡飄向，揚州去。　　泥馬當年半壁〔一〇〕，更誰暇、倉皇北顧〔一一〕。錦袍繡甲〔一二〕，英雄事業〔一三〕，却輸兒女〔一四〕。夾岸黄塵，滿瓶名酒〔一五〕，中流畫鼓〔一六〕。到而今贏得，登臨悵望，渺平沙樹。

〔一〕北固山：在今江蘇省鎮江市東北，下臨大江，由前、中、後三峯組成，懸崖峭壁，其勢險固，因名北固山。

〔二〕岷峨：岷山及峨嵋山。均在今四川省境内。岷山，爲長江、黄河之分水嶺，岷江、嘉陵江之發源地。

〔三〕洪濤：《元和郡縣圖志》卷二五：“北固山在縣北一里。下臨長江，其勢險固，因以爲名。江今闊一十八里，春秋朔望有奔濤。魏文帝東征孫氏，臨江嘆曰：‘固天所以限南北也。’”

〔四〕蒜山：在今鎮江市西九里。《輿地紀勝》卷七：“蒜山在城西三里，大江岸上。《隋志》：‘延陵縣下有蒜山。’《寰宇記》云：‘山多蒜，因以爲名。’或以爲周瑜與諸葛亮議拒曹操以其多算，故號算山。然晉宋以來詩篇多曰蒜山，惟陸龜蒙題曰‘算山’云。”

〔五〕瓜洲：見前《瓜洲大觀樓張見陽郡丞屬題》注〔一〕。

〔六〕江步：江邊之碼頭、渡口。步，同“埠”。宋楊萬里《過瓜洲鎮》詩：“數捧金鉦到江步。”

〔七〕滿眼興亡：宋辛棄疾《南鄉子·登京口北固亭有懷》詞：“何處望神州？滿眼風光北固樓。千古興亡多少事，悠悠，不盡長江滾滾流。”此用其句意。

〔八〕季奴：中草藥名。味苦性寒，可治跌打損傷等疾患。按：南朝宋武帝劉裕小字曰寄奴(亦作季奴)，初白云“季奴草長”，實寓物是人非之慨。

〔九〕蘆管：樂器名。截蘆爲之，類似於觱篥。

〔一〇〕泥馬：用宋辛棄疾《南渡録》泥馬渡康王故事。相傳靖康之變，康王(即高宗趙構)質於金，與金太子同射，三矢俱中的。金人遂以爲其長於武藝或乃冒名頂替者，便予遣歸。康王得脱，一路竄奔，至崔府君廟，因勞頓假寐，夢神人示知：“金人追及，速去之。已備馬於門首。”康王一覺驚醒，馬已在側，遂躍馬南馳。既渡河，而馬不復奔動。下視之，則泥馬也。此事宋元筆記小説亦多記載，清趙翼《陔餘叢考》曾力辟其訛。　半壁：謂南宋半壁江山。北宋亡後，康王構在宗澤支持下於靖康二年(一一二七)五月在南京(今商丘)稱帝，改號建炎，是謂南宋。由於南宋小朝廷對金人一味求和，節節敗退逃竄，由南京而揚州，而杭州，而越州，最後返回杭州建都，勉强控制了東起淮水、西至秦嶺以南的半壁江山。

〔一一〕倉皇：同“倉黄”、“倉惶”。意謂匆忙，慌張。　北顧：謂北伐中原。用南朝宋文帝元嘉二十七年(四五〇)倉猝用兵北伐失敗事。此乃借用宋辛棄疾《永遇樂・京口北固亭懷古》詞“元嘉草草，封狼居胥，贏得倉皇北顧”句意。據《資治通鑑》卷一二五：宋文帝元嘉二十六年，“帝欲經略中原，群臣争獻策以迎合取寵。彭城太守王玄謨尤好進言。帝謂侍臣曰：‘觀玄謨所陳，令人有封狼居胥意。’”遂在並無充分準備的情況下，於次年七月倉卒舉兵，渡河北伐，大敗虧損。參前《京口和韜荒兄》注〔六〕。

〔一二〕錦袍繡甲：文官武將所穿著。錦袍，織錦之袍，唐代賜與幸臣，宋始賜與一般大臣。《宋史・輿服志》：“朝官、京官、内職出爲外任通判、監押、巡檢以上者，每歲十月時服，開寶中，皆賜窄錦袍。”繡甲，繡襠甲。《新五代史・崔棁傳》：“服平巾幘，緋絲布大袖，繡襠甲金飾，白練襠，錦騰蛇起梁帶，豹文大口袴。”

〔一三〕英雄：謂宋太祖趙匡胤，在位十五年（九六〇—九七五）。

〔一四〕輸：毁壞。《廣雅・釋言》："輸，隳也。"清王念孫《疏證》："謂隳壞也。"　兒女：猶言子孫。

〔一五〕滿瓶名酒：謂鎮江細酒。初白《滿江紅・京口曉發》詞："把滿壺細酒，酹波臣，開懷抱。"

〔一六〕畫鼓：有彩繪的鼓。宋陸游《日出入行》詩："樂作畫鼓如春雷。"

詞作於康熙十八年春夏間赴荆州楊雍建軍幕途經鎮江時。上片重點在寫景，下片重點在抒情議論。全詞夾叙夾議，懷古傷今。换頭"泥馬"一句如環似結，使上下、今古連成一氣。由詞句所用故實可知，初白對宋朝的積弱十分痛心。"當時已少廓清功，莫怪孱孫主和議"（《夾馬營》）。要説"英雄事業，却輸兒女"，也衹皮相，"英雄"自身便先"輸"了十六州。江山依舊，人事盡非。然而登高望遠，每一觸及苟延殘喘於"半壁"江山之下的歷史痛點，詞人都會感傷不已。全詞氣健辭雄，爽利暢達，風格近似稼軒。

浪　淘　沙　繁昌舊縣〔一〕

略彴傍蒼葭〔二〕，酒旆夭斜〔三〕。縣南風色野人家。黄石堆牆茅當瓦，還占平沙〔四〕。烟外曉程賒〔五〕，去去天涯。嚴城何處不吹笳〔六〕。恰似廢池喬木畔〔七〕，一一啼鴉。

〔一〕繁昌：縣名。在今安徽省東南部、長江南岸。始置於東晉。清屬太平府。《嘉慶重修一統志》卷一二〇："繁昌故城，週六里八十步，在今縣西北四十里，今爲舊縣鎮。"

〔二〕略彴（zhuó）：小木橋。晉郭義恭《廣志》："獨木之橋曰榷，亦曰彴。”《廣韻》:“彴,横木渡水也。”一説爲小石橋(見晉郭璞《爾雅·釋宫》注)。　蒼葭:青青的蘆葦。

〔三〕夭斜:歪斜。

〔四〕平沙:廣闊的沙原。南朝梁何遜《慈姥磯》詩:“野岸平沙合。”

〔五〕賒:長;遠。李白《扶風豪士歌》:“浮雲四塞道路賒。”

〔六〕笳:胡笳。古代管樂樂器,以竹爲之。漢時流行於塞北及西域一帶,魏晉後與笛共爲軍樂,入鹵簿(儀仗隊)。後形製遞變不一,其聲悲涼淒冷。

〔七〕廢池喬木:宋姜夔《揚州慢》詞:“自胡馬窺江去後,廢池喬木,猶厭言兵。”此用其成句。

詞作於康熙十八年六月,時赴荆州楊雍建軍幕,由水路經南京溯流而上途經繁昌縣。詞寫旅途景色與觀感,上片乃視覺所及,歷歷如繪,蕭疏淡遠;下片乃聽覺所及,淒清孤寂,落寞悲涼。全詞取欲擒故縱法,先極寫内地縣鎮的安寧平静,换頭後陡然直轉,以點及面,由小見大,由“嚴城”胡笳透露出戰爭年月的緊張氣氛,在謀篇上可稱老成。

點絳脣　雨後泊李陽湖〔一〕

皛皛空江〔二〕,釣絲風起漁灣暮。春鋤飛去〔三〕,幾點沙頭雨〔四〕。　過盡輕雲,忽見晴霞吐。垂楊渡。亂峯缺處,回首來時路。

〔一〕李陽湖:疑作“李陽河”,本名李王河,以李、王二姓居其地而得名。初白或因音而致誤。河在池州府治貴池城西六十里。

〔二〕皛(jiǎo)皛:潔白明亮貌。

〔三〕舂鋤：亦作"舂鉏"，鳥名，即白鷺。《爾雅·釋鳥》："鷺，舂鉏。"注："白鷺也。"唐皮日休《夏首病愈因招魯望》詩："數點舂鋤烟雨微。"

〔四〕沙頭：沙灘邊；沙洲邊。

詞作於康熙十八年六月，時赴荆州楊雍建軍幕，舟經安徽省貴池縣。是詞寫江行晚景，上片寫雨中景，下片寫雨後景，景色優美動人，充滿詩情畫意。既寫得流動輕靈，精巧細緻，却又有空闊宏大的氣度而不顯纖細柔弱。結句場面壯觀，尤令人回味。

臨　江　仙　漢陽立秋〔一〕

楸葉剪花桐落子〔二〕，半年節物旋更〔三〕。湘裙紅映漢江清〔四〕。擣衣人去〔五〕，浦口暗潮生〔六〕。　斗柄西迴天在水〔七〕，家家暑退涼輕。數聲促織近窗鳴〔八〕。二更月落，燈火已多情。

〔一〕漢陽：府名。《禹貢》荆州之域，漢屬江夏郡，隋置漢陽縣，元爲漢陽府。治所在今湖北省武漢市。

〔二〕楸：落葉喬木，樹幹高大。其花白色，呈兩唇形。葉三枚輪生，作三角狀卵形。　桐：梧桐，一名青桐。落葉喬木，夏季開花，花小，作淡黄緑色。果實有五個分果，成熟前開裂呈小艇狀，種子在其邊緣。

〔三〕節物：各個時令季節的景物。

〔四〕湘裙：湘地絲織品製成之女裙。此指擣衣女所著之裙。　漢江：别稱漢水，爲長江最大的支流，源出陝西省寧强縣，全長一千五百多公里。流經漢陽入長江。

〔五〕擣衣：捶洗衣物。古人衣服多以紈素一類織物製成，質地硬挺，故洗滌時須先置於石上以杵棰反覆舂搗，使之柔軟，稱爲"擣衣"。

〔六〕浦口：小河入江之處。北周庾信《詠畫屏風》詩之一三："平沙臨浦口。"

〔七〕斗柄：即斗杓。北斗七星，四星像斗，三星像杓。《鶡冠子·環流》："斗柄東指，天下皆春；斗柄南指，天下皆夏；斗柄西指，天下皆秋；斗柄北指，天下皆冬。"

〔八〕促織：蟲名，俗稱蟋蟀。晉崔豹《古今注》中："促織，一名投機，謂其聲如急織也。"

詞作於康熙十八年立秋日，時赴荆州楊雍建軍幕途經漢陽。初白以一介書生，千里從軍，離家半載，旅況孤清，每逢節日，自然"多情"而生鄉思。是詞所寫，字面雖句句是景，字裏行間却無處不隱隱流露出這種感情。詞之上片點明節令、地點，以切題面。下片則因景生情，就勢伸足題意。其妙處在於不直言鄉思，而是通過"湘裙"引發，並讓"多情"的燈火在悠悠晃晃、閃閃爍爍中逗出主人公的情思。

河瀆神 桃花夫人廟〔一〕

霸國好山川〔二〕，夕陽平楚蒼然〔三〕。洞門王像閉嬋娟〔四〕，露桃開謝年年〔五〕。　至竟息亡緣底事〔六〕？花並樓中人墜〔七〕。千古消魂都似此〔八〕，細腰宫又何地〔九〕？

〔一〕桃花夫人廟：《嘉慶重修一統志》卷三三八："桃花夫人廟，在黄陂縣東三十里。唐杜牧有《題桃花夫人廟》詩,即息夫人也。”按:息夫人,即息嬀,春秋時息侯的夫人,姓嬀。楚文王滅息,虜息嬀歸。《左傳·莊公十四年》:“楚子如息,以食入享,遂滅息。以息嬀歸,生堵敖及成王焉。未言。楚子問之。對曰:‘吾一婦人,而事二夫,縱弗能死,其又奚言?’”

〔二〕霸國:諸侯國之强大者。此謂楚國。楚爲春秋五霸之一。《管子·度地》:“百家爲里,里十爲術,術十爲州,州十爲都,都十爲霸國。不如霸國者,國也。”

〔三〕平楚:謂平野。明楊慎《升庵詩話·平楚》:“登高望遠,見木杪如平地,故云平楚。”南朝齊謝朓《宣城郡内登望》詩:“寒城一以眺,平楚正蒼然。”此用其句意。

〔四〕洞門:指重重相對的廟門。　嬋娟:姿態嬌好。喻美女。此謂息嬀塑像。

〔五〕露桃:謂桃樹、樹花。語本《樂府詩集·相和歌辭三·雞鳴》:“桃生露井上,李樹生桃旁。”

〔六〕“至竟”句:唐杜牧《題桃花夫人廟》詩:“至竟息亡緣底事,可憐金谷墮樓人。”此用其成句。至竟,究竟;到底。明李詡《戒庵老人漫筆》卷三:“唐詩多言至竟,如云到底也。杜牧云‘至竟息亡緣底事’、‘至竟江山誰是主’之類。”

〔七〕樓中人墜:事本《晉書·石崇傳》:崇有妓曰緑珠,美而艷,爲孫秀所看中,“使者以告,崇勃然曰:‘緑珠吾所愛,不可得也。’竟不許。秀怒,乃矯詔收崇。崇正宴於樓上,介士到門,崇謂緑珠曰:‘我今爲爾得罪。’緑珠泣曰:‘當效死於君前!’因自投於樓下而死。”按:此詞言息夫人結局,與《左傳》所載不同。漢劉向《列女傳》卷四云:楚伐息,破之。虜其君,使守門,將妻其夫人而納之於宫。楚王出游,夫人遂出見息君,謂之曰:“人生要一死而已,何至自苦?妾無須臾而忘君也,終不以身更貳醮。”遂自殺。

〔八〕消魂:魂漸離散。形容極度的悲傷愁苦。

〔九〕細腰宫:指代楚宫。典出《墨子·兼愛中》:“昔者,楚靈王好士細腰,故靈王之臣皆以一飯爲節。”又,《後漢書·馬廖傳》:“吴王好劍客,百姓多創瘢;楚王好細腰,宫中多餓死。”後亦將細腰用以指代美女。

詞作於康熙十八年秋,時赴荆州楊雍建軍幕途經湖北黄陂縣。詞之上片寫景,由遠而近,由大及小,大者壯闊恢宏,小者清麗靈秀。詞之下片寫憑吊古迹之感受,雖不發一字褒貶議論,然其情感傾向自見。

武　陵　春　泛小舟渡沅江尋梅〔一〕

城外清江江外草〔二〕,草色已迎船。人在烟波墺靄間〔三〕,渡口夕陽山。　　隔岸酒帘招我去,春意在漁灣。醉插江梅帽影偏,攜得一枝還。

〔一〕沅江:江名,在今湖南省西部。其上游爲清水江,發源於貴州省之雲霧山,入湖南境内黔陽縣黔城鎮以下始稱名沅江,復東北流入洞庭湖。

〔二〕城外:武陵縣城外。武陵,縣名,始置於漢。清爲湖南常德府治。

〔三〕墺靄:水邊雲氣。墺,通“澳”、“隩”,水邊深曲處。《詩·衛風·淇奥》:“瞻彼淇奥。”傳:“奥,隈也。”

詞作於康熙十九年(一六八〇)春,時入楊雍建軍幕隨軍赴貴州途經武陵(今湖南省常德市),時年三十一歲。是詞寫軍旅空暇醉酒探梅之閑情逸致,緊緊扣住一“春”字,在江青、草青、烟青、靄青、簾青、灣青、帽青等一片青色中,著意以“夕陽”、“紅梅”相襯,畫面十分優美動人。全詞不用一典一事,全憑白描與情韻取勝。

南　　浦　次張玉田《春水》韻〔一〕

風澹日濃時，寫渟泓、映徹鏡奩春曉〔二〕。含意待流紅〔三〕，揉藍浄、一抹沙痕輕掃〔四〕。浮萍開處，依依傍母鳧雛小〔五〕。遠浦柳陰魚欲上，已接船頭芳草。　殷勤流下三湘〔六〕，倩并刀、與把半江剪了〔七〕。汀瀅小灣洄〔八〕，苔猶濕、想有湔裙人到〔九〕。閒情深淺，舊聲舊耳聽來悄。試問西陵橋畔路〔一〇〕，知遊舫新裝多少？

〔一〕張玉田：張炎(一二四八—約一三二〇)，字叔夏，號玉田，晚年又號樂笑翁。祖籍甘肅天水，宋室南渡後始占籍臨安(今杭州市)。南宋著名詞人、詞論家。著有《山中白雲詞》、《詞源》等。其《南浦·春水》詞極爲後人所推重，被譽爲"絶唱今古"而獲得"張春水"的雅稱。

〔二〕渟泓：積水深貌。明申時行《瑞蓮賦》："渟泓玄澤，醖釀醇和。"此指沅江江水。　鏡奩：鏡匣，故又指代鏡子。詞中用以比喻江水。

〔三〕流紅：喻漂流水中的落花。明楊慎《詞品·劉伯寵》："流紅有恨，拾翠無心。"

〔四〕藍：藍青色。此喻清澈的江水。

〔五〕鳧(fú)：野鴨子。

〔六〕"殷勤"句：宋秦觀《踏莎行·郴州旅舍》："郴江幸自繞郴山，爲誰流下瀟湘去。"此化用其句意。三湘，據清人陶澍《資江耆舊集序》，指瀟湘、資湘、沅湘爲三湘。其地大致在今洞庭湖南北、湘江流域一帶。

〔七〕倩：借助；請。　并刀：剪刀。古代以并州所産爲鋒利，故又稱并州剪。杜甫《戲題王宰畫山水圖歌》詩:"焉得并州快剪刀,翦取吴松半江水。"遂省作并刀。

〔八〕汀瀅:小的水流。晉葛洪《抱朴子·極言》:"不測之淵起於汀瀅。"

〔九〕湔(jiān)裙:洗滌衣裙。湔,洗。

〔一〇〕西陵橋:又名西林橋、西泠橋,在杭州西湖邊。《浙江通志》卷三三:"西陵橋,在孤山西,即古之西村唤渡處。"

詞作於康熙十九年春,時入楊雍建軍幕隨軍小駐武陵縣城(常德府治)。詞次張炎《春水》韻,表現手法亦大略相似,即緊緊拿定"春水"二字,從多方面、多層次,一筆一筆的勾勒,一滴一點地渲染,細緻曲折,形態生動,音節亦復清暢和諧。一結則隱隱流露出思鄉情懷。全詞雖不似《春水》享有盛名,却亦頗得其風神韻致。

滿庭芳 從住灘步行渡朱洪溪〔一〕

雨送微涼,客貪緩步〔二〕,意行稍轉灣環〔三〕。到天古木,藤老葉綿蠻〔四〕。野果枇杷初熟,繁枝重、猿鳥争攀。窺人過,一群驚鼠〔五〕,石上墜銜殘〔六〕。　　前山。尋不到,泉聲落澗,響珮鳴環〔七〕。便褰裳欲涉〔八〕,冰足生寒。忽展黄雲一片,秧田外、雉尾堪删。重循省〔九〕,霎時光景,偷入畫圖看。

〔一〕住灘:在今湖南省沅陵縣境,與朱洪溪相距不遠。　朱洪溪:據《湖南通志》卷一〇,朱洪溪源出沅陵縣東之花橋界,南流合王家河、楊公潭、徐家溪諸水,至縣東北七十五里之朱洪溪鎮注入沅江

（《大清一統志》所載略異）。

〔二〕客貪緩步：詞人自謂愛好悠然獨步，寫其悠閑心情。

〔三〕“意行”句：意謂想沿着曲折的山溪盤桓、蹓躂。澴，水流迴旋狀。郭璞《江賦》：“漩澴滎瀯，渨漚濆瀑。”注：“皆波浪迴旋濆涌而起之貌也。”

〔四〕綿蠻：指代黄鶯鳥。語本《詩經·小雅·綿蠻》：“綿蠻黄鳥，止於丘阿。”朱熹《集傳》：“綿蠻，鳥聲。”

〔五〕驚鼠：指驚恐的小松鼠。

〔六〕銜殘：指嘴中啃吃的殘餘樹果之類。

〔七〕響珮鳴環：喻溪水奔流，其聲叮咚悦耳，一如環敲珮撞。珮、環，皆美玉飾品。

〔八〕褰裳：語本《詩經·鄭風·褰裳》：“子惠思我，褰裳涉溱。”

〔九〕重循省：重新回顧思索一番。

詞作於康熙十九年四、五月間隨軍由桃源經沅陵入黔境麻陽途中。全詞純用白描手法，細緻入微地描繪了湖南山區之初夏風光，情趣盎然，渾然天成。上片寫山景，動静結合，色彩斑斕，筆觸細膩，野趣横生。下片人在景中，生動入神。上下片意脈相連不斷，用筆跌宕多姿。

南　柯　子　初入麻陽溪〔一〕

漱玉風生頰〔二〕，跳珠雪濺肌。觖船截浪去如飛〔三〕，絶勝馬蹄泥滑汗頻揮。　山鳥飄紅帶，溪禽浣翠衣〔四〕。衹除夾岸酒樓稀，宛似西溪留下櫪頭歸〔五〕。

〔一〕麻陽溪：即麻陽河，一名辰水，又名辰溪，爲武陵五溪之一。源於貴州江口縣西北之梵净山，南流經銅仁東流入湖南，復經麻陽、辰溪二縣注於沅水。

〔二〕漱玉：謂溪水激石，飛流濺白，晶瑩似玉。晉陸機《招隱詩》："山溜何泠泠，飛泉漱鳴玉。"

〔三〕脉船：未詳。疑爲當地的一種木船。

〔四〕翠衣：謂好看的羽毛。

〔五〕西溪：在今浙江省嘉興市西三里。明徐一夔《西溪隱居記》："西溪在嘉禾郡城之西，溪流迴合，匯而爲涇，貫而爲港，微波細漪，皆潔妍可愛。"　留下：市鎮名。在今浙江省餘杭縣西北。《嘉慶重修一統志》卷二八四："留下在錢塘縣西北，地形爽塏。宋南渡將築行宫於此，高宗覽圖曰：'且留下。'後遂以此名。"　櫬頭：小木船。宋張元幹《漁家傲·題玄真子圖》詞："櫬頭雨細春江渺。"

詞作於康熙十九年春夏間，時隨楊雍建部進軍貴州，沿沅江上溯經辰溪至麻陽。全詞寫江上行舟之感受，上片一氣直下，氣韻生動；下片如渟淵静嶽，似有所待。上下片一動一静，互映互襯，却十分協調和諧。至若其描摹景物的形象傳神，比喻的貼切生動，亦爲此小令增色不少。詞之末二句有意將邊地風光與家鄉景觀兩相比照，則表現了詞人對故鄉的無比眷戀。

臨　江　仙　銅仁郡閣雨望〔一〕

暮暮朝朝多變態，偶然一露晴輝。孤城四面萬峯圍。卷簾何處，雲重雨飄絲。　　梔子坪邊新漲急〔二〕，鷺鷥立盡空磯〔三〕。麻陽脉子緑衰衣〔四〕。白魚三寸，江口販鮮歸。

〔一〕銅仁：本唐萬安縣地，明置銅仁府。境内有銅仁大小二江，合流處有銅崖，聳然壁立。相傳有漁人得銅鼎儒釋道三像於此，府以此名。

〔二〕新漲：新漲的潮水。

〔三〕磯：水邊石灘或突出的大石。

〔四〕麻陽：縣名。參前《麻陽運船行》詩注〔一〕。　　舣子：參前《南柯子・初入麻陽溪》詞注〔三〕。

詞作於康熙十九年春夏間，時入楊雍建軍幕，駐軍銅仁府。詞寫銅仁雨景，描摹出色，歷歷如繪，令人有身入其境之感。詞之上片取大寫意的筆法，隨意揮灑，迷濛而不失恢宏的氣勢；下片則以工筆勾勒出空江潮漲、漁翁歸舟的情景，圖像鮮明生動，具體可感，有漁洋"半江紅樹賣鱸魚"之妙。

點　絳　唇　冬杪發銅仁，晚宿松樹坪〔一〕

醉别江城〔二〕，荒荒野宿投村欜〔三〕。鵑啼月落，茅店孤燈著。　　老馬迎風，衣上霜花薄。天垂幕，孤雲一握〔四〕，吹散咿咿角〔五〕。

〔一〕冬杪：謂十二月底。　松樹坪：在銅仁府境南端。

〔二〕江城：謂銅仁縣城，因其面臨大江（沅江上游），故稱。

〔三〕荒荒：黯淡迷茫貌。　欜：同"柝"。古代巡夜敲更用的木梆。屆時兩木相敲，行夜備守。

〔四〕一握：猶言一把，喻微小或微少。金元好問《銅鞮次村道中》詩："昂頭天一握。"

〔五〕咿咿：形聲詞。此喻角鳴聲。

詞作於康熙十九年冬末，時隨楊雍建部由銅仁南下玉屏途經松樹坪。是詞亦寫旅況，寥寥數筆，展現出一幅軍旅生活所特有的情狀：四野荒荒，鵑啼月落，茅店孤燈，霜寒衣薄，戰馬嘶風，角聲咿喔。字面上，雖無直接表現行軍困苦勞頓的詞語，但其所設置的特定場景及所營造的特有氣氛，還是讓人感受了艱苦卓絶，冷落荒涼。

點 絳 唇 雷雨初過，小軒睡覺，歸思忽生

雨過空城〔一〕，輕雷薄靄千山暝。飛蚊繞鬢，睡美軒窗静。　江上黄魚〔二〕，忽引東歸興〔三〕。紅榴褪，八番花信〔四〕，報道端陽近〔五〕。

〔一〕空城：謂貴陽城。

〔二〕江上：謂南明河上。此河源出貴州廣順縣東北，經貴陽至紫江縣爲清水江，注於烏江。

〔三〕東歸興：典出《晉書·張翰傳》："翰因見秋風起，乃思吴中菰菜、蒓羹、鱸魚膾，曰：'人生貴得適志，何能羈宦數千里以要名爵乎?'遂命駕而歸。"

〔四〕八番花信：從小寒至穀雨凡八個節氣，共一百二十日，每五日爲一候，計二十四候，每候應一種花信。每一節氣有三種花信，故稱八番花信。

〔五〕端陽：即端午節。每年陰曆五月初五。

詞作於康熙二十年(一六八一)四月,時在楊雍建軍幕,隨軍小駐貴陽。詞寫歸思。上片寫景,爲鋪墊過渡;换頭後切入正題,由“報道端陽近”勾起對一年來戎馬生涯的追憶及對故鄉的思念。因爲一年前的端午節,詞人初有江漢之役,從此踏上千里征途,開始了三年艱苦卓絶的戎馬生活。全詞流麗輕便,緯以深情。鄉思情結,日夜難解。結拍尤含不盡之意。

金縷曲　客窗初夏觸景思鄉

地盡天連蜀。聽啼鵑、幾聲催放〔一〕,四山躑躅〔二〕。看到此花人情倦〔三〕,翻愛陰陰夏木〔四〕。來掩映、隔窗棋局〔五〕。翠葉枝頭紅相亞〔六〕,盡殷鮮、不受蜂須觸〔七〕。一顆顆,荆桃熟〔八〕。　露梢添引光如沐。祇從它、出階成笋,出牆成竹。游子新來田園夢,長繞采桑鄰曲〔九〕。鎮邂逅、村粧不俗〔一〇〕。插鬢野芳風吹墮,乍歸來、微雨鳩鳴屋〔一一〕。裙共草,一般緑。

〔一〕啼鵑:指杜鵑啼聲。杜鵑鳥,見前《留守瞿相國春暉園》詩注〔三〕。

〔二〕躑躅:山躑躅。據《本草綱目》卷一七:山躑躅即杜鵑花,别稱“紅躑躅”、“山石榴”,又名“映山紅”。花時滿山遍野,雲蒸霞蔚,而以雲貴、四川爲盛。如清檀萃《滇海虞衡志》云:“杜鵑花滿滇山。嘗行洲鄉,穿林數十里,花高幾盈丈,紅雲滅輿,疑入紫霄。行彌日方出林。”

〔三〕倦:指倦於作客。

〔四〕翻:反而。　陰陰夏木:唐王維《積雨輞川莊作》詩:“漠漠水田飛白鷺,陰陰夏木囀黄鸝。”

〔五〕隔窗棋局：初白善弈。其《待放集》有《是日繆湘芷攜酒肴就余寓餞别偕匠門秀野潤木三叠前韵》詩云："擘紙聯吟豪門健，圍棋賭酒怯饒先。"自注："時與匠門(張大受)對局賭酒，互有勝負。"

〔六〕亞：通"壓"，果實低垂枝頭。唐杜甫《上巳日徐司録林園宴集》詩："鬢毛垂領白，花蕊亞枝紅。"

〔七〕殷(yān)鮮：鮮紅透亮。殷，血紅色。

〔八〕荆桃：即櫻桃。《爾雅》："楔，荆桃也。"孫炎注："即今櫻桃也。"

〔九〕鄰曲：鄰里；鄉親。晉陶潛《移居》詩："鄰曲時時來，抗言談在昔。"

〔一〇〕鎮：通"正"。　邂逅：不期然而相遇。《詩·鄭風·野有蔓草》："邂逅相遇，適我願兮。"　村粧：指農家婦女(或即指其妻子陸孺人)。

〔一一〕鳩鳴：猶"鳩呼"。相傳鳩鳴聲能呼唤風雨，這裏意指鳩在微風細雨中飛鳴。宋陸游《喜晴》詩："正厭鳩呼雨，俄聞鵲噪晴。"鳩，鳥名，或云即布穀之類。

詞寫離愁鄉思，作於康熙二十一年(一六八二)三、四月間。當時，持續八年的"三藩之亂"業已平定，投筆從戎的詞人即將踏上由邊陲貴陽返回浙江海寧故里的歸途。"一囊一劍"，萬里歸裝待發。作者迫切希望見到海寧山水與親朋故舊的心情可想而知。詞之起句開門見山，足以引領全篇。曰"地盡"，寫貴陽地處邊遠；云"連蜀"，言貴州區域深廣。以異域的地理環境，爲下文思鄉之情蓄勢。以下"聽啼鵑"五句寫客地所聞所見所思，託物言情。换頭亦寫景，然所寫乃想象或回顧之景，從對方落筆，愈顯矯健摇曳之姿。全詞著色清淡，筆墨如畫。上片實寫，下片虚寫；虚實相間，以虚襯實。脈絡清晰，綿麗雋永。

賀新涼　壬辰重陽前二日，張日容招集城南陶然亭〔一〕

驀過中秋後。響西風、萬梢蘆荻，萬條楊柳。惆悵東籬歸未得〔二〕，帝里又將重九〔三〕。且趁伴、來開笑口〔四〕。檢點尊前人如故〔五〕，祇病夫廢了持螯手〔六〕。用其一，且持酒。　　敝裘縫裂新寒透。記年時、隨鷹逐兔，射飛烹走〔七〕。貧到今番無菊看，一醉徑煩良友〔八〕。算樂事、人生難又。此會明年知誰健〔九〕，問登高、還在城南否〔一〇〕？吾老矣，莽回首〔一一〕。

〔一〕壬辰：康熙五十一年(一七一二)。　張日容：詳見前《和張日容嘲薛荔二十韻》詩注〔一〕。　陶然亭：見前《初游城南陶然亭》注〔一〕。

〔二〕東籬：用陶潛《飲酒》詩語："采菊東籬下，悠然見南山。"後因以指代菊花或種菊之處，這裏用來指稱浙江海寧故里。辛棄疾《賀新郎·鳥倦飛還矣》："想東籬、醉卧參差是。"

〔三〕帝里：猶帝都，即京城。

〔四〕開笑口：語本《莊子·盜跖》："人上壽百歲，中壽八十，下壽六十。除病瘐死喪憂患，其中開口而笑者，一月之中，不過四五日而已矣。"杜牧《九日齊山登高》詩："塵世難逢開口笑，菊花須插滿頭歸。"此用其意。

〔五〕"檢點"句：辛棄疾《念奴嬌·重九席上》："西風也解，點檢尊前客。"

〔六〕病夫：作者自謂。　持螯手：語本《世説新語·任誕篇》：晉畢卓嗜酒，嘗云："一手持蟹螯，一手持酒杯，拍浮酒池中，便足了一生。"據初白《長告集·序》："辛卯臘月，左手病風。今春漸及右臂，蒙恩停免内直，始得因病乞假。"

〔七〕"記年時"二句：按，初白供奉翰林時，數度扈蹕古北口，隨駕木蘭山，與康熙帝一起避暑游獵，倍受寵信，歷來被一些史乘筆記奉爲"玉堂佳話"。

〔八〕"貧到"二句：用陶潛九日摘花醉酒事。據南朝宋檀道鸞《續晉陽秋》:“陶潛嘗九月九日無酒,宅邊菊叢中,摘菊盈把,坐其側久,望見白衣至,乃王弘送酒也。即便就酌,醉後而歸。”徑,即;就。良友,指張日容(大受)。

〔九〕“此會”句:杜甫《九日藍田崔氏莊》詩:“明年此會知誰健,醉把茱萸仔細看。”此用其成句。

〔一〇〕登高:舊時重陽節有登高飲酒習俗。梁吴均《續齊諧記》:費長房謂桓景云:“九月九日汝家當有災,宜急去,令家人各作絳囊,盛茱萸以繫臂,登高飲菊花酒,此禍可除。”後相承爲故習,然已漸失消災避難之意。

〔一一〕莽:粗率;粗粗。

今人劉永濟《微睇室説詞》有云:“凡詞寫節序,多係抒今昔盛衰之情。惟節日易觸起舊情,故歷來詞人,此時此際,動生感慨。”初白是詞,正復如斯。詞作於康熙五十一年(一七一二)重陽前夕,時年六十三歲。詞人一生清貧多病。其《自題癸未以後詩藁四首》之一云:“七年供奉入乾清,三載編纂在武英。兩臂病風雙眼暗,枉將實事换虚名。”作了七年窮翰林,落了一身殘廢病疾,同時也看透了官場黑暗,作者的内心充滿了難以名狀的悲哀與痛苦。這種悲哀與痛苦,遇着了重陽佳節,遂動生感慨,發爲悲唱。全詞淋漓酣暢,沉鬱悲涼,風格酷似稼軒。

臨　江　仙　西湖秋泛

記得棕亭春侍宴〔一〕,滿湖燈燭熏天。一番光景换尊前。殘荷猶瀉雨〔二〕,疏柳已無蟬〔三〕。　　望望西泠橋外去〔四〕,吟過第六橋邊〔五〕。商聲輥上十三弦〔六〕。晚風吹不斷,涼透鷺鷥肩。

〔一〕棕亭：初白自注："御舟名。"　春侍宴：據清陳敬璋《查他山先生年譜》："康熙四十六年(一七〇七)春，渡江迎鑾，恭遇仁皇帝閲河南巡，先生買舟渡江迎駕。請安畢，上命移傍御舟，遂扈蹕而南，自淮揚抵江寧，達杭州。"

〔二〕殘荷瀉雨：謂水珠滚落荷葉。

〔三〕"疏柳"句：宋姜夔《惜紅衣·簟枕邀涼》詞："高柳晚蟬，説西風消息。"此化用其句意。

〔四〕西泠橋：亦名"西陵橋"、"西林橋"，參前《南浦·次張玉田〈春水〉韻》詞注〔一〇〕。

〔五〕第六橋：西湖蘇堤六橋之一映波橋。《名勝志》："蘇公堤開六橋通水，一曰跨虹，二曰東浦，三曰壓堤，四曰望山，五曰鎖瀾，六曰映波。"

〔六〕商聲：淒愴之聲。商，五音(宫、商、角、徵、羽)之一。按古代陰陽五行之説，商、秋均屬金，故稱秋爲商。商聲多指秋風肅殺淒厲之聲。　輥(gǔn)：轉；滚。《六書故·工事三》："輥，轉之速也。"　十三弦：指代古筝。唐宋教坊所用筝均爲十三根弦，因稱。宋張先《菩薩蠻·詠筝》："纖指十三弦，細將幽恨傳。"

詞作於康熙五十三年(一七一四)秋，時賦閑家居海寧故里，年六十五歲。立秋後，曾去杭州重游西湖，並作有《重至西湖雜感》詩六首，其一有云："行宫昨巡幸，侍從偕東枚。"七年前迎駕侍從游湖事重到眼前；其五有云："此生知幾見，莫負秋風初。"其歸隱林下之志不改。是詞寫暮秋西湖泛舟之感受，值得注意的是，起首即將今昔作一對比：一"燈燭熏天"，熱閙非凡，一"殘荷疏柳"，淒清孤冷。而這景致的巨大落差和變化，正反映出詞人心境與處境的重大變化。詞之下片所寫，句句仍是景物，蕭疏冷淡，寒意侵人，這正是上述變化所給予詞人心理感受上的影響。

文選

吏部廳藤花賦[一]

原夫物有菀枯[二]，因人而重；材無堅脆，得地斯榮[三]。紅藥翻階[四]，紫薇榜亭[五]，亦有柔木[六]，敷於廣庭。爾迺擢秀芳辰[七]，託根清署[八]，雖掩冉而葳蕤[九]，終纏綿而附麗[一〇]。虬潛蠖屈[一一]，難求十丈之伸；蚓結蛇蟠，聊借一枝之寄。於斯時也，首夏清和[一二]，火正司南[一三]。日曨曨以窺牖[一四]，風微微以入檐。莖似疏而還密，葉將放而猶纖。不斷穠香兮[一五]，蜂鬚斜觸；初施紫粉兮，蝶翅輕沾。其爲地也，窈窈閣□[一六]，沉沉門鑰[一七]。曉烟深鎖乎牆隅，晝漏□稀乎院落；頳顔酣酒而嫵媚[一八]，長袖臨風而綽約[一九]。披帷拂幔兮[二〇]，整整邪邪[二一]；綰綬垂紳兮[二二]，累累若若[二三]。其爲木，則非叢非苞[二四]，非灌非喬[二五]，阿那冶葉[二六]，荏苒倡條[二七]。比絲蘿之善附[二八]，俄緣木而抽梢。其爲色，則在皓非白，在朱非赤，儷緑妃紅[二九]，實維間色[三〇]。荆花無連理之枝[三一]，含笑乏凌霄之質[三二]。然且保擁腫[三三]，閲流光，飫土膏[三四]，承天漿[三五]。薪槱不加采[三六]，斧斤不能傷[三七]。豈非重前賢之手澤[三八]，比遺愛於甘棠[三九]？於是廳以花名，案因香設。陰成步障之庭〔四〇〕，影動啣杯之席。禽聲宛宛〔四一〕，似傳好音；花氣欣欣〔四二〕，如有德色〔四三〕。才人因之以賦詠，志士撫之而嘆息。莫不俯仰景光，流連昕夕〔四四〕。彼弱植之敷榮〔四五〕，尚邀歡於顧惜，何況新甫之柏，徂徠之松〔四六〕？海濱若木〔四七〕，嶧陽孤桐〔四八〕，方將蔽厚地，摩蒼穹〔四九〕，星占營室〔五〇〕，象取棟隆〔五一〕。梓人增其顧盼〔五二〕，匠石快其遭逢〔五三〕。有不乘時致用而假手成功者乎？

〔一〕吏部廳：即吏部官署之司務廳。《日下舊聞考》卷六三："吏部在皇城東，宗人府之南。……吏部署，明永樂十八年(一四二〇)建，國朝仍其舊址。大堂西向，左司務廳，右土地祠。其南爲文選、稽勳二司，北爲考功、驗封二司。"　藤花：紫藤花。清陳淏子《花鏡》卷五："紫藤喜附喬木而茂，凡藤皮著樹，從心重重有皮，其葉如緑絲，四月間發花，色深紫，垂條綽約可愛。"又，《燕都游覽志》："紫藤花二株，其一在少宰右署中，吴文定公手澤也。其一在司廳左署中。莆田方興邦《古藤記略》云：'吏部廳事左署有古藤一株，鐵幹如椽，兩兩相比，盤薄輪囷，而枝蔓扶疏，緣攬直上，不知誰所植也。堂上左右廂有藤三株，乃弘治六年(一四九三)長洲吴文定公爲少宰時手植，於今殆六十餘年。圍而挈之，不及兹藤三分之二，然則樹此者殆百年矣。'"按：據清于敏中《日下舊聞考》云："吴寬手植藤今在吏部穿堂之右，屋三楹曰藤花廳，乃吏部長官治事之所。惟寬詩自注云朱藤一株，而今實二株，蓋後人補植也。左署古藤已不可見，獨方興邦撰記石刻尚存文選司庫後，有萬曆二十年(一五九二)兵部職方司員外郎宣化蔣行可跋。"

〔二〕菀(yù)枯：猶榮枯。菀，茂盛貌。《集韻》："菀，茂也。《詩》：'有菀者柳。'通作'鬱'、'蔚'。"

〔三〕斯：副詞，猶"則"、"就"。

〔四〕紅藥：花名，即芍藥。南齊謝朓《直中書省》詩："紅藥當階翻，蒼苔依砌上。"

〔五〕紫薇：花名。《花鏡》卷三："紫薇，一名百日紅。其花紅紫之外，有白者，曰銀薇；又有紫帶藍色者，曰翠薇。俗呼爲怕癢樹。其樹光滑無皮，人若搔之，則枝幹無風而自動，亦其性使然也。"　榜亭：當亭。

〔六〕柔木：柔韌之木。《詩·大雅·抑》："荏染柔木，言緡之絲。"此指藤條類植物如紫藤之類。

〔七〕擢秀：喻草木欣欣向榮狀。唐白居易《有木》詩之七："有木名凌霄，擢秀非孤標。"　芳辰：喻指春季。唐陳子昂《三月三日宴王明府山亭》詩："暮春嘉月，上巳芳辰。"

〔八〕託根：意謂種植。　清署：清要的官署。宋梅堯臣《次韵和韓子華内翰於李右丞家移紅薇子種學士院》詩："侍臣清署看臨除。"

〔九〕掩冉：披靡，偃倒。唐柳宗元《袁家渴記》："掩冉衆草，紛紅駭緑。"　葳蕤(ruǐ)：草木繁茂枝葉紛披貌。唐張九齡《感遇》詩："蘭葉春葳蕤。"

〔一〇〕纏綿：糾纏難解。　附麗：附着；依附。

〔一一〕虬潛蠖屈：喻紫藤纏繞彎曲一似虬蠖之蟠曲。虬，同"虯"，龍子有角者。《龍龕手鑑》："虬，無角龍也。"又，《楚辭》王逸注："有角曰龍，無角曰虬。"蠖，尺蠖。昆蟲名。《易·繫辭下》："尺蠖之屈，以求信(伸)也。"

〔一二〕首夏：猶孟夏，指農曆四月。南朝宋謝靈運《遊赤石進帆海》詩："首夏猶清和，芳草亦未歇。"句意本此。

〔一三〕火正：古代傳爲掌火之官。五行官之一。《漢書·五行志》："古之火正，謂火官也。掌祭火星，行火政。"又："火，南方，揚光輝爲明者也。"

〔一四〕曨曨：不甚分明。南朝梁劉孝威《都縣遇見人織率爾寄婦》詩："曨曨隔淺紗，的的見粧華。"

〔一五〕穠香：猶濃香。

〔一六〕窈窈：晦暗不明。漢司馬相如《長門賦》："天窈窈而晝陰。"

〔一七〕門鑰：此處指門鎖。

〔一八〕赬(chēng)顔：臉色泛紅。赬，紅色。

〔一九〕綽約：風姿柔美貌。

〔二〇〕披帷拂幔：喻紫藤紛披如帷幔垂拂。

〔二一〕邪邪：同"斜斜"。

〔二二〕綰綬垂紳：喻紫藤枝條纏繞延伸一如絲帶飄拂。綰，盤結。綬，古時用以繫帷幕或印紐的絲帶。紳，古代士大夫束在外衣上的帶子。

〔二三〕累累若若：喻紫藤茂盛繁密。累累，多。若若，長而低垂貌。

〔二四〕苞：叢生植物。《爾雅・釋言》："苞，稹也。"郭璞注："今人呼物叢緻者爲稹。"邢昺疏引孫炎曰："物叢生曰苞，齊人名曰稹。"

〔二五〕灌：灌木。《爾雅・釋木》："木簇生爲灌。"一般植株矮小，枝幹叢生，如紫荊、木槿之類。　喬：喬木。一般主幹高大，分枝繁盛，如松、榆之類。

〔二六〕阿那：猶婀娜。

〔二七〕荏苒：柔弱貌。　倡條：柔嫩的枝條。以上二句語本唐李商隱《燕臺》春詩："冶葉倡條偏相識。"

〔二八〕絲蘿：菟絲和女蘿，均蔓生植物，每纏繞於草木，難以分開。

〔二九〕儷緑妃(pèi)紅：與紅緑相匹配。儷，成對。《廣雅・釋詁四》："儷，耦也。"妃，通"配"。《集韻》："妃，匹也。通作配。"

〔三〇〕間色：雜色。《禮記・玉藻》："衣正色，裳雜色。"

〔三一〕荊花：紫荊花。《花鏡》卷三："紫荊花，一名滿條紅。花叢生，深紫色，一簇數朵，細碎而無瓣，發無常處，或生本身，或附根枝，二月盡即開。柔絲相繫，故枝動，朵朵嬌鸇若不勝。"　連理枝：兩棵花樹之枝條連生在一起。

〔三二〕含笑：花名，屬木蘭科，初夏開花，香氣濃鬱。《南越筆記》："含笑與夜合相類。大含笑則大半開，小含笑則小半開。半開多於曉，一名朝合。"又，《草花譜》："含笑花開不滿，若含笑然。"　凌霄：

花名。一名紫葳，又名陵苕、鬼目。《花鏡》卷五："凌霄蔓生，必附於木之南枝而上，高可數丈。蔓間有鬚如蝎虎足，著樹最堅牢，久則本大如杯。春初生枝，一枝數葉，尖長有齒，深青色。開花每枝十餘朵，大若牽牛狀。"

〔三三〕擁腫：謂花朵簇擁團附。

〔三四〕飫(yù)：飽食。《廣韻》："飫，飽也，厭也。" 土膏：喻土壤之肥力。《漢書・東方朔傳》："酆鎬之間，號爲土膏，其賈畝一金。"

〔三五〕天漿：喻雨露。唐韓愈《調張籍》詩："舉瓢酌天漿。"

〔三六〕薪槱(yóu)：柴火。槱，木柴。元姚燧《湖廣行省左丞相神道碑》："舟置燈篝，岸積薪槱。"

〔三七〕斧斤：斧頭。語本《淮南子・説林篇》："質的張而弓矢集，林木茂而斧斤入。"

〔三八〕前賢：是否指明代吴寬未可確知。因《日下舊聞考》編纂於乾隆三十九年(一七七四)，當時吏部司廳左署之古藤"已不可見"，唯餘吏部穿堂之右的二棵紫藤(其大小不及古藤三分之二)。但前此將近百年的初白，其所見究竟是吴植紫藤抑或是"百年"古藤，已不可考知。

〔三九〕甘棠：喬木名，有赤白兩種。赤者稱杜，白者稱棠，亦即甘棠，或曰棠梨。相傳周武王時，召伯(奭)巡行南國，曾憩歇棠梨樹下，後人思其德行，因作《甘棠》詩。詩載《詩經・召南》："蔽芾甘棠，勿翦勿敗，召伯所憩。"朱熹《集傳》："召伯循行南國，以布文王之政，或舍甘棠之下。其後人思其德，故愛其樹而不忍傷也。"

〔四〇〕步障：用來遮擋風塵或遮攔内外的屏幕。唐韋應物《金谷園歌》："當時豪右争驕侈，錦爲步障四十里。"

〔四一〕宛宛：猶宛轉。

〔四二〕欣欣：歡喜自得貌。

〔四三〕德色：自以爲有恩於人而形諸於顔色。

〔四四〕昕夕：早晚。昕，黎明。《説文》："昕，旦明也，日將出也。"

〔四五〕敷榮：猶敷秀，謂開花。唐許敬宗《掖庭山賦》："百卉敷榮，六合清朗。”

〔四六〕“何況”二句：語本《詩·魯頌·閟宫》：“徂來之松，新甫之柏。是斷是度，是尋是尺。”徂來，山名。又稱尤崍山、龍崍山，在今山東省泰安縣東南。來，亦作“徠”。新甫，亦山名。今名宫山，亦名小泰山。在今山東省新泰縣西北四十里。《新泰縣志》：“相傳漢武封禪於此，見仙人跡，建離宫其上，故改名宫山。亦名小泰山。”

〔四七〕若木：長於日落處的一種神木。《山海經·大荒北經》：“大荒之中，有衡石山、九陰山、洞野之山，上有赤樹，青葉赤華，名曰若木。”

〔四八〕嶧(yì)陽：嶧山之南坡。山南曰陽。嶧山，又名鄒嶧山、邾嶧山，在今山東省鄒縣東南。《史記正義》引《括地志》：“嶧山在兖州鄒縣南二十二里。《鄒山記》云：‘鄒山，古之嶧山，言絡繹相連屬也。今猶多桐樹。’”　孤桐：高高的桐樹。語本《尚書·禹貢》：“嶧陽孤桐。”傳：“孤，特也。嶧山之陽，特生桐，中琴瑟。”

〔四九〕摩：迫近。

〔五〇〕占：據星象來推斷凶吉和人事變化。　營室：星名，即室宿，二十八宿之一。《詩·鄘風·定之方中》：“定之方中，作於楚宫。”朱熹《集傳》：“定，北方之宿，營室星也。此星昏而正中，夏正十月也。於是時可以營製宫室，故謂之營室。”

〔五一〕象：徵兆；迹象。《易·繫辭上》：“一闔一闢謂之變，往來不窮謂之通，見乃謂之象。”韓康伯注：“兆見曰象。”　棟隆：謂屋梁高大厚實，此謂大興土木。語本《易·大過》：“棟隆之吉，不橈乎下。”

〔五二〕梓人：謂木匠。《周禮·考工記》：“梓人爲筍虡。”

〔五三〕匠石：古代名叫石的匠人。《莊子·徐無鬼》：“郢人堊慢其鼻端，若蠅翼，使匠石斫之，匠石運斤成風，聽而斫之。盡堊而鼻不傷。”這裏爲泛指。

賦當作於康熙四十一年至四十五年間(一七〇二——一七〇六)，時官翰林,因剛步入官場未久,極思奮發有爲,與賦之主旨"乘時致用"相合;且因位居清要,亦有光顧吏部、留連藤花之可能。古紫藤緣木善附,性屬低賤,雖紫花可愛,其物却並無大用,故"薪槱不加采,斧斤不能傷",僅得"邀歡於顧惜"而已。較之松柏、若木、孤桐之類,雖有斧斤之厄,終得"致用"之時。兩者相比,看來作者更傾心於後者。在表現手法上,賦文充分利用排比鋪陳的藝術手法,就紫藤的周圍環境、時令氣候、外觀形狀、本質特點,一一作了生動形象的描述,細緻入微,舒卷自如。賦中大部分篇幅雖在禮贊藤花,孰知篇末却筆鋒陡轉,乘風順勢,引入松材柏料,揭出文章主旨,出人意表,發人深省。

種草花說

窳軒之南有小庭〔一〕,廣三尋〔二〕,袤尋有六尺〔三〕,繚以周垣〔四〕,屬於檐端〔五〕,拓窗而面之。主人無事,以杖以屨,日蹣跚乎其間〔六〕。既又惡夫草之滋蔓也,謀闢而蒔蓺焉〔七〕。或曰:"松、桂、杉、梧,可資以蔭也〔八〕,是宜木。"主人曰:"吾年老,弗能待。"或曰:"梅、杏、橘、橙,可行而列也,是宜果。"主人曰:"吾地狹,弗能容。有道焉,去其蕪蔓者而植其芬馨者,亦幽人逸士之所流連也〔九〕。"迺命畦丁鋤荒穢〔一〇〕,就鄰圃乞草花。山僧野老,助其好事,往往旁求遠致焉。

主人樂之,猶農夫之務穡而獲嘉種也〔一一〕。蓋一年而盆盎列〔一二〕,二年而卉族繁。迄今三年,萌抽於粟粒〔一三〕,荄發於陳根〔一四〕,芊芊芚芚〔一五〕,紛敷盈庭〔一六〕,兩葉以上,悉能辨類而舉其名矣。當春之分,夏之半,雨潤土膏[一七],乘時以觀化[一八],見夫甲者坼[一九],芒者擢[二〇],吾之生機與之俱動也。已而含芬菲[二一],飽風露,吾之呼吸與之相通也。爲之相其稀穊[二二],時其燥濕[二三],除厥蠹而根是培[二四],直者遂之,弱者扶之;蚤芳者吾披之[二五];晚秀者吾俟之[二六]。洎乎風淒霜隕[二七],莖萎而實堅,則謹視其候斂藏,以待來歲焉。吾之精神,無一不與之相入也。而且一薰一蕕[二八],别臭味也;爲穉爲壯[二九],驗枯菀也[三〇];或寒或暴[三一],紀陰晴也;朝斯夕斯,閲春秋也;優哉游哉[三二],聊以卒歲也。

客徒知嘉樹之蔭吾身[三三],而不知小草之悦吾魂也;徒知甘果之可吾口,而不知繁卉之飫吾目也。彼南陽之梓漆[三四],平泉之花木[三五],積諸歲月,詒厥子孫[三六],洵非吾力之所逮[三七],抑豈吾情之所適哉!

〔一〕窳(yǔ)軒:初白晚年自名其室之名。

〔二〕廣:寬度。　尋:古代長度單位,八尺爲尋。

〔三〕袤(mào):長度。漢張衡《西京賦》:"量徑輪,考廣袤。"

〔四〕周垣:圍牆。明劉基《鬱離子·九難》:"夏屋耽耽,繚以周垣。"語或本此。

〔五〕屬:對;臨。杜甫《陪裴使君登岳陽樓》詩:"樓孤屬晚晴。"仇兆鰲注:"屬,當也。"

〔六〕蹣跚:行步緩慢遲頓的樣子。宋陸游《饑寒行》:"老翁垂八十,捫壁行蹣跚。"

〔七〕蒔藝:移栽;種植。藝,同"藝"。種植。

〔八〕資:取資;憑假。　蔭:遮蓋。《吕氏春秋·先己篇》:"松柏成而涂之人已蔭也。"

〔九〕幽人逸士:隱士。《易·履》:"履道坦坦,幽人貞吉。"又,《後漢書·逸民傳》:"寓乎逸士之篇。"

〔一〇〕畦丁:園丁。杜甫《驅豎子摘蒼耳》詩:"畦丁告勞苦,無以供朝夕。" 荒穢:同"荒穢",猶荒蕪。晉陶潛《歸園田居》詩:"晨興理荒穢,帶月荷鋤歸。"

〔一一〕務穡(sè):務農。穡,耕種;農事。《尚書·盤庚》:"服田力穡,乃亦有秋。"孔傳:"穡,耕稼也。"

〔一二〕盎:古代盛器之一,腹大口小。

〔一三〕粟粒:米粒。此謂花草種子。

〔一四〕荄:草根。《爾雅·釋草》:"荄,根。"

〔一五〕芊芊芚芚:草木茂盛貌。芚,草木初生。《集韻》:"芚,木始生貌。"

〔一六〕紛敷:草木紛披繁茂貌。晉潘岳《西征賦》:"華實紛敷,桑麻條暢。"

〔一七〕土膏:詳前《吏部廳藤花賦》注〔三四〕。

〔一八〕觀化:觀察變化。語本《莊子·至樂篇》:"吾與子觀化而化及我,我又何惡焉?"

〔一九〕甲者坼:外殼開裂。語本《易·解》:"雷雨作而百果草木皆甲坼。"甲,植物果實的外殼。坼,裂開。

〔二〇〕芒:草木上的細刺。《説文》:"芒,草端。" 擢:聳起。

〔二一〕芬菲:芳香。蘇軾《和段屯田荆林館》詩:"草木變芬菲。"

〔二二〕相:觀察。 稀概(jì):即稀密。概,稠密。

〔二三〕時:伺;候。《廣雅·釋言》:"時,伺也。"

〔二四〕培:給植物的根基壘土。《正字通》:"培,壅也。"

〔二五〕芳:開花。用作動詞。 披:分開。

〔二六〕晚秀:謂開花遲。 俟:等待。

〔二七〕洎(jì):及;到。 風淒霜隕:意指深秋時節。隕,降落。

〔二八〕一薰一蕕(yóu):謂薰蕕草相混。語本《左傳·僖公四年》:"一薰一蕕,十年尚猶有臭。"杜預注:"薰,香草;蕕,臭草。"

〔二九〕稺:幼苗。

〔三〇〕枯菀：枯榮。

〔三一〕暴(pù)：曬。《小爾雅·廣言》："暴，曬也。"

〔三二〕優哉游哉：用《詩·小雅·采菽》中的成句。

〔三三〕嘉樹：佳樹；美樹。屈原《橘頌》："后皇嘉樹，橘徠服兮。"

〔三四〕南陽梓漆：典出《後漢書·樊宏傳》："樊宏字靡卿，南陽湖陽人也。……父重，字君雲，世善農稼，好貨殖。嘗欲作器物，先種梓漆，時人嗤之。然積以歲月，皆得其用，向之笑者咸求假焉，貲至巨萬，而賑贍宗族，恩加鄉閭。"梓漆，梓樹和漆樹，均爲優質木材。

〔三五〕平泉：平泉莊，唐相李德裕之别墅山莊。唐康駢《劇談録·李相國宅》："(平泉莊)去洛陽三十里。卉木臺榭，若造仙府。"又，宋張洎《賈氏談録》："平泉莊臺榭百餘所，天下奇花異草，珍松怪石，靡不畢具。"

〔三六〕詒：留傳；贈送。亦作"貽"。《詩·大雅·文王有聲》："詒其孫謀，以燕翼子。"鄭玄箋："詒，猶傳也。"又，《玉篇》引《字書》曰："詒，或爲貽字，在《貝部》。"

〔三七〕洵：實在；確實。　　逮：及；達到。

文作於初白晚年辭官家居期間。文章以蒔藝花草爲發端，抒發了一種擺脱官場桎梏之後與自然界爲親的閑情逸致，其重草花凡種而輕"南陽之梓漆，平泉之花木"的態度，則正是其賤貴顯而重平凡的思想寫照，亦可視作其之所以待放乞歸以求終老林下的一個注脚。全文心平氣和，娓娓而談，筆致細膩而又摇曳生姿，於輕徐平淡中見其成熟老到的藝術魅力。

自怡園記〔一〕

京師在《禹貢》冀州域内〔二〕，地近西山〔三〕，水泉歕涌〔四〕,出阜成、德勝二門〔五〕,演迤灝漾〔六〕,泉之源不知其幾也。玉泉最近〔七〕,泉出山下〔八〕,自裂帛湖東南〔九〕,流入丹稜沜〔一〇〕。傍水之園,舊以數十,海淀最著〔一一〕。今天子既規以爲暢春園〔一二〕,有詔聽王公大臣於其傍各營別業。

相國明公之園〔一三〕,在苑西二里。其初,平壤也,海淀之支流經焉。度地於丁卯春〔一四〕。余時假館邸第,公邀余出郭,畚鍤之衆〔一五〕,錯趾於畎溝禾黍間〔一六〕。鑿地導川,積土成阜〔一七〕,潤溪流而沼沚渟〔一八〕,規模粗具也。

後一年,余以事告歸〔一九〕。明年再至京師,游於北郊,石牆水棚,逶迤連延。架橋以通往來,甃石以時蓄洩〔二〇〕。亭臺花木,羅列而清疏〔二一〕。步屧所至〔二二〕,犂然改觀矣〔二三〕。

既而余南遊洞庭〔二四〕,泝江西上〔二五〕,渡彭蠡〔二六〕,登廬山五老峯〔二七〕,落拓而歸〔二八〕。自癸酉夏復來謁公於郊園〔二九〕,則草之茁者叢,木之花者實,槐柳交於門,藤蘿垂於屋,蘭蓀賫菉〔三〇〕,被坂交塍〔三一〕,洲有葭菼〔三二〕,渚有蒲蓮〔三三〕,鳧雛雁子〔三四〕,魚鮪鱗介之屬〔三五〕,飛潛游泳,充牣耳目之前〔三六〕,窅然以深〔三七〕,若入巖谷,曠然以遠〔三八〕,如臨江湖,久與之居而不能舍以出也。曩令兹地終爲農牧之區〔三九〕,則阡陌東西〔四〇〕,村童野叟、牛羊之所蹊履耳〔四一〕。幸而爲苑囿〔四二〕,爲池臺矣。或賓從之遊,歲月一至焉,則泉石山林,事仍有待。

今者海宇蕩平〔四三〕,國家清晏〔四四〕;時和而年豐,含生之倫〔四五〕,靡不各遂所欲。公於斯時乃得從容逸豫〔四六〕,時奉宸遊〔四七〕,矢《卷阿》之德音〔四八〕,效洛濱之故事〔四九〕。

回思十年前，公方柄國〔五〇〕，廟堂之上〔五一〕，旰食宵衣〔五二〕，以削除寇亂爲務〔五三〕。洎乎小腆就平〔五四〕，而公亦旋解機務矣。豈非先憂後樂，各有其時？而臺池鳥獸之樂，傳所稱"與民偕樂，故能獨樂"者與〔五五〕！

余田野布衣，生長山陬水澨〔五六〕，屢獲從公游，承命而爲記，既以賀兹地之遭〔五七〕，且俾世人知公獲享林泉之樂者〔五八〕，由於手佐太平也〔五九〕。

〔一〕自怡園：見前《自怡園荷花四首》注〔一〕。

〔二〕《禹貢》：《尚書·夏書》篇名。篇中分中國爲九州，爲我國現存最早的歷史地理著作，保存了許多重要的歷史地理資料。　冀州：《禹貢》所列九州之一，其地約含今山西、河北西北部、河南北部及遼寧西部。

〔三〕西山：北京西部山巒之總稱。《嘉慶重修一統志》卷二："西山，在京西三十里，太行山支阜也。巍峨秀拔，爲京師右臂，衆山連接，山名甚多，總名曰西山。"

〔四〕歕涌：猶噴涌。歕，同"噴"。

〔五〕阜成、德勝：北京城門名。《嘉慶重修一統志》卷一："京城周四十里，高三丈五尺五寸。門九：南曰正陽，南之東曰崇文，南之西曰宣武；北之東曰安定，北之西曰德勝；東之北曰東直，東之南曰朝陽；西之北曰西直，西之南曰阜成。"

〔六〕演迤：綿延不絶貌。明蔣一葵《長安客話》卷四："水從玉河中出，波流演迤。"　灝溔（hào yǎo）：水無際涯貌。

〔七〕玉泉：《嘉慶重修一統志》卷二："玉泉，在玉泉山，泉出石罅，瀦而成池，渟泫净瑩。舊名'玉泉垂虹'，爲'燕京八景'之一。"又："戴洵《司成集》：京城西三十里，有石洞，泉自洞中出，洞門刻'玉泉'二字，泉味甘洌。其在山之陽者，泫澄百頃，合流而入都城，逶迤曲折，宛若流虹。"

〔八〕山下：謂玉泉山下。

〔九〕裂帛湖：在玉泉山望湖亭下，泉涌湖底，狀如裂帛，因名。明劉侗、于奕正《帝京景物略》卷七："去（玉泉）山不數武，遂湖，裂帛湖也。泉逆湖底，伏如練帛，裂而珠之，直彈湖面，涣然合於湖。"

〔一〇〕丹稜沜（pàn）：海淀附近湖水名。《畿輔通志》卷五八引清吴長元《宸垣識略》云："丹稜沜，源出（大興）縣西北萬泉莊，平地涌泉凡數十處，自南而北，匯爲丹稜沜。北爲北海淀，南爲南海淀。"又引《大清一統志》云："丹稜沜三字見自元碑，未知所始。御製《泉宗廟碑》云：'園前有水一溪，俗稱菱角泡。'疑所謂丹稜沜也。"

〔一一〕海淀：亦作"海甸"，在今北京市西北頤和園及已廢之圓明園、暢春園所在之處。明蔣一葵《長安客話》卷四："水所聚曰淀。高梁橋西北十里，平地有泉，滮灑四出，淙汩草木之間，瀦爲小溪，凡數十處。北爲北海淀，南爲南海淀。遠樹參差，高下攢簇，間以水田，町塍相接，蓋神皋之佳麗，郊居之選勝也。"

〔一二〕暢春園：在北京西直門外十三里，今已不存。《宸垣識略》卷一一："暢春園在南海淀大河莊之北，繚垣一千六十丈有奇。本前明戚畹武清侯李偉别墅，聖祖（玄燁）因故址改建，爰錫嘉名。皇上祗奉慈闈於此。因在圓明園之南，亦名前園。"

〔一三〕相國明公：謂大學士明珠。字端範，滿洲正黄旗人。自侍衛授鑾儀衛治儀正，遷内務府郎中，擢總管，授弘文院學士。旋授刑部尚書，改都察院左都御史，充經筵講官，遷兵部尚書，累官至武英殿大學士加太子太師。後爲御史郭琇所參"要結群心，挾取貨賄"，結黨營私，罷官後復任内大臣二十年，不復柄用死。《清史稿》有傳。按：明珠爲納蘭性德及揆叙之父，揆叙於初白又有師生之誼，故於初白一生影響不可謂不小。

〔一四〕丁卯：謂康熙二十六年（一六八七）。

〔一五〕畚鍤：挖泥運土之工具。畚，畚箕，以草繩或竹篾編成。鍤，即鐵鍬。挖土所用。

〔一六〕錯趾：謂横七豎八的踩踏。错，交錯；無序。　畎（quǎn）溝：田間水溝。畎,田間小溝。《字彙》:"畎,田中溝廣尺深尺曰畎。"

〔一七〕阜:土丘。

〔一八〕沼沚:池塘。　渟:水平静不流貌。

〔一九〕余以事告歸:謂奉陪其丈人陸嘉淑南歸海寧事。《春帆集·序》:"客京師忽四年,戊辰二月以外舅陸翁抱恙,扶侍南歸。"

〔二〇〕甃(zhòu)石:砌石。明宋濂《桐江大師行業碑銘》:"甃石運甓,躬任其勞。"

〔二一〕清疏:清朗扶疏。

〔二二〕步屧(xiè):指代足跡。屧,鞋底。

〔二三〕犖然:謂色彩豐富。犖,雜色。三國魏何晏《論語集解》:"犖,雜文。"

〔二四〕洞庭:湖名,在今湖南省北部、長江南岸。

〔二五〕泝:同"溯",逆流而上。

〔二六〕彭蠡:湖名,即今鄱陽湖。在今江西省北部。

〔二七〕五老峯:廬山著名山峯,參前《五老峯觀海綿歌》詩注〔一〕。

〔二八〕落拓:窮困失意。

〔二九〕癸酉:謂康熙三十二年(一六九三)。其《冗寄集·序》有云:"不到自怡園三年矣,相國明公聞余至都,復下榻見招。……自夏歷冬,大約園居之日多,城居之日少。東坡詩語似爲余設也。"

〔三〇〕蘭蓀薋菉:均花草名。蓀,亦名"荃",香草名。薋,同"茨"、"薺",蒺藜。菉,藎草,古名"王芻"。外形細柔,高一、二尺。《爾雅》:"菉,王芻。"晉郭璞注:"菉蓐也,今呼鴟脚莎。"

〔三一〕被坂交塍(chéng):覆蓋坡壟,長遍田畦。坂,山坡。塍,田埂。

〔三二〕葭菼(tǎn):蘆荻。菼,初生的荻,似蘆而稍小。《詩·衛風·碩人》:"葭菼揭揭。"

〔三三〕渚:水中的小塊陸地。《爾雅·釋水》:"水中可居者曰洲,小洲曰渚。"

〔三四〕鳧(fú):野鴨。

〔三五〕魚鮪(wěi)鱗介:泛指魚類及有鱗甲之水生動物。《禮記·禮運》："魚鮪不淰。"又，漢蔡邕《郭有道碑》："猶百川之歸巨海，鱗介之宗龜龍也。"

〔三六〕充牣：充滿。牣，滿；塞。

〔三七〕窅(yǎo)然：深遠貌。

〔三八〕曠然：遼闊貌。

〔三九〕曩：以前。

〔四〇〕阡陌：田間小路。南北曰阡，東西曰陌。

〔四一〕蹊履：踩踏。蹊，踏。《六書故・人九》："蹊，踐也。"

〔四二〕苑囿：古代蓄養禽獸的圈地，後用以指代園林。

〔四三〕海宇：意謂天下。

〔四四〕清晏：清平無事。《三國志・鍾會傳》："拓平西夏，方隅清晏。"

〔四五〕含生：謂具有生命的東西。語本梁任昉《到大司馬記室箋》："含生之倫，庇身有地。"

〔四六〕逸豫：安樂。《尚書・君陳》："惟日孜孜，無敢逸豫。"

〔四七〕宸遊：帝王外出巡遊。

〔四八〕矢：陳設。　《卷阿》：《詩・大雅》篇名。詩序云："《卷阿》，召康公戒成王也，言求賢用吉士也。有卷者阿，飄風自南，豈弟君子，來游來歌，以矢其音。"宋朱熹《詩集傳》卷一七釋云："卷，曲也。阿，大陵也。豈弟君子，指王也。矢，陳也。"又："此詩舊説亦召康公作，疑公從成王游歌於卷阿之上，因王之歌，而作此以爲戒。"據此，"卷阿"當爲地名。《岐山縣志》："卷阿在縣西北二十里，岐山之麓。"　德音：善言。《詩・邶風・谷風》："德音莫違，及爾同死。"

〔四九〕洛濱：洛水之濱。此用唐白居易失意後疏沼種樹，歸老林下事。《新唐書》卷一一九："居易被遇憲宗時，事無不言，湔剔抉摩，多見聽可，然爲當路所忌，遂擯斥，所藴不能施，乃放意文酒。"其《池上篇》有云："東都風土水木之勝在東南偏，東南之勝在履道里，里之勝在西北隅，西閈北垣第一第，即白氏叟樂天退老之地。地方十七畝，屋室三之一，水五之一，竹九之一，而島樹橋道間之。……

大和三年夏,樂天始得請爲太子賓客,分秩於洛下,息躬於池上。"又云:"十畝之宅,五畝之園,有水一池,有竹千竿。勿謂土狹,勿謂地偏,足以容膝,足以息肩。有堂有亭,有橋有船,有書有酒,有歌有弦。有叟在中,白鬚颯然,識分知足,外無求焉。"

〔五〇〕枋國:執掌國家大權。枋,器物的把柄,因喻爲權柄,復引申作執掌用。

〔五一〕廟堂:指代朝廷。

〔五二〕旰(gàn)食宵衣:很晚纔吃飯,天不亮就起身。喻勤於政事。語本唐白居易《長慶集》卷一二所引陳鴻《長恨歌傳》:"玄宗在位歲久,倦於旰食宵衣,政無大小,始委於右丞相,深居遊宴,以聲色自娱。"

〔五三〕寇亂:指以吴三桂爲首的三藩之亂。

〔五四〕小腆:小國。謂吴三桂稱王盤踞的雲南邊土。語本《尚書·大誥》:"殷小腆,誕敢紀其敘。"鄭玄注:"腆,謂小國也。"近代曾運乾《尚書正讀》:"小腆,言餘孽也,指武庚言。"可備一説。

〔五五〕"傳所稱"二句:語本《孟子·梁惠王》下:"(孟子)曰:'獨樂樂,與人樂樂,孰樂?'(王)曰:'不若與人。'"

〔五六〕山陬(zōu):山角落。此喻邊遠閉塞之地。陬,角落。　水澨(shì):水濱。海寧近海,因云。澨,水邊地。

〔五七〕遭:遭際。

〔五八〕俾:使;讓。

〔五九〕手佐太平:謂輔佐君主以治天下。

文作於康熙三十二年(一六九三)夏,時年四十四歲。作者是年重到自怡園,"承命"作此文。由於"承命"而作,文章自少不得吹嘘褒揚之辭,然而客觀上却將自怡園的起始本末記得一清二楚,留下了一代名園故實。其次,文章有關自怡園景色的描寫,文字洗練峻潔,歷歷如繪。全文舒徐輕緩,通明曉暢,深得歐曾法度。

窳軒記[一]

初白主人名其坐卧之室曰窳軒。客或過而叩其義曰[二]:"蓋聞器之不良者爲窳[三],俗之呰媮者爲窳[四],先生豈别有説處此乎?"

應之曰:"天之生物也,一成而不變[五],各有本性焉。客獨不睹夫草木乎?繇者,條者[六],芭者[七],灌者[八],苕者[九],葝者[一〇],杌者[一一],棘者[一二],上喬者[一三],下樛者[一四],剛而脆者,柔而忍者[一五],似綸似組者[一六],似布似帛者[一七],材不材者[一八],苟遂其性,則始乎甲坼[一九],達乎勾萌[二〇],胥有亭亭自拔之勢[二一]。惟蔓生者曰蓏[二二],其義與窳通。許叔重言[二三]:'窳,懶也。'孔穎達《詩疏》云[二四]:'草木皆自豎立,惟瓜蓏之屬卧而不起,若懶人常卧室,故字從穴。'然則蓏者,物性之懶者也,故窳之義歸焉。

"今主人筋駑肉緩而歸老斯室也[二五],四年於兹矣。跡遠乎著作之庭[二六];名脱乎衣冠之録[二七]。靓若淵魚[二八],逸儕巖鹿[二九]。於焉婆娑[三〇],於焉寤宿[三一];爰息吾肩[三二],爰託吾足[三三];髮稀慵櫛[三四],身垢倦浴[三五];空盈廢持[三六],蠹簡掇讀[三七];運甓嗤陶[三八],釋玄陋束[三九]。瓦缶鼓而不歌[四〇],羸博坎而不哭[四一]。方且兀坐忘几[四二],晏眠忘蓐[四三];收視銷聲,若無耳目。是秉性之最懶者無如僕也,故隤然自況於草木[四四]。"

〔一〕窳,懶惰。

〔二〕叩:探問;詢問。

〔三〕"蓋聞"句:其説似始於戰國。《韓非子·難一》:"東夷之陶者,器苦窳。"宋陳彭年《廣韻》:"窳,亦(器)病也。"

〔四〕呰窳(zǐ yú):瑕疵;弱劣。呰,劣。窳,通"偷",苟且。章炳麟《新方言·釋言》:"今浙西海濱之人謂物楛窳亦曰呰。"又,《史記·貨殖列傳》:"呰窳偷生,無積聚而多貧。"

〔五〕一成而不變:語本《禮記·王制》:"侀者成也,一成而不可變。"

〔六〕"繇(yáo)條"二句:《尚書·禹貢》:"厥草惟繇,厥木惟條。"漢孔安國傳:"繇,茂;條,長也。"唐孔穎達疏:"繇是茂之貌,條是長之體。"

〔七〕芭:草之含香者。《楚辭·九歌》:"傳芭兮代舞。"

〔八〕灌:叢生之樹木。參見前《吏部廳藤花賦》注〔二五〕。

〔九〕苕:草之蔓生向上者。晉陸機《文賦》:"或苕發穎豎。"

〔一〇〕艿(réng):草於舊根所新增生者。《集韻》:"草芟故生新曰艿。"

〔一一〕杌(wù):樹木無枝。《集韻》:"杌,樹無枝也。"

〔一二〕棘:樹木有刺。漢揚雄《太玄》:"棘木爲杼。"

〔一三〕喬:高而向上。《尚書·禹貢》:"厥木惟喬。"

〔一四〕樛(jiū):樹木向下彎曲。《詩·周南·樛木》:"南有樛木,葛藟累之。"

〔一五〕忍:引申爲堅韌。

〔一六〕綸、組:均爲絲帶。

〔一七〕帛:絲織品。

〔一八〕材:材料。此句意謂:能夠成爲材料的或不能夠成爲材料的樹木。

〔一九〕甲坼:外殼開裂。參前《種草花説》一文注〔二一〕。

〔二〇〕勾萌:草木萌發出土,彎者曰勾,直者曰萌。語本《禮記·月令》:"勾者畢出,萌者盡達。"

〔二一〕胥:皆;都。

〔二二〕蓏(luǒ)：草本植物的果實。《説文》："蓏，在木曰果，在草曰蓏。"

〔二三〕許叔重：許慎(五八？——一四九)，字叔重，汝南召陵(今河南郾城)人。東漢著名經學家、文字學家。著有《説文解字》十四卷，爲我國文字訓詁之學的先驅和奠基者。

〔二四〕孔穎達(五七四—六四八)：字冲遠，冀州衡水(今屬河北省)人。唐代著名學者。曾官國子祭酒等職，奉太宗之命主編《五經正義》，爲學人士子之必修之書。

〔二五〕筋駑肉緩：筋骨衰弱，肌肉鬆弛。語本三國魏嵇康《與山巨源絶交書》："不涉經學，性復疏懶。筋駑肉緩，頭面常一月十五日不洗。"

〔二六〕著作之庭：初白曾入值南書房，得中進士後，授爲翰林院庶吉士。因云。

〔二七〕衣冠：士大夫之穿戴。此指代官紳之屬。

〔二八〕靚：通"静"。

〔二九〕儕(chái)：類似；等同。

〔三〇〕婆娑：盤桓；逗留。唐盧照鄰《釋疾文》："宛轉匡牀，婆娑小室。"

〔三一〕寣宿：意謂休息。寣，睡醒。

〔三二〕息肩：卸去負擔。此謂棲身；立足。宋余靖《晚至松門僧舍懷寄李太祝》詩："日暮倦行役，解鞍初息肩。"

〔三三〕託足：使足有所憑藉。此謂安身立命。南朝宋劉義慶《世説新語·識鑒篇》："吾本謂渡江託足無所。"

〔三四〕慵櫛：懶於梳頭。慵，懶惰。櫛，梳頭髮。宋王禹偁詩："朱衣多不著，白髮仍慵櫛。"

〔三五〕身垢倦浴：身上髒了却懶得洗澡。

〔三六〕空盈：意謂滿版書籍出現了空缺殘損。空，欠缺。　廢持：意指放下書本。持，持書。

〔三七〕蝨簡：被蟲蛀過的書籍。蝨，"蠹"之古字。　掇，通"輟"。中止。晉左思《魏都賦》："剞劂罔掇。"李善注引鄭玄《論語》注曰："輟，止也。輟與掇古字通。"

〔三八〕運甓(pì)：搬運磚頭。甓，磚塊。　嗤陶：笑話陶侃。陶侃(二五九—三三四)字士行(一作“士衡”)，東晉廬江潯陽(今江西省九江市)人。初爲縣吏，升郡守，任刺史，鎮武昌。太寧三年(三二五)，加征西大將軍，累官荊江二州刺史，都督八州諸軍事。勤勉自勵，忠於職守，四十年如一日。《晉書・陶侃傳》：“侃在(荊)州無事，輒朝運百甓於齋外，暮運於齋内。人問其故，答曰：‘吾方致力中原，過爾優逸，恐不堪事。’”

〔三九〕釋玄：解釋玄妙深奥的問題。　陋束：以束皙爲陋，意謂輕視束皙。皙字廣微，陽平元城(今河北省大名縣)人。西晉著名文學家。曾官尚書郎。博學多聞，沈退寡欲。《晉書・束皙傳》：“太康二年，汲郡人不準盜發魏襄王墓，或言安釐王冢，得竹書數十車。……漆書皆科斗字。初發冢者燒策照取寶物，及官收之，多燼簡斷札，文既殘缺，不復詮次。武帝以其書付秘書校綴次第，尋考指歸，而以今文寫之。皙在著作，得觀竹書，隨疑分釋，皆有義證。”按，此二句意謂：既不像陶侃那樣用力，亦不像束皙那樣用腦。

〔四〇〕“瓦缶”句：意謂敲打瓦缶自娱，並不以和樂曲節拍歌唱爲目的。缶，盛水或酒的瓦器。鼓缶即擊缶。《易・離》中：“不鼓缶而歌，則大耋之嗟。”唐孔穎達《正義》：“既老耋，當須委事任人，自取逸樂。”

〔四一〕嬴博：春秋時齊之二邑名。《禮記・檀弓下》：“延陵季子適齊，於其反也，其長子死，葬於嬴博之間。”後因以作死葬異鄉之典。　坎：墓穴；墓坑。《禮記・檀弓下》：“觀其葬焉，其坎深不至於泉。”此用作動詞，意指掘好了墓穴。

〔四二〕兀坐：獨自端坐。初白《兀坐吟效香山體》詩云：“無聞亦無見，兀坐成痴翁。”　忘几：没有几桌。忘，無有。《史記・孟嘗君列傳》：“所期物忘其中。”司馬貞《索隱》：“忘者，無也。”几，古時席地而坐供人倚靠的器具。《字彙》：“几，古人憑坐者。”

〔四三〕蓐：草製席墊。《爾雅》：“蓐爲之兹。”注：“兹者蓐席也。”今通作“褥”。

〔四四〕隤(tuí)然：安然。《太玄·告》：“地隤而静，故其生不遲。”范望注：“隤，猶安也。”

文約作於初白晚年(七十歲後)家居時。愁窮哀老是這一時期其詩文創作的一個内容，亦是舊時文人的一般境況。早在康熙四十九年(一七一〇)，剛剛六十過頭，初白即曾寫過一詩《老懶吟》云：“筋駑肉緩嵇叔夜，齒豁頭童韓退之。自分我今兼二者，那將老懶逐兒嬉。”十年之後，又作有《兀坐吟效香山體》詩，感嘆自己：“眼暗耳復聾”，“兀坐成癡翁”。疏懶而衰老，當是暮年初白的寫照。而“窳軒”在其詩集中的首次出現，乃在雍正元年(一七二三)，時年七十四歲。據此，“窳軒”應是初白逝世前四、五年間對自己居所的命名。古人起室名之風氣由來已久，至明清而愈盛，或借此以明志趣，或借此以表性情。“窳軒”之命名自屬後者。文章可分上下兩部分，前叙物性，後表人性，物我兩性之互相契合，正表明室名之名副其實，命之不虚。文章取主客問答形式，更能吸引讀者注意。而其行文的排比整飭，略帶詼諧，則本源於漢代的東方朔，亦增添了讀者的興趣。

曝書亭集序〔一〕

康熙戊午〔二〕，朝議脩《明史》，天子慎選局僚〔三〕，命在廷各舉所知。明年己未，特開自詔之科，親試體仁閣，下擢高等五十人〔四〕，於是秀水竹垞朱先生由布衣除翰林檢討〔五〕，充史館纂脩官。其後十餘年間，同時被用者多改官去，或列顯要躋卿貳〔六〕，而先生進退迴翔〔七〕，仍以檢討終老。論者以爲當史局初開時，得先生者數輩專其任而責其成，則有明一代之史必可成，成亦必有可觀，若以未盡其用〔八〕，爲先生惜者。余獨謂立言垂世〔九〕，先生自有其不朽者在，史局不與焉〔一〇〕。

先生天資明睿〔一一〕，器識爽朗〔一二〕，於書無所不窺，於義無所不析。蓋嘗錯綜人物而比量之〔一三〕，博物如張茂先〔一四〕，多識如虞祕監〔一五〕，淹通經術如陸德明、顔師古〔一六〕，熟精史乘如劉知幾、劉邃父兄弟〔一七〕。貫穿今古，明體而達用，如馬鄱陽、鄭夾漈、王浚儀〔一八〕，而又濟之以班、馬之才〔一九〕，運之以歐、曾之法〔二〇〕。故其爲文，取材富而用物宏，論議醇而考證確。嘗謂孔門弟子申黨薛邦〔二一〕，後人不當以疑似妄爲廢斥；謂曲阜縣令宜用周公後東野氏爲之〔二二〕；謂鄭康成功存箋疏〔二三〕，不當因程敏政一言遽罷從祀〔二四〕；謂王陽明事功人品〔二五〕，炳烈千古〔二六〕，不得指爲異學〔二七〕，輒肆詆娸〔二八〕。凡此，皆有關名教之大者〔二九〕。世徒知先生文章之工，不知其根柢六經〔三〇〕，折衷群輔〔三一〕，雖極縱横變化，而粹然一出於正如此。其稱詩以少陵爲宗〔三二〕，上追漢魏，而泛濫於昌黎、樊川〔三三〕。句酌字斟，務歸典雅，不屑隨俗波靡〔三四〕，落宋人淺易蹊徑〔三五〕。故其長篇短什，無體不備，且無孅不臻〔三六〕。他若商周古器，漢唐金石碑版之文〔三七〕，以及二篆八分〔三八〕，莫不搜其散軼，泝其源流，往往資以補史傳之缺略，而正其紕繆〔三九〕。下至樂府篇章，跌宕清新〔四〇〕，一掃《花間》、《草堂》之舊〔四一〕，填詞家，至與玉田、白石並稱〔四二〕，先生亦自以無媿也。平生纂著兩付剞劂〔四三〕，未仕以前曰《竹垞詩類文類》，序之者，多一時名公鉅卿、高材績學之彦〔四四〕；通籍後曰《騰笑集》〔四五〕，先生自爲序，並囑余附綴數言者也〔四六〕。晚歸梅會里〔四七〕，合前後所作，手自删定，總八十卷，更名《曝書亭集》。刻始於己丑秋〔四八〕，曹通政荔軒實捐資倡助〔四九〕。工未竣而先生與曹相繼下世。賢孫稼翁遍走南北〔五〇〕，乞諸親故，續成兹刻，斷手於甲午六月〔五一〕，於是八十卷裒然成全書矣〔五二〕。

余里居無事〔五三〕，既分任校勘，稼翁復來乞序。余不才，何足以序先生之文？顧念中年從事問學質疑〔五四〕，請益受教最深，又幸託中表稱兄弟〔五五〕，自謂平生出處之跡，以及入朝歸老之歲月，與先生有仿佛相似者〔五六〕。噫，自己未迄今三十六年〔五七〕，向之爲先生序集者，惟余在耳。則推原作者之意，以塞賢孫之請〔五八〕，固後死之責也，其又敢辭？

先生有才子，名昆田〔五九〕，字西畯，先十年卒。有詩十卷。稼翁遵大父治命〔六〇〕，附刻於後。昔黄氏《伐檀集》〔六一〕，朱氏《韋齋集》〔六二〕，兩翁之傳，皆因賢子。今西畯則附名父以傳，比於蘇家之有叔黨〔六三〕。覽斯編者，如讀文忠集〔六四〕，而兼得斜川詩，非快事歟？

〔一〕《曝書亭集》：朱彝尊詩文集，凡八十卷。乃其晚年合前後六十五年（一六四五——一七〇九）間所作《竹垞文類》、《騰笑集》等手自删定而成。其中賦一卷，詩二十二卷，詞七卷，文五十卷。《四庫總目提要》卷一七三論其集曰："所作古文，率皆淵雅，良由茹涵既富，故根柢盤深。……以詩而論，與王士禛分途各騖，未定孰先。以文而論，則《漁洋文略》固不免瞠乎後耳。"

〔二〕康熙戊午：即康熙十七年（一六七八）。

〔三〕局僚：官辦編修史書所設機構的工作人員。《宋史·劉恕傳》："（司馬）光對曰：'館閣文學之士誠多，至於專精史學，臣得而知者,唯劉恕耳。'即召爲局僚。"

〔四〕"明年"四句:清初,滿族統治者在基本鞏固其統治地位後,於康熙十八年召開博學鴻詞科,恢復以科舉牢籠漢族知識分子的老辦法。據《清史稿》卷六:康熙己未三月,"御試博學鴻詞於保和殿,授彭孫遹等五十人侍讀、侍講、編修、檢討等官。修《明史》,以學士徐元文、葉方藹、庶子張玉書爲總裁。"體仁閣,清故宫内宫殿名,在太和殿旁東向。陳宗蕃《燕都叢考》:"太和門内,東西廡各三十二楹,東廡中爲體仁閣,西廡中爲宏義閣,閣各重樓九楹,皆東西向。"

〔五〕秀水:縣名,始置於明宣德四年(一四二九),因水(一作"綉水")得名。即今浙江省嘉興市。　竹垞:朱彝尊之號。　翰林檢討:官名。明清屬翰林院,位次於編修,與修撰、編修同稱爲史官。以職掌國史,故亦稱太史。據《大清會典》,其官無定員,可多可少。

〔六〕躋(jī):登;升。　卿貳:地位次於卿相的大官。《明史·趙世卿傳》:"高踞卿貳,誇耀士林。"

〔七〕迴翔:猶迴旋。

〔八〕若:乃。表示承接,用作副詞。

〔九〕立言:謂著書立説。語本《左傳·襄公二十四年》:"大上有立德,其次有立功,其次有立言,雖久不廢,此之謂不朽。"唐孔穎達疏:"立言,謂言得其要,理足可傳,其身既没,其言尚存。"

〔一〇〕不與:不相關。

〔一一〕明睿:聰明智慧。

〔一二〕器識:度量見識。《晉書·賀循傳》:"風度簡曠,器識朗拔。"

〔一三〕錯綜:交錯綜合。《易·繫辭》上:"參伍以變,錯綜其數。"

〔一四〕張茂先:晉張華(二三二—三〇〇),字茂先,范陽方城(今河北省固安縣)人。曾官中書令、散騎常侍,力主伐吴,封廣武縣侯。惠帝時,歷官侍中、中書監、司空。後爲趙王倫和孫秀所殺害。廣聞博洽,名重一時。原有集,已佚。明張溥輯有《張茂先集》。另著有《博物志》十篇。

〔一五〕虞祕監：唐虞世南(五五八—六三八)，字伯施，越州餘姚(今屬浙江省)人。著名書法大家。入唐，授弘文館學士，與房玄齡對掌文翰。累官秘書監，封永興縣子。據《舊唐書》卷七二："太宗重其博識，每機務之隙，引之談論，共觀經史。"有集三十卷(現存四卷)，另編有類書《北堂書鈔》一百六十卷。

〔一六〕淹通：深徹明達。陸德明(五五〇？一六三〇)：名元朗，蘇州吴(今吴縣)人。唐著名經學家、訓詁學家。貞觀初，拜國子博士，封吴縣男。所著《經典釋文》三十卷，爲研究我國文字、音韻及經籍版本之重要典籍。　顏師古(五八一—六四五)：名籀，京兆萬年(今陝西省西安市)人。唐著名訓詁學家。少傳家學，博覽群書，尤精詁訓，善屬文章。累官至中書侍郎，封琅邪縣男。後拜秘書少監，專典刊正，凡奇書難字，衆所共惑者，隨疑剖析，曲盡其源。所著《漢書注》、《急救章注》及《匡謬正俗》等，大行於世，於文字考證，多所釐正。

〔一七〕史乘：記載歷史的書籍。　劉知幾(六六一—七二一)：字子玄，彭城(今江蘇省徐州市)人。唐著名史學家。永隆進士。官鳳閣舍人，兼修國史。開元初遷左散騎常侍，以功封居巢縣子。所著《史通》内外四十九篇，譏評今古，爲我國第一部史學評論專著。　劉邍(yuán)父(一〇〇八？—一〇六九)：名敞，字邍父。邍，"原"之古字。臨江新喻(今江西省新餘縣)人。世稱公是先生。宋代著名學者。慶曆進士，廷試第一。拜翰林侍讀學士，改集賢院學士、判南京御史臺。《宋史》本傳稱其："學問淵博，自佛老、卜筮、天文、方藥、山經、地志，皆究知大略。……歐陽修每於書有疑，折簡來問，對其使揮筆，答之不停手，修服其博。"長於春秋學，著有《七經小傳》、《春秋權衡》、《公是集》等。其弟劉攽(一〇二三—一〇八九)，字貢父。與敞同登科。哲宗時累官至中書舍人。《宋史》本傳稱："攽所著書百卷，尤邃史學。作《東漢刊誤》，爲人所稱。預司馬光修《資治通鑑》，專職漢史。"著有《彭城集》、《公非先生集》等。

〔一八〕馬鄱陽：元馬端臨(一二五四？—一三二三)，字貴與，樂平(今屬江西省)人。因地近鄱陽湖，故稱。宋咸淳中漕試第一。以蔭補承事郎。博極群書，茹今涵古。元初任蕪湖、柯山兩書院山長，終台州學教授。所著《文獻通考》，歷時二十餘年，貫穿古今，淹通博洽，爲記述歷代典章制度之重要著作，與晉杜佑《通典》、宋鄭樵《通志》合稱"三通"，爲後世之治文史者所重。　鄭夾漈(jì)：宋鄭樵(一一〇三—一一六二)，字漁仲，興化軍蒲田(今屬福建省)人。居夾漈山，世稱夾漈先生。於禮樂、文字、天文、地理、蟲魚、草木、方書之學，皆有論辨，注重實際。好爲考證倫類之學，著述頗豐，尤以《通志》二百卷最爲著名，網羅百代歷史，頗具創見。王浚儀：宋王應麟(一二二三—一二九六)，字伯厚，號深寧居士。祖籍浚儀(今河南省開封市)，遷居慶元(今浙江省鄞縣)。南宋著名學者。淳祐元年(一二四一)進士，累官禮部尚書兼給事中。博洽廣聞，於經史百家、天文地理等均有研究。長於考證，熟悉典章制度。一生著作等身，以《困學紀聞》二十卷、《玉海》二百卷、《漢藝文志考證》十卷、《通鑑地理考》一百卷、《小學紺珠》十卷及《深寧集》一百卷聲名最著。

〔一九〕班、馬：謂漢代著名史學家班固(三二—九二)及司馬遷(前一四五？—？)，前者著有《漢書》，後者著有《史記》。

〔二〇〕歐、曾：謂宋代著名文學大家歐陽修(一〇〇七—一〇七二)及曾鞏(一〇一九—一〇八三)。二人均爲唐宋八大家之一。

〔二一〕申黨：亦作"申棠"，字周。唐贈邵陵伯，宋贈淄川侯。同時又有申棖(亦作"申續")，亦字周。故漢鄭玄、唐陸德明及宋王應麟均疑二者爲一人。　薛邦：字子從。同時又有鄭國，字子徒。唐司馬貞認爲："《家語》(指《孔子家語》)薛邦字，從《史記》，作'國'。而《家語》稱'邦'者，蓋避漢祖諱而改。'鄭'，與'薛'字訛也。"故朱彝尊在《孔子弟子考》一文中列舉了大量同名同字的事實後，辨駁云："薛邦、鄭國，子徒、子從，安見其名字相類而並疑其姓氏之誤邪？乃議祀典者，封鄭而罷薛，安見其必爲一人？揆之於禮，終有未安也。”

〔二二〕曲阜：縣名，今屬山東省。孔子故里。清屬兖州府。　東野氏：周公子伯禽之少子，因食邑於東野，故名東野氏。按：朱彝尊於《曲阜設官議》一文中認爲：曲阜知縣不當由孔氏後人擔任。因爲這樣做弊端有二：其一，“其人不肖”，上官會以“孔子之裔”不敢彈劾他，“而民受其害”；其二，“族人有罪”，因爲孔子後人沾親搭故的瓜葛，不便於秉公執法。而曲阜本魯之故都，周公、伯禽乃“魯之先君”，“孔氏著而周公之後微”，所以，若選擇周公之子孫中“通曉文義”者“治孔子之里”方爲確當。

〔二三〕鄭康成：鄭玄（一二七—二〇〇），字康成，北海高密（今屬山東省）人。東漢著名經學家。曾從張恭祖學習《周官》、《禮記》、《左氏春秋》、《古文尚書》，又從馬融學習古文經，游學十餘年始歸鄉里。乃聚徒授學，從者數百千人。因黨錮事被禁，遂潛心著述，遍注群經如《易》、《書》、《詩》、《周官》、《儀禮》、《禮記》、《論語》、《孝經》等，成爲漢代經學之集大成者。

〔二四〕程敏政：字克勤，休寧（今屬安徽省）人。明成化二年（一四六六）進士，累官至禮部右侍郎。學問淹博，名重一時。著有《新安文獻志》、《明文衡》、《宋遺民録》及《篁墩集》等。按：程敏政以生於朱熹之鄉，又自稱爲程頤之後，論學宋儒漢儒，頗存門户之見；又自恃淹博，疏於考證，論事亦多舛誤偏駁。“如奏考正祀典，欲黜鄭康成祀於其鄉（按：從祀孔廟）；作《蘇氏檮杌》，以鍛煉蘇軾，復伊川九世之讎，至今爲通人所詬厲”（見《四庫全書總目題要》卷一七一）。朱彝尊所作《鄭康成不當罷從祀議》一文正因此而發。

〔二五〕王陽明：王守仁（一四七二—一五二八），字伯安，餘姚（今屬浙江省）人。明代著名哲學家、教育家。弱冠舉鄉試，登弘治十年（一四九七）進士。授刑部主事，補兵部主事。擢南京太僕少卿，就遷鴻臚卿，擢右僉都御史，巡撫南贛。後因鎮壓農民起義及平定“宸濠之亂”，封新建伯，累官至南京兵部尚書。卒謚文成。因曾築室故鄉陽明洞中，故世稱陽明先生。在哲學上，他是主觀唯心主義者,否認心外有理、有事、有物,提出"致良知"的學説,主張"知行合一",與程朱學派相頡頏,對後世影響頗大。著有《王文成公全書》三十八卷。

〔二六〕炳烈:光明剛直。

〔二七〕異學:因爲王守仁"事不師古,言不稱師。欲立異以爲高,則非朱熹格物致知之論",頗有反傳統的色彩,故一度被視爲"異學",被剥奪從祀文廟的資格。

〔二八〕詆娸(qī):詆毁,辱駡。《漢書・枚皐傳》:"詆娸東方朔,又自詆娸。"注:"詆,毁也。娸,醜也。"

〔二九〕名教:以正定名分爲主旨的封建禮教。

〔三〇〕六經:謂《詩》、《書》、《禮》、《樂》、《易》、《春秋》六種儒家經典。亦稱"六藝"。

〔三一〕群輔:以群經爲輔佐。

〔三二〕少陵:謂唐詩人杜甫,其詩曾自稱"少陵野老",後人遂稱他杜少陵。

〔三三〕泛濫:水漫溢横流。此謂出入、涉獵。　昌黎:唐詩人韓愈自謂郡望昌黎,後人遂稱他韓昌黎。　樊川:唐詩人杜牧著有《樊川集》二十卷,後人因稱他爲杜樊川。

〔三四〕波靡:比喻傾頹之世風、流俗。

〔三五〕蹊徑:小路。

〔三六〕無媺(měi)不臻:即無美不臻。媺,美好。臻,至;達。

〔三七〕金石:鐘鼎之屬及碑碣之屬。

〔三八〕二篆:謂大篆、小篆。唐杜甫《李潮八分小篆歌》:"陳倉石鼓又已訛,大小二篆生八分。"　八分:八分書,漢代書體名。相傳爲秦代上谷人王次仲所創。

〔三九〕紕繆:錯誤。繆,亦作"謬"。

〔四〇〕跌宕:疏放,邁越不拘。

〔四一〕《花間》:《花間集》,現存之最早詞集。五代後蜀趙崇祚所編,共收入晚唐五代十八家詞凡十卷五百首。所作多寫冶遊享樂,著色華麗，語多濃艷，開後世香艷詞風之先聲。《草堂》：《類編草堂詩餘》。詞之總集，凡四卷，傳爲南宋人所編。是書以四時景物、天文地理、飲饌花禽分類，便於參考取用。而“詞家小令、中調、長調之分，自此書始”。唯所選録之詞作“雜而不純”，不及《花間》諸集之精善，故尤爲朱彝尊所詬病，謂其選詞眼光差甚，可謂“無目”。

〔四二〕玉田：南宋詞人張炎。見前《南浦》詞注〔一〕。《四庫全書總目提要》卷一九九評曰：“所作往往蒼涼激楚，即景抒情，備寫其身世盛衰之感，非徒以翦紅刻翠爲工。至其研究聲律，尤得神解，以之接武姜夔，居然後勁，宋元之間，亦可謂江東獨秀矣。” 白石：姜夔（一一五四——一二二一），南宋著名詞人、音樂家。字堯章，號白石道人，鄱陽（今江西波陽）人。工詩，詞名尤著，感時傷事，音調和美，爲後世所重。有《白石道人歌集》、《詩説》等傳世。《四庫全書總目提要》卷一九八評曰：“夔詩格高秀，爲楊萬里等所推，詞亦精深華妙，尤善自度新腔，故音節文采，並冠絶一時。”

〔四三〕剞劂（jī jué）：鏤刻所用之刀鑿。後因以爲指代雕版印刷。

〔四四〕績學：猶積學，飽學也。按：據清楊謙《朱竹垞先生年譜》所載，《竹垞詩類文類》脱稿於康熙十年（一六七一），由王士禛、魏禧作序；初刊於康熙二十一年（一六八二），由高佑釲、顔鼎受作序。

〔四五〕通籍：謂進士及第初始爲官。唐杜甫《夜雨》詩：“通籍恨多病，爲郎忝薄遊。”按：據清楊謙《朱竹垞先生年譜》所載：《騰笑集》始編於康熙二十三年（一六八四），初刊於康熙二十五年春。

〔四六〕附綴：附於其後。

〔四七〕梅會里：朱彝尊故里，清屬嘉興府秀水縣。

〔四八〕己丑：康熙二十四年（一六八五）。

〔四九〕曹通政荔軒：曹寅（一六五八——一七一二），字子清，號荔軒，一號楝亭。滿洲正白旗包衣（奴僕）。先世漢人，祖籍豐潤，遷居瀋陽。累官通政使、江寧織造，巡視兩淮鹽漕監察御史。工詩詞曲，著有《楝亭詩鈔》、《詞鈔》及《續琵琶記》等。曾主持刊刻《全唐詩》、《佩文韻府》。

〔五〇〕稼翁：朱稻孫，朱彝尊之次孫。少承家學，著有《六峯閣詩集》。初白序其集，稱其詩"磊砢英多，寓懷蘊藉，宮商亢墜。句酌而字斟，有肆好之風，無雕繢之習，信能克繼家聲者矣。"

〔五一〕斷手：完畢；完工。唐杜甫《寄題江外草堂》詩："經營上元始，斷手寶應年。"　甲午：康熙五十三年（一七一四）。

〔五二〕裒（póu）然：聚集貌。

〔五三〕里居：猶家居。居住鄉里。

〔五四〕顧：用作連詞，表示轉折關係。相當於但；特。

〔五五〕中表：初白與竹垞之中表關係，不甚了了。待考。

〔五六〕"自謂"三句：按：竹垞自康熙十八年以布衣中博學鴻詞科成進士入翰林，至康熙三十一年罷官歸里，埋頭著述，其間爲官十三年，家居十七年；初白自康熙四十二年成進士授編修，至康熙五十二年乞休歸里，放情山水，其間爲官十年，鄉居十四年。兩人經歷確實大致相彷佛。

〔五七〕己未：康熙十八年（一六七九）。

〔五八〕塞：搪塞敷衍。自謙之詞。

〔五九〕朱昆田（一六五二——一六九九）：字文盎，號西畯，行十。初名德壽，又名掌縠。國子監生。少承家學，嘗佐竹垞輯《日下舊聞》。謝官家居，窮愁著述。有《笛漁小稿》十卷，凡收其詩作四百九十五首。

〔六〇〕大父：祖父。　治命：合理的遺命。語本《左傳・宣公十五年》："爾用先人之治命，余是以報。"後因泛指臨終遺言。按：西畯卒時四十八歲，竹垞刊《曝書亭集》時，命以其《笛漁小稿》附其集以行。

〔六一〕《伐檀集》：凡二卷，宋黄庶撰。庶字亞夫，分寧（今江西省修水縣）人。宋著名文學大家黄庭堅之父。慶曆二年（一〇四二）進士。歷佐一府三州，官終康州知府。所作詩歌皆戛戛獨造，古文亦樸質簡勁，予黄庭堅之文學創作以深刻影響。唯其集自宋以來，一直附刻於《山谷集》末，可謂父因子傳，故清四庫館臣以爲“於義終爲未協”，別爲著録刊行。

〔六二〕《韋齋集》：凡十二卷，宋朱松撰。松字喬年，別字韋齋，宋理學家朱熹之父。徽州婺源（今屬江西省）人。中進士第，累官司勳、吏部郎。朱熹曾爲乃父作《行狀》，於《韋齋集》的流播不無益處。唯朱松之詩文高遠幽潔，温婉典裁，氣格高逸，蕭然自異。故清四庫館臣謂：“即不籍朱子以爲子，其集亦足以自傳自得。”

〔六三〕蘇家：謂宋蘇洵及其子蘇軾、蘇轍之家族。　叔黨：蘇過（一〇七一——一二三），字叔黨，號斜川居士。蘇軾第三子，與其兄蘇邁、蘇迨，俱善爲文。時稱其爲“小坡”，蓋以軾爲“大坡”。卒年五十二。著有《斜川集》二十卷，已佚，有清人彙輯之六卷本行世。

〔六四〕文忠集：即蘇軾的詩文集。文忠，蘇軾謚號。

文作於康熙五十三年（一七一四）六月下旬，時年六十五歲，家居海寧故里，與許汝霖、楊中訥、陳勷等共爲“娛老會”，聚首唱和。是文不僅比較全面客觀地評價了朱彝尊的才情學識及其在文學創作、學術研究和收藏考古等方面所取得的突出成就，而且亦是研究初白與竹垞相互關係的重要資料。文章縱論古今，侃侃而談，鞭辟入理，實事求是，與一般虚言浮誇的文辭迥然有別。文中“余獨謂立言垂世，先生自有其不朽者在，史局不與焉”之見解，別具隻眼，可謂千古不磨之論。

秋影樓詩集序

《秋影樓詩集》者〔一〕，余房師東山汪公所作也〔二〕。

癸酉秋〔三〕，公舉京兆〔四〕，與余同出德清徐先生、廬陵彭先生之門〔五〕。後三年丁丑〔六〕，公成進士；又三年庚辰〔七〕，以第一人及第。而余坎壈失職〔八〕，連不得志於有司〔九〕。惟公於聚散之際，執手欷歔〔一〇〕，所以勞苦而慰勉之者，甚真且摯。

迨壬午冬〔一一〕，余被召入内廷，癸未三月〔一二〕，倖舉南宫〔一三〕，實出公分校禮闈本房所薦〔一四〕。既釋褐〔一五〕，登堂脩敬〔一六〕，公迎笑曰："吾兩人平時契分何等〔一七〕，今乃以此禮見邪？"余拜，公答拜，終不肯以師道自處，仍以執友待之。

甫一月〔一八〕，而余扈從赴口外〔一九〕，公亦於是年八月奉太安人南歸〔二〇〕。明年車駕渡江〔二一〕，特命公居家食俸〔二二〕，校刻《全唐詩》。丙戌七月〔二三〕，書局未竣〔二四〕，而公訃忽至〔二五〕。余時適請假葬親〔二六〕，急裝遄返，取道虞山〔二七〕，哭公於寢〔二八〕，遺孤尚在乳抱〔二九〕，太安人出編見屬〔三〇〕，余受而藏之。會還朝期迫，匆匆未暇付梓〔三一〕。

及癸巳秋〔三二〕，長假還鄉〔三三〕，乃檢諸篋笥〔三四〕，亟命楷書生繕寫〔三五〕，倣宋本開雕〔三六〕，距公下世已八年矣。追維癸酉以後託同譜者十年〔三七〕，在門牆者四年〔三八〕，其間執弟子禮，從容邸舍〔三九〕，親承色笑者，無過一月中之三數日耳。此余於校閲之下，不禁撫卷心傷，淚流承睫者也。

刻既成，敬識始末〔四〇〕，以板歸諸公子〔四一〕，俾藏於家〔四二〕。集凡九卷，每卷篇什多寡不同，皆公所手定，庸仍其舊〔四三〕，使公子知先人手澤存焉耳〔四四〕。若夫公詩之體格，位置當在大曆以後、長慶以前諸名家間〔四五〕。慎行，門下士也，何敢輕爲倫擬〔四六〕，則以俟天下後世讀其詩而論定之者。

〔一〕《秋影樓詩集》：凡九卷，各卷以事繫名，分《圃田》、《東郊》、《曼聲》、《雪泥》、《横街》、《秋帆》、《春草》、《釋耒》、《邗江》九集，共三百十首詩作。清瞿紹基跋其詩集曰："東山先生志尚幽閒，淡於榮利，登第未久即假還山，以養母爲樂。故其詩於真摯之中自饒逸韻，珊珊秀骨，是不食人間烟火者。"

〔二〕房師：明清科舉考試時分房閲卷的同考官被録取的生員尊稱爲房師。清顧炎武《生員論》文："生員之在天下，近或數百千里，遠或萬里，語言不同，姓名不通，而一登科第，則有所謂主考官者謂之座師，有所謂同考官者謂之房師。" 東山汪公：謂汪繹(一六七一—一七〇六)，字玉輪，號東山。江蘇常熟人。康熙三十六年(一六九七)進士，三十九年廷對第一，授修撰。後奉母歸里。康熙南巡，命分校《全唐詩》於揚州。次年七月，書局未竣，卒。年僅三十六歲。

〔三〕癸酉：康熙三十二年(一六九三)。

〔四〕京兆：謂京都。舉京兆，指順天鄉試中式。

〔五〕德清：縣名。清屬湖州府。始置於唐天寶元年(七四二)。

徐先生：徐倬。生平見前《塘西舟中喜晴得六言律詩一首》詩注〔四〕。輯編《全唐詩録》百卷，擢禮部侍郎。著有《道貴堂類稿》、《修吉堂文集》等。 廬陵：縣名。始置於漢代。清屬吉安府。即今江西省吉安市。 彭先生：彭殿元，字上虎，廬陵人。康熙進士，選庶吉士，授編修，與修《明史》。主順天鄉試，所取多名士。未幾罷官，構薌谷小隱，潛心講學數十年。著有《薌谷稿》。

〔六〕丁丑：康熙三十六年(一六九七)。

〔七〕庚辰：康熙三十九年(一七〇〇)。

〔八〕坎壈(lǎn)：不平，喻遭際不順。漢劉向《九嘆怨思》："志坎壈而不違。" 失職：意謂未能中進士得授一官半職。

〔九〕有司：官吏。古代設官分職，事各有專司，故稱有司。

〔一〇〕欷歔：嘆氣、抽咽之聲。

〔一一〕迨(dài)：等到。 壬午：康熙四十一年(一七〇二)。

〔一二〕癸未：康熙四十二年(一七〇三)。

〔一三〕倖：僥倖。自謙之辭。　南宫：古時稱代尚書省，後亦借指禮部。舊時科舉考試及官員的任免升降等均由禮部負責實行，因云。宋王禹偁《贈禮部宋員外閣老》詩："未還西掖舊詞臣，且向南宫作舍人。"自注："禮部員外，號南宫舍人。"

〔一四〕分校：分任校勘。後亦因以稱科舉考試時校閲試卷的各房官爲分校。　禮闈：古代科舉考試之會試，因爲禮部主辦，故稱禮闈。闈，試院。

〔一五〕釋褐：脱去布衣，换穿官服。意指中舉做官。自宋代始，士子殿試後，新進士均得詣太學釋褐，行釋菜禮，然後簪花飲酒而出。

〔一六〕脩敬：表示敬意。

〔一七〕契分：投合無間之情分。

〔一八〕甫：剛；方。

〔一九〕扈從：隨從；侍從。多用以指隨從帝王出巡。　口外：亦稱"口北"，長城要塞古北口之北，後因以泛指長城以北地區。按：據清陳敬璋《查他山年譜》及初白《隨輦集》所載，其隨駕口外避暑始發於康熙四十二年(一七〇三)五月二十五日。

〔二〇〕太安人：謂汪繹之母。安人，朝廷給婦人封贈的稱號。清制，六品官之妻得以封安人。

〔二一〕車駕：指代帝王，此謂康熙帝。《漢書・高帝紀》："車駕西都長安。"注："凡言車駕者，謂天子乘車而行，不敢指斥也。"

〔二二〕食俸：享受朝廷俸禄。

〔二三〕丙戌：康熙四十五年(一七〇六)。

〔二四〕未竣：没有完工。

〔二五〕公訃忽至：按，初白聞汪繹噩耗時身在塞外喀喇火屯。其《甘雨集》有《七月十六日烏城直廬驚聞房師虞山公訃音哀情痛切託於短章》七律四首，其一有云："公去京華日，余方扈從時。三年歸失約，一别見無期。"

〔二六〕請假葬親：按，初白歸營親葬據《西阡集・序》，事在康熙四十五年十月。

〔二七〕虞山：山名，古名海隅，又稱烏目山。在今江蘇省常熟縣城西北。故指代常熟。相傳西周虞仲葬此，因名。《嘉慶重修一統志》卷七七引《太平寰宇記》：“虞山在（常熟）縣西六里，東西十八里。《吴都文粹》：‘縣依山之陽，是爲隅山，以瀕海之隅也。又名虞山，以昔虞仲治此也。’”

〔二八〕寢：寢門，内室之門。《儀禮·士喪禮》：“君使人弔，徹帷；主人迎於寢門外，見賓不哭。”注：“寢門，内門也。”

〔二九〕乳抱：謂尚在幼年時期。

〔三〇〕出編見屬：拿出汪繹的詩稿託付於初白。

〔三一〕付梓：刻印書籍。梓，刻板。

〔三二〕癸巳：康熙五十二年（一七一三）。

〔三三〕長假：意謂乞休而不復爲官。

〔三四〕篋笥：以竹編製用以藏物的器具，類似箱子。

〔三五〕亟：急。

〔三六〕開雕：開始刊刻（書版）。

〔三七〕追維：追念。維，通“惟”。　同譜：猶言同年。即同一年中的舉人。

〔三八〕門牆：師門之稱。語本《論語·子張》：“夫子之牆數仞，不得其門而入，不見宗廟之美，百官之富。得其門者或寡矣。”

〔三九〕邸舍：府第。

〔四〇〕識：通“誌”，記也。

〔四一〕公子：貴族子弟之通稱。此謂汪繹之子。

〔四二〕俾：使。

〔四三〕庸：乃，用作副詞。

〔四四〕手澤：手汗。後用以指代先人或先輩之遺墨、遺物。語本《禮記·玉藻》：“父没而不能讀父之書，手澤存焉爾。”

〔四五〕大曆：唐代宗李豫年號（七六三—七七九）。此間代表詩人有“大曆十才子”如李益、盧綸、韓翃、錢起、司空曙、李端等。　長慶：

唐穆宗李恆年號(八二一—八二四)。此間代表詩人有白居易、元稹等。

〔四六〕倫擬:比擬;倫類。

文作於康熙五十三年(一七一四),時家居海寧故里,年六十五歲。文章本着知人論世精神,通過記述與房師汪繹十四年間的交誼,突出表現了其忠於友誼、謙退不矜、奉親至孝、淡泊名利的品性,隨後交代了其詩集刊行的經過,並對其詩之歷史地位作出適當的評價。全文清徐簡古,然一往情深,低徊無窮。

自吟亭詩稿序〔一〕

癸巳夏〔二〕,余請假將出都〔三〕,同年十數人餞飲於陳甥秉之寓舍〔四〕。酒半,山陽阮君越軒起執余手曰〔五〕:“先君子平生喜作詩,未嘗出以問世,存者不肖手輯〔六〕,向欲乞序於君以垂不朽,今君行有日矣,敢以請。”明日詣吾門〔七〕,以《自吟亭稿》上下二卷見示。余受而讀之,合諸古作者之意,可傳者蓋十五、六焉。

夫自漢魏以降〔八〕,稱詩家不知凡幾〔九〕,其裒然成集者〔一〇〕,皆自謂可傳者也。顧或傳焉〔一一〕,或否焉。幸而傳矣,又不能久且遠。何哉? 傳家易,而問世難;問世易,而傳世難也。

夫子孫之於父祖,苟無墜其業〔一二〕,則必思永其傳,以爲吾先人手澤存焉耳〔一三〕。乃其足不踰户庭〔一四〕,名不出鄉曲〔一五〕,雖窮年矻矻〔一六〕,著書滿家,而世不及知。且世又多貴遠而忽近者〔一七〕，自王、楊、盧、駱、李、杜、韓、孟諸公〔一八〕，輕薄謗傷〔一九〕，同時且不免，故曰問世難。其或喜交游，鶩聲譽〔二〇〕，上之官資、氣力〔二一〕，足以奔走一世，遂群然推目曰〔二二〕："此著作手也〔二三〕。"次則借資於當路〔二四〕，流傳唱和，互相標榜，亦可要名於一時〔二五〕。迨没身而後〔二六〕，交游盡而聲譽銷，向所撰述，如螢光爝火〔二七〕，隱見叢殘〔二八〕。蠹蝕之餘〔二九〕，幾何其不湮滅也？故曰傳世難。今先生之詩可以傳矣，顧不汲汲自求其傳而待後人以傳〔三〇〕。後之人不以爲一家之私言而出而問諸世，而世果以爲可傳，則其傳之必遠且久無疑焉。蓋先生初亦有志用世〔三一〕，嘗兩至京師。既而歷兗、豫、吴、越之郊〔三二〕，所與往還贈答者，非前朝佚老〔三三〕，則當代賢豪鉅公也〔三四〕，顧不假其游揚汲引之力〔三五〕，而乃歸憩林廬〔三六〕，孤吟獨詣〔三七〕。其志潔，故其神清；其品高，故其辭簡。誦先生之詩，而論其世，蓋詩又以人傳也。天下後世倘有以余爲知言者〔三八〕，庶無負越軒請序之意乎〔三九〕。

〔一〕《自吟亭詩稿》：清阮晉（一六三四——一六九七）著，凡二卷。晉字鶴緱，山陽（今江蘇省淮安市）人。監生。少與閻若璩共學，又學詩於靳應昇。曾與李挺秀、黄申、靳應昇等結望社。家富於田，故其詩作多田園漫興之作，"詩筆力追香山（白居易）、劍南（陸游），稍傷率易"（見鄧之誠《清詩記事初編》卷五）。

〔二〕癸巳：康熙五十二年（一七一三）。

〔三〕請假出都：謂引疾告歸，離京返里。《待放集·序》："移疾經年，遲遲去國，恭遇聖天子萬壽之期，既隨班朝賀，復申前請。又三閱月，始蒙恩允歸。"

〔四〕同年：見前《題同年張蒿陸落葉詩卷後》詩注〔一〕。　陳甥秉之：

陳世倌(？—一七五八),字秉之,號蓮宇,浙江海寧人。康熙四十二年(一七〇三)進士,選庶常,歷侍讀,屢主山東、廣東、順天鄉試,累官至工部尚書、文淵閣大學士,加太子太保,卒謚文勤。按:初白堂叔父查繼甲女查氏某曾適陳世倌父陳詵爲妻,故文中稱秉之爲甥。

〔五〕阮君越軒:阮應商,字次賡,號越軒。康熙進士,官至吏科給事中,立朝正直。著有《春秋彙傳析義》等。

〔六〕不肖:子不似父。此爲自謙之詞。

〔七〕詣:前去。

〔八〕以降:以後。降,下。

〔九〕凡幾:共計多少。

〔一〇〕裒然:見前《曝書亭集序》文注〔五二〕。

〔一一〕顧:但。

〔一二〕墜:失去。《國語·晉語二》:"敬不墜命。"

〔一三〕手澤:見前《秋影樓詩集序》文注〔四四〕。

〔一四〕户庭:猶家門;門庭。

〔一五〕鄉曲:猶鄉下。以其偏處一隅,因稱鄉曲。後因以指稱鄉里。

〔一六〕窮年矻(wù)矻:一年到頭地勤奮努力。矻矻,同"兀兀",勤奮不懈貌。語本唐韓愈《進學解》:"焚膏油以繼晷,恆兀兀以窮年。"

〔一七〕忽:輕忽;輕視。

〔一八〕王:謂唐詩人王勃(約六五〇—六七六)。　楊:謂唐詩人楊炯(六五〇—六九三?)。　盧:謂唐詩人盧照鄰(約六三六—六九五後)。　駱:謂唐詩人駱賓王(約六二六—六八四後)。以上四人被稱爲"初唐四傑"。　李:謂唐詩人李白(七〇一—七六二)。　杜:謂唐詩人杜甫(七一二—七七〇)。　韓:謂唐詩人韓愈(七六八—八二四)。　孟:謂唐詩人孟郊(七五一—八一四)。

〔一九〕輕薄謗傷:意謂不尊重而非議攻擊之。比如杜甫生前曾就世人非議"四傑"而作《戲爲六絶句》之二回護云:"楊王盧駱當時體,輕薄爲文哂未休。爾曹身與名俱滅,不廢江河萬古流。”但他自己的詩作同樣亦受到時俗的嗤笑輕謾,死後直至宋代纔予以崇高地位。故宋張戒《歲寒堂詩話》有云:“夫(杜)子美詩超今冠古,一人而已,然其生也,人猶笑之;殁而後人敬之,況其下者乎?”

〔二〇〕鶩:力求;强求。

〔二一〕上:在先。　官資:做官的資歷。唐白居易《令狐相公拜尚書後有從鎮歸朝之作劉郎中先和因以繼之》詩:“不計官資衹計才。”

〔二二〕推目:矚目。《新唐書·劉迺傳》:“善文詞,爲時推目。”

〔二三〕著作手:指代作家。作手,能手。

〔二四〕借資:借助;憑藉。　當路:當仕路。後因以喻掌權者。

〔二五〕要名:即邀名,求取名聲。要,通“邀”。

〔二六〕迨:等到。　没身:身死之後。没,通“殁”。

〔二七〕爝(jiào)火:小火把。《莊子·逍遥遊》:“日月出矣,而爝火不息,其於光也,不亦難乎?”

〔二八〕叢殘:瑣碎;零亂。此指瑣碎零亂的事物。

〔二九〕蝨(dù)蝕:爲蠹蟲所蛀損。蝨,同“蠹”。

〔三〇〕汲汲:急切貌。語本《禮·問喪》:“汲汲然,如有追而弗及也。”

〔三一〕用世:爲世所用。

〔三二〕兖(yǎn):兖州,府名。古“九州”之一。清屬山東省,領縣十三。其轄境相當今山東省運河以東,蒙山以西,大汶河以南及黄河北岸部分地區。　豫:豫州,亦古“九州”之一。東晉時轄境最大時相當今江蘇、安徽長江以西,安徽望江縣以北之淮河南北地區。此似指河南開封(或洛陽)。　吴:古國名,轄境有今江蘇、安徽、浙江部分地區,都於吴(今蘇州市)。　越:古國名,轄境有今江蘇、安徽、浙江、江西部分地區,建都會稽(今紹興市)。

〔三三〕佚老:同“逸老”。

〔三四〕賢豪鉅公:意謂名聲卓著或地位崇高者。鉅公,猶偉人。

〔三五〕游揚:宣揚;傳揚。汲引:引進,因喻提拔。

〔三六〕林廬:林中茅屋,借指隱居之所。

〔三七〕獨詣：謂學養上獨到之處。明李東陽《送喬生宇歸樂平》詩："微言析毫芒，獨詣超畛域。"

〔三八〕知言：有遠見之言。語本《左傳・襄公十四年》："秦伯問於士鞅曰：'晉大夫其誰先亡？'對曰：'其欒氏乎？'秦伯以爲知言。"

〔三九〕庶：庶幾；或許。

文作於康熙五十二年(一七一三)夏五、六月間，時居京都，乞假待歸林下，時年六十四歲。文章就詩文的能否傳世久遠問題發表了精闢見解，以爲真正的著作手須得經歷時間的考驗，一切浮泛文字難免如"螢光爝火"，日久必將湮滅無聞，不管其當時如何地"奔走一世"，顯赫一時。初白對詩文價值的認識無疑是有歷史價值的，所惜《自吟亭詩稿》却並未如其所預言的那樣傳世不衰。故今人鄧之誠先生評此序文對阮晉之贊譽曰："無乃過情乎？"(見《清詩紀事初編》卷五)

仲弟德尹詩序〔一〕

順治丙申〔二〕，余七齡入小學。明年丁酉〔三〕，仲弟亦出就傅〔四〕，日課有餘力，先淑人率口授唐詩一首〔五〕。弟性警敏，蚤解《切韻》諧聲〔六〕，十歲以上，五經四子書略成誦〔七〕。先大夫不遽令習應舉業〔八〕，則與余退而學詩。既冠且娶〔九〕，始從慈溪葉師學爲時文〔一〇〕，而性之所好，尤在吟詠，久之遂成卷。父執陸射山、范默庵兩先生〔一一〕，家伊璜、二南兩伯父〔一二〕，互加獎餙〔一三〕，則益自喜，又相約爲詠史詩。是時弟年二十六，余視弟兩年以長，形影相隨，未嘗一日離也。

先淑人既見背〔一四〕，先大夫命余兩人析箸〔一五〕。未幾，旋奉諱〔一六〕，兩稚弟尚未成立〔一七〕，迺延師督訓之，獨脱身出。己未夏〔一八〕，余從軍南去，弟北游京師，自爾聚散靡常。迨庚辰、癸未〔一九〕，後先成進士，同館者十年〔二〇〕。余長告歸田里，年已六十四矣。又二年，弟從順天學使因病辭職〔二一〕，年數適與余同。通計三十餘年，彼此往復之作，不下三百首，而己未以前之少作及見□詶，當不在此數焉。

竊觀古人傳集〔二二〕，兄弟唱酬之富，無若眉山二蘇公〔二三〕。今雖不敢謬附傳人之列〔二四〕，第就篇章計多寡〔二五〕，自謂不讓前賢。顧二蘇晚年一存一歿〔二六〕，欲尋對牀風雨之樂不復可得〔二七〕。余與弟乃獲邀天幸〔二八〕，年皆七十以外，唱予和汝，不減兒時，較前賢反若有過之者，此豈始願所及料、人力所能致哉？

戊戌秋〔二九〕，余徇好友之意〔三〇〕，先刻拙集問世，遠近知交，兼來索弟詩刻。蓋弟平生轍迹〔三一〕，幾徧天下，所至與賢豪長者游，覽眺留題，往往膾炙人口，獨不自愛惜，散佚者多，篋衍所存〔三二〕，僅十之四、五耳。余稍爲評潤〔三三〕，以付梓工〔三四〕，因序兩人自少而壯而老、離合盛衰之故如此。

〔一〕德尹：初白次弟查嗣瑮，參前《老僕東歸寄慰德尹兼示潤木》詩注〔一〕。

〔二〕順治丙申：順治十三年（一六五六）。

〔三〕丁酉：順治十四年（一六五七）。

〔四〕就傅：謂拜師受讀。

〔五〕先淑人：謂初白母鍾韞。韞字眉令，浙江仁和（今杭州市）人。工詩擅詞，著有《長繡樓詩集》一百卷。病亟時自以風雅流傳非女士所宜，悉焚之。後初白就默識者追録六十餘首，題曰《梅花園存稿》。淑人，朝廷予大臣之婦女的封號。清制，三品及宗室奉國將軍之妻爲淑人。鍾韞累贈孺人，復晉贈淑人。

〔六〕《切韻》：書名。是書按反切的發聲分音，收聲分韻，故稱“切韻”。爲研究中古漢語語音之重要資料。　諧聲：即形聲，六書之一。

〔七〕五經：儒家的五部經典著作，始稱於漢武帝時。漢班固《白虎通・五經》：“五經何謂？謂《易》、《尚書》、《詩》、《禮》、《春秋》也。”　四子書：亦省作“四子”，指《論語》、《大學》、《中庸》、《孟子》四部儒家經典。此四書爲孔子、曾子、子思、孟子的言行録。舊時科考，每以“四子”、“五經”命題。

〔八〕先大夫：謂初白父查遺（一六二六—一六七八）。原名崧繼，字柱浮。國變後更名遺，字逸遠，號學圃。明邑諸生。以子官貴，贈通議大夫、内閣學士兼禮部侍郎。　應舉業：謂參與科舉考試的時文八股及帖括詩等科考必修之課業。

〔九〕冠：古人年滿二十行冠禮，結髮戴冠，表示成人。後因以指代二十歲。

〔一〇〕慈溪：縣名，始置於唐開元二十六年（七三八），因邑人董黯孝養其母而得名。清屬寧波府。　葉師：謂葉伯寅。浙江寧波人。生平未詳。清陳敬璋《查他山先生年譜》：“康熙七年戊申，先生年十九。讀書武林吴山，從慈溪葉伯寅先生學。逸遠公初不令習舉業，至是始爲櫽括之文。”　時文：科舉應試之文，對“古文”而言。此謂八股文。

〔一一〕父執：父親的友輩。《禮・曲禮上》：“見父之執，不謂之進，不敢進。”　疏：“謂執友與父同志者也。”　陸射山：陸嘉淑（一六一八—一六八九），字冰修，號射山，一號辛齋。浙江海寧人。明諸生，入清不仕。初白、王武，均爲其婿。初白亦曾從之學詩，頗得指授。有《射山詩鈔》傳世。　范默庵：范驤，字文白，號默庵。浙江海寧人。諸生。工書。有《默庵集》。

〔一二〕伊璜：查繼佐(一六〇一——一六七六)，原名繼佑，字伊璜。自號與齋，又稱敬修子、釣史、釣玉。入清後更名省，字不省；游粤後名左尹，別號非人氏。因其居近東山(即審山)，居廬名樸園，故人稱東山先生或樸園先生。浙江海寧人。博學多通，尤精史學。著有《國壽録》、《罪惟録》、《魯春秋》、《東山國語》、《敬修堂釣業》及《玉琢緣》、《鳴鴻度》等六部傳奇雜劇和其他多種著作。　二南：查詩繼，字二南，號樊村。順治十一年(一六四五)舉鄉薦。淡於進取。晚年曾知霍邱縣，兩年後乞休，卒於返歸途中。年七十有一。著有《肅肅軒稿》、《北窗小草》等，爲時人推重。

〔一三〕獎餙：猶獎譽；稱譽。餙，同“飾”。

〔一四〕見背：謂父母或長輩逝世。語本晉李密《陳情事表》：“生孩六月，慈父見背。”

〔一五〕析箸：分家。箸，竹筷。清方文《寄懷齊方壺》詩：“可憐半載喪二親，弟兄析箸家酷貧。”

〔一六〕旋：没有多久。　奉諱：居喪。語本《禮·曲禮上》：“卒哭乃諱。”後人諱死者名，因稱居喪爲奉諱。此謂居父喪。逸遠卒於康熙十七年(一六七八)春三月一日。

〔一七〕兩稚弟：謂查嗣庭及查謹。嗣庭，字潤木，號横浦。生平詳前《老僕東歸寄慰德尹兼示潤木》詩注〔一〕。謹字濬安，號信庵，出繼其叔父查嵋繼。

〔一八〕己未：康熙十八年(一六七九)。

〔一九〕庚辰：康熙三十九年(一七〇〇)。是年嗣瑮聯捷，成進士，授翰林院庶吉士。　癸未：康熙四十二年(一七〇三)。是年三月，初白捷南宫，賜進士，名在二甲第二名。欽授翰林院庶吉士，特免教習。

〔二〇〕同館：謂同在翰林院任職。館，館閣。

〔二一〕順天：府名。治所在今北京市。學使：官名，即督學使者，又稱提督學政。三年一任，均從進士出身的官吏中簡派，按期赴所屬府、廳考試童生及生員。充任學政時，不管官位大小，均與督、撫平行。

〔二二〕竊：私下；自家。謙辭。

〔二三〕眉山：縣名。今屬四川省。　二蘇公：謂北宋文學大家蘇軾及其弟蘇轍。

〔二四〕傳人：謂名聲流播於後世者。

〔二五〕第：但；衹。

〔二六〕一存一歿：一在世，一已去世。按：蘇軾卒於徽宗建中靖國元年(一一〇一)，蘇轍卒于徽宗政和二年(一一一二)。

〔二七〕對牀風雨之樂：宋蘇軾《辛丑十一月九日既與子由别於鄭州西門之外馬上賦詩一篇寄之》："寒燈相對記疇昔，夜雨何時聽蕭瑟。"自注云："嘗有夜雨對牀之言，故云爾。"後以喻兄弟或友朋聚會之喜悦。句意本此。

〔二八〕獲邀：獲得。邀，通"徼"，求取。　天幸：天賜之幸。

〔二九〕戊戌：康熙五十七年(一七一八)。

〔三〇〕徇：順從。

〔三一〕轍迹：猶足迹。

〔三二〕篋衍：方形竹箱，用以盛物。《莊子・天運》："夫芻狗之未陳也，盛以篋衍。"唐陸德明《釋文》引李頤曰："衍，笥也，盛狗之物也。"

〔三三〕評潤：評點潤飾。

〔三四〕梓工：雕版的木工。

文約作於康熙五十七年至五十八年間，時居海寧故里。文章帶有自傳自叙色彩，是研究初白生平及思想之重要資料。全文平易簡約，如述家常，而一世風雨，人生曲折悲歡，盡在其中，平淡之中有辛酸之淚。

王方若詩集序〔一〕

余充京兆鄉貢〔二〕，時年四十有四；又十年，奏名禮部〔三〕。顧瞻彙進〔四〕,英英皆少年。其間頫首下心〔五〕,夙昔所愛敬而兄事者〔六〕,癸酉則慈溪姜西溟〔七〕,癸未則寶應王方若而已〔八〕。

兩先生咸負當代重名,差池晚達〔九〕,先後以高第入史館,一時稱風雅者兼歸焉。西溟奡兀峥嶸〔一〇〕,不肯輕假牙頰〔一一〕。其論詩,以峭拔爲骨,湛淡爲神〔一二〕。方若寬和宏藹〔一三〕,與人交必盡其忻歡〔一四〕。發爲吟詠,極筆墨之淋漓,而一澤於古雅〔一五〕。兩家詩品之不同如此,顧唱予和汝〔一六〕,胥引余爲同調焉〔一七〕。豈不以年齒相亞而忘其媸陋與〔一八〕? 抑别有契合〔一九〕,如草木之臭味與?

兩先生立朝皆不及〔二〇〕,逮余長假歸田,西溟没已十四年〔二一〕,方若未幾亦下世。西溟之詩,先鏤板於德清〔二二〕,唐太常益功曾以序見屬〔二三〕。方若詩,尚未有刊本也。雍正甲辰秋〔二四〕,賢嗣懿誦以名孝廉來宰烏程〔二五〕。甫涖任〔二六〕,亟專信使奉先人遺稿委余校訂〔二七〕。將付剞劂〔二八〕,並索弁言〔二九〕。嗟嗟良友云亡〔三〇〕,老成頓盡〔三一〕,以余之不才,頭童齒腐〔三二〕,猶在人間,俛仰平生〔三三〕,恍同前塵昨夢〔三四〕,而耄已及矣〔三五〕。所喜兩家遺集俱於吴興梓行〔三六〕,一同年老叟獲睹成書,各挂姓名於篇首,是誠後死者之幸,庸不敢以不文辭〔三七〕。若乃作者之精光聲價,如照乘之珠〔三八〕,連城之璧〔三九〕,傳諸藝林〔四〇〕,有目共見。區區蕪語〔四一〕,又奚足爲輕重乎哉?

〔一〕王方若:王式丹(一六四四—一七一八),字方若,號樓村。江蘇寶應人。康熙四十二年一甲一名進士,授修撰。史館十年,長假歸里，未幾卒。式丹少有詩名，性不諧俗。曾從葉燮、田雯游，以詩受知於王士禛。詩格在唐、宋之間，頗爲初白所欣賞。著有《樓村詩集》二十五卷。

〔二〕鄉貢：猶鄉試，每三年一次，中式者稱舉人。

〔三〕奏名禮部：意謂考取進士。科舉考試，禮部將擬録取之進士名册送呈皇帝審核，稱"奏名"。

〔四〕彙進：猶彙徵，指連類同進之人。

〔五〕頫(fǔ)首：猶低頭。内心折服貌。頫，同"俯"。　下心：心中爲之欽服。

〔六〕夙昔：以前。

〔七〕癸酉：康熙三十二年(一六九三)。　姜西溟：姜宸英(一六二七—一六九九)，字西溟，號湛園，浙江慈溪人。明諸生。以古文辭馳譽江南，與朱彝尊、嚴繩孫共稱"江南三布衣"。康熙十八年薦鴻博不遇，入《明史》館充纂修。年七十始成進士，兩年後以事牽連入獄，瘐死獄中。其詩兀奡磅礴，宗杜(甫)而入蘇(軾)。

〔八〕癸未：康熙四十二年(一七〇三)。

〔九〕差池：不齊。《詩·邶風·燕燕》："燕燕于飛，差池其羽。"此引申爲差錯。

〔一〇〕奡(ào)兀峥嶸：喻超拔不群。奡兀，矯健貌。峥嶸，高峻貌。清鄭方坤《國朝名家詩鈔小傳》："(宸英)既以古文詞雄視一代，而有韻之言，則又滂葩奡兀，宫商抗墜，與前人角勝毫釐間。韓(愈)歐(陽修)諸公，安得而獨有千古也。"

〔一一〕輕假牙頰：喻拾人牙慧，步人後塵。假，借。牙頰，嘴舌、口齒之間。

〔一二〕湛淡：清澈。

〔一三〕寬和宏藹：寬大平和。鄭方坤《國朝名家詩鈔小傳》："(樓村)詩排奡陡健，一洗吴音嘽緩，蓋以昌黎(韓愈)爲的，而泛濫於廬陵(歐陽修)、眉山(蘇軾)、劍南(陸游)、道園(虞集)之間。本深而末茂，實大而聲宏，心醇而氣和。"

〔一四〕忻歡：高興；欣喜。忻，通“欣”。

〔一五〕澤：通“擇”，選擇。

〔一六〕顧：而。用作連詞。

〔一七〕胥：都；皆。　同調：聲類相同。比喻志趣相投合。

〔一八〕亞：次。此謂歲數小一些。　媕(ān)陋：謂人云亦云，見識淺陋。

〔一九〕契合：融洽。

〔二〇〕立朝：大臣執政於朝。

〔二一〕没：通“殁”，死亡。

〔二二〕德清：縣名，始置於唐代。今屬浙江省。清屬湖州府。

〔二三〕唐太常益功：唐執玉(一六六八—一七三三)，字益功，一字薊門。江蘇武進人。康熙四十二年(一七〇三)進士。知德清縣，陞工部屯田司主事，充五十四年會試同考官，遷應天府丞，擢禮部左侍郎，轉都察院左都御史，累官至直隸總督。爲官清正，有政聲。太常，官名。漢時爲九卿之一。掌宗廟禮儀。

〔二四〕雍正甲辰：即雍正二年(一七二四)。

〔二五〕賢嗣：賢良的後代。此爲客氣的説法。　懿誦：王懿誦，生平未詳。　孝廉：孝，孝子；廉，廉潔之士。原爲漢代選舉官吏的兩種科目。武帝元光年初，令郡國各舉孝廉一人，以後遂合稱孝廉。清代則用以專指舉人。　宰：制；治理。多用以指邑、縣一級的地方行政長官。　烏程：縣名。春秋時春申君立菰城縣，秦始皇二十六年(前二二一)改其名爲烏程縣。清屬湖州府。故城在今浙江省吴興縣南二十五里。

〔二六〕甫：剛剛。　涖任：走馬上任。涖，臨。

〔二七〕亟：急。

〔二八〕剞劂：刊刻印行。參前《曝書亭集序》文注。

〔二九〕弁言：序言。以其冠於篇卷之首，因稱。弁，冠名。

〔三〇〕云：語助詞，無義。

〔三一〕老成：謂年高有德之人。語本《詩・大雅・蕩》：“雖無老成人，尚有典刑。”疏：“今時雖無年老成德之人，若伊、陟之類。”

〔三二〕頭童齒腐：猶“頭童齒豁”，即頭禿齒落，喻衰老之態。

〔三三〕俛仰平生：意謂回首一生。俛，同“俯”。

〔三四〕前塵：佛教語。佛教有“六塵”之説，即色、香、聲、味、觸、法，以爲當前境界爲六塵所成，皆非真實，故稱前塵。《楞嚴經》二：“佛告阿難，一切世間大小内外，諸所事業各屬前塵。”

〔三五〕耄（mào）：老；高年。《禮記・曲禮上》：“八十、九十曰耄。”按：初白時年七十五，並未滿八十，此乃約略言之。

〔三六〕梓行：刊刻印行。梓，刻版。

〔三七〕庸：愚。自代之謙辭。　　不文：不才。

〔三八〕照乘之珠：光亮能照明車乘的寶珠。事本《史記・田敬仲完世家》：“（威王）與魏王會田於郊。魏王問曰：‘王亦有寶乎？’威王曰：‘無有。’梁王曰：‘若寡人國小也，尚有徑寸之珠照車前後各十二乘者十枚。’”

〔三九〕連城之璧：價值連城之玉。事本《史記・藺相如傳》：“趙惠文王時，得楚和氏璧。秦昭王聞之，使人遺趙王書，願以十五城請易璧。”

〔四〇〕藝林：猶藝苑；文苑。

〔四一〕蕪語：猶蕪辭。蕪雜之辭，此乃對自己所作文章之謙稱。

文作於雍正二年（一七二四）至四年間，年近耄齡，時居海寧故里。文章雖序王式丹詩集，實則連帶序及姜宸英，有如二水合流，却主次分明，輕重悉宜。同時，從其與風格迥然有别的王、姜兩家“唱予和汝，胥引余爲同調”而言，初白並不軒唐輊宋之論詩祈向也於此可知。是文雖作於晚年，寫來却精簡練達，雄厚沉穩，可謂蒼勁老成。

先室陸孺人行略〔一〕

孺人爲辛齋陸先生第三女〔二〕，先生與先君子同里同志[三]，故許以孺人字余[四]。締好時[五]，兩家子女猶在襁褓中也[六]。歲己亥[七]，外母顧太君棄世[八]，孺人年尚稺，受外祖顧翁拊育[九]。顧翁故饒於財[一〇]，食指百計[一一]，孺人以弱女子處其際，内外上下無間言[一二]。迨顧翁殁[一三]，孺人年已及笄矣[一四]。丁未正月[一五]，自陸來歸，外舅及先君子方結納四方賢豪[一六]，不事生産，家計益落。合巹之夕[一七]，外舅手書致先君子曰："練裳竹笥[一八]，牽犬繫羊，弟并無之。所恃知我耳！"蓋兩人情好脱略如此[一九]。孺人釵荆裙布[二〇]，處之恬如[二一]。

吾母鍾太孺人爲忠惠公女孫[二二]，司李公愛女[二三]。先祖武庫公承通議、奉政累世餘澤[二四]，而先君爲長子，一時結褵之盛[二五]，綺羅筐篚[二六]，照耀里閭[二七]。中更患難[二八]，二十年中，資産屑越殆盡[二九]。先母既晨舂夜績[三〇]，率作於前；孺人亦刻苦以成婦道。其侍翁姑也[三一]，不詔之坐[三二]，不敢坐；不命之退，不敢退。兢兢唯恐有失，以違尊嫜心[三三]。吾母治家嚴肅，少所許可，至是，喜謂不肖曰[三四]："吾向以無母之女爲汝憂，能若是，是得婦矣。"

余早稟庭誥[三五]，不習舉業[三六]。年十九，始從甬上葉伯寅先生學爲帖括之文[三七]。又三年，出應童子試[三八]，受知於郡守淮南嵇公[三九]。未及終試，而吾母病篤[四〇]，復屏棄筆硯，專意侍奉。孺人代理家政，延醫師[四一]，饋湯藥[四二]，寒暑晝夜，寢食不遑[四三]。至壬子春[四四]，吾母見背[四五]，孺人號痛不欲生。蓋自齠齡失恃[四六]，覬得長奉姑嫜之教爾[四七]。乃重罹慘變[四八]，誠自傷賦命之薄也。

先是，仲弟德尹娶於唐〔四九〕，是年五月，先君子命余兩人析箸〔五〇〕。時新舉大喪，饔飧不給〔五一〕，余督率老婢子墾中庭隙地，種茄以續食。孺人課蠶桑，勤紡織，以佐不逮〔五二〕。如是者七年。旋奉先君之諱〔五三〕，時三弟潤木年十五〔五四〕，四弟濬安年十四〔五五〕，兩弟事長嫂如母，孺人以撫則如子〔五六〕，以禮則如賓。兩弟每與人言，至感而泣下。

己未夏〔五七〕，同邑楊以齋先生出撫貴陽〔五八〕，余慨然發從遊之志。是時疆埸未靖〔五九〕，豺虎塞塗〔六〇〕，戚黨交好〔六一〕，多來阻行，余故因循久之〔六二〕。孺人初亦以浪游爲戒〔六三〕，既而獨力勸駕曰〔六四〕："丈夫年方壯，不於此時審出處，寧能老死牖下耶〔六五〕？且君所以躊躇者，非以家貧子幼故耶？君第行〔六六〕，勿以爲慮。"余感其語，遂決策遠行。其秋，吴中大旱〔六七〕，赤地千里。吾鄉濱海舄鹵之地〔六八〕，顆粒不登。上辦官租，下撫穉子，外奉師儒〔六九〕，無米之炊，巧婦束手。孺人焦心殫力〔七〇〕，黽勉有無〔七一〕。至戚中有憐而貸之粟者〔七二〕，峻却不受，呼兒建諭之曰〔七三〕："吾非矯情而爲此〔七四〕。凡吾所以爲此者，爲汝父及汝輩地耳〔七五〕。他日幸有所樹立，使人謂汝家貧賤時，妻子嘗仰給於人〔七六〕，何顔面相對乎！"此事吾伯姊曾爲余道之，孺人未嘗以告也。

余不耐家居，又不善營生産。二十年於外，館穀所入〔七七〕，散若摶沙〔七八〕，間一内顧，孺人不以資日用，自十金以上〔七九〕，必曲爲會計，恢贖先世廢業，一絲一粟，按籍可稽〔八〇〕，今薄田稍供饘粥〔八一〕，皆孺人撙節勤劬所留也〔八二〕。

天資孝敬，孺慕之誠〔八三〕，四十不衰。戊辰二月〔八四〕，外舅客京師〔八五〕，抱危疾，余買舟扶持旋里〔八六〕，踰年而歿。自此以後，事余尤謹，曰："感君之視吾父猶父也。"凡余所飲之酒，彼未嘗沾脣；所食之品，未嘗下箸〔八七〕。屑麥作糜〔八八〕，摘蔬供匕〔八九〕，下與臧獲同甘苦〔九〇〕，率以爲常。癸酉秋〔九一〕，兒建登鄉薦〔九二〕，余亦舉京兆〔九三〕。明年五月還家，始破顔一笑，而茹苦不異曩時〔九四〕。余怪而叩之〔九五〕，徐答曰〔九六〕："君不記種茄時耶？"丁丑之役〔九七〕，兒建幸捷南宫〔九八〕，余仍被放〔九九〕。兒歸，孺人執其手，淚下瀾翻，嗚咽不自禁。蓋不以子之成名爲喜，而以余之落第爲悲。自今思之，余之負孺人實甚矣。

體故羸弱〔一〇〇〕，兼善病，投以參桂〔一〇一〕，往往小差〔一〇二〕。去秋，余歸自閩，未幾，孺人驟患崩下〔一〇三〕，氣血大虧，百藥罔效〔一〇四〕，氣息僅屬〔一〇五〕。每聞余將近出，輒掩面迴身，淚漬枕席〔一〇六〕。余固心知爲不祥，蓋頻年往來萬里，孺人從無離别可憐之色也。秋來擬赴試禮闈〔一〇七〕，逡巡至今日〔一〇八〕，果爲永訣之期，能不傷哉！

計其生平，九齡爲無母之女，二十二爲無姑之婦〔一〇九〕，爲黔婁妻三十有三年〔一一〇〕，曾未獲享一日之安。中間營兩喪〔一一一〕，娶兩媳〔一一二〕，支持門户，整理田廬，畢耗其心神而繼之以死。此五十老鰥所爲憑棺摧痛〔一一三〕，百端交集，不知涕泗之横流也〔一一四〕。

孺人有女，尚幼。晚又撫吾姊之孤女爲己女。侍孺人之疾，與兩兒兩媳衣不解帶者一年。中夜聞咳嗽聲，必起立，徬徨以伺〔一一五〕。雖此女至性過人，然非爲之母者，恩義備至，豈易得此。

孺人生順治辛卯四月十七日未時〔一一六〕,卒於康熙己卯十月二十五日戌時〔一一七〕,享年四十有九。子三人:長克建,丁丑科進士,娶祝氏,辛未進士諱翼模女〔一一八〕。次克承〔一一九〕,娶許氏,廣東潮州府平遠縣知縣韓兆炎女〔一二〇〕。次克念〔一二一〕,未聘。女二人,一未字,一許字丙戌進士原任工部尚書朱諱之弼公之孫〔一二二〕,江西九江知府諱儼之子〔一二三〕。某孫男二人。長昌祖〔一二四〕,未聘。次昌祈〔一二五〕,聘己亥進士馬諱麟翔公孫女〔一二六〕,太學生諱翌贊之女〔一二七〕。孫女一人,許字壬戌進士現任左春坊左庶子兼翰林院侍讀許諱汝霖公之孫〔一二八〕,己卯科舉人諱惟模之子焞〔一二九〕。皆克建出。兒輩既昏迷不能執筆〔一三〇〕,余亦心神瞀亂〔一三一〕,聊述梗概,仰祈仁人君子錫之銘誄,用勒貞珉〔一三二〕,舉家存歿,感均不朽。

〔一〕先室:謂亡妻。室,妻子。《禮記·曲禮上》:"三十曰壯,有室。"漢鄭玄注:"有室,有妻也。妻稱室。"　陸孺人:謂初白妻陸氏。孺人,古代官吏之母或妻的封號。《禮記·曲禮下》:"天子之妃曰后,諸侯曰夫人,大夫曰孺人,士曰婦人,庶人曰妻。"

〔二〕辛齋:陸嘉淑,見前《仲弟德尹詩序》注〔一一〕。

〔三〕先君子:謂初白亡父查崧繼,見前《仲弟德尹詩序》注〔八〕。

〔四〕字:出嫁。《正字通》:"女子許嫁曰字。"

〔五〕締好:締結秦晉之好。締,交結。

〔六〕襁褓:背負小兒之背帶和布兜。

〔七〕己亥:清順治十六年(一六五九)。時陸氏年方九歲。

〔八〕太君:舊時王朝官員母親的封號,後亦用作對他人母親之尊稱。　棄世:離開人世,是死亡的委婉説法。

〔九〕拊(fū)育:同"撫育"。

〔一〇〕饒：富。

〔一一〕食指：謂家中人口。明錢子正《溪上所見》詩："家貧食指衆，謀生拙於人。"

〔一二〕間言：猶閒言，即説閑話。間，"閒"之俗字。

〔一三〕迨：及；待到。

〔一四〕及笄：謂年滿十五歲。《禮記·内則》："(女子)十有五年而笄。"漢鄭玄注："謂應年許嫁者。女子許嫁，笄而字之。其未許嫁，二十則笄。"笄，髮簪。

〔一五〕丁未：康熙六年(一六六七)。時初白十八歲，陸氏十七歲。

〔一六〕外舅：妻父，即岳父。此謂陸嘉淑。據清朱奇齡《查崧繼傳》："先生性慷慨，有大節，不以家人生産爲念。喜交游，人有大故大喪則往助之，有患難則拯救之。愛人而容衆，輕財而好施。以故，人莫不争就先生，先生亦不辭其勞，爲人謀如己事，席不暇暖。其後交蓋廣，從之者日益衆。周人之急，或破産以給之，家愈貧，弗問也。"

〔一七〕合巹：即飲交杯酒。舊時新婚之禮，分瓠爲兩瓢，稱巹。新郎新娘各執一瓢飲酒，稱合巹，亦叫合瓢。《禮記·昏儀》："共牢而食，合巹而酳。"

〔一八〕練裳竹笥：指代陪嫁之衣物。練，粗絹。《後漢書·戴良傳》："良五女並賢，每有求姻，輒便許嫁，疏裳布被，竹笥木屐以遣之。"

〔一九〕脱略：輕慢不拘。

〔二〇〕釵荆裙布：即以荆枝作髻釵，以粗布製衣裙。指貧家婦女裝束。

〔二一〕恬如：安然；淡然。

〔二二〕鍾太孺人：鍾韞，參前《仲弟德尹詩序》文注〔五〕。忠惠公：謂鍾化民，字維新，浙江仁和人。明萬曆八年(一五八〇)進士，授惠安知縣，遷御史，進光禄丞，擢太常少卿，累官至河南巡撫。居官勤厲，所至有聲。勞瘁卒官，賜祠曰忠惠。

〔二三〕司李公：謂鍾名臣。司李，即司理，官名。始設於宋，主管獄訟。

〔二四〕武庫公：謂初白祖父查大緯(？—一六五〇)，字公度，號蘧庵。

明崇禎癸酉(一六三三)順天副榜,官兵部武庫司主事。據清朱奇齡《查大緯傳》:"公度公才名蓋世,以諸生入太學,肆業南雍。癸酉應應天鄉試,抑置副車。其後以六堂課試異等,選拔爲郡司馬,不就。會遭世變,不得大遂壯行之願,賫志以歿。" 通議:共同議論。此用以指代堂高祖查志立。志立字敬峯,明嘉靖丙辰(一五五六)進士。查秉彝第三子。曾官河南參政,故稱。 奉政:奉政大夫,官名。此指代其高祖查志文(一五二三—一五八九)。志文字鳴周,號岐峯。明隆慶丁卯(一五六七)舉人。官廬州府同知,管無爲州事,加四品俸,誥授奉政大夫。

〔二五〕結褵:亦作"結縭"。古代嫁女的一種儀式。凡女子臨嫁,其母爲之繫結佩巾,以示婚後當盡力操持家務。褵,佩在胸前的絲巾。後也指稱男女婚嫁。《詩·豳風·東山》:"親結其縭,九十其儀"

〔二六〕綺羅:泛指華美的絲織品或絲綢衣服。綺,有花紋的絲織品。羅,輕軟的絲織品。 筐篚:泛指竹類盛器。筐,方形盛物的竹器。篚,亦盛物竹器,圓形。

〔二七〕里閈:里巷;鄉里。

〔二八〕中更患難:據清黄宗羲《查逸遠墓志銘》:"未幾而武庫捐館,草摇風動,百毒齊起,逸遠弘濟艱難,摧剛爲柔,前掩而後覆,補敗而扶傷,重立門户。"由此可知,初白祖父過世後,家中曾經歷了一場重大風波。

〔二九〕屑越:毫不顧惜。《資治通鑑》卷一八六:"曾無愛吝,屑越如此。"注:"屑越,猶言狼藉而棄之也。"據初白族兄查容《公祭逸遠元配鍾孺人文》云:"逸遠恃才氣豪邁,不肯因時俯仰,又承先人遺志,往往散金結客,每爲人所難。爲性復剛方,好爲危言公論,犯人所忌,以致嶮巇多故,財産中落。"

〔三〇〕晨舂夜績:早晨舂米,夜晚織布,意謂辛勤操持家務。

〔三一〕翁姑:謂公婆。

〔三二〕詔:告訴;示知。《玉篇》:"詔,告也。"

〔三三〕尊嫜:同"尊章",對丈夫的父母之敬稱。《漢書·廣川惠王劉越傳》:“背尊章。”唐顔師古注:“尊章,猶言舅姑也。”

〔三四〕不肖:子不似父。自謙之詞。

〔三五〕庭誥:家庭之教訓文字。此指父命。

〔三六〕不習舉業:不學習科舉考試之時文(八股文)及帖括詩等學業。清沈廷芳《翰林院編修查先生行狀》:“先生爲贈公長子,幼不令習科舉業,故得肆力於經史百家。”

〔三七〕甬上:謂浙江寧波。因甬江流過其境内,故稱。　葉伯寅:生平未詳。　帖括之文:謂八股文。唐制,明經科以帖括取士,即將經文貼去若干字,令應試者答對。後考生因帖經難記,遂總括經文編成歌訣,便於記誦應對,稱之“帖括”。明清時便用以指代八股等科舉應試文章。

〔三八〕童子試:舊時科舉考試之初級階段,凡應試合格的兒童可爲生員。

〔三九〕郡守:官名。始置於秦。宋後改郡爲府,故知府亦稱郡守。　淮南嵇公:嵇宗孟,字淑子。江南安東(即今江蘇省漣水縣,清屬江蘇淮安府)人。順治舉人,歷守杭州,乞歸。薦舉鴻博,以疾辭不赴。著有《立命堂集》等。

〔四〇〕病篤:病勢沉重。

〔四一〕延:引;請。

〔四二〕饋:進獻。

〔四三〕寢食不遑:意謂睡覺吃飯都無空暇。遑,空閒。

〔四四〕壬子:康熙十一年(一六七二)。

〔四五〕見背:見前《仲弟德尹詩序》注〔一四〕。

〔四六〕齠(tiáo)齡:猶齠年,意指童年。齠,同“髫”,兒童下垂之髮。失恃:謂喪母。語本《詩·小雅·蓼莪》:“無父何怙?無母何恃?”恃,依賴。

〔四七〕覬(jì)得:希圖得到。　姑嫜:亦作“姑章”,謂丈夫的父母。

〔四八〕重罹(lí):再度遭逢。

〔四九〕德尹:謂查嗣瑮。生平見前《老僕東歸寄慰德尹兼示潤木》詩注〔一〕。

〔五〇〕析箸：謂分家。參前《仲弟德尹詩序》文注〔一五〕。

〔五一〕饔飧：猶今言伙食。《孟子·滕文公上》："饔飧而治。"漢趙岐注："饔飧，熟食也。朝曰饔，夕曰飧。"

〔五二〕不逮：不及；不足。

〔五三〕奉諱：此指居父喪。《禮記·曲禮上》："卒哭乃諱。"後人諱死者名，因稱居喪爲奉諱。按：據清陳敬璋《查他山先生年譜》，查逸遠卒於康熙十七年(一六七八)春三月一日。

〔五四〕潤木：查嗣庭，見前《老僕東歸寄慰德尹兼示潤木》詩注〔一〕。

〔五五〕濬安：查謹，見《仲弟德尹詩序》注〔一七〕。

〔五六〕以撫則如子：像對待兒子一樣撫養之。

〔五七〕己未：康熙十八年(一六七九)。

〔五八〕楊以齋：楊雍建，見前《飛蝗行和少司馬楊公》注〔一〕。

〔五九〕靖：安定。

〔六〇〕豺虎：喻吴三桂餘部。

〔六一〕戚黨：親族。

〔六二〕因循：猶豫；拖延。清宋琬《一剪梅》詞："因循何日賦《歸田》？"

〔六三〕浪游：到處漫遊。

〔六四〕勸駕：促請起行。

〔六五〕老死牖(yǒu)下：語本《左傳·哀公二年》："有馬百乘，死於牖下。"晉杜預注："死於牖下，言得壽終。"

〔六六〕第：祇管；儘管。

〔六七〕吴中：江蘇吴縣一帶。後亦用以泛指吴地。海寧原屬吴越國境地，因稱。

〔六八〕舄鹵：瘠薄的鹽鹼地。

〔六九〕師儒：此謂聘以授讀嗣庭、信庵兄弟的老師。

〔七〇〕殫力：竭盡全力。

〔七一〕黽(mǐn)勉：盡力；努力。

〔七二〕至戚：猶至親。

〔七三〕兒建：謂查克建(一六六八—一七一五)，初白長子。字用民，號求雯，錢塘籍太學生，康熙三十六年(一六九七)進士。任直隸束鹿知縣，擢户部主事，歷刑部郎中。以病歸休。病痊，陞補陝西鳳翔知府，未抵任而卒。

〔七四〕矯情：有違常情；掩飾真情。

〔七五〕地：處境。

〔七六〕仰給：依賴。《史記·平準書》："衣食仰給縣官。"

〔七七〕館穀：謂作館任幕賓所得收入。

〔七八〕摶沙：捏沙成團，喻易散失。

〔七九〕十金：十兩銀子。

〔八〇〕稽：查考。

〔八一〕饘(zhān)粥：意指飯食，口糧。饘，厚粥。《禮記·檀弓上》："饘粥之食。"疏："厚曰饘，稀曰粥。"

〔八二〕撙節：節約。　勤劬(qiú)：辛勞；勞苦。

〔八三〕孺慕之誠：幼童對親人的思慕之情。此謂對長輩的仰敬之意。

〔八四〕戊辰：康熙二十七年(一六八八)。

〔八五〕外舅：妻父。此指陸嘉淑，見前《仲弟德尹詩序》文注〔一一〕。

〔八六〕買舟：雇船。　旋里：返回故里。

〔八七〕下筯：意謂品嘗。

〔八八〕糜：粥。

〔八九〕供匕(bǐ)：意謂供食。匕，古代取食用具，曲柄淺斗，有飯匕、牲匕、疏匕、挑匕等多種多樣，狀類今天的羹匙。

〔九〇〕臧獲：奴婢之賤稱。《方言》卷三："荆、淮、海、岱、雜齊之間，罵奴曰臧，罵婢曰獲。"

〔九一〕癸酉：康熙三十二年(一六九三)。

〔九二〕鄉薦：謂鄉試，明清每三年舉行一次，中式者爲舉人。

〔九三〕舉京兆：意指在京城考中了舉人。

〔九四〕曩：以往；往昔。

〔九五〕叩：問。

〔九六〕徐：緩慢。

〔九七〕丁丑之役：謂康熙三十六年(一六九七)所舉行的會試和殿試。清承明制,省試(即鄉試)中式者集中京城會試,會試中式者再進行殿試,以定甲第。一甲三名,進士及第。二甲若干名,進士出身。三甲若干名,同進士出身。

〔九八〕幸捷南宫：意謂考中進士。南宫,漢時指稱尚書省,宋後指代禮部。明清因科舉考試均由禮部負責進行,故云。

〔九九〕被放：意謂落榜。放,棄;舍。

〔一〇〇〕羸弱：瘦弱。

〔一〇一〕参桂：謂人参、肉桂。

〔一〇二〕小差：稍稍痊愈。差,通"瘥"。

〔一〇三〕崩下：亦稱血崩,婦科疾患,常見於功能性子宫出血及宫頸癌等疾病。

〔一〇四〕罔效：無效。

〔一〇五〕屬：連續。

〔一〇六〕漬：浸染。

〔一〇七〕禮闈：禮部試進士之所。唐杜甫《哭長孫侍御》詩："禮闈曾折桂,憲府舊乘驄。"

〔一〇八〕逡巡：猶豫徘徊,欲行又止。

〔一〇九〕姑：婆婆。

〔一一〇〕黔婁妻：謂安貧樂道的賢德之妻。事本漢劉向《列女傳》：黔婁死,曾子往弔,見以布被覆屍,頭足難以兼顧。曾子曰："斜引其被則斂矣。"黔婁妻曰："斜而有餘,不如正而不足也。"後因以喻指賢妻。黔婁,春秋時魯人。家貧,死時衾不蔽體。後遂用以指代貧士。

〔一一一〕營兩喪：謂料理初白父母喪事。

〔一一二〕娶兩媳：謂操辦子克建、克承婚事。

〔一一三〕老鰥(guān)：老而無妻或喪妻之人。《孟子·梁惠王下》："老而無妻曰鰥。"　摧痛：悲痛。摧,哀痛。

〔一一四〕涕泗：眼淚和鼻涕。《詩・陳風・澤陂》："涕泗滂沱。"傳："自目爲涕，自鼻爲泗。"

〔一一五〕徬徨：徘徊。

〔一一六〕辛卯：順治八年（一六五一）。　未時：下午一至三時。

〔一一七〕己卯：康熙三十八年（一六九九）。　戌時：晚上七至九時。

〔一一八〕辛未：康熙三十年（一六九一）。　翼模：祝翼模。浙江海寧人。生平未詳。

〔一一九〕克承：查克承（一六七七——一七二四），字坤元，號寄郵。太學生。工詩文，善書畫，考授州同。

〔一二〇〕潮州：府名。晉爲義安郡，隋罷郡置州。明改潮州府。清因之，府治海陽（今廣東省潮安縣）。　平遠：縣名，始置於明，清屬廣東嘉應州。在今廣東省東北部。　韓兆炎：當是許兆炎之誤。許兆炎，浙江仁和（今杭州市）人。康熙三十八年（一六九九）至四十年曾官平遠縣知縣。

〔一二一〕克念：查克念（一六九一——一七三六），字維聖，號雙峯。嘉興府學廩生，雍正甲辰（一七二四）舉人，候選知縣。工詩，古雅清新，能紹其家學。

〔一二二〕丙戌：康熙四十五年（一七〇六）。　朱之弼：生平詳前《人日和朱大司空作》詩注〔一〕。

〔一二三〕儼：朱儼，之弼子。字恆齋，順天大興（今屬北京市）人。廕生。曾官九江知府二十三年，清廉慈惠。"及卒，歸櫬無資，士民痛哭爲之助。"（見《江西通志・宦績》）。

〔一二四〕昌祖：查恂（一六九一——?），字其武，號勤補。國子生，考授縣尹。

〔一二五〕昌祈：查昌祈（一六九五—?），字度昭，海寧諸生。

〔一二六〕己亥：順治十六年（一六五九）。　馬麟翔：浙江海鹽人。生平未詳。

〔一二七〕翌贊：馬翌贊，麟翔子，生平未詳。

〔一二八〕壬戌：康熙二十一年（一六八二）。　左春坊：太子官屬。春坊，太子宫。唐始置左右春坊以比門下、中書兩省。　左庶子：亦太子官屬。左右庶子分掌左右春坊事。　侍讀：侍讀學士。翰林院官員。職務是給帝王講學。　許汝霖：號時庵，海寧人。康熙二十一年（一六八二）進士，選庶常，歷贊善，督江南學政，陞工部侍郎，歷户、禮兩部侍郎，晉禮部尚書。著有《德星堂文集》十二卷、《詩集》五卷。

〔一二九〕己卯：康熙三十八年（一六九九）。　惟模：許惟模，汝霖子。生平未詳。　焞（tūn）：許焞，汝霖孫。生平未詳。

〔一三〇〕昏迷：愚昧；糊塗。《書·大禹謨》："蠢茲有苗，昏迷不恭。"

〔一三一〕貿亂：混亂。

〔一三二〕用：以。　勒：勒石，刻文於石，以誌紀念。　貞珉：猶貞石，石刻碑銘之美稱。唐李商隱《太尉衛公昌一品集序》："追琢貞珉，彰灼來叶。"

文作於康熙三十八年（一六九九）冬，時家居海寧，年五十歲。其《杖家集·序》云："歲己卯，婦病沉綿，爲之料理醫藥。入冬，悼亡治喪。又踰月始計偕北，時余年五十矣。"其文中所云"此五十老鰥所爲憑棺摧痛"語，正與此合。文章以委婉深情、悲惋淒惻的筆調概述了其妻陸氏的一生經歷及兩家非同尋常的關係，並通過一些具體感人的事例和細節，表現了陸氏克勤克儉、吃苦耐勞、深識大體、深明大義及敬老愛幼、克盡婦道等優良品質和爲人風範。全文以時間先後爲序，通過回顧追憶的方式，綴連綰結相關情事，多方面、多角度地刻畫了一位操心勞碌一生，"爲黔婁妻三十有三年，曾未獲享一日之安"的封建時代的賢妻良母形象。其行文看似隨意而並不精心，可正是這沉痛深情、悲惋淒惻的娓娓而談，令人動容，令人悲嘆，具有震撼人心的藝術感染力量。

《中國古典文學名家選集》已出書目

王維孟浩然選集　　／王達津選注

高適岑參選集　　／高文、王劉純選注

李白選集　　／郁賢皓選注

杜甫選集　　／鄧魁英、聶石樵選注

韓愈選集　　／孫昌武選注

柳宗元選集　　／高文、屈光選注

白居易選集　　／王汝弼選注

杜牧選集　　／朱碧蓮選注

李商隱選集　　／周振甫選注

歐陽修選集　　／陳新、杜維沫選注

蘇軾選集　　／王水照選注

黄庭堅選集　　／黄寶華選注

楊萬里選集　　／周汝昌選注

陸游選集　　／朱東潤選注

辛棄疾選集　　／吴則虞選注

陳維崧選集　　／周韶九選注

朱彝尊選集　　／葉元章、鍾夏選注

查慎行選集　　／聶世美選注

黄仲則選集　　／張草紉選注